BASTEI
LÜBBE

Von Hannes Wertheim
erschien bei BASTEI-LÜBBE:

12519 Der Kapuzinermönch

HANNES WERTHEIM

Der Kardinal des Satans

BASTEI LÜBBE

BASTEI-LÜBBE-TASCHENBUCH
Band 12743

Lizenzausgabe: Bastei Verlag Gustav H. Lübbe GmbH & Co.,
Bergisch Gladbach
Printed in France, November 1997
Einbandgestaltung: K.K.K.
Titelfoto: Archiv für Kunst und Geschichte, Berlin
Satz: Kremerdruck GmbH, Lindlar
Druck und Bindung: Brodard & Taupin, La Fleche
ISBN 3-404-12743-9

Der Preis dieses Bandes versteht sich einschließlich
der gesetzlichen Mehrwertsteuer.

Prolog

»In dieser Welt entspricht das Ideal nicht der Wirklichkeit, und wer sich von gutmütigen Motiven bestimmen läßt, ist einfach ein Narr.«

Giulio de' Medici, Papst Klemens VII. (1523–1534)

Die Vorbereitungen für das Konklave waren auf das sorgfältigste getroffen. Für jeden der stimmberechtigten 35 Kardinäle war eine Holzzelle angefertigt und mit den zugelassenen Bequemlichkeiten ausgestattet worden. Die entsprechende Liste des vatikanischen Zeremonienmeisters war peinlich genau:

»Ein Sessel, ein Schemel, ein Stuhl zur Entleerung des Darmes, zwei Urinflaschen, zwei kleine Mundtücher, vier Handtücher, zwei kleine Tücher zum Abwischen der Becher. Eine Kiste für das Ablegen der Gewänder. Tücher zum Abwischen des Gesichtes und ein Taschentuch. Vier Schachteln Süßigkeiten. Ein Gefäß mit gezuckertem Piniensamen. Eine Nadelbüchse. Eine Schreibmappe mit Federmesser. Vierundzwanzig Bögen Schreibpapier. Eine kleine Waage. Ein Salzfäßchen…«

… und was noch vonnöten war, um die Wahl eines Papstes zu beschleunigen.

Am 1. Oktober 1523 wurde das Konklave in der Sixtinischen Kapelle feierlich eröffnet. Der Eingang zum Saal und die Fenster wurden vorschriftsmäßig zugemauert. Nur ein Türchen blieb offen, durch das die Speisen hineingereicht werden sollten. Der Mangel an Licht und Luft galt als probates Mittel, die Konzentration des Heiligen Kollegiums zu schärfen.

Es galt, einen Nachfolger für den essigsauren Flamen Hadrian VI. zu wählen, dessen christliche Strenge die Römer zwei Jahre lang verstört und verärgert hatte. Die Kardinäle scherzten nun – nach Hadrians plötzlichem, von Gift erwirkten Tod – »dieser Barbar war gewiß der Kandidat des Heiligen Geistes, denn der unsere war er nicht«. Diesmal wollten sie sich gründlicher bedenken. Und so zogen sich die Wahlvorgänge endlos hin.

Das Geschäft der Papstwahl spiegelte auch nicht zuletzt die Spannungen der Außenwelt wider. Wer immer zum Papst gewählt würde, er mußte sich einem der mächtigen Lager anschließen, die um die Vorherrschaft in Europa rangen. Diese Lager waren Frankreich und Spanien. Das erstere wurde geführt von dem jungen König Franz, der die kriegerische Pose des Ritters und fürstliche Vergnügungen wie Jagd und Tanz schätzte, allgemein aber nicht als hervorstechend klug galt.

Ihm gegenüber stand der nicht minder junge, aber bei weitem ernsthaftere spanische König Karl V., der zudem Kaiser war. Eine Tatsache, die Frankreichs langnasiger Franz dem Spanier mit dem vorspringenden Herrscherkinn übelnahm, hatte er sich doch auch um die Kaiserkrone beworben.

Die Rivalität zwischen König und Kaiser bestimmte Europas Politik und sollte bald in offenem Krieg aufflammen. Einem Krieg, der – wie stets – auf italienischem Boden ausgefochten wurde. Hier, wo das Tor zum Orienthandel lag, wo reiche Stadtstaaten als Beute lockten, machten die beiden Monarchen ihre Ansprüche auf verschiedene Regionen, auf das Königtum Neapel etwa, geltend. Wer Italien regiert, so hieß es, regiert Europa und damit das Zentrum der bekannten Welt.

Ein Papst also hatte sich klug mit der einen oder anderen Partei zu verbünden, um den Kirchenstaat, der die Mitte Italiens von der West- bis zur Ostküste durchzog, mächtig, unantastbar, aus dem Krieg möglichst herauszuhalten.

Die Kardinäle im Konklave waren sich nicht einig, ob dazu ein franzosentreuer Amtsbruder oder ein Spanienanhänger besser geeignet sei. Die Wogen gingen hoch, Bestechungen und geheime Verhandlungen in den Holzzellen waren an der Tagesordnung. Erschwert wurde die Prozedur durch persönliche Feindschaften.

So haßte der mächtige Römer Pompeo Colonna den Spitzenkandidaten Giulio de' Medici bis aufs Blut. Mit allen Mitteln bemühte er sich, den Mann, der illegitim geboren war, schlechtzumachen. Doch Giulio, wiewohl ein Bastard, verfügte über die berüchtige Schläue der Medici und intrigierte gegen den Intriganten.

Die ständigen Gruppierungen und Umgruppierungen verursachten weitere Verzögerungen. Am 13. Oktober sorgten der römische Pöbel und die Hefe des Volkes draußen für Tumulte. Sie verlangten nach einem neuen Papst: »Es ist uns egal, selbst wenn es ein Holzklotz ist – nur gebt uns einen.«

Die Ungeduld hatte berechtigte Gründe, auch die Stadtväter machten sich inzwischen ernsthafte Sorgen über die Gefahren einer noch längeren Sedisvakanz – einer papstlosen Zeit.

In den Gassen und Straßen herrschten Anarchie und Aufruhr, es wurde geplündert und gemordet, in dem sicheren Bewußtsein, daß der neue Papst – wie jeder seiner Vorgänger – dafür später eine Generalamnestie verfügen würde.

Um die vielfältigen Verbrechen in Grenzen zu halten, machten die Magistrate deshalb nun von den Befugnissen Gebrauch, die dazu bestimmt waren, ein Konklave noch weiter zu beschleunigen. Die Speisen der Kardinäle wurden auf eine einzige zu Mittag und zu Abend beschränkt.

Doch die Entbehrungen steigerten nur die Spannungen drinnen. Nach einem Monat ohne frische Luft und Licht meuterten schließlich die französischen Kardinäle und verlangten, sich in den Belvedere-Gärten Bewegung verschaffen zu dürfen. Der Schmutz und Gestank im Saal zwangen die Behörden schließlich, ihn für eine Stunde zu öffnen und die Holzzellen der Kardinäle vom gröbsten Unrat zu befreien.

Eine Kost, die nur aus Wasser und Brot bestand, mag das Kollegium schließlich zu einer Entscheidung bewegt haben. Hinzu kam die Nachricht, daß der Krieg zwischen Franz und Karl bereits ausgebrochen war.

So entschied sich am 19. November 1523 das Konklave für Giulio de' Medici. Der Kardinal Pompeo Colonna mußte mit Gewalt davon abgehalten werden, den Medici tätlich anzugreifen, so groß waren sein Haß und Zorn. Doch es half nichts. Giulio sollte die dreifache Krone des Kirchenstaates tragen.

Er nannte sich Klemens VII. und wurde von beinahe allen seinen Vertrauten für einen spanischen Parteigänger gehalten.

»Der Papst ist ganz die Kreatur Eurer Majestät – die Macht Eurer Majestät ist so groß, daß selbst Steine gehorsame Söhne werden«, meldete triumphierend der spanische Botschafter nach Granada.

Allein, der Mann irrte. Genau wie die Römer irrten, die nun auf ein zweites goldenes Zeitalter voller Vergnügungen und Kunst, Müßiggang und Heiterkeit hofften, so wie es ihnen der Medici-Papst Leo X. einst beschert hatte.

Klemens VII., der unter seinem Onkel Leo X. ein durchaus weiser und umsichtiger Vizekanzler gewesen war, erreichte mit dem Apostolischen Stuhl genau die Position, die ihn hoffnungslos überforderte. Schon kurz nach Beginn seines Pontifikats vermeldete Venedigs Botschafter – nicht frei von Sarkasmus:

»Der Papst ist achtundvierzig Jahre alt und ein vernünftiger Mann, aber langsam in seinen Entscheidungen, woraus sich sein Schwanken im Handeln erklärt. Er ist ein guter Redner, aber sehr zaghaft. In politischen Dingen hört er auf jeden und tut dann, was ihm gefällt. Er gilt als geizig, deshalb murrt man in Rom. Spaßmacher und Musikanten will er nicht sehen. Er geht nie auf die Jagd. Sein ganzes Vergnügen besteht darin, mit Ingenieuren über Wasserspiele zu reden.«

Doch das Murren der Römer war bald nichts mehr im Vergleich zum Zorn der Monarchen Karl und Franz, denen sich der Papst in immer wechselnden Bündnissen zuwandte. Nach drei Jahren zaudernder und zögerlicher Politik entschloß sich Klemens – vielen Beratern zum Trotz – für eine Liga mit Frankreich und den italienischen Stadtstaaten Venedig und Mailand und gegen Spaniens Kaiser Karl V.

Doch diese Heilige Liga von Cognac sollte sich als erster Fehler in einer ganzen unglückseligen Reihe von falschen Entscheidungen erweisen. Sie wurde am 22. Mai 1526 geschlossen. Klemens hatte sich zu einem Krieg entschlossen, den er jedoch nie begann. Die Folgen seines peinlichen Zauderns sollten Rom und die gesamte römisch-apostolisch-katholische Kirche kaum ein Jahr später bitter zu spüren bekommen.

Schon der ausklingende Sommer des Jahres 1526 war geprägt von fieberhafter Unruhe, schicksalhaften Begegnungen und düsteren, untrüglichen Vorzeichen.

Seine Heiligkeit verstand es nicht, sie unfehlbar zu deuten.

I.

»Wer würde sich nicht schämen, die grauenvollen Akte der Wollust aufzuzählen, die ohne Achtung vor Gott und vor den Menschen an diesem Ort begangen werden? Die Häufigkeit des außerehelichen Beischlafs, des Inzests, der Vergewaltigungen von Knaben und Mädchen, die Zahl der Huren, die im Palast des heiligen Petrus herumlungern, und die Horden von Kuppplern, die dort umherlaufen, übersteigt in ihrer Schamlosigkeit jene der Bordelle und Freudenhäuser.«

Brief an Silvio Savelli 1502, Absender unbekannt

1.

»Das ist die römische Kirche, das Haupt der Welt? Das ist ein Schweinestall!«

Ponto Cosentino, »Romytipion«, 1524

Die brennende Augustsonne hatte den feuchten Böden der Wein- und Gemüsegärten längs des Tibers einen dichten Dunst entzogen und ihm wie einen Schleier über die Stadt gelegt. Die Schwüle lag am Abend noch wie ein schlecht gewrungenes Leintuch drückend in der schmalen Gasse. Eng gedrängt standen hier – unweit der Kardinals- und Kaufmannspaläste der prächtigen Via Giulia – die einfachen Häuser von Handwerkern und kleinen Händlern. Nur wenige von ihnen verschwendeten ihre sorgsam zusammengehaltenen Karlini für Türfackeln. Deshalb herrschte in dem Gäßchen, als die Glocke von San Andrea de Valle die elfte Stunde schlug, bereits tiefe Finsternis.

Erschöpft von der Hitze öffnete Marietta die Holzläden vor den beiden Fenstern ihrer Wohnkammern.

Sie sog, in der Hoffnung auf Abkühlung, die Nachtluft ein und wurde mit dem faulig aufsteigenden Geruch von Gemüse- und Fischabfällen belohnt. Die Tage, da sie selbst noch an der Via Giulia mit Blick auf den Tiber residiert, ja nachgerade hofgehalten und ihre Gemächer mit Ambra und Zibet parfümiert hatte, waren lange vorbei. Konnte sie sich vor acht Jahren noch eine Wohnung zu einer Jahresmiete von 200 Scudi leisten, so fiel es ihr heute schon schwer, die 5 Scudi für ihre bescheidene Behausung an der Händlergasse aufzubringen. Die Sorgen um ihre famiglia – sechs gefräßige Verwandte und Dienstboten hatte sie zu füttern – waren oft quälend. An die eigene Zukunft wagte Marietta mit ihren immerhin schon 32 Jahren kaum zu denken. So vieles hing ab von der Gunst des wankelmütigen und unberrechenbaren Kardinals.

Seufzend rückte sie einen kleinen Sessel in die Nähe der Fenster, streifte ihre abgeschabten Samtpantoffeln, die vom Glanz vergangener Tage berichteten, von den Füßen, öffnete die Schnürungen ihres gestickten Mieders und lehnte sich träge zurück. Heute würde der Kardinal sie gewiß nicht mehr zu sich rufen. Das ermüdende Warten hatte zwar ein Ende, aber in ihrer Kasse gähnte einmal mehr ein tiefes Loch.

Nun, die kleine Wäscherin Beatrice würde noch etwas auf ihren Lohn warten müssen, sie war ein sanftes Ding und würde nicht maulen. Marietta lächelte bei dem Gedanken an das muntere, rotwangige Mädchen, das sie sooft aus trübseliger Stimmung gerissen hatte. Die Wäscherin hing mit seltsamer Zuneigung an ihr. Nein, es ging nicht an. Beatrice mußte und sollte morgen bezahlt werden.

Sie, Marietta, würde zur Vesper eben nur etwas Gerstenbrei servieren, dann sollte das Geld reichen und noch langen bis Seine Eminenz wieder ihre Dienste beanspruchte.

Sie fuhr sich mit der Hand über die feuchte Stirn, so als wolle sie die emporsteigenden Bilder von dem Purpurträger verwischen, der gierig die Hände nach ihr ausstreckte und lustvoll in ihr Mieder gleiten ließ. Es waren kalte, grausame Hände, deren Berührung sie jedesmal zittern ließ. Und doch, der allseits gefürchtete Mann schien ihr wohlgesonnen, sein Blick verlor an Kälte, wenn er sich ihrer bediente und sie dabei betrachtete. Ausgerechnet sie, deren Geschäfte ansonsten so schlecht standen. So schlecht, daß sie nicht mehr daran denken wollte und den schützenden Mantel des Schlafes herbeisehnte.

Gerade wollten Marietta die Augen zufallen, als schlurfende Schritte auf dem Gang Besuch ankündigten. Entweder war es der Hausdiener, der vor dem Zubettgehen nach Aufträgen für seine Einkäufe auf dem Campo dei Fiori fragen wollte, oder die lästige Veronica. Marietta runzelte die Stirn.

Warum hatte sie sich je auf dieses Weib eingelassen, war ihren Einflüsterungen erlegen? Eine alte, habgierige Kupplerin war sie, und eine Plage überdies. Und doch fühlte sie sich immer noch in ihrer Schuld, und Veronica ließ keinen Tag verstreichen, ohne sie diese Schuld spüren zu lassen, sie zu verletzen und zu beleidigen.

Ohne zu klopfen, stieß nun tatsächlich die Alte die Tür zur Kammer auf. Eine unordentliche Gestalt mit schmutzigem Rock und gebeugtem Rücken. Allein auf ihrem Kopf herrschte künstliche Ordnung: Eine feuerrot gefärbte Perücke aus Pferdehaar türmte sich, durchflochten von falschen Perlen aus gelblichem Wachs, auf ihrem kahlen Schädel. Niemand hätte in den verhärmten, bitteren Zügen der Alten die einst gefeierte Hure Isabella la Luna wiedererkannt, die im ersten Jahrzehnt des goldenen Zeitalters, es war um 1507 gewesen, für eine der Schönsten ihrer Zunft gegolten und Verehrer unter den höchsten Vertretern der Kurie und der Kaufmannschaft gehabt hatte. Das Alter war bei Gott ein Fluch.

Noch weniger hätte einer, der vor zwanzig Sommern verzückt ihrem vielgepriesenen Gesang und Lautenspiel gelauscht hatte, ihre nun greinende Stimme mit der stolzen Isabella in Verbindung gebracht. Ihr schlechtsitzendes, aus Hartholz geschnitztes Gebiß begleitete die jämmerliche Stimme mit beharrlichem Klappern. »Was für ein Unsinn, die Fenster zu öffnen«, schimpfte sie und schlurfte, die Pantoffeln Mariettas beiseite tretend, durch den Raum. Unwillig richtete Marietta sich auf. »Laß sie offen, es ist so stickig in dieser Nacht, ich brauche Abkühlung.«

Die Witwe achtete nicht auf den Einwurf und schlug polternd die Läden zu. »Du weißt selbst, welches Gesindel sich des Nachts herumtreibt. Erst gestern berichtete mir der Pescatore, man habe ihm eine Brandfackel in die Stube geworfen. Überall fliegen Steine, kein Haus ist sicher vor Übergriffen. Schon gar nicht das Haus einer käuflichen Frau. Der junge Capezza und seine Horde haben eine *sfida* gegen die Pomponelli ausgerufen. Sie schlagen sich in der Gasse und machen Jagd auf das Dirnenhaus am Ponte Sisto und alle leichten Mädchen. Erst gestern schwamm der Leichnam einer Unbekannten im Tiber. Sie sollen sogar bei der vornehmen Saltarella eingedrungen sein, obwohl sie die Gunst des Kaufmanns Zoppino genießt. Und du? Zwei Diener hast du, taub der eine, lahm der andere, doch du öffnest den Mördern die Fenster. Glaubst du, sie machen halt vor einer wie dir?«

Die Alte mühte sich um ein höhnisches Gelächter, das mehr

zu einem Rasseln geriet, untermalt vom rhythmischen Klappern ihres Gebisses.

»Ob es die offenen Fenster sind oder der nicht mehr frische Fisch zu Mittag, du wirst immer die gleiche Melodie anstimmen. Ich bin nichts wert, habe dich verraten und um dein Glück gebracht, nicht wahr?« gab Marietta gereizt zurück. Die Linien um ihren vollen, weichgeschwungenen Mund verschärften sich und verrieten bei allem noch bewahrten Liebreiz ihrer Züge das Herannahen des Alters.

Veronica schnaubte. »Welche Melodie soll ich dir auch sonst singen? Dein Leichtsinn, deine Unvernunft, dein verstocktes Wesen haben uns alle ins Elend gebracht. In einer schäbigen Gasse zwischen Lumpen und kleinen Händlern müssen wir leben, nur weil du einer unsinnigen Laune folgst.«

»Man nennt diese Laune gemeinhin Liebe, Veronica. Sie befällt einen Menschen, ohne daß er sich ihrer erwehren kann. Nenn es eine Krankheit, ein Fieber, aber niemals eine Laune. Launen sind flüchtig. Ich habe die Liebe gewiß nicht erwartet, aber ich umarme sie nun in Freuden, denn sie ist köstlicher als alles Geld.« Marietta beugte sich vor und angelte nach einem der Pantoffeln. Veronica stieß ihn – erstaunlich gewandt – noch weiter unter den Sessel. Es waren solche kleinen Gemeinheiten, mit denen sie ihrer ohnmächtigen Wut Ausdruck zu verleihen pflegte.

»Liebe«, brummte sie dabei unwillig, »Liebe. Eine Narrheit nenn ich das. Sprich mir nicht von Liebe. Die Welt ist nicht dafür gemacht, und schon gar nicht du, Tochter einer Fischerhure und eines armseligen, geilen Diakons oder eines betrunkenen Münzschabers. Du solltest wissen, was dir gebührt und wo du hingehörst.«

»In ein Bordell oder das Prostibulum am Ponte Sisto vielleicht?« fragte Marietta spitz, griff unter den Sessel und holte den Pantoffel hervor.

»Ja, dort wärest du gewiß gelandet, als schäbige *puttana*, wenn ich dich nicht aus dem Kloster der heiligen Maria Maddalena geholt, an Kindes statt angenommen und wie meine eigene Tochter gekleidet und genährt hätte.«

Ungeduldig schlug Marietta mit dem Pantoffel gegen die Sessellehne, so als wolle sie das Klappern des Gebisses und die immergleiche Litanei übertönen. Veronica ließ sich nicht beirren. »Alle meine Künste habe ich dich gelehrt, deine Haut mit Eselsmilch und reinem Salz in Samt verwandelt, dich den stolzen Gang gelehrt, deine Sprache verfeinert, dich im Gesang unterwiesen. Du warst schön wie ein Engel, du hättest die größte deiner Zunft werden können. Die erste Dienerin der Venus, die Königin von Rom. Wenn ich nur daran denke, was ich an dich verschwendet habe, statt mir eine schmiegsamere Schülerin zu nehmen, die weiß, was sich gehört.«

Marietta nahm nun den Pantoffel in die Rechte, verneigte sich spöttisch vor der Schuhspitze und begann einen Dialog mit dem schäbigen Schuhwerk. »Oh, Euer Heiligkeit, darf ich heute nacht Eure Dienerin sein? Wollen wir mit den Füßen musizieren? Liebt Ihr die Prälatenspeise, wollen wir den Kranich machen, die Kirche im Glockenturm, oder soll ich mich als Knabe kleiden? Schätzt Ihr die verkehrte Venus oder doch das Argument von vorn? Wie, ich soll Euch nur herzhaft küssen? Auf den nackten Hintern? Auf Euren was? Oh, Monsignore, was seid Ihr für ein Schelm! Dies tatenlustige, saftgeschwollene Ding ist doch kein Bischofsstab.« Affektiert drückte sie einen Kuß auf die Pantoffelspitze, dann schleuderte sie den Schuh wie angewidert von sich.

»Und das nennst du Kunst? Widerwärtig nenne ich es, diese gezierte Geilheit. Und du willst meine Mutter gewesen sein? Eine Mutter, die eine kaum Sechzehnjährige an einen alten Bock verschachert? Sie mit schlüpfrigen Reden verführt und gleich dreimal ihre Jungfernschaft verkauft? Du hast mich zu

Unzucht und Lüge erzogen. Ich bin dir bei Gott nichts schuldig.«

»Ich hätte es wissen müssen«, zischte Veronica und trat mit kalt funkelnden Augen ganz nah an Marietta heran, »an dir klebt immer noch der Geruch des Fischerviertels. Alle Verfeinerung war umsonst, alle Vornehmheit liegt dir fern. Worüber du so abfällig spottest, das sind die großen Künste der Verführung. Du hättest eine Dame sein können. Reicher als jede Honesta, verehrter als jede Patrizierin. ›Terra da donna‹ nennt man Rom, die Erde der Frauen, und das ist wahr. Hier, wo die Männer so in der Überzahl sind, daß selbst die schäbigste Wäscherin noch einen Gönner findet, und sei es nur ein armseliger Brevenschreiber, den der Zölibat arg ankommt, hättest du die Kaiserin sein können.

Aber du hast deinen Gönnern, darunter die vornehmsten Herren der Stadt, auf dem Höhepunkt deiner Laufbahn die Tür gewiesen, um deine Schenkel für einen Habenichts und Halunken mit wirrem Verstand zu öffnen, der dir nicht einen schäbigen Bajocco einbringt. *t' un cervello di gallina.*«

Marietta ertrug die Schelte gegen sich selbst mit Demut, doch die Schmähung des Geliebten als Habenichts und Spatzenhirn weckte ihren leidenschaftlichsten Zorn.

»Scoferino ist ein begnadeter Künstler, und du weißt es. Er wird einst zu den größten Malern unserer Zeit zählen, größer vielleicht als Raffael, dem man immerhin den Kardinalshut angetragen hat. Und Scoferino macht mich jetzt schon reich mit seiner Liebe. Ich bange nicht, daß er eines Tages auch die von dir so angeschmachteten Dukaten einheimsen wird, also benimm dich, wie es einer ehrwürdigen Witwe gebührt, sonst verlierst du deinen künftigen Anteil.«

Doch so leicht war Veronica nicht zum Schweigen zu bringen, schon gar nicht mit versprochenen Dukaten. »Lieber heute das Ei als morgen die Henne. Du sprichst von Geld, das ich nicht klimpern hören kann. Das ist weniger wert als Eselsdreck.« Erregt ordnete sie die von Honigwasser steifen Pferdehaarsträhnen, als gälte es, vor einem Bankett beim Papst letzte Hand an sich zu legen. Dann streckte sie den Rücken, so gut es ging, und hob das Haupt, so hoch es die Perückenpracht zuließ.

»Dein sogenannter Maler, dieser Schmierpinsel, hat dir mit einem ganz anderen Werkzeug den Kopf verdreht«, sie machte eine obszöne Geste in Richtung ihres Schoßes, »ich weiß es wohl. Wieviel verliebte Dirnen hab ich schon erlebt, die, weil einer es ihnen recht besorgte, alle Vorsicht, alle Fertigkeit und allen Verstand verloren. Die Kerle genossen es sehr, sich mit einer stöhnenden Nymphe im Bett zu wälzen, prahlten noch herum, was für verteufelt gute Liebhaber sie seien, daß selbst eine käufliche Frau in Liebe zu ihnen entbrenne. Solange es ihnen gefiel. Danach stießen sie die dummen Huren von sich, in den tiefsten Schmutz und spuckten darauf. Marietta, warum bist du so blind!«

Ein seltener Ton von Mitleid mischte sich in die Worte, doch schnell fing sich die Alte wieder und schloß im Ton der Verachtung. »Ich hielt dich für klüger, nur weil du schöner als die meisten warst. Hätte ich dich nur nie gesehen! *Diavolo*, was ist nur dran an dir, daß du die Menschen so für dich einnimmst?«

»Frag dich selbst, ich weiß es nicht. Du hast mich unter allen anderen Waisenmädchen ausgesucht, vergiß das nicht«, erwiderte Marietta, machte eine Pause und setzte spöttisch »Mutter« hinzu. Der Schrei eines Kindes in der Nebenkammer unterbrach den heftigen Disput. Eine verschlafene Magd klapperte wenig später die Stiegen zu den Wohnkammern Mariettas herauf, gähnend öffnete sie die Tür und strebte schlaftrunken auf die Tür der Kinderkammer zu, wobei sie gleichzeitig den Ausschnitt ihres Nachthemdes weitete und nach ihren Brüsten tastete.

»Laß nur«, Marietta hielt sie in sanftem Ton zurück, »ich werde ihn heute selbst säugen.« Die Amme gähnte nur herzhaft, wobei ihre Augen sich wieder halb schlossen, zog den Ausschnitt zurecht und drehte sich um. Sie ließ sich nur allzugern von der Arbeit abhalten, ihre Nachtruhe war kurz genug.

»Halt!« Veronica rief sie noch zurück. »Marietta, du willst dich doch nicht noch um deine letzten Verdienste bringen? Laß die Amme ihren Dienst tun, sie wird gut dafür bezahlt. Du brauchst deine Milch für Wichtigeres.«

»Geh«, befahl Marietta ungerührt der Magd, wandte sich zum Nebenzimmer, trat ein und kehrte mit dem schreienden Säugling auf dem Arm zurück. »Das wirst du nicht tun«, zeterte aufgeregt die Witwe und wollte Marietta den Knaben entreißen. »Was, wenn der Kardinal nach dir und deiner Milch verlangt?«

Die junge Mutter schaute sie mit kalter Verachtung an. »O doch, ich werde es tun, denn es ist nur recht, daß eine Mutter ihr Kind nährt statt eines grausamen, kranken Wüstlings mit merkwürdigem Geschmack.«

Sie lockerte ihr Hemd und legte zärtlich den Knaben an, der sogleich das Ziel seiner Wünsche fand und in wenigen Augenblicken selig beschäftigt war. »*Madènna mia*«, stöhnte die Alte, »was liegt dir am Geschmack deiner Kunden, solange sie dafür zahlen. Den Bastard da«, sie deutete auf das Kind, »könntest du ebensogut von einer Ziege säugen lassen, er würde den Unterschied kaum merken.« Sie ließ sich auf den Sessel beim Fenster fallen. Er war neben einem einfach gezimmerten Hockschemel die einzige Sitzgelegenheit in der bescheidenen Kammer und gebührte der Hausherrin.

Veronica, die ihre eigenen Verdienste und alle Kuppelpelze längst verschwendet hatte, schon seit Jahren nur von den Einkünften und der Gunst Mariettas lebte, betrachtete nicht nur in diesem Haus jedes Möbelstück und jeden Diener als ihren Besitz, sondern war zudem beleidigt, daß sie sich mit soviel Schäbigkeit zufriedengeben mußte. Marietta hingegen behielt die Alte aus bloßer Gewohnheit bei sich, und weil es ihr nie gelungen war, sich ganz aus den Schuldgefühlen der Alten gegenüber zu lösen. Bei aller Niederträchtigkeit ihres Gewerbes hatte Veronica sie tatsächlich vor Schlimmerem bewahrt, dem Elend einer Bordellhure etwa oder dem harten Leben einer Wäscherin oder Dienstmagd, die den Nachstellungen ihrer Herrschaft oft kostenlos nachgeben mußte und darum doch nicht mehr als einen schäbigen Scudi im Monat verdiente.

Und sie, Marietta, war jung gewesen, begierig auf die Welt, nachdem sie fünfzehn Jahre in der Enge des Konvertitenklosters aufgewachsen war und man ihr beständig von ihrer sündigen Herkunft gepredigt hatte, von ihrer Schamlosigkeit, zu der sie doch nie Gelegenheit gehabt hatte, und von ihrer armseligen Zukunft, da ihr niemand eine noch so geringe Migift stiften wollte.

Ja, damals war ihr Veronica, noch nicht verwüstet von Alter, Habgier und Ausschweifung, wie eine wunderschöne Göttin erschienen, die auf die Erde hinabgestiegen war, um sie, Marietta, in den Himmel zu entführen.

Vielleicht speiste sich ihr letzter Rest von Dankbarkeit gegen Veronica auch aus der Tatsache, daß sie nur durch die ihr angediehene Bildung Scoferino kennengelernt hatte. Den schönen, empfindsamen Scoferino, der sie erst als Kunde besucht hatte und nun als seine *donna mirąbile* verehrte, sie liebte und all den herrlichen Madonnen, die er malte, ihr Gesicht verlieh. Zärtlich blickte Marietta auf den gemeinsamen Sohn hinab. Schon vermeinte sie in den Grübchen das Lächeln des Geliebten wiederzuerkennen, im Schwung der seidigen blonden Wimpern den Augenaufschlag Scoferinos, und in ihren Ohren klang dessen wunderbares Versprechen. »Eines Tages werde ich dich heiraten, Marietta, mein Engel, mein Licht, mein Leben. Ich werde dich heiraten, weil meine Kunst ohne dich nichts ist.« Ach, wie süß war dieser Gedanke. Allein, zum gemeinsamen Glück fehlten 300 Scudi. Soviel – es war die geringste denkbare Summe –

war nötig, um einen gemeinsamen Hausstand zu gründen und die *famiglia* Mariettas weiter zu versorgen.

Scoferino war mittellos, seine wohlbetuchten Eltern versagten jede Unterstützung, seit er vor drei Jahren sein Verhältnis mit der um neun Jahre älteren Kurtisane Marietta begonnen und schon wenig später öffentlich gemacht hatte. Sie zürnten um so heftiger, als er seine Heiratsabsichten kundgetan hatte, und sie hatten sogar mit Gewalt gegen ihn oder seinen Bettschatz gedroht. Doch Scoferino hatte sich unbeeindruckt gezeigt und eine armselige Kammer im Hurenviertel Hortaccio angemietet, um seine Malerei zu betreiben, wenn er nicht bei seiner Liebsten weilte.

Herrlicher, stolzer, wundervoller, begabter Scoferino, dachte Marietta seufzend, sie konnte außer ihm keinen Mann mehr in ihrem Bett ertragen, es war unmöglich.

»Du bist eine Närrin«, unterbrach noch einmal Veronica die Gedanken der jungen Mutter, die Scoferino in diesem Moment gewiß zum Vorbild für ein weiteres Madonnenbild genommen hätte, eines der glücklichen und heiteren Art, die uns das Leben als köstliches Geschenk erscheinen lassen. Marietta betrachtete zärtlich das apfelförmige Muttermal auf einem der Schenkel ihres Sohnes, das sie ihm vererbt hatte. Prospero, so hieß der Knabe, war das Wertvollste, was sie je besessen hatte.

Veronica sah nichts von dem, sie sah nur eine zwar schöne, aber alternde Dienerin der Venus, die gerade eben dabei war, ihr letztes Kapital für ein Kind der Schande zu vergeuden.

»Was nun, wenn der Kardinal dich heute noch bestellt? Wie willst du seiner Lust dienen und seine Begierden stillen? Ausgedörrt wie ein verwelktes Rebblatt wirst du zu ihm kommen und damit deinen letzten Gönner verlieren.«

»Er wird mich schon nicht bestellen«, murmelte Marietta sanft, um ihren Sohn nicht zu erschrecken. Der schien nun satt, ließ das Köpfchen zurücksinken und rieb sich die Äuglein. Marietta drückte ihm einen Kuß auf die zarte Stirn und hob ihn sanft an die Schultern, um ihm den Rücken zu klopfen. Sie summte gedankenverloren ein Lied und war dem Glück so nahe, wie sie es nur eben sein konnte.

Ein dumpfer Schlag riß die beiden Frauen hoch. Es war ein Stein, der gegen die Läden schlug, bald folgte ein weiterer. Aufgeregt stürzte Veronica zum Fenster. Das war ihr Signal. »Haltet ein«, rief sie heiser in die Gasse hinein, ordnete noch einmal ihre Frisur und ging mit der Würde der erfahrenen Kupplerin daran, die Läden zu entriegeln. Die Verhandlungen in den Häusern der Kurtisanen wurden stets von der Kupplerin – der Mutter oder einer alten Witwe – geführt, und Veronica hielt darauf, daß – egal wie tief ihr Schützling gesunken war –, sie doch nicht so tief stand wie eine gewöhnliche *puttana*, die schutzlos und auf offener Straße mit ihrem Kunden einig werden mußte. Solche Maßnahmen drückten den Preis. Eine gute Kurtisane hatte eine Kupplerin, hatte Wächter und Dienerschaft und suchte sich die Kunden – zumindest dem Schein nach – selber und aus freien Stücken aus.

Kopfschüttelnd betrachtete Marietta, nachdem sie in der Nebenkammer ihr Kind auf sein Schlafbrett zurückgelegt und die Bänder über seinem kleinen Körper festgezogen hatte, das Treiben der Alten, die, um einen gurrenden Ton bemüht, den möglichen Bewerbern schmeichelte. Noch immer tat sie, als sei Mariettas Haus in der Händlergasse ein vornehmer Treffpunkt für die Edlen der Stadt, als gäbe es hier immer noch eine Ware, die süßer und verbotener lockte als der Paradiesapfel selbst. Diese Umsicht hatte beinahe etwas Rührendes, denn die gewesene Isabella la Luna war nicht nur von Habgier getrieben, sie trauerte tatsächlich den vergangenen goldenen Tagen des Kurtisanentums nach. Es waren die einzigen goldenen Tage ihres Lebens gewesen. Damals, als die Kurtisanen Roms tatsächlich verehrt wurden wie die *cortigiane*, die Hofdamen der Fürstenhäuser.

Marietta aber gab sich keiner solchen Täuschung hin. Der Frühling ihres Gewerbes war entlaubt. Das Geschäft war hart, die Konkurrenz inzwischen mächtig und bei weitem jünger. Der Ruf Roms als einer Stadt der Sünde lockte längst Abenteurerinnen und Glücksritterinnen, Hoffnungslose und Armselige aus aller Welt. Geflohene Ehefrauen ebenso wie mittellose Jungfrauen, die einem Leben als Bettlerin oder armselige Nonne mit dem Spinnrocken entgehen wollten.

Mit fünfzehn Jahren begannen die schönsten Mädchen aus allen Ländern Europas in der ewigen Stadt ihr Gewerbe. Auf die 5000 schätzte man ihre Zahl, auf jeden zehnten Einwohner Roms kam eine Hure. Darunter die hellhäutigen, hochgewachsenen Mädchen aus der Lombardei mit ihren rötlich schimmernden Locken oder flachsblonde, und in Italien heißbegehrte, üppige Flamenweiber, sogar schlanke gazellenartige Wesen aus dem Lande des Nils oder mandeläugige, dunkle Spanierinnen, von denen es hieß, sie seien in der Sünde der fleischlichen Lust so kunstfertig wie die iberischen Vertreter der Heiligen Inquisition in der grausamen Tortur menschlicher Leiber kenntnisreich.

In Rom konnte ein jeder Mann, egal welchen Alters, Standes oder welcher Herkunft und egal, wie schmal sein Geldbeutel war, seine natürlichen Triebe befriedigen. Derbe Spötter nannten daher Rom nicht mehr caput mundi, Kopf der Welt, sondern *cauda mundi*, Schwanz der Welt, und scheuten sich nicht, solche – »libelli famosi« genannten Schmähungen mit Ochsenblut an Kirchenwände zu schmieren. Der Zölibat und die Gelübde der Keuschheit förderten das Geschäft, statt es zu behindern. Doch wer sollte angesichts der Fülle sündigen Angebots in der Ewigen Stadt sein Begehren noch auf sie, Marietta, eine Frau von 32 Jahren richten?

»Es sind Boten des Kardinals«, raunte Veronica nun aufgeregt und mit gedämpfter Stimme ins Zimmer. »Seine Eminenz wünscht dich heute nacht noch bei sich. Es heißt, er habe bei seinem Maskenfest einen weiteren Schwächeanfall erlitten. Er verlangt dringend nach dir und verspricht zwanzig Scudi.« Die Zahl kam schrill, und Marietta konnte es der Alten nicht verdenken. Zwanzig Scudi! Mehr konnte auch die jüngste, vornehmste Kurtisane für eine Nacht, die schwierigsten Liebesdienste und ungewöhnlichsten Praktiken kaum verlangen. Selbst dann nicht, wenn damit ein Weg durch das nächtliche, hochgefährliche Rom verbunden war. Aufgeregt schnürte sie ihr Mieder zurecht, während die Alte die Boten anwies, vor der Tür zu warten.

Dann schloß Veronica die Läden und wandte sich mit einem Ausdruck triumphaler Verachtung zu Marietta hin. »Da hast du es. Der Kardinal verlangt nach dir, und du hast deine Milch an deinen Bastard verschwendet. Deine Brüste sind trocken, welche Freude willst du ihm nun gewähren? Glaub nicht, daß du ihn mit deiner Venusgrotte locken kannst. Da hat er die Rodiconda für, und die würde es dir bitter vergelten, wenn du dem Kardinal die Schenkel öffnest. Was willst du nun tun?«

»Ich werde zu ihm gehen, vielleicht kann er warten, bis mir die Milch wieder fließt.« Sie hoffte darauf, den grausamen Purpurträger ein weiteres Mal zu verzaubern, auch wenn sie nicht wußte, was ihr diese Macht über den gefürchteten Mann verlieh.

Veronica schüttelte den Kopf. »Einen Kardinal warten lassen. Und ausgerechnet Falvini. Was bildest du dir ein? Warum machst du ihm nicht gleich Mitteilung, du würdest ihm zu gegebenem Anlaß eine Audienz gewähren?«

»Er ist mir geneigter, als du glauben magst«, warf Marietta zaghaft ein.

Doch die Alte schüttelte ungläubig das Haupt. »Du bist wahrhaft ein törichtes Weib. Rechne nie mit der Zuneigung eines solchen Mannes. Hättest du einen anderen Liebhaber, einen, der ihm ebenbürtig wäre, so könntest du die Karte der Eifersucht spielen. Aber so? So bist du schutzlos seiner Launenhaftigkeit unterworfen. Muß ich dir die Frauen aufzählen, die an seinen Tisch geladen und wegen eines zu lauten Lachens, einer zu vorwitzigen Bemerkung nie mehr von der Tafel aufstanden?«

Marietta zuckte zusammen, sie kannte die Geschichten wohl. Unter Roms Kurtisanen war eine Einladung des Kardinals ebenso begehrt wie gefürchtet. Einige munkelten, der Purpurträger habe Freude daran, Frauen zu quälen und zu töten. Andere behaupteten, es sei Rodiconda, seine langjährige Konkubine, die jede Rivalin – zur Freude des Kardinals – in die Hölle schickte, bevor sie dem Kirchenfürsten den Himmel auf Erden bereiten könne.

Veronica sah mit Befriedigung das ängstliche Flackern in den hellen grünen Augen Mariettas, die Scoferino »Smaragde des Himmels« nannte. Ihren Triumph genießend, leckte sich die Alte ihre schmalen, vertrockneten Lippen, dann sagte sie mit einem Ausdruck äußerster Resignation: »Ich weiß nicht, warum ich so gutmütig bin, dir immer wieder zu helfen. Komm.« Gemeinsam stiegen sie die hölzerne Treppe hinab, die in eine schäbige Diele führte, deren Boden mit angeschlagenen Steinziegeln gefliest war. Veronica trat nach einer Ratte, die mit ihrem weichen, dicken Leib an einer der Wände entlangglitt, und verschwand in der rückwärtig liegenden Küche.

Bald kam sie mit einem kleinen, nassen Schwämmchen zurück. »Hier, klemm es dir unter deine Brust, er ist mit Ziegenmilch getränkt, der gierige, schwache Bock wird den Unterschied kaum merken, du drückst einfach darauf, wenn er sein Spiel beginnt, und er wird es seufzend schlecken. Verzieh deine Miene in Schmerz und behaupte, du seist wund von seinen leidenschaftlichen Spielen. Er liebt es, wenn Frauen unter ihm Schmerzen leiden.«

»Aber Veronica, er drängt mich jedesmal mehr, mich auszuziehen. Er sagt, er will mich dabei nackt sehen«, bemerkte Marietta zweifelnd.

»Nackt? Seit wann das? Ich denke, er will, daß du ihm nur die Amme spielst und zaudernd wie eine Madonna deine Brust gibst?« Marietta bekreuzigte sich bei der lästerlichen Bemerkung der Alten, griff dann den Schwamm und schob ihn vorsichtig in ihr Mieder. Milch sickerte durch den Stoff und verbreitete einen stechenden Geruch, der mit dem süßen Mandelduft ihrer Milch wenig gemein hatte. Dann antwortete sie der neugierigen Veronica harmlos.

»Nun, zuletzt bedrängte er mich immer wieder, mich ganz zu entkleiden und in sein Bett zu kommen. Ich wollte es nicht leiden, wiewohl er bislang nie anders Hand an mich legte, als sei ich seine späte Amme.«

»Du phantasierst, du wähnst dich größer, als du bist. Sein Bett pflegt er mit der Rodiconda zu teilen, sie ist bei weitem klüger, schöner und begehrter als du. Träum nicht einmal davon, daß der Kardinal die Venus in dir sieht.«

Marietta lag nicht daran, hierüber mit Veronica zu streiten. Was bedeutete ihr auch die Lust oder etwa eine besondere Zuneigung des Kardinals? Was kümmerte es sie, was er in ihr sah. Sie lockte nur das einfach verdiente Geld für eine Arbeit, bei der sie ihren Liebsten nicht hinterging, indem sie sich nicht ganz einem anderen schenken mußte. Das würde sie gewiß nie mehr tun. Sie griff sich eine fröhliche Nymphen-Maske aus der Dielentruhe und streifte sie übers Gesicht, warf einen Kapuzenmantel über, entriegelte die Tür und eilte durch den Torbogen auf die finstere Gasse.

Zwei Männer erwarteten sie dort mit einem Tragsessel. Beide trugen außerdem Eisenstangen im Gürtel, um damit nächtliche Angreifer abzuwehren. Die Sänfte war mit purpurnem Samt überdacht und ein mit Schnitzereien und Goldlack verziertes Prunkstück. Für Marietta bestand kein Zweifel daran, daß es ein Tragsessel des hohen Amtsträgers war.

Verwundert über solch eine Aufmerksamkeit, die sonst nur den vornehmeren Kurtisanen zuteil wurde, schob Marietta die Brokatvorhänge beiseite und kletterte auf den mit Samt gepolsterten Holzsitz. Sie schob die Vorhänge wieder zusammen und lehnte sich zurück, während die Träger anhoben und schwankend ihren Weg begannen. Sie tasteten sich mit vorsichtigen Schritten durch die holprige, dunkle Gasse, eifrig darauf bedacht, nicht über einen Stein oder einen Haufen Unrat zu stolpern.

Als sie die Via Giulia erreichten, die an vielen Stellen gepflastert und durch die Nachtlaternen einiger Paläste wenigstens spärlich beleuchtet war, beschleunigten sie ihre Schritte. Sie fürchteten die Verwicklung in eine der nicht enden wollenden *sfides.* Diese zum Spaß von mutwilligen, kampfdurstigen jungen Edelleuten ausgerufenen Straßenfehden um erfundene Ehrenhändel konnten leicht zu blutigen Handgemengen führen. Wenn Rom aus seinem Schlaf erwachte, lagen nicht selten fünf bis sieben Leichen im eigenen Blut und im Staub der Straßen, Opfer einer willkürlichen Mordgier und der duldsamen Nachlässigkeit der Ordnungshüter.

Die Träger verfielen nun in einen Laufschritt, ihre Fracht war angenehm leicht. Schnell passierten sie das Haus Nummer 85, in dem der große Maler Raffael seine Geliebten prachtvoll untergebracht hatte und den gewaltigen Palast des Goldschmiedes Benvenuto Cellini, der seine Einkünfte vor allem dem Papst und dessen Vorliebe für goldene Kunstwerke verdankte. Doch die umsichtige Eile der Träger war umsonst. In Höhe des Palazzo Ghiotti sprangen vier Vermummte aus einem Haustor. Gegen die spitzen Degen der Angreifer hatten die beiden Träger mit ihren Eisenstangen keine Chance. Sie ließen den Tragsessel fallen und stoben davon. Für eine Kurtisane – und sei sie noch so schön und ein Liebchen des Kardinals Falvini – wollten sie ihr Leben nicht opfern. Schließlich waren sie nur Mietknechte und gehörten nicht zum Haushalt des Purpurträgers, so daß sie vor seinem Zorn nicht zittern mußten. Vor Furcht gelähmt drückte sich Marietta tiefer in das Rückenpolster, zog die Maske dicht vors Gesicht und schloß die Augen. Grob riß einer der Angreifer schon den Vorhang beiseite. Marietta schlug ein hastiges Kreuz und empfahl Gott ihre Seele.

2.

»Nihil humani a me alienum puto – Mir ist nichts Menschliches fremd«

Leitspruch der Humanisten

Der Kardinal della Forsa schob keuchend seine gehörnte Maske über die schweißglänzende Stirn. Seine beleibte Statur ließ das enge Satanskostüm aus schwarzen und roten Seidenrauten in hohem Maße lächerlich erscheinen und erlaubte ihm nicht, lange an den modischen Springtänzen teilzunehmen, zu denen die Kurtisanen die Festgäste in den Innenhof lockten. Atemlos und erhitzt nahm della Forsa wieder an der langen Tafel im Wandelgang des weitläufigen *cortile* Platz, verlangte nach Wein und wandte sich seinem Tischnachbarn, einem Mailänder Gesandten, zu. Über den Lärm der Lauten- und Trommelschläger, der Pfeifer, Drehorgel- und Zimbelspieler hinweg, pries er die Freuden des Festes. »Oh, fürwahr, der Falvini versteht es, einen einfachen Diener der Kirche angemessen zu unterhalten«, rief er, und sein Lob kam aus tiefstem Herzen, da er sich mit seinem bescheidenen Einkommen von 1000 Scudi zu den *paupera cardinali*, den armen Purpurträgern, rechnen mußte. Er griff sich eine kandierte Feige, biß so herzhaft hinein, daß der Saft herablief und sein leichenblaß geschminktes Gesicht häßlich verschmierte. Mit vollem Mund fuhr er fort. »Habt Ihr je solche Köstlichkeiten gesehen? Ein jedesmal übertrifft er sich selbst. Geröstete Papageienzungen, bei allen Heiligen, so etwas habe ich mein Lebtag zuvor nicht gegessen, obwohl ich bei den päpstlichen Jagden schon manchen Singvogel erlegt und verspeist habe. Falvini verdient jedes Lob, das man ihm spendet. Er ist ein großer Mann. Was wird er uns wohl zum Abschluß servieren?«

Der vornehme Mailänder, der mehr aus politischen Erwägungen denn des Vergnügens wegen am Bankett des Kardinals Falvini teilnahm, zuckte interesselos die Schultern. Sein Blick schweifte zum Gastgeber. Mit gerunzelter Stirn betrachtete er Falvini, der mit einem Lorbeerkranz auf dem Haupt und in eine faltenreiche Tunika gekleidet den heidnischen Gott des Lichtes, Apoll, darstellte. An der Stirnseite des Wandelgangs thronte er unter einem purpurnen Baldachin über allen Gästen. Was für ein Frevel, der Mann vollzog seine Apotheose selbst und im Diesseits. Er inszenierte sich als Gott.

Della Forsa erschien das mürrische, abweisende Schweigen und die finstere Miene seines Tischnachbarn als der größere Frevel, schließlich galt es, die flüchtigen, irdischen Freuden ausführlich zu genießen. Gerade dann, wenn sie umsonst waren.

»Tempi passati, mein Lieber, umarmt dieses flüchtige Leben. Es gereicht Euch nicht zur Schande«, mahnte er in einer Anwallung christlicher Nachdenklichkeit, »habt Ihr nicht die Skelette in der Vorhalle gesehen? Der Falvini versteht es, den heitersten Freuden den ernsten, würdigen Ton aufrechter Ermahnung an die Seite zu stellen.« Damit verneigte er sich in Richtung des verkleideten Gastgebers, der davon freilich nichts bemerkte, sondern damit beschäftigt war, einigen der Tänzerinnen zum Scherz seine vergoldeten Sandalen zum Kuß darzubieten.

Zufrieden mit seiner würdigen Argumentationsführung griff der feiste Kirchenmann della Forsa nach einem mit Ingwer und spanischem Pfeffer gewürzten Kuchen, der die Manneskraft der Gäste steigern und für die den Tafelfreuden folgenden erotischen Vergnügungen präparieren sollte. Und der Kardinal langte tüchtig zu, da seine Tanzpartnerin, eine verteufelt hübsche, muntere Neapolitanerin, ihm bereits süße Versprechungen zugeraunt hatte. Gewiß waren einige Kammern im Palazzo für die sündigen Konklaves, wie man die Liebesspiele zwischen Kurialen und Kurtisanen, nannte, vorbereitet. Della Forsa rieb in Vorfreude die Hände aneinander und unter dem Tisch auch die Schenkel. Er rechnete es dem spanischen Pfeffer zu, daß seine Lenden bereits mächtig und lustvoll brannten. Genüßlich spitzte er die Lippen und deutete seiner Auserwählten, die eine ausgelassene Galliarde tanzte, leidenschaftliche und schamlose Küsse an. Es war eine Lust zu leben. Wozu Buße tun, bevor man gesündigt hatte? »Ist sie nicht Venus selbst?« fragte er entzückt den Mailänder. Der schwieg eisern. Della Forsa seufzte.

Die Skelette hatten doch genug getan, um ihn an seine eigene Vergänglichkeit und die Eitelkeit alles Irdischen zu gemahnen, was wollte dieser norditalienische Sauertopf? Es waren die sterblichen Überreste einiger vor langer Zeit verstorbener Ordensbrüder, die in der Vorhalle mit Golddrähten zu makabren Tanzfiguren zusammengefügt und in der Ordnung einer Pavane aufgestellt worden waren. Auf ihren Schädeln trugen sie die Barette einfacher Diakone und nachgemachte Kardinalsmützen. »Hodie mihi, cras tibi – heute mir, morgen dir« hatte in blutroten Lettern auf einer weißen Fahne gestanden, die eines der Gerippe in seinen Knochenfingern trug. Der Hausherr verstand sich auf feine Ironie und geistreiche Anspielungen, die sogar

Seine Heiligkeit selbst, der ansonsten für mürrisch geltende Papst Klemens VII., schätzte.

Mit Schaudern und Kreuze schlagend waren Falvinis Gäste zur achten Stunde an dem Totentanz vorbeigeschritten. Die maskierten Gesichter demütig gesenkt, waren sie in den prachtvoll geschmückten Innenhof des Palazzo getreten, um sich sogleich der süßen Freude des Vergessens hinzugeben.

Plätschernde Springbrunnen sorgten für angenehme Kühlung, hoch sprangen Fontänen aus versilberten Fischmäulern und den zarten Brüsten heidnischer Nymphenfiguren und sprühten weiße Gischt in den pastellfarbenen Abendhimmel. Der betörende Duft von Kamelien lag in der Luft, und der marmorne Boden des Hofes war mit Blüten und Laub bestreut. In den Ecken standen Eisenpfannen, in denen Myrrhe und Weihrauch brannten und köstliche Wohlgerüche in den Abendhimmel schickten.

Goldene Knaben, *putti* genannt, bildeten lebende Statuen, die lodernde Fackeln trugen. An Seilen ließ man einige gar von der Galerie im ersten Stockwerk über den Köpfen der Tanzenden schweben, auf ihren Rücken waren Flügel aus reinen Gänsedaunen befestigt.

Ja, Kardinal Falvini verstand es, ein Bankett zu veranstalten, so gut wie die reichen Bankiers und Kaufleute der Ewigen Stadt, die immer geneigt waren, die Prachtentfaltung der Kurie in den Schatten zu stellen. Weshalb der Papst Feste wie die des Kardinals förderte. Der Heilige Vater konnte es sich nicht leisten, Zweifel an der Machtfülle seines Kirchenstaates und seiner Vertreter aufkommen zu lassen, nach dem immer mehr Feinde die gierigen Hände ausstreckten. Sie galt es mit Pomp und Prächtigkeit zu blenden.

Der mailändische Gesandte griff nun nach einem der für ihn reservierten Mundtücher und tupfte sich zierlich einen unsichtbaren Tropfen Wein aus dem Mundwinkel. Es war mehr eine symbolische Geste denn eine erforderliche Reinigung. Ihm behagte dieses verschwenderische Fest immer weniger. Ihn quälten die Sorgen um die Zukunft seines Stadtstaates, der schon lange von den spanisch-kaiserlichen Truppen besetzt war. Die stolzen Mailänder mußten es mit ohnmächtigem Zorn erdulden, daß die Iberer sie wie Sklaven behandelten, ihre Privathäuser beschlagnahmten. Die Soldateska mißbrauchte, in der für sie typischen Grausamkeit, die Töchter der Stadt und mordete willkürlich jeden, der ihr Mißfallen erregte.

Angesichts dieser bedrohlichen Zustände ärgerte ihn das schwankende Verhalten des Papstes, der zwar am 22. Mai des Jahres 1526 mit Frankreich, Venedig und Mailand eine Liga gegen Spanien und Kaiser Karl V. geschlossen hatte, sich nun aber unfähig und unwillig zeigte, gegen die Besatzer im Norden Italiens vorzugehen. Dabei, so dachte der Mailänder, war es hohe Zeit, das Joch der Fremdherrschaften in ganz Italien abzuschütteln. Zu lange schon trugen Ausländer ihre Machtkämpfe in der Lombardei oder im Königtum Neapel aus, und nun drohte der endgültige, vernichtende Kampf zwischen dem französischen König Franz und Kaiser Karl V. auf italienischem Boden.

»So ernst, so bekümmert, laßt mich Eure Stirn küssen«, riß ihn die scherzende Stimme einer Dirne aus seinen düsteren Gedanken.« Della Forsa zwinkerte ihm spitzbübisch zu. »Verschwinde«, blaffte der Mailänder roh, das Mädchen tanzte achselzuckend davon.

»Ich kann Euch wirklich nicht begreifen«, sagte nun – einigermaßen beleidigt – della Forsa, »was ist mit Euch?«

»Ich sorge mich ernsthaft um unser Vaterland, Euer Eminenz«, gab der Gesandte so würdevoll wie möglich zurück. »Die Lage ist ernst. Wir sind auf das ärgste bedroht durch die Iberer. Doch der zaghafte Papst tut nicht mehr, als die Spanier durch unkluge Akte zu beleidigen und ihren Zorn zu schüren. Am 20. Juni ist der spanische Botschafter von Rom ausgeritten, hinter ihm saß – verkehrt herum – sein Hofnarr und schnitt den Römern böse Grimassen.«

Della Forsa lachte feist. »O ja, das war ein Bubenstück. Aber Klemens, so hieß es, hat es amüsiert.« Der Mailänder verfiel erneut in dumpfes Brüten. Er war sich, wie andere Politiker, sicher, daß die Narreteien des spanischen Botschafters nur ein Vorgeschmack auf eine blutige Rache der stolzen Iberer waren.

Die meisten Kardinäle Roms waren so blind gegen die wirkliche Gefahr wie ihr Papst. Sie praßten und feierten, als sei ihre Macht unantastbar und ewiglich. Andere hingegen spannen gefährliche Intrigen gegen den Heiligen Vater selbst. Dem Mailänder war daran gelegen, herauszufinden, wer auf französischer und wer auf spanischer Seite stand, von wem man Unterstützung gegen die Besatzer und von wem niederträchtige Feindseligkeit zu erwarten hatte.

Beim Anblick des falschen Apolls Falvini, der nun einen Narren künstliche Feuerblitze in die Menge schießen ließ, verdüsterte sich seine Miene weiter. Falvini gehörte zu den mächtigsten Kardinälen des Kirchenstaates und zu den undurchsichtigsten.

»Mir scheint, Euch hat man sauren Wein gegeben«, dröhnte della Forsa, warf den silbernen Becher des Gesandten in den Innenhof, wo ihn ein Höfling des Kardinals als unerwartetes Trinkgeld rasch in seinen Gewändern verschwinden ließ. Della Forsa reichte dem Mailänder großzügig den eigenen Becher.

»Hier, trinkt den, er ist köstlich und rein wie die Schenkel einer Jungfrau.« Verächtlich schob sein Tischnachbar den Becher beiseite. Mit ironischem Ton hob er an: »Eure Eminenz sind zu gütig, doch empfiehlt es sich in diesen Tagen gewiß nicht, einen fremden Becher an den Mund zu führen«.

»Ach, Narrengeschwätz«, erwiderte der Kardinal leicht beleidigt, »um dieses gewisse weiße Pulver wird viel zuviel Aufhebens gemacht. Die Zeiten der Borgias sind vorbei, und wer sich aus der großen Politik heraushält, dem werden sein Wein und sein Brot nicht sauer aufstoßen. Seht mich an. Seit gut fünfzehn Jahren bekleide ich mein Amt und habe mir meine blühende Gesundheit bewahrt. Der Papst selbst lobte letzthin meine außerordentliche Konstitution. Wie Ihr wißt, neigt er selbst zur Kränklichkeit, was freilich seiner strahlenden Erscheinung keinen Abbruch tut.«

»Ihr hattet ein Zwiegespräch mit dem Papst?« fragte aufgeregt der Mailänder, »was hat der Heilige Vater noch gesagt, über die Situation, die Schwierigkeit der Lage?«

»Nun, er bemerkte, daß diese heißen Monate für beleibte Leute unheilvoll seien.«

»Mehr sagte er nicht?« fragte der Gesandte erneut.

»Nein, er hatte danach eine dringende Beratung mit den Ingenieuren seiner Wasserspiele. Er ist ein großer Mann, ein Freund der Künste. Ich bewundere ihn sehr und bin immer seiner Meinung.«

Der Mailänder neigte stumm sein Haupt, nannte den feisten Prälaten insgeheim jedoch einen korrupten Schwätzer. War der Papst wirklich so gewissenlos, sich mit Wasserspielen statt mit der Politik und den Bedrohungen durch fremde Söldnerheere auseinanderzusetzen? Der Gesandte sehnte sich nach anderen Tischgenossen. Aufmerksam ließ er seinen Blick an der Tafel entlangschweifen. An die fünfzig Gäste waren versammelt. Darunter sechs weitere Kardinäle, von denen die meisten als Franzosenfreunde, also Papstgetreue und Feinde Spaniens, galten, daneben einige Gelehrte, unbedeutende Brevenschreiber, Sekretäre der apostolischen Kammer und eine Reihe junger Edelleute aus guter Familie, mit deren Namen man sich in Rom gern schmückte.

Fast alle gaben sich ausgelassen den Festfreuden hin, die einen hatten sich bereits eines der Liebesmädchen auf den Schoß gezogen. Seltsame Paarungen kamen dabei zustande. So ließ ein Edelmann in der Maske eines Stieres seine Hände gerade in das Mieder einer Eule gleiten, während nebenan Cupido der Venus selbst seine Aufwartung machte.

Der Mailänder erhob sich, verbeugte sich gegen den heftig kauenden della Forsa und schlängelte sich durch das Gewimmel der umhereilenden Diener, Narren, Tänzer und Mundschenke zu den Plätzen zweier Kardinäle, die sich einigermaßen würdig betrugen und sich in ernstes Schweigen hüllten. Der eine war der schon achtzigjährige Kardinal von Montefiscone, den man gern zu Tisch lud, da nach seinem Ableben einige Pfründen und Ämter frei werden würden, nach denen sich mancher Purpurträger die Finger leckte. Gunstbezeugungen gegen den Greis, so hofften sie, könnten auf sein Testament Einfluß haben.

Doch trotz einer Neigung zu Gicht und apoplektischer Veranlagung tat der Kardinal auch seinen großzügigsten Gastgebern nicht den Gefallen und starb, sondern aß zum Ärger aller reichlich, sprach dem Wein zu und erfreute sich bester Gesundheit. Neben ihm saß der hagere Kardinal della Guarde, ein ehemaliger Dominikanerabt, den man aufgrund seiner christlichen Strenge und seiner spanischen Herkunft argwöhnisch betrachtete. Er galt als geborener Intrigant und Intimfeind des pompösen Falvini, weshalb dieser sich bemühte, den weit ärmeren della Guarde mit ausgewählter Herzlichkeit zu bewirten, um ihn zu demütigen und seinen möglichen Intrigen direkt auf die Schliche zu kommen.

Der Mailänder beugte vor den beiden Eminenzen das Knie. Der ältere der beiden machte eine einladende Geste, und bald saß der Gesandte zwischen ihnen. Mit Befriedigung bemerkte er, daß der asketische della Guarde Wasser zu sich nahm, das ihm die Diener direkt aus dem Springbrunnen holen mußten. Anders als der feiste della Forsa schien er die Gefahr des »gewissen Pulvers« – eine grobe Arsenmischung mit unberechenbarer Wirkung – nicht zu unterschätzen.

»Wir hören, es steht schlecht in Mailand«, erkundigte er sich nun bei dem Gesandten. Der nickte grimmig, dann begann er mit gedämpfter Stimme und sich vorsichtig umsehend, zu reden. »Ja. Und nicht nur in Mailand steht es schlecht. Uns allen droht die ewige Knechtschaft unter fremden Herrschern, wenn wir uns nicht endlich entschließen, ihnen mannhaft entgegenzutreten. Ganz Italien gleicht einer Mandel zwischen den gewaltigen Backen eines Nußknackers. Es lebt in tödlicher Umklammerung zwischen den kaiserlichen Interessen Karls und denen des französischen Königs, die ihre Kämpfe hier ausfechten werden. Ich fürchte, Italien wird dabei vernichtet.«

Er machte eine Pause und wartete auf eine Bemerkung, die verraten würde, ob die beiden Kardinäle einer der beiden fremden Kriegsparteien zuneigten und nun Partei ergreifen würden. Doch der gelehrte Dominikaner war zu klug, um zu antworten, und sein Tischnachbar zu taub. Eben der fragte nun mit der leicht greinenden Stimme des Alters: »Ihr kommt aus Mailand?« Der Gesandte nickte geduldig. Und tatsächlich ließ sich der geistliche Oberhirte von Montefiscone zu einer weiteren Bemerkung herab. »Mailand. Ja, ja stolzes Mailand...« Gespannt spitzte der Gesandte die Ohren. Würde sich der Kirchenfürst zu seiner geknechteten Heimatstadt bekennen, könnte er hier jemanden finden, der den Papst zu einem raschen Feldzug gegen die Spanier drängen würde?

»Mailand«, sagte der alte Mann noch einmal und schien gleich darauf in einen Schlaf zu verfallen, wiewohl seine Augen weiterhin offen waren, dann, sich plötzlich wieder aufrichtend, sagte er fest und klar: »Eure Metzger verstehen sich auf gute Würste, da oben in Mailand.« Der ehemalige Dominikanerabt unterdrückte mit Mühe ein dürres Lächeln der Verachtung, der Gesandte sah ihn mit leichter Verzweiflung an. Dann wagte er eine offene Frage an ihn.

»Euer Eminenz, was meint Ihr, wie steht der Papst zur Liga?

Ist er bereit, einen Angriff auf die Spanier zu machen, wenn König Franz seine zugesagte Hilfe, das Geld und die Truppen, endlich schickt?«

Der Kardinal della Guarde betrachtete den Mailänder fast mitleidig. Er war ein vorsichtiger Mann, der nicht einmal seinem Diario seine innersten Gedanken anvertraute, aus Angst einer seiner Höflinge könne das Tagebuch lesen. Wie konnte dieser Mailänder glauben, er würde ihm eine offene oder unüberlegte Antwort geben?

Er hob sein Haupt, auf dem ordnungsgemäß der Kardinalshut und keine Narrenkappe saß, und antwortete trocken. »Mein lieber Mann, was der Papst will, weiß nur der Papst allein. Soviel allerdings kann ich Euch sagen: Das Volk Roms nennt ihn spöttisch ›Signore volio, non volio‹, den Papst, der will und nicht will. Das macht jede Prophezeiung, seine Politik betreffend, höchst schwierig, wie Ihr Euch denken könnt.« Unter dem scharfen Blick des Dominikaners wurde dem Mailänder heiß und kalt, doch er wagte einen weiteren Vorstoß, diesmal die ihm bekannte schwache Stelle des Dominikanerabtes nutzend.

»Man sagt, der Kardinal Falvini sei zur Zeit einer der engsten Berater des Heiligen Vaters. Was meint Ihr, wird er mir Auskunft geben können?« Mit Befriedigung bemerkte der Mailänder, daß della Guarde erbleichte und das Fleisch seiner ohnehin schon hohlen Wangen weiter einsog.

Kein Zweifel, dieser Mann haßte Falvini mit aller Leidenschaft. Mit der Leidenschaft eines Rivalen, denn beide Männer galten als *cardinali papąbile*, und beide waren begierig darauf, nicht nur als papstfähig zu gelten, sondern den Stuhl Petri eines Tages auch zu besteigen. Beide schwankten angesichts des sinkenden Sterns des gegenwärtigen Papstes, ob es nicht besser war, ihn zu stürzen statt zu stützen. Beide überlegten insgeheim, ob es von Vorteil sei, sich mit den Spaniern zu verbünden, um den wankelmütigen Klemens zu entmachten, der den Kaiser der

Christenheit durch seinen Pakt mit Frankreich so nachhaltig erzürnt hatte. Es ist das Wesen von Rivalen, vieles miteinander gemein zu haben, was ihren Haß gegeneinander natürlicherweise anspornt.

»Der Papst«, brachte der Dominikaner, nachdem er sich gefangen hatte, mühsam hervor, »hat viele Berater und eine Reihe von Hofschranzen, die sich als solche bezeichnen. Wohl dem, der zwischen beiden zu unterscheiden weiß.« Ein Diener brachte ihm einen frischen Becher Wasser, auf dem einige Rosenblätter schwammen. Della Guarde betrachtete ihn schweigend und tauchte seinen Kardinalsring hinein, so als wolle er das Wasser aus dem Brunnen seines Feindes rituell reinigen.

Der Mailänder verlegte sich nach kurzem Überlegen auf die Schmeichelei. »Nun, man sagt, Ihr seid ihm einer der liebsten, aufrichtigsten Berater, da Ihr für unbestechlich geltet und als ein Meister der humanistischen Wissenschaft.« Doch mit eben diesem Lob lag er falsch. Nichts verabscheute der Dominikaner, ein aufrechter Vertreter der Inquisition, ein Freund des spanischen Stiefels und der eisernen Jungfrau mehr, als die törichte italienische Bildungsmanie, die der Medici-Papst Klemens so förderte und die Falvini so glanzvoll zur Schau stellte. Erregt setzte der Dominikaner sich auf und schob dabei das samtene Kissen von seinem Schemel.

»Man hat Euch falsch informiert. Mir liegt nichts an dieser heidnischen Schwärmerei, diesem Mummenschanz und Götzendienst«, bemerkte er barsch und wollte eben fortfahren, als ein lauter Glockenschlag eine weitere Belustigung für die Festgäste ankündigte. Der mächtige Mann fuhr herum, sein gestreckter Rücken erklärte das Gespräch für beendet. Der Mailänder entfernte sich und verzichtete darauf, dem Rücken des Purpurträgers seine Hochachtung zu erweisen.

Der Kardinal von Montefiscone, der den Dialog der beiden für ein Nickerchen genutzt hatte, richtete sich kurz auf und griff nach seinem Trinkbecher. Allein, er war nicht nur taub, er war auch kurzsichtig, und so kam es, daß er Wasser statt Wein trank, sich über den dünnen Geschmack nicht wenig wunderte und schließlich ganz in sich zusammensackte.

Der ehemalige Dominikanerabt achtete nicht weiter auf den Greis, sein Zorn kühlte sich nur mühsam ab. War es richtig, was der Mailänder sagte, galt Falvini inzwischen tatsächlich als liebster Berater des Papstes? Dieser nichtsnutzige Aufsteiger, dieser Blender und prunksüchtige Pfau, den er selbst für nichts als seine kalt berechnende Grausamkeit zu bewundern wußte? Der Dominkaner griff verärgert nach seinem Trinkbecher und bemerkte, daß der Herr von Montefiscone ihn geleert hatte. Unwirsch warf er einen Blick auf den Schlafenden. Er stutzte und entschied sich, sofort seine Kutsche rufen zu lassen. Weitere Vergnügungen lockten ihn nicht mehr.

Della Forsa hingegen kam nun ganz auf seine Kosten. Ungeniert klatschte er in seine feisten Hände und quiekte vor Vergnügen, als sei er eine epikuräische Sau, wie der humanistisch versierte mailändische Gesandte später an seine Stadtherren schreiben sollte.

»O wie entzückend, o wie wahrhaft entzückend. Die Cäsaren können nicht ausgelassener gefeiert haben«, jubelte della Forsa, und die Seidenhörner seiner Maske wippten fröhlich auf seinem Kopf.

Die Flügeltüren der Vorhalle wurden aufgestoßen, und sechs Sarasine erschienen mit einer riesigen Trage auf ihren Schultern. Bewundernde Rufe übertönten die Musik. Sechs schwarze Diener, das war der Höhepunkt des Luxus. Jeder Patrizier schätzte sich glücklich, zwei solcher Sklaven in seinem Hause zu beschäftigen, und jede reiche Kurtisane achtete darauf, wenigstens eine Mohrin in ihre *famiglia* aufzunehmen. Aber sechs, das war schier unfaßbar. Die dunkelhäutigen Männer waren in veilchenblaue Seidenwesten und samtene Pluderhosen gekleidet, ihre kräftigen Arme glänzten von Mandelöl, in ihren goldenen Turbanen wippten stolz Reiherfedern, die jedem Heerführer zur Ehre gereicht hätten. Mit gemessenen Schritten trugen sie ihre Last.

Die tanzenden Kurtisanen traten zur Seite und gaben den Blick auf einen antiken, mit kostbaren Steinmetzarbeiten verzierten Sarkophag frei, der wie ein Altar in der Mitte des Hofes aufgestellt war und ein weiteres Indiz für den Reichtum und die Vornehmheit des Hausherrn ablegte. Ein jeder, der in dieser Zeit eines kostbaren Zeugnisses der römischen Vergangenheit teilhaftig wurde, galt als glücklich, ja als Günstling Gottes. Die Antike war das Vorbild der Zeit.

Die Päpste selbst gaben sich deshalb Beinamen wie Mars oder Pallas Athene, zogen bei Prozessionen unter Triumphbögen her. Sie ließen die lange vernachlässigten Ruinen des heidnischen Kaiserreichs registrieren und endlich vor Bauplünderern schützen. Die Verehrung für alle Kunstwerke der Cäsarenzeit, für Statuen, Grabmäler, Sarkophage oder Vasen löste hysterische Begeisterung aus und wuchs mit der Entdeckung alter Schriften des Cicero oder des Epikur ins Unermeßliche.

Doch was Falvini nun seinen Gästen bot, das war ein Höhepunkt, den keiner von ihnen jemals erlebt hatte. Wäre der Dominikaner della Guarde nur ein wenig länger geblieben, so hätten seine Verachtung und sein Haß gegen Falvini eine neue Stufe der Vollkommenheit erreicht. Doch der Kardinal della Guarde floh, floh vor dem maulbeerfarbenen, aufgedunsenen Gesicht seines Amtsbruders Montefiscone. Die Zunge war ihm schwarz aus dem Mund vorgequollen, so als habe er dem unbarmherzigen Sensenmann noch eine Grimasse schneiden wollen. Der spanische Dominkanerabt hatte keinen Zweifel. Dieser unwürdige Tod war ihm selbst bestimmt und gewiß nicht natürlich gewesen.

»Ich muß Falvini beseitigen«, zischte della Guarde. Während

seine Kutschpferde anzogen, widmete sich der Dominkaner einem kurzen Gebet, in dem er alle Mächte des Himmels um Hilfe anflehte. Er konnte nicht ahnen, daß Hilfe bereits in Sicht war, denn die Wege des Herrn sind in der Tat unergründlich.

3.

»Media vita in morte sumus – Mitten im Leben sind wir vom Tod umgeben.«

Die tiefen Schnittwunden brannten wie Feuer. Mit Mühe schob Marietta die Maske von ihren Augen in die Stirn. Blut rann ihre Wangen herab, doch sie war in diesem Moment nur dankbar, daß sie noch lebte, ihre Weiblichkeit unangetastet war und der gut gewetzte Degen ihr nicht auch das Augenlicht geraubt hatte. Mühsam zwängte sie sich aus dem umgekippten Tragsessel. Der Palazzo Ghiotti lag im Dunkeln, von dort konnte sie keine Hilfe erwarten, aber auch sonst würde sich kaum jemand um das Schicksal einer Verletzten scheren, aus Angst, selber in Händel verwickelt zu werden.

Wer konnte schließlich ahnen, ob das Frauenzimmer nicht selbst Schuld an ihrer Behandlung trug? Jedes anständige Weibsbild lag um diese Stunde bereits im Bett. Marietta bemühte sich aufzustehen, allein der Schock und der pochende Schmerz raubten ihr alle Kräfte. Ihr schwindelte, zuckende Sterne tanzten vor ihren Augen. »Du mußt hier weg«, befahl ihr immer wieder eine innere Stimme, »du mußt hier weg, bevor sie umkehren, um dich zu töten. Sie wollen keine Zeugin.«

Mühsam schleppte sich die Kurtisane auf das Tor des Palazzo zu, um sich im Schatten des Eingangs zu erholen und Kräfte für den Rückweg zu ihrem Haus zu sammeln. Schmutz und Blut mischten sich auf ihrem Mieder zu häßlichen Flecken, ihre Ellbogen schmerzten, als sie sich über das rauhe Pflaster der Straße näher an das Tor heranrobbte, während sie gegen eine aufkommende Ohnmacht ankämpfte.

Sie hatte die ersten Stufen im dunklen Torbogen beinahe erreicht, als ein Mann zwischen sie und die Treppe trat. Der Saum einer weißen Kutte war das letzte, was Marietta wahrnahm, bevor sie das Bewußtsein verlor. Gnädig umhüllte sie eine weiche dunkle Decke, so wohlig fühlte sich das an, als schlage tatsächlich einer ein weiches Tuch um sie.

Das Fest Falvinis erreichte mit der Enthüllung der Bahre seinen Höhepunkt, noch Tage später sollten die Gassen Roms schwirren von den Erzählungen über die unglaubliche Köstlichkeit, die der Kardinal seinen Gästen geboten hatte. Die Musik hatte ausgesetzt, mit beinahe atemloser Stille schauten nun alle auf einen Körper, der nackt bis auf einen Seidenschurz im Sarkophag lag.

Es war die Leiche eines wohl achtzehnjährigen Knaben, seine Haut war wie von grauem Marmorstaub überzogen, in seine dunklen Locken hatte man einen Kranz aus Efeu und Myrte gedrückt, um seinen vollkommenen Leib einen Ring aus duftenden Tuberosen gelegt, der den leichten Geruch von einsetzender Fäulnis übertönte. Wie ein antiker Zeremonienmeister stand der Kardinal Falvini im Gewand des Apoll an der Stirnseite des Sarkophages. Mit seiner angenehmen, tiefen Stimme durchbrach er die ehrfurchtsvolle Stille: »Seht diesen Jüngling, ich bringe ihn Euch als Geschenk. Betrachtet ihn genau, denn seine vollkommene Schönheit ist nun der Vergänglichkeit preisgegeben. Meine Diener haben ihn nach den Anweisungen eines außerordentlichen jungen Gelehrten aus Perugia nahe der Via Appia antica dem Erdreich und dem Vergessen entrissen.

Er war ein wahrer Römer, wie das Ebenmaß seines Antlitzes verrät. Sein Leichnam hat auf geheimnisvolle Weise die Jahrhunderte überdauert und gibt uns ein Zeugnis von der Größe unserer stolzen Vorfahren, die, wenn auch keine Christen, so doch Künstler waren und jeder Künstler trägt den göttlichen Funken in seiner Brust. Kommt und betrachtet dieses Werk unseres Schöpfers.«

Nach dieser Ansprache verneigte sich der Kardinal und kehrte zu seinem Prunksessel zurück. Aufgeregtes Raunen und Wispern begleiteten ihn. Sogar der feiste della Forsa vergaß, seinen leeren Weinbecher nachfüllen zu lassen. Die Augen traten ihm aus den Höhlen, während er auf den aufgebahrten Knaben starrte. Unübertrefflicher Falvini. Ihm war gelungen, was zuletzt vor mehr als 50 Jahren die heilige Stadt in Aufruhr versetzt hatte: die Entdeckung eines Balsamierten aus der Cäsarenzeit.

Im Jahre 1486 war es ein junges Mädchen gewesen, das man im Kapitol aufbahrte und an dem jeden Tag an die 400 Römer staunend vorbeigezogen waren, bis die Leiche endgültig zu Staub zerfiel. Die Chronisten der Kurie hatten sich damals einander überboten, um die Vollkommenheit des Geschöpfes zu betonen, deren Körper – so hatte es einer vermerkt – allerdings hart wie Stein und deren Haut von lederner Art gewesen war. Trockene Kräuter und Sand hatte man später in ihrem Leib entdeckt, doch niemand hatte erklären können, wie der Verfall ihres Körpers zum Stillstand gebracht worden war. Eines jedoch wurde mit Bedauern festgestellt, daß nämlich die Entfernung aus dem Sarg die Schönheit schließlich in wenigen Tagen für immer vernichtet hatte. Um so köstlicher und verschwenderischer von Falvini, eine solche Gestalt nun einfach den Elementen preiszugeben, allein, um seine Gäste zu verzaubern.

Niemand unter den Anwesenden hegte einen Zweifel an der Echtheit des toten Knaben. Der Kardinal war zu gebildet und zu stolz, um in dieser Sache einen schnöden Betrug zu begehen. Einige Edelleute sprangen nun über die steinerne Balustrade des Wandelgangs in den Innenhof und näherten sich keck dem Toten. Doch keiner wagte es, so nahe an das Wunderwerk heranzutreten, daß er es hätte berühren können.

»Oh, ihr Helden«, neckten einige tolldreiste Kurtisanen, »gibt es keinen, der dem schönen Toten den Gruß entbieten möchte? Einen Handschlag? Einen Kuß?« Die restlichen Gäste erhoben sich nun von der Tafel und bildeten eine Art Prozession. Ehrfurchtsvoll reihten sie sich in die Schlange ein, die an dem Sarg vorbeizog. Ein jeder war betroffen von dem bemerkenswerten Zustand des Leichnams und fühlte sich beim Betrachten der stillen, bleichen Züge so, als habe er einen Blick in die Ewigkeit getan.

»Welch köstlicher Trost«, flüsterte della Forsa ehrfürchtig, »daß soviel Perfektion die Jahrhunderte überdauert hat. Tu auf dein Herz vor soviel Schönheit.« Der Mailänder hielt sich sein unvermeidliches Mundtuch vor die Nase. »Mir scheint, der Jüngling riecht etwas streng.«

Falvini betrachtete das Schauspiel mit Befriedigung. Dieses Geschenk an seine Gäste übertraf jeden gewöhnlichen Stierkampf, jede Löwendressur und jede Pfauenparade, mit denen die Kaufmannschaft ihre Bankette zu zieren pflegte. Befriedigt lehnte er sich zurück und ließ seinen Blick durch die Wandelgänge streifen. Alle Tische waren leer, niemand wollte versäumen, den Knaben zu betrachten. Doch dann fiel sein Blick auf den schlafenden Montefiscone. Entsetzt richtete er sich auf. Die zusammengesunkene Haltung verriet ihm alles. Wer hatte es gewagt! In seinem Hause! Sein empfindlicher Magen krampfte sich kurz zusammen. Doch in diesem Moment konnte er sich keinen seiner Anfälle gestatten. Verstohlen machte er einem der Sarasine ein Zeichen. Der Mohr verstand sofort und näherte sich seinem Herrn. Flüsternd gab der Kardinal seine Befehle, und unbemerkt von den anderen Gästen wurde sogleich der schlaffe Leib Montefiscones von der Tafel entfernt und ins Haus geschleppt. Die allgemeine Ausgelassenheit, der Wein, die Musik und die Sensationen des Festes hatten eine Entdeckung des Toten bislang scheinbar verhindert.

Um die Verschwiegenheit seiner schwarzen Diener sorgte sich der Kardinal nicht, da sie alle der Zunge beraubt waren. Dennoch, die Furchen in den Mundwinkeln des magenkranken Kirchenfürsten vertieften sich beim Gedanken an einen Giftmord in seinem Haus. Einen Giftmord, den er nicht angeordnet hatte. Hatte es della Guarde etwa gewagt? Nein, so dreist war dieser dürre, unansehnliche Dominikaner nicht, er legte auch nie selbst Hand an, nicht einmal, um etwas Pulver in einen Becher zu schütten. Die Mundwinkel Falvinis zuckten erneut, eine weitere Welle von Krämpfen beeinträchtigte sein Denkvermögen.

Vor ihm kam nun Unruhe in die Prozession der Bewunderer. »Was tut Ihr?« – »Oh, welche Dreistigkeit!« – »*Impossibile*!« Hell ertönte das entzückte Lachen einiger Kurtisanen. Falvini gab Anweisung, ihm freien Blick auf den Sarkophag zu verschaffen. Er wollte sehen, was zu der Aufregung führte, ob jemand den edlen Knaben versehentlich verrückt, berührt oder sonstwie beschädigt hatte. »Tretet beiseite, beiseite« trieben zwei Höflinge die Gäste auseinander. Einige waren von sich aus zurückgewichen, denn vor ihren Augen tat ein schlanker, junger Edelmann mit einer Maske aus Pfauenfedern etwas Unerhörtes. Falvini biß die Zähne zusammen, vor Schmerz und vor Wut. Der Jüngling im grünen Wams und engen, zweifarbigen Beinkleidern beugte sich über den Sarkophag und – der Kardinal rang nach Luft über solche Unverschämtheit – drückte dem Toten einen Kuß auf die kalten Lippen.

Triumphierend richtete er sich danach auf und lachte in die Menge.

»Hier seht ihr einen, der es wagte, ein Geschenk Gottes zu küssen.« Dann packte sich der Unverschämte eine der herumstehenden Tänzerinnen, bog der Entsetzten den Kopf zurück und küßte auch sie. Als er sie losließ, floh das Mädchen unter entsetzlichen Schreien und dem Gelächter der Menge aus dem Innenhof. Der junge Pfau selbst lachte ein kehliges, höhnisches Lachen. Falvini erkannte es sofort. Es war das Lachen Rodicondas, genannt La Luparella, die große Wölfin. Roms teuerste und erste Kurtisane, seine verspielte, tolldreiste Konkubine, die er an diesem Abend freilich nicht eingeladen hatte.

Wütend raffte er seine Tunika zusammen. »Spielt auf«, gab er den Musikanten Befehl und seinen Gästen damit das Zeichen, sich wieder den Festfreuden zuzuwenden. Man gehorchte. Er selbst aber ließ den höchsten seiner Gäste, denen er Respekt schuldig war, bestellen, er befinde sich nicht wohl und wolle sich für einen Aderlaß in sein Kabinett zurückziehen.

Diese Mitteilung führte zu verschiedenen Spekulationen. Der Satz, »Er hat etwas gegessen, was ihm nicht bekam«, machte die Runde, und dieser Satz hieß nichts anderes als »man hat ihm Gift verabreicht«. Als der Satz bei della Forsa anlangte, warf der Mailänder ihm einen Blick, gemischt aus Triumph und Verachtung, zu. »Mundet Euch Euer Wein noch?« fragte er höhnisch. Della Forsa zuckte die Achseln. »Ich habe nichts, um das man mich beneiden könnte. Ein armer Kirchenmann wie ich ist kein Körnchen Gift wert.«

Falvini wußte, daß das Gerücht eines Giftanschlages gegen ihn aufkommen würde, und es war ihm nur recht, angesichts des unwillkommenen Toten in seinem Haus. Wenn er selbst als Opfer galt, konnte er schlecht gleichzeitig als Täter eines Giftanschlages verdächtigt werden. Sollten die Leute später ruhig behaupten, auf seinem Bankett habe man Montefiscone erfolgreich, aber dem Gastgeber vergeblich nach dem Leben getrachtet. Jetzt galt es, sich zurückzuziehen. Er brauchte Ruhe, um nachzudenken. Ruhe, um seine elenden Krämpfe zu beruhigen. Inmitten aller Pracht war er vom Tod umgeben. Wie seltsam widersprüchlich war das Leben, wie wenig Trost hielt es selbst für den Edelsten bereit.

»Marietta« schoß es ihm durch den Kopf. Er sehnte sich nach Marietta. Warum hatte er sie nicht zu sich rufen lassen? Ihre Gegenwart hätte ihn nach den Anstrengungen eines solchen Banketts beruhigt, vielleicht sogar erheitert. Aber er hatte Marietta nicht bestellt, denn es behagte ihm nicht, wieviel Macht diese kleine, unbedeutende Dirne über sein Fühlen hatte.

Marietta erwachte widerwillig. Ihre Lider flatterten, doch sie weigerte sich, sie zu öffnen. Langsam kehrte das Bewußtsein zurück, und ihre erste Erinnerung galt dem blitzenden Degen, mit dem der nächtliche Angreifer ihre Wange zerschnitten hatte. In Erinnerung daran kniff sie noch einmal fest die Augen zusammen. Mein Gott, wer haßte sie so sehr, um ihr ein *sfregio* zuzufügen – die Narbenstrafe. Wer bezahlte dafür, daß ein Gauner sie mit der Klinge zu entstellen versuchte? Für gewöhnlich pflegten verfeindete Kurtisanen sich auf diese Weise gegenseitig zu strafen. Doch Marietta hielt sich für zu erfolglos und gering, um den Zorn einer anderen Liebesdienerin zu erregen. Auch ein zurückgewiesener Liebhaber gehörte nicht zu ihren Bekannten, der mit der Narbenstrafe dafür sorgen wollte, daß kein anderer Mann sie noch begehren würde. Begehren! Entsetzt tastete Marietta bei dem Gedanken nach ihrer linken Wange, doch sie bekam nur rauhes Leinen zu spüren. Man hatte sie also verbunden.

Endlich wagte sie es, ihre Augen ganz zu öffnen. Sie lag in ihrem Bett, in ihrer Kammer, sie ließ den Blick durch den Raum schweifen, und jeder ihr vertraute Gegenstand verschaffte ihr Erleichterung. Beim Anblick ihres schlafenden Sohnes wollte sie lächeln, doch der jähe Schmerz, der dabei ihre linke Wange durchzuckte, ließ sie laut aufstöhnen. Das Geräusch rief ihren Retter herbei. Verschwommen erkannte sie durch einen Tränenschleier des Schmerzes wieder dieses weiße Gewand.

Sie wischte sich die Augen und sah nun einen vogelgesichtigen Mann vor sich, der die Tracht des Dominikanerordens trug. Ein einfacher Mönch hatte sich ermannt, sie zu retten. Ihr Herz füllte sich dennoch nur widerstrebend mit Dankbarkeit, denn der Ordensmann war ihr unheimlich mit seinem dünnen Hals, der krummen langen Nase und den hellen, stechenden Augen, die sie durchdringend musterten.

»Ihr seid wach?« fragte der Mönch mit einschmeichelnder Stimme. Marietta nickte stumm.

»O, Ihr scheint Euch zu fürchten. Dazu besteht kein Grund mehr. Ihr seid in Eurer Schlafkammer und in Sicherheit. Niemand wird Euch hier etwas tun.«

Mühsam richtete Marietta sich ein wenig auf. »Wie, wie wußtet Ihr, wo Ihr mich hinbringen mußtet?«

Der Mönch zuckte leicht unter dieser scharfsinnigen Frage, sie kam unerwartet. Doch er faßte sich schnell.

»Nun, Ihr habt in Eurer Ohnmacht immer wieder diese Adresse gemurmelt, und als auf mein Klopfen Eure«, er pausierte kurz, um nach einer angemessenen Bezeichnung zu suchen, »als Eure Hausdame mir öffnete, rief sie sofort Euren Namen.« Marietta schwieg wieder, und der Mönch beeilte sich, über weitere Fragen hinwegzuplaudern. »Ich habe versäumt mich vorzustellen. Mein Name ist Claudius. Wie Ihr an meiner Aussprache bemerkt, bin ich nicht Euer Landsmann. Ich komme von Deutschland her, gehöre dem Orden der Dominikaner an und versehe seit kurzem das Amt des Beichtvaters im Kloster der Reuerinnen Santa Maria Maddalena.« Marietta stöhnte bei dem Namen des armseligen Klosters, in dem sie aufgewachsen war, leise.

Der Mönch aber fuhr unbeirrt fort. »Als ich Euch heute nacht fand, fürchtete ich zunächst, daß alle Hilfe zu spät käme, es schien, als wären Eure Verwundungen bei weitem schwerer, doch Euer Leib ist unversehrt.« Unwillkürlich zog Marietta die Decke höher. Der Gedanke, daß die dürren Finger des Pfaffen sie entkleidet und untersucht hatten, behagte ihr nicht.

Der Mönch schien ihre Gedanken zu erraten und fügte so harmlos wie möglich an: »Verzeiht, daß ich mir diese scheinbaren Freiheiten nahm, doch bevor ich den Profeß ablegte, habe ich mich medizinischen Studien gewidmet, war unter anderm Schüler des Paracelsus, dessen Ruhm Euch vielleicht bekannt sein dürfte, da er lange in Rom, Bologna und Florenz weilte.«

Marietta krauste – wieder unter Schmerzen – ihre schöne, unversehrte Stirn. Hielt dieser Mönch sie zum Narren? Wenn er tatsächlich Beichtvater im Kloster der Reuerinnen war, also vertraut im Umgang mit ehemaligen Dirnen, Bordellhuren, Kurtisanen und ihren Bastarden, dann mußte er doch in ihr die Liebesdienerin erkannt haben. Wieso behandelte er sie dann mit soviel Zuvorkommenheit und einem Respekt, der an Unterwürfigkeit grenzte.

Ihr Kopf begann erneut zu schmerzen. Vor der Tür machte sich nun Veronica zu schaffen. Marietta erkannte die nölende Stimme der Alten sofort. »Bitte«, flehte sie den unheimlichen Mönch an, »bitte haltet mir die Alte vom Leib, ich, ich könnte ihre Vorwürfe nicht ertragen. Ich muß schlafen, ich will schlafen. Morgen bleibt genug Zeit, um die Schmerzen wieder zu spüren.« Der Mönch versuchte ein Lächeln, doch die nach oben verzogenen Mundwinkel machten ihn nur einem Aasvogel ähnlich.

»Seid beruhigt, meine Tochter. Ich lasse Euch nicht mehr im Stich. Ich werde das Weib im Zaum halten, das verspreche ich. Bald werdet Ihr nichts mehr mit dieser Elenden zu tun haben.« Der letzte Satz war so von Bosheit durchtränkt, daß die schläfrige Marietta für einen Moment Veronica in Schutz nehmen wollte, doch dann übermannte sie die tiefe Müdigkeit, die sie gnädig vor den Vorwürfen Veronicas und ebenso gnädig vor Selbstvorwürfen schützte. Morgen war Zeit genug, um das ganze Elend ihrer Lage zu bedauern. Eine Kurtisane mit zerschnittenen Wangen war keinen Karlino mehr wert, sondern nur noch ein höchst bedauernswertes, zu Bettelei und Armut verdammtes Geschöpf, das der geringste Gassenjunge mit beißendem Spott verfolgte.

»Scoferino«, seufzte Marietta, bevor sie in einen tiefen, traumlosen Schlaf versank. Claudius, der Mönch, warf ihr einen listigen Blick zu, bevor er die Kammertür hinter sich schloß. »Verliebte Närrin«, murmelte er zufrieden, dann brachte er die greinende Veronica mit einem bösen »Schweig, alte Metze« zur Ruhe.

Die Kerzen flackerten leise vor den venezianischen Spiegeln und tauchten das kostbare *studièlo* in ein mildes, gelbes Licht, das sich in weiteren Spiegeln fing und so von allen Wänden her zurückgeworfen wurde. Strahlend überglänzte es die kostbaren Möbel, setzte Lichtsterne auf die bemalten Sitzbänke, die ledergepolsterten Sessel und das Klavichord aus Piacenza, auf dessen mit Intarsien verziertem Deckel einige wertvolle Handschriften ausgelegt waren. Die antiken Werke des Epikur, die neuen Übersetzungen des Plato verrieten Falvinis Hinwendung zur sinnenfreudigen, heiteren hellenistischen Welt. Die zeitgenössischen politischen Schriften, wie Macchiavellis »Der Fürst«, den Hunger nach Macht.

Erschöpft und angenehm benommen betrachtete Kardinal Falvini sich ohne einen Hauch von Selbstzweifeln in einem der kunstvoll geschliffenen Spiegel. Ein erhitzter Schröpfkopf sog ihm Blut aus seinem rechten Oberarm. Die Kerzen milderten gnädig die tiefen Furchen an beiden Seiten seines Mundes, die sein Magenleiden verrieten.

»Es ist wie immer das Übliche«, sagte der Leibarzt, während er seine Gerätschaften, den festen Gürtel zum Abschnüren der Ader und sein blinkendes Schermesser in einem Kästchen verstaute. »Ihr habt einen bedenklichen Überfluß an hemmenden, saturnischen Elementen in Eurem Blut, was gelegentliche Stauungen und Krämpfe verursacht. Die Aufregungen des heutigen Abends haben ein Übriges getan. Neben dem Aderlaß empfehle ich Euch weiterhin den Genuß von frischer Muttermilch. Sie wirkt besänftigend, hilft bei schwarzer Leber und klärt das Gemüt. Euer Eminenz halten sich doch an die Verordnung?«

»Mit aller Pünktlichkeit.«

»Aber geht sicher, daß die Milch auch wirklich frisch abgepreßt wird. Sie muß süß im Empfinden sein und nicht stockig. Tragt Sorge, daß ein verläßlicher Diener damit betraut wird.« Falvini nickte, ohne zu verraten, wie frisch von der Quelle er die verordnete Milch tatsächlich zu sich zu nehmen pflegte. Nur ungern inspizierte er die Auswirkungen der verordneten Medizin auf sein Gemüt. Die Kur linderte zwar das Brennen in seinem Magen, aber zugleich versetzte sie sein Herz in ungewohnte Aufruhr.

»Ihr wirkt zerstreut, Kardinal Falvini«, bemerkte der Arzt.

»Es ist nichts, nur das abfließende Blut lähmt meine Kraft ein wenig.«

›Marietta‹, flüsterte dabei in ihm wieder ein neckischer Dämon. ›Du sehnst dich nach Marietta.‹ Falvini brachte all seine bewußte Willenskraft in Stellung, um diese Einflüsterungen zu unterbinden und seufzte gequält. Er, der weder Hölle noch Teufel fürchtete, wurde doch tatsächlich von der Liebe, Liebe in ihrer reinsten und lautersten Form, in Versuchung geführt. Was nur, was war es, das ihn seine späte Amme, so nannte er Marietta scherzhaft, so verzweifelt begehren ließ und ihn zugleich in demütiger Ehrfurcht vor ihrem Wesen niederzwang? Ihn, den mächtigen, vielleicht sogar mächtigsten Mann der Kurie. Der

Sarasin Almansor trat still neben ihn, goß etwas Wein zur Stärkung in einen Becher und reichte dem Kardinal das Getränk.

»Geleite den Leibarzt nun zu Montefiscones Leichnam«, befahl der Kirchenfürst. Der Mohr nickte stumm.

Ich wünsche eine genaue Untersuchung, werter Mann«, wandte sich Falvini noch einmal an den Mediziner, »und hoffe auf Eure Diskretion.« Der Angesprochene verneigte sich.

»Ihr könnt Euch ganz auf mich verlassen, es gibt kaum eine Todesart, die ich nicht zu bestimmen wüßte. Sei es die französische Krankheit, das englische Lungenfieber, Gift oder die Pest.«

»Die Pest?« fragte Falvini mit dem üblichen Entsetzen.

»Ja, Monsignore, sie lebt wieder auf«, antwortete seufzend der Arzt, »wenngleich nur vereinzelt und mehr in den Armenvierteln und den sumpfigen Ebenen auf der Westseite des Tibers, aber vielleicht...« Er beendete den Satz nicht und wandte sich zum Gehen. Falvini begriff blitzschnell. War das eine Aufforderung zur Bestechung seines Urteils? Die Diagnose eines Pestfalls würde Falvini einige Unanehmlichkeiten ersparen. Immerhin hatte er erst kürzlich Anspruch auf das höchste, nun freie Amt des Toten angemeldet. Die Ordnungshüter des *governatore* würden sich jedoch scheuen, ein pestilenzisches Haus aufzusuchen, um genauere Befragungen durchzuführen. Ja, die Pest schien ihm wie ein Geschenk Gottes in diesem Fall.

»Signor Atoli«, rief er den Gelehrten daher zurück, »ich gedenke Euer Salär für die Behandlungen zu erhöhen, da sie mir außerordentlich wohl tun. Auch werde ich Euch einige Messen lesen.«

»Ihr seid zu gütig.«

»Oh, dankt mir nicht, einem so aufrechten Christen wie Euch, der die Pest nicht scheut und soviel Gutes wirkt, gebührt ein hoher Lohn.« Noch einmal verbeugte sich der Mediziner und ließ sich dann von Almansor hinausführen.

Der Purpurträger konzentrierte sich wieder auf sein eigenes Bild im Spiegel. Ein Anblick, der ihm stets Beruhigung und höchsten Genuß verschaffte. Sein Kinn war kräftig geschwungen, die Backenknochen waren hoch und stark ausgeprägt, die Augen schmal und dunkel und etwas schräg gestellt. Sein erster großer Gönner hatte ihn darum zärtlich seinen kleinen Tscherkessen genannt. In der Tat war Battista Forlini, nun der Kardinal von Falvini, in seinen jungen Jahren ein reizvoller Jüngling gewesen, dessen volle, aufgeworfene Lippen Wonnen der Wollust versprachen und noch nichts von der kalten Grausamkeit und Zügellosigkeit kommender Jahre verrieten.

So schön war er gewesen, daß sein Gönner, der Kardinal von Tortosa, ein Mann, der die verkehrte Venus anbetete und das feste Fleisch junger Knaben schätzte, ihm schon im Alter von sechzehn Jahren eine Bischofsmütze verschaffte. So konnte er den ehemaligen Straßenjungen stets und ohne Verdacht zu erregen an seine Seite zitieren und intime Konklaven mit ihm halten.

Der Jüngling hatte es dem alten Sodomiten freilich nicht mit gleicher Hingabe und Zärtlichkeit gedankt, sondern sich nach Erhalt der ersten Pfründe in scheinbare Heiligkeit gehüllt und alle Liebesdienste – außer dem Küssen des Kardinalsringes – verweigert. Voll Gram hatte der Kardinal von Tortosa diese überraschende Kälte seines Schützlings zur Kenntnis genommen.

Doch blieb ihm nicht viel Zeit, seinen Kummer zu beweinen, da der jugendliche Bischof dem Leben des greisen Kirchenfürsten mit einer ausreichenden Dosis Gift ein Ende setzte, um sich aus jeglicher unbequemen Abhängigkeit zu lösen.

In Gedanken an diese erste Tat, die am Anfang einer langen Kette weiterer eleganter Intrigen und einträglicher Morde stand, lächelte der Kardinal von Falvini sich zu.

Das Testament seines ersten Gönners war Grundlage seines

Reichtums geworden, den er in den folgenden Jahren mehr als verzehnfacht hatte. Sein außerordentliches Geschick und seine Freundschaft zu den ersten Sekretären der kurialen Datarie, die als erste informiert wurden, wenn Pfründe durch Verfall, Verzicht oder Tod eines Amtsinhabers frei und käuflich wurden, hatten ihm zu einem raschen Aufstieg in höchste Ämter und Würden verholfen. Falvini, so hieß es in Rom, müsse mit dem Teufel im Bunde stehen, da er sooft anderen hoffnungsfrohen Prälaten und aufstrebenden Diakonen die schönsten Ämter vor der Nase wegschnappte.

Die Natur hatte ihn mit einem kalt berechnenden Verstand ausgestattet, einer unnahbaren Seele und einem sicheren Instinkt für drohende Gefahr. So war Falvini inzwischen Primat von Mons, Kanonikus verschiedener Kathedralen im Toskanischen, Prior in Montepulcio, der Abt verschiedener deutscher Monasterien, oberster Domherr sogar in spanischen Gebieten.

Papst Klemens VII. schätzte den gewandten, redebegabten Falvini als seinen *contd'nuo commensale*, seinen regelmäßigen Tischgenossen. Dem della Guarde und anderen Prälaten, die ebenfalls als *papąbile* galten, war Falvini ein Dorn im Auge. Ein verteufelt festsitzender, schmerzhafter Dorn.

Erfrischt durch solche Gedanken über die eigene Glorie strich Falvini sich eine verdächtig dunkle Locke aus der Stirn. Er griff nach seinem purpurgoldenen Weinbecher, in den der Juwelier in kunstvoller Weise erotische Jagdszenen graviert hatte.

Falvini fuhr mit der Zunge über das edle Metall des Bechers und die zart ziselierten Linien einer nackten Nymphe, der sich von hinten ein gewaltig bestückter Satyr näherte. Genüßlich nahm der Kardinal einen Schluck vom Malvasier und prostete seinem Spiegelbild zu. Trotz meiner 45 Jahre bin ich ein schöner Mann, schien sein zufriedenes Lächeln zu sagen, und das Spiegelbild gab ihm lächelnd recht.

Kleinlich wäre ein jeder gewesen, der Falvini auf die deutlichen Anzeichen eines ausschweifenden Lebens, die steilen Stirnfalten etwa, den blauschimmernden Teint oder die Tatsache, daß die an sein Nachtbarett gewebten Locken nicht die seinen waren, hingewiesen hätte. Ein Mann, der in soviel Pracht und Herrlichkeit lebte, umgeben von golddurchwirkten Tapeten, kostbaren Teppichen, damastenen Fußschemeln, von zahllosen Dienern und köstlichster Kunst, hatte selbst für schön und ein Kunstwerk gehalten zu werden. Und niemandem aus dem Hofstaat des Kardinals stand es zu, etwas anderes zu denken, geschweige denn zum Ausdruck zu bringen.

Nachdem er die Musterung seines Gesichtes abgeschlossen hatte, wurde der Kardinal ungeduldig. Unwillig wandte er sich zur Tür, wo blieb Almansor? Der Schröpfkopf saugte sich immer fester in seine Haut und verursachte ihm Schmerzen. Endlich öffneten sich die schweren Flügeltüren. Doch es war nicht der Sarasin.

Mit den abebbenden Geräuschen der Festlichkeit drang der verkehrte Edelmann mit der Pfauenmaske in das Privatgemach des Kardinals ein. Almansor, der zu gleicher Zeit die Tür erreichte, versuchte Rodiconda zurückzuhalten, doch sie stieß seinen muskulösen Arm von sich und zischte nur »*stupido*«.

Verärgert richtete der Kardinal sich in seinem Sessel auf. »Wer wagt es?«

»Ich, mein Herr«, rief die Kurtisane forsch, »ich bin gekommen, um mich nach Eurem Befinden zu erkundigen und Euch zu erfreuen.«

Falvini gab dem Sarasin ein Zeichen, sich zurückzuziehen, während Rodiconda mit elastischen Schritten den Saal durchmaß und die Pfauenmaske von ihrem Gesicht riß. Wirr legten sich nun ihre tizianfarbenen Locken um das bleiche, stolze Gesicht, das alle Mächtigen Roms zu Bewunderung hinriß. Freilich waren ihre dunklen, von goldenen Punkten durchsprenkelten Augen ein wenig eng gestellt, ihr Mund ein wenig breit, doch beides zusammen ergab ein apartes raubkatzenähnliches Antlitz, dem sie den Beinamen La Luparella – die Wölfin – verdankte.

»Was willst du, ich habe nicht nach dir gerufen«, herrschte der Kardinal sie nun an und mühte sich selbst, den Schröpfkopf von seinem Arm zu reißen, da er ihn in seiner Bewegungsfreiheit hinderte.

Rodiconda knickste vor dem Würdenträger, doch ein Anflug von Spott in ihrem schönen Wolfsgesicht war unverkennbar. Wie sollte sie auch ernsthaft dem Mann Reverenz erweisen, der im Bett all seine Keuschheit ablegte und die wildesten Liebesspiele von ihr verlangte, den sie bereits in den Nacken und die Lenden gebissen hatte, der sich nach den schmerzhaften Liebkosungen ihrer lang gewachsenen Fingernägel verzehrte.

»Eminenz, verzeiht mein spätes Eindringen oder soll ich sagen mein frühes, denn die erste Morgenröte überglänzt bereits das Kapitol und…«

»Laß diese Possen«, befahl ihr Falvini, »du hast mich verärgert mit deinem Schelmenstreich. Wie konntest du es wagen, den köstlichen Toten mit deinem Kuß zu entweihen? Geh mir aus den Augen, bevor ich mir eine Strafe für dich überlege.«

Rodiconda spielte die Entsetzte und wich zurück. »Monsignore, Euer Herrlichkeit, wie könnt Ihr davon reden, Eure treueste Dienerin zu strafen, die Euch mit Seele und Leib verfallen ist. Es sei denn, meine Bestrafung bereitet Euch Lust, dann willige ich gern in eine genauere Inquisition ein.«

Bei den letzten Worten schlich sie wieder an ihn heran und öffnete mit einem Ruck ihr Wams. Sie ging in die Knie und bot dem Kardinal ihre entblößte Brust dar. Falvini, der zu lange in Gedanken an Mariettas weiche, sanfte Rundungen geschwelgt hatte, reizten die festen Äpfelchen der knabenhaften Rodiconda jedoch nicht.

»Bedecke dich, du machst dich lächerlich mit dieser Schamlosigkeit. Geh, geh nun.« Müde legte er seine rechte Hand über die Stirn. Rodiconda blieb unverschämt, schloß ihr Wams nicht, sondern rutschte auf Knien näher an Falvini heran. Ihre langen weißen Finger berührten seinen dunkelroten Rock und stahlen sich unter dem Saum nach oben. Als der Kardinal sie wegstoßen wollte, krallte sie ihre Nägel in seine Schenkel. Falvini stöhnte halb vor Schmerz und halb vor Lust. Noch immer, fast gegen seinen Willen, verstand es die Rodiconda, seine Begierde zu entfachen.

»Ich wußte doch«, sagte sie triumphierend, »daß Ihr meine Dienste heute noch benötigt.« Sie liebkoste weiter die Schenkel des Mannes, er ließ sie gewähren. Ihr Männerkostüm hatte Rodiconda mit Bedacht und der Absicht gewählt, in ihm verbotene Lust zu wecken. Denn so sehr Falvini die frühen Liebesbezeugungen seines ersten Gönners verabscheut hatte, so sehr verbanden sich damit seine ersten Erfahrungen in der Lust. Die verkehrte Venus konnte zu manchen Gelegenheiten immer noch seine Begierde wecken. Wenn er die Heilige Messe feierte, war er nicht davor gefeit, lüstern an die vor ihm knienden Meßdiener und ihre zarten Körper unter den Spitzenüberwürfen zu denken.

Vor sich selbst verzieh er diese verächtliche Schwäche mit Hinweisen auf die in der von ihm verehrten Antike gepflegte Knabenliebe. Selbst die größten Geister hatten sich der platonischen Lust nicht geschämt. Machiavelli nannte alle Kirchendiener verstockt, die in der Lust zwischen Männern ein Werk Satans sahen. Doch in der Wirklichkeit unterdrückte Falvini diese Begierde, wohl wissend, daß sie unerbittlich verfolgt wurde, und lebte sie allenfalls in Verkleidungsspielen mit Rodiconda aus.

Und so gab er auch diesmal – er rechnete es seiner Schwächung durch den hohen Blutverlust an – der als Mann maskierten Rodiconda nach. Die schob nun seinen seidenen

Purpurrock nach oben und küßte den Kardinal zwischen den Schenkeln. Der rutschte tiefer in seinen Sessel, um sich den Freuden der Entgrenzung und der Sünde ungezügelter Fleischeslust hinzugeben. Weich und zärtlich ruhten die Lippen der Wölfin kurz auf seinem sich regenden Geschlecht.

So beschäftigt waren der Kardinal und seine Hure, daß sie nicht bemerkten, wie sich ein Türflügel zum Privatgemach kurz öffnete, und der Sarasin sein Haupt durch den Spalt schob. Umsichtig schloß er die Türe sofort und bedeutete dem wartenden Leibarzt stumm, daß er sich noch ein wenig gedulden müsse. Atoli seufzte. »Er nimmt gewiß der Rodiconda die Beichte ab«, versuchte er zu scherzen, doch der stumme Almansor verzog keine Miene. Achselzuckend nahm der Arzt auf einem dreibeinigen Schemel Platz. »Dabei komme ich, um ihm eine Freudenbotschaft zu übermitteln«, brummte er.

Im *studièlo* reflektierte ein Spiegel derweil das anregende, wenn auch trügerische Bild eines schlanken, jungen Edelmannes in grünem Samt, der vor dem hohen Würdenträger kauerte und seine Lockenmähne in dessen Schoß tauchte. Genüßlich betrachtete Falvini sich und seine kunstfertige Dienerin.

Sich ihr preiszugeben war eine Freude, die der dunklen, animalischen Seite seiner Seele entsprang.

Müdigkeit und Erschöpfung ließen den Kardinal hinübergleiten in die Wehrlosigkeit der Wollust. Rodiconda ließ ihre Zunge tanzen. Als sie ihren Mund öffnen wollte, um Falvinis Geschlecht ganz in sich aufzunehmen, stöhnte er gegen seinen Willen den Namen »Marietta.«

Rodiconda schnellte zurück, der Kardinal bemühte sich, seine Blößen zu bedecken, die nun plötzlich lächerlich nackt erschienen. Rodicondas Wangen waren rot überhaucht, eine Folge der vorausgegangenen Erregung. Doch nun färbten sie sich tiefrot vor Zorn. »Marietta«, spie sie ihrem mächtigen Liebhaber entgegen, als sei sie eine beleidigte Fürstin. »Ihr wagt es, den Namen Eurer schäbigen Milchhure in den Mund zu nehmen, während ich Euch liebkose?« Der Zorn ließ sie alle Furcht und jeden Respekt vergessen. »Oh, ich habe diese billige Dirne, diese Brunnenhure satt, die zu gering ist, meinen Haß zu verdienen. Aber ich sorge dafür, daß sie Euch nie mehr heimsucht, das schwöre ich.«

Der Kardinal hatte sich schnell von jedem Gefühl der Beschämung und mit einem herzhaften Ruck endlich auch von dem störenden Schröpfkopf an seinem Arm befreit. Er schleuderte ihn zu Boden, wo er zersprang und das Blut des Kardinals als kleinen, dunklen See hinterließ. Rodiconda kroch darauf zu und tauchte zwei Finger ihrer rechten Hand hinein. Sie malte damit ein Kreuz auf den Marmor. »Dies ist mein Zeichen. Ich werde Marietta töten und Euch opfern, mein Herr. Ganz nach Art der Wölfin. So wie es Euch gefällt, werde ich meine Klauen in ihre milchprallen Brüste schlagen, und…«

Mit einem Sprung war Falvini bei Rodiconda, die immer noch auf dem Boden vor ihm hockte. Er holte aus und versetzte ihr eine schallende Ohrfeige, die auf ihren Wangen den Abdruck seines schweren Rings hinterließ. Rodiconda zuckte, verbiß sich aber die Tränen und funkelte den Kirchenfürsten unter halbgeöffneten Lidern zornig an.

Der wandte sich voll Abscheu von ihr ab, ihn schwächte nun keine Wollust mehr. »Bedecke dich«, befahl er barsch und schritt in kalter Ruhe durch sein *studièlo*, seine grimmige Miene brachte die Wölfin zum Schweigen. Sie wußte, daß sie ihre Spiele mit dem Kardinal nicht zu weit treiben durfte. Ihn reizten ihre Unabhängigkeit und ihre Verwegenheit nur bis zu einer gewissen Grenze, die er zu ziehen sich vorbehielt. Und obgleich sie selber zu den gefährlichsten Geschöpfen Roms gezählt wurde und den Ruf einer geschickten Giftmischerin trug, war ihr Können bedeutungslos gegen die Skrupellosigkeit eines gereizten Falvini.

»Du hast mich nun schon zum zweitenmal in dieser Nacht auf das niederträchtigste beleidigt. Ich war bereit, dir deinen Streich mit der Leiche zu verzeihen, denn meine Gäste schienen sich dabei zu amüsieren. Doch welcher Dämon haucht dich an, daß du es wagst, meine Person und damit mein Amt zu beleidigen? Du vergißt deine Stellung und dein Herkommen, Rodiconda. Was gilt es dir, wem ich meine Gedanken widme? Sei es eine Milchhure, wie du behauptest, oder das Heiligste.« Er hielt einen Wimpernschlag lang inne. Wie komme ich in Zusammenhang mit Marietta auf ›das Heiligste‹? schoß es ihm blitzartig durch den Kopf. Doch in derselben Sekunde, setzte er seine Ansprache bereits fort.

»Du, Rodiconda, bist selbst ein schmutziges Kind der Gosse und verderbter als jede ehrliche *puttana*. Grausamer als eine Lucrezia oder die Messalina.«

Die Wölfin faßte bei diesen Worten wieder Mut. »Und eben das reizte Euch immer, Monsignore.« Mehr wagte sie nicht zu sagen. Sie sparte sich auch den Hinweis, daß der Kardinal ihr in seinen – sehr seltenen – schwachen Momenten gestanden hatte, selbst der Gosse zu entstammen. Eben diese gemeine Herkunft, so hatte die Wölfin stets geglaubt, verband sie beide tiefer als es gemeinhin zwischen Kurtisane und Gönner der Fall zu sein pflegte.

»Du irrst Rodiconda«, sagte nun der Kardinal, »mich reizt die Gosse nicht. Schmutz ist Schmutz, eine Hure eine Hure. Ich spucke darauf. Mich reizt allein die Fähigkeit eines Menschen, sich über sich selbst und seinen Stand zu erheben, den Funken jener Göttlichkeit in sich zu erkennen, die ihn zu Höherem bestimmt, wenn er sich nur entschließt.«

Der von der Theorie des freien Menschen begeisterte Humanist in ihm sprach diese Worte. Ein Erasmus von Rotterdam oder andere Gelehrte seines Zeitalters hätten ihm dafür gewiß höchstes Lob gezollt. Und ebenso gewiß hätte sein dem Mittelalter verhafteter Feind della Guarde ihn dafür auf die Streckbank der Inquisition geschnallt.

Rodiconda – weniger gewitzt und nicht auf gelehrte Dispute aus – verstand nur soviel, daß der Kardinal Marietta leidenschaftlich verteidigte.

Es war eine tödliche Beleidigung gegen sie, die stolze Wölfin, die so viele Bewerber um sich hätte scharen können wie es Kirchen in Rom gab. Und das waren immerhin mehr als dreihundert. Rodiconda mit ihrer schneeweißen Haut und ihrem Wolfsgesicht war so recht das Ideal ihrer in Zwiespältigkeit gefangenen Zeitgenossen, die ebenso fromm wie genußsüchtig, ebenso schöngeistig wie grausam sein konnten.

Sie verlegte sich nun darauf, den Kardinal in seinem Stolz zu verletzen. Sie kleidete den giftigen Pfeil in schmeichelnde Worte. »Euer Eminenz, wenn Ihr mich erzürnt seht, so doch nur, weil ich es nicht ertrage, Euch in den Augen der Welt gedemütigt zu sehen.« Sie hielt inne, Falvini antwortete nicht. »Wißt Ihr, was die Gassenjungen für ein Lied auf Euch singen?« Falvini zwang sich, nicht aufzusehen, und studierte aufmerksam den Schnitt auf seinem Oberarm, aus dem immer noch Blut hervorsickerte.

»Ich will Euch sagen, womit sie Euch beleidigen. Sie singen vom großen Falvini, der sich vierzig Jahre vom Blut der anderen nährte, um nun wie ein zahnloses Lamm die Milch einer schamlosen Hure zu trinken. Euer Hochwürden, Ihr wißt, wie gefährlich es ist, wenn das Volk die Kurialen nicht mehr fürchtet. Schon gar in unruhigen Zeiten wie diesen, da man sogar über den Papst lästert. Das Volk ist eine reißende Bestie, die man an die Kette der Furcht legen muß. Vernichtet Marietta, bevor sie Euch ins Unglück bringt.«

»Was soll mir das Volk«, bemerkte der Kardinal abfällig. »Würde ich auf das Gewäsch einiger armseliger Krämer etwas geben, wäre ich ein schlechter Regent und ein armseliger Kirchenmann.«

»Sind Eure Gitter auch wirklich fest genug, Eure Tore so ehrlich bewacht und Eure Dienerschaft so treu, daß Euch das Volk nicht fürchten müßt?«

»Drohst du mir mit deinen Spionen in meinem Haus? Ich kenne sie, Rodiconda, genau wie ich dich kenne. Es ist mir ein leichtes, sie für immer im Kerker verschwinden zu lassen. Es kommt mir sogar gelegen, denn einer muß ja schließlich den ehrwürdigen Montefiscone vergiftet haben. Wenn ich es mir recht überlege, vielleicht gar in deinem Auftrag?«

»Das wagt Ihr nicht«, kam es mit bebender Stimme von seiner Gespielin. »Ich habe diesen lächerlichen Mann nicht getötet, was hätte ich für einen Vorteil davon?«

»Du hast andere getötet, du liebst es als Spiel.«

»Unwichtige Weibsbilder, Euch zum Vergnügen.« Der Kardinal war seiner Gefährtin überdrüssig, es gefiel ihm nicht, so offen über die gemeinsamen Spiele zu sprechen, die ihren Reiz eben daraus bezogen hatten, daß sie in stummem Einvernehmen geschehen waren. Rodiconda war sein Werkzeug, nicht seine ebenbürtige Gefährtin.

»Ich befehle dir zu gehen, Rodiconda, und ich rate dir, mich nicht mehr aufzusuchen. In Zeiten wie diesen schätzt der Papst es nicht, wenn seine Purpurträger Umgang mit stadtbekannten Kurtisanen haben. Ich denke, er arbeitet zur Zeit an einer entsprechenden Bulle, die auch dir das Leben erheblich erschweren könnte, wenn einer deiner Gönner dich anzeigt.«

Die Wölfin sprang auf, mit dieser Entlassung hatte sie nicht gerechnet. Sie vergaß allen Respekt, alle Ehrfurcht genau wie alle Furcht, denn nun ging es um ihre Stellung. Eine Stellung, die sie nicht gedachte aufzugeben. Sie hing mit Leidenschaft – wenn auch vielleicht nicht der eines zart verliebten Herzens – an dem Kardinal Falvini, dem ihr ebenbürtigen Seelenbruder.

»Ihr habt mir die Ehe zur linken Hand versprochen, Ihr wolltet mich als Konkubine in Euer Haus aufnehmen und nun soll ich verschwinden wie eine einfache Hure?« schrie sie heiser. »Ich, die Euch jeden Wunsch erfüllt hat, keinen Tag verstreichen ließ, um nicht eine neue Vergnügung für Euch zu ersinnen? So leicht lasse ich mich nicht hinauswerfen, ich…«

»Du beträgst dich wie ein Fischweib, Rodiconda. Wo bleibt deine Bildung, dein Benehmen? Ich sagte dir schon einmal, ich schätze die Gosse nicht.« Der Kardinal schritt nun selbst zu der Flügeltür seines *studièlo*, doch Rodiconda kam ihm zuvor. Sie warf sich mit dem Rücken gegen die Tür. »Ich warne Euch, Kardinal Falvini, Ihr seid mächtig, ja. Doch mächtiger und rasender kann der Zorn einer verletzten Frau sein. Mein Zorn.« Wieder holte Falvini zu einer Ohrfeige aus, doch diesmal fing Rodiconda seinen Arm mit stählernem Griff ab. Sie funkelte ihn zornig an, und für einen Moment erkannte der Kardinal noch einmal die große Wölfin in ihr, die ihn so gereizt und begehrlich darauf gemacht hatte, sie zu besitzen.

»Ich weiß viel von Euch, Kardinal Falvini. Vieles, was Euren Amtsbruder della Guarde interessieren könnte.«

Der Kardinal ließ seinen Arm sinken und lachte verächtlich. »Suche dir deine Freunde, wo immer es dir beliebt. Selbst wenn ein della Guarde Anklage gegen mich erhöbe, so fürchte ich nichts. Mag er ruhig ein Geschrei machen, von mir aus Zeugen kaufen, ich würde immer die doppelte Anzahl gegen ihn aufbringen. Und deine Aussage ist weniger Wert als der Dreck einer Flußgans, Hure.«

Bei diesen Überlegungen gewann das Gefühl seiner grenzenlosen Überlegenheit über den kurzen Anflug von Verunsicherung. Rodiconda hatte ihr Spiel für diesesmal verloren. »Geh«, wiederholte der Kardinal nur barsch, zog an einem Glockenstrang, und sofort stieß von außen der Sarasin die Flügeltür auf, riß La Luparella an einem Arm aus dem *studièlo* und führte sie so unsanft, wie der Ton seines Herrn gewesen war, die Treppenflucht hinab.

»Ihr werdet bitter bereuen, was Ihr heute getan habt«, schrie höhnisch und schrill die gedemütigte Frau, » Ihr werdet es bitter bereuen, hört Ihr, mein Kardinal. Ich werde Eure *madènna di latte* töten!«

Der Leibarzt räusperte sich laut und vernehmlich, so als wolle er das unziemliche Geschrei der abgeführten Hure übertönen. Falvini verzog keine Miene. Atoli orderte Eigelb und Rosmarin, rührte daraus eine Salbe und bestrich die Schröpfwunde des Kardinals damit. Der begann eine Befragung des Arztes über die Leiche Montefiscones, die man in den kühlen Weinkeller gebracht und neben den jahrhundertealten Leichnam des jungen Römers aufgebahrt hatte, wo nun beide begannen, um die Wette zu faulen und sich bei aller Unterschiedlichkeit zu Lebzeiten im Tode einander anzugleichen.

»Habt Ihr den Toten untersucht, Signore?« fragte Falvini mit angemessenem Respekt.

»O ja, ich habe ihm die Adern geritzt, sein Blut beschaut und sogar seinen Urin. Durch das Drücken der Blase konnte ich einige Tropfen einfangen.«

»Und?«

»Schlagfluß.«

»Schlagfluß?« Falvini schaute den gelehrten Mann zweifelnd an.

»Ja, kein Zweifel«, bestätigte Atoli gelassen.

»Es ist nicht die Pest?« Der Arzt schüttelte – bedauernd – sein Haupt.

»Nicht einmal die Pest?« wiederholte Falvini ungläubig und beinahe ein wenig enttäuscht. Dann fragte er. »Das, das könntet Ihr beeiden?«

Der Mediziner ließ sein geschliffenes Vergrößerungsglas fallen, mit dem er einige Flohbisse im Nacken des Kardinals betrachtet hatte. »Weshalb beeiden? Ich wüßte nicht, warum der nur allzu natürliche Tod eines alten, ehrwürdigen und dickblütigen Kardinals ein geistliches oder weltliches Gericht interessieren sollte? Gott sei seiner Seele gnädig, aber sein Körper war schon lange überfällig. Ein Becher Wein zuviel, ein zu fetter Braten, sogar ein zu kalter Schluck Wasser oder der laueste *ponentino*, der über den Tiber weht, hätte den hohen Herrn dahinraffen können.«

»Aber sein verfärbtes Gesicht und die aufgedunsene Gestalt?«

»Oh, aber das ist nur allzu natürlich. Ipsa senectus morbus est.« Falvini schaute den Arzt fragend an. »Es heißt, das Alter selbst ist eine Krankheit. Seht, sein Blut war fast schwarz vor schlechter Galle, es staute sich in allen Adern, war blau wegen dem Übermaß zurückgehaltener vulkanischer Elemente. Der Mann war ein unterdrückter *collerico*. Es ist ein ganz typisches Bild. Ihr könnt mir vertrauen. Kein Arzt käme zu einem anderen Schluß.«

Der Kardinal konnte sein Glück kaum fassen! Der angesehendste Arzt Roms verschaffte ihm einen makellosen Freibrief. Einen, für den er nicht einmal hätte bezahlen müssen.

»Ich danke Euch für Eure Mühen, die Ihr zu so später, oder soll ich sagen so früher Stunde auf Euch genommen habt.« Er trat zu einem Fenster und betrachtete mit befriedigtem Lächeln die ersten Sonnenstrahlen, die sich durch die Läden stahlen.

»Und wegen des Salärs…«, getraute sich der Arzt nun, die stille Versenkung des Mannes zu unterbrechen.

Der Kardinal wandte sich um und hob – wie erstaunt – die Augenbrauen. »O gewiß, natürlich werde ich die Messen für Euch lesen, und ich verspreche Euch überdies zwölf Paternoster.«

»Ja, ja, gewiß, und ich bin dankbar, daß eine hochgestellte Person wie Ihr, so sehr um mein Seelenheil bemüht ist, jedoch…« Seine Stimme überschlug sich bei diesem Vortrag und nahm einen schrillen, fast pfeifenden Ton an.

Falvini brachte ihn mit hochmütiger Miene zum Schweigen. »Geschätzter Atoli, die Gier ist eine der sieben Todsünden, und meiner Meinung nach eine der unbekömmlichsten. Ich möchte Euch nun bitten zu gehen, denn ich brauche meinen Schlaf.«

Der Arzt verneigte sich – weniger tief als er es sonst zu tun pflegte –, griff sein Kästlein und schritt um Würde und Atem bemüht auf die Flügeltür zu. Sein Rücken war hart gespannt vor Haß. Kaum hatte der Sarasin die Tür hinter ihm geschlossen, als der Kardinal in übermütiges Gelächter ausbrach.

»Was sagst du dazu, Almansor. Welch eine fruchtbare Nacht! Ich habe mir nicht weniger als zwei Feinde darin gemacht. Eine törichte Frau und einen weibischen Toren. Wenn es freilich stimmt, daß man die Ehre eines Mannes an dem Geist und dem Wert seiner Feinde bemessen kann, dann war es ein schlechtes Geschäft. Eine überhebliche Kurtisane, die mir droht, und ein lächerlicher Bartscherer, der mich haßt.« Wieder lachte er schallend. Almansors Miene blieb unbeweglich. Vielleicht ahnte der stumme Mohr, daß sein Herr sich zu früh und zu ausgelassen freute, und daß er überdies einen Feind übersah. Den Kardinal della Guarde.

II.

1.

»Merk, Welt ist je Welt gewesen. Nämlich des Teufels Reich, ein Stall voller Buben, und hat jede Welt ihre Gottlosen und offenen Sünder.«

Sebastian Franck, »Das Narrenschiff«, 1533

Die junge Beatrice zog wütend einen Klumpen Wäsche aus dem großen gemauerten Wasserbecken am Tiberufer. Mit Schwung goß sie aus einem Holzeimer die Lauge aus Knochenasche und bleichendem Salz darüber. Die Sonne stach ihr in den Rücken, Schweiß stand ihr bereits auf der Stirn und lief ihr aus den Achseln herunter. Mit einer gewaltigen Holzkeule begann sie eines der Leintücher tüchtig zu klopfen und zu walken. Um sie herum sangen die anderen Wäscherinnen ausgelassen ihre üblichen Liedchen um Liebeslust und Liebesleid. Nur Beatrice brummte ausgiebig vor sich hin.

»Prügelst du deinen untreuen Schatz«, rief scherzend eine der anderen Wäscherinnen herüber, die in einem großen Holzbottich einen Block Ziegentalgseife auflöste.

Beatrice warf ihr einen zornigen Blick zu, der schlecht zu ihrem hübschen, pausbäckigen Gesicht passen wollte. »Ach«, begann sie schließlich, denn sie gehörte nicht zu den schweigsamen Naturen, »es ist doch immer das gleiche Elend. Die armen Leut zahlen pünktlich für die Dienste, die man ihnen tut, und die reichen lassen dich auf jeden Bajocco warten. Und dann tun sie beleidigt, wenn unsereins zu ihren Wohnungen geht und seinen Lohn verlangt. Oder sie lassen sich verleugnen. Es ist nicht gerecht, eine ehrliche Magd wie mich zum Betteln zu zwingen und zu betrügen.«

Das Leintuch empfing weitere harte Klapse, so daß das Wasser nur so hervorspritzte. Lachend tauchte Beatrices Nachbarin am Becken ihre hohle Hand ins Wasser und schleuderte es auf die hitzige junge Frau. »Laß das«, rief Beatrice schrill, begann aber ebenfalls mit Wasser zu spritzen. Bald waren die Hemden der beiden pflichtvergessenen Mädchen so naß, daß sich deutlich ihre hübschen Brüste darunter abzeichneten.

Eine Gruppe von jungen Diakonen, die – nicht durch Zufall – den Pfad in der Nähe des Waschbeckens gewählt hatten, blieben stehen, um ein Gebet unter den wilden Trauerweiden zu sprechen. Kichernd zeigten die Wäscherinnen zu den scheinheiligen Kirchenmännern herüber, deren Gesichter sich flammrot färbten.

»Gebt den Priestern Ehefrauen, damit sie nicht nach Huren schielen, und den Mönchen Huren, damit sie nicht die Mädchen jagen«, rief eine der Wäscherinnen einen beliebten Spottvers hinüber. Die Diakone hoben eilig ihre Gewänder an und setzten ihren Weg in Richtung der Engelsbrücke fort, verfolgt vom Gelächter der Frauen.

»Was meinst du, Beatrice«, fragte nun ihre Nachbarin am Bassin, »es lohnt sich bestimmt, einigen dieser geistlichen Herrn zu Willen zu sein. Da regnet es Karlini statt kleine Kupfermünzen, und wir könnten uns in zwei Jahren ein wirkliches Kleid leisten. Ein Kleid wie eine wahre Kurtisane es trägt, aus Samt und Brokat, bestickt mit maurischen Blumen und Rosen.« Sie griff sich eines der noch schmutzigen, trockenen Bettlaken, schlang es wie eine Toga um sich und stolzierte vor Beatrice stolz wie ein Pfau auf und ab. Die schüttelte den Kopf.

»Du bist verrückt, Fiorentina. Dich würde höchstens ein armseliger deutscher Pilger in den Ginsterbusch zerren, der zahlt dann mit Hosenknöpfen, die er als Dukaten ausgibt, und du bist schön angeschmiert.«

Fiorentina hob mit gespielter Empörung die Augenbrauen, »Hosenknöpfe? Für wie dumm hältst du mich? Ich kenne die Hosenknöpfe aller Nationen – schließlich wasche ich sie jeden Tag.«

»Und doch lohnt es sich für Mädchen wie uns nicht, vom Weg abzukommen. Uns fehlt es an Schönheit und Bildung, Anmut, und schau dir nur unsere Hände an.« Sie streckte ihre von Lauge und Salz rissigen, geröteten Hände vor. »Wem sollen wir damit Vergnügen bereiten?«

»Aber doch nicht mit den Händen, das ist wider die Natur, sagt der Priester: Du sollst deine Saat nicht auf den Boden vergießen», neckte Fiorentina schlüpfrig.

Beatrice hob drohend die Holzkeule, beide lachten, dann machten sie sich wieder ans Werk, denn die Sonne hatte bereits ihren Mittagslauf begonnen. Bald würde sie senkrecht über dem Tiber stehen und so heiß brennen, daß an weitere Arbeit nicht zu denken war, bis sie im Westen schließlich an Kraft verlieren würde.

»Aber mal ehrlich, Beatrice«, fuhr Fiorentina fort, »glaubst du nicht, daß eine Kurtisane die köstlichste Freiheit genießt, die eine Frau hier unten erwarten kann. Sie hat Ansehen, eigenes Geld, kann ausgehen wie es ihr paßt. Was ist dagegen eine reiche Bürgersfrau. Sie wird gegängelt, vielleicht gegen ihren Willen einem alten Greis vermählt oder ins Kloster verbannt. Schon mit zwölf Jahren darf keine Tochter aus gutem Haus mehr auf die Straße. Pfui, was ein Leben, da lob ich mir die Dienerinnen der Venus.«

»Fiorentina, du malst deine Bilder mal wieder mit dem Pastell der Blütenträume. Sei doch einfach froh, daß dir niemand den Gang in die freie Natur verbietet.«

»Oh, oh, oh, zum Waschen freilich, oder um das Wasser vom Brunnen zu schleppen, das Holz zu spalten oder die Fischabfälle vom Coppellenmarkt für eine stinkende Fastenspeise zu sammeln. Nennst du das Freiheit? Eine Kurtisane hingegen fährt in einer stolzen Kutsche. Sie ißt frische Drosselpasteten und gemästetes Lamm.«

Vor ihr klatschte ein nasses Leintuch auf den steinernen Beckenrand. Beatrices Miene war wieder zornig. »Ich hätt wohl auch gern ein aufregendes Leben. Aber hör mir auf mit deinem albernen Kurtisanengeschwätz. Eine von ihnen ist es ja, die mir seit mehr als zwei Wochen schon Geld schuldet. Ich war so dumm wie du, für sie zu schwärmen. Für ihr milchweißes Madonnengesicht, die schönen Lippen, den weichen Leib.« Beatrice spuckte aus. »Soviel ist es wert, dieses unschuldige Geschöpf, bah, hätte ich nur eines ihrer Spitzenhemden ein wenig ausgelaugt, einen Saum zerrissen oder ein Leintuch durch Ochsenblut geschleift.«

»Na, na, mein Kind«, meldete sich nun hinter ihr eine angenehme, melodische Stimme. Beatrice wirbelte herum, ein Lächeln vertrieb alle Zornesfalten aus ihrem Gesicht. »Märthe!«

Die alte Frau verzog ihr runzliges Gesicht zu einem amüsierten Schmunzeln. Die fröhliche, ungestüme Beatrice gehörte zu ihren Lieblingen, der sie all ihr Leinzeug, die Verbände, Wundtücher und Bettlaken zur Wäsche gab, die sie als Kräuter- und Heilfrau des Viertels reichlich verwendete. Obwohl Märthe erst vor einem halben Jahr von Deutschland her nach Rom gekommen war, verehrte man sie und vertraute ihren Fähigkeiten, zumal sie das Italienische mit großer Anmut sprach. »Was macht dich so wütend?« fragte sie nun die kleine Wäscherin.

Beatrice verzog den Mund. »Ach, es geht ums liebe Geld«.

Märthe zückte ihren Beutel, der vom Gürtel ihres Kleides herabbaumelte, und kramte zwei Karlini hervor. »Hier meine Tochter, ich kann dir aushelfen, wenn du versprichst, diesen Stapel Leinzeug noch heute zu waschen.« Sie reichte Beatrice einen Sack mit Wäsche.

»O nein, Märthe, das geht nicht an. Ihr seid mir nichts schuldig. Wenn Ihr meinen Vater nicht vom römischen Fieber geheilt hättet, stünde es noch elender um mich und…«

»Du lägest seufzend in den Ginsterbüschen«, warf Fiorentina kichernd ein.

»*Chiudi il becco*! Halt dein Maul«, befahl Beatrice ihr grob, sie mochte es nicht leiden, daß die Freundin ihre losen Reden vor Märthe führte, die im Viertel fast wie eine Heilige verehrt wurde.

Doch Märthe war eine Heilige, der nichts Menschliches fremd war. »Nun sag schon, mein liebes Kind, worüber bist du so erbost, daß du sogar deine Freundin mit Schelte überziehst?«

»Oh, es ist nur, daß mir die Marietta aus der Händlergasse vierzig Karlini schuldet für vier Monate, die ich nun schon für sie wasche. Immer wieder kommt einer ihrer Diener, ein altes, taubes Hinkebein, hierher, um mich zu vertrösten. Und seit drei Tagen befindet es die Dame nicht einmal mehr nötig, den zu schicken. Deshalb sind wir nun mit der Miete im Rückstand, und der Wirt droht, uns aus der Kammer zu jagen. Aber Ihr wißt, wie schwach Vater noch ist. Das darf nicht sein. Und deshalb bin ich zornig, denn die vierzig Karlini sind unsere ganze Jahresmiete.«

Märthe zog die Stirn kraus, auch sie verabscheute die Saumseligkeit der reichen Kunden. Jeder einfache Flickschuster, der hier seine Leinhemden und Beinkleider reinigen ließ, bezahlte pünktlicher als die vornehmen Herrschaften. »Aber warum, kleine Beatrice, hast du solange dieses Spiel mit dir treiben lassen. Ich kenne dich als gewitztes Wesen, das sich nicht leicht an der Nase herumführen läßt. Und vierzig Karlini sind eine wahrlich stolze Summe.«

Wie ertappt senkte Beatrice die Augen. »Es ist, es war… Also die Signora Marietta schien, schien mir etwas Besonderes zu sein. Sie hat so eine Art, daß man sie für eine *donna sancta* halten kann. Sicher, sie ist eine Kurtisane, aber keine der hochmütigen Sorte, die unsereinem Ohrfeigen verpaßt, wenn wir sie nicht ordentlich grüßen. Sie hat auch selber ihre liebe Not, die Familie zu versorgen, und dann hat sie den süßen kleinen Knaben. Ich mochte sie wirklich gut leiden. Sie hat immer nach Vater gefragt und mir manchmal sogar einen Krug Pinienhonig oder Kräuterwein für ihn mitgegeben, und daher…«

Beatrice kam nicht weiter, vom Flußufer drang lautes Geschrei herüber. Eine der Wäscherinnen, die zu dem kiesbedeckten Ufer hinabgestiegen war, um einige Leintücher zum Trocknen auszubreiten, schrie, als würde sie von einer Horde reitender Dämonen verfolgt. Stolpernd und unablässig kreischend zwängte sie sich durch das Ginstergebüsch nach oben.

»Holt die *sbirri*, holt die *sbirri*«, verlangte sie nach den öffentlichen Ordnungshütern des Governatore di Roma.

Am Becken angelangt, sank sie keuchend und erschöpft in die Knie. Jemand drückte ihr ein feuchtes Tuch auf die Stirn, doch sie schlug nach den Händen, die ihr helfen wollten, und brach in so heftiges Schluchzen aus, daß sie schließlich von Krämpfen geschüttelt wurde und ernsthaft Gefahr lief, zu ersticken. So trat Märthe beherzt hervor, holte aus und verabreichte der Flennerin eine kräftige Ohrfeige. Fiorentina kicherte, die Weinende war so empört und schockiert, daß sie das Weinen darüber vergaß und endlich einmal ausreichend nach Luft schnappte.

»Was«, so begann Märthe nun mit gebieterischer Stimme, die alle zum Schweigen brachte, »hat dich, gute Frau, so in Aufruhr versetzt?«

»Die, die Fratze eines Flußdämons. Eines scheußlichen, grinsenden, schwarzgesichtigen Dämons mit schrecklich geblähten Backen. Der faulige Pesthauch der Hölle entstieg seinem Mund, darin sah ich noch Wasser brodeln und…«

Märthe hob die Hand. »Es genügt, gute Frau, ich werde selber nachsehen.« Damit schritt sie über die Wiese zur Uferböschung und kletterte sie erstaunlich behende, von den ehrfürchtigen Blicken der Wäscherinnen und des zusammengelaufenen Volkes verfolgt, hinab. Sie fand, was sie vermutet hatte: den häßlich zugerichteten, vom Wasser aufgedunsenen Kopf einer Leiche. Er war vom Rumpf abgetrennt und hatte sich im Geäst des Ufergestrüpps verfangen. Ein Knäuel von Haaren war im Gebüsch hängengeblieben und ließ den Kopf auf dem Wasser tanzen. Es war der Kopf einer Frau.

Beatrice, bekannt für ihren Übermut, sprang nun den Hügel herab. Sie gehörte nicht zu den übermäßig abergläubischen Naturen und wußte, daß mancher Dämon nur der eigenen Seele entstieg oder aus einem geleerten Weinkrug. Neugierig trat sie hinter Märthe und prallte zurück. Mit Entsetzen betrachtete sie den grausigen Fund, eine Welle von Übelkeit überkam sie, und sie erbrach das magere Frühstück, das sie am Morgen genossen hatte. Märthe klopfte ihren Rücken. Hustend und immer noch würgend, brachte Beatrice schließlich hervor: »Ich kenne sie, Märthe. O Gott, ich kenne sie. *Ma donna mia.* Was für ein Unglück.«

Man hatte dem toten Montefiscone ordnungsgemäß die Messen gelesen, seinen Leichnam nahe Sankt Peter begraben. Sein Herz und seine Eingeweide wurden jedoch – einem neuen Brauch folgend – in seiner Titelkirche beigesetzt. Darüber lag nun eine polychrome, marmorne Platte von beträchtlichem Wert. Gespendet hatte sie Kardinal Falvini, der die Nachfolge in den meisten der vakant gewordenen Ämter des Verstorbenen bereits angetreten hatte. Nur wenige verstanden die feine Ironie der lateinischen Grabinschrift: »Ehre wem Ehre gebührt. Er starb einen Tod, der seiner Würde entsprach.«

Kardinal Falvini hatte sich bereits die wertvollsten Stücke des Erbes gesichert und den schäbigen Palazzo des Montefiscone von Wachen umstellen lassen, um die üblichen größeren Plünderungen durch Roms Straßenvolk zu unterbinden. Nun stand er wieder einmal vor einem Spiegel und betrachtete sich im neuen hermelingesäumten Festgewand des ersten Kardinalkämmerers. Ein Amt, das ihn zum mächtigsten Mann der apostolischen Kammer machte. Der Papst hatte sich mit der Ernennung beeilt. Nun überwachte der Purpurträger das Hauptschatzamt, die allgemeine Buchhaltung, das Büro des Abbreviators. Zudem hatte er den Vorsitz der Ernährungspräfektur, war verantwortlich für Straßen- und Uferpflege, die Münze, Gefängnisse, Zoll, Wasserversorgung, die Archive und – was wichtiger war – die Waffenkammern. Auch der oberste Herr der *sbirri* war ihm verpflichtet und hatte ihm Bericht über die Verbrechen in der Stadt zu geben.

Falvini bewunderte gerade den roten Koffer, der zu den Insignien seiner neuen Machtposition zählte. Er malte sich aus, wie er nun bei Prozessionen feierlich auf einem weißen Araber und in der ersten Riege der Kardinäle durch die vom Volk gesäumten Straßen reiten würde. Ein Klopfen riß ihn aus seinen schwelgerischen Träumen. Der Bargello di Roma, höchster Polizeioffizier des römischen Gerichts, trat ein. Er zog seinen federgeschmückten Eisenhut und verneigte sich vor Falvini. Dann trat er zurück, um darauf zu warten, daß sein oberster Herr das Wort an ihn richtete. Verstohlen zählte er derweil die enorme Anzahl von Spiegeln in dem privaten Studierzimmer. Es waren genau dreizehn Stück. Der abergläubische Waffenmann war versucht, eilig ein Kreuz zu schlagen. Doch nun fiel der Blick Falvinis auf ihn.

»Und, was habt Ihr herausgefunden?«

»Hoher Herr, sie ist verschwunden.«

»Du Tor, das weiß ich. Ich selbst habe sie vor drei Tagen schon rufen lassen und ebensoviel erfahren. Warum habt Ihr nicht wenigstens ihre alte Metze Veronica hergeschleift?«

Der *bargello* fuhr unbeirrt fort. »Auch sie ist verschwunden. Das ganze Haus an der Händlergasse ist verwaist. Nur einen tauben, halbblöden Diener fanden wir vor. Er behauptet, daß eine Schar von Dämonen das Haus des Nachts heimgesucht und alle Bewohner entführt hat.« Er trug diese Vermutung mit einiger ehrfürchtiger Überzeugung vor. Dämonen wurden häufig der niederträchtigsten, grausamsten Verbrechen beschuldigt. Vor allem jener Verbrechen, bei der alle noch so hartnäckige Aufklärungsarbeit umsonst blieb und kein anderer Täter dingfest gemacht werden konnte.

»Soso, Dämonen«, wiederholte Falvini mit leisem Spott, der an den braven Ordnungshüter jedoch verschwendet war. »Hört, guter Mann, ich habe guten Grund zu der Annahme, daß in diesem Fall nicht der Teufel die Hand im Spiel hat. Mir liegt daran, daß Ihr die Frau Marietta rasch findet. Durchkämmt alle Straßen. Hört Ihr?«

Der Purpurträger hatte sich in immer größere Aufregung hineingesteigert. Dem *bargello* wurde mulmig bei soviel Eifer.

»Euer Eminenz mögen verzeihen, aber ich weiß nicht, ob ich meine Leute zu einer solchen Arbeit entbehren kann. Ihr wißt, ich befehlige nur einundvierzig *sbirri*, lediglich sechs sind beritten, und Rom ist groß. Außerdem ist die Dirn... die Frau erst den dritten Tag verschwunden. Vielleicht hat sie sich nur auf einen Ausflug gemacht. Die Sonne ist heiß, viele Kurti... Frauen ziehen sich auf die Weingüter zurück.«

»Ich dachte, sie sei ein Raub der Dämonen? Habt Ihr je von Dämonen gehört, die Kutschfahrten mit Kurtisanen unternehmen?«

»Oh, ich weiß nicht, Herr, aber man hört so einiges von den Foppereien und Ausschweifungen der Teufelsdiener.« Der Mann mit dem Eisenhut war ratlos. Warum quälte ihn sein neuer Herr mit diesem unsinnigen Auftrag? Montefiscone war ein angenehmerer, weil nahezu unsichtbarer Dienstherr gewesen. Eine Hure, jawohl bekräftigte der *bargello* insgeheim, eine liederliche Hure war verschwunden. Was hatte er damit groß zu schaffen? Falvini seufzte ungeduldig.

»Habt Ihr auch die Schlafkammer der Frau«, er scheute sich, Marietta eine Dirne zu nennen, »durchsucht?«

»Ja, Euer Eminenz, und dabei fanden wir blutverschmierte Tücher. Wir haben sie einem Exorzisten vorgelegt, und er meint, daß ihnen ein leichter Schwefelgeruch entsteigt, was eine sichere Spur für das Wirken Satans ist.« Mit kindlichem Stolz lächelte er dem Kirchenfürsten zu.

Der Kardinal nickte entnervt, aber kaum überzeugt. Es war eine Qual, mit solch tumben, korrupten, unfähigen Ordnungshütern geschlagen zu sein. Ihnen fehlte die entscheidende Fähigkeit zum Zweifel, die das Gehirn erst zu seinen größten Leistungen anspornte. Dafür waren sie mit einer gehörigen Portion Faulheit gesegnet, die sie die Verbrecher am liebsten in Wirtshäusern suchen ließ.

»Fandet Ihr noch etwas in der Kammer?«

»Nichts von Bedeutung. Einige Kleidungsstücke, ein Gesangbuch, Windeln, wertlosen Schmuck, wie einen einfachen Goldreif, eine Glasperlenschnur, ein Wolfskopfamulett, einen…«

Der Kardinal fuhr herum. »Ein Wolfskopf sagt Ihr?«

»Ja, aber nur aus einfachstem Silber geschmiedet.«

»Schickt sofort den Haftrichter und sechs Eurer kräftigsten Männer in den Borgo. In der Via della Monti steht der Palazzo der Rodiconda, verhaftet sie und bringt sie hierher zu einem ersten Verhör.«

Der Mann im Eisenhut zögerte. Warum sollte er sich so aus heiterem Himmel mit der Verhaftung einer anderen Kurtisane belasten? Einer, die zudem großzügige Bestechungsgelder zu zahlen pflegte. Und überhaupt. Unten am Tiber hatte man gegen Mittag gerade einen Frauenkopf gefunden, dessen Beschreibung so abenteuerlich klang, daß er ihn sich gerne einmal angeschaut hätte. Sosehr er das Dämonische fürchtete, so sehr zog es ihn auch an und bereitete ihm köstliche Gefühlsschauer.

Der Kardinal, erzürnt über die Zögerlichkeit des Mannes und von furchtsamer Unruhe ergriffen, erhob nun schrill die Stimme.

»Ich sagte, verhaftet die Rodiconda. Sputet Euch Kerl, sonst ist der Vogel ausgeflogen. Und geht unter starken Waffen, das Haus ist gut bewacht.«

»Aber unter welchem Vorwurf soll der Haftrichter sie denn festnehmen?«

»Sie ist eine schamlose Person. Sie hat mehrere Morde begangen. Ach, was rede ich, geht endlich und bringt mir die Rodiconda. Geht, oder es wird Euch übel bekommen.« Der Ton war nicht mißzuverstehen, und unter eiligen Verbeugungen stürmte der Angesprochene aus dem Saal, verneigte sich in seiner Verwirrung sogar vor Almansor und stürmte dann mit klirrender Rüstung die Treppe hinab.

»Was meinst du, Almansor, habe ich La Luparella unterschätzt?« fragte müde der Kardinal. Sein Gesicht war bleich, sein Magen meldete sich mit einem Zucken und Brennen, doch gemeiner, heller als dieser Schmerz, war der Gedanke an Marietta. Marietta, deren Augen für immer vom Tod geschlossen waren. Das konnte, das durfte nicht sein. Die wahren Teufel, das spürte Falvini deutlich, saßen in der eignen Seele, sie hießen Versuchung, Verlangen und Schmerz. Bislang war es ihm immer gelungen, den Dämon der Sehnsucht in sich zu besiegen. Doch nun, da ihm ein grausames Schicksal den Zugriff auf Marietta versagte, kam er gegen sein Verlangen nicht mehr an.

Es war einer der wenigen, kostbaren Momente, in denen der hohe Kirchendiener sich zu einem inbrünstigen, aufrichtigen, christlichen Gebet hingerissen fühlte. Mit fliegenden Rockschößen eilte er aus dem *studiolo*, wies seinen Kammerdiener an, die Hauskapelle aufzuschließen, und kniete sich wenige Augenblicke später vor ein Marienbildnis hin, das er demütig anbetete. Seine Gedanken streiften kurz die Legende vom heiligen Bernhard von Clairvaux, dem großen Gründer des Zisterzienserordens. War ihm bei der Anbetung einer Marienfigur in einer Kapelle bei Chatillon nicht jenes erstaunliche Milchwunder zuteil geworden? Die hölzerne Jungfrau, so berichtete die Legende, hatte dem Asketen ihren Busen enthüllt, und ein Strahl Milch war herausgesprudelt.

War es denn angesichts solcher Mysterien wirklich so verworfen, so irr, daß nun er, beinahe vierhundert Jahre später, sich nach der Milch und den weichen Brüsten einer madonnengleichen Frau sehnte?

Gewiß war dies ein Fingerzeig Gottes und er, der damit nie gerechnet hatte, doch zu wirklicher Heiligkeit berufen. Er sah, was andere nicht sahen. Ein phantastischer Gedanke ergriff Besitz von ihm. Vielleicht war er, gerade er, der große Sünder Falvini, dazu berufen, ein Heiliger zu werden. Waren nicht beinahe alle Heiligen zunächst große Sünder gewesen? Der Kardinal malte sich aus, wie dereinst die Gläubigen zu seinem Bilde beten, ihn um Heilung bitten und ihm Kerzen und Blumen als Opfer darbringen würden. Bilder, die ihn mit tiefem Glück erfüllten. Immer wenn er seine Augen dem mild lächelnden Antlitz zuwandte, war es ihm, als lächele ihm Marietta entgegen.

Schließlich hielt es Falvini nicht mehr auf seinen Knien, er sprang auf, trat an das Bildnis heran und drückte seinen Mund wie zum Kuß auf den der heiligen Maria, so als wolle er der Statue sein Leben einhauchen. Kaum hatten seine Lippen den rauhen Firniß berührt, als er, über seinen eigenen Unverstand entsetzt, zurückwich.

Die Madonna lächelte. War er vom Teufel besessen oder dem Allmächtigen nah?

Märthe drückte fest die Hand Beatrices, die immer noch kleine Schluchzer ausstieß. Gemeinsam stolperten sie durch die engen Gassen des Bankenviertels, wo in geheimen Kellern die Münzschaber und Tonsoren, Gold- und Silbermünzen heimlich abfeilten und dabei den Galgen riskierten. Hier lagen auch die Häuser der jüdischen Geldverleiher. »Beatrice«, sagte Märthe sanft, »fasse dich. Du mußt mir zeigen, wo das Haus der Marietta ist.«

»Dort, wir müssen dort entlang«, schniefte Beatrice und wies auf einen kleinen steinernen Platz, auf dem munter ein Brunnen plätscherte, während die Häuser in tiefer Stille lagen. Man hielt Siesta, und nur in den kühlen Kellergewölben gingen einige Handwerker ihrem Geschäft nach.

Märthe zog Beatrice über den Platz. »Und nun?«

»Da hinein und rechts um die Ecke ist die Händlergasse, das Haus mit dem ockerfarbenenen Putz hat sie gemietet. Oh, Märthe, wartet. Ich fürchte mich.«

Die Alte blieb stehen. »Liebes Kind, es ist heller Tag, man wird uns nichts tun.«

»Aber, aber der Kopf, er war so gräßlich zugerichtet.«

»Ein Schwerthieb sonst nichts, den Rest haben der sumpfige Tiber und die schwüle Witterung besorgt, und mir scheint, daß die bedauernswerte Frau auch zu Lebzeiten keine größere Schönheit als ich war.« Beatrice mußte wider Willen über Märthe lächeln, die so unbekümmert über ihre eigene Häßlichkeit sprach.

»Nein, liebe Märthe, bei allem was recht ist. So häßlich wie die Veronica seid Ihr nicht.«

»Um so mehr wundert es mich, daß einer eine alte Kupplerin ermordet«, sagte die Alte grimmig. »Komm, wir müssen mit ihrer Herrin sprechen.«

Zögernd setzte Beatrice sich wieder in Bewegung. »Was kann sie mit einer solchen Tat zu tun haben? Ich sage Euch, Märthe, auch wenn ich heute schlecht von ihr sprach, sie ist eine außergewöhnliche Frau. Wie ich stammt sie aus der Gosse, und doch habe ich nie eine Schönere gesehen.«

Märthe heftete ihren Blick auf den Boden, um geschickt dem Schmutz und Kot auszuweichen. »Schönheit ist ein trügerisches und vergängliches Gut«, sagte sie grimmig, »verwechsele sie nie mit einem guten Herzen.«

Sie erreichten die Ecke, an der die Händlergasse begann. Vorsichtig bogen sie hinein. Aufgeregt zerrte Beatrice an Märthes Arm. »Seht, da stehen *sbirri* vor dem Haus Mariettas. Ich will mit ihnen nichts zu schaffen haben, laßt uns gehen«, flehte sie. Doch die Alte setzte ihren Weg unbeirrt fort, sie passierten die einfachen Läden und Kellergewölbe, in denen Knoblauchketten, getrocknete Tomaten, einfache Gewürze, Talg, Werg und andere einfache Dinge des täglichen Gebrauchs angeboten wurden. Auf den steinernen Stufen der schäbigen Häuser lagen träge die Katzen, während eilige Mäuse die Siesta der Jäger zu Beutezügen nutzten.

»Was wollt Ihr den Männern sagen?« fragte flüsternd Beatrice, als sie nur noch wenige Schritte von den Wächtern entfernt waren.

»Ganz einfach, daß die Herrin dir ordentlich Geld schuldet. Dein hübsches Gesicht wird sie schon zu einer Antwort bewegen.« Und bevor Beatrice protestieren konnte, stellte sich Märthe frech vor die Männer hin.

»Seid gegrüßt«, sagte sie mit schmeichelnder Stimme. Und

auch diesmal verfehlte der schöne Ton nicht seine Wirkung. Die *sbirri* spuckten zwar aus, wandten sich aber den beiden Frauen zu.

»Verzeiht, daß wir Euch in Eurer Arbeit stören. Wir kommen hierher, weil meine Tochter«, Beatrice schluckte, »meine Tochter eine größere Summe Geldes von der Hausherrin zu bekommen hat.« Die *sbirri* lehnten sich bequem auf ihre Lanzen. Märthe fuhr fort. »Ihr wißt, wie schwer es unsereins hat, wenn es um das Eintreiben von Schulden geht, so gering sie auch sein mögen, und meine Tochter ist ein fleißiges Mädchen, das eifrig seine Mitgift zusammenspart.« Beatrice schlug die Augen nieder, ein tiefes Rot überzog ihre vollen Wangen. Einer der *sbirri* betrachtete sie mit unverhohlener Lust.

»Was ist die Arbeit Eurer Tochter, Frau?«

»Sie ist eine der Wäscherinnen vom Ponte Sisto. Sicher wißt Ihr, wie hart die Arbeit der Mädchen dort ist.«

Der *sbirro*, selbst ein Kind aus armen Verhältnissen, verstand. »Und wieviel schuldet man dir?« fragte er nun direkt das Mädchen.

»Vierzig Karlini«, flüsterte Beatrice und tat so, als wage sie es kaum, dem großartigen Mann ins Gesicht zu blicken. Die Schmeichelei tat ihre Wirkung. Der Mann kratzte sich den Schädel und spuckte wieder in den Staub.

»Sind wirklich saumselig diese Dämchen. Bilden sich ein, weil sie Hure irgendeines hohen Herrn sind, könnten sie dem Gesetz entkommen.«

»Ihr wollt mich also zu ihr vorlassen?« fragte Beatrice mit dem beglückten Lächeln eines Kindes, daß zum erstenmal das Santo Bambino in der Krippe sieht. Der *sbirro* war beinahe gerührt über soviel Ehrfurcht, man behandelte ihn ja nachgerade wie einen Paradiespförtner.

»Ich würd dir gerne helfen, Mädchen. Mich dauert es jedesmal, wenn eine so zarte Frau betrogen wird. Aber, es hilft nichts. Der Vogel«, er deutete mit einem schmutzigen Daumen hinter sich auf das Haus, »ist ausgeflogen. Vielleicht hat sie bereits bitteren Lohn für ihren Geiz empfangen.«

Märthe schaltete sich nun ein. »Ihr meint, die Marietta ist tot?« Der *sbirro* zuckte die Schultern. »Unser *bargello* nimmt es an. Glaubt sogar, sie sei direkt in die Hölle gefahren. Einer der Diener erzählt wirres Zeug von einem Mann mit Geieraugen in weißer Kluft und mit schwarzen Schwingen, der sie geraubt hat.«

Beatrice runzelte ärgerlich die Stirn, sie hatte reichlich genug von diesem Dämonengeschwätz. Sie wollte Märthe fortziehen. Doch die stand bleich vor dem Mann und schaute ihn an, als sei er ein Geist. »Ein weißgewandter Mann mit Vogelgesicht?« wiederholte sie.

»Ja, kennt Ihr eine solche Gestalt?«

Märthe schüttelte langsam den Kopf, dann wandte sie sich zum Gehen und zog Beatrice mit sich fort. Sich kurz besinnend, drehte sie sich noch einmal um. »Der Mann, ich meine der Diener, hat er ein schwaches Augenlicht?«

Verdutzt schaute der *sbirro* sie an. »Gewiß, er ist halbblind. Warum fragt Ihr?«

»Ach es ist nichts, nichts. Wir danken Euch für Eure Auskünfte.«

»Tut mir leid, daß es Euch wenig hilft«, sagte bedauernd der Mann, und Beatrice schenkte ihm zum Dank ein süßes Lächeln.

Sie waren wieder am Ende der Gasse angelangt, als sie Märthe aufgeregt fragte. »Was war das, warum wußtet Ihr von den schlechten Augen des Dieners? Kennt Ihr einen Mann mit Vogelgesicht?«

Märthe sah das Mädchen nachdenklich an. »Es ist ein Traumgesicht, das ich in den letzten Wochen oftmals hatte.«

Beatrice seufzte. »O Märthe, nicht auch Ihr. Ich hasse all diesen Bombast um fliegende Teufel und Geisterfratzen.«

»Ich spreche nicht von einem Geist, Beatrice. Ich spreche von einem Mann, der das Böse in Menschengestalt ist. Ein Teufel, den ich endlich ausmerzen muß, denn es ist Gottes Wille. Doch alleine schaffe ich es nicht. Vor sechs Wochen habe ich Hesekiel schon um Hilfe ausgesandt, ich hoffe, er kehrt bald zurück.«

»Ist Hesekiel ein Diener von Euch? Und wo soll er Hilfe holen?«

»Im Norden. In Deutschland. Dort kenne ich einen vortrefflichen Mann, der es auch mit den härtesten Kerlen aufnehmen kann, sogar mit einer ganzen Armee.«

Beatrice lauschte immer ungeduldiger. »O Märthe, was redet Ihr, wie soll Euer Hesekiel diesen Weg schaffen?«

»Er kann fliegen.«

Beatrice schauderte. »Ihr macht mir angst, liebe Muhme. Ihr sprecht wie eine billige Kräuterhexe, verzeiht. Fliegende Boten, Männer, die ganze Armeen vernichten. Und ein Mönch, der Euch im Traum erscheint und den Ihr einen Teufel nennt. Was soll das sein?«

»Der Mann, den ich meine, ist mein Bruder.«

»Dann kann er kein Teufel sein«, protestierte Beatrice.

»Er ist das Böse in Menschengestalt. Ich bete zu Gott, daß er bald Hilfe sendet.«

Beatrice schüttelte den Kopf über die wunderlichen Ideen der Alten.

»Scoferino«, sagte sie dann plötzlich und hielt Märthe am Ärmel zurück.

»Wer ist das?« fragte die Alte.

»Mariettas Geliebter. Der Vater ihres Kindes Prospero. Ich kenne ihn, einmal kam ich zu ihr, da saß sie ihm für ein Marienbild. Ihre leuchtenden Augen verrieten mir alles. Er muß etwas wissen, er war beinahe jeden Tag bei ihr.« Die Frauen rafften ihre Röcke und wechselten die Richtung. Eine halbe Stunde Weg lag vor ihnen.

2.

»Vita brevis, ars longa – Das Leben ist kurz, die Kunst ist lang.«

Hippokrates 3./4. Jh. v. Chr.

Scoferino saß zu dieser Stunde in seiner schäbigen Dachkammer in einer Gasse des Hortaccio. Durch die dünnen Wände scholl das Geschrei der Fischweiber und Messerschleifer bis zu ihm herauf. Brütende Hitze lag in der staubigen Stube, in der es nach Leinöl und Kreide roch.

Scoferino saß zusammengesunken auf einem kleinen Schemel, die Hände vor sein Gesicht geschlagen. Die Melancholie hatte ihn wieder einmal fest in ihren Klauen. So gelähmt fühlte er sich, daß er manchmal befürchtete, sogar das Atmen zu vergessen. Sein Blick fiel auf ein unvollendetes Bild von der Kreuzabnahme. Alle Figuren waren skizziert, der Gekreuzigte halb ausgeführt, und nach dem Geschmack der Zeit hatte er seine Wunden auf das deutlichste mit Blut und eiternden Schwären ausgemalt. Doch es waren nicht die beträchtlichen Leiden Christi, die Scoferino noch tiefer in seine schwarze Gefühlslage versinken ließen. Es waren die Umrisse des unvollendeten Madonnengesichts.

»Ich werde dich nie mehr malen können«, jammerte er nun laut, als spräche er mit dem Bild. »Nie mehr. Oh, warum diese Strafe. Warum?« Wieder schlug er die feinnervigen Hände vor sein zuckendes Gesicht. Man hatte ihm das Kostbarste geraubt, was er je besessen hatte. Sein Modell. Noch einmal wanderten seine düsteren Gedanken zu der letzten Begegnung mit Marietta. Am Morgen vor drei Tagen war es gewesen. Die Nacht hatte er durchgemalt und sich bei Sonnenaufgang nach seiner wunderschönen Geliebten gesehnt. Er brauchte die Inspiration, er wollte noch einmal das Antlitz sehen, das ihn zu seiner höchsten Fertigkeit beflügelte.

Merkwüdig freundlich hatte ihn die Metze Veronica empfangen. »Guter Scoferino, auf Euch geht nun all unsere Hoffnung, bitte verzeiht, daß ich jemals unfreundlich gegen Euch war. Bedenkt, daß nicht nur Marietta Euch verbunden ist, sondern wir alle es sind.« Mit solchem und anderem Geschwätz hatte sie ihm den Weg in die Wohnkammern gewiesen, doch der Sessel am Fenster war leer.

»Wo ist sie?« hatte er gefragt, und Veronica hatte stumm auf die Schlafkammer gewiesen.

»Oh, mein faules, süßes Liebchen«, hatte er gescherzt und die Tür aufgestoßen. Zugleich war er zurückgeprallt. Das war nicht Marietta, die ihm vom Bett aus entgegenblickte. Nicht die Marietta, die er liebte, verehrte, anbetete, zu seiner Frau nehmen wollte.

Die Frau, die ihm entgegenblickte mit flehenden, tränennassen Augen, hatte ein entsetzlich entstelltes Gesicht. Eine blutige Wunde klaffte auf ihrer linken Wange, kreuzweise Schnitte, die bereits leichten Schorf ansetzten und gräßlich anzuschauen waren. Scoferino spürte, wie er in Gedanken an dieses schreckliche Bild wieder erbleichte. Übelkeit würgte ihn, genau wie an jenem Morgen. Er hatte nicht sprechen können, hatte geschwiegen, als die Gestalt mit der zerschnittenen Fratze mit der sanften Stimme Mariettas seinen Namen geflüstert hatte. »Scoferino«, immer wieder, »Scoferino.« Und damit war ihm zur entsetzlichen Gewißheit geworden, was seine nach Schönheit gierenden Augen nicht wahrhaben wollten.

Die Entstellte war Marietta. Und vor dieser Marietta war er geflohen. Noch immer gellte ihr verzweifelter Schrei in seinen Ohren. »Scoferino!«

»Herr, warum hast Du sie mir genommen. Warum hast Du

soviel schöne Vollkommenheit zerstört?« Tränen flossen über seine Wangen, der lähmende Schmerz löste sich. Scoferino griff zum Pinsel, seine tief empfundene Verzweiflung drängte nach Ausdruck.

Ein heftiges Pochen an der Kammertür hinderte ihn am Beginn seines Werks. Ärgerlich wollte er es überhören, als eine angenehme Frauenstimme seinen Namen rief. Er riß die Tür auf und starrte in das Gesicht einer häßlichen Alten mit erstaunlich hellen, klaren Augen. Neben ihr stand ein dralles, junges Mädchen, das er glaubte zu kennen. Ihm fiel nicht ein, daß es die Wäscherin Mariettas war. »Was wollt Ihr?« fragte er barsch und enttäuscht, daß die schöne Stimme zu einem so schäbigen Gesicht gehörte. Häßlichkeit war ihm zuwider.

»Wir kommen, um etwas über Marietta zu erfahren«, sagte Märthe sanft.

»Was habt Ihr mit ihr zu schaffen?«

Beatrice trat vor. »Ihr erinnert Euch vielleicht nicht an mich, aber ich bin die Wäscherin Beatrice, und ich sorge mich um Eure…, um sie.«

Scoferino seufzte. »Sie wird nicht umkommen, hat mir der Mönch versichert.«

Märthe stutzte. »Nicht umkommen?«

»Er sagte, die Wunden seien gräßlich, aber nicht tödlich.«

Beatrice meinte, das Herz müsse ihr zerspringen. »Redet endlich, wir wissen ja nichts von den Wunden, wo ist sie, was ist ihr geschehen?«

Nun war es an Scoferino, fragend dreinzublicken. »Verschwunden? Vor drei Tagen habe ich sie noch gesehen, in ihrem Haus, ihrem Bett…« In Erinnerung an das gräßliche Bild brach er ab.

Märthe drängte den verwirrten Künstler nun in seine Kammer, drückte ihn auf seinen Schemel und begann mit knappen Fragen. »Welche Wunden hat man Marietta zugefügt?«

Der gebieterische Ton brachte Ordnung in die Gedanken des Malers. »Es war ein *sfregio.* Die Narbenstrafe, Ihr wißt schon. Kein ungewöhnliches Schicksal für eine, eine Kurtisane.« Das letzte Wort gebrauchte er mit Widerwillen.

»Und niemand weiß, wer ihr diese Wunden zugefügt hat?«

»Nein.«

»Nun gut. Ihr spracht von einem Mönch, der Euch Auskunft gab. Wer war das?«

»Er fand Marietta in der Nacht, als man sie angegriffen hatte, und schaffte sie in ihr Haus. Er hielt dort Wache und versorgte wohl die Wunden. Sie schien in guten Händen.«

Beatrice hielt die Gelassenheit, mit der der Maler nun sprach, nicht länger aus. »Ihr wollt sagen, Ihr habt Euch nicht um Marietta gekümmert, seid einfach fortgegangen, habt sie ihrem Schicksal überlassen? Was seid Ihr für ein Mensch, was wenn sie nun tot ist, wie Veronica?«

Scoferino verfiel wieder in Verwirrung. »Wieso verschwunden? Wieso Veronica tot? Die alte Metze war lebendig wie eh, als ich sie sah. Wovon sprecht Ihr? Oh Gott, all dieses Elend, dieses Leid, womit nur, womit habe ich es verdient?«

Beatrice schnappte nach Luft, das Herz tat ihr weh bei all der kalten Grausamkeit seiner Seele. Sie begriff mit dem untrüglichen Instinkt des Gossenkindes, daß dieser Maler aus vornehmem Haus eine selbstsüchtige Kreatur war. Mochten seine pompösen Bilder auch vom Himmelreich künden, er war ein niederträchtiges Geschöpf. »Ihr habt die verwundete Marietta allein und schutzlos zurückgelassen«, begann sie mit zornbebender Stimme, »obwohl mit einem weiteren Angriff zu rechnen war.«

»Aber, aber«, stammelte der Maler mit dem weichen Jünglingsgesicht und dem zarten, goldenen Flaum auf seinen weißen Wangen, »dieser Mönch war doch da. Und Marietta steht hoch in der Gunst irgendeines hohen Kardinals und…«

Nun unterbrach Märthe ihn mit schneidender Stimme. »Beschreibt den Mönch.«

»Es war ein Dominikaner in weißer Kutte und mit schwarzem Skapulier. Er sprach das Italienisch mit hartem Akzent, so als stamme er aus dem Norden, von jenseits der Alpen.«

Märthes Züge waren auf das höchste angespannt. »Wie sah sein Gesicht aus?«

Scoferino überlegte. Seine Zwiesprache mit dem Mönch war knapp genug gewesen, er hatte ihn nur im trüben Licht der Diele kurz gesehen, dennoch hatten sich seinem geübten Auge einige wesentliche Züge eingeprägt. »Er hatte ein hohlwangiges, vogelartiges Gesicht mit dünner, gekrümmter Nase. Würde ich den Judas malen, ich könnte mir kein trefflicheres Vorbild dafür denken.« Schon entfalteten sich in seinen Gedanken die ersten hauchzarten Skizzen. Judas, ja, daß war ein Motiv, das seiner Seelenverfassung zusagte, ein düsteres, schweres, Unheil verkündendes Bild. Schon schweiften seine Gedanken wieder ab von dem Unglück seiner entstellten Geliebten. Beatrice bemerkte es mit Verachtung, am liebsten hätte sie den eigensüchtigen Mann von seinem Schemel getreten.

»Habt Ihr nach seinem Namen gefragt«, begann nun wieder Märthe.

»Er nannte sich Claudius, wenn ich mich recht erinnere.« Märthe erbleichte und schwieg.

Beatrice mäßigte ihren Zorn und preßte eine weitere Frage hervor. »Ihr wißt nicht, wo Marietta nun sein könnte?«

Scoferino zuckte hilflos mit den Schultern. »Nein, ich, ich kann es mir nicht denken. Vielleicht hat sie jener mir unbekannte Gönner zu sich geholt. Er ist Marietta auf seltsame Weise zugetan, wie sie mir erklärte, obwohl er nicht...« Er unterbrach sich. Wußte er denn wirklich, daß Marietta dem reichen Manne nicht zu Willen war? Mußte er ihren Worten wirklich trauen? Beim Gedanken an eine mögliche Untreue und

Unaufrichtigkeit seiner Muse entspannte er sich, ein Gefühl der Erleichterung hellte ihm die Seele auf.

Märthe hatte sich inzwischen gefaßt. »Scoferino, habt Ihr einen Verdacht, einen wie geringen auch immer, wer Marietta Leid zugefügt haben könnte?«

Der Maler starrte gedankenverloren auf das Bild vor sich, betrachtete die alten Weiber und das verschiedene Volk zu Füßen des Kreuzes, den Blick auf das leere Madonnengesicht mied er.

»Gibt es jemanden«, so fuhr Märthe fort, »der Eure Beziehung zu Marietta eifersüchtig beobachtete?«

Scoferino schüttelte den Kopf. »Der Unbekannte war Mariettas einziger Gönner, ihm verriet sie nichts, da bin ich sicher. Und wenn, dann hätte der hohe Mann wohl eher mich als sie gestraft.«

»Gibt es jemand, der Euch Übles will? Hat einer einen Zorn auf Euch? Ein ehemaliger Freund, ein Verwandter?«

Der Künstler zuckte jäh zusammen, stöhnend vergrub er schließlich seinen Kopf in den Händen.

»Wer ist es? Wer?« drängte Beatrice.

»Meine Eltern«, kam es verzweifelt von Scoferino. »O Herr, bitte verzeih mir, daß ich es sage. Aber ja, meine Eltern sind so voll Haß, weil sie…« Er brach ab.

»Sie billigen Eure Beziehung zu einer Kurtisane nicht«, stellte Märthe nüchtern fest, »hat Euch das bislang gehindert, Marietta zu lieben?«

»Nein«, sagte Scoferino fest.

»Eine schöne Liebe«, giftete nun wieder Beatrice, »die erlischt, wenn das Idol ein paar Narben empfängt. Wie großherzig Ihr seid, wie empfindsam.«

»Was willst du?« schrie Scoferino, »was weißt du davon.« Wild sprang er auf und riß ein Tuch von einer Leinwand weg. Es war, als fiele ein Bündel Lichtstrahlen in die Kammer, so golden und hell strahlten die Farben. Marietta lächelte als

Madonna in all ihrer Glorie von der Leinwand herab. Märthe schaute sie bewundernd und voll Ehrfurcht an. Sie schlug gar ein Kreuz. Nein, das war keine vergängliche Schönheit, das war eine Schönheit, die einen Funken Göttlichkeit und Seele in sich trug. »Eine Erwählte«, flüsterte Märthe.

Nun begriff sie, warum Beatrice die Marietta vergötterte. Wer wagte es, wer war so verworfen, ein solches Gesicht zu zerstören?

Beatrices Augen schwammen in Tränen, als sie das Bildnis betrachtete. Scoferino sah es mit Befriedigung. »Weißt du nun, was es mir bedeutet, daß einer diese Schönheit auf immer zerstört hat? Kannst du meine Trauer nun begreifen? Es ist mehr als der Kummer eines verzweifelten Liebhabers. Ich habe Marietta zu einer Ewigkeit verholfen, ich habe sie erhöht, habe ihre Schönheit der Vergänglichkeit entrissen.«

Beatrices Gesicht verhärtete sich wieder.

»Ich begreife nur, daß Ihr nie einen Blick in ihre Seele getan habt. Ihr seid ein gotteslästerlicher Mensch. Komm Märthe, die Luft in dieser Kammer verursacht mir Übelkeit.« Und zu Scoferino gewandt, setzte sie hinzu: »Möge der Herr Euch den Lohn geben, den Ihr verdient.«

Der *bargello* hatte seine Männer mühsam zusammengesucht. Die meisten fand er tatsächlich in einem der zahlreichen Gasthäuser längs des Campo dei Fiori, wo sie prahlend und saufend ihre Zeit verbrachten. Der Fund des Frauenkopfes hatte ihnen reichlich Zuhörer verschafft, und gegen einen Krug Wein ließen sie sich herab, die Entstellungen des Opfers immer blutiger und farbiger zu schildern. »Alle Zähne hatte man ihr einzeln ausgerissen, der Kopf war nicht sauber abgekehlt und so hing noch ein Stück der Wirbelsäule heraus. Die Haare ihrer Perücke waren rot wie Blut.«

»Da hat der Teufel selbst Hand angelegt, das schwöre ich.«

Der Haftrichter des Governatore di Roma hatte das eilends ausgestellte mandatum ad capiendum in seiner ledernen Amtstasche verstaut und auch seine gewaltige Geldbörse. Eine Rodiconda konnte man bei der Überbringung des Haftbefehls ordentlich zur Kasse bitten. Jeder Beklagte hatte sein Scherflein für die Unterbringung und Verpflegung im Kerker zu zahlen, und La Luparella würde sich gewiß sogleich für mehrere Kammern statt einer billigen Zelle entscheiden, was einige Karlini einbringen würde. Nach dem Verhör beim Kardinal Falvini würde man sie sofort ins Gefängnis am Tor di Nona verbringen.

So setzte sich der Trupp schließlich in Bewegung, ritt am östlichen Tiberufer bis zur Höhe des Ponte Sisto und überquerte dort den Fluß, der in der späten Nachmittagssonne glasigblau schimmerte. Die letzten Wäscherinnen am Brunnenbecken strichen sich die feuchten Haarsträhnen aus der Stirn.

»Seht die *sbirri*, was für ein prächtiger Aufzug. Ich weiß nicht, wen ich mehr bewundere, die Männer oder ihre Maultiere.« Das Gelächter der Frauen klang schwach zu den Reitern herüber. Drohend blickte sich einer um, und die Frauen beeilten sich, die Köpfe tief über ihre Arbeit zu beugen.

»Saukerle«, murmelten einige dabei ihren Leintüchern zu.

Den berittenen Ordnungshütern kam ein flinker Mann auf Sandalen zuvor. Am anderen Ufer des Tibers, wo an den Hängen des Gianicolo zahlreiche Villen vom Reichtum der Bewohner kündeten, ließ sich der Dominikaner Claudius als Gesandter des Kardinals della Guarde bei Rodiconda melden. Mit einiger Verwunderung gab die Kurtisane ihrer Zofe Befehl, den Mann vorzulassen. Einen della Guarde beleidigte man nicht, auch nicht seinen Boten.

Sie zog ihren pelzgefütterten Hausmantel enger über ihre Blößen. Nicht aus Schamgefühl, sondern weil sie einem so schäbigen Kirchendiener, wie ein Mönch es gemeinhin war, nicht kostenlos den Genuß ihrer Reize verschaffen wollte. Und um den niederen Gast nicht auf falsche Gedanken zu bringen, setzte sie sich an ihr Klavichord und begann, sich in eine Fingerübung zu vertiefen. Eifrig liefen ihre schlanken Finger über die Tasten. Ein Pfau im Garten stieß einen gequälten Brunftschrei aus. »Du verachtest wohl meine Musik«, sagte Rodiconda mit amüsiertem Lächeln.

»Oh, keinesfalls.« Die Stimme riß sie so plötzlich herum, daß sich ihr Mantel nun doch öffnete und den zarten Schimmer ihres Dekolletés enthüllte. Ärgerlich herrschte die Stolze den Mönch im weißen Habit an. »Wie kannst du es wagen, mich so zu überfallen? Ich werde dich hinauswerfen lassen.«

Sie griff nach einem bestickten Glockenzug. Claudius rührte sich nicht, um seinen dürren Mund spielte ein beinahe mitleidiges Lächeln. »Es ist gut, daß Ihr Eure Dienerschaft zu Hilfe ruft. Sagt ihnen, sie sollen die Wachen am Portal verdoppeln und zwei Maultiere für uns am Gartentor bereitstellen. Ach ja, und Eure Kammerzofe soll Euch rasch ankleiden. Ich empfehle Euch die Männerkleidung, die Ihr so liebt. Hosen, Wams, eine Schaube und ein Barett, das groß genug ist, um Eure Lockenpracht zu verbergen.«

Rodiconda zog energisch an dem Glockenstrang, die Tür flog auf, und ein bewaffneter Höfling lief in den Saal.

Der vogelgesichtige Mönch hob die Arme und streckte ihm die geöffneten Handflächen entgegen. Doch er lachte dabei. »Werft diesen schäbigen Hundsfott raus!« schrie Rodiconda auf das äußerste erbost. Der Mönch wirbelte herum. »Davon rate ich ab. Ich und der Kardinal sind die einzigen, die Euch vor einer Verhaftung bewahren können. Der neue Kardinalkämmerer Falvini hat sie bereits angeordnet.«

Rodiconda wich zurück, tastete nach dem Klavichord, um sich abzustützen. Der Wächter hielt ratlos inne und blickte sie an. »Es ist gut«, presste La Luparella mühsam hervor, »geht und besorgt alles, was der Mönch will.« Schnell und präzise gab Claudius seine Anweisungen. Als der Wächter den Raum verlassen hatte, fragte die Kurtisane. »Was soll das? Was hat der Kardinal gegen mich vorzubringen, und wer seid Ihr?«

»Euer ergebener Diener«, Claudius deutete spöttisch den Kratzfuß eines Höflings an. Rodiconda schleuderte ihm wütend einige Notenblätter vor die Füße.

»Treibt keine Spiele mit mir. Was wollt Ihr?«

»Euch beschützen vor dem Zorn eines mächtigen Mannes, der Euch des Mordes beschuldigt.«

»Mord?« Rodiconda lachte kalt. »Der häßliche Montefiscone starb an Schlagfuß, meine Spitzel und ganz Rom wissen es.«

»Nicht den bedauernswerten alten Mann sollt Ihr getötet haben.«

»Wen dann?« fragte Rodiconda, und ihre Augen verengten sich zu leuchtenden Schlitzen.

»Die kleine Hure Marietta.«

»O Gott«, stöhnte Rodiconda, »Falvini wagt es tatsächlich.« Aus ihrer Stimme sprach kältester Haß. »Wo wollt ihr mich hinbringen?«

»Das laßt meine Sorge sein. Der Ort ist sicher, das soll Euch genügen.«

»Ich warne Euch noch einmal, spielt keine Spiele mit der Wölfin.« Die goldenen Sprenkel in ihren dunklen Augen glühten.

»Mäßigt Euch, gute Frau«, sagte Claudius warnend, »ich diene dem Kardinal della Guarde. Ich denke, der Name ist Bürgschaft genug für meine lauteren Absichten.« Die Rodiconda lachte grell. »O ja, nun begreife ich. Der Kardinal della Guarde. Wer garantiert mir, daß Ihr nicht ein elender Schwindler seid, daß Ihr nicht ein schmutziges Komplott gegen mich geschmiedet habt? Della Guarde ist ein Mann mit vertrockneten

Schenkeln und verknöchertem Geist. Er haßt mich so sehr wie er Falvini haßt.«

Der Wächter stürmte wieder herein. »Es ist wahr, die *sbirri* reiten die Hügelstraße herauf, die Staubwolken sprechen für einen großen Trupp, Ihr müßt fliehen!«

Rodiconda raffte ihren Mantel und eilte zu einem der Fenster, die auf die Straße hinausgingen. Sie öffnete es und beugte sich weit vor. Die Sonne stand bereits tief über dem Westufer des Tibers. Begleitet von langen Schatten ritt eine Gruppe von zehn oder zwanzig Männern von rechts die Anhöhe herauf, an ihrem Ziel und ihrer Absicht bestand kein Zweifel. Rodiconda erkannte die blitzenden Eisenhelme und begriff, daß ihr keine Zeit blieb, länger zu zögern oder die genauen Absichten des seltsamen Mönches zu erforschen.

»Gut. Ich folge Euch«, sagte sie zu ihm gewandt, »aber ich warne Euch. Auch wenn Ihr mich nun in einer Notlage findet, meine Mittel sind nicht erschöpft und meine Freunde zahlreich.«

Der Dominikaner lächelte abfällig. »Wohl dem, der solche Freunde hat wie den Kardinal Falvini«, sagte er gehässig. Die Wölfin warf ihm einen haßerfüllten Blick zu. Sie wußte, daß der Kerl ein Betrüger sein mußte, doch sie ahnte nicht, daß er es gewesen war, der ihr Amulett in die Schlafkammer Mariettas praktiziert hatte.

Stumm wiegte Marietta ihr Kind. Der Knabe griff mit den Händchen nach ihrem Gesicht, doch seine Mutter wich ihm aus. Jedesmal wenn er die Leinenverbände an ihrem Gesicht berührte, durchfuhr sie ein Schmerz. Das Kind erhob ein bitteres Geschrei. »Mein Liebstes, wirst du mich auch hassen, wenn du verständig sein wirst und deine Augen offen für die Welt?« flüsterte die Kurtisane mit zitternder Stimme. Die Erinnerung an Scoferinos entsetztes Gesicht sorgte für einen reißenden

Schmerz. Wieder füllten sich ihre Augen mit Tränen. Energisch wischte sie sie fort.

»Nein. Ich bin ein dummes Weib. Es war nur der Schock. Bei allen Heiligen, wie entsetzt war ich selbst, als ich mich zum erstenmal im Spiegel sah.« Der Knabe auf ihrem Schoß beruhigte sich beim Klang der ihm vertrauten Stimme und stieß fröhliche Laute aus. »Er wird uns wieder lieben, mein Kind, mein süßer Prospero, ich verspreche es dir. Sein Gemüt, diese Empfindsamkeit vertrugen den Anblick nicht. Ja, er wird uns wieder lieben.«

Von diesem Gedanken ermutigt, stand sie auf und trat an das vergitterte Fenster der engen Zelle. Ein magerer Lichtstrahl malte einen dünnen Streif auf den kalten Ziegelboden. »Herr, gib mir die Kraft und die Geduld zu warten.« Sie wagte nicht, den Mönch in ihr Gebet mit einzuschließen. Sie dachte jedoch an seine süßen Versprechungen. »Ich werde dir deine Schönheit zurückgeben, meine Tochter, und verlange nur einen geringen Dankesbeweis dafür. Vertraue mir, ich verstehe mich auf die Heilkunst. Und es ist Gottes Wille, daß du schön bist.« Bereitwillig war Marietta ihm schließlich gefolgt, denn Scoferinos Liebe erschien ihr als das Kostbarste, was sie je erfahren hatte, und sie wollte sie mit aller Macht wiedergewinnen.

Warum aber, warum nur mißtraute sie dem großzügigen Mönch so sehr? Warum graute ihr bei dem Gedanken, wie er ihre *famiglia* versorgen und betreuen würde? Nur weil der arme Dominikaner mit einem so wenig liebenswerten Gesicht geschlagen war, mußte er kein schlechter Mensch sein. Auch ihr Antlitz war nun entstellt, und dennoch nahm er sich ihrer an. Und das, obgleich es im Kloster der Reuerinnen Vorschrift war, nur schöne, junge Kurtisanen aufzunehmen. Auf diese Weise wußte man zu verhindern, daß eine alternde Dienerin der Venus nur aufgrund ihrer schwindenden Verdienstmöglichkeiten den Schleier nahm.

Marietta kannte das Gesetz genau.

Vielleicht schlug in der Brust des Beichtvaters also tatsächlich ein mitfühlendes, wahrhaft christliches Herz. »Gott segne ihn«, flüsterte Marietta. Der Sonnenstrahl zu ihren Füßen verschwand mit einem Schlag. Marietta mußte sich zwingen, es nicht als böses Omen zu nehmen. »Es wird Nacht, mein Liebster, fürchte dich nicht«, raunte sie ihrem Kind ins Ohr.

Märthe hängte einen kleinen Kupferkessel in den Haken über der Feuerstelle und drehte mit einer Winde die Kette herab. Die Flammen begannen gierig den Boden des Topfes zu lecken. Märthe goß eine Kelle Öl hinein, legte einige Knochen und Gemüse in den Topf, nahm dann ein Bündel trockener Kräuter, zupfte sie auseinander und warf sie dazu. Beatrice saß am groben Tisch der winzigen Küche und zerstampfte einige Körner und merkwürdige Samen. »Was soll das werden, Märthe? Ein Zaubertrank?« fragte sie argwöhnisch.

Die Alte lächelte verschmitzt. »Warte ab, warte ab, mein liebes Kind.« Ein aromatischer Duft entstieg nun dem Kessel mit dem Kräutersud. Beatrice erkannte das Aroma von Estragon und beruhigte sich, das roch nicht nach Teufelswerk.

»Verzeiht, aber Ihr werdet mir ein wenig unheimlich, Märthe«, sagte sie zaghaft, »all Eure Andeutungen, Eure Bemerkungen über das Zweite Gesicht. Vergebt mir meine Offenheit, aber Ihr solltet Euch vorsehen, darüber mit zu vielen Menschen zu sprechen.«

Märthe lachte leise, dann zog sie einen dreibeinigen Schemel zum Tisch und setzte sich der jungen Wäscherin gegenüber, um einige Zwiebeln zu zerteilen.

»Du bist ein liebes Mädchen, Beatrice. Ich kann dir doch vertrauen?«

Das Mädchen errötete leicht und warf einen flüchtigen Blick auf die Alte. »Ja«, sagte sie dann, »aber bitte erklärt mir die

Sache mit diesem Mönch, der Euer Bruder und ein Teufel sein soll.«

Märthe seufzte. »Es ist eine lange Geschichte. Hast du je von den Bauernkriegen gehört, die im letzten Jahr in Deutschland wüteten?« Beatrice seufzte, warum war die sonst so besonnene Märthe nur so sprunghaft in ihren Gedanken, seit der vermaledeite Mönch ihre Gedanken gekreuzt hatte. Märthe fuhr ungerührt fort. »Nun, eine große Anzahl aufrechter Prediger und Christen begannen einen Kampf für eine Umkehr im Glauben, gegen die willkürliche Ablaßpolitik des Papstes und die Verderbtheit Roms. Die Bauern folgten ihnen, da sie große Not litten und die Abgaben an Kirche und Landesfürsten sie hart drückten. Es war ein blutiger Kampf, den die Bauern mit Sensen und Dreschflegeln ausfochten und großem Gottvertrauen. Aber sie unterlagen. Es war ein schreckliches, großes Sterben.«

Beatrice zuckte die Schultern. »Auch wir Römer kennen die Sündhaftigkeit einiger Kirchendiener, aber wir vertrauen auf Gottes Strafgericht. Na ja, und einige halten sich schadlos, indem sie nach dem Tod eines Kirchenfürsten seinen Palast plündern. Aber das echte Kriegshandwerk überlassen wir den mächtigen Männern. Es ist schiere Dummheit, sich als gemeiner Mann gegen die Macht der Kirche aufzulehnen. Man sollte damit zufrieden sein, ihre Herrlichkeit zu bewundern, und die ist gewaltig.«

»So herrlich, liebes Kind, erschien den deutschen Bauern die Kirche nicht. Du vergißt, in Deutschland lebt man fern von Rom und seiner tröstlichen Prächtigkeit. Den Ärmsten war es leid, dafür zu zahlen.«

»Ihr meint, sie wollten nicht mehr recht glauben, was sie ohnehin nie zu Gesicht bekommen, nie mit eigenen Augen sehen. Die sieben Hauptkirchen, das Grab Petri, die glanzvollen Messen und Prozessionen.«

Märthe nickte. »Ich wußte, du bist klug, Beatrice, was du gerade gesagt hast, ist aber sogar weise.«

Beatrice schaute verwundert auf. »Wieso das?«

»Nun, du erkennst, daß die Menschen leicht an dem zweifeln, was sie nicht sehen können. Und diese Fähigkeit zum Zweifel ist ein Geschenk Gottes. Du besitzt es, schließlich zweifelst auch du an der Existenz von Spukgestalten und Dämonen.«

»An die Ihr glaubt?«

Märthe schüttelte den Kopf. »Nein, ich glaube nur an das Böse im Menschen. Claudius, der geheimnisvolle Mönch, ist nichts als ein gieriger, machthungriger, selbstbegeisterter Mann, der sich die Mächtigen zunutze macht und gerade der Seite zuneigt, die schnelles Fortkommen verspricht. Rom ist der ideale Ort für einen Mann wie ihn, hier, wo Schmeichelei und Intrigen den Weg nach oben öffnen. Intrigen spann er auch im Bauernkrieg, ging einmal in der Maske des Rebellen und schlug sich im nächsten Moment auf die Seite der Fürsten. In beiden Gewändern unternahm er die niederträchtigsten Verbrechen. Er verfügt über gewisse Talente. So hat er in Köln im vergangenen Jahr eine schreckliche Pestilenz verbreitet.«

»Schon wieder sprecht Ihr von unmöglichen Zaubereien! Die Pest wird durch ungünstige Winde verbreitet, das weiß ein jeder.« Beatrice hob drohend den Mörser.

»Laß gut sein, mein Kind. Der Mönch ist und bleibt ein Vertreter Satans.«

Beatrice bekreuzigte sich, den Namen des Höllenfürsten sprach man nicht einfach so aus. Märthe schüttelte amüsiert den Kopf. »Du bist also doch ein wenig abergläubisch. Aber keine Angst, den Spuk, den Claudius gemeinhin treibt, nenn auch ich Humpelwerk und Puppensünden. Gefährlich macht ihn sein kalt berechnender Verstand.«

»Aber was hat das mit Marietta zu tun?«

»Wenn ich es nur wüßte. Wo Claudius die Hand im Spiel hat, geht es um mehr als eine einfache Bluttat. Gott hat meine

Schritte nicht zufällig hierher gelenkt. Damals zu Köln bin ich vor meinem Bruder geflohen, in der Gewißheit, daß er seine gerechte Strafe aus anderer Hand empfangen würde. Doch ich habe mich getäuscht. Der Herr will, daß ich diese Aufgabe erledige, obwohl es mich in schreckliche Gewissensnot stürzt.«

Beatrice ließ den Holzmörser fallen und stöhnte. »Oh, Märthe. Ich werde aus Euch nicht klug. Im einen Moment verwerft ihr all die Teufelsbübereien Eures Bruders als hohles Geschwätz, und dann gebt Ihr Euch selbst als Seherin. Willst du in dem Brei, den ich hier bereite, etwa die Zukunft lesen, soll ich dir einige Fischmägen besorgen, aus denen du unser Schicksal deuten willst? Oder fütterst du damit deine fliegenden Boten?«

Märthe lachte. »Ein Gutes hat deine Wut, mein Kind, endlich gibst du alle Förmlichkeit auf und wählst die direkte Anrede.«

»Verzeiht, gute Frau«, erschrocken schlug sich die Wäscherin die Hand vor den Mund.

»Laß gut sein und sei mir als Gast in meinem Hause willkommen. Ich kann deine Hilfe brauchen und deine *famiglia* wird froh sein, wenn sie ein Maul weniger zu stopfen hat.«

Beatrice blickte verlegen zu Boden. »Aber ich kann dir doch das Kostgeld nicht zahlen«, sagte sie.

»Das brauchst du nicht. Gib deinen Verdienst weiter deinem Vater. Auch ich werde dir Lohn zahlen, denn glaub nicht, daß ich keine Arbeit für dich hätte.«

»Was soll ich tun?« fragte erfreut die Wäscherin.

Märthe nahm Beatrice die Breischüssel aus der Hand, ging zum Kupferkessel und goß eine Kelle des duftenden Suds darüber. Sie kehrte zum Tisch zurück und stellte die Schüssel ab. »Nimm dir einen Löffel und iß.« Beatrice tauchte den Holzlöffel in den Brei, nahm einen Bissen und verdrehte genüßlich die Augen. »Mmmh, das ist gut«, murmelte sie mit vollem Mund. »Aber was tun wir als nächstes, Märthe, die Zeit drängt.«

»Es wird bereits Nacht, mein Kind.«
»Nun gut, aber wie steht es mit morgen?«
»Ich weiß es nicht. Laß uns abwarten.«
»Warten? Worauf? Auf ein Wunder?«
»Nein, auf meinen fliegenden Boten. Einen weißen Raben.«

3.

»Mundus vult decipi –
Die Welt will betrogen werden.«

Niccolo Machiavelli

Der Beichtvater der Reuerinnen?« fragte der Kardinal della Guarde erstaunt und hob seinen Blick von einem Büchlein, in dem er soeben eine Aufstellung seiner Haushaltsausgaben machte. Vor ihm flackerte ein Öllämpchen, vor den vergitterten Fenstern des Schreibgemachs lag bereits tiefe Dunkelheit. Der Kammerdiener, ein junger, verhungert wirkender Diakon, der den späten Besuch angemeldet hatte, nickte schüchtern. »Warum sollte ich einen einfachen Mönch empfangen?« fragte der Kardinal mehr sich als seinen Diener.

Der räusperte sich und sagte: »Mit Eurer Erlaubnis, er behauptet, er habe dringende Nachrichten von Seiner Eminenz Kardinal Falvini.«

»Falvini«, rief della Guarde wutentbrannt und warf die Feder von sich. »Zu dem würde es passen, mir einen Mönch als Boten zu schicken. Als Kardinalkämmerer hält er sich nun wohl auch für meinen Herrn. Was für eine unverschämte Dreistigkeit! Ich werde mich hüten, ihn zu empfangen.«

Er wedelte mit der Hand und bedeutete seinem Kammerdiener, sich zurückzuziehen. Der verharrte jedoch unschlüssig auf der Stelle. »Was ist noch, Kerl, du machst mich rasend mit deiner Ungeschicklichkeit, geh, geh.«

»Mit Eurer Erlaubnis«, begann der Kammerdiener ein zweites Mal, »der Dominikaner rechnete mit einer Ablehnung und gab mir das hier.« Der Kammerdiener öffnete nun seine rechte Hand, darin lag ein Wolfsamulett. Luparellas Zeichen, mit dem sie einem Bewerber ihr Einverständnis für eine Liebesnacht zu pflegen gab. Della Guarde wußte das, so wie ganz Rom es wußte. Er runzelte die Stirn, eine steile Falte teilte seine Stirn über der Nasenwurzel.

»Was soll mir das?« sinnierte er. »Ich bin nicht interessiert an solchen Spielchen und Verlockungen. Weiber. Das erste hat uns um das Paradies gebracht, diese hier ist unser Verderben.« Er drehte das Amulett zwischen seinen Fingern.

Der Kammerdiener wollte sich schon zurückziehen, als della Guarde sich besann. »Nun gut, bring den Mann zu mir.« Der Diakon verneigte sich kurz und verschwand.

Della Guarde klappte das Büchlein zu und rückte ein besticktes Käppchen auf seinem geschorenen Kopf zurecht. Nachricht von Falvini. Was konnte das bedeuten? Eine weitere Festeinladung? Dieser verfluchte Kerl wollte ihn gewiß nur noch weiter demütigen. Es hatte della Guarde hart getroffen, daß Falvini ohne Mühen das hohe Amt Montefiscones übernommen hatte, denn damit verbunden war das Recht, an den Beratungen der geheimen Kammer des Papstes teilzunehmen. Damit hatte Falvini die Gelegenheit, die Entscheidungen des Papstes wirklich zu beeinflussen. Eine Gelegenheit, die ihm selbst als einfaches, wenn auch hervorragendes Mitglied des heiligen Kardinalkollegiums in weit geringerem Maße zuteil wurde. Della Guardes Finger spielten mit einem maurischen Dolch. Eine Erinnerung aus seinen Tagen als Inquisitor. Mit dem Dolch pflegte er in die

Muttermale von Beklagten hineinzustechen, um sie als blutleere Teufelsmale zu entlarven. Die Spitze war dunkelrot verfärbt. Könnte er nur Falvini mit diesem scharfen Werkzeug abkehlen. Doch die Position des Kardinalkämmerers machte den Mann nur noch unverwundbarer. Vorkoster und verstärkte Wachen machten einen direkten, schlichten Mordanschlag beinahe zu einem Ding der Unmöglichkeit. Er brauchte eine feinere, elegantere Waffe im Kampf gegen diesen Liebling des Papstes.

Ein leichtes Pochen an der schweren dunklen Tür kündigte den Besucher an. »Herein«, rief della Guarde barsch und lehnte sich weit in seinem hohen geschnitzten Stuhl zurück. Sein Gesicht tauchte dabei in die Dunkelheit ab, sein Gegenüber würde nur mit Mühe in seinen Zügen lesen können.

Claudius trat leichtfüßig ein, verneigte sich gegen die dunklen Umrisse des Mannes, der hinter einem prächtigen, spanischen Schreibtisch saß. Ein dunkles, schweres Möbel aus afrikanischem Ebenholz, fast mittelalterlich in seinen phantastischen Verzierungen. Ausgeburten der Hölle, Fabeltiere mit züngelnden Fratzen kletterten an den Ecken empor und wurden oben von schwerttragenden Engeln des Zorns erwartet. Nichts in dem düsteren Raum entsprach der neuen, heiteren italienischen Mode, und vergeblich hätte ein Besucher hier nach einem Spiegel oder einem in Pastell ausgeführten zeitgenössischen Porträt geforscht. Della Guarde hielt derlei schmückende Einrichtungen für gottlosen Tand. An der mit dunklen Ledertapeten bespannten Wand hinter ihm hing nichts als ein schwarzes Kreuz, auf das ein von Elfenbein geschnitzter Christus sein Martyrium erlebte. Silberne Nägel zerteilten ihm die Sehnen an Füßen und Händen, um sein Leiden wenigstens äußerlich zu veredeln.

»Gelobt sei Jesus Christus. Euer Eminenz, darf ich Euch untertänigst meinen Gruß entbieten«, schnarrte Claudius und verbeugte sich gegen die Flamme des Öllämpchens am äußersten

Rand des Tisches. Ein undeutliches Murmeln war die Antwort. Claudius genügte es, um zu beginnen.

»Ich danke Eurer Eminenz, daß Ihr einen so einfachen Diener des Herrn noch zu so später Stunde empfangt und hoffe, daß meine Botschaft die Mühe wert ist.«

Della Guarde unterzog das lederne Geiergesicht des Mönches, das von der Öllampe recht deutlich beleuchtet wurde, einer genauen Untersuchung. Einfalt und Frömmigkeit gehörten nicht zu den Eigenschaften, die er darin entdeckte, wohl aber einen Hang zu Verschlagenheit und kalter Berechnung.

»Was willst du, Bruder in Christo«, fragte er mit einem Anflug von Spott, »mein Diakon sagt, du hast Nachrichten von Falvini.«

»Oh, verzeiht, mein deutscher Akzent mag zu diesem Mißverständnis geführt haben. Ich habe nicht Nachrichten von, sondern über Falvini.«

»Bist du ein Spitzel, der mir seine Ware verkaufen will? Dann verschwinde, ich pflege nicht einem dahergelaufenen Mönch zu vertrauen. Schon gar nicht einem Deutschen.«

»Eine Anspielung auf Luther, wie ich annehme. Das ist nur zu verständlich, aber nicht jeder Deutsche ist so stur und ungehobelt wie dieser Mann. Nun, ich habe selbstverständlich einige Papiere, die Euch von meiner gutkatholischen Aufrichtigkeit vielleicht überzeugen können.«

Claudius zog unter seiner Kutte eine handliche Rolle von Pergamentbögen hervor, schob dreist das Öllämpchen in die Mitte des Tisches und legte die Empfehlungsschreiben daneben. Dabei warf er einen flüchtigen Blick auf della Guardes Gesicht im Flammenschein und erkannte sofort, daß der Würdenträger von Neugier geplagt war. Claudius trat – Bescheidenheit vortäuschend – zurück. Mit gesenktem Blick wartete er, bis der Würdenträger die Papiere studiert hatte. Es waren Empfehlungen des Rates der Stadt Köln, die den Dominikaner als einen aufrechten Streiter für den ordentlichen römisch-katholischen Glauben bezeichneten und von erheblichen Diensten berichteten, die der Ordensbruder bei der Verfolgung von lutherischen Schwärmern in den Mauern der Stadt geleistet hatte. Daneben gab auch der Prior des mächtigen, kölnischen Dominikanerklosters ein günstiges Zeugnis für den Bruder Claudius, der sich mit Eifer der Hexenverfolgung gewidmet habe, zuvorderst in einem Prozeß gegen eine gewisse Seherin Märthe, die sich ihrer Hinrichtung durch Flucht entzogen habe. Della Guarde studierte die lateinischen Schreiben aufmerksam, hielt die angebrachten Siegel näher an die Flamme und überzeugte sich von ihrer Echtheit.

»Nun, Fra Claudius, die Papiere gereichen dir zur Ehre. Ich nehme an, sie haben zu deiner Ernennung als Beichtvater der Reuerinnen beigetragen. Ein recht ansehnliches Amt für einen kleinen Mönch, der eben erst seinen Weg in Rom beginnt. Aber was willst du mit einem ehrwürdigen Mann wie dem Falvini zu schaffen haben?«

Claudius hob den Blick und trat eifrig an den Tisch heran. »Nichts, nichts habe ich mit dem hochverehrten Falvini zu tun. Jedenfalls nicht direkt. Laßt mich erklären. Ich komme, Euch einen Vorschlag zu unterbreiten, der zu einer Säuberung Roms von all den schändlichen Sünden der Wollust führen kann.«

Della Guarde blickte auf, seine Augen verrieten Zorn. »Was sprichst du für eine Sprache? Bist du doch infiziert vom lutherischen Geist?«

»Nein«, wehrte Claudius ab, »es dauert mein armes Christenherz nur sehr, was ich als Beichtvater der Kurtisanen zu hören bekomme von der Verwerflichkeit vieler Prälaten. Ich halte es natürlich nicht mit einem Luther, aber doch scheinen mir diese babylonischen Zustände gefährlich. Und es liegt mir daran, allen Schaden von unserer heiligen Kirche abzuwenden.«

»Das ist gut so«, sagte der Kardinal nur knapp.

»O ja, hoher Herr, es ist gut, daß immer mehr umkehren und Buße tun, aber es wachsen ja immer neue Sünderinnen nach. Heute mag eine Rodiconda bereuen, morgen…«

An dieser Stelle unterbrach ihn der Iberer. »Ihr sagt, Rodiconda bereut?«

»Ja, gewiß, sie hat sich in meine Obhut begeben.«

Della Guarde lachte kalt. »Du lügst. Eine wie die Luparella würde nie aufrichtig bereuen und sich in das Kloster der Reuerinnen begeben.«

Stumm nahm Claudius einen Lederbeutel, öffnete ihn und förderte schließlich ein kleines Büschel roten gelockten Haares hervor. Della Guarde stutzte. »Das sieht nicht aus wie die Haupthaare einer Frau. Willst du ihr die vom Kopf geschoren haben? Lächerlich.«

»Nicht vom Kopf, sondern direkt von der Scham.« Der Kardinal zuckte zurück und reinigte sich die Finger, mit denen er die Haare berührt hatte, angewidert an seiner Kutte.

»Du bist ein Fuchs, Mönch. Trotzdem, eine Rodiconda, die den Schleier nimmt, das scheint mir unsinnig. Sie hat die höchsten Gönner.«

»Ihr meint, sie war die Buhle Falvinis.« Della Guarde zuckte, hütete sich aber zu nicken.

»Nun, Euer Eminenz, Falvini gab heute Befehl, sie wegen Mordes zu verhaften.« Della Guarde richtete sich mit einem Ruck auf, brennende Neugier spiegelte sich in seinem Gesicht. Der Vogelkopf des Mönches warf einen häßlichen Schatten.

»Ist das dein Werk? Ist er etwa zur Umkehr bereit, geläutert«, rief der mächtige Kardinal beinahe bedauernd. Dann lehnte er sich zurück und fügte so trocken als möglich hinzu, »das muß dich doch freuen.«

»Oh, es würde mich freuen«, erwiderte eifrig der Mönch, »wenn es eine aufrichtige Umkehr wäre. Aber Falvini ist nur von einem weit gefährlicheren Dämon besessen, dessen Einflüsterung ihn unüberlegte Dinge tun lassen.«

»Mann, du erzürnst mich, sprich nicht in Rätseln und erheb nicht solch schwere Vorwürfe gegen meinen geliebten Amtsbruder. Welcher Dämon?« Der Ketzerverfolger in ihm roch Blut.

»Der Dämon der Liebe.«

Della Guarde lachte. »Liebe? Es mag viele Dinge geben, für die der Kardinal eine bedauernswerte Schwäche zeigt, doch diese gehört gewiß nicht dazu.«

»Ihr irrt. Falvini hängt an der Brust einer Frau wie dereinst Romulus und Remus an den Zitzen der Wölfin. Atoli, der Leibarzt des Kardinals, verschrieb diesem eine Milchkur gegen sein Magenbrennen. Falvini wählte sich eine unbedeutende Hure, die eben Mutter geworden war, für das Amt seiner späten Amme. Eine der Reuerinnen berichtete mir davon. Es ist ein verteufeltes Ding mit dieser Amme, sie hat das Antlitz einer Madonna und die Macht einer Hexe. Der Kardinal betet sie an. Doch nun ist seine *madènna di latte* verschwunden, und er ist fest überzeugt, daß Rodiconda sie auf dem Gewissen hat. Darum der Haftbefehl. Bedenkt, der Kardinal klagt seine liebste Konkubine und die erste Kurtisane Roms an – wegen einer Milchhure.«

Della Guarde nickte langsam.

»Nun gut, kleiner Mönch, es ist von einem gewissen Interesse, was du mir da erzählst. Es wäre fürwahr ein schändliches Ding, wenn eine Teufelsbuhlin die Hände nach einem der treuesten Kirchenfürsten ausstreckt. Selbst den Papst müßte das beunruhigen. Was ist dagegen schon eine Rodiconda.«

Der Dominikanermönch rieb sich die dürren Hände.

»Eben so denke auch ich. Ihr seid, wie ich weiß, ein Verfechter des aufrechten Glaubens und haßt jede Form der Ketzerei. Euer Ruhm als Inquisitor ist groß.«

»Gewiß. Und?«

»Nun, es hat Euch bislang kalt gelassen, daß einer Eurer Amtsbrüder sich der fleischlichen Sünde hingibt. Selbst der Papst hat Falvini dafür seinen Dispens erteilt. Was aber, wenn der ehrwürdige Kardinalkämmerer nun den Verführungen des Satans nachgibt und eine Hexe liebt? Könnt Ihr das dulden?«

»Nein, Gott möge mir vergeben, wenn ich einen Satansanbeter durch mein Netz schlüpfen lasse. Aber du bist ein Narr, wenn du glaubst, man könne Falvini wie einen dahergelaufenen Bußprediger einfach der Ketzerei bezichtigen.«

Claudius lächelte dünn.

»Gewiß, Hochwürden, es ist mit einiger Arbeit verbunden, solch eine Anklage auf feste Füße zu stellen. Man braucht Beweise, Aussagen, Zeugen. Aber ich denke, ich, Verzeihung, WIR besitzen die Mittel dazu.«

Della Guarde hatte bei dem dreisten Wir kurz die rechte Augenbraue gelupft und einen strafenden Blick auf den Mann in der weißen Kutte geworfen, doch die Idee, Falvini nahezu unblutig zu vernichten, ihn einfach einem Scheiterhaufen anheimzugeben, reizte ihn mächtig. »Welche Mittel meinst du zu besitzen? Was hast du in der Hand?«

Claudius unterdrückte ein triumphierendes Grinsen: »Eine erzürnte Wölfin, eine falsche Madonna und eine reißende Bestie – das Volk.«

III.

1.

»Der Mönch muß bis zu seinem Tod
Mühe an Mühe fügen.«

Regel des Makarius um 390 n. Chr.

Sieben Tage waren die beiden Männer nun gemeinsam durch die Campagna geritten, hatten den Staub der Straßen geschluckt und ihren Proviant ebenso redlich geteilt wie die Gefahren der Reise. In politisch unsicheren Zeiten wie diesen war es ratsam, in Gemeinschaft zu reiten. Die in eigene Fehden verwickelten Fürsten oder Stadtherren scherte es nicht, wie unsicher die Straßen ihres Herrschaftsgebietes für den einzelnen Pilger oder Fahrensmann waren. Kaufleute sicherten sich durch bezahlte Begleittruppen, wer ärmer dran war, brauchte starke Gefährten.

Obwohl der schlanke, junge Student und der alte Mönch im kastanienbraunen Kapuzinerhabit ein seltsames Paar bildeten, hatten sie sich herzlich miteinander angefreundet. Ordensbruder Fresenius empfand den Ritt nach den Mühseligkeiten der bisherigen Reise von Basel her als eine Entspannung. Ein Maultier war beinahe so bequem und schnell wie ein Pferd. Schaudernd dachte er hingegen an seine Alpenüberquerung und den schwankenden Tragsessel, in dem er sich von ortskundigen

Führern über den steilen Paß des Monte Ceneri hatte bringen lassen. In schwindelnde Schluchten hatte er geschaut, nachts hatte ihn das Geheul der Wölfe begleitet. Und wie unwürdig war sich der Mönch erst vorgekommen, als ihn die Führer in Ochsenhäute verschnürt und an einem Seil baumelnd die Eishänge am Gipfel hinabgelassen hatten, während die flinken Söhne der Alpen mit festem Tritt zu Fuß den Abstieg bewältigt hatten.

»Mein lieber Fresenius«, unterbrach sein Reisegefährte in fröhlichem Ton seine stille Rückschau, »Ihr gebt Euch wieder der Sünde der *accidia* hin. Ich denke, Murren und Übellaunigkeit ist gerade Euch Mönchen streng verboten. Doch Ihr schaut wieder einmal so düster drein, als zögen wir in eine Schlacht.« Der Mönch hob bei diesem Wort wie ertappt die Augenbrauen. Spöttisch parierte er schließlich: »Zu solch einer Unternehmung wäre ich wohl kaum noch tauglich mit dieser Kralle.« Er hob die rechte Hand, mit der er den Zügel seines Reittiers umgriff. Sie war von Eisen geschmiedet, aber durch raffinierte Metallzüge zwischen den einzelnen künstlichen Gliedern leidlich beweglich. Der Kölner Schmied Derichs hatte sie ihm gemacht. Die Klaue war ein bitteres Andenken an einen lange zurückliegenden Feldzug.

»Nicht tauglich zur Schlacht. Das klingt enttäuscht und so, als ob Ihr die Profeß bereut«, bemerkte der Student.

»Nein, ich bereue es gewiß nicht«, beeilte sich der Kapuziner zu erwidern, »es war Gottes Wille, daß ich mein Söldnerschwert nach mehr als dreißig Jahren Kampf niederlegte. Vor Piacenza war es, und vor mehr als fünf Jahren, als mir ein französischer Söldner die Schwerthand abhieb. Die schwere Wunde dämpfte meinen Kampfeszorn, und meine Heilung bewegte mich zur Umkehr. Frieden finden wir allein in Gott.«

»Sehr wahr, sehr wahr, doch Ihr seht mir mehr aus wie ein Suchender, denn...«

»Still«, unterbrach ihn barsch der Mönch. Der Maulesel des Studenten scheute und schnaubte unwillig. Mit sausendem Flügelschlag stach ein weißer Rabe nieder und kreiste mit lautem Geschrei über einem dichten Ginstergestrüpp.

»Hesekiel gibt uns ein Zeichen. Zieht die Waffe!« befahl Fresenius seinem Gefährten im Ton eines kampfgewohnten Bannführers.

Giacomo hatte die Klinge sofort bei der Hand, war mit einem Satz von seinem Maulesel herabgesprungen und spurtete auf den Wegrand zu. »Wer da?« schrie er, und im gleichen Moment teilte sich das Gebüsch. Zwei baumlange Kerle in Lumpen und mit schweren Eisenstangen sprangen hervor und hoben sie drohend gegen die Reisenden. »Gebt, was Ihr habt, oder Ihr sagt Eurer Mutter nicht mehr guten Tag.«

»Unverschämt!« schrie Giacomo. »Wir werden Euch solche Grillen austreiben«. Und damit stürmte er vor, schwang sein Schwert und hieb auf den ersten der Angreifer ein. Der taumelte zurück unter dem festen Hieb, doch schon sprang sein Kamerad in die Bresche.

Giacomo focht tapfer und sein geschicktes Tänzeln verriet den ausgebildeten Schwertkämpfer. Immer wieder traf er mit der Terz die rohen Eisen der Gegner. Keuchend rief er über seine Schulter nach Fresenius. »Zum Teufel, Mönch, greift Euch Euren Knüppel und helft.« Der Mönch rührte sich nicht. »Fresenius, was tut Ihr?« schrie noch einmal der Student und rettete sich mit einer geschickten Doppelkombination aus der Zange, die die beiden Straßenräuber bildeten.

»Ich bete«, rief der Kapuziner zurück, »es ist bald Mittag, Zeit für die Sext und verflucht ist, wer Gottes Werk lässig tut.«

Himmel, wie konnte der Pfaff nur an sein vorgeschriebenes Mittagsgebet denken! Giacomo erzürnte die Abfuhr so sehr, daß er mit neuer Kraft sein Schwert umklammerte, es nach oben riß und mit voller Wucht erst auf den einen, dann auf den anderen Eisenknüppel der Vagabunden niederfahren ließ. Doch beide waren kräftige ehemalige *condottieri* und brachten den armen Studenten in arge Bedrängnis. Immer weiter mußte er zurückweichen, ein Stein brachte ihn schließlich zum Stolpern. Im Staub der Straße erwartete er mit abwehrend hochgerecktem Schwert den finalen Hieb der Angreifer.

»Roll dich beiseite, Kerl!« schrie in diesem Moment der Mönch. Giacomo gehorchte und vernahm einen kleinen Moment später einen ohrenbetäubenden Knall kurz vor seinen Füßen. Er verspürte auch eine sengende Hitze, ein kleiner Funkenregen ging auf ihn nieder und beißender Qualm hüllte ihn ein. Das nächste, was er vernahm, war das Stöhnen der Räuber, dann die Stimme des Mönches genau über ihm. »Ihr seid ein tapferer Kämpfer, junger Mann. Einem Studenten und Stubenhocker hätte ich soviel Wendigkeit nicht zugetraut.«

Fluchend rappelten sich nun die Angreifer auf, humpelnd und hustend suchten sie das Weite, verfolgt von dem Geschimpf des weißen Rabens, der im Ginsterbusch hockte.

»Verfluchter Fresenius«, stieß noch einmal der Student hervor, »was war das, dieser Knall?«

»Nichts außer einer kleinen Ladung Schwarzpulver, Schwefel und Salpeter. Kein ernsthafter Knall, mehr eine hübsche Belustigung. Hätte ich allerdings eine spanische Arkebuse mit Zündpfännchen und Eisenlauf gehabt, so wäre es den Kerlen übel bekommen.«

Giacomo schüttelte ungläubig den Kopf. »Ich dachte, Ihr betet?«

»Nun, es gibt auch kurze Gebete, die einem genügend Zeit lassen einem Feuerstein die notwendigen Funken zu entlocken.«

Der Edelmann mußte wider Willen lachen. »Ihr seid mir ein feiner Glaubensbruder, und ich dachte, Ihr meint es ernst mit dem Zitat aus der Bibel, ›verflucht sei, wer Gottes Werk nachlässig verrichtet‹.«

Der Mönch half ihm auf und klopfte sich selber den Staub aus der Kutte. »Lieber Freund, es ist mir immer Ernst mit der Heiligen Schrift. Doch ich zitierte den Vers nur unvollständig. Weiter heißt es bei Jeremias, Kapitel 48, Vers 10: ›Verflucht sei, wer sein Schwert aufhält, daß es nicht Blut vergießt.‹ Auch daran pflege ich mich zu halten. Die Bibel enthält für jeden Zweck etwas. Das eben macht sie mir so unentbehrlich.« Die beiden Männer trieben ihre Maulesel an den Rand der Straße, Giacomo entnahm seiner Satteltasche Wasser und einige junge Feigen, und sie nahmen Platz für eine kurze Rast.

»Ich bin Euch etwas schuldig«, sagte der Student nach einer Weile, »ich werde Euch in Rom ein Stück begleiten. Wir sind in der Ewigen Stadt seltsame Gestalten gewohnt, aber Ihr seid von sehr besonderer Art und könntet für ungebührliches Aufsehen sorgen. Ihr und dieser gewitzte Rabe.« Giacomo warf einen mißtrauischen Blick auf den Vogel, der im Staub nach einer Feige pickte.

Fresenius lächelte. »Ja, Hesekiel ist in der Tat recht klug, ein guter Kundschafter und ein guter Wegweiser. Doch Eure Begleitung wäre mir nur recht, Bruder, denn ich weiß nur wenig von Rom. Lediglich in meiner Zeit als Söldner habe ich es kurz besucht.«

Die beiden Männer bestiegen wieder ihre Maultiere.

In der Ferne und von weichem Dunst umhüllt konnten sie wenig später die Umrisse der römischen Hügel erkennen. Die alte Via Flamina, die sie ritten, war hin und wieder von antiken Basaltsteinen durchsetzt, was ein schnelleres Fortkommen ermöglichte. Der Student Giacomo Maltesta trieb sein Maultier ungeduldig zu mehr Eile an, doch das Tier beharrte auf seinem etwas gemächlichen Tempo. Fresenius lachte. »Das Tier teilt Eure Sehnsucht nach den heimischen Mauern wohl nicht?«

»Oh, lieber Fresenius, Ihr wollt wohl wieder einen Streit über die Herrlichkeiten meiner stolzen Heimatstadt beginnen, aber hütet Euch! Wenn Ihr Rom erst gesehen habt, werdet Ihr es mehr lieben als alle anderen Städte, die Ihr kennt. Wenn ich nur an die schmutzigen, stinkenden deutschen Gassen denke, die krummen und schiefen Häuser mit dem Fachwerk, ah, wie sehne ich mich da nach der Helligkeit Roms, nach den wundervollen Schätzen unserer großen Vorfahren...«

Der Mönch hob die Hand. »Haltet ein, haltet ein, ich habe längst begriffen, daß Ihr ein Freund der Vergangenheit seid. Ihr habt mir volle sieben Tage von Cäsaren und heidnischen Gottheiten vorgeschwärmt.«

Giacomo schüttelte lachend den Kopf, »Ihr wollt nicht begreifen, Ihr sturer deutscher Mönch. Für Euch ist es eine Vergangenheit, für mich ist es eine Quelle des Lichtes und der Zukunft nach einer langen, dunklen Zeit. Habt Ihr nie den Ruf ›ad fontes‹« vernommen? ›Zurück zu den Quellen‹? Die humanistischen Studien eines Erasmus von Rotterdam sind mein Fach, und es ist erregend, die alten Texte der Römer und Griechen zu entdecken. Dann die Architektur, die Kunst. Es gibt soviel, was wir von ihnen lernen können. Aber ich schweife ab. Rom hat auch dem Christen viele Wunder zu bieten.«

»Nun, Luther sagt, je näher Rom, je ärger Christus.«

»Ach dieser teutonisch strenge Kerl, was weiß der von Rom! Bildet Euch Euer eigenes Urteil.«

»Ihr vergeßt, daß ich es ein wenig kenne. Ich bin nicht zum erstenmal in Italien.«

»Ja, Ihr kennt Rom aus Eurer Zeit als roher Kämpfer. Da werdet Ihr vielleicht die trutzigen Türme der Aurelianischen Mauer bewundert haben, aber hattet Ihr Zeit, auch die vielen Kirchen anzuschauen? Die herrlichen Altäre, von denen einige aus dem Holz der Ölbäume des Garten Gethsemane und von Engeln selbst geschnitzt zu sein scheinen? Man mag die Päpste unserer Zeit beschimpfen wie man möchte, doch sie sind kunstsinnige Männer. Nun, Ihr werdet auf Eurer Wallfahrt zu den sieben Hauptkirchen all diese Wunder sehen. Freut Euch. Mit welcher der Kirchen wollt Ihr beginnen?«

Fresenius rutschte bei diesen Fragen unruhig in seinem Sattel hin und her. Die sieben Wallfahrtskirchen waren nur vordergründig sein Ziel. Er ritt unter dem Deckmantel des Pilgers, weil er nur auf diese Weise die Reisekosten hatte aufbringen können. Das teure Fährgeld für die schnelle Rheinfahrt und den Lohn für die wendigen Alpenführer. Ausgestattet mit den Dukaten eines reichen Sünders, hatte er dessen Verpflichtung zu einer Bußfahrt auf seine Schultern genommen. Diese stellvertretende Pilgerschaft war ein lohnendes Geschäft, doch genau wie der Ablaßhandel ein Greuel für den aufrechten Christen Fresenius.

Zu seinem jungen Reisegefährten gewandt, bemerkte er vage, »ich weiß nicht, welche der Kirchen ich zuerst besuche, aber ich werde meiner Pflicht als Pilger so gewissenhaft wie möglich nachkommen.«

Giacomo lachte wieder. »Oh, wie deutsch Ihr seid. Gewissenhaft, führwahr, das seid ihr alle. Ich kenne deutsche Pilger, die an einem Tag alle *sŹtti chiese* zu Fuß besuchen wollen und selbst die sengende Hitze der Mittagszeit nicht scheuen. Schwitzend und staubbedeckt, häßlich keuchend eilen sie von Herrlichkeit zu Herrlichkeit, blind für alle Schönheit und Freude.«

»Bedenke, es geht um ein göttliches Werk, nicht um ein Vergnügen«, bemerkte Fresenius.

»Schönheit ist gottgegeben, ebenso wie unsere Seelen, die bereit sind, sie in sich aufzunehmen. Also warum keine Freude daran haben? Vergnügen ist kein Frevel. Wir sind geboren, um uns zu erfreuen.«

»Ach, mein lieber junger Freund, Ihr seid mir ein rechter Schwärmer. Schönheit, Genuß! Möge der Lauf der Welt Euch nie enttäuschen und Eure Augen für die Häßlichkeit des Irdischen und die Narrheit der Menschen öffnen.« Fresenius dachte bedrückt an das letzte Jahr, das hinter ihm lag, an die Bauernkriege im Thüringischen, das blutige Metzeln der Fürsten und das große Sterben der elenden Ackermänner.

Die beiden Reisegefährten schwiegen eine Weile, ein leiser Westwind trug ihnen den würzigen Geruch von Salbei und Pinien zu.

»Lieber Freund«, begann Giacomo nach einer Weile erneut, »ich bin mit der Narrheit der Menschen wohlvertraut. Gerade deshalb mache ich diese Reise. Ich wäre gerne länger in der Bibliothek zu Perugia geblieben, um die köstlichsten Handschriften zu studieren. Aber es ist eine menschliche Torheit, die mich zurückzwingt.«

Fresenius schwieg abwartend, ihn interessierte die Geschichte des Jünglings sehr wohl. Sein hübsches Gesicht unter dem wirren Gelock brauner Haare, die stolz geschwungenen Augenbrauen, der gerade, muskulöse Körper und die schmalen Hüften verrieten, daß der Gelehrte kein trockener Scholar war, sondern eine Vergangenheit als jagd- und sportbegeisterter Edelmann hatte. Auch seine Fechtkunst war Beweis genug. Welche Narrheit meinte er wohl? Hatte er sich in eine der unzähligen Familienfehden verwickeln lassen? Die Südländer hatten hitziges, vulkanisches Blut, ihr Zorn war ebenso schnell entflammt wie ihre Begeisterung.

Giacomo griff sich eine Weidenrute aus der Satteltasche und klopfte damit leicht die Flanken seines Maulesels, der auf ein Ginstergestrüpp am Wegrand zustrebte.

»Ich spreche nicht, wie Ihr anzunehmen scheint, von einer eigenen Torheit, wiewohl ich nicht nur eine begangen habe. Aber in diesem Fall baten mich die Eltern eines Freundes, bei denen ich in Peruggia lebte, eben diesen von einer eselhaften Dummheit abzuhalten. Er ist ein viel ärgerer Schwärmer als ich. Ein *malinconico* mit zeitweise düsteren Launen. Ein Künstler.« Seine Stimme verriet weder Ärger noch Bewunderung.

»Ihr solltet die Zügel straffer halten, sonst gehorcht Euch das Tier bald gar nicht mehr«, mahnte Fresenius.

Der Student besann sich. »Ihr habt recht. Nun, um es kurz zu machen. Dieser Freund, ein Maler, ist im Begriff, sich mit einer Kurtisane zu vermählen. Er nennt sie in seinen Briefen eine Madonna, seine Eltern aber halten sie, sicher zu Recht, für eine elende Metze, eine *sgualdrina* der übelsten Sorte. Beinahe zehn Jahre älter ist sie als mein Freund. Und obwohl seine Familie, eine recht vermögende Kaufmannssippe, ihm die Heirat verboten hat, bleibt er stur wie dieser Maulesel – *testardo come un mulo.* Nun mach schon, du elendes Biest.«

Das Tier hatte sich nun ganz dem Willen seines Reiters widersetzt und blieb mitten auf der Straße stehen. Fresenius sprang lachend von seinem Tier ab, zog aus seiner Satteltasche ein Tuch hervor und band es dem Maulesel seines Freundes über die Augen, dann griff er in die Zügel und führte das Tier weiter. »Ein alter Trick«, rief er und stieg selbst wieder auf, »Ihr müßt ihn von einer möglichen Futterquelle ablenken. Nun sagt, wie wollt Ihr die Dummheit Eures Freundes unterbinden?«

»Ich weiß es nicht. Er scheint besessen von dieser Frau. Da helfen nur strikte Maßnahmen. Ich bin mir sicher, daß es möglich ist, einen Haftbefehl gegen sie zu erwirken. Die Kurtisanen Roms machen sich schnell eines Verbrechens schuldig. Der Bando Generale zählt allein über hunderfünfzig Flüche auf, die strafwürdig sind. Na, und eine Kurtisane beim Fluchen zu entdecken, wird mir nicht schwerfallen. Aber auch Betrug und Hinterlist gehören sicher zu den Vergehen dieser Metze. Wie sonst sollte sie einen jungen Mann wie den Scoferino für sich begeistert haben?«

»Ah ja, die Herrlichkeiten Roms sind wirklich vielfältig«, spottete Fresenius. Etwas ernster setzte er hinzu. »Die Verhaftung scheint mir allerdings weder eine tugendhafte noch eine erfolgversprechende Idee. Eine solche gewaltsame Trennung taugt nur dazu, Liebende um so fester aneinanderzuschmieden.«

Student Maltesta nickte nachdenklich. »Da könntet Ihr recht haben. Aber was kuriert diesen Narren dann?«

»Nichts kuriert die Qualen der Liebe besser als eine neue Liebe.«

»Und so etwas aus dem Mund eines Mönches? Na, na«, sagte Giacomo und hob zum Scherz drohend die Weidenrute, »zeigt Euch lieber keusch und bescheiden, sonst werde ich Euch und Euren seltsamen Vogel noch vor den Toren Roms im Stich lassen. Es wird Euch schlecht bekommen, allein in Rom einzureiten. Wir sind zwar Sonderlinge, verstörte Bußprediger und barfüßige Gecken gewohnt, aber ein feuerwerkender Mönch mit Eisenhand in Begleitung eines weißen Raben dürfte Euch einige unangenehme Verfolger einbringen.«

Fresenius gab keine Antwort, doch wie auf Kommando, stieß nun der Rabe, der ihnen bislang vorangeflogen war, herab und nahm auf seiner Schulter Platz.

»Saukerl«, schimpfte er in Giacomos Richtung.

»Halt den Schnabel, Hesekiel«, befahl der Mönch beschämt, doch Giacomo lachte nur schallend.

»Man könnte wirklich glauben, das Tier habe einen gewitzten Verstand, Ihr habt es vortrefflich dressiert. Er könnte Euch einige Giuli einbringen, wenn ihr ihn auf dem Copellenmarkt dem Volke vorführt. Die Römer lieben kunstfertige Gaukler.«

Der Mönch antwortete nicht. Hesekiel war in der Tat ein Wundervogel, seine Künste waren auch ihm, obwohl er ihn und seine Herrin gut kannte, noch unheimlich. Dieser Rabe hatte den Weg über die Alpen gemacht, den Mönch bei Basel aufgespürt und mit nur einem Wort auf die Reise geschickt: »Roma«.

Wenn ich der Welt als Sonderling erscheine, so dachte Fresenius, als was würden sie die Herrin dieses Vogels erkennen? Es wäre nicht das erstemal, daß man Märthe der Hexerei verdächtigen würde. Der Gedanke daran ließ Fresenius seinen Maulesel anspornen. Märthe hatte ihn durch ihren fliegenden Sendboten gerufen, dessen war er sicher. Sie bedurfte seiner Hilfe, genau wie damals in Köln. Damals. Warum war dieses elende Weib vor ihm geflohen? Warum hatte sie ihren Bruder nicht abgekehlt?

Sie war ihm ein ärgerliches Rätsel und seinem Herzen näher als er es sich eingestehen wollte. »Ich bete zu Gott, daß sie ohne Not ist«, brummte er.

»Was sagt Ihr?« fragte Giacomo, der ein wenig hinter ihm ritt.

»Nichts. Aber könnt Ihr schätzen, wie weit es noch bis auf Rom ist?«

»Pünktlich zur ersten Abendmesse werden wir durch die Porta Flaminia einreiten, und Ihr könnt Euer Knie vor dem ersten Altar Roms beugen. Eure Ungeduld ehrt Euch, selten traf ich einen solch gottesfürchtigen Mann.«

2.

»Madre non mi fa monica
che non mi voglio far,
non mi tagliar la tonaca,
che non la voi portar…
sarei ben pazza.«

Mutter, mach keine Nonne aus mir,
ich will es nicht,
schneid mir keine Kutte zu,
die werd ich nicht tragen…
ich würde verrückt werden.

Italienisches Volkslied, um 1510

Die Heilige Messe war gesungen, die Bittgebete waren gesprochen, und brav hatten die versammelten Gläubigen ihr »Herr, erbarme Dich unser« gemurmelt. Dennoch dachte an diesem Abend niemand daran, die Kirche Santa Maria del Popolo zu verlassen. Das bald 400 Jahre alte Gotteshaus lockte auch nach der Messe mit nicht zu verachtenden Genüssen. Hier nämlich, wo die einstige Papstgeliebte Vannozza Cattanei vor acht Jahren begraben worden war, hielten gerne die vornehmsten Kurtisanen Andacht und hof. Schließlich hatten sie außerdem – einem päpstlichen Breve gehorchend – durch ihre Steuern die Pflasterung der Strada del Popolo mitbezahlt, die auf das Gotteshaus hinführte.

In den Kirchenbänken sitzend oder die Gänge von Santa Maria del Popolo auf und ab flanierend, zeigten sie sich in ihren kostbarsten Gewändern, von denen manche an die 200 Scudi wert waren, soviel wie die stattliche Mitgift einer Bürgerstochter. Knieten sich die Kurtisanen in der Kapelle vor Pinturicchios Anbetung des Kindes hin, so sorgten sie dafür, daß die kostbaren Mäntel auseinanderglitten und den Blick auf ihre mit Rosenöl gesalbte, duftende Haut freigaben, ein Anblick, der die edelsten Kaufleute wie die niedersten Handwerker aus dem nahegelegenen deutschen Viertel anzulocken pflegte. Selbst die Gemüse- und Fischhändler, die lediglich ihren Weg zum Corso durch die Kirche abzukürzen pflegten, stellten ihre Warenkörbe und Karren kurz beiseite, um einen Blick in die Kapelle und auf die Kurtisanen zu werfen.

An diesem Abend freilich herrschte ein besonders munteres Treiben, während die Ministranten in feierlichem Zug, begleitet von einem Hauch Weihrauch in die Sakristei zurückkehrten. Ein dröhnendes Läuten der Glocke kündigte eine außerordentliche Fortsetzung des Gottesdienstes an. Die alten Marktweiber vom Campo dei Fiori, die Anwohner der Piazza Navona, die Dirnen des Hortaccio, die Huren vom Weißen Brunnen, die Kurtisanen und ihre Freier erwarteten mit Spannung ein vielversprechendes Spektakel. Seit Tagen luden fliegende Zettel zu einer Bußpredigt wider die Unkeuschheit und zur Vorführung einer wundersamen Reuerin ein, die Zeugnis ablegen wollte von der Sünde der Hurerei unter den vornehmsten Kirchenherren.

»Es heißt, dieser Bußprediger und seine schöne Hure können die Dämonen der Hölle beschwören und bändigen«, erklärte laut eine dralle Dirne ihrer Freundin und Banknachbarin. Die kicherte ein wenig und gab ebenso laut zurück. »Ach, damit haben schon einige geprahlt. All diese Barfüßer und Hungerleider in Lumpen, die Gott geschaut haben wollen. Die meisten sind Prahlhänse oder verrückte Toren. Sie neiden den Reichen nur das Vergnügen und uns unser sauer verdientes Geld, dabei...«

»Schscht«, kam es von hinten, eine sauber gekleidete Dienstmagd bat die munteren Dirnen um Ruhe. »Meine Herrin sammelt sich und hält Andacht. Euer Geschwätz ist störend und schmutzig.«

»Hach.« Eine der Huren drehte sich daraufhin herum und musterte die Betende scharf. »Die Andacht kenne ich, sie betet gewiß um einen gutbestückten, tatenlustigen Hosenteufel für die Nacht. *Un cazzo grande*, he?«

»Was unterstehst du dich«, zischte die Dienstmagd, während ihre Herrin, die das reichverzierte Gewand einer reichen *onoresta* trug, nach Luft schnappte. Die Hure zuckte unbekümmert mit den Schultern. »Tu nicht so vornehm, ich sehe auf Meilen, daß deine Herrin dem gleichen Gewerbe nachgeht wie wir. Und zwar recht erfolgreich, möcht ich meinen.«

»Du schandbare, kleine Schlange, nicht genug, daß du eine häßliche Sünderin bist, du beleidigst auch noch die, die über dir stehen.« Gereizt wandte sich die so Beschimpfte nun ganz zu den Frauen hinter ihr um.

»Ach ja, ich also bin eine häßliche Sünderin? Nun, ich will dir eins sagen: So sündig, daß ich mir meine Freier in der heiligen Kirche suche, bin ich nicht. Das ist doch gerade die Art von Euch feinen *signores.* Ihr benutzt die Messen doch nur als Vorwand, um in Euren teuersten Kleidern daherzuspazieren. All den Aufwand treibt Ihr, um Euch unter die Edlen zu mischen.«

Die vornehm gekleidete Frau hob nun ihren Schleier, den *panno listato* der verehelichten Römerin. Mit blitzenden Augen schaute sie dem Mädchen ins Gesicht, das frech zurückschaute. Doch bevor die Vornehme zu einer wütenden Schelte anheben konnte, glitt ein Kaufmann in feinster Samtschaube neben sie auf die Bank.

»Seid mir gegrüßt, Lavinia della Ferrara. Wie ausgesprochen angenehm, Euch hier zu treffen. Ist es wahr, daß Ihr für den heutigen Abend noch keine Verabredung getroffen habt? Der Goldschmied Calvinus machte eine entsprechende Bemerkung und...«

Lachend drehte sich die Dirne aus der Vorderbank wieder um. »Sagte ich es nicht? Ach, diese *cortigiane,* sie geben sich tatsächlich wie Hofdamen. Ich kann mir kaum etwas Lächerlicheres denken.«

Die Dienstmagd versetzte ihr von hinten einen kräftigen Puff. »Au!« Das Mädchen wandte sich wieder um und holte zu einer Ohrfeige aus. Sofort entstand ein heftiger Tumult, böses Geschrei erhob sich zwischen den Weibern, bis einer der müßigen Kirchenwachmänner dazwischenging.

»Haltet euch zurück«, warnte er, »oder ich werfe euch hinaus.« Die Kurtisane faßte sich als erste, setzte wieder ihre hochmütige Miene auf und gab ihrer Dienstmagd Anweisung, dem Kirchenwächter einige Karlini zuzustecken. Der Kaufmann eilte sich, ihr zuvorzukommen, und kramte Münzen aus seinem Geldbeutel. Der Wächter nahm sie mit abschätzigem Grinsen entgegen, verbeugte sich und herrschte die Dirnen aus der Vorderbank wütend an.

»Wie könnt ihr es wagen, anständige Leute zu beleidigen. Verschwindet, oder ich treibe euch wie Schweine mit dem Stock hinaus und lasse euch verhaften.«

Maulend verließen die Dirnen die Kirche, die Dienstmagd der Kurtisane lächelte triumphierend.

»Und das nennst du also die Wunder der Christenheit und Herrlichkeiten Roms.« Kopfschüttelnd wandte sich Bruder Fresenius von der Szene ab und wieder dem Studenten zu, der ihn gerade auf die Schönheit des Deckenmosaiks aufmerksam gemacht hatte.

»Ach das«, bemerkte Giacomo nur geringschätzig, »achtet nicht weiter darauf. Ich sagte bereits, daß die Huren Roms allesamt Schandmäuler sind. Von dieser Kirche heißt es außerdem, daß der Geist Neros noch hier umgeht. Papst Paschalis II fällte mit eigener Hand einige Walnußbäume, unter denen Neros Geist mit krähengesichtigen Dämonen zu sitzen pflegte, und ließ an die Stelle eine kleine Kapelle bauen. Mag sein, daß Neros heidnischer Geist zu all dieser Schlechtigkeit inspiriert.«

»Nero?« fragte Fresenius und streichelte dem Raben auf seiner Schulter das Gefieder.

»Oh, ich vergaß«, sagte Giacomo, »die Antike ist nicht Euer Gebiet. Nun, er war ein Tyrann und Christenverfolger der übelsten Art, ein verworrener Geist, der seine eigene Mutter mordete und die Vermessenheit besaß, Rom anzuzünden.«

»O lichte und heitere Antike!« bemerkte Fresenius spöttisch.

Giacomo grinste. »Ihr könnt es nicht lassen. Aber schaut Euch lieber den köstlichen Hochaltar an. Es ist ein Werk von Andrea Bregno aus dem Jahr 1473, gestiftet von einem Mäzen der Künste, der wahrscheinlich auch nicht nach Eurem Geschmack ist, vom Borgia-Papst, der...« Weiter kam er nicht.

»*Diavolo incarnato*«, zischte Fresenius, und seine Stimme hatte nichts von christlicher Demut. Im Gegenteil, sie bebte vor Zorn.

»Was ist Euch? Meint Ihr den Borgia?« fragte Giacomo verwundert und lenkte seinen Blick ebenfalls zum Hochaltar. Dahinter sah er nur einen Predigermönch im weißen Dominikanerhabit, der demütig sein Knie vor dem Kreuz beugte, sich erhob und dann die Arme ausbreitete, so daß die weiten Ärmel seiner Kutte wie Flügel herabhingen.

»Dieser Hurensohn« murmelte Fresenius mit mühsam unterdrücktem Haß.

»Wen meint Ihr, guter Mann? Was veranlaßt Euch zu solch gotteslästerlichen Flüchen? Ich sehe nur einen Prediger. Kennt Ihr ihn?«

Fresenius faßte sich, doch seine angespannten Kiefer verrieten die Mühe, die es ihm machte. »Ja«, preßte er hervor, »ich kenne ihn, und glaubt mir, er ist das Böse in Menschengestalt. Nie begegnete ich einem niederträchtigeren Mann. Er ist ein Verräter an allem, was heilig ist. Sein Name ist Claudius.« Damit wandte er sich ab und strebte auf eine der hinteren Kirchenbänke zu. Ratlos folgte ihm Giacomo, nahm neben dem Kapuziner Platz und bat nochmals um eine Erklärung.

Doch Fresenius starrte nur geistesabwesend auf den Prediger, der nun seine Geieraugen über der Versammlung kreisen ließ, bis gebannte Stille eintrat.

Fern von der Piazza del Popolo bereiteten sich die Reuerinnen des Klosters Santa Maria Maddalena auf die Komplet vor. Marietta hörte die eilenden Schritte der Frauen, die an ihrer Zelle vorbeihuschten, um rechtzeitig zum Abendgebet zu kommen. Mühsam richtete sie sich auf ihrem schmalen Holzbett auf und warf einen zärtlichen Blick auf die Wiege ihres Sohnes. Er schlief bereits friedlich. Marietta schwang sich vom Bett und begab sich zur Tür ihrer Zelle, sie lag im Krankentrakt an der Westseite des Kreuzgangs. Sie stellte sich auf ihre Zehenspitzen und lugte hinaus. Letzte Sonnenstrahlen fielen auf die Steinplatten des Innenhofes, friedlich plätscherte ein Springbrunnen, eine Braut Christi lief mit fliegendem Habit auf die Klosterkirche zu, die Glocke des *campanile* schlug ein letztes Mal. Marietta seufzte. Wäre sie selbst nur auch beseligt von solch heiliger Inbrunst. Einige Mauersegler schwebten in den Hof hinab. »Gesu, Gesu«, ertönte ihr merkwürdiger Schrei, der ihnen bei den Römern den Namen ›die heiligen Vögel‹ eingebracht hatte. Marietta aber dachte nicht an den Erlöser. Sie dachte an Scoferino.

Während die Glocken das letzte gemeinsame Gebet einläuteten, trat sie zum vergitterten Fenster und griff nach einer Spiegelscherbe. Kritisch musterte sie ihr Gesicht, das nun nicht mehr verbunden war. Fürwahr, der seltsame Mönch hatte bereits Wunder gewirkt. In nur sieben Tagen waren die meisten Schnitte abgeheilt, lediglich kleine rote Streifen erinnerten noch an die Wunden und würden bald völlig verschwinden. Einzig ein tiefer roter Striemen, der schräg über ihre linke Wange verlief, hatte nichts von seiner erschreckenden Häßlichkeit verloren. Nein, dachte sie unwillig, so kann ich noch nicht vor Scoferino hintreten, es sieht zu schrecklich aus.

Seufzend legte sie die Spiegelscherbe beiseite. Wie ungleich war die Liebe der Menschen. Sie selbst hätte ihren Maler mit Freuden umarmt, auch wenn er auf das gräßlichste entstellt gewesen wäre. Andererseits, würde sie ihn auch dann noch so leidenschaftlich lieben, wenn er sich entschlösse, der Kunst und seinem Begehren nach vollendeter Schönheit zu entsagen? Sie schob den Gedanken beiseite und erinnerte sich noch einmal an die vielverheißenden Versprechungen des Dominikaners.

»Hab Geduld, schönes Kind, auch die letzte Wunde wird verheilen, ich weiß ein Mittel, doch es braucht noch eine Weile, bis Ihr es vertragt. Die kleineren Narben will ich mit Sand und Zitrone wegschmirgeln. In ein, zwei Monaten seid Ihr schöner als je zuvor.«

»Warum tut Ihr das?« hatte sie ihn ein um das anderemal gefragt.

»Weil Ihr von Gott erwählt seid, ich sagte es schon«, hatte er geantwortet, dabei aber so hintergründig gelächelt, daß die Kurtisane erschauert war.

»Wie«, hatte sie gefragt, »wie kann ich Euch Eure Güte je vergelten?«

»Macht Euch keine Gedanken«, hatte er kalt geantwortet, »ich werde Euch beizeiten mit Eurer Aufgabe betrauen. Versprecht Ihr mir, daß Ihr gehorchen werdet?«

»Verlangt Ihr meinen Eintritt in den Orden?« hatte Marietta vorsichtig gefragt.

»Oh, nein, dort liegt Eure Berufung nicht. Ganz im Gegenteil.« Mit diesen Worten hatte er sie verlassen, und es war Marietta gewesen, als habe sie ein böses Kichern vernommen, kurz bevor er die Tür hinter sich schloß. Er ist ein böser Mann, schoß es ihr nun durch den Kopf. Das Klirren von Schlüsseln unterbrach ihren Gedankenstrom. Umständlich wurde die Tür geöffnet und eine Laienschwester, die sich um die Infirmen kümmerte, trat mit einer Breischüssel herein. Es war eine sanftmütige Frau, kaum älter als Marietta.

»Was gehst du schon wieder in der Zelle herum«, tadelte die *sorella* sanft. »Leg dich nieder, sonst heilen deine Wunden nie.«

»Wo, wo ist der Mönch?« fragte Marietta.

»Fra Claudius? Er hat zu tun, liebes Kind. Er hält eine Predigt in Santa Maria del Popolo. Aber beruhige dich, er hat mir gezeigt, wie deine Wunden zu behandeln sind. Setz dich aufs Bett und laß mich sehen.« Marietta gehorchte. Die Laienschwester drehte ihr Gesicht ins schwache Licht und wirkte zufrieden. »Es heilt sehr gut. Laß mich jetzt die Salbe auftragen.« Sie griff zu der Holzschüssel, nahm einen Spatel und tunkte ihn hinein.

»Wißt Ihr, woraus die Salbe besteht?« fragte Marietta neugierig.

»Nein, Bruder Claudius rührt sie immer selbst. Ich weiß nur, daß er Eigelb dazu braucht, Öl und Rosmarin wie bei jedem Wundmittel, dazu aber einige mir unbekannte Substanzen. Er ist ein gelehrter Mann.« Die Salbe legte sich angenehm kühl auf Mariettas Wangen.

»Sie macht mich schläfrig diese Salbe«, sagte sie.

»Ach Unsinn, Kind, die Müdigkeit kommt von deiner allgemeinen Erschöpfung. Du solltest mehr schlafen und dir nicht so viele Sorgen machen. Nun ist alles gut.« Die Schwester schüttelte ihr das mit Stroh gefüllte Kissen auf und Marietta sank zurück auf ihr Lager. Ein Käfer fiel vom Bett und eilte auf den Lichtstrahl zu, der durch die Türritze drang. »Oh, schau an, du hattest einen garstigen kleinen Gast«, scherzte die Schwester.

»Kennt Ihr den Mönch schon lange?«

Die Schwester lachte. »Hat das Wort garstig oder der Käfer

dich an ihn erinnert? Du undankbares Geschöpf. Urteile nicht nach dem Aussehen eines Mannes.«

Marietta senkte betroffen die Lider.

»Schon gut, er ist ja beileibe kein schöner Mann. Und nein, ich kenne ihn noch nicht lange. Aber unsere Mutter Oberin ist sehr angetan von ihm. Er versteht es zu bekehren und zu läutern. In nur einer Woche hat er fünf neue Reuerinnen zu uns gebracht. Vier wollen Postulantinnen werden, und eine jede ist beinahe so schön wie du, was auf die Ehrlichkeit ihrer Berufung schließen läßt. Die sündigen Kardinäle werden schwere Entbehrungen erleiden, wenn Fra Claudius so weiter macht. Er tut ein wahrhaft christliches Werk.«

»Ihr werdet recht haben, verzeiht, daß ich so mißtrauisch klang.«

»Ach, laß nur. Auch ich bin nicht ganz frei von Zweifeln über dieses Werk. Denn eine der Frauen, die er uns brachte, ist gewiß keine Bekehrte, und doch führt er gerade sie heute beim Gottesdienst als solche vor. Dabei will sie nicht einmal das Postulat stellen.«

»Seid Ihr böse, wenn ich Euch verrate, daß auch ich nicht an einen Eintritt in Euer Kloster denke?«

Die Schwester schüttelte den Kopf. »Nein, liebes Kind. Nur wirklich Berufene sollten sich ganz dem Herrn vermählen. Und mir scheint, Ihr habt einen süßen Grund«, sie warf einen Blick in die Wiege, »dem Irdischen treu zu bleiben. Sein Name ist Prospero, nicht wahr?« Marietta nickte.

»Ein hübscher Name. Weißt du, was er bedeutet?«

»Nein, ich mochte nur den Klang.«

»Es heißt der Blühende, Erfolgreiche, Hoffnungsvolle.« Marietta lächelte. »Das ist er auch für mich. Selbst wenn das Leben sich ganz gegen mich wenden sollte. Prospero wird immer meine Hoffnung sein.«

Das Kirchenschiff von Santa Maria del Popolo war erfüllt von unterdrückten Seufzern und leisem Wimmern. Immer wieder bekreuzigten sich die Weiber, selbst die niedrigsten Dirnen unter ihnen murmelten mit Inbrunst ihr Ja und Amen zu dem, was der Dominikaner mit flammenden Worten von der Kanzel herab predigte. Oh, er war ein fesselnder Redner und traf den Ton des Volkes sehr genau. Er verstand es, ihre Phantasie zu schüren und ihr Gewissen mit der Ausmalung von Höllenqualen wachzurütteln. Selbst die dreisteste, spottlustigste Hure wurde unter seinen Worten zaghaft.

»Pfui, verruchte Konkubinen des Gottseibeiuns«, donnerte der Dominikaner nun, »Irrwischbräute! Luziferschwestern! Scham der Welt! Schandfleck Eures Geschlechts. Die Drachen der Hölle werden Eure Seelen fressen, werden sie verbrennen. Pfannen voll siedenden Schwefels erwarten Euch, rotglühende Bratenspieße winken Euch!« An dieser Stelle mischten sich Schmerzenslaute der Zuhörer in die gepfefferte Predigt, doch Claudius kannte kein Erbarmen. Noch feuriger fuhr er fort.

»Die Tatzen der Dämonen werden Euch zerreißen, in Euer zuckendes Fleisch werden sie ihre Klauen schlagen. Und Eure Qualen werden kein Ende nehmen, denn ihr werdet verdammt sein. Mit Schlangengeißeln werdet ihr gezüchtigt werden in aeternum, in aeternum.«

»Herr, erbarme Dich unser!« schrie eine Frau in prachtvoller Robe und sank neben Fresenius halb ohnmächtig auf die Knie. Der schüttelte nur grimmig den Kopf und murmelte: »Possenspiel.«

»Die aber, die sich als Pfaffenbräute verkaufen, denen wird der Teufel die geringste Gnade erweisen«, fuhr der Dominikaner fort und fixierte einige der andächtig Lauschenden mit seinen stechenden Augen, »ihren verdorbenen Schoß wird er mit nagenden Ratten, giftigen Skorpionen und glühendem Eisen füllen, ihre Herzen wird er von den Raben zerhacken lassen, und in Ewigkeit wird es nachwachsen, auf daß die Qualen nie enden mögen.«

»Herr, erbarme Dich unser!« Die flehenden Bittgebete der Gäubigen wurden immer inbrünstiger. Der Dominikaner breitete wieder in dramatischer Geste die Arme aus und setzte mit gespielter Milde fort. »Ich aber bin gekommen, im Namen des Herrn, um Euch zur Umkehr zu bewegen. Bereuet, bereuet aufrichtig und die Gnade und Vergebung des Allmächtigen werden Euch zuteil.«

»Amen!«

»Ich bin gekommen, um Euch einen Beweis der unendlichen, göttlichen Liebe zu geben, die nicht fragt und nicht rechtet mit dem, der seine Sünden bekennt und abkehrt von allem Übel.«

»Erlöse uns!«

»Werdet eines Wunders gewahr, das unser aller Schöpfer an einer wirkt, die zu den verdorbensten Früchten eures Standes gehörte. Eine, die die herrlichsten unter den Dienern Christi in Versuchung führte.«

Fresenius rutschte unruhig auf der Bank hin und her.

»Ist das nicht nach Eurem Geschmack?« fragte Giacomo leise.

»Ganz und gar nicht«, stieß der Kapuziner hervor, »es ist ein lächerliches Schauspiel. Der Kerl versündigt sich im Namen des Herrn.«

»Ihr glaubt nicht an Wunder?«

»Nicht an die Wunder, die dieser Scharlartan und Geckenpfaff bewirkt. Schäbige Tricks werden es sein.«

»Ihr seid also ein ungläubiger Thomas?« fragte Giacomo neckisch. »Nehmt es doch nicht so streng, das Volk liebt solch deftige Bußpredigten, genau wie es Feste liebt. Die Kirche ist eine kostenlose Form des Vergnügens und vielleicht nicht die schlechteste. Seht nur, einige Weiber scheinen aufrichtig zu bereuen. Mich dünkt, er wird heute noch einige für sein Kloster gewinnen.«

»Kloster?« fragte Fresenius erstaunt. Doch Giacomo antwortete nicht, denn nun trat eine Frau neben den Dominikaner. Eine Frau, deren wilde Schönheit alle Anwesenden fesselte.

»Seht her«, rief Claudius, »dies ist eine Büßerin! Mancher mag sie noch kennen als stolze Kurtisane. In den prächtigsten Kleidern ging sie einher und saß mit manchem Kardinal bei Tisch. Sie verführte die Höchsten unter den Purpurträgern. Ihr Name war Rodiconda.«

Alle Blicke hefteten sich auf La Luparella, die Wölfin im weißen, bodenlangen Büßergewand. Auf dem Haupt trug sie einen schwarzen Schleier. Ihr Gesicht war bleich, dunkel glitzerten ihre schrägstehenden Augen, die feingeschnittene Nase zitterte und verriet Erregung. »Ja, sie ist schön. Sie ist verlockend, wie die Sünde uns manchmal erscheint. Sie, so mögt ihr denken, hat wenig Anlaß, Buße zu tun, da es ihr an weltlicher Liebe nicht mangeln muß. Und doch. Sie ist bekehrt. Sie hat sich das Haupt geschoren und den Schleier genommen, denn der Herr gab ihr ein Zeichen. Tritt vor, Rodiconda, und sprich zu der Gemeinde, sprich zu deinen armseligen Schwestern, die noch in der Dunkelheit wohnen.«

Mit stolz erhobenem Kopf tat Rodiconda die wenigen Schritte vor die Kanzel. Sie genoß den Auftritt. Ein kurzes Lächeln glitt über ihr Gesicht, das Fresenius sofort als das Lächeln einer unbelehrbar eitlen Frau erkannte.

»Sie ist so reuig wie eine Schlange, die eben ein Dutzend Mäuse verzehrt hat«, zischte er. Doch Giacomo hörte nicht hin, er schien wie alle anderen völlig gebannt von der schönen Frau.

Die begann nun mit leiser Stimme ihr Geständnis: »Ich stehe hier, um Zeugnis abzulegen über meine Sünden. Ja, es ist wahr, ich habe Unzucht getrieben mit den ersten Dienern der Kirche.

Ich war die Konkubine eines Mannes, dem der Papst höchstes Vertrauen schenkt.« Gezischel in den Bankreihen verriet, daß mehrere Gläubige Mutmaßungen über den Namen ihres Gönners austauschten. Verschiedene Namen machten die Runde. Der Falvinis war darunter.

Claudius, der in den Hintergrund zurückgetreten war, hörte es mit befriedigtem Grinsen.

»Der Herr aber gab mir ein Zeichen«, fuhr derweil Rodiconda fort, »er schickte mich, um euch zu bewegen und eure steinernen Herzen zu erweichen. Tut auf euer Herz. Ich hatte der Liebe nicht, als ich noch eine schandbare Dienerin der Venus war, doch nun, nun ruht mein Herz allein in Gott.« Sie schwieg und streckte langsam ihre Handflächen unter den langen Ärmeln vor. Sie waren weiß wie Milch.

Langsam schloß Rodiconda die Hände zu Fäusten, dabei richtete sie ihren Blick verklärt zur Kuppeldecke. Die Blicke der Andächtigen folgten ihr. Als sich die Blicke wieder senkten, war das Wunder geschehen. Rodicondas Handflächen waren rot von Blut. Überraschte Schreie, Seufzer, gemurmelte Gebete.

Rodiconda hielt die Handflächen hoch, der Dominikaner trat wieder vor: »Seht die Wundmale Unseres Erlösers. Wer Augen hat zu sehen, der sehe. Dies ist das Wunder der Bekehrung, der Herr ist mit uns…«

Ein Vogel setzte dem Wunder ein Ende.

Es war Hesekiel, der mit laut schlagenden Flügeln in die Kirchenkuppel stieg, dort kurz über dem Altar kreiste, um dann auf den Dominikaner und die Wölfin hinabzustoßen. Claudius erbleichte, die Kurtisane stand wie erstarrt. Die Gemeinde, die den weißen Raben für eine Taube und mithin für eine Emanation des Heiligen Geistes hielt, glaubte an eine Fortsetzung des Wunders. Doch der Rabe hackte seinen Schnabel nur in das Haupt Rodicondas, riß ihren festgesteckten Schleier herab und verschwand mit dem Beutestück durch eines der offenen Kirchenfenster. Nach Luft schnappend starrten die Gläubigen die Büßerin an. Lang wallten ihre roten Locken auf ihre Schultern herab. Noch waren die meisten benommen vom Geschehen, doch einer wagte bereits auszusprechen, was andere insgeheim dachten.

»Ihr seid ein Lügner, Pfaff!«

Unter Geschrei und Gerangel endete schließlich die Vorstellung. Die Kirchenbesucher debattierten heftig über die Glaubwürdigkeit des Geschehens. Einige waren immer noch von einem Wunder überzeugt, doch Claudius griff mit wutverzerrtem Gesicht eine Hand Rodicondas und zog sie mit sich fort. Erst in der Sakristei gelang es ihm, sich zu fassen. War der vorwitzige Vogel tatsächlich ein Rabe gewesen? Ein Rabe, wie ihn seine Schwester Märthe bei sich zu führen pflegte? Unsinn, schalt sich Claudius, sie ist nicht hier.

Fresenius wischte sich Lachtränen aus den Augen und erhob sich von der Kirchenbank. »Dieser Hesekiel ist ein Teufelsbraten«, konnte er nicht umhin zu bemerken.

Giacomo schüttelte ebenfalls amüsiert den Kopf. »Der ist ein verfluchter Kerl, fürwahr. Beinahe wäre ich dem Buß- und Blutwunder aufgesessen. Meine Güte, eine Maria Magdalena mit roten Locken.«

Fresenius klopfte seinem Freund auf den Rücken. »Ich bin froh, daß Ihr dieser Bekehrung widerstanden habt, obwohl die Worte des Dominikaners recht saftig waren. Er ist ein begabter Redner. Das muß ich ihm leider lassen.«

»Müßt Ihr nicht«, sagte Giacomo jetzt grinsend, »es waren nämlich nicht seine Worte.« Die beiden Männer schoben sich durch die herausströmenden Massen auf das Portal zu.

»Wie meinst du das?« fragte Fresenius.

»Nun, während Ihr annahmt, ich würde andächtig lauschen, habe ich in Wahrheit nur scharf nachgedacht. Mir kam der Text, den der Mönch sprach, seltsam bekannt vor. Nun weiß ich, warum.«

»Und?«

»Er stammt aus einem Dialog des Dichters Pietro Aretino. Ein pornographischer Schwerenöter, der einst in der Gunst des Medici-Papstes Leo stand. Ich kenne ihn flüchtig, in Perugia machte einer seiner Entwürfe unter jungen Männern die Runde. Ein ›Kurtisanengespräch‹ heißt es und schildert in drastischen Worten, was, nun, die Kurtisanen so treiben, und berichtet von einem Prediger, der sie zu bekehren sucht.«

Fresenius schmunzelte. »Ich nehme an, die erbaulichen Bekehrungsversuche sind nicht der Grund für die Beliebtheit dieser Lektüre?«

»Nein«, gab Giacomo freimütig zu, »es sind die Stellen, die weit vor der Bekehrung liegen, die Aretinos Dialog so interessant machen. Deshalb ist er auch zensiert und verboten.«

Auf der Piazza del Popolo angelangt, warteten die Männer einen Moment unter dem Portal, bis sich die Menschenmassen lichteten, und betrachteten die teils spöttischen, teils noch immer ergriffenen und nicht selten reuigen Mienen der herausströmenden Dirnen und Kurtisanen.

»Scheint, als habe der Mönch trotz allem ein gutes Werk getan«, bemerkte der Student Maltesta nicht ohne Achtung.

Fresenius verfiel wieder in trübe Stimmung. »Ich traue ihm alles zu, nur kein gutes Werk. Der Mann pflegt den Tod zu bringen.«

Giacomo wollte etwas erwidern, doch in diesem Moment gellte ein Schrei über den Platz. Das Volk blieb stehen.

Auf der rechten Seite der Piazza hatte ein Halbnackter im Schurzfell den Torso einer antiken Statue erklommen. Seine Schreie wurden immer lauter, er schien halb im Wahnsinn vor Schmerz. Dann schien er sich kurz zu besinnen. »Rom ist verderbter denn Babylon. Hört auf den Mönch im weißen Gewand.

Kehrt um, oder es ist Euer Untergang«, schrie er und riß sich mit einer Hand das Schurzfell herab. Vollständig nackt brach er wieder in irrwitzige Schreie aus.

Der sausende Pfeil eines Torwächters von der Porta Flaminia machte der Szene ein Ende. Tödlich getroffen stürzte der Mann von dem heidnischen Götzenbild. Sein Blut tränkte den Staub, die Menge eilte zu ihm hin.

Angewidert wandte Fresenius sich ab. »Ich sagte Euch, Giacomo, dieser Dominikaner bringt nichts als Unheil und Verderben. Und es nähme mich wunder, wenn dieser Tote sein einziges Opfer bliebe.«

Märthe entzündete ein kleines Öllämpchen, in ihrer niedrigen Behausung herrschte bereits Finsternis, die Fenster waren zu klein, um das schwache Licht der Dämmerung einzulassen.

»Puh«, stöhnte Beatrice, als Märthe zu dem groben Holztisch in der Küche zurückkehrte, »diese Gerüche rauben mir den Atem. Was für ein infernalisches Kraut ist dies nun wieder.« Mit einem Anflug von Ekel und spitzen Fingern hob sie ein hartstengeliges Unkraut hoch.

Märthe lachte. »Das ist nichts weiter als gewöhnliche Gartenraute. Ein vortreffliches Mittel, das schon Hippokrates in seinen Schriften erwähnt.«

»Mich erinnert es mehr an den Bocksfüßigen«, erwiderte Beatrice keck.

»Die Kirche würde dir gewiß recht geben, denn ihm wohnt eine gewaltige Kraft inne. Es verdirbt die Leibesfrucht.«

»Du meinst, es dient dem Abort?« fragte Beatrice und ließ den Stengel rasch fallen.

Märthe nickte. »Es wird mir bei meiner Rolle sehr dienlich sein.«

»Du planst doch nicht im Ernst, solche Sünden zu begehen, nur um deine Rolle glaubwürdig zu spielen?«

»Ich halte den frühen Abort für eine geringere Sünde als die Aussetzung unerwünschter Kinder. Wieviel Leid müssen die erfahren, wie wenig Liebe wird ihnen zuteil, und wie schrecklich ergeht es der ledigen Mutter, wenn sie das Kind behält.«

Beatrice beharrte auf ihrem Widerwillen. »Es ist und bleibt dennoch eine Sünde, die ich zutiefst verabscheue. Besser man bringt das Kind unerkannt zum Spital von Santo Spirito in Sassice, dort kümmert man sich darum.«

Märthe zog die Augenbrauen zusammen, »das nennst du kümmern? Mehr als fünfhundert Säuglinge werden dort im Jahr einfach in das Drehfenster gelegt. Selbst wenn die guten Schwestern all ihre Liebe auf die Bastarde verschwenden würden, es bliebe nicht für ein einziges genug davon.«

»Trotzdem, ich kann es nicht leiden, daß Kinder getötet werden. Es ist ein Mord an ihren Seelen.« Beatrice war aufgesprungen und funkelte die Alte wütend an. »So weit darfst du in deinem Spiel nicht gehen, Märthe.«

Die Alte seufzte. »Beruhige dich, liebes Kind. Ich werde nicht so weit gehen. Lediglich zur Verhütung der Empfängnis will ich einige Mittelchen brauen. Harmlose Mittel, ich verspreche es dir. Schwämme mit dem Sud von Granatapfelkernen, die den Schoß für kurze Zeit unfruchtbar machen. Wacholdersalben, die den Samen töten, und Farnextrakte. Mehr nicht.«

»Schwörst du es mir?«

»Wenn du es möchtest, schwöre ich es.« Märthe hob die rechte Hand, Beatrice zeigte sich immer noch beunruhigt.

»Schau, liebes Mädchen«, sagte Märthe und zupfte das Kraut einer wilden Möhre auseinander, »ich bin keine Scharlatanin, keine Drecksapothekerin. Ich will nur mit Mitteln handeln, die auch Wirkung zeigen. Ich bin kein altes Weib, das schmutzige Wurzeln in Weihwasser kocht und behauptet, dies sei ein Schutz gegen die Schwängerung. So etwas scheint mir weit ärger. Außerdem muß ich Erfolge haben mit meinen Rezepten.

Nur dann kommen auch die vornehmsten Kurtisanen der Stadt zu mir.«

»Und Marietta?« fragte Beatrice aufgeregt.

Märthe schüttelte den Kopf. »So einfach wird es nicht sein, aber es tut not, daß wir erfahren, wer ihr geheimer Gönner war. Vielleicht hat er ihre Entführung inszeniert oder ihr ein Leid angetan. Wir müssen den Namen erfahren, und da können uns nur die Damen des Gewerbes weiterhelfen.«

»Du hast sicher recht«, murmelte Beatrice. »Glaubst du, daß man deshalb die gräßliche Veronica getötet hat, weil sie den Gönner kannte?«

»Ja, das wird sicher ein Grund für ihren Tod sein. Aber glaube mir, dahinter verbirgt sich noch weit mehr.«

»Du denkst noch immer an den seltsamen weißen Mönch, deinen Bruder?«

Ein leises Pochen unterbrach das Gespräch der Frauen. Märthe horchte auf, wieder ertönte das zarte Tock-Tock. »Sicher nur eine Maus«, sagte Beatrice gelangweilt, »laß uns lieber...«

»Still.« Märthe hob die Hand. »Nein, das ist keine Maus«.

Aufgeregt eilte sie zu einem der winzigen Fenster und stieß die Läden auf.

»Hesekiel!«

Der weiße Rabe trippelte über den Fenstersims auf das innere Fensterbrett. Mit seinem Schnabel zerrte er einen schwarzen Schleier, den Schleier Rodicondas, hinter sich her.

»Was bringst du mir da, guter Freund?« fragte Märthe zärtlich und nahm das Tuch und den Vogel sanft auf ihre Hand. Beatrice beobachtete die Szene mit wachsendem Erstaunen.

»Ist das dein Wundervogel?« Mit weitaufgerissenen Augen starrte sie den Raben an. Der stieß ein munteres »Prrrüh« hervor. Beatrice mußte lächeln. »Er ist recht possierlich, liebe Märthe, das will ich zugeben.«

Die Alte kehrte mit dem Raben zum Tisch zurück. Erst jetzt

bemerkte Beatrice, daß die Augen des Vogels rot wie Rubine glitzerten. »Ein merkwürdiges Geschöpf«, sagte sie vorsichtig und wich zurück.

»Ein kluges Geschöpf«, antwortete Märthe und betrachtete nachdenklich den Schleier. »Wenn ich mich nicht täusche, ist dies Teil eines Bußgewandes.«

Beatrice, die geübte Wäscherin, befühlte den Stoff. »Ja. Es ist ein Schleier, wie ihn die Postulantinnen von Santa Maria Maddalena tragen. Ich kenne sie, ich wasche oft für sie.«

»Der Schleier einer Reuerin?« fragte Märthe.

Beatrice sah sie aufgeregt an. »Ja. Vielleicht ist es ein Zeichen. Vorausgesetzt, daß dein Vogel wirklich so klug ist, wie du sagst, meinst du nicht, es könnte ein Zeichen Mariettas sein?«

Die Alte strich mit ihren rauhen Händen über den Stoff. Ein langes Haar verfing sich in der Hornhaut ihrer Handflächen. Sie hielt es hoch und gegen das Licht. »Es ist rot, flammend rot, siehst du Beatrice? Nein, dies ist kein Zeichen Mariettas. Vielleicht kann Fresenius es uns erklären.«

»O Märthe, treib es nicht zu toll. Der Vogel kam allein, behaupte nicht, daß wir nun noch Besuch von deinem sagenhaften Mönch bekommen.«

»Nicht in dieser Nacht. Er weiß sicher nicht, wo wir sind.«

»Und wir wissen nicht, wo er ist, vergiß das nicht.«

»Gott wird uns zusammenführen. Bald.«

Im Dormitorium von Santa Maria Maddalena herrschte bereits die gebotene nächtliche Stille, die bis zur Matutin, dem ersten gemeinsamen Gebet der Reuerinnen um vier Uhr morgens, eingehalten werden mußte. Den Zeigefinger vor den Lippen, zerrte Claudius die sich widerspenstig gebärdende Rodiconda durch den Kreuzgang.

»Laß los, du schäbiger Betrüger«, zischte die Wölfin, »ich habe die Nächte in diesem Kerker satt.« Der Dominikaner warf ihr einen drohenden Blick zu. Eben passierten sie den Trakt der Infirmen. Eine Nachtschwester trat aus einer Krankenzelle. Nach innen gewandt, flüsterte sie »Ruht wohl, liebste Marietta.« Der Name ließ Rodiconda aufhorchen. Mit Gewalt befreite sie sich aus dem Griff des Dominikaners, stieß die Nachtschwester beiseite und warf einen Blick auf das Krankenlager, wo benommen die Verwundete lag.

»Zum Teufel!« rief Rodiconda, als sie das Antlitz ihrer ärgsten Rivalin im schwachen Kerzenschein erkannte.

Die Schwester wich beim Namen des Leibhaftigen entsetzt zurück.

Claudius zerrte die Wölfin aus der Zelle, legte ihr seine Hand auf den Mund und bemerkte zu der verwunderten Schwester. »Ein Anfall, ein bedauerlicher Anfall. Die begnadeten Wesen Gottes schwanken immer wieder zwischen göttlicher Vision und bedauerlichem Wahnsinn. Luzifer gönnt ihnen die Gabe nicht.« Dann öffnete er eine Tür zur Rechten und drängte die sich windende Rodiconda roh eine schmale, steile Steintreppe hinab.

Durch mehrere gewundene Gänge führte er sie in einen großen Kellerraum, der von Wandfackeln beleuchtet war. Hier stieß er die Frau auf einen Stuhl und nahm selber hinter einem reichgeschnitzten Tisch Platz. »Noch so ein Ausbruch und du bist wahrhaftig des Todes, Frau.«

»Sie ist des Todes, Kerl. Sie, diese Marietta, und Ihr auch, denn Euer verworrenes Spiel mißfällt mir immer mehr«, erwiderte nicht minder drohend die stolze Kurtisane.

»Vergiß nicht«, sagte der Dominikaner und beugte sich vor, »du bist in meiner Hand. Ein Wort von mir, und...«

Rodiconda lachte. »Ah, da fürchte ich mich aber! Ganz wie ein mächtiger Mann sitzt Ihr da, hinter Eurem Prunktisch. Aber ich sage Euch, was Ihr seid: ein unsinniger kleiner Lump, ein christlicher Faxenmacher, ein Gleißner. Ich lasse mich nicht länger einschüchtern.«

»Schweig«, herrschte der Dominikaner sie mit harter Stimme an.

»Du hast mir nichts zu befehlen, Mönch. Ich bin eine freie Frau.«

»Nur solange du unter der Obhut des hochherzigen Kardinal della Guarde stehst, der dir den Titel einer wundersamen Frau und Büßerin verlieh. Wenn du allerdings lieber auf den Straßen Roms herumspazieren willst, bitte. Die *sbirri* des Falvini werden dich freudig begrüßen. Noch immer lastet der Verdacht des Mordes an Marietta auf dir.«

»Den ich nicht begangen habe und gar nicht begangen haben kann, die Dirne lebt ja«, antwortete triumphierend Rodiconda.

»Das könntest du nie beweisen, glaub mir. Ein Wort von dir, und die Hure ist tot, so tot wie ein Mensch nur sein kann.«

Die Kurtisane biß sich auf die Lippen, der Mann hatte recht. »Sei's drum.« Sie gab nicht auf. »Es wäre mir nur recht, wenn sie tot wäre, warum also sollte ich mich weiter deinen Befehlen beugen?«

»Weil du leben willst. So einfach ist das. Und was die Marietta angeht: Rache ist ein Gericht, das man kalt genießen sollte«, bemerkte der Mönch. »Ich verspreche dir, wenn sie ihre Aufgabe erfüllt hat, wird sie einen qualvollen Tod sterben, ohne daß wir Hand anlegen müssen. Nehmt die Schnitte in ihrem Gesicht als Beweis für meine Absichten. Sie sind ein Vorgeschmack und mein Werk. Und auch Falvini wird seiner gerechten Strafe zugeführt. Alles wird ganz nach deinem Geschmack geschehen, wenn du meine Anordnungen befolgst. Danach wirst du frei sein.«

Die Kurtisane musterte den Dominikaner mit neu erwachendem Interesse. »Ich traue Euch einige Grausamkeiten zu, aber was sollen alle diese Bubenstücke und Possenspiele um Buße und Umkehr?«

»Mißachte nicht mein heiliges Werk, es ist gottgefällig«,

fuhr der Dominikaner sie an. »Trotz der unseligen Unterbrechung haben wir auch heute abend einige Seelen bewegt, und wir werden weitere Erfolge haben, da bin ich mir sicher.«

Die Augen der Wölfin verengten sich zu schmalen Schlitzen, sie beugte sich vor.

»Ihr könnt mir viel von Eurem großen Werk der Bekehrung vorschwatzen. Ich glaube Euch doch nicht. Buße ist gewiß nicht Euer Geschäft. Ich selbst liebe die Macht und erkenne am Funkeln Eurer Augen, daß sie auch Euer wahres Ziel ist. Was also wollt Ihr erreichen mit Euren seltsamen Intrigen und falschen Wundern?«

Claudius lehnte sich zurück, »es geht dich nichts an«.

»Ach ja?« fragte Rodiconda mit drohendem Unterton, dann schob sie einen Ärmel ihres Gewandes so hoch, daß ihre Achsel freilag, unter der schlaff ein Lämmermagen herabhing, dessen Wände blutgetränkt waren. »Und das hier geht mich auch nichts an? Eure vortrefflichen Wunder, das falsche Blut? Ihr seid nicht besser als eine alte Kupplerin, die falschen Jungfrauen Hühnerherzen in die Scham schiebt, damit sie noch als *virgineo* angeboten werden kann. Ich rate Euch, weiht mich in Eure Pläne ein, sonst könnte bei der nächsten Messe mein Gewand unglücklich verrutschen und den Blick auf diese Vorrichtung freigeben.«

Claudius lächelte verächtlich. »Müßiges Geschwätz. Du weißt, daß auch das dein Verderben wäre. Der Kardinal della Guarde würde dich denunzieren, der Papst selbst das Urteil ohne Zögern unterzeichnen, und dir wäre eine ehrenvolle Hinrichtung bei der Engelsbrücke gewiß, Ketzerin.«

»Ihr seid kein geringerer Ketzer als ich, Eure Wunder sind die niederträchtigste Gotteslästerung eines siebenfältigen Heiden.« Rodiconda spie ihm die Worte ins Gesicht und lächelte triumphierend.

Der Dominikaner zeigte sich unbewegt. »Der Zweck heiligt die Mittel. Mundus vult decipi, die Welt will betrogen sein.«

Rodiconda erkannte, daß es zwecklos war, den Mönch weiter zu befragen. Sie vertraute auf ihren scharfen Verstand und darauf, daß sie seine Pläne bald durchschauen würde. Sie wechselte das Thema.

»Wo sind meine Samtpantoffeln, meine Füße sind kalt. Wo ist meine Zofe? Ich sehe nicht ein, daß ich jeder Bequemlichkeit entbehren soll, ich bin schließlich keine Nonne«, sagte sie voll Abscheu.

»Du bringst mich auf eine ungewöhnliche Idee«, sagte der Dominikaner maliziös.

Rodicionda sprang auf und fegte den Stuhl wutentbrannt zur Seite. »Ich warne Euch, Elender, treibt es nicht zu toll! Ich sehe, daß ich in Eurer Hand bin, aber eher möchte ich tot sein, als lebendig begraben hinter Klostermauern. Nie werde ich den Schleier nehmen! Dieser vermaledeite Konvent der Bußschwestern verdient genug an mir, wenn ich tot bin. Ich werde getreu den Erlässen des Papstes ein Fünftel meines Vermögens Santa Maria Maddalena hinterlassen, aber zu mehr Buße bin ich nicht bereit. Hört Ihr?«

»Das ganze Kloster könnte dich hören, sei still.« Claudius hatte verstanden, daß er sein Spiel mit der verwöhnten Kurtisane nicht zu weit treiben durfte. Ihr Stolz und ihre Launen waren so stark ausgeprägt, daß sie sich tatsächlich vergessen könnte.

Wie ärgerlich, daß sie die Anwesenheit Mariettas entdeckt hatte, es versetzte sie in unbequemen Zorn. Und vor dem Zorn eines verletzten Weibes hatte sogar der Dominikaner Respekt. Er handelte mit berechnender Grausamkeit, doch Rodiconda mit launenhafter Brutalität. Besser war es, sie zu besänftigen. Einlenkend fragte er deshalb. »Nach welchen Bequemlichkeiten verlangt Ihr denn, hohe Frau?«

»Ich will ein anderes Gemach als diesen elenden Kellerraum, den Ihr mir zugewiesen habt.«

»Das ist unmöglich. Es sei denn, Ihr möchtet im Dormitorium der *sorelle* nächtigen.«

»Dann laßt wenigstens einige meiner Möbel herschaffen.«

»Das würde bei weitem zuviel Aufsehen erregen, wenn wir einen Ochsenkarren mit deinem Klavichord und bemalten Sesseln durch die Straßen trieben. Aber nun gut, ich will Euch bessere Möbel besorgen.«

»Und ein Kissen mit Daunenfedern. Das Stroh zerkratzt mir die ganze Haut. Außerdem eine Wanne und jeden morgen warme Eselsmilch, ich will mich pflegen.«

»Du sollst ein weiches Kissen und die Milch bekommen.«

»Außerdem meine Zofe, fünf Gänge zu Mittag und drei zu Abend...«

»Völlerei ist eine Sünde, liebe Rodiconda. Bedenke, daß du Buße tust.«

»Ach ja? Dann nehme ich lieber die Zellen im Gefängnis am Tor di Nona. Selbst dort wäre es mir erlaubt, in Würde zu speisen und anständige Mahlzeiten aus einem Wirtshaus kommen zu lassen.«

»Die leicht mit Gift gewürzt werden könnten. Der Falvini soll eine reiche Auswahl an solchen Spezereien haben.«

Rodiconda zuckte zurück, die Gefahr einer Vergiftung war in den Gefängnissen Roms nicht gering. Fürchtete ein Ankläger, daß der von ihm Beklagte ohne Strafe ausgehen könnte, griff er gewöhnlich zu diesem Mittel der eigenen Justiz. Das Gefängnispersonal war schnell bestochen. Rodiconda bezweifelte nicht, daß Falvini genauso handeln würde.

»Nun gut«, sagte sie, »dann will ich wenigstens Fleisch zu der scheußlichen Gerstenspeise aus Eurer Küche haben. Schließlich bin ich keine Bäuerin. Ich will standesgemäß essen. Und auf noch eines verzichte ich gewiß nicht.«

»Und das wäre?«

»Meine Bewegungsfreiheit.«

»Ihr träumt.«

»Ich träume? Nein, guter Claudius. Diese Bitte werdet Ihr mir nicht abschlagen. Vergeßt die Daunenkissen und die Möbel. Aber wenigstens des Nachts will ich ab und an meiner Wege gehen. Die stickige Luft, der Gestank von Demut und Weihrauch machen mich wahnsinnig. Eine Wölfin sperrt man nicht ein.«

»Ich sage dir, es ist unmöglich.«

»Unmöglich, sagt Ihr? Ich sage, es ist durchaus möglich. Wie würde es Euch schließlich gefallen, wenn die blutenden Wundmale Christi bei meiner nächsten Vorführung einfach ausblieben?«

Claudius seufzte widerwillig. Mit dieser Drohung meinte es die Kurtisane nur allzu ernst. Sie besaß die Klugheit, sich dumm zu stellen, und war bedauernswerterweise kein so leichtgläubiges Lamm wie die Milchhure im Krankentrakt.

»Nun gut«, gestand er ihr schließlich zu, »einmal in der Woche will ich dir einen nächtlichen Ausflug gestatten. Doch nicht ohne eine von mir bestimmte Begleitung. Außerdem legst du deine Männertracht an und hütest dich vor den *sbirri.*«

Rodiconda lachte trocken. »Die *sbirri*? Die sind des Nachts so aufmerksam wie blinde Maultiere.«

»Vergiß nicht, daß Falvini ihr neuer Herr ist. Ich denke, wir beide wissen, daß er wenig mit einem Maultier gemein hat.« Ebensowenig wie ich, dachte Rodiconda. Dann begab sie sich in ihr Schlafgemach. Zu Bett begab sie sich freilich nicht. Aufgeregt wie ein Raubtier streifte sie bis weit nach Mitternacht durch die Zelle.

Der Dominikaner hatte nicht zu Unrecht bereut, daß Rodiconda im Krankentrakt Marietta entdeckt hatte. Die beleidigte Konkubine Falvinis fand keine Ruhe, bis sie endlich einen Racheplan gegen die Rivalin entworfen hatte, der geeignet schien, ihre grausamen Instinkte zu befriedigen.

»Und danach«, so schwor sie sich selbst mit raunender Stimme, »danach wird Falvini wieder mir gehören. O ja, es wird eine kalte Rache sein. Kälter als das Herz des elenden Mönches.«

3.

»Selig ist der Mensch, der im Finstern verborgen liegt. Den Platz unter der Bank neidet einem niemand.«

Sebastian Franck, 1539

Mit beherzten Stockhieben bahnten die Leibwächter des Kardinal Falvini einen Weg durch die lärmenden Menschenmassen im Gassengewimmel des Sachsenviertels. Hier, auf der vatikanischen Seite des Tibers, kurz vor der Engelsbrücke, hatten die Engländer ihr angestammtes Quartier. Pilger aus aller Herren Länder waren außerdem unterwegs, um die Bauarbeiten an San Pietro in Vaticano zu begutachten, die 1506 wieder aufgenommen worden waren. Oder sie wollten einen Blick auf den Papstpalast werfen, den so große Künstler wie Raffael und Michelangelo prächtig ausgestalteten. Es herrschten Gedränge und ein babylonisches Sprachgewirr. »Platz da, macht Platz für Seine Durchlaucht!« riefen barsch die Leibwächter des Kirchenfürsten und hieben auf vorwitzige Gassenkinder ein, die ihre schmutzigen Hände nach einigen Karlini ausstreckten. Sie bettelten vergebens, der hohe Herr war nicht in freigiebiger Stimmung.

Mit grimmigem Gesicht saß der Kardinalkämmerer Falvini in seiner geknöpften dunkelroten Amtsrobe auf dem Rücken des weißen Araberhengstes, den er fast wie einen Menschen liebte. Seinen Hut hatte er tief ins Gesicht gezogen. Er war auf das äußerste verstimmt. Die Ehre, an den geheimen Beratungen des Heiligen Vaters teilzunehmen, war ihm diesmal schlecht bekommen. Der Allerehrwürdigste hatte die Klausur mit seinen engsten Beratern nicht nur genutzt, um sein Bündnis mit Frankreich und gegen den Kaiser zu besprechen, nein, er hatte vor allem eine Vermahnung erteilt. Eine Vermahnung gegen ihn, Falvini! Eine solche Schmach war dem geschmeidigen Berater noch nie in seiner Karriere zuteil geworden. Stets darauf bedacht, erst dann zu sprechen, wenn er die innerste Absicht des wankelmütigen Papstes zu kennen glaubte, hatte er bislang nichts als Lob von dem Regenten des Vatikans empfangen.

Und nun das. Irgendein vermaledeiter Bußprediger trieb in Roms Gassen sein Unwesen. So erfolgreich, daß das Volk in aufmüpfiger Stimmung schien und der Papst um die Treue der Bürger fürchtete, die in politisch unsicheren Zeiten wie diesen unentbehrlich war.

Deshalb hatte er unter anderem auch Falvini ermahnt, sich jeder Ausschweifung und Zügellosigkeit zu enthalten. Er hatte das Tragen von weltlichen Gewändern, die Falvini so liebte und sogar die herbstliche Vogeljagd in Viterbo untersagt. Die Einladung von Kurtisanen zu seinen berühmten Festen hatte er ihm ebenfalls verboten und ihn peinlich über seine gewesene Konkubine Rodiconda befragt. Nun, wenigstens in diesem Punkt hatte Falvini sich verteidigen und schwören können, daß er kein Verhältnis zu der Kurtisane unterhalte.

Der ihm geneigte Papst hatte daraufhin auch seinen mündlichen Dispens für begangene Sünden erteilt, doch Falvini war nicht zufrieden. Zum erstenmal hatte man ihn in seiner Machtfülle eingeschränkt. Und selbst wenn es ihm ein leichtes war, auf die fleischliche Lust mit gewöhnlichen Kurtisanen eine Weile zu verzichten, so gab es immer noch dieses Sehnen nach

Marietta, das er nicht zu dämpfen gedachte. Mit Schleppnetzen hatte er in den vergangenen Tagen von hundert Fischern den Tiber absuchen lassen und mit Erleichterung gehört, daß zwar einige Leichen vom schlammigen Grund geborgen worden waren, nicht aber die Mariettas. Falvini war seitdem sicher, daß sie noch lebte.

Sein Zug erreichte nun die Engelsbrücke. Rumpelnd fuhren einige Ochsenkarren beiseite, um den Kirchenmann und sein Gefolge passieren zu lassen. Er trieb sein Pferd an und warf einen mürrischen Blick auf den im nachmittäglichen Septemberlicht glänzenden Tiber.

»Gnade und Friede in Christo, geliebter Amtsbruder«, schnarrte neben ihm eine ihm verhaßte Stimme. Jäh wandte sich Falvini dem Sprechenden zu. Kardinal della Guarde! Welch einen Triumph hätte es ihm früher verschafft, dem dürren Spanier, der nur ein graues Maultier sein eigen nannte, auf seinem eigenen hohen Roß an der Grenze zum heiligen Bezirk zu begegnen. Wie deutlich wurde so vor aller Welt der Unterschied im Stande augenfällig.

Doch nun, nach der Zurechtweisung durch den Heiligen Vater, argwöhnte Falvini, sein Rivale wisse bereits von seiner Schande und triumphiere.

»Seid gegrüßt, würdiger della Guarde«, knurrte er und wollte seinen Hengst zum Weiterritt antreiben, doch der Kardinal legte seine Knochenhand auf eine Flanke des Tieres und stieg von seinem Maulesel herab.

»Auf ein Wort, verehrter Amtskollege.« Falvini mußte wohl oder übel absteigen, man verwehrte einem anderen hochgestellten Kirchenmann nicht öffentlich das Gespräch. Widerwillig stieg er aus dem Sattel und übergab die Zügel seinem Reitknecht.

»Nun?« fragte er knapp.

»Ich wollte Euch nur fragen, ob Euch die seltsamen und

hocherfreulichen Veränderungen zu Ohren gekommen sind, die sich in den Gassen Roms vollziehen. Denkt nur, die Zeit der Umkehr scheint gekommen, der Widerchrist hat nun scharfe Gegner. Überall erhebt sich Unmut gegen die verwerfliche Unkeuschheit unserer Stadt. Der Heilige Vater scheint endlich gewillt, scharf dagegen vorzugehen.«

Falvini zuckte zusammen, die Spione dieses Mannes waren schnell gewesen und mußten ihm die Sache mit der Vermahnung bereits zugetragen haben.

»Ja«, sagte er, sich um Ruhe bemühend, »ich hörte von dieser Bewegung zur Umkehr.«

Della Guarde grinste häßlich. »Ist es nicht herrlich. Und denkt nur, ich selbst stehe mit an ihrer Spitze.« Das war eine Drohung.

Falvini richtete sich auf, er überragte den Spanier um gut eine Haupteslänge und wußte, daß diese Tatsache den ehemaligen Inquisitor, der von der Natur weniger begünstigt war, bis aufs Blut reizte. Hochmütig schaute er auf della Guarde hinab.

Doch der behaupetete diesmal seine Position. Ohne einen Anflug von Kränkung fuhr er fort: »Ja, nun ist es aus mit Rom als einer Schurkenschule, als einem babylonischen Hurendorf.«

Falvini unterbrach die hochmütige Rede des essigsauren Moralapostels angewidert. »Schön wäre es, aber die Menschen bleiben sich immer gleich, möchte ich meinen. Heute büßen sie, und morgen werden sie sündig. Ich wüßte auch nicht, ob es uns besser anstünde, wenn alle Christen aufrichtige Büßer wären, schließlich ist die Sünde unser Geschäft und die Erde nicht das Paradies, Bruder.«

Es waren unbedachte Worte, und Falvini ärgerte sich im Moment, als er sie äußerte, daß er sie geäußert hatte. Della Guarde war kein Mann für solch abgeklärte Spitzfindigkeiten eines Humanisten, sondern ein unverbesserlicher Eiferer.

Tatsächlich zuckten nun die herabgezogenen Mundwinkel des Spaniers, der Ketzerjäger in ihm witterte Beute. »Ihr beliebt hoffentlich zu scherzen, lieber Amtsbruder. Nun, einem kleinen Witz bin ich nicht abgeneigt, doch scheint mir die Sache zu ernst. Vielleicht habt Ihr gehört, daß ich meine schützende Hand über eine besonders reuige Büßerin halte, die der Herr auf wundersame Weise errettet hat. Sie bewirkt viel. Ich denke, Ihr kennt sie.«

Falvini konnte nicht widerstehen, spöttisch funkelten seine dunklen Augen: »Hochwohlgeborener della Guarda, ich muß gestehen, daß mir der Herr selten heilige Weiber zur Seite gestellt hat.«

»Oh, ich würde nicht von einer Heiligen sprechen, obgleich der Herr ein Wunder an dieser Frau getan hat. Ich meine Rodiconda.« Falvini zuckte zurück. Was hatte es zu bedeuten, daß sein ärgster Feind mit seiner ehemaligen Konkubine Umgang pflegte?

Doch bevor er etwas fragen oder antworten konnte, ging sausend ein Geschoß neben ihm nieder und zerplatzte auf dem Steinpflaster der Brücke.

Geistesgegenwärtig sprangen beide Kardinäle beiseite. Doch nun folgte ein ganzer Hagel von Wurfgeschossen. Nein, gefährlich waren sie nicht, aber in höchstem Maße ärgerlich und entwürdigend. Begleitet von Schimpfworten wie *buggeroni*, Papstesel, Purpurhengste gingen weitere faulige Gemüseabfälle auf die beiden Männer herunter, bis endlich die bis dahin müßigen Leibwächter Falvinis herbeieilten und den Pöbel auseinanderdroschen.

Flink gaben die Aufrührer Fersengeld, einer entkam mit einem beherzten Sprung in den Tiber. Dröhnendes Gelächter begleitete die ganze Szene. Um Würde bemüht und darauf bedacht, dem Zorn des Volkes zu entkommen, erklomm Falvini seinen Hengst, während della Guarde auf sein Maultier sprang und es in Richtung Vatikan trieb. Er war auf das höchste beleidigt und erzürnt. Wie konnte das Volk ihn, den aufrechten Bekämpfer aller Fleischeslust, so beleidigen? Papstesel! *buggeroni*! Purpurhengste! Er würde dem Mönch Claudius ordentlich die Leviten lesen.

»Was bedeutet *buggeroni*?« fragte ein Deutscher, der auf der Brücke Zeuge des Vorfalls geworden war, seinen Begleiter. Der seufzte. »Nun, es ist ein Wort für die Männer, die sich Schandknaben halten.«

»Ihr meint Päderasten?« fragte der andere entsetzt. Der Begleiter nickte. Fresenius schüttelte nun angewidert den Kopf. »Oh, Giacomo, ich werde an diesem Ort noch ganz und gar zum lutherischen Glauben bekehrt. Gibt es denn eine Sünde, die diese Scharlartane in Purpur nicht begehen?«

Der Student Maltesta kratzte sich demonstrativ den Kopf und spielte den tumben Landbauern. »Nun, da müßt ich lange nachdenken.«

»Also hatte der Kerl Luther wahrhaftig recht. Wißt Ihr, in einer seiner vielen Sendbriefe klagte er gar einen Papst der Knabenliebe an.«

»Uns Römern ist das nicht unbekannt. Er meinte gewiß den Rodrigo Borgia, Papst Alexander VI. Der war in der Tat ein arger Bursche. Stellt Euch nur vor, an einem Tag soll er mit seiner Bastardstochter Lukrezia ein Fest in den vatikanischen Gärten gegeben haben. An die fünfzig Dirnen waren geladen, und hundert seiner Kriegsknechte waren angewiesen, ihnen vor den Augen des Heiligen Vaters das Argument von vorn zu praktizieren oder die Kirche im Glockenturm oder…«

»Halt, halt, bitte spart Euren Atem, ich will lieber nicht wissen, was sich hinter diesen seltsamen Namen verbirgt, sonst müßte ich meine Pilgerfahrt glatt noch einmal von vorne beginnen.« Damit wandte er sich ab, und Giacomo folgte ihm mit unterdrücktem Lächeln. Dieser Mönch war seltsam, immer wieder stellte er neugierige Fragen über höchst irdische Belange, und erst im letzten Moment besann er sich auf die angemessene Würde des Kirchendieners.

Beide Männer erreichten nun das Ende der Brücke, rechter Hand lag hinter einigen Gassen die moderne Via Giulia, mit deren Gestaltung und Aufpflasterung Papst Julius II. erst vor einigen Jahren begonnen hatte. Sie sollte eine ideale Achse am Ostufer des Tibers bilden und den Ponte Sant' Angelo mit dem südlichen Ponte Sisto verbinden. Es war eine der wenigen Straßen des neuen Roms, die einen Abglanz antiker Formenlehre widerspiegelte. Ansonsten war Rom noch recht unwirtlich. In verlassenen, alten Gassen erhoben sich riesenhafte, neue Paläste, daneben türmte sich der Schutt von Jahrhunderten, lebten die Ärmsten in Bretterverschlägen. Kraß war der Gegensatz zwischen Arm und Reich, Glanz und Elend. Es bedurfte ausgeprägter Phantasie, um sich das geplante goldene Rom der Zukunft vorzustellen.

Die beiden Männer bogen nun in das verwinkelte, eindeutig mittelalterliche Gassengewirr ein, das auf die Piazza Navona zuführte.

Begleitet vom Geschrei der Pastetenbäcker und dem Hämmern der deutschen Schuster bahnten sie sich ihren Weg. »Wie wäre es mit einem Besuch bei meinem Freund Scoferino?« fragte Maltesta. »Ihr habt in den letzten Tagen brav Eure sieben Kirchen absolviert. Vielleicht habt Ihr eine Erleuchtung empfangen und könnt mir raten, wie mit diesem *idiota* zu verfahren ist.«

Fresenius runzelte die Stirn. »Ob ich ein gar so braver Pilger bin, muß ich bezweifeln, schließlich machte ich den Weg in einer Kutsche statt zu Fuß.«

»Gott wird es Euch verzeihen, auch der eilige Pilger kann ein aufrechter Pilger sein. Einer unserer Päpste, ich glaube der vorletzte, Leo X. war's, pflegte zu sagen: ›Wer in Rom glücklich werden will, braucht zwei Dinge, die Liebe zu Gott und eine Kutsche‹.«

Fresenius schnaubte. Maltesta warf ihm einen Seitenblick zu. »Ihr habt schon wieder schlechte Laune. Vermißt Ihr immer noch Euren verrückten Vogel? Macht Euch keine Sorge, er ist gewiß gewitzt genug, um sich unter Roms Spatzen und Schwalben sein Futter zu sichern.«

Der Kapuziner hob die Brauen. Nein, um das Wohlergehen Hesekiels sorgte er sich nicht, ihn quälte nur die Ungeduld. Wann endlich würde er Märthe begegnen? Es war bereits Mitte September und er seit zehn Tagen in der Stadt. Die Reise hatte er mit großer Geduld hinter sich gebracht, doch das Warten quälte ihn. Er wußte nur eines: Die kluge Frau würde ihn zu finden wissen, wenn es an der Zeit war, und wahrscheinlich ein zweites Mal den verflixten Raben schicken.

Scoferino bereitete pfeifend eine Leinwand vor, strich sie glatt und spannte sie mit geübten Händen in einen Rahmen. Dann strich er sie mit dünnem Firnis ein und legte sie unter die Dachluke, damit die Nachmittagssonne sie trocknete. Als das getan war, nahm er noch einmal die kleine Botschaft zur Hand. Das Papier duftete nach einem orientalischen Parfüm, die Nachricht war knapp. Noch an diesem Abend wünschte ihn eine hochedle Frau aufzusuchen, um ihr Porträt malen zu lassen. Der junge Maler freute sich. Arbeit, so wußte er, war der beste Balsam für seine verwundete Seele. Mit einem Ruck riß er ein Tuch von der Staffelei. Darauf stand sein jüngstes Werk. Der Judas. Ja, es war ihm wohlgelungen. Der verschlagene Blick in den stechenden Augen, die blauschimmernden hohlen Wangen. Das Gesicht eines Giftwurms. Mit dürren Händen umklammerte der Verräter sein Säckchen mit den Silberlingen. Plötzlich mußte Scoferino lachen. »Es ist immer dasselbe. O heilige Muse, jetzt lüftest du deinen Schleier. Ich habe den häßlichen Dominikaner gemalt, ohne es zu wissen.« So geschah es ihm oft, seine Seele nahm Bilder auf, ohne daß es ihm bewußt war. »Ich sehe mit den Händen«, sagte Scoferino nachdenklich, »und meine Hände sehen das Wesen der Dinge, bevor ich es in meinen Gedanken erkenne.«

Es pochte. War das schon die angekündigte Dame? Scoferino eilte zur Tür und riß sie auf. Seiner ersten Enttäuschung folgte freudige Überraschung. »Giacomo Maltesta! Was verschlägt dich hierher, mein lieber Freund.«

Mit dem ganzen Überschwang des sensiblen Künstlers öffnete er die Arme, schlang sie um den Studenten und drückte ihn fest an sich, dann küßte er ihn affektiert auf beide Wangen. Mit einem gewissen Vergnügen bemerkte Fresenius, daß seinem spottlustigen Reisebegleiter unter dieser stürmischen Begrüßung die Keckheit abhanden kam. Er befreite sich aus den Armen des Freundes, rückte energisch sein schwarzes Scholarenbarrett zurecht und räusperte sich.

»Hab Dank für deine Begrüßung. Ich sehe, du hast nichts von deinem alten Überschwang eingebüßt. Doch dürfen wir nun eintreten? Ich möchte dir einen Freund vorstellen, und ich verspreche dir, obwohl er ein Deutscher ist, daß...« Ein erstaunter Ausruf des Mönches unterbrach ihn. Giacomo und Scoferino betrachteten verwundert den Besucher. Der war mit schnellen Schritten auf die Staffelei zugestürmt und schien sie mit seiner Eisenklaue berühren zu wollen.

»Was wagt Ihr?« schrie der Maler entsetzt und in der Befürchtung, der tumbe Mann könnte sein Kunstwerk zerstören. Fresenius faßte sich und wirbelte herum. Sein Gesicht war bleich.

»Der Dominikaner«, stieß er wütend hervor, »woher kennt Ihr diesen Mann?« Scoferino prallte zurück, was war das für ein seltsamer Kerl, der sein Modell auch im Gewand des Judas sofort erkannte?

Giacomo beeilte sich, zwischen den beiden erzürnten Männern zu vermitteln. »Beruhige dich, Scoferino, ich sagte bereits, er ist Deutscher…«

»Spart Euch Euren Spott«, fuhr Fresenius dazwischen, »ich begegne diesem Erzlästerer nun zum zweitenmal in wenigen Tagen, einmal im Gewand des Bußpredigers und nun hier im Porträt des Judas. Glaubt mir, das ist kein Zufall mehr, das ist ein Fingerzeig Gottes. Sagt mir jetzt endlich, woher Ihr diesen Mann kennt.«

Der Maler bedeckte vorsichtig die Leinwand und zerrte zwei Schemel für seine Gäste vor. »Setzt Euch. Nun, da mein Freund Giacomo sich für Euch verbürgt, will ich Euch sagen, was ich von ihm weiß. Ich traf ihn im Hause einer Dame«, bei diesem Wort blickte Giacomo alarmiert auf, »es waren recht ungewöhnliche Umstände, denn der Mönch hatte eben diese Frau des Nachts vor bösartigen Verfolgern gerettet und kümmerte sich um ihre Wunden.«

»Welche Frau?« fragte scharf Giacomo. Scoferino rutschte auf seinem Hocker hin und her. »Sie, sie heißt Marietta und ist mir bekannt.«

Bevor der Student sein Verhör fortführen konnte, ergriff Fresenius das Wort. »Ihr sagt, dieser Mönch habe sie vor Verfolgern gerettet? Wie einen Samariter habt Ihr ihn jedoch nicht gemalt. Warum sein Konterfei als Judas?«

Verwirrt betrachtete Scoferino den Mönch. »Es, es tut mir leid, aber darauf kann ich Euch nicht antworten.«

Der Kapuziner hob wütend die Eisenkralle. Der Maler wich zurück. »Halt, halt, Ihr mißversteht mich. Ich kann Euch nicht antworten, weil ich es nicht weiß. Seht, ich folgte einer Eingebung, ich war mir, während ich malte, nicht einmal bewußt, daß es der Mönch war, den ich zum Vorbild nahm. Ich bin ihm tatsächlich nur kurz begegnet. Claudius war, so glaube ich, sein Name.«

Fresenius versank in dumpfes Schweigen. Maltesta nutzte die Pause, um endlich mehr über die Frau zu erfahren. »Sag mir, Scoferino, wer ist diese Marietta?«

Der Maler stand auf und fragte ausweichend. »Mögt Ihr etwas Wein? Es ist nicht der beste Tropfen, ein wenig zu sauer…«

»Scoferino, laß den Unsinn. Du weißt, was ich wissen will, und ahnst, wer mir den Auftrag gab, dich zu besuchen.«

»Meine Eltern, so nehme ich an«, sagte seufzend Scoferino.

Sein Freund nickte. Grimmig sagte er. »Du scheinst ihnen von allen guten Geistern verlassen. Dein Wunsch eine Kurtisane zu ehelichen – ich nehme an Marietta ist diese Sausuhle –, verletzt alle Gesetze der Pflicht, der Sitte, des Anstandes. Von der häßlichen Ungehorsamkeit eines gefühllosen Sohnes will ich gar nicht sprechen.«

»Ich bin nicht gefühllos«, protestierte der junge Mann leidenschaftlich.

»Doch du kränkst deine Eltern auf das entsetzlichste. Hättest du nur den Zorn im Gesicht deines Vaters gesehen.«

»Ich hab ihn zu spüren bekommen. Er, er hat mir Marietta weggenommen. Ist es nicht so? Er hat sie verletzen und entführen lassen. Ist das nicht Strafe genug für mich?«

Verdutzt schaute Giacomo den Maler an. »Du redest irre, mein Freund. Dein Vater weilt in Peruggia und geht seinen Geschäften nach.«

Nun, da Scoferinos Gefühle einmal geweckt waren, zeigte er sich ganz und gar unkontrolliert. Mit sich überschlagender Stimme erhob er wüste Anklagen. »Mein Vater oder seine Häscher haben Marietta entführt. Sie ist verschwunden, und ich bin seit Tagen ohne Nachricht von ihr. Ich bin sicher, daß er ihre Angreifer gedungen hat. Grausame, seelenlose Kreaturen, die mit einigen Degenstreichen ein Geschöpf Gottes entweihten. Ich verfluche meine Eltern und werde nie zu ihnen zurückkehren.«

»Scoferino!« rief ehrlich entsetzt der Student. »Du versündigst dich gegen das vierte Gebot. Und ich schwöre dir, deine Eltern haben nichts zu schaffen mit irgendeinem der Verbrechen, derer du sie mutwillig anklagst.«

»Oh, du weißt nichts von diesen Dingen«, schrie verzweifelt Scoferino, »meine Eltern wären nicht die ersten, die einer Kurtisane den Garaus machen, weil sie ihren Sohn verloren fürchten. Wie oft wird eine Dienerin der Venus unter falschem Vorwand verhaftet, nur um sie zu trennen von einem liebenden Mann.«

Maltesta schwieg betroffen. Tatsächlich hatte ja auch er einen solchen Plan gefaßt. Und doch, er wollte nicht glauben, daß Scoferinos Eltern, die ihrem Sohn mit ungewöhnlicher Herzlichkeit zugetan waren, etwas mit einem gemeinen Verbrechen gegen die Dirne zu schaffen hatten. Fresenius unterbrach die nun eingetretene Stille.

»Ihr habt zu Eurem Streit wenig Anlaß. Gebt Euch die Hand zur Versöhnung, ich sage Euch, es ist der Mönch, der für das Verschwinden Mariettas verantwortlich ist. Nehmt mein Wort dafür, ich kenne ihn.« Verwundert blickten die beiden jungen Männer den Kapuziner an. Er war ganz ernst und gefaßt.

Giacomo ergriff das Wort. »Wie meint Ihr das? Was kann der Mönch mit dem Verschwinden einer Hure zu tun haben?«

Fresenius schüttelte resigniert sein Haupt. »Ich weiß es nicht, aber ich werde es herausfinden, sobald ich Zeit dazu habe.« Er dachte an seine Verpflichtung gegen Märthe. »Sagt, Scoferino habt Ihr vielleicht ein Bild der Frau, so daß wir sie suchen können?«

»Ein Bild?« schrie der aufgewühlte Scoferino. »Dutzende Male habe ich sie gemalt. Ich werde sie Euch zeigen, die Hure Marietta. Hure, ha. Eine Heilige ist sie, nie hatte ich ein vortrefflicheres Modell. Sie war ein Geschenk Gottes an die Menschen, sie war...«

»War?« fragte mißtrauisch der Mönch. »Habt Ihr sie schon aufgegeben? Ich denke, Ihr wißt nicht, ob sie tot oder lebendig ist.«

Scoferino zögerte kurz, doch dann übermannte ihn wieder seine künstlerische Leidenschaft. Aus einer dunklen Ecke zerrte er einige abgestellte Leinwände hervor und enthüllte eine nach der anderen. Wieder war es so, als falle gebündeltes Licht in die Kammer. Die goldenen Gloriolen, mit denen er Mariettas köstliches Antlitz ummalt hatte, leuchteten heller als die Strahlen der Sonne. Scoferino zerrte in seinem Eifer immer mehr Bilder der Frau hervor, ohne zu bemerken, wie betroffen seine Besucher nun waren.

»*Madonna mia*«, stammelte der kecke Maltesta schließlich, »was für eine Schönheit!« Sich fassend, fügte er jedoch einschränkend hinzu: »Für eine Kurtisane, meine ich.«

Scoferino lachte häßlich. »Jaja, eine Kurtisane. Spiel mir nicht den Kalten, du siehst ja genau, was ich verloren habe.« Und dann brach er zum Entsetzen der beiden anderen Männer in leidenschaftliches Schluchzen aus.

»Er scheint untröstlich«, murmelte Fresenius, »laßt uns gehen, ich ertrage die Zurschaustellung seiner Gefühle nicht länger.«

Giacomo nickte zögernd. Ja, er kannte seinen schwärmerischen Freund, in einer Stimmung wie dieser war er unzugänglich für jeden Zuspruch. Langsam erhoben sich die Besucher von ihren Schemeln. Giacomo schlug dem Freund zum Abschied auf die Schultern. »Wir kommen wieder, Freund.« Scoferino gab sich ganz seinen Tränen hin. Streng schaute Fresenius auf ihn hinab. »Habt Ihr vielleicht ein Medaillon des Mädchens, das wir mitnehmen können?«

Schluchzend und mit zitternder Hand griff Scoferino in eine Brusttasche seines Kittels. »Hier«, sagte er, »nehmt nur. Es erinnert mich ja doch nur an meinen Schmerz.« Fresenius nahm, angewidert von soviel Selbstmitleid, das kleine in Glas gefaßte Bildnis. Dann drückte er dem Weinenden etwas in die Hand. »Hier, nehmt meinen Rosenkranz. Ein paar Gebete werden Euch guttun.«

Die Hand des Malers fiel schlaff herab, der Rosenkranz entglitt seinen Fingern. »Was sollen mir Gebete? Was sollen mir Gebete?«, jammerte er nur.

Seine Besucher gingen auf leisen Sohlen davon.

4.

»Es ist der größte Frevel, den Menschen das Leben zu rauben, denn wenn dir schon die Zusammensetzung seines Körpers als ein wunderbares Kunstwerk erscheint, so bedenke, daß dieses Wesen in keiner Weise mit der Seele verglichen werden kann, die in diesem Bau wohnt, sie ist eine göttliche Sache.«

Leonardo da Vinci

Es war ein schlanker, wohlgestalteter Jüngling, der Scoferino schließlich aus seinem Kummer riß. Energisch riß er, ohne zuvor zu klopfen, die Kammertür auf und eilte federnden Schrittes auf die zusammengekauerte Jammergestalt zu. »So traurig?« kam es spöttisch aus dem Mund des Edelmannes.

Der Maler richtete sich müde auf, doch was er sah, weckte sofort seine Lebensgeister.

Der Jüngling, der in der Rechten eine Fackel trug, hatte sein Barett vom Kopf gerissen und schüttelte sich nun die Locken. Feuerrote, schulterlange Locken.

»Wer, wer seid Ihr, schöne Frau?« fragte Scoferino, und es war ihm, als erlebe er einen wunderbaren Feentraum.

»Ihr wißt es, ich schickte Euch eine Nachricht.«

»Ihr seid die hohe Dame?«

»Gewiß, ich hoffe, ich komme nicht ungelegen.«

Scoferino sprang auf, schob Rodiconda einen Schemel hin und kniete sich vor die Dame, nur um ihr außergewöhnliches Gesicht zu bewundern.

»Du sollst nicht gaffen, Maler, sondern ans Werk gehen.«

»Aber, es ist zu dunkel«, sagte leise Scoferino und deutete zu der Dachluke hin: Wie ein schwarzer Truhendeckel verschloß die Nacht das Loch.

»Zu dunkel? Dann nehmt das«, mit einem Ruck öffnete Rodiconda einen Leinenbeutel, der über ihrer Schulter hing. Feinste Wachskerzen polterten zu Boden. »Ich denke, das wird Euch genügen?«

»Aber, aber ich bin nicht in Stimmung, ich weiß noch kein Motiv, das Eurer Schönheit angemessen wäre.«

Wieder lachte die Wölfin und entblößte ihre Raubtierzähne. »Ich inspiriere dich also nicht genug? Vielleicht liegt es an der Männerkleidung. Weißt du, ich trage sie nur, um unbehelligt durch die Straßen zu streifen. In Wahrheit bin ich aber ganz Weib. Ich werde es dir zeigen.«

Mit diesen Worten begann sie die Samtschaube abzustreifen, dann lockerte sie die kleine Halskrause des Hemdes und zog es über ihren Kopf. Atemlos und ehrfürchtig betrachtete Scoferino die herrlichen, festen Brüste der Frau. »Bei Gott, Ihr seid so schön«, stammelte er, der nie eine Frau von der Art der Wölfin gekannt hatte.

La Luparella lächelte triumphierend. »So schön?« fragte sie und schnürte nun auch den Bund ihrer Beinkleider auf. Wenig später stand sie vollständig nackt vor dem Maler, der schüchtern die Hände nach ihr ausstreckte. Rodiconda ergriff sie, zog den Künstler hoch und führte seine Hände zu ihren Brüsten. »Nicht wahr, sie sind fest und locken dich wie die verbotenen Früchte. Koste davon, wenn du möchtest.«

Nichts heilt die Qualen einer vergangenen Liebe schneller als eine neue Liebe. Wie recht hatte der Kapuziner Fresenius mit diesen Worten gehabt.

Mit einem Schrei erwachte Märthe aus dem Schlaf und weckte Beatrice. Die sprang von ihrem Lager beim Küchenherd auf, entzündete einen Holzspan im glimmenden Feuer und eilte auf nackten Füßen zur Bettstatt der Alten. »Märthe, was ist dir?« flüsterte sie und betrachtete voll Sorge das bleiche, erschrockene Gesicht der Frau.

»Ich sah den Tod in Gestalt einer Wölfin«, sagte sie mit harter Stimme.

»Dir hat geträumt.«

Die Alte lenkte ihren Blick auf die Wäscherin, ihre Züge entspannten sich beim Anblick des blühenden Mädchens. »Ja, liebes Kind, ich habe geträumt.«

»Bald bereue ich es, bei dir Quartier genommen zu haben, selbst das Stöhnen meines Vaters ist nicht halb so unheimlich wie Deine ständigen Traumgesichter«, sagte Beatrice, die sich nun von ihrem Schrecken erholt hatte: »Ich bete zu Gott, daß er mir nie solchen Alp wie dir sendet.«

»Wenn es nur ein Alp wäre, der sich mir auf die Brust setzt, so wäre ich ebenfalls dankbar«, murmelte die Alte.

»Ich braue dir einen Trank aus Lavendel und Hopfen, der klärt deine trüben Sinne, du wirst sehen. Dann wirst du schlafen und all die Nebelgestalten vergessen.«

Märthe schüttelte den Kopf. »Nein, mein Kind, da hilft kein Lavendel. Meine Traumgesichte sind von eigensinniger Natur, sie verschwinden nicht mit der aufgehenden Sonne.«

Ein Zucken durchlief ihren Körper, wie unter Schmerzen

bäumte die Alte sich auf. »Es geschieht«, sagte sie traurig, »der Tod hält Ernte, die Wölfin reißt das Lamm.«

Nach diesem Satz schloß sie kurz die Augen und Beatrice betrachtete sie ängstlich. Was war das nur für eine seltsame Veränderung im Wesen der alten Frau, die sonst durch ihre heitere Gelassenheit die Menschen für sich einnahm?

»Beatrice, wir müssen los. Vielleicht ist noch was zu retten.«

»Los?« rief Beatrice. »Mitten in der Nacht? Du mußt wahnsinnig sein. Keine vernünftige Frau streift nachts durch Roms Gassen. Denk nur an Capezza und seine Bande, an...«

Märthe brachte sie mit einer strengen Handbewegung zum Schweigen.

»Mädchen, es geht um Leben und Tod. Zieh dich an und bring mir meinen Leinenbeutel mit dem Verbandszeug und den Salben, mach schon, spute dich.«

Das weiche Licht der Kerzen überstrahlte Rodicondas nackte Haut mit einem milchigen Glanz. Nachlässig hatte sie ihre zerwühlten Locken mit einem golddurchwirkten Netz gebändigt. Ihr Schoß war noch feucht von dem heftigen Liebesakt, wollüstig preßte sie die Schenkel zusammen.

»Steht bitte still«, kam es befehlend von der anderen Seite der Kammer. Scoferino kniff die Augen zusammen und fuhr sich mit der Zungenspitze über die Lippen, dann griff er zu einem Stück Holzkohle und setzte beherzte Striche auf die Leinwand. Unter seinen kunstfertigen Händen entstand eine betörende Skizze.

Nun, nachdem die Lust seiner Lenden so ausgiebig gestillt war, gelüstete es ihn nur noch nach Arbeit.

Oh, er liebte sein Modell. Sie öffnete ihm ganz neue Visionen, sie hatte ihm die Tür zu einem anderen Reich aufgestoßen. Zum erstenmal im Laufe seiner Karriere, drängte sich ihm ein Motiv der Antike auf. Es war ein Gefühl des Rausches und der

Entgrenzung, das ihn erfüllte. Köstlicher als der Geschlechtsakt selbst. Erst wenn er diese Frau auf die Leinwand gebannt hätte, würde er sie wirklich besitzen.

Rodiconda ließ kurz ihre schmerzenden Arme sinken. »Die Diana ist eine anstrengende Rolle«, tadelte sie. Scoferino starrte weiter auf seine Skizze. »Ihr seid bald erlöst, ich verspreche es. Außerdem seid Ihr selber daran schuld, daß ich dieses Motiv wählte. Ihr seid nun einmal eine Amazone und«, er blickte kurz auf, »eine Göttin der Jagd seid Ihr außerdem.«

»Du meinst, ich jage Männer.« Scoferino nickte und tönte die Schatten unter den Augen weiter ab, dann modellierte er mit geschickten Strichen den schwellenden, völlig nackten Venushügel. Wieder jagte ihm ein Gefühl der Wollust durch die Adern und regte kurz seine Männlichkeit an.

Rodiconda bemerkte mit den geübten Augen der Kurtisane die Aufruhr seines Geschlechts trotz des Hemdsaumes, der es bedeckte. Sie lachte kehlig. »Denkst du, du wirst das Bild heute noch beenden können? Die Nacht ist kurz, und wenn die Zeichnung mir gefällt, bin ich zu einer weiteren Belohnung bereit.« Sie ließ ihre Arme sinken und präsentierte dem Maler stolz ihre Blößen.

Doch ihr Fleisch reizte Scoferino nicht mehr, es war seine eigene Skizze, die seine Wollust weckte. »Schweigt und nehmt wieder Haltung an«, sagte er deshalb barsch, die Verlockungen der Wölfin störten ihn nur in seiner erotischen Versenkung.

»Nun gut«, gab kalt die Kurtisane zurück, »ich wollte dir nur ein letztes Vergnügen verschaffen, bevor...«

»Schweigt und haltet den Bogen höher. Spannt den Pfeil etwas härter, so wie es einer Diana würdig ist. Ich will kein zimperliches, gewöhnliches Frauenzimmer malen.«

»Und wie bitte, nennst du dann deine jämmerliche Hure Marietta? Diese *puttana* aus der Händlergasse, die du als Madonna gemalt hast?« fragte böse die beleidigte Kurtisane.

Scoferino schaute auf, Haß und Zorn spiegelten sich auf seinem Gesicht. »Sagt ihren Namen nicht in einem Atemzug mit dem Wort Hure, oder ich sage Euch, was Ihr seid. Gebt mir eine glaubwürdige Diana, das ist alles, was ich verlange.«

»Du vergißt dich, du Narr«, fauchte Rodiconda, »ich zeige dir, wer ich bin.« Kaltblütig spannte sie den Bogen bis zum Anschlag, richtete ihn auf die Leinwand und schoß ohne zu zögern.

»Was heißt das, du hast sie verloren?« Wütend funkelte der Dominikaner den schlotternden Wachmann an.

»Sie hat mich abgehängt kurz vor der Piazza Navone. Sagte, sie müsse ihr Wasser abschlagen, und ich solle mich umdrehen, da sie sich schäme.«

Claudius stöhnte. »Du verdammter, stinkender Madensack. Läßt dich von einer Hure zum besten halten. Umdrehen, pah. Als ob sie einen Funken Scham im Leibe hätte. Weißt du, was du getan hast?«

Der Wachmann senkte schuldig das Haupt und inspizierte die kalten Steinfliesen zu seinen Füßen. Voll Abscheu betrachtete Claudius den tumben Kerl. »Geh, verschwinde, bevor ich mich an dir versündige, *stupido, cornuto, mulo.*«

Gehorsam zog sich der Mann zurück und schloß so behutsam wie möglich die Tür zu dem Kellergemach. Auf leisen Sohlen und bemüht jedes Klirren seines Schwertes zu verhindern, schlich er durch die Gänge. Als er um die letzte Ecke bog, prallte er direkt in die Ursache seines Versagens.

»Ihr?« fragte er verdattert den falschen Jüngling Rodiconda. Die Wölfin schaute verächtlich auf ihn herab, der Wächter packte mit eisernem Griff das Handgelenk der Frau. Zu seiner Verwunderung protestierte sie nicht, sondern folgte willig.

Mit kräftigen Tritten und unter dem Klirren seines Schwertes, das nun gegen die Steinwände schlug, zerrte der Wächter seine Beute zum Gemach des Mönches.

Er klopfte hart, wartete keine Antwort ab, stieß erst die Tür auf und dann Rodiconda hinein. »Hier habt Ihr den Vogel«, sagte er mit wiedergewonnenem Stolz.

Claudius raffte seine Kutte und eilte auf die Kurtisane zu, die sich mit gelangweilter Miene die schmerzenden Ellbogen rieb.

»Wo warst du, Metze?« schrie er auf das äußerste erbost.

»Mäßigt Euch, Fra Claudius, oder ich erkenne den aufrechten Diener Gottes nicht mehr in Euch.« Claudius holte aus und versetzte der Kurtisane eine schallende Ohrfeige. Der gedemütigte Wachmann sah es mit Befriedigung. Rodiconda rieb sich die Wange, dann spuckte sie vor dem Dominikaner aus.

»Herr, soll ich sie ein zweitesmal schlagen?« fragte eilfertig der rohe Söldner.

»Verschwinde, Drecksack«, war die Antwort des Dominikaners. Achselzuckend verschwand der Mann. Zeit für einen ordentlichen Becher Wein.

»Wo bist du gewesen?« Drohend wandte sich nun der Mönch an die Kurtisane. Die wollte ihm ausweichen und ihr Kellergemach aufsuchen, doch mit eisernem Griff und erstaunlicher Kraft hielt der dürre Mönch sie zurück.

»Laßt mich«, rief sie katzig, doch Claudius schleuderte sie zu Boden. Der tödliche Haß in seinen Augen reizte Rodiconda.

»Ich war unterwegs, um ein Herz zu brechen«, spie sie dem Dominikaner entgegen. Der drehte ihr den Ellbogen auf den Rücken, so daß ihre Gelenke krachten. »Au, Ihr tut mir weh, verfluchter Götzendiener.«

»Du wirst vor Schmerzen nicht mehr ein noch aus wissen, wenn du mir nicht sagst, was du getan hast.«

Keuchend, aber nicht besiegt, stieß die Wölfin hervor: »Es geht dich nichts an.« Es war nur noch eine leichte Drehung, Dunkelheit umgab Rodiconda wie eine schwere Decke, bewußtlos sank sie nieder. Ein leises Knirschen war zu hören gewesen, als der Mönch ihren Arm gebrochen hatte.

Ihr Geist schien verwirrt. Farbtupfer tanzten vor ihren Augen, und eine nackte Dämonin mit Schlangen im Haar grinste ihr höhnisch entgegen. Sie griff nach ihr und zuckte zurück, Blut klebte plötzlich an ihren Händen. Abwehrend schlug Marietta mit einer Hand nach dem grausamen Spuk, die Kerze, die sie benommen neben sich auf den Boden gestellt hatte, fiel um.

Es war, als sei sie direkt in der Hölle gelandet. Stöhnend sank Marietta zu Boden, mühsam kämpfte sie wieder gegen das Rauschen in ihrem Kopf an. Der Pesthauch des Fegefeuers nahm ihr jetzt den Atem. Um sie herum züngelten Flammen im Bodenstroh empor.

Was nur war in dieser Salbe, die der Dominikaner ihr seit Tagen aufstreichen ließ. Bezahlte sie mit ihren Visionen, der verfluchten Benommenheit und den teuflischen Bildern ihre Heilung? Bilder, Bilder, das Wort drängte sich in ihrem Bewußtsein nach vorn. Marietta richtete sich auf, das Kind in der Wiege begann leise zu greinen.

»Still, still«, lallte sie mühsam und kroch über den Boden auf das leicht zerknitterte Pergament zu. Bilder. Ja, das war ein Bild. Wie kam es hierher? Marietta streckte die Hand aus und strich den Bogen glatt. Wieder fühlte sie Feuchtigkeit an ihren Fingern, doch diesmal zuckte sie nicht zurück, sondern zwang sich, das Bild zu betrachten.

»La Luparella«, stöhnte sie, »die nackte Wölfin als Göttin der Jagd. Was hat das zu bedeuten?« Sie schloß kurz die Augen, um ein aufkommendes Schwindelgefühl zu mildern, sie hustete und fühlte die Hitze der Hölle immer deutlicher. Dann starrte sie noch einmal fest auf das Bild, das vor ihr lag. Ihr Blick sprang mit einemmal auf ein verschmiertes Wort am Rande der Skizze. Zuerst bemerkte sie, daß das Wort mit Blut geschrieben war, erst dann erkannte sie seine Bedeutung. In groben Buchstaben stand dort SCOFERINO. Ein Schrei entrang sich ihrer Kehle und wurde von dem dichter werdenden Qualm in der Zelle erstickt. Der Schmerz, der sie beim Entziffern der blutigen Unterschrift durchzuckt hatte, schenkte ihr einen klaren Moment. Entsetzt erkannte sie erst jetzt das brennende Stroh. Sie war nicht in der Hölle, aber sie war kurz davor, für immer hinabzufahren.

›Prospero‹, war nun ihr einziger Gedanke, und mit allerletzter Kraft schrie die Verzweifelte: »Feuer!« Dann schleppte sie sich zur Wiege, schlang die Arme um ihr schreiendes Kind und hob es zu sich hinab auf den Boden. »Feuer!« schrie sie noch einmal mit letzter Kraft.

Die Nachtschwester hörte den Ruf und läutete die Kapellenglocke *a stormo.* Die Nonnen stürzten aufgeregt und nur dürftig bekleidet in den Kreuzgang, verwirrt und schluchzend riefen sie um Hilfe.

Die Knechte und Mägde des Klosters verließen ihre Nachtlager in den Stallungen und der Klosterküche, packten sich Eimer und Tröge, rannten geistesgegenwärtig und im Hemd sofort zu den Brunnen. Schnell hatten sie die Gefahrenquelle entdeckt und liefen flink und mit überschwappenden Wassergefäßen zu der Zelle im Infirmentrakt, aus deren Tür dicke Rauchschwaden quollen. Mit Schwung entleerten sie ihre Eimer durch die vergitterte Türluke. Das Geschrei eines Säuglings spornte sie zu mehr Eile an.

»Brecht sofort die Zelle auf«, befahl ihnen nun mit barscher Stimme der Beichtvater Claudius. »Holt Äxte, schnell, schnell!« schrie er, und ein Stallbursche gehorchte. In wenigen Minuten war der Spuk vorbei. Das karge Inventar der Zelle war – bis auf die Kinderwiege – verbrannt, Mutter und Kind gerettet, die Nonnen versammelten sich sofort zu einem Dankgebet, der Dominikaner widmete sich den Geretteten.

Zunächst flößte er Marietta einen belebenden Trank ein, der die Wirkung der betäubenden Mohntinktur linderte, die er der Heilsalbe Mariettas beizufügen pflegte. Dann schlug er der flach atmenden Frau derb auf die Schulter. Sie stöhnte und regte sich unwillig. Claudius zerrieb die getrockneten Blätter einer scharfen arabischen Pfefferminzpflanze unter ihrer Nase, schlug noch einmal zu, und Marietta tat endlich die Augen auf.

Wie durch einen Schleier erkannte sie das häßliche Vogelgesicht. Es schien ihr von einer blinkenden Gloriole umkränzt, und sie fühlte sich zunächst getröstet. Erst allmählich bemerkte sie, daß sie unter freiem Himmel auf den Platten des Innenhofes lag, und daß die Gloriole nichts weiter als die funkelnden Sterne am Nachthimmel waren. Der verschwommene Hintergrund gewann wieder an Schärfe.

»Hol tief Luft«, befahl ihr der Mönch und sie gehorchte. Ein stechender Husten war die Belohnung für den tiefen Atemzug, sie schmeckte fetten Rauch.

»Was ist geschehen?« fragte sie. »Wo ist Prospero? Wo ist mein Sohn?«

»Es ist alles gut, es ist nichts. Dein Sohn ist wohlauf. Nur ein kleines Feuer.«

Langsam kehrten die Erinnerungen zurück. Marietta richtete sich jäh auf. Der belebende Trank tat seine Wirkung und klärte ihren Verstand. »Da war ein Bild in meiner Zelle. Ich habe es deutlich gesehen. Es war von Scoferino. Es war voll von Blut.« Sie griff nach dem Skapulier des Mönches und zog ihn näher an sich heran. »Wo ist Scoferino, er muß hier gewesen sein. Sagt mir, wo ist er?«

Claudius löste die Finger der Frau von seinem Umhang und klopfte ihn aus, so als habe sie ihn beschmutzt. »Du phantasierst. Der Maler ist nicht hier und war nie hier. Er kann nicht hiergewesen sein.«

Mariettas Augen verengten sich. Mißtrauisch betrachtete sie den Beichtvater der Reuerinnen. Dann durchzuckte sie eine weitere Erinnerung wie ein greller Schmerz. Das Motiv des Bildes, die nackte Wölfin als Jagdgöttin. »Er ist mir untreu gewesen«, rief sie verzweifelt, »untreu. Warum hat er mir dieses Bild gebracht?«

»Ich sagte dir bereits, du träumst. Wie sollte der Maler des Nachts in das Kloster kommen. Keinem fremden Mann ist das möglich und ihm schon gar nicht...«

Ein Schmerzenslaut der Kurtisane unterbrach ihn. »Oh, Claudius, Ihr habt recht. Nein, er kann nicht hiergewesen sein. Jemand anderer brachte mir dieses Bild. Und ich weiß nun, was es bedeutet. Scoferino ist tot, nicht wahr? O Gott, ich will nicht länger leben. Verflucht sei der Tag, an dem ich geboren wurde.«

Verdammte Rodiconda, dachte der Mönch, du hast eine wirklich elegante Waffe gewählt, um deine Rivalin zu vernichten. Er wußte genau, daß die Wölfin das Bild in die Zelle geworfen hatte. Nun, es war verbrannt und Marietta so benommen gewesen, daß er hoffte, sie leicht von ihrer finsteren Ahnung ablenken zu können.

Doch die unvorhergesehenen Ereignisse der Nacht zwangen ihn zu raschen Entschlüssen. Scoferinos Leiche mußte verschwinden und Rodiconda endlich und nachhaltig gezähmt werden. Claudius gab der Nachtschwester Anweisung zur Unterbringung und Behandlung Mariettas. Die Pflegerin fragte: »Und was ist mit dem Kind?«

Sich einen Moment besinnend, antwortete der Mönch: »Das Kind bringt in meine Zelle, es würde die Mutter nur aufregen. Sie braucht Schlaf. Gebt ihr auch wieder von der Salbe, damit sie sich nicht zu arg bewegt oder Grimassen ziehen kann, die ihre Gesichtswunden wieder aufreißen würden.«

Dann stieg er in seine düsteren Kellergemächer hinab, um Rodiconda in einen Schlaf zu schicken, der länger als diese Nacht dauern sollte.

Der Holzknecht hatte es sich in einer der schaukelnden Tiberbarken, die im Ufergebüsch vertäut waren, recht bequem gemacht. Noch war die Nachtluft lau und gestattete ein Lager unter freiem Himmel. Der Mann war rechtschaffen müde nach durchzechter Nacht und hoffte auf drei Stunden Schlaf bis zur ersten Morgenröte und dem Eintreffen der Fischer.

Leise Stimmen rissen ihn jedoch aus seinem ersten Dämmerschlaf. So lautlos wie möglich sank der Holzknecht tiefer in den Bauch des faulig riechenden Bootes. An den Ufern des Tibers pflegten sich nächtens unheimliche Gestalten herumzutreiben. Besser man blieb unsichtbar.

Er vernahm nun ein schleifendes Geräusch, das entsteht, wenn man eine schwere Last über die Flußkiesel der Böschung zerrte. Noch tiefer sank der Mann, er ahnte sehr wohl, was da in der Nähe seines schwankenden Lagers vor sich ging. Begleitet von deutlich gemurmelten Flüchen und Schimpfworten vollbrachten die unheimlichen Gesellen schließlich ihr Werk. Der Holzknecht vernahm ein schweres, dumpfes Platschen.

»Die Leiche versinkt nicht, verflucht noch eins. Wir hätten ihr besser noch einmal den Scheitel nachgezogen, mir schien es ohnehin, als bewege sie sich noch«, zischte direkt neben seinem Boot nun einer der Kerle vernehmlich.

»Du bist eine Beute der Angst, du Tor. Wirf Steine darauf, es ist nur der Umhang, der sie oben schwimmen läßt, schau, er bläht sich wie ein Segel.« Die beiden Männer machten sich nun daran, einige Steinbrocken aus dem Boden zu lösen, der Holzknecht erkannte es an ihrem Ächzen. Was waren das nur für dreiste Mordbuben, die sich nicht einmal um Stille bemühten? Dann vernahm er wieder dumpfes Platschen und glucksende Geräusche, die vom Erfolg der Maßnahme zeugten.

»Laß uns verschwinden«, flüsterte schließlich einer.

»Gib mir erst meinen Anteil«, gab der andere deutlicher zurück.

»Traust du mir etwa nicht?«

»Nicht mehr als der Großmutter des Teufels oder dem Kardinal Falvini.« Das leise Klimpern von Geldstücken verriet dem Holzknecht, daß die beiden auf einen Streit ums Geld verzichten wollten. Ihre Schritte entfernten sich schließlich, ganz leise hörte der Mann im Boot zuletzt das Trappeln von Hufen. Erleichtert seufzte er auf und legte sich bequem in der Barke zurecht.

Vernünftigerweise entschied er sich, nicht nach der versunkenen Leiche zu schauen. Der kluge Mann verschloß am besten die Augen vor den Niederträchtigkeiten der Welt. Vor allem, wenn der kluge Mann ein armer Lump war und die Niederträchtigen zu den hohen Herren zählten.

Denn, soviel wußte der Holzknecht, des Nachts eine Leiche im Fluß zu versenken, war eine Gepflogenheit der Mächtigen, die elegante Morde liebten. Die Armen töteten sich meist öffentlich, bei derben Handgemengen, und wurden dafür ebenso öffentlich hingerichtet. Seltsam nur, daß diese beiden Mordbuben so laut und deutlich den Namen ihres Auftraggebers verraten hatten. Sie mußten nicht recht gescheit sein! Nahe bei den Booten hatte man immer mit einem unerwünschten Zeugen zu rechnen. Nicht wenige Fuhrknechte schliefen in ihren Booten. Der Holzknecht gähnte herzhaft.

Doch noch einmal wurde seine Nachtruhe empfindlich gestört. Diesmal begann sein Boot gefährlich zu schwanken. Der arme Mann richtete sich entsetzt auf, um etwas noch Entsetzlicheres zu entdecken. Eine im Mondlicht bleich schimmernde Hand ragte über den flußwärts weisenden Rand des Bootes, sie näherte sich langsam und packte zu. Mit eisernem Griff zog sie an dem Boot, und der Holzknecht war sich sicher, daß ein Flußgeist nach seinem Leben trachtete. Mit einem Aufschrei sprang er hoch, das Boot schaukelte nun bedenklich und drohte zu kentern.

Mit einem Satz war der Mann aus der Barke und durchpflügte mit Riesenschritten das seichte Wasser in Richtung Ufer. An Land blickte er sich nicht mehr um, sondern floh, als sei der Leibhaftige ihm auf den Fersen. Bei Gott und allen Heiligen schwor er, der späten Zecherei auf immer zu entsagen. Kaum hatte er allerdings die Böschung erklommen und eine rettende Gasse erreicht, sehnte er sich nach nichts mehr als nach einem kräftigen Schluck.

Vor seinen Füßen bemerkte er nun ein leichtes Blinken. Er bückte sich und klaubte ein kleines Amulett aus dem Staub der Straße. Es war ein silbernes Petschaft, auf der einen Seite, so erkannte er später im Schein einer Torfackel, prangte das Wappen des Falvini: zwei Adler, die gemeinsam einen Lorbeerkranz trugen. Auf der anderen Seite zeigte ein Raubtier die Zähne. War es eine Wölfin oder ein Fuchs?

Fresenius wälzte sich unruhig auf seinem schäbigen Nachtlager hin und her. Neben ihm schnarchten zwei weitere Pilger. Die Wanzen ließen sich aus Mauerritzen auf ihre bedauernswerten Opfer hinabfallen und teilten sich ihr blutiges Nachtmahl mit den Flöhen. Es war nicht das Ungeziefer, das den Mönch um seinen Schlaf brachte. Derlei war er gewohnt in Herbergen wie dieser, geführt von einem der unzähligen deutschen Wirte Roms, von denen der aufgeklärte, vielgereiste Humanist Erasmus von Rotterdam zu sagen pflegte: »Sie sind abscheulich schmutzig, lärmend, und ihr Essen ist ungenießbar.«

Fresenius' Gedanken kreisten nicht um solche Beschwerlichkeiten, ihn hielten Bilder von Märthe wach. So deutlich wie jetzt hatte er die alte Frau lange nicht mehr vor sich gesehen. Die Eindringlichkeit der Vision erinnerte ihn an die erste Erscheinung Märthes damals in einer Augustinerabtei nahe Frankenhausen. Als Lichtgestalt ohne Gesicht war sie ihm erschienen, mit ihrer wundervollen Stimme hatte sie ihm befohlen, in den Bauernkrieg zu ziehen. Ihn, den ehemaligen Soldaten, der sich doch entschlossen hatte, ein Eremitendasein zu führen. Lang, lang war das her, und am Ende hatte der Kämpfer in ihm die Oberhand gewonnen, denn das entsetzliche Blutgericht der Herren gegen ihre aufständischen Knechte hatte ihn sehr gedauert und beschwert.

Nun, diese Schlacht für die Armen hatten sie gemeinsam verloren, nur wenige freigeschlagen, doch den Kampf für eine gerechtere Welt konnte und wollte der Mönch nicht mehr aufgeben. Wie dereinst Bauernprediger Thomas Münzer glaubte er nun fest an »das Schwert aus der Heiligen Schrift« und wollte es gegen alle Tyrannen und Blutknechte führen.

Ein sanftes Pochen ließ Fresenius endgültig wach werden. Schweißgebadet sprang er von dem Holzgestell mit den kreuzweise gespannten Leinenbändern auf, das der Wirt großartig ein Bett nannte. Der Kapuziner wollte zur Tür eilen, als er bemerkte, daß das leise Geräusch vom Fenster kam. Nun wußte er, wer da pochte.

Er warf einen vorsichtigen Blick auf seine Kammergenossen, doch die schnarchten selig weiter. Fresenius öffnete das Fenster. »Endlich«, murmelte er. In Windeseile war er bei seinem Reisebündel. Er legte seine Eisenklaue an, streifte die Lederbänder über Schulter und Unterarm und schnürte mit Hilfe der Linken und seiner Zähne die feinen Riemen fest. Dann schlich er – einen weißen Vogel auf der Schulter – aus der Kammer.

»O Gott, Märthe, du bist wahnsinnig. Wir können hier nicht weiter Wache bei einem Toten halten, der Morgen dämmert bereits. Was, wenn uns jemand bei ihm findet? Wir werden verhaftet werden.«

Märthe betrachtete gedankenverloren und mit einem fast seligen Lächeln den Rosenkranz in ihrer Hand. »Dies ist Gottes Zeichen«, sagte sie leise.

»Ich weiß, ich weiß«, ging Beatrice ungeduldig dazwischen, »das ist ein schöner, feiner Rosenkranz. Nimm ihn mit und laß uns endlich verschwinden. Mir wird ganz gruselig beim Anblick von dem da.« Mit dem Kopf wies sie in Richtung des bedauernswerten Scoferino, den sie beim Betreten der Kammer mit einem entsetzten Aufschrei entdeckt hatte, um sich sofort betroffen abzuwenden.

Märthe schien sich zu besinnen. Mit fester Stimme sagte sie. »Wir müssen auf Fresenius warten, dann nehmen wir den Maler mit. Hesekiel wird den Kapuziner schon herbringen, und der Mönch ist kräftig.«

»Märthe, du bist verrückt, was sollen wir mit einem Toten?«

»Liebes Kind, er ist nicht tot.« Beatrice runzelte wütend die Stirn, jetzt war die Alte vollends irr. »Märthe, schau dir die Wunde an, ein riesiges Loch direkt im Herzen, der Pfeil steckt fest, und hier das viele Blut.«

»Ja, es ist eine schwere Wunde, aber der Pfeil hat das Herz verfehlt, und mit etwas Geschick und Glück wird es mir gelingen, ihn zu retten.«

Beatrice schüttelte wieder den Kopf. »Verzeih, wenn ich böse werde und deine Fähigkeiten anzweifle, aber der Mann atmet ja nicht mehr.«

»Doch, er atmet, aber sehr schwach. Bei solchen Verletzungen dämpft der Körper alle seine Tätigkeiten, verstehst du? Die Atmung wird auf das Notwendigste beschränkt, das Blut fließt langsamer und entweicht so nach einer Weile nicht mehr durch die Wunde. Paracelsus hat es mir erklärt und als einen Beweis für die wunderbare, göttliche Mechanik des Leibes bezeichnet. Dieser Mann hier lebt noch, Gott will ihm eine zweite Chance geben.«

Beatrice ging unruhig in der Kammer auf und ab, sie stellte sich auf einen Schemel und schob ihren Kopf durch die offene Dachluke, dann wandte sie den Kopf gen Osten.

»Der Himmel ist bereits rosenfarben, noch eine halbe Stunde, und die Sonne geht auf. In den Gassen regen sich bereits die ersten Händler. Wie sollen wir einen Mann, dem ein Pfeil aus der Brust ragt, unbemerkt wegschaffen?« fragte sie, ohne ihren luftigen Ausguck zu verlassen. Der Anblick des Verletzten war zuviel für sie.

»Fresenius, endlich.« Märthes Stimme war voll Freude.

»Geliebte Freundin«, antwortete eine rauhe Männerstimme voll Rührung.

Beatrice steckte ihren Kopf zurück in die Kammer und sah einen Greis im Mönchsgewand. Greis? Nein, berichtigte sich die junge Wäscherin sofort, sein Haar mag grau, sein Gesicht alt und von Narben durchfurcht sein, sein Körper ist es nicht. Wie breit und ungewöhnlich kräftig waren seine Schultern, wie aufrecht seine ganze Haltung.

Sie sprang neugierig vom Schemel, um sich den Mann näher anzuschauen. Doch der hatte sich, nach einer kurzen, innigen Umarmung, nun niedergekniet, um Scoferino zu betrachten. Mit unbewegtem Gesicht begutachtete er die Wunde.

»Wenn du gestattest, Märthe, werde ich den Pfeil abbrechen, so pflegten wir es auf den Schlachtfeldern zu machen, wenn der Feldscher nicht bei der Hand war. Wenn er Glück hat, wächst Fleisch um die Pfeilspitze, und er überlebt, wenn auch als Krüppel und zur Bewegungslosigkeit verdammt. Wandert die Pfeilspitze allerdings, dann ist er tot.«

Märthe nickte. »Ja, du kennst dich aus mit den Folgen einer Pfeilwunde. Gut, brich ihn ab, dann aber müssen wir ihn fortschaffen, hier kann er nicht bleiben, seine Feinde sind immer noch in der Nähe, und ich fürchte einen zweiten Anschlag.«

Verwundert verfolgte Beatrice das ruhige Gespräch der beiden. Was für eine seltsame Alchemie der Seele verband sie nur? Die Begrüßung war ihrer Ansicht nach vergleichsweise knapp ausgefallen nach so langer Trennung. Doch nun gingen sie in einer Weise miteinander um, die von tiefster Vertrautheit zeugte. Oder gar von mehr?

Beatrice zuckte die Achseln. Vielleicht war es auch nur unverzeihliche Narrheit, die sie verband. Beide besaßen sie im Übermaß. Schaudernd wandte sie sich ab, als der Mönch mit einer eisernen Krüppelhand nun den Pfeil abbrach.

Märthe wandte sich zu Beatrice um und warf ihr einen kleinen Lederbeutel zu. »Hier sind ein paar Münzen. Geh und besorg uns einen Frachtknecht mit Karren.«

»Du willst doch nicht?« fragte protestierend Beatrice. »Die *sbirri* werden uns sofort verhaften mit einer solchen Fracht.«

»Ich will nur einige Leinwände transportieren lassen, schwere, gerollte Leinwände, mach schon.« Dann wandte sie sich wieder Fresenius zu, um mit ihm darüber zu beraten, ob die Leinwand fest genug sei, um den Schwerverwundeten in stabiler Lage zu halten, während der Karren über die unebenen Gassen rumpelte. Der Kapuziner entrollte wortlos einige unbeschnittene Leinwände, die für großformatige Altarbilder gedacht waren.

Kopfschüttelnd, aber flink sprang Beatrice die steilen Stiegen von der Dachkammer zur Gasse hinab. Der Geruch von kochendem Getreide und Milch schlug ihr entgegen, das Viertel erwachte, die Frühaufsteher bereiteten ihr morgendliches Mahl.

IV.

1.

»Laßt kommen mir die Hölle zu streiten,
ich will durch Tod und Teufel reiten.«

Albrecht Dürer, ein Totentanz 1513

Der Papst hatte seine Geschäfte an diesem Morgen früh begonnen. Den ersten Sekretär und den Vizekanzler sowie Giberti, seinen engsten Berater, den man auch »das Herz des Papstes« nannte, und einige andere Vertraute, hatte er kommen lassen, um Briefschaften und Erlässe mit ihnen zu besprechen. Am Ende bekamen seine Brevenschreiber ordentlich zu tun, doch Klemens' Berater sahen in der großen Geschäftigkeit nicht viel mehr als fruchtlose Betriebsamkeit.

Die Botschaften, die der Papst noch am gleichen Tage einigen seiner Kardinäle zustellen ließ, beschäftigten sich samt und sonders mit Fragen der öffentlichen Moral in Rom. Er wolle, so hatte Klemens VII. mit der ganzen Strenge eines geistigen Hirten erklärt, den Römern ein Exempel für den wahren Glauben und christliche Lebensführung setzen, um ihre Liebe zurückzuerlangen. Eine Liebe, die er aufgrund mächtiger Steuererhöhungen nie besessen hatte.

Die drängenderen, hochernsten Fragen der Politik hatte der

Papst hingegen in gewohnt schwankender, unentschlossener Weise erörtert. Der Medici mit dem schielenden Blick und dem stets mürrischen Mund hatte viele Ratschläge eingeholt, ohne am Ende zu verraten, was er gegen die drohende Gefahr eines Feldzuges gegen den Kirchenstaat zu unternehmen gedachte. Und diese Gefahr drohte seit Wochen. Ja, sie drohte sogar von mehreren Fronten, seit Klemens sich in unklügster Weise in den schwelenden Streit zwischen Frankreich und Spanien eingemischt hatte.

Mit seinem französischen Bündnis, der sogenannten Heiligen Liga, hatte der Nachfolger Petri den spanischen König und Kaiser aller Christen auf das höchste erzürnt. »Ich werde diesem treulosen Papst die Federn rupfen, damit er nicht mehr fliegen kann« so wurde ein zorniger Ausspruch Karls V. unter den Kardinälen zitiert. Gerüchte machten die Runde, daß der in Granada weilende Monarch bereits seine Flotte rüsten lasse, um persönlich im Kirchenstaat zu erscheinen und Klemens endgültig die Obedienz aufzukündigen.

»Ich werde nach Italien ziehen und mich an denen rächen, die mich gekränkt haben, besonders an diesem einfältigen Papst«, so wurde der mit dem trotzig vorspringenden Kinn weiter von einigen Eingeweihten zitiert. Ja, er, der ärgste Gegner der deutschen Reformation, sollte in einem Anfall äußerster Erregung gar hinzugefügt haben: »Dieser Papst ist eine verderbte Frucht. Vielleicht hatte Luther doch recht.«

Trotz solch bedrohlicher Äußerungen hielt Klemens an seiner Neigung zum Französischen fest. Noch immer glaubte er, in Frankreichs jungem König Franz, jenem zu dramatischer Pose und Ritterromantik neigenden Hitzkopf, einen geeigneten Bündnispartner gegen die drohende spanische Vorherrschaft in Italien zu haben. Das stolze Mailand und weite Teile des Königreiches Neapel, das bis an die Spitze des Stiefels reichte, standen bereits unter Kontrolle der Kaiserlichen.

Klemens' ganze Sorge galt dabei dem eigenen Machterhalt in seinem Kirchenstaat, der Italien in der Mitte von der West- zur Ostküste durchzog und als reiche Schatzkammer lockte. Längst nicht mehr alle weltlichen Mächte hielten das Patrimonium Petri für unantastbar und von Gott regiert. Im Gegensatz zu Karl V., der Klemens das Hirtenamt mittlerweile abnehmen wollte, hatte Franz jedem Angriff auf den Vatikan feierlich abgeschworen. So mußte doch Frankreich der rechte Bündnispartner sein.

»Euer Heiligkeit, überdenkt die Liga«, hatte ein Berater Klemens am Morgen vergeblich zu bedenken gegeben. »Bislang wissen wir nichts von Truppen oder Geld, die Frankreichs Herrscher dem Vatikan senden will. Sein Botschafter stellt im Gegenteil nur Forderungen an Euch, will einen Kardinalshut für den Kanzler du Prat und den Kirchenzehnt Frankreichs für die Krone. Von Gegenleistungen wissen wir hingegen noch nichts. Du Belay macht nur leere Versprechungen über den guten Willen des Königs. Ist es ratsam, einem Gierigen so sehr zu vertrauen?«

Der Papst hatte den Einwurf mit steinerner Miene zur Kenntnis genommen und schließlich nur darauf hingewiesen, daß seine Kassen recht leer und die Kurie daher dringend auf direkte finanzielle Unterstützung aus Frankreich angewiesen sei.

Giberti, ein erklärter Franzosenfreund, hatte ihn in dieser Haltung bestärkt und leidenschaftlich für die Verläßlichkeit der Bündnispartner plädiert. So bestätigt und einmal auf den Sparkurs gebracht, ordnete Klemens sogleich an, die militärische, kuriale Besatzung Roms auf 500 Mann zu beschränken.

Den übrigen Beratern verschlug dieser Schritt fast völlig den Atem. »Selbst wenn ihr die Spanier nicht direkt fürchtet. Bedenkt, was man vom Geschlecht der Colonna wieder hört«, warnte einer und vergaß in seiner Aufregung seine Bemerkung mit einem ehrfürchtigen »Euer Heiligkeit« zu schmücken. Bevor der Papst oder sein Zeremonienmeister ihn rügen konnte, meldete sich ein anderer Berater zu Wort.

»Euer Heiligkeit, geliebter Vater, es ist wahr, die Colonna haben zwar versprochen, sich nach Eurer Ermahnung wieder an das Königreich Neapel zurückzuziehen, doch andere behaupten, sie sammeln in Wahrheit Truppen, um im Namen Karls V. endgültig gegen Rom und den Vatikan loszuschlagen. Der Kaiser selbst soll dem Kardinal Pompeo Colonna geheime Anweisung zu diesem schrecklichen Piratenstreich gegeben haben. Bedenkt, was das heißt.«

Was es hieß, war allen Anwesenden klar. Kardinal Pompeo Colonna, erklärt kaisertreu und seit dem Konklave, das Klemens zum Papst bestimmt hatte, sein ärgster Feind, hoffte nun, mit Waffengewalt den Heiligen Stuhl selbst zu erringen. Das Ghibellinenblut in ihm war immer noch rebellisch. Der Papst trat an eines der Fenster der Sala Reale und blickte hinaus auf den Petersplatz. War es nicht wirklich besser, das Haupt vor den Spaniern zu senken, aus deren Lande dem Vatikan zudem das höchste Einkommen zufloß? Lange schien er sich zu besinnen, zu schwanken, ob er Frankreich nicht doch besser aufgeben und vor Karl den Kniefall tun sollte, bevor der einen Colonna an seine Stelle setzte. So jedenfalls reimten es sich die Berater zusammen.

Dann aber hatte Klemens sich umgedreht, nach seinem ersten Kämmerer schicken lassen, ihm die militärische Sparmaßnahme diktiert, die Berater entlassen und nach dem Ingenieur der Wasserspiele in den vatikanischen Gärten geschickt.

Nichts erfrischte den Medici in solch brenzliger Lage mehr, als die Planung plätschernder Kunstwerke. Sein Zeremonienmeister registrierte mit Entsetzen, daß der Papst beim Gang in die Gärten die vorgeschriebene Stola wieder einmal nicht umlegte.

Der Septembermorgen entfaltete noch einmal die verschwenderische Pracht des späten Sommers. Strahlend überglänzte die Sonne die Weingärten des Borgo und bestickte auf der anderen Tiberseite die schmalen Häuser längs der Piazza Navone mit munteren Lichtflecken. Der Mönch im weißen Habit bemerkte freilich nichts von der Fröhlichkeit des Tages. In düstere Gedanken versunken überquerte er den Platz, trat nach einigen sich raufenden Gassenjungen und würdigte die schwatzenden und lockenden Marktfrauen mit ihren Körben voller Weintrauben und saftiger Septemberbirnen keines Blicks.

Wo war Scoferino?

Claudius war sich sicher gewesen, seine Leiche im Atelier zu entdecken, doch da war nichts gewesen außer einer trockenen Pfütze Bluts. Rodiconda hatte ihn also doch nicht getötet. Irgendwohin hatte er sich schwerverwundet geschleppt. Ein gefährlicher, unliebsamer Zeuge. Es hieß, seine Familie sei von einiger Bedeutung und nicht arm. Würde er sich also zu einer Anklage gegen die angebliche Reuerin Rodiconda entschließen, so wäre das ein arger Rückschlag für alle seine kunstvollen Pläne, auch wenn er sich der Kurtisane entledigt hatte. Sie schwamm gewiß bereits als Leiche im Tiber.

Aber konnte der Maler wirklich noch leben? Der Dominikaner dachte an den abgebrochenen Pfeil aus biegsamer Weide. Welche übermenschlichen Kräfte mußte der Mann, den er als schwächlich in Erinnerung hatte, freigesetzt haben, um das Holz zu brechen? Der Dominikaner mochte an dieses Wunder nicht recht glauben. Vielleicht lag der Kerl ja längst tot im Kot einer Gasse.

Er blieb stehen, um einen Blick auf den Pasquino zu werfen. Die Römer pflegten an den verstümmelten Torso, der Kopie einer griechischen Statue, die Menelaos mit dem Leichnam des Patroklos zeigte, Spottverse und Schmähschriften gegen die Geistlichkeit anzuheften. Auch an diesem Morgen flatterten die munteren Botschaften im lauen Wind. Claudius trat näher heran, um sie zu studieren. Die schmierigen Zettel gaben recht genau Auskunft über die Stimmung im Volke, und diese Stimmung interessierte ihn.

Claudius las mit gerunzelter Stirn einige derbe Schmähungen auf das Werk der Versenkung, das Kardinäle mit den Huren übten, auf schwellende Bischofsstäbe und die ironische Bitte, den Priestern endlich Frauen zu geben, damit sie nicht die Ehen anderer brächen. Das übliche, wenn auch in geballter Form. Die Bürger Roms hatten ihre Ehrfurcht vor Kurie und Purpur gründlich verloren. Viele wünschten den verderbten Kirchendienern die *Mal Franciosa,* die Franzosenpest, an den Hals, jene von Kolumbus in die Alte Welt eingeschleppte Lustseuche, die Frankreichs Heere schließlich über ganz Europa verbreitet hatten. Claudius grinste angesichts dieser unfrommen Wünsche.

Dann fiel sein Blick auf eine grobe Zeichnung. Er stutzte. Das war… ja! Es war eindeutig ein ungelenkes Porträt des Falvini. Erregt riß der Dominikaner den Zettel ab, einige andere Leser und Vorleser protestierten. Der Dominikaner betrachtete das Blatt und freute sich über die Unterschrift. Drei Wörter waren es. Deutliche Worte. Unter dem Konterfei des Kirchenmannes stand: Kardinal des Satans.

Seine Bußpredigten hatten also Wirkung gezeigt. Genauso hatte er Falvini – ohne seinen Namen direkt zu nennen – tituliert. Die Schmähung machte also bereits die Runde. Für kurze Zeit vergaß Claudius den verschwundenen Scoferino, seinen Rückschlag, er eilte, um seinem geheimen Herrn, dem Kardinal della Guarde, den Erfolg zu vermelden. Heute nacht war es an der Zeit, endlich ganz ans Werk zu gehen. Im Namen des Kardinals und im Namen des Satans.

Beatrice stemmte den schweren Weidenkorb mit dem frisch geglätteten Leinenzeug gegen ihre Hüfte und machte sich auf den

Weg. Mit Schaudern ließ sie Märthe und den Mönch bei dem verwundeten Mann zurück, der tatsächlich noch atmete und nun auf Märthes Küchentisch lag. Die Alte wollte die Pfeilspitze entfernen. Der Kapuziner hatte vernünftigerweise dagegen aufbegehrt.

»Märthe, so sehr ich dich schätze, aber das scheint mir ein Humpelwerk zu werden. Die Feldscher pflegen derlei Wunden mit heißem Öl auszubrennen, einen Segensprecher kommen zu lassen und dann ganz auf Gottes Ratschluß zu vertrauen. Was du vorhast, ist tolldreist.«

Die Alte hatte nur kurz aufgeschaut, während sie eine seltsam schmale, scharfgeschliffene Stahlklinge im Feuer zum Glühen brachte. Mit gelassener Stimme hatte sie schließlich geantwortet: »Deine Feldscher sind nicht besser als manche Henker. Beide haben eins gemein, sie werden fürs Töten nicht bestraft. Heißes Öl! Wie viele der Verwundeten haben diese Prozedur überlebt?«

Fresenius' grimmiges Schweigen war eine deutliche Antwort. Märthe hatte spöttisch eine Augenbraue gehoben. »Du solltest mich kennen, Bruder Fresenius, ich bin keine Scharlartanin und Drecksapothekerin. Ich sage es dir, dieser Mann wird den morgigen Tag nicht sehen, wenn ich den Schnitt nicht wage. Die Pfeilspitze sitzt nicht sehr tief, leider nur nahe am Herzen.«

»Dann macht einen Schnitt daneben, vielleicht fließen die verderblichen Säfte ab, und es entsteht kein Brand.«

Märthe hatte den Kopf geschüttelt und einige scharfriechende Tinkturen in Schalen gegossen. »Ein Schnitt neben der Wunde, ja, ja, die berühmte Fontanelle. Auch so eine Pfuscherei, die nur eines von neun Opfern überlebt. Ich bitt' dich, Fresenius, laß mich gewähren und hilf mir so gut du kannst. Wacht der Arme auf, so wird er grausige Schmerzen haben, ich vertraue darauf, daß du ihn hübsch festhältst.«

Der Mönch hatte recht beleidigt ausgesehen, als Beatrice

schließlich zum Aufbruch bereit war. Das letzte, was sie gesehen hatte, war das Blinken jenes seltsam feinen Messerchens, mit dem Märthe sich dem nackten Brustkorb und der gräßlichen Wunde Scoferinos genähert hatte. Ohne ihren Wäschekorb noch einmal abzusetzen, um das fällige Kreuz zu schlagen, war die junge Wäscherin davongeeilt. Sie rechnete nicht damit, Scoferino noch einmal lebend zu begegnen.

Der Gedanke an sein Dahinscheiden erfüllte sie nicht mit allzu tiefer Trauer, allein Marietta dauerte sie. An was für einen unwerten Gesellen hatte die schöne Frau da ihr Herz gehängt.

»Ich grüß dich, Beatrice«, rief ihr in diesem Moment eine alte Waschfrau zu, die es sich in der Sonne vor ihrer armseligen Hütte bequemgemacht hatte.

»Sei gegrüßt, Camilla. Heute nicht bei der Arbeit?«

»Ach, nein, es geht mir zu schlecht. Meine Hände schmerzen so sehr, ich habe das Wasser in den Gelenken, und der Geruch der Lauge macht mich jedesmal schwindelig.«

Beatrice nickte seufzend, so wie Camilla ging es ihnen allen manchmal. Märthe hatte ihr erklärt, das hinge mit dem täglichen Umgang mit Wasser zusammen, der die Glieder krank mache. Und auch die Laugendämpfe seien der Lunge äußerst schädlich.

»Ich werde dir nachher von Frau Märthe eine gute Salbe bringen, Camilla. Bleib alsweilen in der Sonne und laß sie deine Glieder tüchtig durchwärmen.«

Die Alte nickte dankbar. »Und wohin gehst du?«

»Oh«, sagte Beatrice so unverdächtig wie möglich, »nur dieses Leinzeug bei den Reuerinnen abliefern.«

Die Alte lachte trocken. »Ja, da gibt es ja wieder mächtig zu tun, mit all diesen neuen Postulantinnen, nicht wahr? Aber wenn du mich fragst, soviel Reue ist verdächtig. Der alte Holzknecht Giuseppe sagte mir, daß des Nachts nicht alle Schwestern so grau sind, wie des Tags. Möcht wetten, da haben sich ordentlich Scheinheilige zusammengefunden.«

»Ach, dieser Giuseppe schaut tief ins Glas und erfindet sich die Welt zusammen«, erwiderte Beatrice.

Camilla kicherte. »Da hast du auch wieder recht. Stell dir nur vor, gestern nacht will er beim Tiberufer, da, wo die Kloake in den Fluß gekippt wird, einen Geist gesehen haben. Ein grausliches weißes Wassergespenst. Ich will meinen, daß es mindestens zur Hälfte aus Wein bestand. Und dann zeigt er überall ein Amulett herum, das das Wappen des Kardinals Falvini zeigt, und behauptet, er habe den Purpurträger selbst auf Bocksfüßen beim Fluß herumspringen sehen.«

Beatrice hörte nicht mehr hin, sie kannte die verschrobenen Märchen Giuseppes um Geister, Faune und Feen nur zu genau. So verabschiedete sie sich lachend und bog in eine staubige Gasse ein, die auf das Kloster Santa Maria Maddalena zuführte. Flußgespenster, was ein Unsinn!

Die Kustodin des Klosters grüßte freundlich und öffnete ohne Zögern das Tor. »Bring deinen Korb direkt zum Krankentrakt, wir brauchen frisches Verbandszeug, heute nacht gab es einen kleinen Brand, und wir müssen einer armen Frau stündlich neue Verbände umlegen«, schwatzte die Torwächterin munter und froh, ein neues Gesicht zu sehen.

»Einen Brand?« fragte Beatrice neugierig, dieser Morgen versorgte sie mit einem Überfluß an Sensationen. »Ach ja, es war nicht gerade eine Feuersbrunst. Die junge Mutter, die in der Infirmenzelle dort bei der Säule lag, stieß wohl versehentlich eine brennende Kerze um, etwas Stroh fing Feuer, und die Nachtschwester läutete *a stormo*. Wir hatten eine recht frühe Matutin, und, der Herr verzeih mir, ich bin nun ordentlich müde.«

Beatrice zog einen Schleier aus dem Korb und hielt ihn der Kustodin unter die Nase. »Den hier habe ich unter meiner anderen Wäsche gefunden, aber ich erkannte ihn als Teil Eures Postulantinnenhabits. Weißt du, wem er gehören könnte?«

Die Kustodin gähnte und untersuchte den Stoff. »Er sieht aus wie alle Schleier aussehen. Keine Ahnung, wem er gehören könnte.«

»Nun, ich fand einige Haare darin, tiefrote Haare.«

Die Nonne krauste die Stirn. »Rote Haare? Ach ja. Wir hatten eine, die hieß Rodiconda und war ein besonderer Liebling des Beichtvaters. Die hatte rote Haare, eine ganze Flut davon.« Beatrices Augen leuchteten auf, sie hatte eine Spur gefunden! »Aber sie ist nicht mehr hier. Gestern nacht ist sie verschwunden, hat sich wohl die Aufregung zunutze gemacht«, fuhr die *sorella* fort, »habe ich mir gleich gedacht, daß es keine aufrichtige Büßerin war.«

Beatrice verzog enttäuscht den Mund, die Schwester dämpfte ihre Stimme. »Überhaupt, viele der neuen Postulantinnen und Kurtisanenweiber in unseren Mauern sind gar nicht nach meinem Geschmack. Auch die im Infirmentrakt nicht, bei der gestern das Feuer ausbrach. Ein Gesicht wie eine Madonna, aber ich möchte lieber keinen Blick in ihr Herz tun...« Die Nonne betrachtete Beatrice mit Verschwörermiene, doch die Wäscherin antwortete nicht, sondern grüßte kurz und eilte in Gedanken versunken am fröhlich plätschernden Springbrunnen im Innenhof vorbei. Sie betrat den Kreuzgang beim Infirmentrakt und schaute sich verstohlen um.

Weit und breit war niemand von den Schwestern oder Klosterdienern zu sehen. Sie lief zu der von der Kustodin bezeichneten Zelle, in der das Feuer ausgebrochen war, stellte sich auf die Zehenspitzen und lugte hinein.

Es dauerte eine Weile, bis ihre Augen sich an das Dunkel im Inneren gewöhnt hatten. Ihr Blick fiel zunächst auf eine grobe Holzwiege, dann auf das schmale Bettgestell daneben. Beatrice tat einen unterdrückten Schrei. Noch einmal blickte sie sich im Kreuzgang um, dann klopfte sie wild gegen die Tür.

Die auf dem Bett liegende Gestalt richtete sich auf. Kein

Zweifel, es war Marietta. Beatrice rief flüsternd ihren Namen und rüttelte an der Tür. Sie war fest verriegelt.

Die Frau in der Zelle erhob sich unter sichtlichen Mühen und kam schwankend auf die Zellentür zu.

Mit ihren Fingern griff sie nach den Gitterstäben des Türfensters und zog sich daran empor. »Beatrice«, rief sie. Wärme und Freude lagen in der Stimme, und die Wäscherin hatte Mühe einige Tränen zu unterdrücken.

»Oh, gute, liebste Marietta, wir haben Euch gesucht, wir waren so in Angst um Euch.« Beatrice, die kleiner als Marietta war, hatte Mühe, ihre Hände weiter nach innen zu strecken. Ganz zart berührte sie die Finger der Kurtisane, die so nahe wie möglich an die Gitterstäbe herankam, und mit Entsetzen bemerkte die Wäscherin die Verbände in ihrem Gesicht.

»Was ist Euch geschehen? Wer brachte Euch hierher?« Marietta hatte Mühe zu sprechen. Mit leiser Stimme antwortete sie. »Erschrick nicht. Es ist nur ein *sfregio*. Es waren nächtliche Angreifer. Ich weiß nicht mehr, als daß der Beichtvater Claudius mich rettete und hierherbrachte, um mich zu heilen. Sag mir, was ist mit meinem Haushalt, wie geht es der f*amiglia*?«

Mariettas Stimme klang flehend und besorgt. Beatrice zögerte, ob sie der Kurtisane von Veronicas Tod berichten sollte. Trotz aller Giftigkeiten war die Kupplerin Mariettas Vertraute gewesen, und Beatrice ahnte, daß ihr Tod sie schmerzen würde. Bevor sie sich zu einer Antwort entschließen konnte, hörte sie Schritte und Stimmen.

»Marietta, rasch, sagt mir, seid Ihr freiwillig hier? Oder wollt Ihr hinaus?« flüsterte sie.

»Ich kann nicht. Komm wieder«, war die Antwort. Dann mußte sich die Wäscherin rasch bücken, um keinen Verdacht zu erregen.

Die streng blickende Mutter Oberin und eine Pflegerin traten neben sie. »Was suchst du hier, Mädchen?«

Beatrice blickte unschuldig auf. »Oh, mir war nur ein Teil der Wäsche hingefallen, der Korb ist schwer, wißt Ihr.« Eifrig las sie einige Wäschestücke auf, die sie gerade eben über den Boden verstreut hatte. Mit Unschuldsmiene richtete sie sich schließlich auf und fragte harmlos: »Die Kustodin sagte, ihr hattet einen Brand heute nacht. Liegen hier die Opfer?«

»Die Kustodin wird ihre Schwatzhaftigkeit vor Gott und dem Beichtvater zu verantworten haben. Weltliche Neugier ist eine gefährliche Untugend«, sagte die Oberin streng. »Wir werden dir deine Wäsche abnehmen, das Geld erhältst du wie immer zum Quartembertag. Geh nun, du hast sicher zu tun.« Damit nahm sie Beatrice den Weidenkorb aus den Händen und blieb wie ein trutziger Wachsoldat vor der Zellentür stehen, bis die Wäscherin verschwunden war.

»Diese losen Mädchen sind neugierige kleine Plagen«, sagte sie seufzend zu der Pflegerin, »immer auf der Suche nach Sensationen. Sie bringen Unruhe an diesen stillen Ort. Ich schätze sie nicht. O nein, ich schätze sie gar nicht. Der Beichtvater hat ganz recht, wenn er sie als sittenlose Geschöpfe brandmarkt. Sie könnten unsere Reuerinnen schnell wieder vom rechten Weg abbringen.«

2.

»Der Mensch macht den Himmel zum Schemel seiner Füße, er ist ein eitles, hoffärtiges Geschöpf.«

Michel de Montaigne, »Essays«, 1583

Ich soll zufrieden sein? Mich freuen? Meinen Erfolg genießen? Du träumst, kleiner Dominikaner. Ich will dir sagen, was ich fühle. Unheiligen Zorn und unmäßige Wut. Mich, ausgerechnet mich, den Kardinal della Guarde, hat man auf der Engelsbrücke kürzlich als *buggeroni* und Wüstling beschimpft. Ist das Ziel deines Planes? Meinen Namen ebenso zu beschmutzen wie den des Falvini? Deine Rechnung ist nicht aufgegangen.«

Zornig beugte der dürre Pupurträger sich zum Fenster hinaus und streute einer gurrenden Taubenschar auf dem Sims etwas Hirse hin. Flügelschlagend und die Schwächeren mit Schnabelhieben vertreibend, machten sich die Vögel über das Futter her. Die schmutzigen Tiere genossen im Palast des Kardinals eine Zuneigung, die della Guarde den meisten Menschen versagte.

Vorsichtig näherte sich der Dominikanermönch dem erzürnten Würdenträger. Mit schmeichelnder Stimme begann er ihn zu besänftigen. »Euer Eminenz sind mit Recht erzürnt. Das Volk ist immer wankelmütig, man verliert oder gewinnt seine Gunst aufgrund eines nichtigen Vorfalls.«

Della Guarde drehte sich wütend um. »Du wagst es auch noch, mir die Verantwortung dafür zu geben, daß ein paar schmutzige Strolche mich beleidigten?«

Claudius hob beschwichtigend die Hand und deutete eine entschuldigende Verneigung an. »Da sei Gott vor, hoher Herr. Euch trifft nicht der Hauch einer Schuld am Verhalten des Volkes. Ein unglücklicher Zufall war's, daß Ihr neben dem

Falvini standet. Ihm galten der Zorn und der Spott. Die Römer hassen ihn. Seht nur, was ich angeheftet an der Statue des Pasquino fand.«

Er hielt dem Purpurträger die Zeichnung hin. Der ergriff sie mit spitzen Fingern, nahm mit der Rechten das Leseglas, das an einer Schnur vor seinem Bauch baumelte und betrachtete das Konterfei seines ärgsten Feindes.

»Kardinal des Satans«, murmelte er dann, »was ein grobes Stück, fürwahr.« Della Guarde ließ das Glas fallen und trat hinter seinen Schreibtisch. Etwas besänftigt nahm er Platz und winkte Claudius heran.

»Nun sag mir aber, wie willst du andere Kardinäle vor ähnlichen Beleidigungen und solcher Ehrabschneiderei schützen? Wie willst du verhindern, daß die gesamte Kurie, und somit auch meine Person, in Verruf gerät?«

Claudius räusperte sich und wagte es, den Kopf stolz zu erheben. »Eminenz, in meinen Bußpredigten pflege ich stets auf Eure Rolle als Schirmherr des Reuerinnenklosters zu verweisen. Die Rodiconda gilt in vielen Vierteln bereits als eine Art Volksheilige. Eure guten Taten sollen nicht verborgen bleiben. Man wird mit der Zeit zu unterscheiden wissen, dessen bin ich gewiß, und...«

Della Guarde winkte ungeduldig ab. »Bemüh dich nicht weiter. Soviel ist mir am Wohlwollen des Volkes nicht gelegen. Auf den Papst kommt es an, auf das Wohlwollen und das Interesse der Mächtigen. Was sollen mir die Hungerleider und Habenichtse von der Straße dabei nutzen? Vor ihnen fürchtet sich auch ein Falvini nicht, er kommt ja selbst aus der Gosse.« Mit einem indignierten Blick studierte della Guarde noch einmal die Zeichnung.

»Verzeiht, hoher Herr«, entgegnete Claudius, »aber das Volk zu unterschätzen, halte ich für einen fatalen Fehler Falvinis. Kennt Ihr den hochklugen Mann Niccolo Machiavelli, jenen

Gelehrten, der kurz in der Gunst unseres hochverehrten Papstes stand und nun in dessen Auftrag die Aufmauerung der Stadtbefestigungen von Florenz beaufsichtigt?«

Della Guarde blickte mißtrauisch auf. »Ich habe von ihm gehört. Er verfaßte einige Schriften zur Politik, die ihm allerdings wenig Gegenliebe bei Seiner Heiligkeit einbrachten. Er forderte die Einrichtung einer ständigen Miliz und den Befreiungskampf Italiens gegen alle Fremdherrschaft. Was für ein Narr. Schon Papst Leo strich ihn einst von der Liste seiner Günstlinge. Er scheint mir ein Taugenichts. Keiner verlangt nach seinen Diensten.«

Claudius nickte mit einem Anflug von Bedauern. »Ja, das ist wahr, und dennoch eine Schande, sage ich Euch. Der Prophet gilt nichts im eigenen Land. Jener Machiavelli brachte einige hochkluge und vor allem nützliche Gedanken zu Papier. In seiner Schrift ›Il principe‹, die immerhin dem äußerst erfolgreichen Tyrannus Cesare Borgia gewidmet war...«

»Der am Ende und nach Verlust all seiner eroberten, italienischen Güter und aller Privilegien als einfacher Söldner in Spanien umkam«, fiel ihm süffisant della Guarde ins Wort.

»Ja«, erwiderte Claudius ungerührt, »da er sich nicht an die Ratschläge des Machiavelli hielt. In Demut bitte ich Euch um mehr Klugheit. Denn Machiavelli sagt mit Recht, daß die große Masse, das Volk, der ärgste Widersacher jedes Mächtigen ist, und kein Tyrann ist jemals sicher, wenn er die Masse gegen sich hat. Deshalb vertraut mir, ich werde eben diesen Feind ganz auf Falvini hetzen.«

»Mag sein, mag sein. Doch was nutzt das mir bei meinem Kampf gegen die Sünde und beim Papst?«

Claudius wurde einer Antwort durch das Erscheinen des Kammerdieners enthoben. Der schmächtige Diakon trat ein, in der Hand einen Silberteller, den man als Unterlage für Briefe von vornehmster Herkunft zu benutzen pflegte. Der Diakon verneigte sich gegen della Guarde, der griff eilig nach der Schriftrolle und öffnete sie aufgeregt.

»Ein Brief Seiner Heiligkeit selbst«, rief er erfreut. Sich seiner Amtswürde besinnend, schickte er den Diakon hinaus. Dann überflog er das Schreiben, las es noch einmal mit wachsendem Erstaunen und schaute dann dem still wartenden und offensichtlich betenden Claudius ins Gesicht.

»Ihr seid ein verteufelter Kerl, Mönch. Fürwahr, ein verteufelter Kerl. Ich muß Euch danken.«

Der Dominikaner war von diesem vollkommenen Stimmungswechsel höchst überrascht, bemühte sich aber, sich nichts anmerken zu lassen. Kaum merklich hob er seine linke Braue.

Della Guarde wartete nicht auf Fragen, er gab bereitwillig Auskunft. »Seine Heiligkeit, Papst Klemens VII., betraut mich in diesem Schreiben damit, einige Gesetze zur Eindämmung des Kurtisanenwesens in Rom zu entwerfen. Ihm sei, so geruht er zu schreiben, zu Ohren gekommen, daß ich besondere Verdienste im Kampf gegen die schandbare Hurerei vorzuweisen habe, und bittet um meinen Vortrag beim nächsten Konsistorium am 19. September. Was für ein Triumph! Was für ein Erfolg! Der gute Mann denkt trotz aller politischen Geschäfte auch an meine geringen Dienste.«

Claudius lächelte befriedigt. Der Tag, der so schlecht begonnen hatte, erwies sich als erfolgreich. Das Verschwinden Scoferinos erschien ihm nun als harmlose Störung. Della Guarde war bereits in erste Gedanken zu seinen Gesetzesentwürfen vertieft.

»Ich werde das Kutschenverbot für Kurtisanen von 1521 wiederaufleben lassen. Die Weiber, die sich erdreisten, noch darin herumzufahren, sollen ordentliche Strafen zahlen. Gelbe Ärmel müssen sie außerdem anlegen, und welche Kurtisane im *abito romano* der ehrbaren Frau erwischt wird, nun, die soll gestäupt werden. Und Pflöcke werde ich vor die Straßen der

Hurenhäuser in den Boden rammen lassen, dann können auch die Vornehmen nicht unerkannt in geschlossenen Kutschen dort vorfahren. Ah, das alles ist sehr gut, sehr gut.«

»Besser als Ihr ahnt«, sagte leise der Mönch und setzte hinzu, »und vergeßt nicht die Steuern für die Dienerinnen der Venus kräftig zu erhöhen, das wird den Papst besonders erfreuen. Er braucht Geld.«

»Wie?« fragte della Guarde und blickte kurz auf.

»Nichts, Eure Eminenz, ich wollte nur untertänigst um äußerste Strenge bitten. Strenge, die auch die Ranghöchsten unter den fleischlichen Sündern nicht schont.«

Der Purpurträger nickte langsam, doch unwillige Falten lagen auf seiner Stirn. «Dein Ton gefällt mir nicht, Mönch. Er klingt arglistig und so, als meinst du es nicht ganz ernst mit der Sittenstrenge. Ich aber verfolge ehrliche Absichten und will die Sünde ausmerzen und ausbrennen. Die Kirche und der rechte Glauben müssen endlich wieder ihre ganze Machtfülle zurückerlangen. Verstehst du? Ich betreibe hier kein Lügenmärchen oder Blendwerk. Ich fechte einen heiligen Kampf aus. Und nun geh.«

Claudius küßte den ihm dargebotenen Ring, verneigte sich und entfernte sich rückwärtsgehend zur Tür. Nachdem er sie geöffnet und wieder hinter sich geschlossen hatte, lächelte er abfällig. Was für ein Narr auch dieser della Guarde war. Sünde! Moral! All dieser Bombast um Keuschheit, Tugend, ehrliche Absichten. Oh, wie verabscheute er Mächtige, die ihre wahren Gelüste nach Einfluß und Herrschaft in hohe Ideale wandeten und als Wohltat für die Allgemeinheit ausgaben.

Wie hatte der kühne Machiavelli hingegen unverblümt und kalt empfohlen?

»Wirklich große Männer nennen Schande nur das Verlieren und nie den Gewinn durch Trug.« Und wie ein großer Mann ließ sich der Mönch nun von dem Diakon und Kammerdiener die Treppen hinab und vor das Tor führen. In nicht allzu ferner Zeit, so schwor er sich, werde ich selbst in einem Palast residieren, ohne mich mit Puppensünden und falscher Moral abgeben zu müssen.

Falvini erhielt an diesem Morgen des 15. September einen höchst überraschenden Besuch. Freilich meldete sich letzterer an der Hintertür des Palazzo und wurde vom Wächter nur äußerst unwillig vorgelassen. Nur die ehemalige Verbundenheit seines Herrn zu der verschmutzt und schäbig aussehenden Person stimmte ihn schließlich um. Vielleicht hatte sie wirklich eine dringende Nachricht. Dennoch sperrte er sie zunächst in seine kleine Wachstube neben dem Haupttor und schickte dann einen Pagen hinauf zum Kammerdiener.

Der entdeckte Seine Eminenz, Kardinal Falvini, wieder einmal in der Hauskapelle und in stummem Gebet vor der Madonna versunken. Der Purpurträger reagierte mit Unwillen, doch als er erfuhr, wer ihn so dringend zu sprechen wünschte, änderte sich seine Stimmung.

»Macht rasch, und bestellt mir auch die *sbirri*, sie sollen sich bereithalten«, befahl er und begab sich in sein Morgenzimmer, wo der Kammerdiener ihm ein erfrischendes Mahl aus süßer Melone, Weintrauben und Gerstenbrei bereitgestellt hatte. Aufgeregt wanderte Falvini in dem kleinen, sonnendurchfluteten Kabinett auf und ab, bis Almansor schließlich stumm die Tür öffnete und Rodiconda hereinließ.

Das helle Septemberlicht entblößte die ganze Erbarmungswürdigkeit ihres Zustandes. Mit beinahe kahlgeschorenem Kopf, in zerrissenen Beinkleidern und völlig verschmutztem Wams stand die stolze Wölfin vor ihm. Ihr Gesicht war bleich, tiefe Schatten lagen unter ihren schrägen Augen. Falvini betrachtete die gedemütigte Frau kalt, dann sagte er: »Es scheint, jemand hat dir die gerechte Strafe zukommen lassen. Darf ich raten? Einige Edelmänner haben ihre ungestüme Lust an dir gestillt. War es ein Dutzendgeschäft oder ein *trentuno*?« Der Haß diktierte ihm die bösen Worte. Der gefürchtete *trentuno*, eine rituelle Vergewaltigung durch nicht weniger als eindunddreißig Männer, zählte zu den grausamsten Torturen, die eine schutzlose Kurtisane erleiden konnte. Es war eine der brutalen Spezialitäten des kaltherzigen Capezza und seiner rüden Bande.

Falvini lachte hart. »So stumm, stolze Luparella? Ist selbst die Unersättliche einmal satt geworden?«

Doch Rodiconda ließ sich nicht quälen und überraschte ihn aufs neue. Sie sank auf die Knie.

»Verehrter Falvini. Ich bin gekommen, um meine Reue zu zeigen. Spottet meiner, verhöhnt mich, Ihr habt alles Recht dazu.« Falvini erschrak, denn er glaubte zu wissen, was seine ehemalige Konkubine ihm nun gestehen würde. Seine Mundwinkel zuckten vor Kummer und Schmerz, heiser stieß er hervor: »Sag mir nicht, daß Marietta tot ist.«

Die Wölfin warf mit einem Rest ihrer verlorenen Anmut den geschorenen Kopf nach hinten. Doch bevor sie weitersprechen konnte, war der Kardinal bei ihr, faßte sie bei den Schultern und schüttelte sie verzweifelt. »Sag, daß es nicht wahr ist, sag, daß Marietta lebt.«

Rodiconda öffnete den Mund, um eine boshafte Antwort zu geben, doch sie besann sich. Sie brauchte die Hilfe Falvinis, das war im Moment das einzige, was zählte. »Nein«, stieß sie deshalb hervor, »Marietta lebt, obwohl das nicht mir zu verdanken ist.« Dann brach sie in ein hysterisches Lachen aus. Der Kardinal stieß sie grob zurück und atmete erleichtert auf. Es war, als zerberste ein eiserner Ring, der bis dahin seine Brust eingeschnürt hatte. »Gott im Himmel, ich danke Dir«, sagte er mit aller ihm zu Gebote stehenden Inbrunst.

Rodiconda zwang sich, diesen Ausbruch zu überhören. Sie mußte endlich ihre Bitte vortragen, und dann wollte sie nur noch eins: Ruhe und Schlaf, viel Schlaf. Der stechende, pochende Schmerz in ihrem gebrochenem Arm meldete sich nun, da sie einem Ruhelager so nahe war, ungestüm zurück.

Sie biß die Zähne zusammen, dann brachte sie mit letzter Kraftanstrengung ihre Geschichte vor. Die abenteuerliche Geschichte von einem falschen Mönch und seinen undurchsichtigen Machenschaften zur Vernichtung Falvinis. Von Claudius' Versuch, sie zu töten und im Tiber zu versenken. Von ihrer listigen Geschicklichkeit, mit der sie den ihr dargebotenen Schlaftrunk nicht geschluckt, sondern im Munde behalten und schließlich ausgespien hatte, so daß sie sich mit letzter Kraft selbst vor dem Ertrinkungstod hatte retten können.

Ungläubig lauschte der Purpurträger ihren Worten, immer mehr verfinsterte sich seine Miene. »Versteht Ihr, mein Kardinal, er ist ein Teufel, und ich hörte genau, wie er seine Schergen anwies, Euch den Anschlag auf mich in die Schuhe zu schieben. Sie hinterließen genug Beweise. Darunter das Amulett mit Eurem Wappen und meinem Wolfssiegel. Ihr wißt, ich trug es immer um meinen Hals.«

Kurz hoffte La Luparella, ihre Geschichte könne den kalten Mann rühren. Aber am Ende fragte er nur. »Wo zum Teufel ist Marietta?«

»Ich weiß es nicht«, log Rodiconda, um ihren letzten Trumpf noch nicht auszuspielen. »Aber ich denke, ich könnte herausfinden, wo sie ist.«

»Woher willst du wissen, daß sie lebt? Weib, wenn du jetzt nicht redest, bringe ich dich um«, rief aufgebracht Falvini, der die Verschlagenheit seiner ehemaligen Hure kannte. »Draußen warten bereits die *sbirri.* Wenn du nicht redest, wirst du noch heute im Tor di Nona nächtigen, und ich sorge dafür, daß es deine letzte Nacht wird. Und keine Angst, meine Gifte sind stärker als der Mohn des Schlafes, den der Mönch dir gab.«

Rodiconda atmete nur noch stoßweise, ihr Herz schlug wild, der Schmerz in ihrem Arm war nicht mehr niederzukämpfen.

»Helft mir«, stieß sie schließlich hervor, dann brach sie ohnmächtig zusammen. Falvini betrachtete die elende Gestalt ohne Mitleid.

3.

»Krankheiten seynd die Sendboten des Todes an seine Schuldner.«

Philippus Aureolus Theophrastus Bombastus v. Hohenheim,
genannt Paracelsus (1493-1541)

Giacomo wachte treu am Lager seines schwerverwundeten Freundes. Fresenius hatte ihn nach der seltsamen Operation Märthes herbeigeholt, denn es schien ihm ratsam, einen Freund Scoferinos an dessen Totenbett wachen zu lassen. Sollte der arme, verblendete Maler seine letzten Stunden wenigstens im Beisein eines ihm Vertrauten verbringen. Der Kapuzinermönch war sicher, daß kein Mensch die Schnitte Märthes überleben könne. So sehr ihm das geschickte Hantieren der Frau und die Entfernung des Eisendorns aus der geöffneten Brust auch imponiert hatten, er konnte nicht glauben, daß ein solcher Eingriff in Gottes Werk von Erfolg gekrönt sein konnte.

Mit dünnen Darmsaiten hatte die Alte nach getanem Werk schließlich die Wunde gleich einer Schneiderin vernäht, sie danach mit Leinen verbunden und den Maler an das Bett gefesselt, damit er sich nicht bewegen und die Nähte reißen konnten.

»Du mußt etwas essen, Bruder Fresenius«, unterbrach Märthe nun die Gedanken des Kapuziners. Wieder klang diese beneidenswert heitere Gelassenheit in ihrer Stimme mit. Woher nur nahm dieses einfache, häßliche und wunderliche Weib diese Ruhe, die er als Eremit so vergeblich gesucht hatte? Der Ärger, den sie in ihm so leicht auslöste, stieg wieder in ihm hoch.

»Ich bin nicht hungrig, Frau.«

»Oh, kasteist du dich wieder einmal im Namen der großen Gerechtigkeit?« Nun klang die Stimme spöttisch.

Ärgerlich blickte der Kapuziner auf. »Mir ist auch nicht zum Scherzen zumute. Da drin«, er wies auf die kleine Kammer, in der Märthe ihre Kräuter und medizinischen Gerätschaften zu verstauen pflegte, »stirbt einer. Ich kannte ihn nicht gut, doch ich weiß, daß er ein Opfer des Dominikaners ist, und das bekümmert mich maßlos.«

»Ist zornig nicht das bessere Wort?« fragte Märthe ungerührt.

Der Kapuziner sprang so erregt auf, daß der Schemel krachend umfiel. »Ich bin nicht zornig«, rief er laut, und Märthe konnte sich ein Lachen als einzig richtige Antwort nicht verbeißen. Knurrend hob Fresenius den Hocker auf und nahm wieder Platz. Mit sturem Blick starrte er in das kleine prasselnde Feuer. Obwohl draußen die frühe Nachmittagssonne schien, war es in der dunklen, niedrigen Behausung nahe des Flusses feucht und fast ein wenig kühl. Nachdem der Kapuziner eine Weile geschwiegen hatte, begann er mit ruhigerer Stimme.

»Du hast recht, Märthe. Claudius macht mich zornig.«

»Eben deshalb habe ich Hesekiel nach dir geschickt. Dein Zorn und dein Kampfesmut sind mir unentbehrlich.«

Fresenius stützte sein Kinn auf die eiserne Faust. »Ich verstehe dich nicht ganz, Märthe. Du hättest Claudius damals bei unserem Kölner Hexensabbat schon töten können. Das hätte vielen armen Seelen eine Menge Leid erspart. Du aber bist einfach geflohen. Monate habe ich das Land nach dir durchstreift, und nirgends fand ich eine Spur.«

Märthe seufzte. »Die Wege des Herrn sind unergründlich.«

Mißtrauisch wandte der Mönch sich um. »Was soll diese Phrase. Gibst du mir damit wieder ein Exempel deiner Spottzunge, Weib?«

»Nein, diesmal nicht. Es ist mir ernst, Fresenius. Du weißt, ich besitze die Gabe zu sehen. Es ist eine Gabe – und auch ein Fluch. Denn ich weiß, daß der Herr mir Zeichen gibt, die ich befolgen muß, auch wenn mein Herz andere Wege gehen möchte.«

»Du meinst, der Herr wollte, daß du Claudius schonst? Das will ich nicht glauben nach allem, was er getan hat.«

Märthe trat an ihn heran und legte sanft eine Hand auf seine rechte Schulter. »Ich denke auch, daß der Allmächtige erhaben ist über unsere irdischen Streitereien. Ich weiß nur, daß ich meinen Bruder nicht töten konnte.« Sie seufzte, und der Kapuziner argwöhnte, daß sie ihm etwas verschwieg. Ein dunkles Geheimnis umgab die Beziehung zwischen Märthe und ihrem teuflischen Bruder. Die Alte fuhr fort: »Nachdem ich von Köln geflohen bin, irrte ich eine Weile durch die Wälder. Mein Herz war unruhig, ich war verwirrt und voll Kummer. Nach all dem Sterben, was wir gesehen und – trotz bester Absicht – mit zu verantworten hatten, sehnte ich mich nach Einsamkeit und Frieden. Dann sandte mich Gott hierher.«

»Er wollte also, daß sich Claudius und deine Wege wieder kreuzen. Besser, du hättest ihn also schon getötet, du hättest das Leben vieler gerettet. Aber das soll wohl ich nun für dich tun. Und deshalb hast du Hesekiel nach mir geschickt.«

»Nein«, sagte Märthe, »um ehrlich zu sein, schickte ich ihn, bevor ich von Claudius wußte.«

Fresenius warf ihr einen mißtrauischen Blick zu.

Märthe lächelte nur geheimnisvoll, dann bat sie ablenkend: »Nun berichte mir von unseren Freunden. Wie ist es dem Grafen von Traubstedt ergangen, Hans, der schönen Katharina, Bastian und Michael?«

Fresenius zuckte traurig die Achseln. »Ich weiß es nicht. Ich bin dir ja gleich gefolgt, nachdem unser Werk auf dem Richtplatz getan war. Aber ich sorge mich nicht um sie. Ich denke, es wird ihnen wohlergangen sein. Der Kaufmann Ansgard wird sich um sie gekümmert haben.«

»Und wie steht es um den Kampf der Bauern?«

Fresenius' Gesicht verfinsterte sich erneut. »Im Tiroler Raum kämpft noch der Gaismeiersche. Die Landgrafen haben Mühe, ihn und seine verwegenen Gefährten im Gebirge aufzuspüren, aber ich gebe seiner Sache nicht mehr viel Zeit. Im Süddeutschen haben die Landesherren mit dem großen Schlachten begonnen. Die Anführer sind verhaftet, darunter der Altarbildner Riemenschneider, selbst Dürer hat man abgemahnt, weil einer seiner Holzschnitte Mitleid mit dem Landvolk verriet. Und ja, auch dein hochverehrter medicus Theophrastus Bombastus von Hohenhein, der sich Paracelsus nennt, ist verhaftet, weil er auf der Seite der Landarmen kämpfte.«

»Guter, gerechter Mann«, sagte Märthe nur und stocherte mit einem Haken im Feuer herum. »Wir werden es vielleicht nicht mehr erleben Fresenius, aber die Freiheit und die Gerechtigkeit, nach der die Menschen im Namen des Herrn verlangten, wird eines Tages kommen. Dessen bin ich sicher.«

Der Mönch schnaubte verächtlich und runzelte wütend die Stirn. Hätte er in diesem Moment nicht sein braunes Habit getragen, so hätte ihn niemand für einen Mann der Kirche gehalten.

»Wenn ich mich hier in Rom umschaue, spüre ich nichts von dem göttlichen Gedanken, von Frieden oder Freiheit. Diese Stadt ist ein verderbtes Nest, trotz aller Pracht und Kunst. Der rechte Ort für den Dominikaner.«

»Nicht verderbter als der Rest der Welt, Fresenius.«

»In Deutschland ist man anderer Meinung. Die Unruhe ist geblieben, der Papst verhaßt wie ehedem, ich fürchte, daraus kann ein Sturm werden, der die ganze römische Kirche hinwegfegt, und dann Gnade uns Gott. Was soll werden, wenn…«

Beatrices aufgeregte Stimme unterbrach das Gespräch am Kamin. »Denkt nur«, rief die Wäscherin atemlos als sie in die Küche eintrat, »ich habe Marietta gefunden, ich weiß, wo sie ist. Sie lebt, sie…«

Giacomo kam in diesem Moment aus der kleinen Kammer, in der sein Freund ruhte. »Er ist erwacht«, sagte er knapp, und die anderen eilten zu seinem Lager. Giacomo blieb still zurück. Er hatte sehr wohl Beatrices Worte vernommen: »Marietta lebt.« Der Satz erfüllte ihn zu gleichen Teilen mit Freude und mit Kummer, und er wußte nicht, warum.

»Wo ist mein Kind, Mönch? Wo ist Prospero?« Marietta schaute Claudius flehentlich an. Die Lichter der Wandfackeln ließen unruhige Schatten auf seinem mageren Gesicht tanzen, er thronte hinter seinem Schreibtisch wie ein Dämon der Hölle. Mit leiser Stimme sagte er nun: »Prospero ist in Sicherheit, liebes Kind, in Sicherheit. Ich dachte, daß es dir nach dem Feuer der letzten Nacht nur recht sei, wenn ich mich seiner annähme.«

»Ihr tut mir damit großen Schmerz. Versteht Ihr denn nicht? Er ist das letzte, was mich in dieser Welt hält. Ich muß ihn sehen, in meinen Armen halten.« Die junge Mutter konnte ihre Tränen nicht unterdrücken, schluchzend sank sie gegen die Armlehne ihres Sessels.

»Faß dich, diese Aufregung schadet deiner Genesung, und das ist ganz und gar nicht in meinem Sinne.«

Marietta schaute auf. »Was liegt mir noch an meinem elenden Gesicht. Ich weiß ja, daß Scoferino tot sein muß. All das Blut, das viele Blut.«

Der Dominikaner lehnte sich nun vor, der flackernde Lichtschein verengte seine Pupillen zu stechenden Punkten. »Du träumtest wirres Zeug, Frau. Da war kein Bild, kein Blut. Scoferino lebt und wird darauf brennen, dich wieder in deiner ganzen Schönheit zu sehen.«

»Ich glaube Euch nicht«, sagte Marietta fest, »oh, nein, ich glaube Euch nicht. Ich möchte heim zu meiner *famiglia*, ich möchte mein Kind zurück und in Frieden leben. Mit Scoferino starb meine letzte Hoffnung auf ein wenig Glück für mich, aber alle, die von mir abhängen, sollen nicht darunter leiden.«

»Nun gibst du dich unsinnigen Wachträumen hin. Wie willst du leben? Als Narbengesicht könntest du dich höchstens den Fischern noch anbieten. Der Lohn, den du dafür erhieltest, würde kaum reichen, deinen eigenen Leib zu nähren. Ganz zu schweigen vom Unterhalt eines noch so geringen Hauses oder deiner *famiglia.* Erst mußt du gesund sein, dann kannst du gehen. Schon das Gebot der christlichen Nächstenliebe verbietet es mir, vorher dein Kind einer solchen Lage auszusetzen. Du verstehst mich?«

Und ob Marietta verstand. Vielleicht lag es daran, daß der Mönch diesmal auf jede Mohntinktur verzichtet hatte, bevor er sie zum Gespräch bat. Ihr Verstand war klar und ungetrübt: Der Mann erpreßte sie. Prospero war in seinen Händen. Nie waren seine Absichten lauter gewesen. Nur was, was wollte dieser Teufel im weißen Gewand von ihr?

Scoferinos Haut war bleich und wie von Wachs. Sein Herz schien noch zu schwach und beansprucht, um genügend Blut in seine Wangen zu pumpen. Sein Atem ging noch immer flach, und er hatte nicht die Kraft, sich alleine aufzurichten oder zu sprechen. Doch Scoferino lebte.

»Es ist ein Wunder, Märthe, es ist ein Wunder«, murmelte immer wieder der Kapuziner, so als wolle er Abbitte leisten. Auch Beatrice stand in Ehrfurcht am Lager des Genesenden, und sein Freund Giacomo hatte der Alten ehrlich gedankt und ihr Geld für die Hilfe versprochen.

»Glaubt mir, gute Frau. Seine Eltern werden nicht zögern, Euch zu belohnen. Sie hängen mit ungewöhnlicher Zärtlichkeit an ihrem Sohn, vielleicht, weil nur zwei von ihren acht Kindern das achtzehnte Jahr erreichten.« Märthe nickte nachdenklich, legte dann den rechten Zeigefinger an ihre Lippen und bedeutete den anderen, die Kammer zu verlassen. Man folgte ihr in die rußgeschwärzte Küche, wo Märthe die Lichter entzündete.

»Laßt uns dafür beten, daß Scoferino von einem Wundfieber verschont bleibt, denn dagegen bin ich so gut wie machtlos. Es gibt nur einige wenige Kräuter, die reinigende Kraft haben, aber sie sind leider weniger stark, als ich sie mir wünschen würde.« Alle falteten die Hände zum Gebet, die Kirchen läuteten um diese Stunde das Ave Maria.

Beatrice begann schließlich die Abendmahlzeit zu richten. Der Student Giacomo hatte einen saftigen gebeizten Wildschweinschinken mitgebracht. Eine seltene Köstlichkeit in diesem armseligen Viertel. Der Wäscherin lief das Wasser im Munde zusammen, während sie den Schinken fein aufschnitt und köstlichen sizilianischen Weizen in einen Mörser schüttete, um ihn zu Mehl für eine *pasta* zu zerstoßen.

»Nun erzähle uns noch einmal ausführlich deine Geschichte, schöne Köchin«, bat Märthe neckend, und Beatrice ließ sich nicht zweimal bitten. Sie glühte vor Stolz und Freude über ihre Entdeckung.

»Also, ich sah Marietta in einer der Zellen des Infirmentraktes. Sie schien nicht ganz bei sich, doch ansonsten wohlauf. Die Narben in ihrem Gesicht erschreckten mich zunächst, doch meine Meinung bleibt, daß sie eine der lieblichsten Frauen ist, die ich kenne.«

Ein kleiner Seufzer entfuhr Giacomo, Märthe warf ihm einen interessierten Blick zu, doch Fresenius bat Beatrice ungeduldig, fortzufahren.

»Wir hatten wenig Zeit zu plaudern. Sie fragte mich nach

ihrer *famiglia*, doch ich brachte es nicht über mich, ihr vom Tode Veronicas zu berichten. Sie sah bekümmert genug aus und…«

Der Kapuziner unterbrach sie erneut. »Das wissen wir schon, erzähle uns, was sie über den Mönch sagte.«

Doch Beatrice ließ sich nicht drängen, sie genoß ihren Auftritt vor so erlesenem Publikum viel zu sehr. So gab sie zunächst Öl und Wasser zu dem Mehl und begann in aller Seelenruhe einen Teig zu mischen. »Weib«, stieß Fresenius ungehalten hervor, doch Märthe gebot ihm, zu schweigen. Schließlich bequemte sich Beatrice, ihre Erzählung fortzusetzen.

»Nun, Marietta erzählte mir nur, der Mönch habe sie nachts von der Straße aufgelesen, die Wunden behandelt und sie schließlich in das Kloster gebracht. Ich nehme an, um sie vor weiteren Angriffen zu schützen.«

»Niemals!« rief Fresenius. »Niemals hat er sich aus dem Geist der *carità* heraus zu solch einem Werk entschlossen!«

Beatrice zuckte die Schultern. »Ich hatte keine Gelegenheit mehr, darüber mit Marietta zu sprechen. Aber ich gebe Euch recht, sie schien mir nicht aus ganz freien Stücken dort zu sein, und nie und nimmer will ich glauben, daß sie ihren Schleier nimmt und Prospero aufgibt. Marietta ist eine leidenschaftliche Mutter, sie liebt ihr Kind, und es bräche ihr Herz, es in ein Findlingskloster zu geben.«

Giacomo schüttelte den Kopf. »Da sei Gott vor. Scoferino ist ein wirklich nachlässiger Geselle. Wie kann er sein Kind und die geliebte Frau nur in solch einer Notlage lassen. Er ist nicht nur ein schlechter Sohn, er ist auch ein erbärmlicher Vater.«

Nun war es an der Reihe des Kapuziners spöttisch die Braue zu lupfen. »Mich dünkt, Ihr spracht vor wenigen Tagen noch ganz anders über die Angelegenheit, guter Freund. Vor allem über die Liebe und die Frau.«

»Damals kannte ich die Umstände nicht. Und auch nicht Marietta«, rief hitzig der Edelmann.

»Laßt uns nicht streiten«, sagte besänftigend Märthe, »mich interessiert, was die Kustodin dir von Rodiconda berichtete, Beatrice.«

Die Wäscherin knetete eifrig den Teig und erzählte ebenso eifrig: »Nun, sie gehörte angeblich zu den neuen Postulantinnen im Kloster. Sie hat beim Volk eine merkwürdige Berühmtheit erlangt, wie Ihr wißt. Doch nun scheint sie verschwunden. Vielleicht hatte sie das Klosterleben doch recht satt. Eine Frau wie sie bei Matutin und Fastenspeise, nein, das paßt auch nicht recht zusammen. Ich nehme an, ihre Freier werden ihre Umkehr freudig begrüßen.« Sie lachte schelmisch und gab dem Teig einen Klaps.

»Die Sache will mir nicht gefallen«, sagte Fresenius nachdenklich, »ein Kloster voller Kurtisanen? Das klingt gotteslästerlich.«

Märthe schaute ihn verwundert an. »Lieber Bruder, die Geschichte der Maria Magdalena ist Euch doch sicher nur allzu vertraut. Und ich dächte, daß auch Ihr den reuigen Sünder aufrichtiger schätzt als den, der nie aus Not oder Verzweiflung in Versuchung geriet.«

Der Kapuziner schlug mit der Eisenfaust auf den Tisch, so daß die Holzschalen hüpften. »Ich will nicht über Glaubensfragen disputieren, solange es um diesen elenden Dominikaner geht, diesen selbsternannten chiromanticus, astrologus und magicus. Der führt etwas im Schilde mit seiner ungewöhnlichen Bußpraktik. Nie und nimmer ist er ein Vorkämpfer der Moral. Ich sage Euch, was wir tun müssen. Wir müssen Marietta aus dem Kloster befreien. Ich befürchte Schlimmes für sie und vielleicht sogar durch sie. Eine Madonna in den Fängen des Dämons! Was einen Schaden kann er damit über die Menschen bringen. Überlegt nur, es ist ihm bereits gelungen, eine Frau wie Rodiconda, von der ihr sagt sie sei eine ausgemachte Hure und Giftmischerin, zu einer Heiligen zu machen. Wir müssen Marietta da herausholen!«

»Bravo«, stimmte ihm der Edelmann Maltesta bei, »bravo. Und ich denke, mit Eurer Feuerwerkskunst dürfte das keine Schwierigkeit sein.«

»Ihr seid ein Heißsporn, Signore.« Märthe lachte. »Aber ein Feuerwerk wäre wohl kaum die rechte Waffe. Wir müssen geschickter vorgehen und jedes Aufsehen vermeiden. Noch weiß Claudius nicht, daß er beobachtet wird, und das ist gut so. Fresenius und ich haben Erfahrung damit, wie er handelt, wenn man ihn ganz offensichtlich in die Enge treibt. Er kennt keine Skrupel, und er scheint in dieser Stadt bereits einige Gönner zu haben, die uns mit einem Schlage vernichten könnten.«

»Was schlägst du vor, Märthe?« fragte Fresenius. »Was können wir tun?«

»So leid es mir tut«, antwortete die alte Frau lächelnd, »aber ihr beide könnt in diesem Falle wenig ausrichten. Beatrice und ich sind als Frauen eher dazu berufen, in ein Kloster einzudringen.«

»Wie wollt ihr die Klostermauern überwinden«, fragte mit abschätzigem Blick Giacomo, »wie eine Tür aufstemmen?«

»Ganz einfach«, antwortete Märthe, »indem Beatrice den Schleier nimmt.«

»Ich?« fragte die Wäscherin nun empört und stand starr vor Entsetzen mit einem Teigklumpen in der Hand am Tisch, während sich alle Blicke auf sie richteten.

4.

»Liebe ist dann da, wenn wir andern dienen wollen.«

Martin Luther

Marietta atmete nur unter Mühen. War es das enggeschnürte Mieder, das dieses Gefühl von Beklemmung verursachte, oder die seltsame Paste, die schwer auf ihrem Gesicht und ihrem Busen lag? Ein seltsam metallischer Geruch stieg ihr in die Nase, der ihr leichte Übelkeit verursachte. Es war eine neue Mischung, die der Dominikaner da probiert hatte, sie wußte es. Claudius stand neben ihr und betrachtete stolz sein Werk.

Er tippte mit einem Finger gegen die linke Wange Mariettas, sie spürte die Berührung kaum. »Ja, sie ist beinahe trocken«, bemerkte er zufrieden, »hier, betrachte dich in dem Spiegel.« Er reichte ihr ein grob geschliffenes Glas, das recht trübe war und unschöne Einschlüsse enthielt.

Und doch, was sie darin sah, war von beinahe unglaublicher Perfektion. Ihr Teint war glatt wie kostbares Porzellan. Keine Narbe war mehr zu sehen, selbst der letzte häßliche Schnitt war vollkommen überdeckt. Die anfangs graue Paste hatte sich in einen weißen, schimmernden Überzug verwandelt. Marietta wollte sprechen, doch zu ihrem Entsetzen bemerkte sie, daß ihre Züge starr und unbeweglich waren.

»Bleib ruhig«, sagte nun der Mönch, »zuviel Bewegung würde das Kunstwerk zerstören. Es ist nur eine Maske, aber welch eine Maske! Du bist schöner, als die Natur dich je geschaffen hat.«

Marietta drehte unter Mühen ihren Kopf und warf dem Mönch einen verächtlichen Blick zu.

»Oh, ich sehe Undankbarkeit in deinen schönen Augen. Nun

gut, ich erwarte auch keinen Lohn für meine ganze Mühe. Folge nur meinen Anweisungen, und ich bin zufrieden. Gib mir deine Hand, draußen wartet die Kutsche.«

Mariettas Gesicht zuckte unter der Maske, doch die saß so fest, daß kein Laut und kein Mienenspiel möglich war. »Denk an deinen Sohn, du tust es für ihn. Es ist ein Akt unschuldiger Liebe«, zischte Claudius ihr zu, nachdem er selbst auf einer der Holzbänke im Wageninnern Platz genommen hatte. Dann gab er Befehl anzufahren.

Eine dichte Plane hing über dem Eisengestänge des Kutschwagens, so daß Marietta von vollkommener Dunkelheit umhüllt war. Doch auch wenn sie Gelegenheit gehabt hätte, durch einen Spalt im Stoff zu spähen, sie wäre nicht dazu in der Lage gewesen, denn die in Wellen aufsteigende Übelkeit raubte ihr fast die Sinne. Hätte sie nicht gewußt, daß der Mönch sie lebend benötigte, wäre sie sich sicher gewesen, daß die Paste ein tödliches Gift enthielt. Und tatsächlich hatte der Mönch sie davor gewarnt, ihre Lippen oder ihre Zunge mit der seltsamen Salbe in Berührung zu bringen.

Nach einer Weile hielt die Kutsche in einer dunklen Gasse, in die das Mondlicht keinen Weg fand, vor einem recht bescheidenen Palazzo. Marietta erkannte weder Gasse noch Haus. Nein, hier war sie nie gewesen. Claudius stütze sie und geleitete sie zu einer kleinen Seitenpforte, wo ihn ein grobschlächtiger Wachmann erwartete.

»Ich bringe das Geschenk des Kardinal Falvini für Seine Eminenz«, flüsterte er dem Kerl zu. Der öffnete das schmale Türchen und wollte Marietta ohne viel Umstände hineinzerren. Doch Claudius ging dazwischen. »Halt, Seine Eminenz, Monsignore Falvini, befahl mir ausdrücklich mit hineinzugehen. Dieses Geschenk«, er deutete mit dem Kopf zu der benommenen Marietta, »liegt ihm sehr am Herzen, und ich soll es wohlbehalten wieder mitnehmen, wenn Euer Herr sich damit vergnügt hat.«

Der Wächter zuckte die Achseln und ließ nun Mönch und Dirne eintreten. Durch einen niedrigen Gang führte er sie zu einer weiteren Tür, öffnete sie und übergab die späten Gäste einem Pagen, der in eine mäßig prächtige Uniform gewandet war. Die Farben seiner Kleidung waren Marietta nicht bekannt, noch immer hatte sie keine Ahnung, wer der Herr dieses Hauses sein könnte. Der Diener geleitete sie nun mit flinken Schritten eine Steintreppe hinauf, und bald standen sie in einem mit verschossenen Wandteppichen verzierten Gang. Der Page klopfte an eine Tür, öffnete und schob dann den späten Besuch in das Zimmer.

Es war der Ankleideraum des Kardinals della Forsa, jenes dicklichen Lukull, der sich auf den Festbanketten Falvinis so gerne und ausführlich den Magen vollzuschlagen pflegte. Claudius neigte mit gespielter Ehrerbietung sein vogelartiges Haupt. Marietta, die nach wie vor benommen war, erkannte wie durch einen Dunstschleier den Gastgeber und erschrak über seine groteske Häßlichkeit. Der beleibte Mann trug weder den Amtspurpur noch andere Tageskleidung. Sein abstoßender Körper war in einen Schlafrock von zweifelhafter Sauberkeit gehüllt, seine nackten Füße steckten in Pantoffeln.

Schwerfällig erhob er sich nun aus einem Samtsessel und schlurfte auf Marietta zu. Er streckte eine feiste Hand aus und wollte ihr Gesicht berühren. Marietta zuckte zurück.

Der Kardinal kicherte. »Oh, dieser Falvini, er hat mir in seiner kurzen Nachricht vom Nachmittag beileibe nicht zuviel versprochen. Er ist ein Feinschmecker in jederlei Belang. So köstlich wie sein Essen sind seine Huren. Komm, mein Mädchen, ich möchte dich gern auf meinem Schoß haben.«

Claudius stieß Marietta in della Forsas Arme. »Denk an deinen Sohn«, rief er ihr hinterher.

Marietta taumelte und fiel vor dem Kardinal auf die Knie. Ihre Sinne drohten zu schwinden. Das letzte, was sie sah, war, daß der Kardinal seinen Mantel öffnete und sich ihr in seiner ganzen schäbigen Nacktheit zeigte.

»Sie scheint mir krank«, maulte della Forsa.

»Nur ein wenig benommen. Sie ist noch beinahe unschuldig und das Liebesspiel nicht gewohnt.«

»Unschuldig?« fragte erstaunt della Forsa. »Dafür scheint sie mir ein wenig alt.«

»Ihr beschwert Euch über ein Geschenk des Falvini?« Claudius legte einen bedrohlichen Unterton in seine Stimme.

»Nein, nein«, beeilte sich della Forsa zu versichern, »und selbst wenn sie nicht mehr in der ersten Blüte stünde, so ist sie bei Gott wunderschön.«

»Ich will dir zeigen, wie schön sie ist«, sagte der Mönch, drehte die ohnmächtige Marietta um, löste ihr Mieder und Hemd, so daß ihr nackter Busen sichtbar wurde. Della Forsa sog erregt den Atem ein. »Mein Gott, wie schön, wie wunderschön. Und du sagst, Falvini selbst nahm sie bereits zur Buhle?«

»Gewiß«, antwortete Claudius in der Gewißheit, daß diese Tatsache die Lust des armseligen, unbedeutenden Purpurträgers noch steigerte. Und er verrechnete sich nicht. Begierig kniete der Halbnackte nun neben Marietta, schob ihr Gewand hoch und betrachtete ihre nackte Scham.

»Oh, welche Lust, wie zart sie ist. Und diese schwellenden Brüste dazu. Was ein Weib.«

Er neigte seinen kahlen Schädel, leckte sich die Lippen und drückte einen Kuß auf Mariettas Busen. Lange ließ er seine Zunge spielen, genoß den Leib wie eine feine Speise. Dann, sein Appetit hatte nun auch seine schlaffen Lenden erreicht, hob er kurz sein Haupt. »Wollt Ihr mich bitte alleine lassen? Ich würde«, er kicherte lüstern, »meinen Hunger gerne ohne Zeugen stillen.«

Claudius zauberte ein dürres Lächeln auf sein Gesicht. »Gewiß«, sagte er, blieb aber stehen, während della Forsa sich aufmühte und gleichzeitig versuchte, Marietta in seine Arme zu ziehen. Dieser Kraftakt mißlang. Keuchend und mit stark gerötetem Gesicht griff sich della Forsa an die Kehle.

»Oh, Gott, mir ist, als müsse ich ersticken.« Immer heftiger rang er nach Luft, sein Gesicht verfärbte sich immer mehr und zeigte bald einen höchst ungesunden violetten Ton. Er schwankte und fiel mit dumpfen Geräusch zu Boden.

Claudius' Lächeln verwandelte sich kurz in ein teuflisches Grinsen. Dann eilte er zu dem röchelnden della Forsa, packte ihn grob unter den Armen und schleifte ihn ins benachbarte Schlafzimmer. »Fetter Madensack«, fluchte er, während er den apoplektischen Leib des Kirchenmannes auf sein hohes Bett hievte. Er warf einen letzten Blick auf den sich Quälenden und eilte zurück zu der besinnungslosen Kurtisane. Unter seiner Kutte zog er nun einen Lederbeutel hervor, der prall mit einer Flüssigkeit gefüllt war, griff sich ein Mundtuch des Kardinals, benetzte es mit der Flüssigkeit und wusch Marietta mit eiligen Strichen die Paste von Gesicht und Leib.

Dann nahm er die Frau auf seine Arme, trug sie aus dem Zimmer und gab dem am Ende des Ganges wartenden Pagen Befehl, seine Kutsche am Seiteneingang vorfahren zu lassen. Der Wächter schaute ihn am Tor mißtrauisch entgegen. Doch ein lüsterner Blick auf die halbnackte Dirne in den Armen des Dominikaners brachte ihn auf einen anderen Gedanken. »War wohl ein ordentlicher Ritt, he?«

Claudius bestätigte es mit einem anzüglichen Kichern und bemerkte laut und vernehmlich: »Besser hat es ihr auch der Falvini nie besorgt.«

Der Schlaf dauerte beinahe drei Tage und drei Nächte. Es war ein traumloser, fühlloser Schlaf gewesen. Als Rodicondas Lider sich schließlich flatternd öffneten, erschrak sie über die blendende Helligkeit rings um sie herum. Sie hob den Kopf, und ein stechender Schmerz ließ sie aufstöhnen und brachte sie jäh in den Wachzustand zurück. Mit verzerrter Miene betrachtete sie ihren rechten Arm. Er war nach Art der Barbiere mit dem gebleichten Unterschenkelknochen eines Ochsen geschient und mit Leintüchern verbunden. Langsam kehrte die Erinnerung zurück.

Die Erinnerung an den grausamen Mönch, an das Feuer, an den Versuch, sie zu vergiften und zu ertränken. An ihren Weg durch Roms Gassen, den sie wie im Rausch gemacht hatte. Und dann an ihren Bittbesuch bei Falvini. Kalter, grausamer Falvini. Er hatte sie in die Knie gezwungen. Nun, getötet hatte er sie nicht.

Sie erkannte, daß er sie in einem der unzähligen Schlafzimmer seines Palazzo untergebracht hatte. Es war bei weitem nicht das prachtvollste Zimmer, immerhin aber auch keine der Dienstbotenkammern, die im zweiten *cortile*, dem weit weniger prachtvollen Innenhof des riesigen Palazzo, lagen. Sie ließ den Blick durch den ihr unbekannten Raum schweifen. Große Bogenfenster ließen Licht und Luft hereinfluten. Ihr Bett hatte einen Himmel aus einfarbigem Damast, getragen von vier gedrechselten, wenn auch nicht geschnitzten Pfosten. Die Wäsche, auf der sie lag, war von einfachem, leicht rauhen Leinen, aber frisch. An der gegenüberliegenden Wand erkannte sie einen Gobelin. Eine Jagdszene war darauf abgebildet. Eine Wildschweinhatz in toskanischer Landschaft. An der Spitze der Reiterschar spornte ein stolz gewachsener Apoll mit lorbeerumkränzter Stirn seinen Araber an. Natürlich hatte der griechische Lichtgott das Gesicht Falvinis.

Es entsprach der gängigen Mode, sein eigenes Antlitz in allen möglichen Bildern, Fresken und Statuen verewigen zu lassen. Warum sonst hätte man Mäzen der Künstler sein sollen? Die Päpste ließen sich als Bibelväter, Propheten und Heilige porträtieren, ein Falvini zog griechische Gottheiten vor.

Rodiconda betrachtete das ihr vertraute und einst so heiß begehrte Gesicht genau. Sie schwankte zwischen Leidenschaft und glühendem Haß. Mochte der Dominikaner versucht haben sie zu töten, ihr größter Zorn galt nach wie vor dem treulosen Geliebten. Falvini hatte sie aus einer Laune heraus gekränkt und gedemütigt. Der Laune eines Verliebten.

»Du wirst dafür büßen«, schwor La Luparella dem jagenden Apoll. Sie versuchte, sich weiter aufzurichten. Noch immer fühlte sie sich wie zerschlagen, so als sei jeder einzelne Knochen in ihrem Leib gebrochen. Mit zusammengebissenen Zähnen kämpfte sie sich dennoch in den Kissen hoch. Dann langte sie unter Stöhnen nach einem Nachtkästchen, das neben dem Bett stand. Mit der Linken angelte sie nach einem Schmuckspiegel, der dort lag. Eitler Falvini, keinen Raum ohne Spiegel gab es in diesem Palazzo.

Rodiconda zog den Spiegel zu sich heran. Als sie ihr Gesicht darin sah, erschrak sie und schleuderte das kostbare Glas wütend zu Boden. Es zersprang in tausend Stücke und mit ihm auch das Bild einer bleichen, geschundenen, beinahe kahlköpfigen Frau.

Rodiconda schrie nach einem Diener. Einer der stummen Sarasine erschien. »Bringt mir einen Perückenmacher und Wangenfarbe«, befahl sie dem Mohren, »und dann will ich Falvini sehen.«

Der Mohr starrte sie mit unbewegter Miene an.

»*Den Kardinal*, sofort!« schrie die Wölfin, und der Sarasin verschwand, freilich ohne sich zu verbeugen. Die Kurtisane registrierte es mit wachsender Wut.

Wenig später trat ein Sekretär des Kardinals in das Zimmer, es war nicht einmal der erste unter Falvinis Schreibern, und teilte ihr mit, Kardinal Falvini wünsche nicht, sie zu sehen, da er dringende Reisevorbereitungen zu treffen habe.

»Reisen?« fragte Rodiconda schrill. »Wohin?«

»Nun, es ist kein Geheimnis. Seine Eminenz bereiten die herbstliche Vogeljagd bei Viterbo vor. Schon morgen am Nachmittag will er sich dorthin auf sein Landgut begeben.«

»Viterbo«, wiederholte Rodiconda erstaunt. Hatte sie sich doch getäuscht, war dem Kardinal an seiner Milchhure weniger gelegen als sie annahm?

Am Tag darauf, es war der 19. September, berief Seine Heiligkeit der Papst seine engsten Vertrauten erneut zu einem Konsistorium zusammen. Mit Trauer sprach er von dem vernichtenden Sieg, den das Türkenheer über Ungarn bei Mohács Ende August errungen hatte. Die Nachricht hatte den Mann fürwahr niedergeschmettert. Die Ungläubigen so nah, so stark, so bedrohlich, bedeuteten eine ernste Gefahr für den christlichen Glauben und das gesamte Abendland. Nie mehr, seit dem großen Schisma, war die Lage so ernst gewesen. Von allen Seiten lauerten die Feinde.

Nun, so dachten viele seiner besonnenen Berater und die kaisertreuen Kardinäle, sei es an der Zeit, endlich einen dauerhaften Frieden unter den Christen zu machen. Es galt, vor allem Karl V., der die Idee des universellen Führers einer geeinten Christenheit auf sein Banner geschrieben hatte, zu besänftigen und mit dem Apostolischen Stuhl zu versöhnen. Sodann ein großes, abendländisches Heer aufzustellen, das geeignet war, das weitere Vordringen der Söhne Mohammeds zu verhindern.

Selbst Giberti, der Franzosenfreund, wagte in diesem Moment der akuten Gefahr nicht, ganz offen gegen die Iberer und für die Interessen von Franzosenkönig Franz einzutreten.

Nachdenklich schritt der Papst die Reihen seiner Kardinäle ab. Warf diesem einen Blick zu, stellte jenem eine kurze Frage. Della Guarde, dessen überdachter Holzstuhl ganz am äußeren Rande der Versammlung aufgestellt worden war, dürstete danach, befragt zu werden. Ihm war viel daran gelegen, die Spanier wieder mit Rom versöhnt zu wissen, da er sich als gebürtiger Katalane dadurch neue Begünstigungen und die lange entbehrte Anerkennung versprach.

Doch bis zu ihm kam der Statthalter Petri nicht mehr. Es war Falvini, dem er sich, einer Laune folgend, zuwandte. »Mein Sohn, ich sehe, auch du bist tief bekümmert von dieser schrecklichen Botschaft. Sage mir, wie soll der oberste Hirte der Christenheit, umgeben von einer reißenden Schar von Wölfen und Barbaren, handeln?«

Der gewitzte Falvini begriff rasch, daß es dem Papst wieder einmal nicht um einen ernsthaften Ratschlag, sondern um die Bestätigung einer in ihm gärenden Stimmung ging, um Lob für seine Person und Beifallbekundung für seine bisherige, unglückselige Politik.

Falvini krauste deshalb zunächst die Stirn genau in der sorgenvollen Art, wie der Papst es tat. Dann murmelte er: »Euer Heiligkeit, geliebter Vater. Unser aller Schicksal liegt in Euren Händen, und ich zögere nicht zu sagen, daß ich ganz auf Eure kluge und unfehlbare Urteilskraft vertraue. Laßt die Wölfe heulen und die Barbaren mit den Waffen klirren – solange Ihr auf dem Stuhl Petri sitzt, wird Gott mit uns sein.«

Della Guardes Mundwinkel zuckten gefährlich bei dieser unverhohlenen Schmeichelei. Ein ganz und gar unheiliger Zorn packte ihn, Neid floß wie grünes Gift durch seine Adern und verdarb ihm die Stimmung. Nie wäre er zu solch geschliffener Redekunst befähigt, der Kunst, mit vielen Worten nichts zu sagen und doch zu gefallen.

Der Papst blieb nun in der Mitte des Versammlungsraumes stehen und verkündete, er wolle persönlich an den Friedensverhandlungen mit den Türken in Barcelona teilnehmen. So, als sei damit eine Lösung des Konfliktes mit den Ungläubigen garantiert. Und nachdem er das gesagt hatte, betonte er noch einmal mit fester Stimme, daß er die Vorherrschaft der Spanier in Italien nicht weiter dulden wolle. Mit anderen Worten: der Papst war nach wie vor zu einem waghalsigen Feldzug gegen die Truppen Kaiser Karls V. entschlossen.

Della Guarde hörte es mit Wut, Falvini mit einem verächtlichen Grinsen, das er jedoch geschickt verbarg, indem er sich weit in seinen Holzstuhl zurücklehnte. Etwas anderes beschäftigte bald darauf wieder seine Gedanken. Er hatte eine Nachricht erhalten, eine köstliche Nachricht, wenn auch die Nachricht eines Erpressers. Eine Nachricht über Marietta und ein mögliches Wiedersehen mit ihr.

Um dies zu bewerkstelligen, brauchte er bei weitem mehr Verhandlungsgeschick und einen kühleren Verstand als der unglückselige Politiker und Papst Klemens VII., unter dessen Pontifikat am Ende beinahe die Hälfte des christlichen Abendlandes vom römisch-katholischen Glauben abfallen sollte.

Märthe hätte Beatrice beim Gang zu der Oberin von Santa Maria Maddalena gerne begleitet, doch die Gefahr einer Begegnung mit ihrem Bruder Claudius war zu groß. So machte sich die Wäscherin, diesmal mit vergleichsweise schwerem Herzen auf den Weg. Sie wählte entlegene Gassen, in denen niemand sie kannte und zog ihren Schleier tief ins Gesicht. Zum Zeichen ihrer Absichten ging sie zudem barfuß. Einige Gaffer nahmen das zum Anlaß ihr höhnische Frechheiten nachzurufen. »Seht her, da schleicht eine *puttana.* Haben die Engel des Himmels deinen Schoß verschlossen? Komm, ich werde dir den Weg zu himmlischen Freuden weisen.« Wider Willen errötete Beatrice und stieß endlich ein wütendes *imbecille* hervor.

Das Tor des Klosters öffnete zu ihrer großen Erleichterung nicht die schwatzhafte Kustodin, sondern ein ausgemergeltes, strenges Geschöpf, das anstelle eines Grußes nur leicht den Kopf neigte. Die Bewohnerinnen von Santa Maria Maddalena waren in ihrem Wesen und ihren Eigenschaften so verschieden wie alle Menschen vor den Klostermauern auch.

»Ehrwürdige Schwester«, begann Marietta stammelnd, »ich, ich bin gekommen, um meine Reue anzuzeigen, denn ich bin in Sünde gefallen und vom rechten Wege abgewichen.«

»Der Beichtvater ist nicht zugegen, bemühe dich woanders um Absolution«, bemerkte die Schwester knapp und wollte das Tor wieder schließen.

Beatrice drückte mit der Hand dagegen. »Ihr mißversteht, ich bin gekommen, um mich Eurer Gnade und Barmherzigkeit anzuvertrauen. Mir ist es sehr ernst, ich bin verzweifelt und suche nach Läuterung durch ein gottgefälliges Leben.«

Die Schwester musterte das Mädchen genauer. »Ich glaube kaum, daß du die fällige Gebühr für den Eintritt aufbringen kannst, und hausarme Kostgängerinnen haben wir bereits zur Genüge, wir sind kein Bettlerinnenstift.«

Beatrice zog einen kleinen Geldbeutel unter ihrer Schürze hervor, den Märthe großzügig gefüllt hatte, und hielt ihn hoch. »Ich denke, hierin sollte genug Geld sein für eine wie mich«, sagte sie mit einem Anflug ihrer Keckheit. Die dürre Nonne reizte sie, und auch die Tatsache, daß auf Erden nichts umsonst war, auch nicht die Barmherzigkeit.

»Nun gut, komm herein, ich werde dich melden lassen.«

Beatrice trat mit einem Stoßseufzer in den Innenhof, den sie als Wäscherin so oft überquert hatte. Die Kustodin rief eine der Klostermägde und gab ihr Befehl, eine der älteren Schwestern herbeizuholen. Das Mädchen knickste tief und warf Beatrice einen neugierigen Blick zu. Wenig später kehrte sie mit einer in Würde ergrauten Schwester zurück, die Frömmigkeit und Milde miteinander zu verbinden wußte.

»Komm mein Kind, ich werde dich zur Mutter Oberin bringen, dort kannst du dein Anliegen vorbringen, du bist uns herzlich willkommen.«

Die Freundlichkeit der Frau kam Beatrice jedoch härter an als jede Herzenskälte, der Spott der Gassenjungen oder die gaffende Neugier der Magd. Insgeheim bat sie Gott um Vergebung für ihre Maskerade, doch ihr Mut stieg in dem Moment, als sie die Zelle Mariettas passierten. Fresenius hatte sie davon überzeugt, daß dieses Kloster ein verderbtes Lügenhaus und Marietta in ernsthafter Gefahr war.

»Hüte dich, mein Kind«, hatte Märthe sie gewarnt, »vor Claudius. Er ist ein gefährlicher Schmeichler, tu als ob du dich schmiegst, aber vergiß nie, daß er ein Wolf ist und kein Hirte.«

Beatrice holte tief Luft.

Ihre Begleiterin lächelte nun verständnisvoll. »Ich weiß, es ist kein leichter Schritt. Schon gar nicht für ein junges Mädchen wie dich. Aber fürchte nichts. Solltest du den Schleier der Postulantin nehmen, so ist dies noch kein ewiges, bindendes Gelübde. Nicht jede ist für unsere Welt gemacht. So sagt es auch Beichtvater Claudius.« Mit diesen Worten pochte sie an eine Tür. Ein barsches, unpersönliches »*entrare*« war die Antwort. Die alte Schwester verbeugte sich, noch unter dem Türrahmen stehend, Beatrice tat es ihr nach, dann traten sie ein.

Stöhnend flüsterte Scoferino immer wieder den Namen Rodiconda. Der Student Maltesta saß bei ihm und konnte sich keinen Reim darauf machen. Immer wieder tauchte er einen Schwamm in Essigwasser und kühlte damit die Stirn des Fiebernden. Sein Körper kämpfte hart mit den Folgen der ungewöhnlichen Operation, doch Märthe blieb weiterhin zuversichtlich. Giacomo strich seinem Freund die Haare aus der Stirn, der schlief endlich seufzend ein, und der Student ging zurück in die Küche, wo Märthe mit Mörsern und Glaskolben hantierte.

Fresenius saß in Gedanken versunken beim Feuer, man sah dem Mönch deutlich an, daß die Untätigkeit ihm nicht zusagte. »Er schläft nun«, sagte Giacomo an die Alte gewandt.

»Das ist gut, der Körper holt sich seine Ruhe«, bemerkte Märthe nur und mischte zerriebene Kräuter mit einem scharfriechenden Destillat.

Der Student nahm diese Hantierungen gelassener hin, als viele seiner Zeitgenossen es getan hätten, ihm galt die Alchemie als eine Wissenschaft unter vielen, nicht als zumeist verwerfliche, Schwarze Magie.

»Er murmelt immer wieder den Namen Rodiconda«, teilte er nun mit.

Fresenius blickte überrascht auf. »Ihr meint diese falsche Büßerin?«

Giacomo nickte. »Schon wieder eine Spur auf diesen vermaledeiten Claudius«, knurrte Fresenius, »wenn wir nur wüßten, was dies alles zu bedeuten hat.«

»Nun«, sagte Märthe ganz ruhig, »es bedeutet, daß diese Rodiconda den Pfeil auf ihn abgeschossen hat. Ich sah die Wölfin im Traum.«

Die beiden Männer blickten sie erstaunt an, während sie seelenruhig ein Fläschchen schwenkte und gegen das Licht hielt.

»Woher willst du das wissen, Frau?« fragte schließlich Giacomo.

»Ich weiß es, das muß dir als Erklärung genügen.«

Fresenius lächelte grimmig. Seine Freundin hatte also eine Vision gehabt. »Und weißt du denn auch«, fragte er, »warum diese Rodiconda das getan hat?«

Märthe seufzte. »Nein, soweit bin ich noch nicht. Aber ich denke, daß mir meine Rolle als Kräuterweib der Kurtisanen weiterhelfen wird. Wenn es mir gelingt, eine ihrer Rivalinnen zum Reden zu bringen, wissen wir vielleicht bald mehr. Verletzte Gefühle, gekränkter Stolz, Rache, Eifersucht oder sonst eine boshafte Leidenschaft könnten diese Rodiconda zu einer solchen Tat getrieben haben.«

Die Tür zur Küche öffnete sich und Beatrice trat ein.

»Nun?« fragte Fresenius knapp.

»In zwei Tagen wird mich der Dominikaner ins Gebet nehmen und darüber entscheiden, ob ich zur Postulantin tauge. Mein Geld hat man freilich gleich dabehalten«, sagte die Wäscherin und fiel erschöpft auf einen Schemel.

»Wie seltsam«, sagte Maltesta, »daß ein Beichtvater eine solche Macht in dem Kloster hat. Er muß ein geschickter Fuchs sein oder einen Protektor haben.«

Fresenius nickte und zerdrückte einen vorwitzigen Floh, der sich unter seinem Kuttenärmel hervorgewagt hatte. »Ich bin mir sicher, daß Claudius wieder einmal den Berater eines hohen Herrn spielt, das ist ganz nach seiner Art. Wenn wir nur wüßten, wer es ist! Dann wären wir einen ganzen Schritt weiter.«

»Es gibt eine Menge Unbekannte in diesem Spiel«, bemerkte Giacomo, »und es gibt eine Menge hohe Herren in der Ewigen Stadt. Wir müssen herausfinden, welcher sowohl zum Dominikaner als auch zur Rodiconda eine Verbindung hat.«

»Und zu Marietta«, fügte Beatrice hinzu, die in einem Holzbottich den Staub und Unrat der Straße von ihren nackten Füßen wusch. »Ich traue mir zu, das alles in Erfahrung zu bringen, wenn ich in den Orden der Reuerinnen aufgenommen werde.«

Ein Pochen an der Tür unterbrach das Gespräch. »Märthe?« fragte eine leicht greinende Stimme. Die Alte ging zur Tür und öffnete, vor ihr stand Camilla.

»Seid gegrüßt«, sagte die alte Wäscherin, »ich habe den Weg gemacht, weil mich meine Gicht wieder arg plagt. Weder die Sonne noch Eure Salbe verschaffen rechte Linderung, habt Ihr nicht noch ein anderes Mittel? Ein Amulett vielleicht, einen Kräuterstrauß, den ich unter den Röcken tragen kann?«

Märthe schüttelte bedauernd den Kopf. »Es tut mir leid, gute Frau, aber ich habe Euch das beste Mittel gegeben, was ich hatte. Nur einen Tee zur Linderung der Schmerzen kann ich Euch noch anbieten, kommt herein.«

Camilla trat mit gebeugtem Rücken in die düstere Küche. Mit Erstaunen bemerkte sie den Mönch und den vornehm gekleideten Edelmann. Unsicher senkte sie den Blick und folgte Märthe zum Kamin, über dem einige Sträuße von getrockneten Kräutern hingen.

»Hier ist etwas Bilsenkraut. Es hat betäubende Wirkung, doch darf es nur in geringer Menge verwendet werden. Ich werde es mit ein wenig Lavendel mischen. Übergießt das mit kochendem Wasser, wartet eine gute Weile, bis der Trank eine tiefbraune Farbe hat, dann seiht die Kräuter ab und trinkt den Tee. Er wird Euch schläfrig machen.«

Camilla nickte stumm und wagte einen ehrfürchtigen Blick zu dem jungen Studenten. »Ihr habt hohen Besuch heute«, flüsterte sie Märthe verschwörerisch zu.

»Ich hoffe nicht zu hoch«, gab Märthe leise zurück. »Hab keine Angst, Camilla, er gehört nicht zu der hochmütigen, heißblütigen Sorte.«

Die Wäscherin beruhigte sich unter dieser Versicherung und ihre natürliche Neugier gewann wieder Oberhand.

Laut sagte sie: »Es ist erstaunlich, wie viele hohe Herren sich zur Zeit in unser schäbiges Viertel verirren.«

Fresenius blickte auf. Mit gerunzelter Stirn fragte er: »Welche hohen Herren meinst du?« Die Alte erschrak unter dem Blick und senkte wieder ihren Kopf.

»Nun?« fragte Fresenius weiter.

»Ach, hört nicht auf mich, ich bin nur eine schwatzhafte, alte Frau«, murmelte Camilla.

Fresenius starrte sie ungeduldig an, Märthe warf ihm über den Kopf Camillas hinweg einen warnenden Blick zu. Dann sagte sie selbst mit ihrer schönen, sanften Stimme. »Sprecht ruhig, Camilla, es ist für uns alle interessant zu wissen, was in den Straßen vorgeht. Wir alle teilen Eure Neugier, es gibt ja so wenig zu berichten.«

Die Wäscherin schaute Märthe dankbar an.

»Ja, so ist es, es gibt wenig Neues in unserem tristen Leben, nicht wahr? Aber, um ehrlich zu sein, ich selbst habe den hohen Herrn gar nicht gesehen. Es war nur Giuseppe, und Ihr wißt, was von Giuseppe zu halten ist.«

Märthe nickte, während Fresenius immer unruhiger auf seinem Schemel hin und her rutschte. Camilla schwatzte noch eine Weile über den Holzknecht und seine Neigung zur Trunksucht, bis sie endlich von dem Bocksfüßigen berichtete, den er am nächtlichen Tiberufer gesehen haben wollte. Giacomo wandte sich kopfschüttelnd ab, der ganze Aberglauben des Volkes war nicht nach seinem Geschmack.

Camilla bemerkte es mit einem Anflug von Ärger. Der war also doch hochmütig, dieser junge Herr mit seinem schwarzen Samtbarett, der kostbaren weitärmeligen Schaube und den hochmodischen breiten Schuhen, die im Volksmund abfällig »Kuhmäuler« hießen.

»Giuseppe mag manchmal kein ganz scharfes Auge haben«, sagte sie nun laut zu Märthe, »aber das Amulett, das er in der Nacht fand, habe ich selbst gesehen, bevor er es bei einem Münzschaber versetzte.« Triumphierend blickte sie in die Runde und wagte sogar einen Blick auf den Studenten, der nur eine Augenbraue hob und sich dann dem kleinen Kammerfenster zuwandte.

»Jawohl, ein Amulett von echtem Silber war's. Der Münzschaber fand keinen Kern von Blei und hat dem Giuseppe einen halben Scudo dafür gezahlt. Denkt nur, einen halben Scudo, wie viele Maß Wein das sind. Aber kein Wunder, das Amulett stammte ja auch von einem wirklich hohen Herrn. Dem Kardinal Falvini nämlich.«

Der Student hatte anscheinend genug vom Ausblick in die triste, stinkende Gasse. Er wirbelte herum. »Falvini, sagst du?«

»Jawohl«, antwortete Camilla stolz, »und der ist ja nun wirklich hochgestellt genug, nicht wahr? Einen Palazzo an der Via Giulia hat er, und von seinen Festen erzählt man sich die wunderbarsten Dinge.«

Fresenius beachtete die Alte nicht mehr, sondern wandte sich mit fragendem Blick an Giacomo Maltesta. Der zögerte nicht und gab Auskunft. »Der Falvini ist in der Tat einer der Vornehmsten unter den Vornehmen, wenn er der Mann ist, den wir suchen…«

Märthe unterbrach ihn klugerweise und geleitete die verwirrte Camilla zur Tür.

»Schulde ich Euch nichts für den Tee?« fragte die Wäscherin, in der Absicht, ihren Abschied hinauszuzögern.

»Nein«, sagte Märthe, »es ist schon gut, ich werde mir mein Geld bei einigen reichen Dämchen holen, die meine Hilfe in Anspruch nehmen. Es genügt mir, wenn Ihr und die Wäscherinnen, den Bediensteten der *cortigiane* meinen Namen nennt und von meinen Fähigkeiten ordentlich prahlt.«

»Das will ich gewiß tun, Märthe«, versprach Camilla.

»Dann danke ich Euch. Behaltet also Eure paar Bajocci und kauft Euch ein ordentliches Gemüse dafür.« Damit schob sie die Wäscherin durch die Tür und schloß sie fest.

»Falvini«, sagte nachdenklich Fresenius. »Sehe ich nun selbst schon Gespenster oder könnte das eine Spur sein? Nun, was soll's. Giacomo, laßt uns ausgehen, wir wollen herausfinden, was man hier im Viertel noch so von dem Kerl schwatzt. Schaden kann es schließlich nicht.«

Märthe lächelte leise über den wiedererwachten Eifer des Kapuziners. Muße und Untätigkeit waren seine Sache wirklich nicht.

V.

1.

»Wenn die Suppe gekocht ist, findet sich immer einer, der sie ißt.«

Niccolo Machiavelli

Über den 20. September des Jahres 1526 sollte ein venezianischer Geschichtsschreiber nur wenige Wochen später notieren: »Der Tag begann mit einem bösen Omen und endete in allgemeiner Verderbnis. Die erlebten Schandtaten sind seit Jahrhunderten unerhört und ein Abscheu für alle Christen.«

Das erwähnte Omen war eine Eule, die im hellen Morgenlicht durch das Schlafzimmerfenster des Papstes flog und dort tot zu seinen Füßen niederfiel. Klemens VII., so hieß es, habe sich ehrlich erschrocken. Bleich und zitternd wollten ihn später mehrere seiner Vertrauten gesehen haben, und stärker schielend als je zuvor.

Was davon Legende und was Wahrheit war, wußte freilich niemand zu unterscheiden. Doch Grund zum Schrecken hatte der Papst genug. Noch am späten Abend des Vortages hatte ihn die entsetzliche Botschaft erreicht, daß die Sippe des Kardinals Colonna bei Agnani fünftausend Mann zusammengezogen hätte und einen Marsch gegen Rom und ihn selbst plane.

Eilends hatte der Papst die Schließung der Stadttore angeordnet und Befehl gegeben, am nächsten Morgen so viele Condottieri wie nur möglich unter Sold zu nehmen, um die Ewige Stadt zu verteidigen. Unruhig hatte er die Nacht verbracht, einzig darauf vertrauend, daß das Heer der Colonna unmöglich vor dem 21. oder 22. September Rom erreichen könne.

Doch wie in so vielen Dingen irrte der Papst auch darin, und wie so oft stand das Glück gegen ihn. Die Feinde, geführt von seinem Rivalen, dem Kardinal Pompeo Colonna, waren mit solch rasender Eile marschiert – in vierundzwanzig Stunden legten sie sechzig *miglia* zurück – daß sie bereits in der Frühe des 20. Septembers vor der nahezu wehrlosen Stadt standen.

Mit List bemächtigten sie sich der Porta San Giovanni und zweier anderer Tore und drangen, ohne Widerstand zu finden, bis nach Santi Apostoli vor. Ihr Sammelpunkt war der Palast der Colonna auf der Ostseite des Tibers, wo sie drei Stunden rasteten und so den Spionen des Papstes Zeit gaben, den Stand der Dinge auszukundschaften und mit einem wahren Reigen aus Hiobsbotschaften in den Palast am Petersplatz zurückzukehren.

Auch die von Klemens eilends entsandten Kardinäle, die das Volk auf dem Kapitol zur Gegenwehr bewegen sollten, richteten nichts aus. Einem Papst, der ihnen vor allem neue Steuern geschenkt hatte, wollten die Römer keine Hilfe leisten.

Den Heiligen Vater schmerzte dieser Mangel an ehrlicher Liebe besonders, denn er hatte sich erst am vorangegangenen Nachmittag noch einmal seinem Volk gezeigt. Auf seinem prachtvollsten Maultier war er durch die Straßen des Borgo und bis hinüber zum östlichen Tiberufer geritten. Den silbernen Krummstab in der Rechten und seine rote Papstmütze auf dem Kopf. In all seiner Pracht und Herrlichkeit war er dahergeritten, davon überzeugt, daß seine Erscheinung die Zuneigung der Bürger stärken müßte. Doch nun griff ihn einer seiner Kardinäle an, als sei er nichts als ein gewöhnlicher weltlicher Fürst und der Vatikan nicht mehr als ein saftiges Stück Beute.

Die Römer sahen dem Eindringen des Kriegsvolkes in ihre Stadt größtenteils ruhig zu, als verfolgten sie ein Schauspiel.

Unter dem Geschrei »*Imperio, Colonna, libertą*« drangen die wilden Scharen gegen Mittag bis auf den Ponte Sisto vor und nahmen ihn ein. Hier, wo die Wäscherinnen und Kleinkrämer, die Schinder und Kloakenfeger, die niedersten Huren und allerlei Diebesgesindel hausten, hatten sie nicht mit der geringsten Gegenwehr zu rechnen. Hier gab es nichts zu plündern und darum auch nichts zu verteidigen. Die Leute vom Brückenviertel empfingen die Angreifer mit Jubel.

Fresenius freilich beobachtete das leichte Vordringen der Reiter und Fußtruppen mit Widerwillen. »Eine Horde von Plünderern, schlimmer als eine Heuschreckenplage ist das«, rief er mit finsterer Miene Giacomo zu, der bei ihm am Ufer stand. Das Gelärm der vorbeiziehenden Söldner, das Stampfen und Trappeln der Pferdehufe waren ohrenbetäubend. Mächtige Staubwolken wurden von den bald sechshundert Reitern aufgewirbelt. Die Standarten und Banner waren nur schwer zu erkennen, ab und an blitzten im Sonnenschein die Rüstungen, Schwerter und Arkebusen auf.

»Sie werden im Borgo reiche Beute machen«, schrie Giacomo in die Richtung des Kapuziners, »ich denke, sie wagen gar den Angriff auf den Vatikan.«

Entsetzt sah Fresenius ihn an, dann zog er den Edelmann zurück und die Uferböschung hinauf. Der Lärm drang nun schwächer zu ihnen.

»Das werden sie nicht wagen«, sagte Fresenius, »eine solche Dreistigkeit traue ich ihnen nicht zu. Sie würden das Heiligste angreifen.«

Giacomo wandte seinen Blick kurz von den Reiterscharen ab

und Fresenius zu. »Ich dachte, Ihr selbst seid kein Freund unseres Papstes?«

Der Kapuziner nickte kurz. »Fürwahr, ich halte diesen nicht für unfehlbar, aber ein solcher Angriff auf den Heiligen Stuhl erscheint mir als ein Angriff auf den Allmächtigen selbst. Aber was wollen sie an die Stelle setzen? Haben sie wirklich die Absicht, die Kirche zu reformieren? Nie. Dieser ehrlose Feldzug ist gelenkt von purer Habgier und Machtlust.«

»Welcher Feldzug wäre das nicht?« fragte trocken der Student.

Fresenius schwieg, ihm gingen wieder einmal die Bilder des verlorenen Bauernkriegs durch den Kopf. Hätten die deutschen Karsthänse solche Truppen und Waffen gehabt, dann, dann hätten sie vielleicht ihrer gerechten Sache zum Sieg verholfen. Nein, Fresenius war – trotz seines Alters – nicht von solch abgeklärtem Geist wie sein Freund der Student.

»Kommt«, sagte der Mönch, »ich mag dieses Schauspiel nicht länger verfolgen. Mich dauern diese ganzen armen Narren, die den Schlächtern zujubeln. Mag es kommen wie es will, am Ende werden sie dafür zu zahlen haben.«

Giacomo seufzte. »Darauf würde auch ich meinen letzten *scudo* verwetten. Wir dürfen gespannt sein auf die Steuern, die der Vatikan demnächst auf unsere Schultern legen wird.«

Nachdenklich kehrten sie durch das Gedränge der Gaffer zum Hause Märthes zurück. Überall herrschten Aufregung und Lärm, nichts ging an diesem Tage seinen gewohnten Gang. Die Glocken von Santa Maria Maddalena läuteten *a stormo*, die *sorelle* hatten sich hinter ihren Mauern verschanzt.

Fresenius blieb plötzlich stehen und faßte seinen Begleiter am Arm. »Giacomo, ich glaube, wir können diesem Tag doch noch einen Vorteil für uns abtrotzen.« Fragend blickte der Student ihn an.

»Wir bräuchten nur einen Brustharnisch und Landsknechtshosen, aber die dürften zu besorgen sein.« Immer erstaunter betrachtete Maltesta den Mönch. Der schien seinen Plan nun gemacht zu haben. »Ja, ich denke, das geht. Giacomo, wir werden einen Angriff führen.«

»Gegen die Colonnas?« rief entsetzt der Student.

»Nein«, sagte Fresenius listig lächelnd, »gegen Claudius. Nutzen wir den Aufruhr für unsere Zwecke.«

Der Papst, der zuerst die Feinde auf seinem Thron zu erwarten gedachte, ließ sich endlich einmal von den Vorstellungen seiner engsten Vertrauten bestimmen und floh am späten Mittag durch den verdeckten Gang in die Engelsburg. Keine Minute zu früh, denn die wenigen Schweizer Gardisten, die im Vatikan zurückgeblieben waren, wagten keinen ernsthaften Widerstand gegen die Angreifer, die sich bald plündernd über das Kirchenviertel ergossen. Die Kassen aller geistlichen Ämter, des Fiskus, des Sekretariats wurden ausgeraubt. Bald zogen zügellose Banden sogar durch die Peterskirche. Sie scheuten keine Schandtat und kein noch so schreckliches Sakrileg. Reliquien, Kreuze, heilige Gefäße und Gewänder wurden geraubt, selbst der Altar des heiligen Petrus seiner Kostbarkeiten entkleidet und beraubt.

Der päpstliche Palast wurde fast vollständig ausgeplündert, die geheime Sakristei ebenso leergeräumt wie die Zimmer der Prälaten und Hofleute und die Pferdeställe. Einige besonders dreiste und gewissenlose Schurken drangen bis zum Schlaf- und Garderobenzimmer des Papstes vor. Sie schmückten sich mit seiner roten Birettina und kleideten sich in die liturgischen Gewänder, wobei sie sich selbst feierlich den rituellen Segen erteilten. Sogar der päpstliche Krummstab und die Tiara gerieten kurzzeitig in ihren Besitz.

Mit den beiden Insignien päpstlicher Macht veranstalteten einige ein verwerfliches Schauspiel. Einer von Colonnas gedungenen Kriegsknechten führte seinen Maulesel vor, warf ihm ein Chorhemd des Papstes über, schmückte den Schädel des Tieres mit der Tiara und rief ihn als neuen Statthalter Petri aus. Wie es das Zeremoniell verlangte, wurde dem Esel daraufhin ein brennendes Stück Werg unter die Nase gehalten, und feierlich rief ein roher Bursche nach überliefertem Brauch die uralte Ermahnung: »So vergeht der Ruhm der Welt.«

Als das Werk der Plünderung in der Papststadt vollbracht war, zogen einige der Söldner zum Westufer und bemächtigten sich dort der Wohnhäuser von Kaufleuten und Kardinälen. Die Truppe löste sich gegen Abend in kleine marodierende Banden auf, die nichts als Beute im Sinn hatten. Grölend und randalierend liefen sie durch Straßen und Gassen, drangen hier und dort ein, hieben jeden, der Gegenwehr leistete, nieder und nahmen sich, was ihnen gefiel. Zu spät entschlossen sich wenige wagemutige Edelmänner zum Kampf gegen die Plünderer. Sie fochten ehrenvoll aber vergeblich.

Hochstehende Personen wurden als Geiseln genommen, um in den kommenden Tagen Lösegeld zu bringen. Selbst diejenigen, die sich immer kaisertreu gezeigt hatten, wurden nicht verschont, sie büßten viel ein.

Nun erst begriffen die Römer, daß es den Söldnern Colonnas um nichts weniger zu tun war als um die Befreiung von Tyrannei oder den Sturz eines unheiligen Papstes.

Im Brückenviertel freilich feierte man an diesem Abend und war zumindest mit dem Maul ein Held. »Ich geb dem Papst ‘nen Tritt zum Gebet«, rief mancher, andere, die von der Inthronisation des Esels bereits gehört hatten, spielten die Freveltat mit Stroheseln nach, denen sie gar Feuer unter den Hintern machten, bis alle Zuschauer sich lachend die Bäuche hielten. Saurer Wein floß in Strömen, der Holzknecht Giuseppe zeigte sich spendabel, und von irgendwoher zog eine Musikantenschar durch die Gassen. Pfeifer entlockten ihren Weidenflöten muntere Töne, einer schlug die Laute, andere fiedelten auf groben Darmsaiten, die über kleine Fässer gespannt waren. Ausgelassen tanzten einige der Wäscherinnen durch den Schmutz und herzten freigiebig die jungen Burschen. Es war die derbe, ausgelassene Feier lang Geknechteter.

Beatrice beobachtete von Märthes Küche aus das bunte, laute Treiben. Sie schwankte zwischen Vergnügen und Scham, einige ihrer Nachbarn trieben es bei Gott zu toll. Aber wenn sie an den Hochmut mancher Pfaffen dachte, an den Geiz und die Schäbigkeit vieler ihrer reichen Kunden, dann schien es ihr, als hätten sie das Strafgericht der Colonna durchaus verdient. Märthe betrachtete die Wäscherin amüsiert, aber kopfschüttelnd.

»Da kommen zwei Soldaten auf unser Haus zu«, rief diese plötzlich aufgeregt, »o Himmel, was können sie von uns wollen. Da, einige fliehen bereits. Märthe, laß uns die Tür verriegeln.« Schon wollte sie darauf losstürzen, als Märthe sie lachend zurückhielt. »Hab keine Bange, diese Kerle tun uns gewiß nichts.«

In eben diesem Moment betraten Fresenius und Maltesta die niedrige Kammer. Der Mönch trug seine Kutte unter dem linken Arm, in seiner Eisenfaust stak ein ordentlicher Zweihänder. Unter einem leichten Brustharnisch trug er eine bunte, geschlitzte Landsknechtshose, die sich über groben Lederstiefeln ordentlich aufplusterte.

Maltesta hatte sich in einen vornehmen Kämpfer mit federgeschmücktem Helm verwandelt. Sein Brustpanzer entbehrte nicht feiner Ziselierarbeiten und sein schmal gearbeiteter Degen war von vollendeter Eleganz. Märthe klatschte beifällig in die Hände.

»Eure Verwandlung ist vollkommen. Fresenius, verzeih, wenn ich es sage, aber die Rüstung steht dir noch immer vortrefflich zu Gesicht.«

Fresenius verzog halb lachend, halb bedauernd den Mund.

»Ja, und ich muß zugeben, ich fühle mich immer noch wohl darin. Der Herr möge mir verzeihen.«

»Ach, papperlapapp. Du dienst ja der gerechten Sache, gräme dich nicht. Ich werde deine Kutte wohlverwahren«, entgegnete Märthe und fegte all seine Bedenken beiseite. »Nun kommt zum Kamin, damit ich Eure Gesichter mit Ruß schwärzen kann. Beatrice, schneide einige Mundtücher zurecht, die sich die beiden vors Gesicht binden können.«

Die Wäscherin gehorchte zwar, ließ sich nun aber nicht mehr von ihren Fragen abbringen.

»Was wollt Ihr tun? Gegen die Söldner in den Kampf ziehen? Ihr seid wahnsinnig, wenn Ihr das vorhabt! Oder, oder...« Plötzlich kam ihr ein ganz ungeheuerlicher Gedanke. »Ihr wollt Euch doch nicht den Plünderern anschließen?« Entsetzen und Staunen waren ihr ins Gesicht geschrieben.

Giacomo lachte lauthals. »Du bist mir eine wirklich ehrliche Haut. Plündern! Sehnst du dich nach ein wenig Geschmeide aus einem Kaufmannspalast, oder soll ich dir eine Seidenrobe bringen?«

»Laßt die Scherze, Giacomo«, unterbrach ihn Fresenius mit befehlsgewohnter Stimme. Beatrice hatte schmollend den Mund verzogen und schwieg. Der Kapuziner, dessen Gesicht nun von fettem Ruß glänzte und furchterregend aussah, wandte sich ihr zu. »Liebes Kind, wir werden niemandem ein Haar krümmen und sind nur auf eine einzige Beute aus. Auf Marietta.«

»Ihr wollt ins Kloster eindringen?« fragte Beatrice mit vor Schreck geweiteten Augen. Fresenius nickte. Die Wäscherin schüttelte ungläubig den Kopf. »Das ist Wahnsinn, die Mauern sind dick, die Klosterknechte anständig bewaffnet, und Ihr seid nur zu zweit!«

»Dafür verfügen wir über eine hervorragende Artillerie«, behauptete der Student, »nicht wahr, Fresenius?«

»Ich denke, sie wird uns den Weg freischießen«, antwortete der Kapuziner.

»Nun denn«, sagte Beatrice verwirrt aber entschlossen, »dann gehe ich mit.«

»Du träumst Weib«, sagte der Kapuziner barsch und wollte sie beiseite drängen.

Doch Beatrice blieb hart. »Ich kann mich so gut verkleiden wie Ihr. Ich gehe als Edelmann. Gebt mir Eure anderen Kleider Giacomo.«

»Warum sollten wir ein Gänschen wie dich mitnehmen«, fragte der junge Mann reichlich hochmütig.

»Weil Marietta mit zwei finsteren Gesellen, wie Ihr es seid, gewiß nicht fliehen wird. Ihr braucht mich, nur ich kann auf sie einwirken und sie besänftigen.«

»Es ist zu gefährlich«, warf Fresenius ein.

»Nicht, wenn wir die versprochene Artillerie im Rücken haben. Das Kloster verfügt über keinerlei Feuerwaffen. Also?«

Nun mischte Märthe sich ein. »Die Wäscherin hat recht. Nehmt sie mit. Zwei Poltergeister wie ihr in einem Nonnenkonvent, das ist gar zu schlimm. Ihr könnt weibliche Hilfe bei Eurer Unternehmung brauchen.«

»Aber sie hat erst gestern eben dort um den Schleier der Postulantin gebeten. Wie kann sie sich nun an einem Überfall beteiligen? Das ist ein zu arges Stück«, empörte sich Fresenius.

Beatrice lachte keck. »Solange mich dabei ein Mönch begleitet, fürchte ich nicht um mein Seelenheil.«

In immer kleinere Gruppen zersplitterte nun das gewaltige Heer des Colonna, der kleinste Truppenhaufe hätte einen Großteil von ihnen niedermachen können, doch die Stadt war wie gelähmt vor Entsetzen. So zogen die Söldner, die genügend Beute mit sich schleppten oder ihren Bannführern noch gehorchten, unbehelligt davon. Die aber nach mehr dürsteten, durchzogen weiter die Gassen. Eine besonders verwegene Schar von zwanzig Pikenieren wagte mit gereckten Lanzen sogar einen Sturm auf den Palazzo Falvini an der Via Giulia, dessen geschmiedete Gitter und Wachmannschaft allgemein als uneinehmbar und unbesiegbar galten.

Doch da der ehrfurchtgebietende Herr des Hauses mit seiner Leibgarde zur Vogeljagd auf sein Landgut geritten war, fehlte den verbliebenen Wachsoldaten die rechte Kampfentschlossenheit. Als sie die ersten Anzeichen von Tumult vor den Toren des Palazzo bemerkten, zogen sie sich in den Innenhof zurück und standen recht ratlos herum. Die Dienerschaft des Kardinals, allen voran seine treuergebenen Sarasine, machte sich daran, einige der wertvollsten Kunstwerke, das goldene Tafelgeschirr und die kostbaren Wandteppiche in den Keller zu schaffen, der mit schweren Eisentüren zu verschließen war. Eifrig gingen sie zu Werk, bis Rodiconda ihnen mit kalter Stimme Einhalt gebot.

»Ihr feigen Memmen. Was soll dieses Hasten und Springen. Glaubt ihr auf diese Weise den Plünderen zu entkommen?« Die Diener hielten kurz inne, Almansor warf der Frau einen prüfenden Blick zu, der eine deutliche Spur von Verachtung in sich trug.

Das aber reizte die Wölfin um so mehr. Auf der oberen Stufe einer Treppe stehend, den geschienten Arm vor der Brust und ein Tuch als Turban um ihr kahles Haupt geschlungen, hielt sie eine zornige Rede. »Je länger ihr hier zögert und euch nicht zu einer Verteidigung entschließen könnt, desto mehr reizt ihr die Condottieri. Es werden immer mehr, die sich vor den Toren sammeln. Immer prächtiger malen sie sich die Reichtümer aus, die im Palazzo auf sie warten, und immer heftiger gieren sie nach eurem Blut. Du, Mädchen«, wandte sie sich nun an eine der verängstigten Küchenmägde, »bist gerade hübsch genug für eine Bande rauher Kerle. Wie hübsch deine weiße Haut über deinem Mieder glänzt, fühlst du schon ihre derben Hände?«

Das Mädchen begann zu schluchzen. »Und du, Kerl, du wärst ein treffliches Ziel für ihren derben Spott. Es sind Pikeniere, die unten warten. Kennst du ihr liebstes Spiel? Sie nennen es hälfteln. Soll ich es dir ausmalen? Nun, sie nehmen die Lanze und jagen sie dir von unten durch den Leib bis herauf in dein Maul.«

Starr vor Entsetzen betrachtete die *famiglia* des Falvini die Wölfin, die nun langsam die Treppe herabstieg. »Was, was sollen wir denn nur tun?« fragte jammernd der Küchenmeister.

»Ich sage dir, was du tun sollst. Gehe in deine Küche und schür das Feuer unter den Töpfen. Bereite ein fürstliches Mal. Der Mundschenk soll im Keller das beste, hörst du, das beste Faß anstechen. Und ihr Mägde putzt euch auf, als wäret ihr von feinstem Stand. Wir wollen den Soldaten des Colonna ein Fest bereiten. Ein prachtvolles Fest, ganz wie den vornehmsten Herren.«

Almansor schüttelte beinahe mitleidig seinen schönen Kopf. Jeder verstand die Bewegung, der Mohr wollte andeuten, daß diese *cortigiana* dem Wahnsinn anheimgefallen war. Doch Rodiconda hatte nie einen klareren Geist besessen als in diesem Moment höchster Gefahr. »*Imbecille,*« schnaubte sie nur während sie an Almansor vorbeiging, »was glaubt ihr denn, was ich vorhabe? Keiner der Soldaten wird dieses Fest überleben, das verspreche ich.« Und dann erklärte sie mit gedämpfter Stimme ihren verwegenen Plan.

Die Wachleute wurden aus dem Innenhof gescheucht und auf geheime Posten verbannt, Tische wurden rasch aufgebockt, und die teuersten Wachskerzen auf Leuchter gesteckt. Alles geschah in rasender Eile, und bald standen Falvinis edelste Weinpokale auf der festlichen Tafel. La Luparella warf sich ein Tuch von feinster Brabanter Spitze über ihre nackten Schultern, drapierte es geschickt über ihrem geschienten Arm, der nun in einer Seidenschlaufe ruhte, und schritt mit hochgerecktem Haupt selbst zu den äußeren Toren des Palazzo.

Almansor öffnete mit schweren Schlüsseln die Schlösser und schob die Riegel beiseite. Grölend wollten die inzwischen etwa vierzig Soldaten hineinstürmen, doch da trat Rodiconda vor. »Seid mir willkommen«, sagte sie mit lauter Stimme, und die Kämpfer verharrten erstaunt auf der Schwelle. Die Dame vor ihnen war schön, blendend schön, und von vornehmer Art.

»Ihr seid gewiß müde und erschöpft nach eurem Kampf«, fuhr Rodiconda im höflichsten Plaudertone fort, »nun, wir wollen euch einen angemessenen Empfang bereiten. Danach ist alles, was ihr in diesem Haus findet, euer.«

»Das ist es ohnehin«, schrie einer der rohen Burschen frech und rotzte in seinen Ärmel.

»Gewiß«, sagte Rodiconda ungerührt, »doch warum wollt ihr es wie die Barbaren rauben, anstatt es mit der Würde eines echten Siegers entgegenzunehmen? Ich verspreche euch, euer gutes Betragen wird euch nicht zum Nachteil gereichen. Schon gar nicht vor den Damen des Palazzo.«

Dann klatsche sie in die Hände, und hinter ihr tauchten langsam die hübsch herausgeputzten Mägde auf, eine jede war mit kostbarem Geschmeide, Perlenschnüren, einem maurischen Tuch oder einem Mieder geschmückt, so daß die Soldaten sie für Damen hielten. In den Händen trugen sie silberne Kandelaber. Es war ein bezauberndes, einladendes Bild der Unschuld, eines, das Botticelli gemalt haben würde.

Am Ende schwang sich einer der ruchlosen Bande vor dem Palazzo zum Führer auf und befahl seinen Gesellen, mit geziemendem Anstand den Palast Falvinis zu besetzen. »Zeigt, daß wir uns zu benehmen wissen, auch wenn wir nicht von hoher Geburt sind. Marsch!« Mann für Mann betraten die Söldner den Palast, einige zogen dabei gar ihre Eisenhüte vom Kopf, alle senkten ihre Lanzen.

Rodiconda neigte gegen jeden von ihnen grüßend das Haupt. Sie wußte, daß sie einen sicheren Sieg davontragen würde.

Am anderen Ufer des Tibers trafen die letzten Plünderer auf weniger gewitzten oder gar keinen Widerstand. Lediglich in den borgo nuovo, dessen Bürger sich schon immer auf die Dienste einer eigenen, teuer bezahlten Wachmannschaft verließen und Häuser wie Festungen bauten, drangen sie nicht ein. Dafür fanden sie in den Randbezirken noch manchen verlockenden Palast. So auch den della Forsas. Freilich waren die eindringenden Soldaten zunächst enttäuscht, daß sich das Mobiliar des Purpurträgers als einigermaßen schäbig erwies. Auch beim Tafelgeschirr war nicht viel zu holen, es war nur mit dünnem Silber überzogen und nicht einmal mehr vollständig. Lediglich die Küche erwies sich als Schatzkammer. Der Kirchendiener schien sein bescheidenes Vermögen ganz auf die Befriedigung seiner leiblichen Bedürfnisse zu verwenden. Hier hingen duftende Würste und gebeiztes Fleisch im Rauchfang, die Getreidesäcke waren prall gefüllt, und in Steintöpfen fand sich Konfekt aus Ingwer und Aprikosen.

Also taten sich die ausgehungerten Krieger an Schweinehälften und einem recht ordentlichen Wein gütlich. Und da sie in großzügiger Stimmung waren, ließen sie auch die armen Straßenlungerer des Viertels hinein.

Den Bettlern und Arme-Leute-Kindern warf die Soldateska Knochen und einige Äpfel zu, und die machten sich gierig darüber her. Sie steckten auch ein, was den Soldaten zu wertlos erschien, Holznäpfe oder Schleifsteine etwa, und wurden dabei von keinerlei Gewissensnot geplagt. Schon lange nahmen sie della Forsa seine auf das geringste beschränkte Barmherzigkeit übel. Der Kardinal erfüllte seine Pflicht zur Speisung der Armen, indem er jeden Tag Schlag Mittag einige Fischabfälle vom Copellenmarkt, gemischt mit vergorener Schweinegerste, an die Armen verteilte. So armselig und widerwärtig war diese Nahrung, daß manch einer lieber Blätter von den Bäumen und wilde Kapern aß.

Als das Gassenvolk seinen nagenden Hunger gestillt hatte, zog es lärmend durch das Haus. Einige erreichten noch vor den Soldaten das Schlafgemach des Hausherrn. Kein Wächter war da, den armen Mann zu verteidigen, kein Page erhob auch nur die Stimme, um auf die Würde des Kirchendieners hinzuweisen.

Roh stieß ein Einbeiniger mit seiner Krücke die Tür zum Garderobenzimmer auf. Unter Gelächter wühlten die zerlumpten Gestalten unter den mäßig prächtigen Gewändern. Es war ein gottloses Schauspiel.

Den violetten Hut des Kardinals auf dem grindigen Kopf, drängte einer schließlich in das Schlafgemach des Purpurträgers ein. »Hallo, della Forsa, wie gefalle ich dir als Amtsbruder?« Sein unbotmäßiges Gelächter blieb ihm im Hals stecken.

»*Fuggate*! Flieht! Fort, alles raus!« kreischte er nur einen Moment später und stürmte zur Tür hinaus. Die meisten folgten, denn sie vermuteten bewaffnete Bewacher im Schlafzimmer. Die, die vorwitziger waren und einen Blick in die Kammer warfen, folgten ihnen bald auf dem Fuße. Denn das, was sie im Bett des Kardinals entdeckten, war weit fürchterlicher und gewiß tödlicher als eine einfache Lanze.

Auf schmutzigen Kissen lag dort ein stöhnender, aufgedunsener Mann. Faulige Gerüche entstiegen seinem Körper, der lebendig zu verwesen schien. Tiefdunkle Schwären bedeckten seine Beine und Arme, alle Haare waren ihm ausgefallen, selbst die Wimpern seiner Augen fehlten. Kein Zweifel, der stinkende Kerl siechte im letzten Stadium der Franzosenpest vor sich hin. Vor diesem Übel nahmen schließlich auch die Söldner Reißaus, nicht ohne ihre prallgefüllten Bäuche zuvor würgend und kotzend von den genossenen Speisen zu befreien. In so fürchterlicher Form hatten sie die Symptome der Lustkrankheit noch nirgends zu Gesicht bekommen, und wie die meisten ihrer Zeitgenossen, nahmen sie an, daß eine Ansteckung unmittelbar durch die Luft erfolgen konnte.

2.

»Man soll nie versuchen durch Gewalt zu siegen, wo man es durch Betrug vermag.«

Niccolo Machiavelli

Nun?« Falvini reinigte seine Hände in einer Fingerschale und trocknete sie an einem ihm gereichten Leinentuch.

»Eure Drosseln waren wirklich köstlich, Eminenz. Wirklich köstlich. Solche Speisen genießt ein armer Kirchendiener, wie ich es bin, nur selten. Ich hoffe, die Jagd hat Euch erfrischt.«

Falvini gab seinem Jagdknappen, der bei Tisch bedient hatte, ein Zeichen zu gehen.

»Laß diese Possen. Ich muß mir von dir kein Lob über meine Tafel anhören. Ich bin hier auf dem Lande, weil ein Brief mir dazu riet. Aus deiner Feder, nehme ich an. Also, kommen wir endlich zum Geschäft, Mönch.«

Claudius neigte sein häßliches Haupt. »Wie Ihr wünscht, hoher Herr, doch laßt mich noch einmal in aller Demut vorausschicken, daß ich nur ein Unterhändler bin, ein unbedeutendes Werkzeug der Macht und vollkommen neutral.«

Falvini erhob sich ungeduldig von der Tafel und trat an eines der unverglasten Bogenfenster des Turmes. Unter ihm lag die Ebene der Campagna. Milde Herbstluft drang herein, gewürzt mit dem Duft wilden Thymians.

»Es interessiert mich nicht, Mönch, ob du nun neutral bist oder nicht. Mir wurde Nachricht von einer Frauensperson versprochen. Also?«

»Oh, Frauensperson, wie abfällig das klingt«, sagte Claudius geziert und wusch sich derweil mit abstoßender Ausführlichkeit ebenfalls die Hände.

Falvini vermutete zornig, daß der Kerl ihn nachäffte, ging mit schnellen Schritten zur Tafel und fegte die Fingerschale zu Boden. Klirrend tanzte sie auf dem Mosaikboden des Zimmers.

»Ich warne dich, gehe nicht zu weit in deinen Spielen, ich bin ein ungeduldiger Mann.« Und diese Ungeduld spürte er deutlich, sein Magen brannte wie das Höllenfeuer selbst.

»Ich bitte untertänigst um Verzeihung, wenn ich Euch verärgert habe«, schnarrte Claudius mit aufreizender Gelassenheit. Dann erhob auch er sich vom Tisch, strich sich über seine blendend weiße Kutte und räusperte sich umständlich.

»Nun, mein Herr läßt Euch ....«

»Welcher Herr?«

»Es steht nicht in meiner Macht, Euch seinen Namen zu verraten. Dieser Herr jedenfalls, ein mächtiger Mann, soviel kann ich sagen, weiß, wo sich die von Euch gesuchte Person aufhält.«

»Wo?«

»Nein, nein, nein. Ihr verkennt die Lage. So rasch kommen wir nicht zum Ziel, Euer Eminenz. Zunächst darf ich fragen, wie dringend Euch ein Wiedersehen mit der genannten Person denn ist?«

Falvini lächelte trocken, sein Magen entspannte sich etwas. »Nun, endlich kommst du zur Sache. Wieviel verlangt dein hoher Herr als Lösegeld?«

»Ihr seid sehr direkt in Eurer Art, nicht wahr? Ganz der Jäger.« Claudius musterte Falvini, der hier auf dem Land ein kostbares Jagdgewand und höchst weltliche Reitstiefel aus feinstem Kalbsleder trug mit einem Anflug von Spott.

»Begib dich nicht wieder auf Abwege, Dominikaner. Noch einmal: Wieviel verlangt ihr für die Freigabe Mariettas?«

»Tausend Golddukaten für ein Treffen.«

Falvini warf den Kopf nach hinten und lachte. »Du bist vollkommen verrückt, Kerl, vollkommen verrückt. Tausend Golddukaten, das wäre der ganze Zehnt aus meinem Amt als Abt von Monte...«

»Genau«, sagte knapp der Mönch, »Ihr habt einen exakten Überblick über Eure Finanzen. Ihr wißt, was die Dinge wert sind.«

»Du bist ein Narr, wenn du glaubst, daß ich diese Summe zahle.«

»Gewiß, gewiß«, sagte schmeichelnd Claudius, »eben das habe ich auch meinem Herrn gesagt. Tausend Dukaten, römische Golddukaten noch dazu, jeder Mann, der soviel für die Begegnung mit einer schäbigen *puttana* zahlt, die er sonst für einen Dukaten die ganze Nacht mietet, ist ein Narr.«

Falvinis Hand glitt unwillkürlich zu seinem Dolch, einem hübschen Schmuckstück, das in seinem Gürtel steckte. »Für diese Beleidigung sollte ich dich abkehlen«, zischte er.

»Einen armseligen Diener der Kirche? Ich bitte Euch.«

»Was, wenn ich dir selbst zweitausend Dukaten, meinetwegen das Amt des Abtes selber böte, wenn du mich gleich zu Marietta führst? Du weißt bestimmt, wo sie ist.«

Claudius schwieg einen Moment, so als müsse er das Angebot ernsthaft überdenken. Doch er glaubte, daß er noch mehr Kapital aus dieser Situation schlagen konnte. Das Amt eines Abtes bedeutete eine schöne Pfründe, doch der Dominikaner sah sich bereits im Gewand des Bischofs. Ein paar Finten, ein paar Tricks noch, und er war in Rom ein gemachter Mann. Laut sagte er: »Ihr führt mich wahrhaftig in Versuchung, Eminenz. Wahrhaftig. Ich ein Abt. Was für eine wundervolle Vorstellung. Aber wäret Ihr bereit, mir diesen Vorschlag schriftlich, von eigener Hand zu unterbreiten?«

»Schriftlich?« Falvini lachte wild. »Du bist ein noch größerer Narr als ich dachte. Ein Falvini würde nie seinen Namen auf ein erpreßtes Dokument setzen. Nie!« Damit wandte er sich ab und wollte das luftige Turmzimmer verlassen. Claudius bemerkte, daß er den stolzen Mann wohl überreizt hatte.

»Wartet«, hielt er ihn zurück. »Ihr bringt mich in eine schwierige Lage. Mein Herr ist, wie gesagt, sehr mächtig.«

»Kann er dir das Amt eines Abtes verschaffen?« fragte Falvini spöttisch.

»Nein, das kann er nicht.«

»Was willst du dann von ihm? Entscheide dich für die richtige Seite. Und falls du das nicht kannst, so will ich dir sagen, welches immer die richtige Seite ist. Es ist die des Siegers.«

Claudius verbeugte sich und antwortete: »Ich stimme Euch zu, doch wer der Sieger sein wird, scheint mir noch nicht gewiß.«

Falvini wandte sich wieder der Tür zu.

»Einen Augenblick noch.« Claudius zog unter seiner Kutte einen Gegenstand hervor, der im Kerzenlicht kurz aufblitzte. »Ich habe hier etwas. Ein Geschenk, das Euch bei Eurer Entscheidung vielleicht behilflich sein könnte.« Mit nachlässiger Geste warf er den Gegenstand auf den Tisch, verneigte sich und entfernte sich als erster aus dem Zimmer.

Falvini trat zögernd an den Tisch und griff nach dem Geschenk des Mönches. Es war ein Medaillon aus dem Atelier Scoferinos. Gierig griff der Kardinal danach und betrachtete es. Das Bild zeigte Marietta mit ihrem Kind, das Porträt einer heiteren Madonna. Entzückt preßte Falvini seine Lippen auf das Bild. Seine Seele geriet mächtig in Aufruhr, und diesmal war es nicht sein Magen, der brannte, sondern sein Herz.

Der Knappe, der eintrat, um den Tisch abzuräumen, staunte nicht schlecht, als er die Rührung Falvinis bemerkte. In den Wimpern des Unbarmherzigen hingen Tränen.

Der Spuk war vorbei, der Innenhof des römischen Palazzo des Falvini bot ein gespenstisches Bild. Röchelnd und zuckend lagen die Männer ausgestreckt auf dem Pflaster, einige waren über der Tafel zusammengebrochen. Blut und weißer Schaum floß aus ihren Mündern. Rodiconda, erfahren in der Kunst der Giftmischerei, hatte die Dosis recht genau getroffen. Rasch hatte das weiße Pulver gewirkt, und wo es seinen Dienst nicht sofort getan hatte, hatten die Bogenschützen von den Balkonen und der Galerie aus nachgeholfen. Neben der Wölfin rang einer der Soldaten noch mit dem Tod, aus einem Loch in seiner Lunge entwich pfeifend die Luft. Rodiconda stieß ihn mit höhnischem Grinsen beiseite.

»Lächerliche Dummköpfe seid ihr«, sagte sie in die Runde der Sterbenden, das Schluchzen der Mägde mischte sich in die Szene. Stumm erschien der Sarasin Almansor und verneigte sich mit Ehrfurcht vor der mörderischen Kurtisane, ganz so, als sei sie eine Herzogin.

»Rasch, Almansor, laß ihre Körper zur Warnung vor die Tür werfen. Die wenigen, die nun noch durch die Gassen streifen, werden sich kaum mehr an dieses Haus wagen.« Almansor nickte, schnippte mit den Fingern und bedeutete den Wachmännern, die Sterbenden fortzuschaffen. Dann wandte er sich wieder Rodiconda zu.

»Laß nun das beste Pferd und ein Maultier satteln. Wir reiten heute nacht noch aus. Ich muß zu Falvini, er soll wissen, was ich für ihn getan habe.« Almansor deutete stumm auf den geschienten Arm der Kurtisane. Die lachte nur. »Glaubst du, das könnte eine wie mich noch aufhalten? Nein. Eil dich, ich werde oben Beinkleider anlegen. Komm, Mädchen, du mußt mir beim Umkleiden helfen, und hör endlich auf zu flennen.«

Gegen Mitternacht standen Pferd und Maultier bereit. Rodiconda ließ sich von Almansor in den Sattel helfen. Sie gab dem Pferd die Sporen, Funken stieben, als der Araber die Hufe auf das Basaltpflaster setzte. Almansors Maultier hatte Mühe zu folgen. Über die Via Giulia, vorbei am Ponte Sant' Angelo, ritt das ungleiche Paar auf die Via Flaminia zu. Ohne Mühe passierten sie die verwaiste Porta di Popolo. Auf dem Tiber schaukelten matte Lichtreflexe, die der abnehmende Mond auf das Wasser warf. Er hatte gerade noch Kraft, um den nächtlichen Reitern den Weg zu erhellen.

An den Ufern des Tibers ruhten die letzten Plünderer und Deserteure, die sich entschlossen hatten, auf ihren Sold zu verzichten und statt dessen ihre Beutepfennige in Rom verprassen wollten. Dies war das Kreuz mit der gedungenen Miliz und den Soldaten, die aus aller Herren Länder stammten, sie kämpften stets nur für das Geld und den Herrn, der am meisten zu bieten hatte. Schon morgen würden sie sich dem Heerführer des Papstes angeschlossen haben, wenn der ihnen reiche Beute beim Überfall auf den Stammsitz der Colonna verspräche. Das Glück war für sie ein Weib, das es zu prügeln und zu stoßen galt.

Die Klostermauer zerbarst mit einem gewaltigen, ohrenbetäubenden Knall. Fresenius hatte seinen Sprengkörper, eine feingeschmiedete Eisenkugel gefüllt mit Pulver und Harz, genau plaziert. Weit ab von der Pforte, dahin, wo niemand ernsthaft Gefahr lief, verletzt zu werden. Die Bewohner der Klosters gerieten sofort in helle Panik und flohen samt und sonders in die capella, die sie fest verriegelten. Als sich die Rauchschwaden und Pulverwolken lichteten, kletterten der Kapuziner, der Edelmann und die als junger Bursche verkleidete Beatrice durch das Loch in der Mauer. Aus der *capella* drangen ängstliche Gesänge zu ihnen.

»Was für eine Katzenmusik«, flüsterte Giacomo und Fresenius warf ihm einen strafenden Blick zu.

»Rasch, dort drüben ist der Krankentrakt«, drängte Beatrice. Ihr Herz klopfte vor Aufregung bis zum Halse. Die Freude am Abenteuer überwog jedoch ihre Angst. Endlich war ihr Leben so aufregend, wie sie es sich immer erhofft hatte. Die Männertracht, die sie trug, bedeutete Freiheit.

Die drei eilten über den Hof zu der bezeichneten Zelle. Der Kapuziner warf sich gegen die Tür und mußte überrascht feststellen, daß sie offen war. Unter mächtigem Gepolter fiel er fast in den kargen Raum. Von Marietta oder ihrem Kinde keine Spur.

»Verdammt!« rief der Edelmann. »Wir sind umsonst gekommen.«

»Vielleicht hat man sie in die Räume des Mönchs geschafft«, sagte die kluge Beatrice, »kommt, ich weiß, wo sie sind, die Oberin hat mir die Tür gezeigt.«

Und an dieser Tür mußten die beiden Männer ihre Kraft beweisen, sie war verschlossen. »Warum sprengst du sie nicht?« fragte Giacomo ächzend und stöhnend nach dem dritten Ansturm auf die Holzbarriere den Mönch.

»Ich will diesem Claudius keine allzu deutliche Spur legen, schlimm genug, wenn er mich in meiner Maskerade erkennen würde.«

Schließlich gab die Tür, dank morscher Angeln, nach und öffnete sich. Die drei sprangen die Treppe zu den Kellergewölben hinab. Mit gezückten Waffen öffneten sie verschiedene Türen, und richtig, hinter einer fanden sie die unruhig schlafende Marietta. Beatrice stürmte auf das Lager der Frau zu, Fresenius sicherte die Tür, und ehrfürchtig trat der Edelmann nun in den Raum.

Entsetzt bemerkte er, wie bleich die Kurtisane war, und als Beatrice mit einer Fackel das Gesicht ausleuchtete, erkannte er auch mit Entsetzen die häßliche rote Wunde, die ihre Wange überzog. Wer hatte es gewagt, ein solches Gesicht zu zerstören? Wie weggewischt waren längst seine Mißbilligung und seine Geringschätzung für alle Kurtisanen – oder zumindest für diese eine.

»Giacomo«, zischte hinter ihm wütend der Mönch, »nun komm, halte hier Wache, ich will mich noch ein wenig umschauen. Der Mönch ist ausgeflogen, der Keller unbewacht. Ich will die Gelegenheit nutzen.«

Widerwillig gehorchte der Student. In der Tür stehend, wandte er jedoch keinen Blick vom Bett, vor dem Beatrice kniete und mit sanften Worten auf die Schlafende einredete.

»Marietta, wacht auf, bitte wacht auf, wir sind gekommen, Euch hier wegzuholen.«

Die Frau stöhnte leise, Beatrice griff nach ihrer Hand. Endlich öffnete Marietta die Augen. Entsetzt blickte sie in das rußgeschwärzte Gesicht des Burschen neben ihrem Bett. »Wer, wer seid Ihr?« fragte sie so ängstlich, daß es Giacomo rührte. Unwillkürlich tat er einen Schritt in den Raum.

»Ich bin es, Beatrice. Habt keine Angst. Könnt Ihr aufstehen, wir wollen Euch hier herausholen.«

Marietta richtete sich mühsam auf. Langsam kehrte etwas Farbe in ihre Wangen zurück. »Was, was soll das? Wo kommt ihr her?«

»Wir haben ein Loch in die Mauer gesprengt. Nun kommt schon, bevor die *sbirri* erscheinen, wir müssen rasch machen. Steht auf!« Einen kurzen Moment schien es, als wolle Marietta gehorchen, doch dann sank sie zurück auf das Lager.

»Ich kann nicht mit euch kommen.«

»Wie?« schrie lauter als gewollt Beatrice, und Giacomo kam erschrocken noch näher an das Bett.

»Ich kann nicht mitkommen. Laßt mich hier, bitte, bitte laßt mich hier.«

Giacomo war nun neben ihr und schob seine Arme unter den Leib der Frau. Er wollte sie ohne große Umstände hochheben. Doch kaum hatte er die schöne Marietta auf seinen Armen, als sie sich wie ein wildes Tier gebärdete. »Laßt das, laßt das oder ich kratze Euch die Augen aus. Laßt mich herunter.«

Der Student brachte es nicht über sein Herz, die Frau gegen ihren Willen auf seinen Armen zu behalten. Sanft ließ er sie auf das Lager zurückgleiten.

»Ich danke euch für eure Hilfe«, kam es erschöpft von Marietta, »aber ich will und kann hier nicht fort.«

»Ihr wollt bei dem Mönch bleiben? Marietta, glaubt mir, er scheint ein Teufel zu sein. Er ist kein gottesfürchtiger Mann, er…«

»Ich weiß es, Beatrice. Besser als du glaubst. Oh, ich hasse diesen Mann, er besteht nur aus Bosheit und List. Manchmal denke ich, daß er selbst mir das hier zugefügt hat.« Sie deutete auf ihre entstellte Wange. »Er haßt mich.«

»Dann kommt mit uns«, unterbrach Giacomo sie flehend, »wir werden Euch vor ihm schützen. Märthe, eine heilkundige Frau, wird Eure Wunden behandeln. Es wird alles gut. Nun kommt.«

»Nein«, sagte Marietta mit fester Stimme, »ich kann nicht.«

»Warum, warum nicht?« fragte Beatrice aufgeregt.

»Er hat mein Kind. Er wird es töten, wenn ich verschwinde. Er wird es töten.« Damit sank sie zurück auf ihr Lager.

In der Tür erschien nun wieder der Kapuziner. »Was macht ihr hier? Haltet ihr Andacht? Eilt Euch, wir müssen hier heraus, bevor sich jemand zur Gegenwehr entschließt und bemerkt, wie schwach die Angreifer sind.«

»Sie will nicht mitkommen«, erklärte verzweifelt Beatrice.

»Was?« fragte verdutzt Fresenius und dann an Marietta gewandt, »seid Ihr irre, Frau?«

Doch bevor Marietta antworten konnte, vernahmen sie von der Treppe her Waffengeklirr und polternde Schritte.

»Verdammt«, zischte Maltesta, griff Beatrices Hand und zog sie von Mariettas Bett weg. Mit erhobenem Degen stürmte er hinter Fresenius her, der bereits auf dem Weg zur Treppe war. Dort ließ er freilich Giacomo den Vortritt, der mit geschickter

Hand zwei ältere Wachgesellen angriff. Die wichen auch bald vor ihm zurück, und einer war dumm genug, dem Kapuziner seinen Rücken zuzudrehen. Ein Hieb auf den Hinterkopf schickte ihn zu Boden, seinen Kumpanen hatte Giacomo bald in Schach. Den Degen an der Kehle des Kerls, ließ er Beatrice und den Mönch passieren, dann stieß er den entwaffneten Wächter zu Boden und nahm die Treppe mit wenigen Sprüngen. Oben angelangt, schauten sich die drei nicht lange um, sondern gaben Fersengeld in Richtung Mauerloch.

Sicher gelangten sie auf die Straße und tauchten rasch in das anschließende Gassengewimmel ab. Keuchend und in Sicherheit hielten sie schließlich an einer Hausecke inne.

»Fresenius, du Feigling«, stieß Giacomo nach Luft ringend hervor, »warum kämpfst du nicht mit deinem Schwert, wie ein Mann? Deine Linke ist wendig genug, warum hast du mich im Stich gelassen?«

Der Kapuziner wirkte beschämt, dann sagte er: »Giacomo, auch wenn ich im Moment nicht so aussehe: Ich bin ein Mönch.«

»Der Sprengkugeln zündet.«

»Ja, und der Herr möge mir verzeihen. Aber ich habe geschworen, nie mehr das Schwert gegen einen anderen zu heben, und wenigstens dieses Gelübde will ich halten.«

Giacomo mußte lachen. »Oh, was bist du für ein Fuchs, Fresenius, und was für ein doppelzüngiger dazu! Ein Meister der Kasuistik.«

Der Kapuziner zuckte die Schultern. »Nenn mich wie du magst. Aber es gab noch einen Grund, warum ich nicht mit dem Schwert herumgesprungen bin wie ein flinker Hase.«

Er zog unter seiner Kutte einen kleinen Tontiegel hervor, der mit einem kleinen Deckel nur locker verschlossen war. »Das fand ich in den Räumen des Dominikaners neben allerlei anderen Töpfen, Pfannen und Tiegeln.« Er öffnete das Gefäß kurz,

Giacomo und Beatrice beugten sich darüber und nahmen einen stechenden Geruch wahr. »Märthe wird uns hoffentlich sagen können, was das ist. Aber ich zweifle nicht daran, daß es eine teuflische Wirkung hat. Kommt Freunde, wir sollten unseren Schwatz auf der Straße nicht allzu lange ausdehnen. In Rom haben, wie ich hörte, alle Häuser Ohren, und es könnten noch einige Plünderer hier herumlungern.«

Beatrice schwieg den Rest des Weges, sie war noch immer tief erschüttert über Mariettas Weigerung, ihnen zu folgen. Diese Frau hatte wahrhaft starke Gefühle. Gefühle, die ihr, Beatrice, fremd waren. Man hängte sich nicht mit solcher Leidenschaft an einen Mann, schon gar nicht an einen Scoferino. Und auch ein Kind so sehr zu lieben, war töricht. Wie viele Kinder erreichten schließlich überhaupt das fünfte Lebensjahr? Und Prospero, herrje, Prospero war nur ein Säugling und Marietta nicht die Mutter eines stolzen Geschlechts, dessen Nachkommen einst Herrscher sein sollten.

Der Papst saß wie eine Maus in der Falle. Infolge der Nachlässigkeit des Kastellans war die Engelsburg weder ausreichend mit Lebensmitteln bestückt, um einer längeren Belagerung standzuhalten, noch mit Soldaten versehen, um einen Ausfall zu wagen. Noch am Abend des Überfalls hatte Klemens VII. durch einen Gesandten Verhandlungen mit den Belagerern anbahnen müssen.

Zu seiner Beruhigung brachte dieser spanische Unterhändler ihm wenigstens Krummstab und Tiara in die Burg und versicherte, Karl V. habe diesen Überfall nicht angezettelt und strebe auch nicht die Herrschaft in Italien an. Dennoch, der Vertrag, den Klemens am nächsten Tage unterzeichnen mußte, war hart.

Festgesetzt wurde: Viermonatiger Waffenstillstand. Der Papst hatte seine Flotte von Civitavecchia und seine Truppen in der Campagna zurückzuziehen. Den Colonna hatte er volle Verzeihung für alle ihm entstandenen Unbilden zu gewähren. Im Gegenzug sollten sich die Truppen Colomas in das Königreich Neapel zurückziehen. Zwei Geiseln aus der Medicisippe hatte der Papst zu stellen, die als Unterpfand seiner Vertragstreue dienen sollten.

Zähneknirschend und gegen die Vorhaltungen einiger Kardinäle unterzeichnete der Papst den demütigenden Vertrag, und am 22. September begann Colonnas restliches Kriegsvolk, sich zurückzuziehen. In großer Unordnung, aber mit reicher Beute beladen. Auf 300 000 Dukaten wurde der gemachte Schaden geschätzt. Der spanische Unterhändler war's zufrieden und unterschätzte die dumpfe Wut auf beiden Seiten.

Kardinal Pompeo Colonna, der die Tötung des Papstes im Sinn gehabt hatte, fühlte sich ebenso gedemütigt wie der Statthalter Petri selbst. Beide sannen darauf, den eben gemachten Vertrag so bald als möglich zu brechen.

Empört zeigte sich der Heilige Vater auch über das Verhalten der Römer während des Überfalls und drohte damit, die Stadt auf einige Zeit zu verlassen. Und so wenig die Bürger der Ewigen Stadt den Mann schätzten, so sehr fürchteten sie sich vor der Verwirklichung dieses Plans. Ein Rom ohne Papst, das wußten alle aus den Zeiten einer Sedisvakanz, war ein anarchisches, gewalttätiges Rom. Jedesmal, wenn ein Papst starb und sein Nachfolger noch nicht bestimmt war, führte die Gesetzlosigkeit zu den abscheulichsten Gewaltakten. Unkontrolliert brachen die Fehden einzelner Geschlechter aus, wurden auf offener Straße und bei hellichtem Tage Morde begangen, wurde geplündert und vergewaltigt. Alle nur erdenklichen Verbrechen geschahen, da ein jeder sich sicher war, daß der kommende Papst, wie jedesmal, eine Generalamnestie erlassen würde, um sich nicht mit der Bestrafung und Verfolgung der Sünder aufhalten zu müssen.

So gaben die Römer dem Papst zu verstehen, daß sie auf seine Anwesenheit nicht verzichten wollten, machten ihm Geschenke zum Ausgleich für den ihm entstandenen Schaden und besuchten eifrig wie nie zuvor die Heiligen Messen. Und sie stützten ihn auch in seinen schwelenden Rachegedanken. In Rom hieß es: Wenn der Papst den ihm angetanen Schimpf ruhig hinnimmt, wird er besser daran tun, die dreifache Krone niederzulegen und sich wie ein Einsiedler von der Welt zurückzuziehen.

Die Zeichen standen also weiterhin auf Sturm, eine gespannte, trügerische Ruhe lag über der Ewigen Stadt. Dennoch ahnte niemand, daß in weniger als acht Monaten ein Strafgericht von apokalyptischer Kraft über alle hereinbrechen würde, gegen das der Überfall der Colonna nicht mehr als ein kurzes Fieber gewesen war.

3.

»Tutto fa brodo – Alles macht eine Suppe –
alles ist zu irgend etwas nutze.«

Italienisches Sprichwort

Beruhigt Euch, hoher Herr. Wenn die Suppe gekocht ist, findet sich immer einer, der sie ißt. Die Stimmung war reif für den Angriff irgendeiner Seite, und einer hat ihn getan. Der Papst hat sich allzu tief in weltliche Politik verstrickt und drohte, darin umzukommen.«

»Mehr hast du zu dem Überfall des Colonna nicht zu sagen? Um ein Haar wäre er der neue Papst geworden, alle meine Pläne hätte er vernichtet, mich wahrscheinlich zur Bedeutungslosigkeit verdammt. Er kann mich nicht leiden, nennt mich einen dürren Pfaffen. Wo bleibt der von dir versprochene Erfolg? Die Anerkennung, der Einfluß? Niemand interessiert sich zur Zeit für meine Maßnahmen zur Eindämmung der Sünde. Und Falvini, dieser elende Günstling des Schicksals, war während des Überfalls abwesend, auf seinem Landgut, heißt es. So kann man ihn nicht einmal der Teilnahme an der Verschwörung beschuldigen, wiewohl er Colonna schätzt. Jeder weiß es.«

Della Guarde war rechtschaffen wütend. Claudius war nahe daran, die Zornesausbrüche des dürren Spaniers nicht mehr über sich ergehen zu lassen. Warum nicht wirklich auf die Seite Falvinis wechseln? Der Mann hatte mehr zu geben. Doch der Dominikaner besann sich rasch. Der reiche Falvini war auch bei weitem schwerer zu lenken als der religiöse Eiferer della Guarde. Dessen Besessenheit bot eine große Angriffsfläche, Falvinis Leidenschaft für Marietta war dagegen nur ein winziger wunder Punkt.

»Die Colonnas sind bereits befriedet, Herr. Und ihr Sieg ist so unvollkommen, daß er kein eigentlicher Sieg ist. Sie haben sich für die offene Gewalt entschieden, aber sie haben sich in ihrer Grausamkeit zögerlich gezeigt. Das war ein schwerer Fehler. Wer mit Gewalt herrschen will, muß alle Grausamkeiten auf einmal begehen, damit sie die gewünschte Wirkung haben und hinterher rasch vergessen und vergeben werden. Was aber hat Kardinal Pompeo erreicht? Das Volk behält ihn als grausamen, doch keineswegs erfolgreichen Mann in Erinnerung. Der Papst regiert weiter, und spinnt immer noch seine Pläne gegen Karl V.«

Della Guarde ging unruhig hinter seinem Schreibtisch auf und ab. »Du vergißt, daß Colonna die Kasse des Papstes ordentlich geleert hat. Er steht nackter da als je zuvor und hofft noch immer auf die Hilfe Frankreichs oder Englands. Wenn die Spanier es wünschen, so können sie den Papst mit einem Handstreich vernichten.«

»Nun, so schnell werden sie ihre Truppen nicht herübersenden. Macht Euch derweil selbst die Notlage des Papstes zunutze, werdet sein Berater in Gelddingen«, schlug Claudius vor.

Della Guarde lachte trocken. »Eher könnte man ein Muli zum Studium der Mathematik bewegen. Der Heilige Vater lehnt alle gängigen Vorschläge ab. Keinen einzigen Kardinalshut will er verkaufen, dabei gibt es hohe Gebote dafür.«

Claudius schüttelte den Kopf. »Das ist fürwahr eine Dummheit, aber Ihr könnt doch mit ganz anderen Vorschlägen aufwarten. Denkt doch nur an Eure Gesetzesvorlagen. Erhebt dort noch ein paar Strafgebühren für das öffentliche Fluchen der Kurtisanen, empfehlt da eine weitere Luxussteuer für die Verwendung von Parfüm oder Reiherfedern an den Hüten, und Ihr tut dem Papst eine makellose Einnahmequelle auf.«

»Ein Geschäft mit der Sünde?« fragte della Guarde etwas besänftigt, jedoch noch zweifelnd.

»Aber ja, warum nicht. Es hindert Euch ja nicht daran, am Ende die Sünder ganz auszumerzen und endlich das Reich Gottes auf Erden auszurufen. Doch dazu müßt Ihr erst die geeignete Position haben. Ihr müßt beim Papst beliebt sein und das Volk ganz auf Eurer Seite haben.«

»Das Volk, das Volk, schon wieder kommst du mir mit diesem wankelmütigen Haufen. Erst vor fünf Tagen jubelten sie dem einziehenden Colonna und seiner lächerlichen Posse vom Tyrannensturz zu, und heute schimpfen sie ihn wieder einen Lumpen. Was soll mir das Volk nutzen?«

»Ich dachte, um das Volk und seine reinen Seelen sei es Euch zu tun«, konnte Claudius sich nicht enthalten, spöttisch einzuwerfen. Della Guardes Antwort war ein unwilliges Knurren. Er griff nach einer Karaffe, schüttete sich etwas Wasser in einen Pokal und trank.

»Nun gut«, sagte er schließlich, »wie soll ich denn deiner Meinung nach das Volk nun auf meine Seite bekommen? Ich habe keine Truppen wie der Colonna, keine Reichtümer wie der Falvini.«

»Wo die Strafen groß sind, müssen auch die Belohnungen groß sein, sagt Machiavelli.«

Fragend blickte della Guarde seinen Berater an. Er haßte es zwar, wenn dieser in Rätseln sprach und unsinnige Gelehrte zitierte, doch er wußte inzwischen, daß Claudius taugliche Ratschläge zu geben vermochte.

Der Dominikaner setzte sich – seiner Sache und der Aufmerksamkeit des Kardinals sicher – unaufgefordert auf einen Stuhl. Bevor Seine Eminenz die Unbotmäßigkeit tadeln konnte, erläuterte er seinen Plan.

»Ihr wart bislang recht erfolgreich in der Verteufelung der Sünde und Eures ärgsten Rivalen. Meine – mit Verlaub – erfolgreichen Bußpredigten sind nicht ohne Wirkung geblieben. Und vielleicht wird Falvini, der Kardinal des Satans, wie das Volk sagt, in nächster Zukunft sogar noch des Mordes angeklagt.«

»Des Mordes? Gegen wen hat er denn diesmal die Hand erhoben?«

»Die Rodiconda.«

Della Guarde fuhr auf. »Du willst sagen unsere schönste, unsere beste Büßerin ist tot.«

»Ja«, sagte Claudius fest und wußte nicht, wie sehr er irrte, »und ich habe dafür gesorgt, daß ihr Verschwinden nicht ganz so geräuschlos war, wie es Falvinis Art sonst zu sein pflegt. Ich möcht wetten, daß ihr Leichnam bald im Tiber schwimmt.« Insgeheim wunderte er sich, daß er nicht schon längst geborgen worden war, doch er kreidete diese Nachlässigkeit der Ordnungshüter den Wirren nach dem Überfall der Colonna an.

»Schweig, Mönch, wie kannst du mich über deine Sünden so offen informieren. Ich will davon nichts hören. Nichts, verstehst du. Mein Gewissen muß rein bleiben.«

»Aber gewiß«, sagte der Mönch verächtlich, »Euer Gewissen soll rein bleiben, damit Ihr das Werk der Bekehrung auch mit all Eurer Aufrichtigkeit tun könnt.«

Della Guarde griff wieder zu seinem Wasserkelch, seine dürren Finger schienen Halt zu suchen. Claudius fuhr fort.

»Sprechen wir nicht mehr von den Verfehlungen Eures Amtsbruders, die schon bald offenbar werden sollen. Reden wir noch einmal vom Volk. Wir müssen ihm die Entbehrung, die Keuschheit und das Diktat der Enthaltsamkeit schmackhaft machen.«

Della Guarde lächelte spöttisch. »Ich wüßte nicht, wie das beim Volk, diesem versoffenen, vergnügungssüchtigen Haufen, gelingen sollte.«

»Ganz einfach, gebt ein Fest für diesen Haufen. Ein Schweinetreiben etwa. Ein Dutzend Schweine und sechs Stiere sind kein zu großes Opfer, um das Volk zu belustigen. Laßt sie paarweise den Monte Testaccio herabtreiben, und die Meute hat einen blutigen Spaß und am Ende ein sattes Festmahl.«

»Die Sünde mit der Sünde bekämpfen? Enthaltsamkeit mit Ausschweifung belohnen? Nun redest du endgültig irres Zeug, Dominikaner.«

»Laßt mich meinen Plan genauer entwickeln. Also, Ihr ladet alle *rioni* Roms zu einem Volksfest. Das übliche. Jedes Viertel darf an einem Wettbewerb, wie eben dem Schweinetreiben, teilnehmen. Ihr spendiert die Tiere und Getränke, sorgt für alle Vorbereitungen.« Della Guarde wollte wieder protestieren. »Haltet ein, ich bin noch nicht zu Ende. Vor dem Fest allerdings wird eine feierliche Prozession stattfinden. Erst die Moral, dann das Vergnügen.«

»Was für eine Prozession?« fragte della Guarde mißtrauisch.

»Eine Prozession zu Ehren des Papstes, seiner unfehlbaren und unbesiegten Heiligkeit. Der Vorschlag wird Klemens VII. gewiß entzücken. Mit allem Pomp und aller Pracht soll er sich dem Volk zeigen, dazu eine Schar von barfüßigen Reuerinnen, die ihre Bußfertigkeit und Liebe zur Kirche bekunden. Der Papst als Hüter der Moral. Ich denke, diese Rolle stünde ihm nach all den Angriffen auf seine Person und sein Amt nicht schlecht.«

Della Guarde hob nachdenklich den Pokal, benetzte seine Lippen und dachte angestrengt nach.

»Du glaubst, der Papst wird trotz aller Wirrnisse und Verstrickungen, die ihn zur Zeit quälen, einer solchen Prozession zustimmen?«

»Der Heilige Vater mag in den Augen der Welt ein Zögerer und Zauderer sein, doch ich stehe nicht an zu behaupten, daß er dieser Idee nicht einen Moment widerstehen kann. Und denkt nur, wenn Ihr ihn dazu überredet, wie er Euch schätzen wird. Und dann erst die Römer! Sie lieben religiösen Prunk und ausgelassene Feste. Bietet ihnen beides, macht Euren Namen unvergeßlich. Es ist Zeit den geplagten Kindern eine große Belohnung zu geben. Was ist dagegen Colonnas gescheiterter Angriff. Versteht Ihr jetzt?«

Della Guarde stellte das Trinkgefäß ab. Ärger spiegelte sich auf seiner Miene. »Für einen Moment hast du mich tatsächlich umgarnt mit deinen phantastischen Bildern. Aber woher bitte, soll ich das Geld für solche Unternehmungen haben?«

»Von Falvini«, sagte Claudius knapp, zog einen prallgefüllten Geldbeutel hervor und warf ihn auf den Schreibtisch. Della Guarde sog hörbar die Luft ein.

»Kerl, woher hast du das?«

»Ich sagte es bereits, von Falvini.«

»Nie und nimmer hast du das auf ehrliche Art verdient!«

Claudius zuckte die Achseln. »Es ist keine Schande, einen

Listigen zu überlisten und einen Betrüger zu betrügen. Falvini erwirbt sein Geld kaum auf ehrliche Art, warum sollen wir es ihm auf ehrliche Art nehmen?«

»Du hast sie gesehen?« Scoferino starrte seinen Freund ungläubig an. Der war recht dankbar für das trübe Licht, das in der kleinen Kammer herrschte. Nur ungern hätte er dem Maler sein Gesicht gezeigt, auf dem sich deutlich seine aufgewühlten Gefühle zeigten.

»Ja«, sagte er nach einer kleinen Pause, »ich habe sie gesehen.«

»Marietta«, sagte Scoferino seufzend und wollte sich aufrichten, ein jäher Schmerz riß ihn zurück. »Verfluchte Wunde, sie heilt schrecklich langsam.« Giacomos Gesicht war nun rot vor Zorn. »Es geht ihr übrigens nicht gar so gut«, preßte er hervor. Die Selbstverliebtheit seines Freundes, seine Undankbarkeit gegenüber Märthe, die ihm immerhin das Leben wiedergeschenkt hatte, seine Unempfindlichkeit gegenüber den Nöten der Geliebten, machten ihm arg zu schaffen. Wie hatte er sich in dem empfindsamen Scoferino doch getäuscht, erst jetzt erkannte er all die Häßlichkeit seiner Seele.

Scoferino bat um Wasser, sein Freund flößte es ihm vorsichtig ein.

»Danke, Giacomo. Es tut mir leid, daß ich so kaltherzig scheine. Aber der Gedanke an ihr zerstörtes Gesicht zerreißt mir das Herz, glaube mir, ich weiß, was Schmerzen sind. Körperliche Schmerzen. Aber kennst du die Qualen der Seele? Kein Käfig ist enger als der Käfig des eigenen Herzens. Lieber Giacomo, komm, faß meine Hand.« Widerwillig gehorchte der Student. Er wußte seine Abscheu vor dem wehleidigen Mann kaum zu unterdrücken.

Scoferino blinzelte, »ich sehe die Verachtung in deinem Gesicht. Ich spüre sie in deinem kalten Händedruck. Bitte verzeihe mir, versuche mich zu verstehen. Sieh, der ganze Kern meines Daseins ist die Kunst. Es ist meine Lebensflamme. Ich weiß, das muß für dich seltsam klingen. Es ist eine Besessenheit, ich gebe es zu, und sie macht mich untauglich für jedes andere aufrichtige Gefühl. Aber urteile nicht zu hart. Glaube mir, diese Begabung ist gleichermaßen ein Segen und ein Fluch. Kein Mensch kann ahnen, was in meiner Seele vorgeht. Dieses Leiden, wenn mir ein Bild nicht gelingt, diese Schmerzen, als ich meine Muse verlor durch den Handstreich eines grausamen Idioten, der den Wert der Schönheit nicht schätzt. Giacomo, du mußt es wenigstens verstehen. Du, der die Schönheit so hoch schätzt, die Poesie, die Literatur.«

Giacomo entzog dem Maler die Hand. Dessen Worte waren nicht geeignet, seine Wut zu dämpfen.

»Scoferino, ich wußte immer, daß du ein schwärmerischer Geist bist. Ich habe dich oft genug vor deinen Eltern und deiner enttäuschten Familie verteidigt, aber was du sagst, rührt mich nicht. Und wenn du Mariettas vorgebliche Häßlichkeit beklagst, so sage ich dir, daß ich nie eine schönere Frau sah.«

»Die Narben sind verheilt?« fragte erregt der Maler.

»Nein. Noch immer überzieht ein roter Striemen eine ihrer Wangen. Doch davon spreche ich nicht. Die Schönheit Mariettas ist erhaben über solche Verunstaltung. Nie sah ich Augen, die so sanft waren und so leidenschaftlich wie die ihren. Es ist, als sähe man direkt in den Himmel.«

»Ich weiß es, ich weiß es«, sagte klagend Scoferino, »ich habe sie oft genug gemalt.«

»Wie armselig ist dann deine Phantasie. Wie jämmerlich deine Vorstellungskraft, daß du über eine lächerliche Narbe nicht hinwegsehen kannst«, erwiderte sein Freund mit lauter Stimme.

»Ich verspreche dir, sie zu malen, sobald ich genesen bin und wieder die Kraft habe, einen Pinsel zu führen. Hörst du, ich verspreche es, aber bitte mäßige deinen Zorn.«

»Ich verstehe nicht, daß diese Frau mit ihrer ganzen Leidenschaft an dir hängt, Scoferino. Wärest du nicht so schwer verwundet, ich würde dir einen Schlag versetzen.«

»Was höre ich da, ihr streitet.« Märthe, die mit frischem Verbandszeug und Rosenwasser die Kammer betreten hatte, mischte sich ein. »Laßt es gut sein. Geh, Giacomo, ich muß Scoferinos Wunde neu verbinden. Was treibst du dich überhaupt hier herum, wenn du so unzufrieden bist. Mache es wie Fresenius, streife durch die Gassen und versuche soviel vom Geschwätz der Leute aufzuschnappen wie nur möglich. Wir müssen mehr über die möglichen Machenschaften des Claudius erfahren, über diesen geheimnisvollen Falvini und Rodiconda, die deinen Freund beinahe getötet hätte.«

»Ach, Märthe, mir scheint das, als stocherten wir im Nebel herum.«

Märthe setzte die Schüssel mit dem Rosenwasser auf einem Schemel ab. »Sei nicht so verzagt. Nimm dir ein Beispiel an Beatrice, die sich direkt in die Höhle des Löwen begeben hat.«

Giacomo nahm diesen Tadel stumm entgegen, dann machte er sich auf, um Märthes Ratschlag zu befolgen. Scoferino und Märthe hörten, wie die Tür des kleinen Hauses zuschlug.

Die Alte öffnete nun die Verbände über Scoferinos Wunde, der Mann erbleichte, wie jedesmal, wenn er einen Blick auf sein eigenes wundes Fleisch werfen mußte, und schloß die Augen. Mit geschickten Händen entfernte Märthe die alten Tücher, dann tupfte sie mit einem Schwamm die Wunde sauber und legte frische Tücher darüber.

»Warum«, fragte nun der Maler, »warum hat diese Rodiconda mich nur überfallen? Was erhoffte sie sich von meinem Tod?«

»Ich habe lange darüber nachgedacht«, antwortete seine Pflegerin mit leiser Stimme, »ich glaube, du warst es nicht, den sie eigentlich töten wollte.«

»Ihr meint, sie hat mich verwechselt? Nein, das kann nicht sein, sie schrieb ja deutlich meinen Namen auf den Brief, der ihren Besuch ankündigte, und sie wußte, daß ich Maler bin.«

Märthe schüttelte den Kopf. »Du mißverstehst mich. Der Pfeil galt sehr wohl dir. Aber sein eigentliches Ziel war das Herz Mariettas. La Luparella haßt deine schöne Freundin, und ich denke, sie wollte *la madènna* leiden sehen. Und das wäre ihr gewiß auch gelungen, denn Marietta liebt dich verzweifelt.«

»Bitte, erspart mir Eure Vorwürfe, gute Frau. Giacomo hat bereits ordentlich mit mir gerechtet. Ich weiß, daß ich einer solchen Liebe unwürdig bin. Ich kann sie nicht erwidern. Ich kann es nicht.«

»Ich weiß«, sagte Märthe traurig, »ich weiß. Nun ruhe dich aus.« Leise zog sie die Tür der Kammer hinter sich zu und trat zu zwei Holzkisten. Hesekiel flog von einem der Dachbalken zu ihr herab und setzte sich auf den Rand einer Kiste.

»Sei nicht zu vorwitzig, mein gefiederter Freund«, warnte Märthe und bot dem Raben ihre Hand. Der hüpfte darauf und ließ sich von Märthe auf dem Tisch absetzen.

Die Alte beugte sich sodann wieder über die beiden Kisten. Ein Scharren und Fiepen verriet ihr, daß die dort eingesperrten Kreaturen einen qualvollen Kampf austrugen. Einen Kampf gegen das Gift des Claudius.

»Seltsam«, sagte Märthe kopfschüttelnd und betrachtete eine der Ratten, die fast sämtliches Fell verloren hatte und bei lebendigem Leib zu verfaulen schien, »es ist eine merkwürdige, hochgiftige Salbe, doch sie zerstört den Körper nur, wenn man sie einnimmt. Wenn ich nur wüßte, woraus sie gemacht ist.« Ein Blick auf das andere Tier gab ihr recht. Dieser Ratte hatte sie die Paste aus dem Keller des Dominikaners nicht unters Futter gemischt, sondern nur auf das Fell gestrichen und danach mit Harz versiegelt, so daß der Nager die Salbe nicht wegputzen konnte.

Dieses Tier litt zwar auch, doch es focht keinen Todeskampf aus.

»Ich habe die Fähigkeiten meines Bruders unterschätzt«, sagte Märthe laut zu sich selbst, »Claudius hat seine alchemistischen Kenntnisse weit vorangetrieben. Diese Salbe ist ein Teufelszeug.«

Rodicondas Triumph war von kurzer Dauer gewesen. Mit kalter Miene hatte Falvini am Morgen ihrer Ankunft auf seinem Landgut ihrer Erzählung gelauscht. Gemeinsam waren sie durch seine Weingärten gegangen, während La Luparella von ihrer heldenhaften und erfolgreichen Verteidigung seines Hauses berichtete.

»Womit habe ich dieses aufopferungsvolle Schlachtfest und diesen Beweis deiner mörderischen Zuneigung verdient?« hatte der Kardinal am Ende spöttisch gefragt und dabei aufmerksam den Reifegrad seiner Trauben begutachtet.

Die Wölfin betrachtete ihn mit verletztem Stolz. »Ist das Euer ganzer Dank, Herr? In früheren Tagen hättet Ihr Euch wenigstens angemessen amüsiert über das schäbige Ende dieser dreisten Toren.«

Mit ihrer gesunden Hand berührte sie fast zärtlich den gebeugten Nacken Falvinis. Der schüttelte sie jedoch ungnädig ab. »Ich habe nicht um diese Gefälligkeit gebeten.«

»Gefälligkeit? Diese Horde hätte Euch Euren kostbarsten Besitz geraubt, und wie Vandalen hätten sie gehaust, keines Eurer geliebten Möbelstücke wäre verschont worden, Eure Diener ermordet. Jetzt ist alles gerettet. Das nennt Ihr eine Gefälligkeit?«

Falvini drehte sich um und musterte seine ehemalige Konkubine. Das Gold der Septembersonne erhöhte alle ihre Reize. Um den geschorenen Schädel trug sie wieder einen kunstvoll geschlungenen Turban, silberdurchwirkte Fransen hingen zu beiden Seiten ihres Gesichtes herab. Das Fehlen der Lockenpracht schadete ihrem Gesicht nicht. Sie wirkte herber, doch ihre scharfen Gesichtszüge, die schrägstehenden Augen und die hohen Wangenknochen zeigten sich nun in ihrem ganzen eigenwilligen Reiz.

»Ich bin nicht so dumm, meine ganzen Reichtümer in einem Haus zu verwahren. Doch du hast recht, Rodiconda«, fügte der Kardinal einlenkend hinzu, »ich bin dir zutiefst verpflichtet. Ich will dich entsprechend belohnen und werde auch den Haftbefehl gegen dich zurückziehen. Du sollst frei und unbehelligt in deinen Palazzo zurückkehren. Ich habe ihn beschlagnahmen lassen, doch nun gebe ich ihn dir mit allem, was darin ist, zurück. Von mir hast du nichts mehr zu befürchten.«

»In meinen Palast zurückkehren und mich von dem elenden Dominikaner jagen lassen? Was ist das für eine Belohnung, was für eine Freiheit? Ihr liefert mich meinem Feind ans Messer.«

Falvini zupfte ein von Mehltau überzogenes Rebblatt vom Stock und warf es ärgerlich zu Boden.

»Dein Feind? Was weiß ich von deinen Feinden, Rodiconda, oder deinen Freunden? Immerhin hast du für den Mann die Büßerin gespielt, wie mir zugetragen wurde. Mein Ruf hat arg gelitten durch diesen Mummenschanz. Sollte ich jetzt so dumm sein und dir trauen? Wer sagt mir, daß dieser Dominikaner mit dem Vogelgesicht dein Feind ist? Immerhin hat er deinen Rachefeldzug gegen mich unterstützt.«

»Woher wißt Ihr, daß der Mönch ein Vogelgesicht hat?« fragte die Wölfin scharf.

»Er hat mich aufgesucht«, gab Falvini unumwunden zu.

»Wann?« fragte Rodiconda fassungslos.

»Am gestrigen Abend. Ich weiß nicht über welchen Weg und wann er zurückgeritten ist, aber vielleicht seid ihr, du und Almansor, ihm sogar in der Nacht begegnet. Er ist verschwunden.«

»Was wollte er von Euch?«

»Ich werde es dir sagen, wenn du mir endlich verrätst, wo Marietta ist.« Falvini trat nah an die Kurtisane heran und blickte auf sie, die etwas kleiner war, hinab. Sein Magen krampfte sich zusammen, dieses seltsame, krankhafte Feuer schien ihn wieder einmal von innen aufzufressen. »Sage mir, wo sie ist!«

Rodiconda fuhr zurück. Dieser Mann hatte die glühenden Augen eines Besessenen. Seine Hände schnellten vor, und er packte die Wölfin bei den Schultern. Es war ein eiserner Griff, und durch ihren gebrochenen Arm jagte ein gewaltiger, messerscharfer Schmerz.

»Ihr tut mir weh, Falvini«, keuchte sie, einer Ohnmacht nah.

Falvini lockerte den Griff und ging vor der Kurtisane in die Knie. »Bitte, erlöse mich von diesem Schmerz«, flehte er, »sage mir, wo das Mädchen ist. Ich muß sie finden. Es wäre mein Tod, wenn ich sie nicht mehr wiedersähe.«

Mit kalter Verachtung blickte Rodiconda auf Falvini, der vor ihr im roten Staub kniete und die Hände rang. Sie war nach der gestrigen Nacht nahe daran gewesen, ihren Haß gegen ihn ganz aufzugeben, und beinahe sicher, ihn noch einmal und endgültig für sich zu erobern. Doch sein Jammern machte alle ihre milderen Gefühle zunichte.

»Ich weiß nicht, wo sie ist. Das schwöre ich bei allem, was mir heilig ist«, sagte sie mit angenommener Kälte.

Falvini vergrub sein Gesicht in ihren Röcken. »Du ahnst nichts von dem Schmerz, der in mir tobt, nichts, nichts«, klagte er.

Rodiconda war es, als jagten Eis und Flammen abwechselnd durch ihre Adern. Die Berührungen des Mannes erhitzten sie, doch ihr Herz war wie Eis.

»Rodiconda, du weißt nicht, wie es ist, so verzweifelt die Nähe eines Menschen zu begehren. Oh, es ist nicht die billige Lust, die mich treibt, es ist eine tiefere, heilige Sehnsucht. Nie habe ich bei einer Frau etwas Ähnliches empfunden. Marietta ist ein Wunder, ein durch Gott gesandtes Wunder.«

Rodiconda stand da wie eine gedemütigte Venus. Wie in Trance griff sie mit ihrer gesunden Hand nach dem Dolch des Knieenden, der seitlich aus seinem Gürtel ragte. Er bemerkte es nicht, sondern drückte weiter sein tränenüberströmtes Gesicht in ihren Rockschoß. Die Wölfin umklammerte hart den Griff des Messers und hob das Mordinstrument mit gestrecktem Arm in den glänzenden Himmel. Die gleißende Spitze zeigte auf Falvinis linkes Schulterblatt. Nur wenige Zoll lagen zwischen dem Kardinal und dem Todesstoß.

Verstohlen blickte sich Beatrice nach allen Seiten um. Etwa zehn Meter von ihr entfernt hockte eine ältere Nonne vor einem Raukenbeet und las hingebungsvoll einige Schnecken von den Blättern. Eine andere Gruppe von Schwestern erntete im hinteren Teil des Obstgartens die letzten Birnen des Jahres. Beatrice schaute hinauf in den Himmel. Die Sonne hatte beinahe ihren höchsten Stand erreicht. Nicht mehr lange, und die Glocken würden zum Mittagsgebet rufen. Zeit für ihre Verabredung. Sie griff sich einen Holzbottich, so als wolle sie etwas Wasser vom Brunnen holen und schritt langsam die Mauer des Klostergartens ab. Bevor sie ein kleines vergittertes Seitentor erreichte, blickte sie sich noch einmal genau um. Die anderen Schwestern waren weiterhin in ihre Gartenarbeit vertieft.

»Pssst«, lockte sie nun jemand von jenseits des Gartentores. Eilig schlich Beatrice heran.

»Märthe?«

Eine gebeugte, zerlumpte Gestalt mit einer Holzkiepe auf dem Rücken nickte leicht.

»Du siehst aus wie eine Zaunreiterin oder ein Galsterweib«, flüsterte Beatrice und konnte ein Lachen kaum unterdrücken.

»Um die macht man einen Bogen, deshalb wählte ich diese

Verkleidung, niemand wagt es, mir zu nahe zu kommen. Genug geplauscht, hast du etwas herausgefunden?«

Beatrice beugte sich nun nieder, so als habe sie ein lästiges Unkraut entdeckt. An einigen Grashalmen zupfend, begann sie ihren Bericht. »Wir werden streng vom Krankentrakt ferngehalten. Eine schwatzhafte Pflegerin verriet mir aber, daß er sich in letzter Zeit immer mehr füllt. Da geht etwas sehr Seltsames vor, ich weiß noch nicht was.«

»Hast du mit Marietta sprechen können?«

»Nur ganz kurz und ein einziges Mal, nachdem ich mit Claudius eine erste Zwiesprache in seinem Keller hatte. Uh, er ist wirklich ein furchtbar abstoßender Mensch.«

»Ja«, sagte Märthe, »Häßlichkeit ist unser Erbteil.«

»Oh«, sagte Beatrice erschrocken, »so habe ich das nicht gemeint, du hast Runzeln und Falten und bist einfach alt, aber dein Bruder ist von einer fratzenhaften, teuflischen Schäbigkeit.«

»Gut, gut, fahr fort, was hat Marietta gesagt?«

»Nicht viel, nur daß sie hier ist, um ihr Kind zu retten, von dem sie nicht weiß, wo es gefangen gehalten wird.«

»Man erpreßt sie also!«

Beatrice nickte heftig und griff sich einen ganzen Büschel Gras, den sie mit einem Ruck aus dem Boden zog.

»*Beatrice*!«

»Oh, Gott, die Mutter Oberin. Ich muß fort«, flüsterte die Postulantin erschrocken. Eben wollte sie davonhasten, da fiel ihr noch etwas ein. »Märthe«, flüsterte sie aufgeregt, »noch eins. Ich kenne den letzten Verehrer Mariettas. Es ist dieser Falvini, genau wie Fresenius bereits vermutet hat. Kümmert Euch darum.«

»*Beatrice*!« Die Stimme der Oberin klang hart wie das Metall der Preciosa-Glocke. Die Postulantin raffte ihre weiße Kutte und die graue Schürze und eilte über einen Gartenpfad auf die Oberin zu.

Atemlos kam sie an und stolperte beinahe über die eigenen Füße.

»Kind«, sagte die Oberin streng, »du bist ungestüm, und dir mangelt es erheblich an Demut. Wenn du in unseren Orden eintreten und dereinst die ewigen Gelübde ablegen willst, mußt du pünktlichen Gehorsam erlernen.«

Beatrice nickte so demütig, wie es ihr eben möglich war.

»So ist es schon besser. Ich bin gekommen, um dir mitzuteilen, daß du nach dem Mittagsmahl deine erste große Beichte bei Bruder Claudius ablegen sollst. Tue es mit aller Aufrichtigkeit, nur dann kann dir Absolution erteilt werden. Du verstehst?«

Beatrice senkte den Blick und nickte.

»Gestehe alle deine Sünden, hörst du, alle.« Beatrice vermied diesmal das Nicken. Die Oberin entfernte sich mit gerunzelter Stirn. Die Mittagsglocke begann ihr forderndes Geläut.

Nachdenklich lenkte Beatrice ihre Schritte zum Refektorium. O ja, sie würde Sünden beichten, eine ganze Reihe von Sünden, von Fleischeslust, sinnlichen Begierden, unkeuschen Gedanken und Taten würde sie berichten. Davon, daß sie schon auf Fels gesät und das Korn manchmal zu früh geerntet habe. Von Selbstbefleckung und Abort also. Von lauter Sünden, die sie nie im Leben begangen hatte. Möge Gott ihr verzeihen.

VI.

1.

»Und wenn ich weissagen könnte und wüßte alle Geheimnisse und alle Erkenntnis und hätte allen Glauben, so daß ich Berge versetzte, und hätte der Liebe nicht, so wäre ich nichts.«

Korinther, I, 13.2

Der langersehnte Regen kam in den letzten Tagen des Oktobers. Allein, er brach so heftig über die Campagna und Rom herein, daß er alle Straßen und Wege des Brückenviertels in Schlamm verwandelte. In Sturzbächen ergoß er sich auch über das antike Travertinpflaster der Ewigen Stadt. Mächtig schwoll der Tiber an und trat über die Ufer. Der sumpfige Untergrund der Weingärten saugte sich voll Wasser und sandte infernalische Gerüche zu den Behausungen der Menschen. Dächer wurden von Häusern gehoben und Bäume entwurzelt. Es tobten Gewitter von solch biblischer Gewalt, daß Tiere Fehlgeburten erlitten und so Gerüchten Nahrung gaben, daß die Dämonen der Erdkruste, die Chthonien, sich gen Himmel bewegten. Feuchtigkeit fraß sich ins Holz der Hütten und drang langsam auch in die aus Stein gebauten Paläste. Die Feuer in den Küchen qualmten mächtig und füllten die düsteren Kammern mit beißendem Rauch.

Die meisten Bürger der am ärgsten betroffenen Viertel mieden den Gang auf die morastigen Straßen, soweit es möglich war, oder trugen hohe, aus Holz gefertigte Stelzenschuhe, um durch den Kot und Schlamm zu waten, der sie von den nächsten Häusern trennte. Die Stadt war für Tage wie gelähmt, und herumstreifende Bußprediger, die irren Barfüßer in Lendenschürzen, füllten die Gassen mit ihrem Geschrei von der Sintflut, die nun über das babylonische Rom hereinbräche, um es reinzuwaschen von allem Übel. Seit dem Überfall des Colonna suchten sie die Stadt in immer größeren Scharen heim. Es war, als verdüstere noch einmal der düstere Glaubenswahn vergangener Epochen die strahlende Morgenröte des neuen, des goldenen Zeitalters.

Falvini betrachtete die graue Regenwand vor dem Fenster seines prachtvollen Schlafzimmers im Palazzo an der Via Giulia. Vor wenigen Wochen war er nach Rom zurückgekehrt. Trübe waren der Morgen und die Luft, trübe wie seine Stimmung. Die erzwungene Untätigkeit ließ ihm wieder einmal Raum und Zeit, sich seinen Sehnsüchten hinzugeben, seinem Bild von Falvini, dem Heiligen, dessen Bild die Altäre schmückte. Er ließ den Rosenkranz durch seine Finger gleiten und murmelte seine Ave Marias.

Des Betens müde und noch immer in melancholischer Laune machte er endlich Almansor ein Zeichen. Der Mohr näherte sich eilends und blieb in respektvoller Nähe vor ihm stehen.

»Ruf mir Rodiconda aus ihrem heimlichen Gemach, sie ist besser als nichts.«

Der Sarasin neigte das Haupt und verschwand. Falvini erhob sich träge aus seinem gepolsterten Sessel, schlug seinen Schlafrock enger um sich und trat vor einen Spiegel. Kein Zweifel, die Furchen um seinen Mund hatten sich in den letzten drei Wochen vertieft, auch seine Stirn erschien ihm lichter, die Haut ungesund bleich.

»Warum läßt Du mich nicht vergessen, Herr«, sagte er und runzelte mißmutig die Stirn, »warum hast Du mich mit einem Ehrgeiz ausgestattet, der vergeblich nach Erfüllung trachtet?«

Der Morgen in dem Weingarten hatte ihn für kurze Zeit geläutert und zur Besinnung gebracht, ihn aller heiligen Narrheit beraubt. Der Kampf mit der wütenden, bewaffneten Rodiconda, die Nähe zum Tod und die anschließende wilde, fleischliche Versöhnung mit seiner Konkubine zwischen den Weinreben hatten ihn hoffen lassen, daß er seine bedauernswerte Schwäche für das Frauenzimmer Marietta und seinen vermessenen Wunsch nach Heiligsprechung doch überwinden konnte.

Rodiconda war eine aufregende Geliebte, ja. Sie sprach die dunklen Seiten seiner Seele an, stillte seine niedersten Bedürfnisse und erschöpfte ihn in eben dem Maße, wie er sich zu erschöpfen wünschte. Die Vereinigung mit ihrem Leib war jedesmal ein kurzes Spiel der Lust, das in ihm kein schmerzliches Sehnen hinterließ. Im Gegenteil, es erfrischte seine Sinne und klärte seinen Verstand.

Noch einmal hatte er nach der Begegnung im Weingarten versucht, zu seinem vorherigen Leben zurückzukehren, die Kraft seines Verstandes ganz auf die Geschäfte und die Politik zu konzentrieren und die Bedürfnisse seiner Seele auf die fleischliche Sünde zu begrenzen.

War es nur sein Magen, der dabei nicht mitspielte? War es nur die Muttermilch, die ihm fehlte? Nein, es war mehr, denn die Amme, die ihm Rodiconda als Ersatz für Marietta verschafft hatte, war ihm zuwider. Ihre Milch entbehrte jenes süßen Mandelduftes und ihre schweren Brüste waren so abscheulich, daß er sich die Milch von einem Diener abpressen ließ, um sie zu trinken.

Die Tür zu seinem Schlafgemach öffnete sich. Mit schnellen Schritten trat Rodiconda ein und wies Almansor an, das Zimmer zu verlassen. Müde blickte Falvini ihr entgegen. Das Haar der Kurtisane war nachgewachsen und legte sich in winzigen, weichen Locken um ihren Schädel. Sie erinnerte an einen jungen Knaben und schien es zu wissen, denn sie erhöhte diese Wirkung durch das Tragen von engen, zweifarbigen Beinkleidern und einem ärmellosen, ungefütterten Wams mit kleiner Halskrause. Sie liebte dieses Spiel, diesen Wechsel der Geschlechter, und in unbeschwerteren Tagen hätte Falvini als einer der ersten seinen Gefallen daran gefunden.

»In so trübseliger Stimmung, Kardinal?« fragte La Luparella mit tiefer Stimme. Oh, sie paßte auch die Melodie ihrer Sprache der Knabenrolle an. Kaum ein Freier hätte diesem Spiel widerstanden, doch Falvini spürte an diesem Morgen keine Regung der Lust.

Rodiconda seufzte. »Zum Teufel mit dem Regen, Falvini. Laßt Kerzen entzünden und die Vorhänge zuziehen. Ich gebe sogleich den Befehl dazu, keine Widerrede.«

Der Purpurträger ließ alles geschehen, hegte jedoch keinerlei Hoffnung, daß die Maßnahme anschlagen und seine Melancholie vertreiben würde.

Als sein Kabinett in die künstliche Abendstimmung versetzt war, nahm Rodiconda seine Hand und führte ihn zum Bett. Langsam streifte sie ihm den Morgenrock ab, löste seine Leibtücher von den Lenden, so daß er völlig nackt auf dem Überwurf aus schwerem Damast lag. Wollüstig betrachtete sie den immer noch recht festen Leib ihres Geliebten.

»Laßt uns ein Spiel machen«, schlug sie mit kecker Stimme vor. »Ich will ein junger Diakon sein, der Euch in dieser Lage entdeckt und einen Kampf zwischen Begierde und Entsetzen ausficht. Wartet einfach, in wenigen Augenblicken bin ich wieder im Zimmer. Ihr seid der Kardinal, und ich bin ein unbedarfter Knabe, der Euch langsam, langsam zum Äußersten verführt. Zur verkehrten Venus.« Falvini antwortete nicht, Rodiconda nahm es als Zustimmung und verschwand, um sich das Gewand eines Diakons auszuborgen.

Doch es war nicht der falsche Diakon, der kurz darauf im Schlafzimmer des Kardinals erschien, es war ein echter, und der zeigte sich aufrichtig beschämt durch die Blöße des hohen Würdenträgers. Mit gesenktem Blick und unter ständig wiederholten Verbeugungen, die Falvini Gelegenheit gaben, sich zu bedecken, näherte sich der Jüngling dem Bett. Falvini betrachtete ihn aufmerksam und entdeckte, daß sein Gesicht mit Pockennarben übersät war. Mit einem herzhaften Lachen bemerkte er die tiefe Röte, die das Antlitz des Jünglings überzog. Es war sein erstes Lachen an diesem Morgen.

»Nun, was bringst du mir, Sohn?«

»Einen Brief, Euer Eminenz. Einen Brief, durchlauchtigster Herr, ich meine Vater.«

»So viele Ehrentitel? Liegt das an meiner Amtsrobe, daß du dich so ehrfürchtig zeigst?« Der Spott verunsicherte den armen jungen Mönch nur noch mehr. Verwirrt und zitternd stand er da.

»Schau mich an, wenn du mit mir sprechen willst, ich befehle es dir.« Zögernd hob der Jüngling sein Gesicht. »Du willst doch ein aufrechter Diener des Herrn sein, oder?« Langsam nickte der Mönch.

»Dann«, so fuhr Falvini fort, »sollte dir nichts Menschliches fremd sein. Du weißt doch, wie Gott uns erschaffen hat?« Wieder nickte der Diakon zaghaft. Falvini amüsierte das verstörte Gesicht des Unschuldigen köstlich. »Komm näher, Sohn, komm schon.«

Der Angesprochene machte einige kurze Schritte.

»Nun, was soll das? Ich biete dir meinen Ring zum Kuß, und du zierst dich? Nennst du das Gehorsam?« neckte der Kardinal weiter. »Nun komm schon, beweise mir deine Zuneigung.«

»Euer Eminenz«, stammelte der Mönch, und Entsetzen lag in seiner Stimme.

»Wie, du liebst mich nicht? Da werde ich mir wohl einen anderen Mönch zum Diakon und Kammerdiener wählen müssen. Ich werde mich ernstlich bei deinem Abt beschweren.«

»Bitte, bitte tut das nicht«, flehte der Mönch, sank in die Knie und rutschte demütig auf den Kardinal zu, der nun im Schlafrock auf der Bettkante saß.

»Dann küss den Ring«, befahl der Kardinal, der Jüngling rutschte noch näher heran und näherte seine Lippen dem blauen Saphir an der Hand Falvinis. Mit geschlossenen Augen preßte er seinen trockenen Mund darauf. Erleichtert wollte er sich erheben, öffnete die Augen und fuhr zurück. Der Mantel des Kardinals war auseinandergeglitten, und der Blick des Diakons fiel auf dessen entblößtes Geschlecht. Er sprang auf, wollte davonstürzen, dann besann er sich kurz, hielt Falvini den Brief hin, wartete kaum ab, bis dieser ihn genommen hatte, und eilte aus dem Raum. Das höhnische Gelächter des Purpurträgers begleitete ihn.

Nachdem der Kardinal sich beruhigt hatte, legte er sich zurück auf sein Bett und entfaltete die Nachricht, die auf festes Pergament, dem Pergament eines Klosters, geschrieben war. Kaum hatte er die ersten Zeilen gelesen, richtete er sich jäh auf. Es war eine Botschaft des Dominikaners.

»Die Furcht und reine Liebe Christo zuvor mit Euch!

Am 17. November werdet Ihr Marietta begegnen. Forscht nicht, fragt nicht, sie wird Euch begegnen wie von Gott gesandt.

Ich schließe mit der untertänigen Bitte um eine weitere Spende an mein heiliges Werk, das Ihr schon einmal durch meine Person so großzügig gefördert habt. Hinterlegt beim Bankier Giraldi die Summe von 200 Goldscudi auf den Namen Mariettas. Der Herr sei mit Euch.«

Der Dominikaner war klug genug gewesen, die Botschaft nicht mit seinem Namen zu zeichnen, doch für Falvini bestand kein Zweifel, daß sie von ihm stammte. Wie weggeblasen waren nun seine Schwermut und seine Verzagtheit. Erregt sprang er vom Bett auf und durchmaß das Zimmer mit gewaltigen Schritten. Immer wieder las er die Zeilen, doch sie verrieten ihm nicht, wo Marietta sich aufhalten könnte. Hatte der 17. November eine besondere Bedeutung? Warum hatte sich dieses Datum in seinem Gedächtnis verankert? Es dauerte eine Weile, bis der Kardinal sich faßte und erinnerte. Der 17. November war der Tag der großen Dankesprozession für die Befreiung Roms von den Colonna, mit der der Papst sich dem Volke noch einmal in all seiner Machtfülle zeigen wollte.

Zum Teufel, wie sollte er an diesem Tage Marietta begegnen? Er konnte unmöglich in seinem Palast bleiben und auf sie warten, es war seine Pflicht bei dem festlichen Umzug mitzureiten. Würde er auf diese Weise Marietta verpassen? Sein Herz schlug wild vor Aufregung, sein Magen zog sich in Krämpfen zusammen. Er zuckte zusammen, als sich plötzlich eine Hand auf seine Schulter legte.

»Marietta?« rief er unwillkürlich aus und drehte sich um. Vor ihm stand Diakon Rodiconda und zitterte.

»Das tut Ihr mir nun zum zweitenmal an, Falvini«, sagte sie vor Zorn bebend, »diesmal werde ich Euch nicht mehr verzeihen.«

Falvini faßte sich rasch und verbarg den Brief geschickt hinter seinem Rücken. Er kannte nun die Rachsüchtigkeit dieser Frau und wollte sie nicht ein weiteres Mal wecken.

»Nichts tue ich dir an, schöner Diakon, nichts. Ich war lediglich in Gedanken. Geh auf die Knie und küsse meinen Ring.«

Rodiconda blickte ihm mißtrauisch ins Gesicht, dann teilte sie seinen Mantel und ließ ihre Hand langsam an seinem Körper hinabgleiten.

Dicht drängten sich an diesem elenden Regentag die wenigen Gäste um das qualmende Feuer. Der mürrische Wirt in der deutschen Taverne nahe der Piazza Navone brachte ihnen murrend einen Tonkrug mit Wein.

»Ein schlechtes Geschäft mach ich mit euch durchnäßten Gottesdienern, Studenten und Pilgern. Ein schlechtes Geschäft, mein teures Holz verfeure ich, und ihr steht hier nach einer vollen Stunde noch immer beim zweiten Krug, nur um eure Kleider zu trocknen. Habt ihr keine Herberge? Da könnt ich meinen Wein genausogut den Ratten vorschütten. Elendes Pack.«

Giacomo sah Fresenius fragend an, er verstand das Gegrummel des deutschen Wirtes nicht. Der Kapuziner schüttelte nur unwirsch den Kopf und griff mit der Eisenklaue nach dem Krug. Die Kralle erschreckte den Wirt denn doch ein wenig, und mit deutlich schnellerem Schlurfen entfernte er sich in Richtung seiner Fässer, wo er ächzend Platz nahm und sich die Hände an einem schmutzigen Tuch abwischte.

»Sie scheinen nicht viel von Höflichkeit zu halten, deine teutschen Brüder«, bemerkte Giacomo trocken. »Bei dieser Kälte draußen könnten sie wirklich ein wenig gastfreundlicher sein.«

»Kälte?« fragte Fresenius erstaunt. »Ihr Südländer seid mir feine Zimperlinge. Nichts scheint ihr gewohnt. Das nennt ihr Kälte!«

»Nun, immerhin nenne ich es einen recht unfreundlichen Regen,« gab Giacomo zurück.

»Nicht unfreundlich genug, um die deutschen Söldner von der Alpenüberquerung abzuhalten.«

Giacomo nahm einen Schluck Wein und verzog das Gesicht. Es war ein saurer, dünner Tropfen. Er wischte sich den Mund. »Puh, mir wäre lieber, wir würden demnächst bei einem italienischen Wirt einkehren. Dieses Gesöff würden sie nicht einmal ihrem Vieh anbieten.«

Fresenius schüttelte den Kopf. »Vergiß nicht, wir sind nicht wegen des Weines hier.«

»Nein, sondern wegen selten dummer Gerüchte. Die Deutschen auf dem Weg nach Rom, das scheint mir mehr als lächerlich. Verzeih, Fresenius, ich will den Kampfesmut deiner Landleute nicht in Abrede stellen, aber es klingt nach purem Wahnsinn, was die lumpigen Söldner hier schwatzen, und bringt uns in unserer Suche nach Marietta nicht weiter.«

Einer der Söldner blickte nun auf und mischte sich in das Gespräch. Sein Italienisch war armselig, doch es genügte, um eine Unterhaltung zu beginnen. Als er bemerkte, daß der Kapuziner ein Landsmann war, setzte er die Unterhaltung in deutscher Zunge fort, und der Mönch lauschte aufmerksam. Giacomo hockte sich auf einen Schemel, trank widerwillig von dem Wein und trat nach den Ratten, die mit feucht glänzendem Fell durch das schmutzige Bodenstroh flitzten. Nach einer Weile hockte sich Fresenius wieder neben ihn hin.

»Nun?« fragte Giacomo mit gelangweilter Miene.

»Es ist schlimmer als ich befürchtete. Der von Frundsberg, des Kaisers General in Deutschland, soll in Südtirol eine starke Truppe von beinahe zehntausend Mann ausgehoben haben. Die meisten sind gerade waffenfähige junge und neugläubige Kerle. Sogar sein Stammschloß Mindelheim und den Schmuck seiner Frau hat Frundsberg verpfändet, um seinen Marsch auf Rom zu machen. Und bei sich, so heißt es, trägt er einen goldenen Strick, um den Heiligen Vater selbst daran aufzuknüpfen.«

Giacomo schüttelte zweifelnd den Kopf. »Ich sage dir, Fresenius, mit allem Respekt vor teutscher Gründlichkeit, eine Alpenüberquerung um diese Jahreszeit ist Wahnsinn. Und die Pässe zwischen dem Gardasee und der Etsch sind durch die Truppen des Herzogs von Urbino besetzt. Wie soll einer da durchschlüpfen?«

»Du kennst den Frundsberg nicht, und auch nicht seine Hauptleute, wie den Schertlin von Burtenbach. Ich aber weiß, wovon ich spreche. Er ist ein besessener Soldat, und seine antirömischen Gefühle sind groß, genau wie seine Kaisertreue. Selbst wenn er einer Gemse gleich über den höchsten Steig gehen müßte, er würde es tun. Bei einem seiner letzten Feldzüge gegen Mailand hat er sich die Hänge hochschleifen lassen, genau wie seine Geschütze. Er holt das Letzte aus seinen Leuten heraus. Viel Feind, viel Ehr lautet sein Motto.«

Giacomo zuckte die Schultern. »Nehmen wir an, es ist, wie du sagst, so erwarten ihn auf italienischem Boden eine bunte Reihe von Feinden und entsprechende Ehren. Der Markgraf von Mantua etwa, der Herzog von Urbino und die schwarzen Banden des Papstneffen Giovanni de' Medici. Wie will er an so vielen Fronten siegreich sein?«

»Viele uneinige Feinde zerreiben ein Heer nicht so schnell wie ein einziger, einiger Feind, und von Einigkeit kann unter all euren Grafen und Stadtherren, Landesfürsten und Heerführern wohl kaum die Rede sein. Nein, Giacomo, ich kann mich über diese Nachrichten nicht beruhigen. Es könnte ein fürchterlicher Sturm sein, der da auf Rom zukommt.«

»Bangst du etwa um unseren Papst?« bemerkte Giacomo spöttisch.

»Ich bange um das Papsttum selbst, Freund, und um das Rom und die Welt, wie wir sie kennen.«

Giacomo nahm einen letzten Schluck Wein, dann sagte er ablenkend. »Trink aus und laß uns bei Falvini vorsprechen. Es ist an der Zeit, daß wir uns nützlich machen.« Fresenius nickte.

2.

»Gesundheit kann man ohn allzuviel Arztney erhalten, halt dich warm, überfüll nicht den Darm, mach dich den Gretchen und Weibern nicht zu nah, wenn du willst alt werden und graw.«

Medizinischer Ratschlag, um 1500

Della Guarde hatte das Santo Bambino von Santa Maria d'Aracoeli vorbeischicken lassen. Der kunstvoll geschnitzten Holzfigur des Christuskindes wurden heilende Kräfte nachgesagt, und wo immer ein hoher Kirchendiener mit schwerer Krankheit darniederlag, pflegte man es vorbeizubringen und vor dem Lager des Siechen zu enthüllen.

Freilich trug der damit beauftragte Kaplan auch stets die segensreichen Gerätschaften zur Letzten Ölung bei sich, denn nicht immer wirkte das Lächeln des Bambino Wunder.

Doch ob es das Lächeln der Statue, das regelmäßige Purgieren seines Darmes mittels eines Klistiers oder aber die Heiltränke aus dem Hause della Guardes waren, der stinkende della Forsa – der seit dem Besuch Mariettas mit dem Tode gerungen zu haben schien – erholte sich nun überraschend von seinem Leiden und behielt nur die Narben einiger Fäulnisschwären zurück.

Della Guarde, von der wundersamen Genesung durch Claudius unterrichtet, zögerte daraufhin nicht mehr, dem Amtsbruder einen Besuch abzustatten. Mit einem parfümierten Tuch vor der Nase wanderte er nun im abgedunkelten Schlafzimmer des Purpurträgers auf und ab.

»Ich danke Euch für Eure gnädige Hilfe«, brachte della Forsa mit jammernder Stimme hervor. »Es ist schön zu wissen, daß man nicht allen Leuten gleichgültig ist. Die peste nuova hätte mich beinahe dahingerafft, wenn mir Euer Mönch nicht diese vortreffliche Medizin verabreicht hätte. Ach, glaubt mir, der Tod stand bereits hier vor meinem Bett. Ich sah ihn deutlich.«

Della Guarde fand eine Nische beim Fenster, in der die Ausdünstungen des Genesenden von einem frischen Luftzug in Schach gehalten wurden.

›Der Tod, den Ihr vor Eurem Bett saht, hatte gewiß die Gestalt eines Landsknechts des Colonna‹, dachte er im stillen. Laut sagte er nur voll Abscheu vor dem winselnden Fettkloß im Bett: »Ihr habt Grund, für Eure Krankheit zu danken, sie schützte Euch vor Schwert und Plünderung.«

Della Forsa bekreuzigte sich in Gedanken an den entsetzlichen Überfall. »Ja«, sagte er dann aufseufzend, »der Herr hat es gut gemeint mit mir, seinem armseligen Diener.«

»Ihr solltet Eure Genesung nicht nur mit einem dürren Dank abtun«, erwiderte streng der Spanier, »denkt Ihr nicht, daß der Herr von Euch aufrichtige Reue und Buße verlangt?«

Della Forsa hob fragend die Augenbrauen: »Ihr meint, der Herr gab mir ein Zeichen?«

Unwirsch drehte sich della Guarde dem Bett zu. »Aber natürlich. Die Krankheit, die Euch befiel, war eine Folge von Eurem Hang zu luxuria und zur heidnischen Venus, eine Krankheit der Sünde, Bruder. Macht Euch endlich frei davon.«

»Man, man führte mich in Versuchung«, brachte della Forsa entschuldigend hervor.

»Wer brachte Euch in Versuchung?« fragte della Guarde mit der Schärfe des Inquisitors, und della Forsa zuckte zusammen. Eilends brachte er seine Beschuldigungen hervor.

»Es war der Kardinal Falvini, Bruder. Er sandte mir ein schönes Mädchen. Nein, kein schönes Mädchen, sondern eine Teufelin. Ja, es muß eine Satansschwester gewesen sein, denn sie raubte mir die Sinne und hauchte mir die schwere Krankheit an den Leib. Ohne daß ich sie unkeusch berührte. Ihr versteht mich?«

Della Guarde nickte. »Ich verstehe. Ihr wollt sagen, Falvini steht mit satanischen Mächten in Verbindung.« Die Stimme des Spaniers verriet seine wahren Gefühle, seine Aufregung und ehrliche Freude nicht. Er wollte zunächst sehen, wie weit sich der Feigling della Forsa in seiner Anklage gegen den hochgestellten Papstliebling Falvini vorwagte.

Und della Forsa schien noch zu zögern. Durfte er es wagen, einen mächtigen Mann wie Falvini in derartiger Weise zu beschuldigen? Konnte er es andererseits riskieren, selbst des bewußten Umgangs mit dämonischen Wesen angeklagt zu werden, ohne einen Verführer dafür verantwortlich zu machen?

Er entschloß sich zu einem diplomatischen Ausweg. »Nun, lieber Amstbruder, wenn tatsächlich Falvini die giftige Hure schickte, dann ist ein gewisses Mißtrauen bestimmt gerechtfertigt. Aber vielleicht benutzte der Teufel auch nur seinen Namen, und der gute Falvini kennt das Mädchen gar nicht?«

Lauernd beobachtete della Forsa den Iberer. Dessen Gesicht blieb reglos. »Ich werde den Fall beobachten«, sagte der schließlich, »und empfehle Euch, Euren bislang vertrauensvollen Umgang mit Falvini einzuschränken. Mag sein, daß er einem ordentlichen Exorzismus unterzogen werden muß. Nehmt keine Geschenke aus seinem Hause mehr entgegen.«

»Da sei Gott vor«, seufzte della Forsa und fiel in seine schmutzigen Kissen zurück.

Noch in der gleichen Nacht erkrankten zwei weitere Kardinäle an der peste nuova, genasen auf ebenso wundersame Weise wie della Forsa und berichteten später dem Kardinal della Guarde von den Besuchen schöner Mädchen, die sich als Geschenke Falvinis bezeichnet hatten.

Della Guarde ließ über jeden Fall und jedes seiner Gespräche ausführliche Akten anlegen, sorgte dafür, daß Zeugen die Richtigkeit der Angaben bestätigten, und sammelte alles Material, was gegen Falvini sprach.

Die ersten schauerlichen Gerüchte um einen satanischen Verursacher des Leidens unter den Männern des Heiligen Kollegiums machten bald die Runde unter anderen hohen Kirchendienern. Einige wenige schworen daraufhin dem fleischlichen Umgang mit Huren ab, mieden Falvini in den Konsistorien und bemühten sich redlich um Keuschheit.

Auch den Prälaten des päpstlichen Hofes kam das Gemunkel zu Ohren, doch da sie genug mit dem gegen den Kardinal Colonna angestrengten Prozeß, den Bittbricfen des Papstes an Frankreichs König und den Vorbereitungen für die große Prozession zu tun hatten, nahmen sie die Krankengeschichten noch als Nebensache. Die Bußprediger auf den Gassen freilich machten daraus eine Haupt- und Staatsaktion, das Volk suchte Gründe für die verschiedenen Heimsuchungen der letzten Monate, für die Unwetter, die Überfälle, die zu hohen Steuern, und die Prediger versprachen: »Die Unkeuschen werden ihre Strafe empfangen.«

3.

»Cuius regio, eius religio – Wer die Macht ausübt, bestimmt die Religion.«

J. Stephani, Kanonist zu Greifswald (1544-1623)

Und du bist sicher, mein Kind, daß dich das Feuer des Heiligen Geistes durchglüht und all dein heiliges Begehren von Jesu Christo kommt?«

Die eindringlichen Worte des Mönches ließen Beatrice erschaudern. Das hölzerne Trenngitter überzog sein hohlwangiges Gesicht mit den Schatten der Gitterlinien, sein stechender Blick suchte den ihren. Sie drückte sich tiefer in den Sitz des Beichtstuhles, damit der Vogelgesichtige ihr Gesicht nicht sehen konnte, das rot vor Scham war.

»Antworte mir, meine Tochter, bist du endlich bereit, Christus zu folgen und die Sünde zu bekämpfen, wo immer sie dir begegnet?«

»Dazu bin ich bereit«, flüsterte Beatrice stockend.

»Dann wird der Herr dir alle Sünden vergeben, die du hier gebeichtet hast.«

Die Wäscherin seufzte erleichtert auf, dies war nun bereits das fünfte Beichtgespräch, das sie mit dem Dominikaner hatte führen müssen, und langsam fehlte es ihr an Phantasie, sich weitere Vergehen gegen das Gebot der Keuschheit auszudenken.

»Deine Vergehen«, hob nun der Mönch wieder an, »waren abscheulich, weil sie tierisch waren. Doch wenn dich nun die wahre Liebe zu Gott beseelt, kannst du ihm wertvolle Dienste tun, und das, was bislang Sünde war, wäre in diesem neuen Licht ein christliches Werk.«

Beatrice richtete sich erstaunt auf. Hatte sie den Mann im weißen Habit soeben richtig verstanden oder vernebelte der stechende Geruch des Weihrauchs, der dick in der Kapelle hing, ihr die Sinne? Redete der Kerl der Sünde das Wort? Atemlos schaute sie durch das Trenngitter. Die Augen des Mannes funkelten auch in der Dunkelheit.

»Ich sehe, meine Tochter, daß dich meine Worte erstaunen. Das müssen sie nicht. Du scheinst mir nun reif für eine Lektion über die wahre Sünde. Und das ist die Sünde der Verführung. Sag selbst, hattest du Freude bei deinen unzüchtigen Handlungen?« Beatrice konnte mit einiger Aufrichtigkeit verneinen.

»Nun, warst du dann diejenige, die den ersten Schritt tat?«

Wieder sagte Beatrice nein.

»So siehst du, daß du nie im eigentlichen Sinne vom rechten Wege abgekommen bist. Meine Tochter, das wahre Übel sind die Verführer, und abscheulich sind die Schandbuben, die sich ins kirchliche Gewand hüllen und dennoch schamlose Handlungen begehen. Verstehst du mich?«

Der Mönch hatte sein Gesicht nun ganz nah an das Gitter gepreßt, seine Augen lähmten Beatrice, beinahe willenlos starrte sie in sein Gesicht und hauchte ein leises. »Si.«

Noch immer ließen die glühenden Augen sie nicht los. Beatrice bemerkte, daß eine seltsame Macht von dem Mann ausging, oder waren es ihre Wochen hinter Klostermauern, die sie so anfällig für seine Beeinflussungen gemacht hatten?

»Du bist ein gutes Kind, und Gott hat viel vor mit dir. Sage, willst du ihm in allem folgen? Willst du ihm dienen und der Sünde Einhalt gebieten?«

»Natürlich will ich das, aber ich bin nur eine einfache Wäscherin, was sollte ich bewirken können?«

Der Mönch unterlegte seine Stimme nun mit einem schmeichelnden Ton. »Gott unterscheidet nicht nach der Stellung der Menschen. Du magst hienieden eine Wäscherin sein, vor ihm bist du so wertvoll wie die edelste Patrizierin. Er ist dir wohlgesonnen, denn sonst hätte er dich nicht mit solch beachtlichen Reizen ausgestattet.«

»Vater«, entfuhr es Beatrice. Sie war empört über das frivole Kompliment. Der Dominikaner näherte sich wieder dem Gitter, Mißtrauen lag nun in seinem Blick.

»Deine Liebe zu Jesu Christo scheint mir weniger gefestigt, als du behauptet hast. Du zeigst dich undankbar für das Geschenk der Jugend und der Schönheit?«

Beatrices Gedanken verwirrten sich immer mehr. Was wollte dieser Mönch nur von ihr?

»Geh, meine Tochter, unser Gespräch ist für heute beendet. Schicke mir das nächste Mädchen, und du selbst bete fünf Rosenkränze und bitte um Vergebung für deine Unbotmäßigkeit.«

»Aber, Vater«, sagte flehend Beatrice. Der Dominikaner antwortete nicht, sein Gesicht war in den Schatten abgetaucht. Beatrice verließ mit gerunzelter Stirn den Beichtstuhl und machte einer wartenden Postulantin stumm ein Zeichen. Die schlüpfte in die Holzzelle, und zu ihrem Erstaunen vernahm Beatrice kurz darauf ein Kichern.

Unschlüssig stand sie neben einer der harten Holzbänke. Vor dem Marienaltar steckte eine ältere Nonne letzte Herbstblumen auf, ansonsten war das Gotteshaus leer. Beatrice machte einen Knicks gegen den Hochaltar, bekreuzigte sich und schlich sich dann aus dem Blickfeld der Nonne neben den Beichststuhl. Mit schuldbewußter Miene preßte sie ein Ohr an die dicke Holzwand und lauschte.

»Wohin schickt Ihr mich das nächste Mal?« wisperte die Postulantin und bekam eine leise Antwort.

»Und wie weit soll ich diesmal gehen?« lautete die nächste Frage des Mädchens. Wieder verstand Beatrice die Antwort nicht.

Jetzt kicherte das Mädchen erneut und sagte etwas lauter. »O nicht der Rede wert, Vater. Es ist mir eine Freude, auf diese Weise gegen die Sünde anzukämpfen. Es ist schön, zu den Erwählten zu gehören.«

Das leise Knarren der Kirchenpforte ließ Beatrice zurückfahren, eilends schlüpfte sie in eine der Kirchenbänke, kniete nieder und faltete die Hände zum Gebet. Schritte näherten sich von hinten, leichte Schritte.

»Beatrice«, flüsterte plötzlich eine sanfte Stimme hinter ihr. Die Wäscherin fuhr herum. Hinter ihr saß Marietta. Ihr Gesicht war entsetzlich bleich, immer noch hob sich rot die letzte Degennarbe von ihrer linken Wange ab. Ihre Augen waren geschwollen, so als habe sie lange geweint. Voll Mitleid faßte Beatrice die Hände der Frau.

»Was ist Euch, Ihr habt großen Kummer, nicht wahr?« fragte sie mit gedämpfter Stimme. Die Kurtisane nickte sanft. »Ich, ich kann es nicht länger tun«, brachte sie mit tonloser Stimme hervor.

»Was?« fragte Beatrice. Doch sie bekam keine Antwort mehr. Der Dominikaner riß sie roh aus der Bank und zerrte sie zur Kirchenpforte.

»Marietta«, schrie die Wäscherin hilflos, ein Schluchzen war die Antwort.

»Es ist ein Kreuz mit dieser Seuche. Sie verdirbt uns das Geschäft. Vor allem unter den Purpurträgern geht die Angst um. Einer wies mich kürzlich von seiner Tür, obwohl er mich ausdrücklich auf diese Nacht eingeladen hatte.« Maulend legte die Dame einige Münzen auf den groben Tisch. »Hier, mehr kann ich dir zur Zeit nicht geben, ich hoffe es reicht.«

Märthe steckte die Münzen in ein Säckchen, das von ihrem Gürtel herabhing, dann ging sie zum Kamin und holte ein kleines Tontöpfchen von einem Holzbord.

»Dies ist eine Mischung, die Euch ein wenig schützt«, sagte sie und reichte der Frau in dem gestickten Samtkleid das Töpfchen. »Es sind Kräuter und etwas zerriebene Rinde vom Guajakabaum. Solltet Ihr die ersten Anzeichen der Seuche an Eurem Leib verspüren, so macht daraus einen Sud, den Ihr dreimal täglich trinkt.«

»Ich dachte, daß Quecksilber das beste Mittel gegen die Mal Franciosa sei. Die Barbiere machen ihre Kuren damit und reiben es als Salbe in die Haut.«

Märthe setzte sich auf einen Schemel und schaute die kostbar gekleidete Frau ruhig an. »Ich bin vorsichtig, wo es um Quecksilber geht. Es ist gewiß ein tüchtiges, starkes Mittel, das manchmal zur Heilung führt. Doch ich habe auch erlebt, daß es schwere Schäden hinterläßt. Es verursacht schnell Übelkeit und vergiftet den Körper. Die Mienenarbeiter, die mit dem Quecksilber Umgang haben, sterben früh, so hat es mein Lehrmeister Paracelsus beobachtet. Ihr solltet Euch besser mit dem Guajaka bescheiden.«

Die Kurtisane sah unzufrieden aus. »Meine Wäscherin Camilla hat mir von dir wahre Wunderdinge erzählt, und nun scheinst du mir doch ein recht zögerliches, närrisches Weib. Gib mir einen Teil des Geldes zurück.«

Märthe schüttelte den Kopf. »Ich habe Euch einen sehr guten Preis gemacht. Das Guajaka ist teuer, es kommt aus der Neuen Welt, und es ist knapp in Zeiten wie diesen. Kaum ein portugiesisches Schiff ist in letzter Zeit durchgekommen bis nach Genua. Das Meer ist voller Truppen und Piraten. Bald wird das Holz teurer als Gold gehandelt werden.«

Die *cortigiana* zeigte sich beeindruckt. »Aus der Neuen Welt, soso. Nun gut, aber dann gib mir für mein Geld noch einen Schwamm dazu, der meinen Schoß unfruchtbar hält. Nicht jeder der Prälaten nimmt sich in acht.«

»Ihr sollt ihn haben«, sagte Märthe, darauf bedacht die Frau bei Laune zu halten. Es war die erste Kurtisane, die von einigem Rang zu sein schien, bislang hatten nur einfache *puttane* ihre Hilfe in Anspruch genommen, von denen sie nichts über das Treiben der höheren Kirchendiener erfahren hatte.

»Ich hoffe, daß dieser Schwamm wirklich so wirksam ist, wie man mir erzählt«, sagte die Kurtisane nun und nahm einen Schluck von dem Wein, den Märthe ihr angeboten hatte. Sie schien sich zu entspannen und einem Gespräch nicht abgeneigt. Selten hatte sie die Gelegenheit, sich ganz und gar wie eine überlegene Dame zu fühlen.

»Ihr werdet Euch sicher nicht beklagen«, sagte Märthe, »ich verspreche Euch, daß Ihr damit gut geschützt seid.«

»Ich hoffe es, ich hoffe es. Wenn ich nur an die Scherereien beim letzten Mal denke. Alles habe ich versucht, doch es half nichts, ich mußte das lästige Balg austragen und dann ins Findelheim bringen. Fast zwei Monate lang konnte ich keinen meiner Verehrer besuchen. Die meisten verabscheuen den Anblick einer Schwangeren, als sei sie die fleischgewordene Sünde. Nicht jeder hat einen solch ungewöhnlichen Geschmack wie der Falvini.«

Märthe horchte auf. »Was für einen Geschmack hat denn der, dieser Falvini?«

Die Kurtisane kicherte und beugte sich näher zu Märthe. »Er liebt junge Mütter.«

»Was ist das für eine Leidenschaft?« fragte die Alte mit harmloser Miene.

»Nun, man sagt, er nähme sie sich selbst zur Amme. Verstehst du? Sein Leibarzt Atoli, der zu meinen Gönnern zählt, plauderte es in einer schwachen Stunde aus. Er scheint wütend auf den Kardinal zu sein und nimmt kein Blatt mehr vor den Mund. Als ich es zum erstenmal hörte, wollte ich es nicht glauben, aber nun weiß ich selber von einer Magd, die ihm regelmäßig ihre Milch verkauft. Das nenn ich leichtverdientes Geld. Er soll sie nicht einmal berühren dabei. Ach, ich wünschte, ich hätte Falvinis Gunst, da würde ich gerne Kindsmutter sein. Er ist zudem ein stattlicher Mann. Aber auch gefährlich, sehr gefährlich.« Die letzten Worte klangen wie eine Aufforderung, Fragen zu stellen, und Märthe reagierte entsprechend. Die Kurtisane zögerte nicht lange, sondern fuhr in ihren Berichten fort.

»Nun, es wäre nicht das erstemal, daß eine seiner Geliebten für immer verschwindet. Diesmal hat es die Rodiconda getroffen. La Luparella ist wie vom Erdboden verschluckt, ihr Palast leergeräumt. Mag sein, daß der Kardinal sich gerächt hat, weil sie eine Weile als Büßerin ging und seinem Ruf ordentlich schadete.« Die *cortigiana* nickte langsam. »Ja, sie ist gewiß tot.«

Märthe schwieg. Sie dachte an den Holzknecht Giuseppe und seine Geschichten um den Bocksfüßigen, der sich nachts beim Tiber herumgetrieben und ein Amulett der Rodiconda verloren hatte. Immer wieder tauchte der Name Falvini auf, und doch schien ihr das alles zu fadenscheinig, zu dünn. Und was sollte ein so mächtiger Kardinal mit ihrem Bruder Claudius zu schaffen haben?

»Falvini, *stronzo*, Falvini«, kam es nun krächzend aus einer dunklen Ecke neben dem Kamin.

Die Kurtisane fuhr zusammen. »Was war das? Habt Ihr einen Teufel neben dem Feuer hocken?«

»Nein«, sagte Märthe und lächelte besänftigend. Dann trat sie in die Ecke, streckte ihren Arm vor und zeigte der Frau den Raben Hesekiel. »Es ist nur ein vorwitziger Vogel, der schnell Namen lernt, wißt Ihr?«

Mißtrauisch betrachtete die Kurtisane den weißen Vogel, raffte ihre Kleider zusammen und verabschiedete sich bald darauf. In Gedanken versunken blieb Märthe zurück. Draußen verfinsterte sich der Regenhimmel immer mehr, Blitze durchzuckten die schweren, nassen Wolken. Mit einem Ruck sprang die Tür zur Hütte auf, und zwei Männer in wollenen Umhängen stürzten, sich schüttelnd und fluchend herein.

»*Madre mia*«, stieß Giacomo hervor, »was ein Sauwetter.«

Fresenius warf seinen Umhang über eine Truhe und trat ans Feuer, um sich aufzuwärmen. Märthe goß einen Tee aus Salbei auf und verrührte Honig darin. Sie reichte den Männern die dampfenden Becher.

Nachdem sie getrunken hatten, berichtete sie vom Besuch der Kurtisane.

Fresenius lauschte aufmerksam, dann sagte er: »Dieser Kardinal muß etwas mit den Geschehnissen zu tun haben. Sein verschlagenes Gesicht ist ein Beweis dafür.«

»Du hast ihn gesehen?« fragte Märthe aufgeregt.

»Nicht nur gesehen«, mischte sich nun Giacomo ein, »wir haben ihn gesprochen. Das heißt, ich habe ihn gesprochen, während der Kapuziner den tumben, sprachlosen deutschen Bettelmönch gab.«

Fresenius knuffte seinen Begleiter in die Seite. »Nennt mich nochmal tumb«, drohte er im Scherz. Beide schienen recht stolz auf ihren Erfolg.

»Da Fresenius stumm war, werde ich erzählen, was wir erreicht haben«, sagte Giacomo. »Ich hatte ein Empfehlungsschreiben von einem Archivar der Vatikanischen Bibliothek, das mich als großen Kenner der antiken Geschichte und Architektur auswies. Wie es sich zeigte, kannte der Kardinal bereits meinen Namen, denn nach meinen Plänen hat er im Sommer den Leichnam eines antiken Knaben an der Via Appia antica entdeckt.« Der Kapuziner bekreuzigte sich bei der Erwähnung der Grabschändung, doch Giacomo fuhr ungerührt fort.

»Das öffnete uns die Türen zum Palazzo. Mag sein, daß Seine Eminenz uns nur aus Langeweile empfing. Er war noch im Schlafrock und sah merkwürdig erschöpft aus, das Wetter, so sagte er, mache ihm zu schaffen.«

»Das Wetter«, ging der Kapuziner mit einem Schnauben dazwischen, »der sah mir nach ganz was anderem aus, nach etwas höchst Liederlichem.«

Giacomo unterdrückte mühsam ein Grinsen. »Unser Fra Fresenius, überall in Rom sieht er die Sünde lauern. Doch der Kardinal zeigte sich recht aufmerksam, er ist ein großer Förderer der Antikenforschung. Sein Haus ist voll von den köstlichsten Statuen. Er zeigte uns Säulen aus Travertin, die seine Arbeiter vom Colosseo herbeigeschafft hatten. O Märthe, es waren wundervolle…«

»Giacomo,« unterbrach ihn ungeduldig der Kapuziner.

Der Student fuhr seufzend fort: »Ich lasse mich immer hinreißen, wenn es um die Kunstschätze geht, fürwahr. Aber in diesem Falle war es sehr nützlich. Falvini sucht nämlich, wie ich wußte, Archivare, die sich um die Datierung und Erfassung all seiner Funde kümmern sollen. Gut, daß Fresenius den Stummen spielte, sonst hätte er mir meine Bewerbung gewiß verdorben.«

»*Deine* Bewerbung?« fragte der Kapuziner mit gespielter Empörung. »Vergiß nicht, ich bin dein Schreiber.«

»Ja, einer mit linker Hand. Das wird eine hübsche Krakelei werden«, neckte Giacomo zurück.

»Den Kardinal schien es nicht zu stören«, erwiderte Fresenius mit übertrieben stolzer Miene, »im Gegenteil, ihm gefiel meine Erscheinung.«

»Ja, er hat Sinn für das Außergewöhnliche«, lobte noch einmal Giacomo.

»Mit anderen Worten«, schloß Märthe, »ihr seid nun Bedienstete des Kardinals.«

Der Kapuziner nickte. Giacomo fügte hinzu: »Und seine Hausgäste. Morgen werden uns zwei Kammern unter seinem Dach zugewiesen. Wenn es in seinem Haus eine Spur zu Marietta gibt, werden wir sie finden.«

»Dämpft eure Freude und denkt daran, daß ihr in die Höhle eines Löwen einzieht.«

»Ein Löwe mit großem Kunstverstand«, sagte Giacomo seufzend, dann stand er auf, um nach seinem Freund Scoferino zu schauen, der seiner endgültigen Genesung entgegenschlief.

»Ich habe Freunde. Ihr könnt mich nicht einfach hier gefangenhalten. Sie werden sich sorgen und nach mir fragen.« Beatrices Stimme klang trotzig.

»So, so, Freunde hast du, kleine Wäscherin, na, da fürchte ich mich aber ordentlich. Was für Freunde werden das wohl sein? Ein Scheißhausfeger, ein Hundeschläger, ein paar alte Dattelweiber?« Claudius' Stimme war spröde von Spott. Mit kalten Augen blickte er auf Beatrice, die mit gefesselten Händen vor einer kalten Kellerwand hockte.

»Ich gebe zu, mir haben deine Beichten recht gut gefallen«, sagte nun der Mann im weißen Habit, »deine Sünden waren reizvoll, aber leider wohl nur Ausgeburten deiner schmutzigen Phantasie, nicht wahr?«

Drohend beugte er sich vor, und Beatrice wich ängstlich zurück. Wieder spürte sie die dämonische Kraft dieses Mannes, die Märthe ihr so eindringlich geschildert hatte. Märthe! Sollte sie den Namen erwähnen? Vielleicht würde das diesen teuflischen Beichtvater verschrecken.

»Was, was habt Ihr mit mir vor?« fragte sie schließlich stattdessen.

»Ich kann mich noch nicht recht entschließen, meine Tochter, aber ich verspreche dir, wenn es an der Zeit ist, wirst du den Weg allen Fleisches gehen. Nun sage mir, was du von Marietta gewollt hast!«

Die Androhung des Todes machte Beatrice wütend. »Was habt Ihr mit Marietta vor?« fragte sie deshalb frech zurück und starrte den Mönch fest an. Der lachte häßlich.

»Mut besitzt du, das muß ich dir lassen. Doch leider bist du kaum in der Position, um Fragen an mich zu richten, oder?«

»Und Ihr seid kaum in der Position, um Antworten von mir zu erhalten.«

Der Mönch lachte noch einmal schnarrend. »Nun irrst du dich, liebes Kind. Du irrst dich gewaltig.« Seine dürre Hand fuhr vor, mit festem Griff packte er Beatrices Haarschopf und riß ihren Kopf nach hinten. Die Wäscherin schrie leise auf.

»Öffne den Mund«, befahl Claudius. Beatrice preßte ihre Lippen fest aufeinander. Der Griff des Mönches wurde fester. Beatrice wollte schreien. Im selben Moment fühlte sie, daß ein kalter Brei auf ihre Lippen aufgetragen wurde. Der stechende Geruch, der ihr in die Nase stieg, machte sie schwindeln, doch immer noch hielt sie den Mund geschlossen. Dann tat sie, einer Eingebung folgend, so, als würde sie ohnmächtig. Schwer sackte ihr Körper zusammen, und sie spürte, daß sich der Griff des Mönches lockerte. Beatrice atmete leise und langsam, als ob sie tief schliefe. Der Brei auf ihrem Mund begann zu trocknen, und ihre Lippen spannten.

Claudius ließ sie los, und Beatrice, deren Sinne sich nun wirklich zu vernebeln begannen, fiel gekonnt zu Boden. Eine Weile schien der Dominikaner noch auf sie hinabzustarren, dann raschelte seine Kutte über das Bodenstroh, er schien sich zu entfernen, und tatsächlich, bald darauf fiel die schwere Holztür zu ihrem Verlies ins Schloß. Mehrmals wurde ein Schlüssel umgedreht. Beatrice kämpfte nun mit aller Kraft gegen eine Ohnmacht an, in ihrem Kopf dröhnte es wie von Hammerschlägen. Mit letztem Willen drückte sie ihr Gesicht ins Stroh und rieb ihre Lippen daran. Sie mußte diesen vermaledeiten Brei loswerden.

4.

»Ich werde nach Italien ziehen und mich an denen rächen, die mich gekränkt haben, besonders an diesem einfältigen Papst.«

Kaiser Karl V.

Selten war die Angst des Papstes so groß wie in jenen Novembertagen. Immer mehr Schreckensnachrichten erreichten den Vatikan. Es ging Kunde, daß von der Meerseite her die kaiserliche Flotte ihren Weg zu den Häfen von Ostia und Civitavecchia machte, darunter wendige portugiesische Karavellen, die nur schwer von den üblichen Galeeren einzuholen waren.

Im Süden blieben weiterhin die Soldaten Colonnas bedrohlich, wiewohl die neuen päpstlichen Truppen zunächst einige Siege davontrugen und unter schrecklichen Verwüstungen bis auf Zagarolo vordrangen. Doch diese Gewinne wurden überschattet von Nachrichten aus Florenz, der Heimatstadt der Medici und somit auch dem Augapfel des Papstes. Von hier wurden Unruhen und Rebellion unter der Bürgerschaft vermeldet. All dies bedrückte den Heiligen Vater sehr.

»Wir sind mehr tot als lebendig«, berichtete ein Gesandter an die Verbündeten des Papstes in Venedig, »der Vatikan rüstet fieberhaft, doch die Dinge geschehen so, wie die Kaiserlichen es sich nicht besser wünschen könnten.« Der mailändische Botschafter bemerkte ähnliches und fügte hinzu: »Der Papst kommt mir vor wie ein Kranker, den die Ärzte aufgegeben haben. Von Frankreich hört man nichts, und das treibt jeden zur Verzweiflung.«

Ein anderer notierte: »Wir sind am Rand des Verderbens, das Schicksal selbst hat alle Übel auf uns losgelassen.« Darunter auch die deutschen Landsknechte unter Frundsberg.

Es war wie Fresenius vermutet hatte. Der äußerlich so schwerfällige, alte Mann hatte den Alpenübergang bewältigt, obwohl Eis und Schnee die halsbrecherischen Pfade doppelt gefährlich machten. Der beleibte General hatte sich die meisten Hänge hochschieben oder ziehen lassen, während seine Leibwache entlang den gefährlichen Abgründen mit ihren Spießen einen Zaun bildete.

Klemens' letzte Hoffnung gegen diesen zähen, entschlossenen Trupp aus großspurigen Landsknechten in phantastisch aufgeschlitzten Pluderhosen waren die schwarzen Banden unter Befehl seines entfernten Verwandten Giovanni de'Medici. Er sollte die Lombardei, namentlich die Zugänge zum Po, verteidigen.

Daneben verließ sich der Papst auf die Treue seiner nördlichen Bündnispartner, die Herzöge von Urbino und Ferrara etwa. Und immer noch hoffte er auf den König aller Großmäuler, auf Franz von Frankreich, der ihm nach dem Überfall des Colonna hatte mitteilen lassen, daß er selbst ein Heer nach Italien führen wolle, um den Apostolischen Stuhl zu verteidigen. In einem Postscriptum hatte er allerdings hinzugefügt, daß er zur Zeit sehr mit dem Tanzen und anderen Vergnügungen beschäftigt sei.

Fataler als Klemens' auf schwachem Grund gebaute Hoffnungen aber war und blieb seine Unfähigkeit, eine Entscheidung zu treffen. So folgte ein Konsistorium dem nächsten, und immer wieder schwankte der Papst, ob er sich dem Kaiser annähern, gegen ihn kämpfen oder einfach fliehen sollte. Die Folge war, daß er in Untätigkeit verharrte.

Umgeben von so vielen unwägbaren Gefahren, entschied sich der Heilige Vater schließlich, der Prozession della Guardes zwar seinen Segen zu geben und die einziehenden Würdenträger von einem Fenster seines Palastes aus zu grüßen, doch er nahm davon Abstand, dem feierlichen Umzug voranzureiten.

Der überall spürbare Haß der Römer förderte diesen Entschluß.

Bedroht von allen Seiten, bedrückt durch neue Steuern und angewidert durch die sich mehrenden Anzeichen für die Verderbtheit der Kurie und der Kardinäle hätten die Bürger der Ewigen Stadt dem Statthalter Petri vielleicht kein angemessenes Willkommen entboten.

5.

»Rom, vom allmächtigen Gott zum dauerhaften Sitz des Papsttums und zum ewigen Ort der päpstlichen Heiligkeit bestimmt, meinten wir, müsse um so mehr geschmückt als jede andere Stadt sein. Ein Ort der Herrlichkeit auf Erden.«

Vermächtnis des Papstes Nikolaus V., 1455

Die Häuser und Geschlechtertürme, an denen der Zug, von der rußgeschwärzten Ruine des Lateran kommend, vorbeizog, waren mit Zweigen und Kränzen aus Lorbeer und Myrte, mit Bannern und Dekorationen aus Gold geschmückt. Die Prozession verlief in merkwürdiger Stille, da auch die Straßen dick mit Buchs und Myrtenzweigen bedeckt waren. Würzige Düfte stiegen auf und mischten sich mit dem Aroma verbrennenden Weihrauchs. Claudius hatte recht behalten.

So vieler Pracht konnten die meisten Römer nicht widerstehen, auch wenn sie einem der verhaßten Kurialen zu verdanken war. Jubelnd säumte das Volk die Straßen und streckte die Hände nach den Karlini aus, die der Kardinal della Guarde unter das Volk werfen ließ. Seine Amtsbrüder beschränkten sich meistenteils auf die letzten Blüten des Herbstes.

Die Spitze des Zuges bildeten zweihundert der vom Papst neu angeworbenen Lanzenreiter, ihnen folgten die *famiglie* der Kardinäle, wobei jede eine Livree in den Farben ihres jeweiligen Herrn trug. Auch der Student Giacomo Maltesta hatte sich unter die Kardinalsdiener des Falvini eingereiht, ohne sich um Fresenius' Spott über diese Eitelkeit zu kümmern.

»Was willst du, es gibt wenig Möglichkeiten, einmal an solch einem Umzug teilzunehmen«, hatte er ungerührt gesagt,

»und vielleicht entdecke ich beim Festzug etwas, das unsere Suche nach Marietta voranbringt.«

Der Kapuziner hatte nur den Kopf geschüttelt und es als billige Ausrede erkannt. Die Suche nach Marietta war im Hause Falvinis bislang ergebnislos verlaufen, warum sollte sie bei der Prozession von Erfolg gekrönt sein? Doch nun, nahe der Engelsbrücke am Straßenrand stehend, begriff er Giacomos Wunsch, an dem Festzug teilzunehmen. Die Schönheit war ergreifend.

»Ich spüre die Lust, diesen Zug zu malen«, sagte neben ihm Scoferino, der den Mönch und Märthe zu dem Umzug begleitet hatte, um seine Genesung zu feiern. Zwar war er noch schwach, doch seine Neigung zum Überschwang war nicht gebrochen.

»Ist Rom nicht wunderbar, einzigartig, göttlich? Die Krone der Welt, die Stadt der Städte, wo nur Schönheit herrscht,« schwärmte der Maler nun. Fresenius knurrte nur. An die übertriebenen Begeisterungsausbrüche des jungen Künstlers konnte er sich nicht gewöhnen, egal wie farbenprächtig das vor seinen Augen stattfindende Spektakel auch sein mochte.

Hinter den *famiglie* der Kardinäle marschierten die Bannerträger sämtlicher römischer *rioni.* Wann immer die Fahnen des eigenen Stadtviertels vorbeigetragen wurden, gingen Jubelschreie durch die Menge. Auch die Bewohner des Brückenviertels stimmten ein Freudengeheul an, als die Fahne ihres Viertels über die Engelsbrücke getragen wurde. Stolz konnten sie sich trotz ihrer Armut leisten.

Weniger stürmisch wurden freilich die fünf Banner des Heiligen Stuhls und die Fahnen der weltlichen Kirche begrüßt, die ein Verwandter des Papstes in der Tracht eines Johanniterritters trug.

Die *sbirri* am Rande der Straße verteilten Stockschläge an einige besonders vorwitzige Gaffer und Gecken, die es wagten, ihre Hintern in Richtung der Fahnen zu entblößen. Doch wo sie einen der Frevler verhaften wollten, schlossen sich lautlos die Reihen, und mit stummen, strengen Gesichtern verwehrten die Zuschauer den Ordnungshütern das Durchkommen.

Nach den Bannern kam eine Reihe weißer Maultiere aus dem päpstlichen Marstall, ihnen folgten die jungen Ehrenstallmeister des Hofes, alle von adliger Geburt und in hermelingesäumten Gewändern aus rosa Seide. Dann kamen die florentinischen Notablen und Bankiers, die einiges Geld zu der Herrlichkeit der Prozession beigesteuert hatten. Ihnen war ein schlechter Papst lieber als gar keiner oder einer, der, wie Colonna, alle Häuser von wilden Truppen plündern ließ.

Nach den Laien kamen die Soldaten, die Schweizer Garde präsentierte sich in ihren prächtigen, von Michelangelo entworfenen Uniformen aus gelben, roten und blauen Stoffstreifen. In der blassen, kalten Novembersonne blitzten ihre polierten Hellebarden. Die kräftigen Kämpfer erfreuten sich allgemeiner Bewunderung. Nachdem sie mit festen Tritten ihrer Eisenschuhe den dicken Laubteppich zertreten hatten, kamen die Geistlichen, begleitet von den meist ironischen Rufen der Zuschauer. Angeführt von den Diakonen und Subdiakonen mit ihren silbernen Amtsstäben, folgten in einem Strom von Schwarz, Violett und Scharlachrot die Hunderte von niederen Geistlichen der Kurie. Auch sie wurden mit beinahe soviel Pfiffen wie Jubelschreien begleitet.

Fresenius runzelte besorgt die Stirn. Der Unmut gegen die Kurialen war bedenklich, er befürchtete Tumulte.

»Schaut nicht so vergrämt«, beruhigte ihn Scoferino, »wir Italiener haben hitziges Blut, aber sind ebenso rasch besänftigt wie erzürnt. Nehmt die Pfiffe nicht zu ernst.«

Und tatsächlich schlug die Menge wenig später ehrfürchtig und brav das Kreuz. Der Schimmel mit dem Sakramentstabernakel trottete, gebeugt von seiner schweren Last, vorbei. Das Pferd ging allein, nur begleitet von denen, die einen goldenen Baldachin über die prächtige Monstranz hielten. Stille senkte sich über die vielen tausend Zuschauer.

Fresenius beugte sein Knie und murmelte ebenfalls ein ehrfürchtiges »Gelobt sei der Herr in Ewigkeit.« Obwohl ein dem zeitweiligen Eremitentum und der äußersten Bescheidung verpflichteter Mönch, erfüllte den Kapuziner die Zurschaustellung christlicher Weihgegenstände und Reliquien mit tiefer Ehrfurcht. Für einen seligen Moment vergaß er all die Unbilden, die er in Rom erlebt hatte, fühlte sich geborgen in der großen Gemeinschaft der Gläubigen und spürte Frieden in seiner Brust. Doch als er einen Seitenblick auf seine Begleiterin warf, war die Ruhe dahin.

Märthe, die rechts neben ihm stand, kniff fest die Augen zusammen, grimmig und wütend sah sie aus.

»Blendet dich die Sonne, Freundin?«

»Nein, ich warte auf die Kardinäle und den Zug der Reuerinnen.«

»Ich denke, sie werden erst zum Schluß kommen, es sind immerhin die Geringsten unter den Kirchenangehörigen.«

»Nicht für mich«, sagte Märthe. »Es wäre mir lieb, wenn wir Beatrice wieder einmal zu Gesicht bekämen. Zweimal habe ich schon vergeblich an der Gartenpforte gewartet. Ich sorge mich sehr um sie.«

»In einem Kloster, Märthe, kann sie sich nicht so frei bewegen wie sie möchte. Sie hat sich an die Regeln zu halten. Ich vertraue auf ihre Vorsicht. So keck sie manchmal auch sein mag. Hab keine…«

»Was für eine Gotteslästerei«, fuhr Märthe empört dazwischen. Fresenius folgte ihrem Blick und erschrak ebenfalls. Die großartige Gruppe der Kardinäle näherte sich, angeführt von Falvini, der es sich nicht hatte nehmen lassen, auf seinem Araber zu reiten.

Doch nicht seine hochmütige Gestalt, die mehr an einen

Krieger, denn an einen Kirchendiener erinnerte, sondern der ihm folgende Festwagen empörte den Mönch und die Alte.

Seinen der Antike zugewandten Gelüsten folgend, hatte Falvini auf einem von vier weißen Maultieren gezogenen Karren eine Szene zwischen Cupido und Venus nachstellen lassen. Es waren lebende Statuen, ein Mann und eine Frau, die mit feinem, matt schimmernden Kalk überpudert waren und Masken vor den Gesichtern trugen. Tücher in antiker Drappierung verhüllten nur das Notwendigste. Der neckische Liebesengel zielte mit einem Pfeil auf eine halbentblößte Venus mit gelocktem Haar, die sich nicht übermäßig zu zieren schien. Für sich genommen war es ein prachtvolles Bild, und ein Banner, das über den Karren gespannt war, schlug auch den Bogen zur jüngsten Geschichte der Päpste.

»Mars hat geherrscht, ihm ist Pallas gefolgt. Stets herrschen wird Venus.« Eingeweihte wußten, daß dies eine Anspielung auf den kriegerischen Papst Julius, der sich selbst Mars nannte, dessen Nachfolger und schließlich auf den Medici-Papst Leo X. war, den man gemeinhin als weltlichsten und sinnenfreudigsten der Kirchenfürsten bezeichnete. Das von Falvini benutzte Motto hatte Leo, ein Onkel von Klemens, bei seiner Krönungszeremonie verwandt. Niemand konnte ein solches Zitat also übelnehmen, am wenigsten der Papst selber. Falvini hatte es benutzt, um all jenen Prälaten einen Seitenhieb zu erteilen, die ihn zu meiden schienen und plötzlich der Moral das Wort redeten.

Doch weder Fresenius noch Märthe konnten von diesen verspielten Feinheiten etwas wissen, und so nahmen sie den Wagen als einen weiteren Beweis für Falvinis Verderbtheit und Schändlichkeit.

»Dieser Mensch ist ein Abgrund der Sünde«, zischte Fresenius. »Er mag so gebildet sein wie er will, doch dieses heidnische Bild im Rahmen einer Prozession verfeindet mich auf immer mit ihm. Es ist, als mache er einen Karneval aus der Kirche. Ich werde nicht mehr in seinem Hause arbeiten.«

Scoferino schüttelte den Kopf über soviel Strenge und bemühte sich um eine Erklärung. Doch dann fesselte auch ihn etwas an dem lebenden Bilde, das ihn erzürnte.

»Bei Gott!« rief er aus. »Diese Venus! Diese Venus ist Rodiconda.«

»Was?« entfuhr es dem Kapuziner erregt.

»Bist du sicher? Diese Frau dort trägt eine Maske und hat recht kurzes Haar, wie erkennst du Rodiconda in ihr? Es kann nicht sein«, sagte Märthe.

Der Maler nickte emphatisch. »Doch, sie ist es. Ich erkenne sie, die Haltung, ihr Körper, die Linien ihrer Lenden. Ja, ich kenne sie, schließlich habe ich sie gemalt.«

»Was hat das zu bedeuten?« fragte Fresenius verwirrt, »warum hat Falvini sie auf seinen Festwagen geholt?«

»Alle Welt meint, sie ist tot«, fügte Märthe hinzu.

Der Wagen rollte nun direkt an ihnen vorüber, die halbnackte Venus bemerkte nichts von den Leuten am Straßenrand. Sie richtete ihren Blick starr nach hinten auf den folgenden Wagen, vor dem eine Schar von Nonnen in weißen Gewändern einherging. Es war der Zug della Guardes. Der Inquisitor hatte sich ganz auf die Darstellung und Bezeugung aufrichtiger Bußfertigkeit konzentriert und sogar einige Reuerinnen in seine Reihen aufgenommen.

Er selbst ging zu Fuß statt zu reiten, den Nonnen voran. Die Zuschauer begrüßten ihn mit Respekt und spuckten vor Falvinis Zug aus. Wohl auch deshalb, weil es della Guarde war, der für das anschließende Volksfest und das Schweinetreiben am Monte Testaccio sein Geld gegeben hatte. Bravo-Rufe hießen den Büßer willkommen. Er neigte mit dürrem Lächeln sein Haupt. Ja, so liebte man die Kirchendiener, bußfertig, bescheiden in den eigenen Ansprüchen und spendabel zugleich.

Mit zorniger Miene registrierte Falvini die Begeisterung für seinen Rivalen und wandte sich auf seinem Pferderücken um. Wie lächerlich war der Zug des Inquisitors: eine Schar meist vertrockneter Nönnlein, und auf dem Wagen stand nichts als eine leblose, tiefverschleierte Madonna unter einem Bogen aus Lilienblüten. Er wollte sich wieder umwenden, als er hinter der Madonna auf dem Wagen eine Gestalt im weißen Habit erkannte. Der Dominikaner!

Nun also wußte er endgültig, auf wessen Seite der erpresserische Mönch stand, und wer ihn um sein Geld brachte. Della Guarde. So also hatte der armselige Iberer das Fest und den Wagen finanziert. Mit seinem, Falvinis Geld. Dem Kardinal zuckten die Mundwinkel zugleich mit seinem arg geplagten Magen. Unwillkürlich brachte er sein Pferd zum Stehen und die Prozession zum Halten. Das Volk begann zu murren und zu schreien. Die *sbirri* blickten fragend zu dem Kardinal hin.

Doch bevor der reagieren konnte, geschah etwas, das die Aufmerksamkeit der Massen augenblicklich fesselte und eine Kette von erstaunlichen Ereignissen auslöste.

Die Totenglocke läutete. Beatrice vernahm es mit Schaudern. Wieder war eine der Kranken im Kloster verschieden. Bald würden die weißvermummten Leichenträger mit schlurfenden Schritten erscheinen, unter den üblichen Trauergesängen die Kellergänge betreten und bald darauf eine Bahre hinaustragen. Die Wäscherin kannte die Geräusche. Dreimal war das in den letzten Tagen geschehen, und jedesmal hatte Beatrice gewußt, daß sie eine der nächsten sein könnte.

Sie befand sich in einem bedauernswerten Zustand. Wiewohl sie sich jedesmal, wenn der Mönch sie mit der teuflischen Salbe traktierte, wie ohnmächtig stellte und die seltsame Paste so gut wie möglich loszuwerden versuchte, tat das Mittel seine schreckliche Wirkung. Ihre Lippen waren rauh und zerrissen, wahrscheinlich drang es so in ihr Blut und vergiftete sie langsam. Schaudernd dachte die Wäscherin an die verendete Ratte in Märthes Kiste.

An ihren Beinen und Armen bildeten sich bereits nässende Geschwüre, das Haar fiel ihr in Büscheln aus, ihr Gesicht war totenbleich. Der Mönch hatte sie auf ein hölzernes Bett gefesselt, tief schnitten die Stricke sich in ihre Haut. Dennoch hatte Beatrice den Befragungen des Mönches bislang standgehalten und nichts Genaues über ihr Verhältnis zu Marietta verraten.

Soviel aber wußte sie inzwischen: Die Begegnung zwischen ihr und der Kurtisane hatte den Dominikaner zutiefst erzürnt, und es war klar, daß er Marietta soweit wie möglich von allen anderen Menschen abzuschotten wünschte.

Das Rascheln einer Ratte ließ Beatrice aufschrecken. Die lästigen Nager würden sich gewiß bald nicht mehr von ihr verscheuchen lassen. Zu verlockend mußte für sie der Geruch faulenden Fleisches sein.

Die Leichenträger schienen nun ihr Werk getan zu haben, die Totenglocke verstummte, doch dann erklangen von neuem leise Schritte. Angestrengt lauschte Beatrice in die sie umgebende Dunkelheit. Die Finsternis schärfte ihre Sinne, und richtig, nun näherten sich die Schritte zögernd ihrer Tür. Das war nicht der Dominikaner, und es waren gewiß nicht die Leichenträger.

Jemand hantierte klirrend mit Schlüsseln, steckte verschiedene in das Schloß zu ihrer Zellentür und bemühte sich, es zu öffnen. Es dauerte für Beatrice eine Ewigkeit, bis sich diese endlich langsam öffnete. Das schwache Licht eines Öllämpchens war das erste, was sie wahrnahm. Stöhnend zerrte sie an ihren Stricken und wollte sich aufrichten.

»Schscht«, warnte eine leise Stimme.

»Wer, wer bist du?« flüsterte Beatrice leise zurück.

Ein schwarzer Schatten eilte auf sie zu. Die Wäscherin erschrak und war so benommen, daß sie die dunkle Gestalt einen kurzen Moment für den Schnitter hielt, der gekommen war, um sie zu holen. Ein unterdrückter Schrei entrang sich ihren Lippen.

Die Gestalt kniete neben dem harten Lager nieder.

»Sei unbesorgt«, flüsterte die Stimme, eine weibliche Stimme. »Ich komme, um dich zu retten.« Es war die Stimme jener alten Schwester, die sie am Tag ihrer Vorstellung zur Oberin geführt hatte. Jene milde, gütige Frau.

»Ihr?« fragte Beatrice stöhnend und voll Erstaunen.

»Ja. Die meisten Schwestern gehen in der großen Prozession della Guardes mit, auch die Oberin und der Beichtvater sind nicht da. Ich habe die Gelegenheit genutzt, um mich hierherzuschleichen.«

Beatrice drehte ihren Kopf unter Mühen weiter in Richtung der Schwester. Im unsteten Licht des Tiegellämpchens erkannte sie das sanfte, aber verängstigte Gesicht der Nonne.

»Warum tut Ihr das?« fragte Beatrice.

»Weil ich denke, daß hier etwas nicht mit rechten Dingen zugeht. Immer mehr Infirme werden hier in den Keller geschafft, von uns gänzlich abgesondert, und immer mehr von ihnen sterben. Darunter die jüngsten und kräftigsten. Es ist, als läg ein Fluch auf den Reuerinnen des Claudius'.«

Beatrice faßte in ihrer hoffnungslosen Lage Vertrauen zu der Schwester. »Er vergiftet uns«, sagte sie ohne Umschweife, »er vergiftet uns mit einer Salbe.« Die Schwester neben ihr schwieg. Beatrice wußte nicht zu deuten, ob es ein ablehnendes Schweigen war.

»Wo sind deine Fesseln«, kam es schließlich aus der Dunkelheit.

»An meinen Händen und Füßen.«

Das Licht wanderte zu den bezeichneten Stellen, bald darauf spürte Beatrice, daß ein Messer unter die Stricke geschoben wurde, wenig später lösten sich die Fesseln an den Händen.

Beatrice richtete sich stöhnend auf und rieb sich die Gelenke, kurz darauf waren auch ihre Füße frei.

»Rasch, steh auf, ich helfe dir«, mahnte die Stimme. Beatrice ergriff die ihr dargebotene Hand und schwang sich über die Kante des hölzernen Lagers. Als sie zum erstenmal wieder Boden unter ihren Füßen spürte, schwankte sie, dann sackte sie in die Knie. Die Schwester zog sie mit erstaunlicher Kraft hoch.

»Du mußt dich beeilen, bevor jemand bemerkt, daß ich im Keller bin«, mahnte sie.

Die Wäscherin biß die Zähne zusammen, holte tief Luft und kämpfte gegen ihre Schwäche an. Unter Mühen schaffte sie es bis zur Tür und in den Kellergang.

»Wir, wir müssen die anderen retten«, stammelte sie.

»Dazu ist keine Zeit, und sie sind anders als du, verderbte Weiber, sie treiben sich nachts in Rom herum«, gab die Schwester zurück und wandte sich nach links.

»Halt«, sagte Beatrice schwach, »das ist nicht der Weg zum Ausgang, der Mönch zerrte mich von dort herab.«

»Ich weiß«, flüsterte die Schwester, »aber es gibt einen anderen Weg. Dieser Keller ist ein trickreiches Labyrinth, das uns die Flucht bei Belagerung ermöglichen soll, komm.« Die Schwester drängte nun so sehr zur Eile, daß Beatrice sich ganz auf den Weg konzentrieren mußte. Sie passierten einige Kellertüren, und es war Beatrice, als vernähme sie hinter einigen ein schwaches Stöhnen. Sie bogen um mehrere Ecken und machten schließlich vor einer Mauer aus Tuffbruchstein halt.

»Nimm die Lampe«, befahl die Schwester. Beatrice lehnte sich gegen eine Wand, kämpfte noch immer gegen Schwäche und Benommenheit und schloß die Augen. Sie hörte nichts als ein scharrendes, schleifendes Geräusch und das angestrengte Atmen der Nonne. Die nahm ihr schließlich das Lämpchen aus der Hand und hielt es über ein Loch. Ein schwaches, gluckerndes Geräusch verriet, daß darin Wasser stand.

»Du mußt hier hinabsteigen. Es ist ein kleiner Kanal. Folge ihm, und du wirst jenseits der Klostermauern zu einem kleinen Ausgang gelangen, durch den sich das Wasser mit einem Zufluß des Tibers vereint.«

Beatrice starrte hinab in die Finsternis, ein fauliger Geruch stieg zu ihr empor.

»Nun mach schon«, drängte ihre Retterin.

»Kommt Ihr nicht mit?« fragte Beatrice ängstlich.

»Nein, ich gehöre hierher. Was auch immer dieser Beichtvater in unserem Kloster tut, es ist und bleibt ein Ort Gottes, und ich bin seine Dienerin.«

»Aber es ist gefährlich«, gab Beatrice zurück. »Was, wenn man deine Einmischung entdeckt?«

»Man entdeckt mich nur, wenn du dich nicht endlich zur Flucht entschließt. Geh, geh schon.« Die Schwester schubste Beatrice näher an das Loch heran. Die Wäscherin hockte sich hin, streckte schließlich ihre Beine über den Rand des Loches und ließ sich langsam hinabgleiten. Bald kamen ihre Füße mit dem kalten, stinkenden Wasser in Kontakt.

»Ich verdanke Euch mein Leben«, sagte sie und blickte noch einmal zu der Schwester. Doch die war bereits verschwunden, über und unter ihr herrschte nichts als Finsternis. Beatrice tauchte mit einem Stoßseufzer ganz in das Loch hinab. In kleinen Wellen schlug das aufgewirbelte Wasser um ihre Fußgelenke.

Mit einem Ruck hatte der Dominikaner die Madonnenfigur auf dem Wagen enthüllt. Rufe der Bewunderung gingen durch die Menge. Bei Gott, diese Muttergottes war himmlisch schön, und der Ausdruck äußersten Erstaunens in ihren hellen grünen Augen erhöhte diesen Eindruck noch. In ihren Armen hielt sie ein schlafendes Kind, das sie nun schützend an ihre Brust drückte. Es war, als sei diese Frau – denn eine lebendige Frau war es – nicht von dieser Welt.

»Es ist Marietta!« rief Märthe aufs höchste erstaunt aus. Neben ihr ging Scoferino in die Knie. »Die Göttliche, meine Geliebte, meine Madonna«, rief er ekstatisch aus. Bravo- und Vivatrufe erschollen. Doch der Kapuziner ließ sich diesmal nicht hinreißen, er starrte nur auf den Dominikaner, der mit triumphierendem Lächeln hinter der Frau stand. Dann ließ er den Blick wieder zu Falvini schweifen, der wie alle anderen gebannt schien von dem Anblick der schönen Madonna.

Falvinis verschlagenes Gesicht hatte schlagartig seinen Ausdruck gewechselt. Seine Züge waren entspannt, selige Beglückung überglänzte ihn. Dieser Mann liebte und verehrte, was er sah, von ganzem Herzen.

Noch etwas entging Fresenius' Aufmerksamkeit nicht: Es war eine rasche Bewegung auf dem Festwagen Falvinis, ein kleiner Kampf zwischen Venus und Cupido, den die Venus souverän für sich entschied. Mit Pfeil und Bogen stand sie nun da. Mit kraftvollen Armen spannte sie den Bogen und zielte. Mit einem Satz war der Kapuziner bei dem Karren, mit seiner Linken zog er sich nach oben und warf sich in das Wageninnere, seine Eisenklaue schnellte nach vorne, er griff nach den Fesseln der Venus und riß sie nach unten. Mit einem Sirren löste sich dennoch der Pfeil aus der Bogensehne und fuhr durch die Luft.

»Marietta!« schrie nun entsetzt der Kardinal Falvini, die Menschen um sich nicht beachtend, gab er seinem Hengst die Sporen und preschte zurück. Zuschauer sprangen beiseite, wurden von den Flanken des hochgewachsenen Pferdes getroffen oder von seinen Hufen niedergetrampelt. In wenigen Augenblicken war Falvini beim Wagen della Guardes und streckte seine Hand nach der Madonna aus, die sich schützend über ihr Kind geworfen hatte.

»Marietta!« schrie er noch einmal, und die verwirrte Frau hob ihr Gesicht. Claudius beugte sich von hinten über sie. Marietta bemühte sich, von ihm fortzukriechen. Der Dominikaner entriß ihr das Kind und war mit wenigen Schritten und einem mächtigen Satz vom Wagen gesprungen. Nun besann Marietta sich nicht lange, sondern kroch auf den Kardinal zu, ergriff seine kraftvolle Hand und ließ sich aus dem Wagen auf den Rücken seines Pferdes ziehen. »Folgt dem Mönch«, bat sie, »er hat mein Kind.«

Der Pupurträger legte beide Arme um sie, straffte die Zügel, so daß sein Pferd sich fast aufbäumte, und jagte es dann den Weg hinab. Die Menge teilte sich unter wildem Geschrei, das Ende des Prozessionszuges geriet in völliges Durcheinander, doch niemand war in der Lage, dem Kardinal zu folgen.

Die *sbirri* hatten genug zu tun, um die aufgebrachte Menge vom Wagen Falvinis, von Rodiconda und dem im Staub liegenden della Guarde fernzuhalten, aus dessen rechten Schulter der Pfeil Cupidos ragte .

Märthe gelang es, sich zu dem röchelnden Mann vorzudrängen. »Laßt mich, ich kann ihm helfen, laßt mich durch«, befahl sie mit barscher Stimme.

Fresenius war nun bei ihr. »Reiß ihm den Pfeil heraus, wie ich es dir gezeigt habe«, wies Märthe ihn an. Der Kapuziner griff mit fester Hand zu, mit einem Ruck befreite er den Inquisitor von dem Eisendorn, der kurz neben dem Schlüsselbein in seine Schulter eingedrungen war. Mit einem erbarmungswürdigen Stöhnen fiel der Würdenträger in Ohnmacht.

Schreie wurden laut. »*Diavolo* Falvini, *diavolo incarnato*« erklang es von allen Seiten, immer dichter drängten sich die Menschen auf der Engelsbrücke und strömten zum Ort des Geschehens. Doch die Schweizer Garde war schneller. Mit vorgereckten Hellebarden sperrten sie schließlich die Brücke zu beiden Seiten ab und gaben den *sbirri* damit Gelegenheit, die Venus in Fesseln und della Guarde in den Wagen zu legen. Fresenius und Märthe wurden von ihnen roh zu den anderen Gaffern abgedrängt.

»Verstehst du, was eben geschehen ist?« fragte Märthe erschöpft ihren Begleiter. Fresenius schüttelte stumm den Kopf, dann sagte er: »Mich interessiert nur eines: Wohin ist der verfluchte Dominikaner verschwunden, und was bezweckte er mit seinem Possenspiel?«

Zehn Tage später wurde Kardinal Falvini offiziell all seiner Ämter und Pfründen enthoben. Der Kirchenbann wurde über ihn verhängt, und della Guarde verfolgte von seinem Krankenbett aus jede Spur, die zu einem Beweis für Falvinis verbrecherische und ketzerische Neigungen führen konnte, mit großem Eifer. So befriedigt war er über die vollständige Niederlage seines einst so strahlenden Gegners, daß er die Schmerzen in seiner Schulter mit einem Anflug von Wollust genoß.

Es fanden sich nun viele, die gegen den Purpurträger Falvini Klage führten. Prälaten, die ihn der Simonie bezichtigten, ohne freilich anzugeben, wieviel sie selbst an den Bestechungsversuchen des Kardinals verdient hatten. Die Opfer der Mal Franciosa legten Zeugnis ab, und auch Falvinis Leibarzt Atoli sah die Zeit gekommen, um aller Welt von den Toten zu erzählen, die er hin und wieder im Hause des Kardinals hatte untersuchen müssen. Plötzlich war er sich mehr als sicher, daß einige der Toten deutliche Anzeichen eines Giftanschlages gezeigt hätten.

Auch im Volke ließ der bewährte Inquisitor della Guarde seine Spione ausschwärmen, um aufrichtige Denunzianten zu finden. Es fanden sich viele, die mit Freuden die teuflischen Machenschaften des hohen Würdenträgers bestätigten. Ob sie ihn nun kannten oder nicht, jedes Zeugnis wurde mit einem Krug Wein belohnt.

Unter den Denunzianten war auch Holzknecht Giuseppe, der lang und umständlich und unter Aufbietung all seiner abergläubischen Phantasie vom Auftritt des bocksfüßigen Kardinals am nächtlichen Ufer des Tibers berichtete. Er genoß die gespannte

Aufmerksamkeit der Ordnungshüter und der Männer in den schwarzen Gewändern.

Die Rodiconda, ehemals aufrichtige Büßerin, wurde als ein von Falvini besessenes Opfer erkannt. Im Gefängnis Tor di Nona harrte sie einer Anklage als Sukkubus und Teufelsbuhlin. Für die Zeugen der Prozession war es einwandfrei bewiesen, daß sie – vom Satan Falvini verführt – den Bogen auf die Madonna gerichtet hatte, die nun Beute des Teufelskardinals war.

Della Guarde durfte also in der Tat mehr als zufrieden sein, und so bekümmerte es ihn auch nicht allzu stark, daß sein Adlatus, der Dominikaner, wie vom Erdboden verschluckt schien. Was kümmerte ihn noch der armselige Pfaffe, der ihm zur Macht verholfen hatte? In seinem Hochmut und dem Gefühl vollständigen Triumphs scherte er sich auch nicht weiter um die Wirrnisse der päpstlichen Politik und die Bedrängnisse, mit denen der Apostolische Stuhl zu kämpfen hatte. Es konnte ihm nun gleich sein, ob am Ende dieser Papst oder ein Kandidat der Kaiserlichen in Rom das Regiment führte. Ihm war eine hervorragende Position sicher, wenn sich sein Ruf als aufrechter Verteidiger des wahren Glaubens weiter festigte. Denn er bekämpfte das Böse selbst.

Della Guarde führte genau Buch über den Satan Falvini, den er am Ende in einem actus fidei am Fuße der Engelsbrücke seinem gerechten Urteil zuführen würde. Ja, es war an der Zeit, daß man auch hier, im allzu heiteren und in Glaubensfragen sorglosen Rom, die ganze Strenge der inquisitorischen Praxis einführte.

In stillen Minuten erfreute sich della Guarde an den köstlichen Bildern des geplanten Autodafé. Er würde ein großes Holzgerüst errichten lassen mit einer Tribüne, auf der er selber über der Menge thronen würde. Ganz so, wie man es in Toledo bei den Ketzerverbrennungen zu tun pflegte. Das waren Feste! Nelkenduft mischte sich mit Brandgeruch und berauschte die Zuschauer. Eine Hundertschaft Mönche würde er zu einem Zug zusammenstellen, sie würden Standarten und große grüne Kreuze mit wehenden schwarzen Schleiern, zum Zeichen der Trauer, vorbeitragen. Unbeugsame, unbestechliche Krieger Gottes.

Begleitet von feierlichen Gesängen würden sie Falvini im gelben Schandgewand durch die Straßen führen. Einen gedemütigten, jämmerlichen Falvini, der dem Spott und der Böswilligkeit der Zuschauer ausgesetzt war. Man würde ihn an einen Pfosten über dem Reisighaufen binden, das Eisenkreuz in den Nacken legen und er, della Guarde selbst, würde ihn als letzter fragen: »Willst du dich zu Jesus Christus bekehren lassen?« Verzückt malte della Guarde sich das Bild genau aus, den Henker, der gleichzeitig einen glühenden Eisenknüttel vor dem Gesicht des Ketzers hin- und herschwenken würde.

Doch egal, was die Antwort Falvinis sein würde, egal ob er auf Christus schwor, della Guarde würde dem Henker keinen Befehl geben, das Eisenkreuz zu drehen und dem Falvini so gnädig das Genick zu brechen.

Nein, der Kerl sollte die Qualen des Höllenfeuers schon auf Erden durchmachen. Das Holz des Scheiterhaufens würde er vorher mit Wasser besprengen lassen. Weihwasser, dachte della Guarde genüßlich und lächelte böse. So würde es ordentlich qualmen und langsam brennen. Falvini sollte einen bitteren Tod sterben, seine Sünden verlangten nach einer gerechten Bestrafung.

Doch noch war Falvini weit von solch einer Demütigung und noch weiter von jeder Todesangst entfernt. Die Kurie hatte ihm mit den zehn Tagen bis zu seiner Dispensierung und Verbannung genug Zeit gegeben, seine Angelegenheiten zu ordnen.

Seinen Palazzo an der Via Giulia hatte er der kostbarsten Schätze entkleidet, sein Geld in großen Summen bei seinen – entsetzten – Bankiers eingefordert und schließlich seinen gesamten Haushalt auf sein Landgut nahe dem Lago di Bracciano verbracht.

Begleitet von schwerbewaffneten Condotticri, die er für ordentliches Laufgeld unter den päpstlichen Söldnern angeworben hatte, war seine *famiglia* in kleinen Trupps umgesiedelt. Sein Sarasin Almansor, der Student Giacomo und der Kapuziner, ein Mann mit grimmigem Gesicht, dem Falvini vertraute, hatten die Begleitung Mariettas übernommen. Die Kurtisane ließ alles geschehen, denn sie war froh, dem unheimlichen Kloster des Claudius' entronnen zu sein. Der Kardinal hatte ihr zugesagt, alles zu tun, um den Mönch und ihr Kind ausfindig zu machen. Ihr Schicksal lag nun in seinen Händen.

Still saß sie, in dunkle Wolltücher gehüllt, in dem überdachten Karren, der zwei Tage nach der Prozession durch Roms nächtliche Straßen rumpelte und unbehelligt durch die Porta del Popolo aufs offene Land fuhr. Als der kleine Zug die ersten Hügel überwunden hatte und nichts als einige Käuzchenrufe die Stille durchbrachen, verfielen Giacomo und Fresenius mit ihren Maultieren in leichten Trab. Der Karren, gelenkt von Almansor, fuhr vor.

»Mir wäre es lieber«, begann Giacomo unvermittelt ein leises Gespräch, und sein Atem bildete dampfende Wölkchen in der kühlen Nachtluft, »wir hätten die Marietta gleich befreit und in Sicherheit gebracht. Sie weiter beim Falvini zu lassen, erscheint mir unglückselig.«

Der Kapuziner hob seinen Kopf und schob seine Kapuze ein wenig beiseite. »In Sicherheit? Wo sollte das sein? Es sind zu viele mächtige Männer, die merkwürdiges Interesse an ihrer Person haben. Und bedenkt die Anklagen, die gegen Falvini nun laut werden. Marietta ist in dunkle Geheimnisse verstrickt, und mir ist es lieber, sie außerhalb der Mauern Roms zu wissen und unter unserer Aufsicht. Ich glaube fest, daß Märthe recht hat. Marietta ist eine Erwählte, keine gewöhnliche Frau.«

Giacomo griff nach einer Gerte, um sein Tier eine kleine Anhöhe hinaufzutreiben. Oben angelangt, wandte er sich wieder dem Mönch zu. »Es erscheint mir mehr als albern, soviel Getue um Marietta zu machen, sie wird bald von mehr Menschen bewacht als der Papst, dabei…«

»Ich weiß«, unterbrach ihn Fresenius, und Giacomo hatte den Eindruck, als ob ein Hauch von Spott seine Stimme färbte, »du hättest sie gewiß lieber ganz alleine bewacht, nicht wahr? Und nun wird sich auch noch Scoferino das Amt mit dir teilen.«

»Scoferino«, schnaubte Giacomo verächtlich, und Fresenius bemerkte, daß seine Vermutung nicht unbegründet war.

»Was will dieser Schöngeist und Pinselheld denn tun, wenn Marietta Gefahr droht? Pah, er taugt nicht zum Kampf, dieser Schwärmer.«

»Ich dachte, auch du bist vor allem der Schönheit zugetan, mein Freund.«

»Aber ich bin kein Narr. Scoferino ist ein Künstler, der ganz in seiner Bilderwelt lebt. Da ist er Schöpfer und richtet sich alles so ein, wie es ihm gefällt. Er verkennt, daß die wirkliche Welt anderen Gesetzen gehorcht. Genau wie er sich weigert, die Häßlichkeiten unseres Daseins zu ertragen, genauso hat er sich geweigert, Mariettas Narben zu begreifen. Wäre er nicht mein Freund aus Kindertagen, ich hätte nichts mehr als Verachtung für ihn.«

Giacomo wollte keine Antwort vom Kapuziner, er hieb seine Fersen in die Flanken des Maulesels und ritt in Richtung der Wagenfackeln davon.

Kopfschüttelnd sah Fresenius ihm nach. Er befürchtete, daß verliebte Wächter keine aufmerksamen Wächter waren.

Anfang Dezember erreichten den Papst neue Schreckensbotschaften. Die deutschen Landsknechte unter Frundsberg waren bei Borgoforte auf die schwarzen Banden Giovanni de' Medicis und die Soldaten des Markgrafen von Mantua gestoßen. Man hatte sie bei der Brücke von Governolo entdeckt und versucht abzudrängen. Doch wieder einmal stand das Glück nicht auf seiten des Papstes.

»Die deutschen Landsknechte standen mit ihren Handrohren wie eine Mauer«, berichtete ein reitender Bote. »Wenn der Feind nahe genug herangekommen war, haben sie ihn angegriffen und in die Flucht geschlagen.« So erreichten sie glücklich Governolo, wo Geld, Proviant und frische Artillerie von Ferrara eintraf. Der Herzog von Ferrara war endgültig zur kaiserlichen Seite übergelaufen.

Noch schwerer traf den Papst die Botschaft, daß der kühne Giovanni de' Medici im Kampf um die Brücke von Governolo schwer verwundet worden war und schließlich am 30. November seinen Verletzungen erlag.

Ebenso unglücklich stand die Sache gegen die kaiserliche Flotte. Lannoy erreichte am 1. Dezember Gaeta, und die päpstlichen Galeeren kamen um zwei Tage zu spät, um die Schiffe Lannoys abzufangen. Nun forderte der erfolgreiche General vom Papst die Häfen Ostia und Civitaveccia, zugleich machte er Miene, diesen Sonderfrieden durch seine Truppen zu erzwingen. Die Lage war verzweifelt, und der Papst entschloß sich endlich, Unterhändler zu Lannoy zu entsenden.

Doch eine Staatsschrift des Kaisers, die den Papst am 12. Dezember 1526 unter höchst entwürdigenden Umständen erreichte, erstickte all seinen Friedenswillen und bewog ihn zu einem Entschluß, der das Schicksal Roms besiegelte.

An dem genannten Tag waren im Palast des Papstes seine Kardinäle zu einem weiteren Konsistorium versammelt, als der Sekretär der spanischen Gesandtschaft unvermutet und in Begleitung eines spanischen Notars und eines Zeugen in den Versammlungssaal eindrang. Kaum ließ er sich Zeit für die Gunstbezeugungen, sondern überreichte dem Papst das Schriftsstück, welches im Eingang »Granada den 17. September« datiert war, ließ darüber vom Notar einen Akt aufnehmen und verabschiedete sich – diesmal unter Wahrung aller zeremoniellen Vorschriften.

Dem Papst blieb nichts, als das Schreiben des in Granada weilenden Kaisers verlesen zu lassen.

Es war eine so deutliche Vermahnung, daß es den Kardinälen das Blut der Scham ins Gesicht trieb, während Seine Heiligkeit vollständig an Farbe verlor. Scharf wurden die vielen Gunstbeweise betont, die Karl V. Klemens als Kardinal hatte zuteil werden lassen, eingehend wurde die Treulosigkeit des Papstes gebrandmarkt. Auch hatte sich der Monarch nicht enthalten, Seine Heiligkeit nach Kräften zu verhöhnen. Es sei unglaublich, so hieß es, daß der Statthalter Christi auf Erden einen weltlichen Besitz sich mit der Vergießung auch nur eines einzigen Blutstropfen aneignen wolle, da dies doch der Lehre des Evangeliums zuwider sei. Auch sonst wurden scharfe Anklagen gegen den Papst erhoben: Er habe nicht zum Schutze Italiens und der Christenheit gehandelt, auch nicht zum Schutze des Apostolischen Stuhles – da kein Angreifer vorhanden sei – sondern den Schatz der Kirche verschleudert und gegen Christus selbst gehandelt. Kurz und gut, der Papst habe weder eine Handlungsweise gezeigt, die dem Hirten der Christenheit zieme, noch der »kindlichen Ergebenheit« entspräche, die der Kaiser dem Apostolischen Stuhl erwiesen habe.

Seit den Tagen Kaiser Friedrichs II. hatte kein Herrscher Deutschlands mehr eine solche Sprache gegen Rom geführt. An manchen Stellen fühlte sich das Kardinalskollegium gar unangenehm an den streitbaren Luther erinnert. Und damit lagen sie nicht fern von der Wahrheit, denn Karl hatte die Schrift von einem begeisterten Humanisten und Anhänger Erasmus' von Rotterdam verfassen lassen.

Sie gipfelte in der Forderung nach einem allgemeinen, heiligen Generalkonzil, das ein Urteil über das Verhalten des Papstes fällen solle. Wenn Seine Heiligkeit, das Konzil nicht berufen wolle, so sollten es die Kardinäle »nach Ordnung des Rechts« ausschreiben.

Dies war eine offene Aufforderung zur Rebellion, und Klemens wußte es. Ein Konzil bedeutete das sichere Ende seiner Macht und vielleicht die Wahl Colonnas als seinem Nachfolger. In größter Erregung erklärte der Unfehlbare darum, wenn man ihm alles rauben wolle, so solle dies nur durch Gewalt und nicht auf gütlichem Wege geschehen.

In Eile wurden die Truppenanwerbungen für das päpstliche Heer fortgesetzt. Der berühmte Ingenieur Sangallo wurde mit Befestigungsarbeiten betraut. Bald nachher erschien ein Monitorium gegen alle Verletzer kirchlichen Gebiets.

Alle spanischen Parteigänger im Kardinalskollegium hüteten von nun an ihre Zunge. Der Papst ging so weit, jedes spanische Gericht von seiner Tafel zu verbannen und geriet in heißen Zorn, wann immer er den Klang eines spanischen Wortes vernahm.

»Und du glaubst, daß Marietta beim Kardinal in Sicherheit ist? Das Volk hält ihn nach wie vor für einen Satan. Es gehen schauerliche Gerüchte über Schwarze Messen um, bei denen er Kinder geschändet und Frauen in Madonnengewändern die Brüste aufgeschlitzt haben soll.«

Märthe rieb mit heftigen Bewegungen eine trockene, stark duftende Rinde über einem Tonschälchen und lauschte mit widerwilligem Stirnrunzeln Beatrices Worten.

Die Wäscherin erhitzte sich immer mehr bei der Widergabe der grauenvollen Geschichten, bis Märthe ihr einen dampfenden Becher mit Rindensud hinhielt und knapp befahl: »Trink.« Gehorsam nahm Beatrice den Becher, blies hinein, um die Flüssigkeit abzukühlen, und trank.

»Es war das letzte Guajakaholz, das ich besaß. Gebe Gott, daß du nun wirklich kuriert bist. Dein Gesicht ist immer noch sehr blaß, und du hast tiefe Schatten unter den Augen.«

Beatrice setzte den Becher ab und hustete leicht. »Das kommt nicht von der Krankheit, Märthe, sondern weil ich mich weiter um Marietta sorge. Was haben unsere ganzen Bemühungen denn genutzt? Nun ist sie eine Gefangene in der Höhle des Löwens. Im Kloster der Reuerinnen scheinen mir nach wie vor unheimliche Dinge vorzugehen, und ich habe seit Wochen keinen Verdienst mehr gemacht. Es gefällt mir nicht, so auf deine Kosten zu leben. Ich kann dir deine Hilfe niemals vergelten.«

Märthe nahm den Becher auf und drückte ihn Beatrice wieder in die Hand. »Du bist ein sehr ungeduldiges Geschöpf. Und närrisch dazu. Deine Empfehlungen bei den Kurtisanen haben mir viele neue Kundinnen eingebracht, du schuldest mir nichts. Und was Marietta angeht, so beruhige dich. Ich werde in den nächsten Tagen, wenn das Wetter es zuläßt, Hesekiel als Boten losschicken, er wird gewiß mit beruhigender Nachricht zurückkehren. Ich glaube nicht an all die bösen Ammenmärchen, die über ihn in Umlauf sind. Er liebt Marietta, da sei sicher, er würde nie die Hand gegen sie erheben. Vergiß nicht, er hat sie bei der Prozession aus großer Gefahr gerettet.«

Beatrice preßte nachdenklich ihre rechte Faust vor ihren Mund. »Mmmh«, machte sie nur zweifelnd.

»Was allerdings das Kloster angeht und die vielen Krankheitsfälle, von denen du berichtet hast«, so fuhr Märthe fort, »plagen auch mich böse Ahnungen. Wenn ich nur wüßte, wo Claudius abgeblieben ist. Ich hoffe, er ist weit weg von hier.«

Ärgerlich trat Claudius im Dunkeln nach dem nassen, weichen Leib einer Ratte, die sich im feuchten Schlamm zu schaffen machte. Eiseskälte herrschte in dem dunklen Tunnel, das Licht seiner Fackel reichte kaum drei Schritte weit. Seine Kutte hatte er hochgebunden, um den ärgsten Schmutz zu meiden. Bald reichte ihm das kalte Wasser bis an die Knöchel. Mit einem Seufzer der Erleichterung erreichte er schließlich das Ende des Ganges, hielt die Fackel nach oben, erkannte den Deckel, der den Ausgang verschloß, und griff nach einer Eisenstange, die an einer Tunnelwand befestigt war. Er schob sie nach oben und suchte nach einer Aussparung in dem Metalldeckel. Die Stange griff, und mit einem gewaltigen Stoß hob Claudius den Deckel an und schob ihn unter Aufwendung aller Kräfte beiseite. Metall scharrte auf Stein, ein Spalt wurde sichtbar. Der Dominikaner griff nach einigen Eisenklammern, die in die Tunnelwand gehauen waren, zog sich hoch und fand mit seinem Fuß schließlich Halt. Schnell kletterte er nach oben, warf die Fackel durch den Spalt in den darüberliegenden Raum und zwängte sich nach oben.

Im Kellergewölbe herrschte tiefe Stille. Der Mönch lauschte eine Weile in die Stille. Nein, da war kein Geräusch wahrzunehmen. Mit leisen Schritten machte er sich auf den Weg durch das Labyrinth der Gänge. Schnell hatte er sein ehemaliges Domizil erreicht. Es lag verlassen da. Auf seinem Schreibtisch herrschte Ordnung, doch niemand hatte die Spuren seines Wirkens bislang vernichtet. Rasch öffnete er die Tür zu dem danebenliegenden Verlies und fand alles so vor, wie er es verlassen hatte. Die Schwestern schienen noch immer mit seiner Rückkehr zu rechnen. Brave Seelen, dachte Claudius mit einem Anflug von Hohn.

Dann öffnete er rasch eine Truhe, in der verschiedene Tonkrüge gelagert waren. Zwei davon befestigte er mit Stricken unter seiner Kutte. Sie wogen nicht schwer. Dann öffnete er einen anderen Krug, griff sich eine Schale und füllte etwas Brei aus dem Krug hinein. Er verließ seine Gemächer und schlich zur Treppe, die nach oben führte. Langsam stieg er hinauf. Mit einem kurzen, bangen Herzklopfen probierte er den Riegel. Er hatte Glück, auch die Tür zu den Kellergewölben hatte man nicht verschlossen. Behutsam öffnete er sie und spähte in den dunklen Innenhof des Klosters Santa Maria Maddalena. Es war eine Stunde vor der Matutin. Dichte Wolken am Dezemberhimmel sorgten für vollkommene Dunkelheit, nur vor der Klosterkirche links von ihm brannten zwei ewige Lichter. Claudius ließ seine Fackel in einem Wandhalter des Treppenaufgangs zurück, schlang sein schwarzes Skapulier enger um sich und schlich an der Wand des Kreuzganges entlang auf die Kirche zu. Nichts regte sich im Dormitorium, die Pförtnerin saß gewiß auf einem Schemel beim Eingang und hielt, an das Gitter des Fensters gelehnt, ein Schläfchen. Noch einmal schaute Claudius sich nach allen Seiten um, dann wagte er den kurzen Weg durch den Innenhof zur Kirchentür. Sie öffnete sich mit leichtem Knarren. Der Dominikaner warf einen Blick nach draußen. Nichts regte sich.

Mit fliegenden Rockschößen machte er seinen Weg zum Tabernakel. Er öffnete es und griff den schweren, aus Gold geschmiedeten Kelch. Mit teuflischem Grinsen betrachtete er das heilige Gefäß. Dann machte er sich ans Werk.

VII.

1.

»Die Menschen wechseln gern ihren Herrscher, in der Hoffnung, einen besseren zu bekommen...darin aber täuschen sie sich.«

Niccolo Machiavelli, Der Fürst, III

Mit wildem Schrei glitten einige verspätete Zugvögel am Turm des Landgutes am Lago di Bracciano vorbei. Ihre Schwingen zerschnitten Papiermessern gleich den bedeckten Himmel. Falvini stand, in einen Pelz gehüllt, beim geöffneten Fenster. Kühl drang die Luft in das Gemach. Er sog sie mit tiefen Zügen ein.

Seit Tagen trug er nur noch weltliche Gewänder. Die Suspendierung von allen Ämtern hatte ihn hart getroffen, doch er war weit davon entfernt zu resignieren. Unbilden und Widerstände reizten seinen Verstand, und er war – angesichts der hoffnungslosen, politischen Lage des Papstes – guten Mutes, durch geschickte Bündnisse mit dessen Feinden seine Macht zurückzuerlangen. Das erzwungene Exil war ihm eine willkommene Gelegenheit, Kraft zu schöpfen. Marietta war bei ihm. Still und mit müdem Gesicht saß sie auf einem hohen, mit Leder bespannten Lehnstuhl und wartete, bis der ehemalige Purpurträger das Wort an sie richtete.

»Verzeih, Marietta. Du fröstelst, ich werde das Fenster nun schließen.« Die Kurtisane nickte leicht.

»Warum bist du immer so traurig, so fern von mir? Du bist hier in Sicherheit, Frau, das verspreche ich. Niemand soll dir je wieder etwas zuleide tun. Ich habe einen starken Trupp von lanzichenecchi angeworben, und der Papst hat kaum die Leute, um gegen mich vorzugehen.« Der Kardinal nahm einen metallenen Krug und füllte einen Becher mit jungem, roten Wein.

»Meine allerliebste Freundin, trink dies, es wird dich kräftigen.«

Marietta nahm den Becher und trank einen kleinen Schluck, dann schluchzte sie kurz auf.

Der Kardinal ging neben ihrem Sessel in die Knie. Die Kurtisane hatte für ihn nichts an Reiz verloren. Ihre Stille nahm er für Demut, ihre letzten verblassenden Narben als Zeichen Gottes dafür, daß sie erwählt sei. Immer noch erfüllte ihn der Gedanke, daß auch seine gegenwärtigen Prüfungen nur die Steine und Dornen auf dem Weg zur eigenen Heiligwerdung waren. Die Welt wankte, es war ihm nur recht, zur Zeit nicht in die vatikanische Politik verstrickt zu sein. Für ihn war es längst klar, daß der einzig gangbare Weg eine Verbrüderung mit dem Feinde und ein Kniefall vor dem Kaiser war.

»Der Dominikaner«, unterbrach Marietta seinen Gedankenfluß, »hat Euch alles genommen, genau wie mir. Warum nur haßt dieser Mensch uns so?«

»Mein Kind!« sagte Falvini, ergriff Mariettas linke Hand und legte sie an seine Wange. »Der Mönch ist nur ein Handlanger della Guardes. Und der haßt nicht dich. Er haßt mich, er neidet mir meinen Verstand, mein Geld, mein Glück in allen weltlichen Dingen. Würde er dich kennen, so würde er mich gewiß auch um dich beneiden.« Damit küßte er die Fingerspitzen der Frau. Sie ließ es geschehen, denn sie fühlte sich ihm verpflichtet.

»Wo kann dieser Mönch nur geblieben sein, Euer Eminenz? Was will er mit meinem Kind?«

Der Kardinal erhob sich langsam und trat wieder ans Fenster. Er wollte Marietta nicht ins Gesicht schauen, denn der verzweifelte Ausdruck in ihren Augen, wann immer sie von ihrem Kind sprach, behagte ihm nicht.

Überhaupt erinnerte ihn der Säugling daran, daß Marietta einmal einem anderen gehört hatte, und das mißfiel ihm. Hätte sie wenigstens nicht mit solcher Hartnäckigkeit an dem unglückseligen Balg gehangen, es nur als verzichtbaren Teil ihres früheren Lebens betrachtet.

»Wo kann mein Kind sein, Falvini?«

Der Kardinal antwortete nicht. In diesem Moment öffnete Almansor die Tür zum Zimmer und ließ einen jungen Pagen herein, dessen Wangen von Kälte oder Aufregung gerötet waren.

»Was willst du?« fragte Falvini, ungehalten über die Unterbrechung seines morgendlichen Zwiegesprächs.

»Euer Eminenz, die Wachleute haben einen Mönch aufgegriffen, der sich um das Haus herumtrieb. Er gebärdet sich hochmütig und behauptet, ihr würdet ihn gewiß empfangen. Sein Name ist Claudius.«

»Claudius!« riefen der Kardinal und die Kurtisane beinahe gleichzeitig aus, wobei die Stimme des ehemaligen Kirchenmannes bloßes Erstaunen, die Stimme der Kurtisane blankes Entsetzen verriet. Der Page wurde noch röter, denn es behagte ihm nicht, eine anscheinend schlechte Nachricht zu überbringen.

Marietta war von ihrem Stuhl aufgesprungen und zum Kardinal geeilt, beinahe hätte sie seine Hand ergriffen, doch besann sie sich im letzten Moment. Falvini aber fand nun seine Ruhe wieder. Mit kalter Miene befahl er, den Mann vorzulassen und der Page verschwand.

»Falvini, was kann das bedeuten?« fragte nun aufgeregt Marietta.

»Ich weiß es nicht, aber mir wäre lieber, der Mönch sähe dich nicht hier. Gehe zu Scoferino. Der Maler soll an deinem Bild weiterarbeiten. Ich möchte, daß es zum Christfest vollendet ist.« Marietta errötete bei der Erwähnung Scoferinos und senkte den Blick. Der Kardinal wußte nicht, in welchem Verhältnis sie zu dem Künstler stand, den er zu seinem Günstling gemacht hatte. Sie schluckte.

»Werdet Ihr mir später berichten, was der Dominikaner wollte?«

Der Kardinal sah der schönen Frau tief in die Augen. »Ich werde dir vielleicht davon berichten, wenn ich heute nacht zu dir komme«, flüsterte er.

Marietta errötete. Die nächtlichen Besuche des Kardinals, sein außergewöhnliches, zwischen Lust und Anbetung schwankendes Betragen, waren ihr noch immer ein Rätsel, dessen Lösung sie fürchtete.

Almansor begleitete sie eine Treppe hinab in einen anderen Gebäudeflügel, wo man dem Maler Scoferino ein kleines Atelier und dem Studenten Maltesta und Fresenius daneben eine Schreibstube eingerichtet hatte. Auch in seiner Verbannung blieb Falvini seinen künstlerischen und wissenschaftlichen Neigungen treu. Eine Tatsache, die für die Ernsthaftigkeit seiner Interessen sprach und Giacomo um so mehr für den seltsam zwiespältigen Mann begeisterte. Dem Kapuzinermönch freilich blieb Falvini suspekt. Er sah in ihm immer noch vor allem den kalt berechnenden, grausamen Politiker und nicht den feinsinnigen Mäzen der Künste.

»Signorina Marietta«, erfreut und überrascht begrüßte Scoferino seine Geliebte.

Almansor postierte sich stumm neben der Tür zum Atelier, und wie immer wagten es die beiden Liebenden nicht, sich zu umarmen oder zärtliche Blicke zu tauschen. Der Kardinal durfte nicht wissen, in welcher Beziehung der von ihm aufgenommene Altarbildmaler zu der Kurtisane stand. Das Paar ahnte, daß ihm das nicht gefallen konnte.

So bemühten sie sich um anscheinend harmlose Dialoge, in denen sie verschlüsselt von ihrer Liebe sprachen. Scoferino rückte einen Schemel zum Fenster, räumte für Marietta einen Sessel frei und bat sie, Platz zu nehmen.

»Es ist ein etwas trübes Licht heute, aber ich will mein möglichstes tun«, plauderte er, während er auf seiner Palette die Farben mit etwas Eigelb und Olivenöl auffrischte.

»Oh, nein, Ihr sitzt falsch«, sagte er, nachdem er einen langen Blick auf Marietta geworfen hatte, eilte zu ihr und ergriff ihre Hand. Leise drückte er sie, und der Druck wurde erwidert.

»Ihr seid wieder sehr schön«, sagte Scoferino bedeutungsvoll, und mit einem Blick auf den strengen Almansor fügte er hinzu, »heute morgen.«

Doch Marietta verstand. Scoferino wollte ihr mitteilen, daß er seinen Widerwillen gegen sie oder besser gegen die Entstellungen überwunden hatte. Freilich mischte sich in ihre Freude über das Geständnis ein weher Schmerz darüber, daß Scoferino so sehr an ihrer äußeren Schönheit hing. Was, wenn die Zeichen des Alters sich in ihrem Gesicht vertiefen und nicht mehr zu leugnen sein würden? Bliebe ihr dann seine Liebe?

»Oh, nein, Ihr dürft nicht die Stirn runzeln, das verdirbt den ganzen lieblichen Ausdruck. Ich will eine lächelnde Madonna malen«, sagte Scoferino und in scherzendem Ton fuhr er fort: »Ich denke, Ihr habt doch allen Grund zum Glück. In diesem Haus.«

Marietta nickte. »Gewiß. Aber fehlt Euch nicht ein Kind als Modell? Oder könnt Ihr es aus der Phantasie malen?«

»Ich habe ein Kind vor Augen, das wie keines ist, macht Euch darum keine Sorgen«, erwiderte Scoferino.

Marietta warf einen verstohlenen Blick auf Almansor, der mit starrer Miene bei der Tür stand. Wie weit konnte sie sich vorwagen? Zu gerne hätte sie dem Vater Prosperos von dem Auftauchen des Mönches erzählt und ihn um eine Meinung gefragt, ob er wohl Nachricht von ihrem Kinde brächte.

»Vielleicht findet sich ja noch ein Kind, das ich auf dem Schoß halten kann, während Ihr mich malt«, sagte sie mit leicht gesenkter Stimme.

»Nicht nötig«, erwiderte Scoferino unbekümmert, griff nach einem Pinsel und tupfte ihn in die Farbe.

Marietta bemerkte mit Bedauern, daß Scoferino nun wieder ganz von seiner Malleidenschaft besessen war. Was für eine Rivalin! Der Kunst galt die tiefste Neigung ihres Geliebten, daran hatte sich nichts geändert. Marietta dachte an die alte Veronica, ihre ehemalige Kupplerin. Hatte das Weib vielleicht recht gehabt? War Liebe nichts anderes als eine Torheit, eine Verblendung, die sie am Ende bitter würde bezahlen müssen?

Sie sehnte sich zum erstenmal seit vielen Wochen wieder nach ihrem Leben in der Händlergasse zurück. Die kleinen, dunklen Wohnkammern, die täglichen Sorgen um ihre *famiglia*, die Eigenständigkeit, die sie damals besessen hatte. Mit prüfendem Blick musterte sie den eifrigen Maler. In ihrer Sehnsucht nach diesem Mann war sie glücklicher gewesen als nun in seiner Gegenwart.

»Es ist wahr, Fresenius, ich habe ihn gesehen, er stand leibhaftig vor mir, so wie du jetzt«, aufgeregt und atemlos stand Giacomo neben den kahlen Weinstöcken, seine Atemluft bildete kleine weiße Wölkchen. Der Kapuziner verzog zweifelnd den Mund. »Du mußt dich irren! Der Mann wäre verrückt, wenn er sich direkt zu seinem ärgsten Feind begeben würde. Es wäre sein sicherer Tod. Nein, so verrückt ist Claudius nicht. Du kennst ihn nicht so gut, Du mußt ihn verwechselt haben.«

»Nein, Fresenius. Es war sein scheußliches Vogelgesicht, die hohlen, blauen Wangen, die schnarrende Stimme. Es war der Dominikaner. Die Hellebardiere trieben ihn durchs vordere Tor, als ich mich gerade zu den Weingärten aufmachte. Er forderte energisch, daß man ihn zu Falvini führen möge.«

Der Kapuziner machte einige Schritte, so als wolle er seine Gedanken in Bewegung bringen. Giacomo folgte ihm. »Wenn Ihr recht habt«, begann Fresenius schließlich, »dann geht es Claudius um etwas anderes als die Vernichtung Falvinis, denn die ist so gut wie vollzogen. Der Mann ist verbannt und von der Kurie abgeschnitten.«

»Reich ist er immer noch.«

»Reich, aber nicht einflußreich. Und doch ein geschickter Politiker. Ein Mann ganz nach Claudius' Geschmack. Marietta muß herausfinden, was Claudius hier will.«

»Das ist zu gefährlich, das können wir nicht verlangen, nach allem, was er ihr getan hat.«

Fresenius wandte sich um und blickte Giacomo seufzend an. »Dein männlicher Stolz in allen Ehren, aber ich zumindest muß mich zurückhalten, wo es um Claudius geht, er sollte mich hier nicht entdecken. Und Falvini selbst zu befragen steht uns nicht an. Ihr seid ein Gelehrter, ich bin ein Schreiberling. Was gehen uns die Geschäfte unseres Herrn an? Nein, Marietta muß es herausfinden, sie hat Zugang zum Kardinal.«

Giacomo schlug mit einem Stock nach einer Rebe, die Pflanze zitterte und einige welke Blätter rieselten herab.

»Nun gut, dann laß mich mit Marietta sprechen«, sagte er schließlich.

»Dieses Vergnügen sei dir gegönnt, und nun komm, laß uns durch die hintere Pforte zurück ins Haus. Wir haben Arbeit zu tun. Einige recht merkwürdige Kopien lateinischer Inschriften von den bewundernswerten Nekropolen der Via Appia antica warten.«

»Vermaledeite Inschriften«, fluchte Giacomo.

»Was soll ich armer Mönch erst dazu sagen? Heidnische Grabsprüche übersetzen, meinst du, mir gefällt diese Arbeit?«

Giacomo knurrte unwillig, und Fresenius lächelte leise.

»Daß du es wagst!« Falvini ging mit drohender Gebärde auf den Dominikaner zu. Der stand aufrecht und ohne eine Miene zu verziehen in der Mitte des Raumes. Seine Hände hatte er unter den weiten Ärmeln seiner Kutte verschränkt und sah aus wie ein Pater, der gekommen war, Falvini die Beichte abzunehmen. Seine kalte Gelassenheit erzürnte den Kardinal nur noch mehr.

»Du wirst diesen Ort nicht lebend verlassen, ist dir das klar?« Der Dominikaner wagte es zu lächeln.

»Unverschämter«, erhob nun Falvini seine Stimme, »ich werde die Wachen rufen, oder nein, besser, ich erledige es selbst.« Damit griff er nach seinem Jagddolch und wollte auf den Mönch losgehen.

Der trat einen Schritt zurück. »Das würde ich nicht tun, Euer Eminenz. Ihr greift Euren Retter an, Euren besten Verbündeten, den Mann, der Euch Amt und Würde zurückgeben kann und mehr Macht, als ihr je besessen habt.«

Die Worte kamen so überraschend ruhig und selbstbewußt, daß Falvini den Dolch senkte. Mit fragendem Blick starrte er den häßlichen Mönch an. Der erkannte, daß er gesiegt hatte und bewegte sich nun mit großer Gelassenheit auf den Stuhl zu, auf dem eben noch Marietta gesessen hatte. Ohne Umstände nahm er Platz. Falvini schnaubte vor Wut, schwieg aber.

»Wie Ihr sicher ahnt, war es Euer Amtsbruder della Guarde, der für Euren jähen Sturz und die Beschmutzung Eures ehrenwerten Namens verantwortlich ist.«

»Der Herr, dem du dienst, elender Mönch.«

»Euer Eminenz irren. Ich diene ihm längst nicht mehr, er hat seine Aufgabe erfüllt. Meine Versprechungen ihm gegenüber gelten nichts mehr, da sich die Situation vollständig verändert hat.«

»Oh«, sagte Falvini nun höhnisch, »ich merke, du bist mit den Grundsätzen des Machiavelli vertraut. ›Il principe‹, wenn ich mich nicht irre.«

Der Dominikaner zog seine Hände hervor und betrachtete sie aufmerksam, so als wolle er deren Sauberkeit überprüfen. »Ihr irrt nicht. Kapitel achtzehn. Ein kluger Herrscher kann und darf sein Wort nicht halten, wenn ihm dies zum Schaden gereicht und die Gründe hinfällig geworden sind, die ihn veranlaßt hatten, sein Wort zu geben.«

Der Kardinal schüttelte den Kopf. »Du bist wahrhaftig dreist. Nennst du dich etwa einen Herrscher?«

»Nun, es gibt Menschen, die ich durchaus zu beherrschen weiß. Della Guarde etwa.«

»Della Guarde ist ein Narr.«

Claudius richtete sich auf und sandte einen kalten Blick in Richtung Falvinis. »Er ist ein sehr mächtiger Narr zur Zeit und bereitet sich darauf vor, noch mehr Einfluß zu gewinnen, wenn sich die politische Lage erst entspannt hat. Seine Pläne über ein Hurenghetto fanden beim Papst bereits Anklang, wie es heißt.«

Falvini ging erregt im Turmzimmer auf und ab. »Hurenghetto, das alles ist Unsinn, Geschwätz alter, dürrer Männer. Papst Hadrian war so einer, dieser essigsaure Flame. Die Idee vom Hurenghetto stammt noch von ihm. Klemens ist ein Medici, ihn kümmert die Sündhaftigkeit der Leute nicht wirklich, denn er interessiert sich nicht für die Fleischeslust.«

Der Dominikaner nickte. »Das ist sicher richtig, doch della Guarde hat soviel begriffen, daß er, wenn er mit seinen Plänen der Kurie zugleich Steuergelder und neues Ansehen verschafft, sie auch durchsetzen kann. Und Geld braucht man im Vatikan gerade jetzt. Man sagt, der Kirchenstaat habe mehr Gläubiger als Gläubige.«

Falvini lachte verächtlich. »Und da soll ausgerechnet della Guarde, dieser Habenichts mit leeren Taschen, der Mann der Stunde sein? Nie und nimmer. Ich nehme an, sein Beitrag zu der Prozession wurde ohnehin von dem Geld bezahlt, daß ich dir gab, oder?«

»Ja«, gab Claudius unbekümmert zu, »und wäre es Euch nicht auf so spektakuläre Weise gelungen, mir Marietta zu entreißen, dann hätte ich wohl noch mehr verlangt.«

»Doch diese Quelle ist versiegt«, sagte der Kardinal ruhig, denn er wußte die Kaltblütigkeit seines Gegners zu würdigen.

»Oh, es bleibt mir noch das Kind. Es dürfte Euch auch ein paar Scudi wert sein, wenn ihr Marietta so sehr, nun, verehrt.«

»Du täuschst dich, Kerl. Wenn du mit dem Kind Geld erpressen willst, so war dein Weg umsonst. Lege es ruhig ins Drehkreuz des Hospitals Santo Spirito in Sussice. Mich interessiert dieser Hurenbastard nicht im geringsten.«

Claudius schaute kurz auf. »Nun, etwas Ähnliches habe ich mir bereits gedacht. Ich komme auch nicht, um Geld für den Knaben zu verlangen, wiewohl er auch Euch nützlich sein kann, bei Eurer Annäherung an Marietta. Aber das soll Euch überlassen bleiben. Ich komme, um ein Bündnis zu schließen.«

»Ein Bündnis wofür?«

»Ich sagte es bereits, ich verfüge über Möglichkeiten und Mittel, Euch Amt und Würden zurückzuverhelfen.«

»Ich fürchte nicht, sie auf immer verloren zu haben. Du vergißt, Kerl, daß ich meinen Weg schon einmal aus der Gosse nach oben gemacht habe. Ich traue es mir ein zweitesmal zu, zumal ich nun einiges Geld besitze und diesem Papst ohnehin nicht mehr lange gebe.«

»Ihr rechnet also auch mit einem Angriff und einem Sieg der Kaiserlichen.«

»Ich wüßte nicht, warum ich mit dir über die Politik disputieren sollte.«

»Nun, vielleicht deshalb, weil ich weiß, auf welcher Seite della Guarde steht.«

Falvini schaute den Mönch verächtlich an. »Das weiß ich auch selbst. Natürlich neigt er als Spanier dem Kaiser zu. Er liebt die düstere Strenge dieses Mannes.«

»Wenn dem so ist, so wäre es von Vorteil, della Guarde schnell auszuschalten, bevor er Nutzen aus der politischen Situation zieht und vielleicht noch vor Euch zu den Spaniern geht.«

»Eine solch unbesonnene Handlung würde ganz zu della Guarde passen. Die Zeit ist noch nicht reif für offene Parteinahme.«

Der Dominikaner erhob sich nun umständlich, rückte seine Kutte zurecht und trat zu Falvini, der wieder am Fenster stand.

»Ihr habt recht. Aber die Zeit ist reif für das Ende della Guardes. Ich kann ihn vernichten.«

Interessiert musterte Falvini den Mönch. »Wie?«

»Mit seinen eigenen Waffen.«

»Was ist der Preis dafür?«

»Nehmt mich in Euren Haushalt auf, macht mich zu Eurem Berater. Wenn Ihr erst wieder da seid, wo Ihr hingehört, wird es genug geben, was ihr für mich tun könnt.« Der Dominikaner dachte begehrlich an eine Bischofsmütze.

Falvini trat zur Seite. Ein plötzlich hervorbrechender Sonnenstrahl lag nun voll auf dem Gesicht des Mönches, doch der wich nicht zurück und blinzelte nicht.

»Wer einem anderen zur Macht verhilft, richtet sich selbst zugrunde; denn er verleiht ihm die Macht entweder durch Geschick oder Gewalt, und beides ist dem, der zur Macht gelangt ist, verdächtig«, zitierte Falvini mit ruhiger Stimme.

»Machiavelli, ›Der Fürst‹, drittes Kapitel«, erwiderte der Mönch ungerührt. »Ich kenne die Stelle, und ich verstehe Eure Drohung. Aber seid Euch sicher, ich werde Euch, auch wenn Ihr wieder mächtig seid, unentbehrlich bleiben. Also, schlagt ein!« Der Mönch streckte seine dürre Hand vor, der Kardinal lächelte spöttisch und entblößte im Gegenzug seine Rechte. Der Dominikaner neigte sein Haupt und küßte den blitzenden Saphirring.

2.

»Avuta la grazia gabbato lo santo
»Nachdem er seinen Segen erteilt hat, wird der Heilige verspottet.«
(oder: Der Mohr hat seine Schuldigkeit getan...)

Italienisches Sprichwort

Das Läuten des Glöckchens verkündete die Wandlung. Kardinal della Guarde ergriff mit feierlicher Miene den ihm dargebotenen Meßkelch, segnete ihn und sprach die liturgischen Formeln. Dann berührte er das Gefäß leicht mit den Lippen. Er trank freilich nicht, denn es war ihm zuwider, den Wein mit den Findelkindern von Santo Spirito in Sussice teilen zu müssen, wie es die besonderen Regeln für diese besondere Messe vorschrieben. Streng blickte er in das Kirchenschiff und über die braunen und blonden Schöpfe der Kinder. Die jüngsten von ihnen waren wenige Monate alt und lagen in den Armen ihrer Pflegerinnen. Einige der älteren Kinder fingen den Blick des Kardinals auf und begannen zu schluchzen.

Wie in jedem Jahr waren die Waisen auch diesmal zwei Wochen vor Weihnachten in einer rührenden Prozession durch Roms Straßen gezogen. Das Volk hatte den bambini in den grauen Kitteln Süßigkeiten und Gebäck zugesteckt. Manche

Magd und Kurtisane hatten, am Rande der Gassen stehend, in die Kinderschar gespäht, darauf hoffend oder auch bangend, ein von ihr geborenes Kind zu entdecken. Der Zug hatte diesmal am Tiber entlang zum Kloster der Reuerinnen geführt, wo Kardinal della Guarde höchstpersönlich den Kindern die Messe lesen wollte. Ein hochherziger Zug, mit dem er sich beim Volk weiter beliebt zu machen suchte.

Die Kirche von Santa Maria Maddalena war bis auf den letzten Platz gefüllt. Mit großen, staunenden Augen betrachteten die Kinder die buntgemalten Wandfresken, die den Leidensweg Christi erzählten. Wispernd und mit vorgestreckten Fingern erläuterten sie einander die Bilder, wiesen auf besonders schauerliche Darstellungen der Wunden des Gekreuzigten hin oder auf die bösen Gesichter seiner Peiniger. Besonders vorwitzige unter ihnen imitierten nach Kinderart die Grimassen oder kommentierten die Bilder mit unziemlichen Lauten. Es war ein Hauptvergnügen für die an Entbehrung und eintönige Ärmlichkeit gewöhnten Kinder.

Viele Christen des Brückenviertels waren gekommen, um gemeinsam mit den Findeln und den Reuerinnen die Messe zu hören. So kurz vor dem Fest der Ankunft des Herrn fühlten sie sich den Elenden nahe, und ihre Herzen waren weich gestimmt. Der Chor der Schwestern sang nun das Agnus Dei. Die Gläubigen erhoben sich von ihren Bänken und reihten sich in die Schlange derer ein, die zum Altar strebten, um die heilige Kommunion zu empfangen. Sie empfingen die Hostien, tranken den Wein, wobei einige der Kinder aus Neugier besonders reichlich nahmen, und bekreuzigten sich.

Della Guarde genoß die Zeremonie und die ehrfurchtsvollen, kleinen Gesichter, die zu ihm aufblickten. Sein Name hatte beim Volk einen guten Klang, und die Schirmherrschaft über das Kloster der Reuerinnen brachte ihm den Ruf eines zur Barmherzigkeit durchaus befähigten Verfolgers der Sünde ein.

Im Anschluß an die Messe wurden die Kinder im Klosterhof mit einer Mahlzeit aus Bohnen und Gerstenbrei verköstigt, während der Kardinal mit großer Ehrerbietung von der Mutter Oberin in ihrer kargen Zelle empfangen wurde. Die strenge Frau wagte es kaum, den Blick zu heben, um den wunderbaren Mann anzuschauen, der so aufrecht für den Glauben stritt und immer mehr Frauen ihrer Obhut zuführte.

»Wir sind Euch zu großem Dank verpflichtet«, sagte sie mit einer für sie ungewöhnlichen Wärme in der Stimme. Della Guarde neigte herablassend sein Haupt, doch ehe er antworten konnte, wurde heftig an die Tür geklopft. Bevor die Oberin Zeit hatte, den ungebetenen Gast hereinzubitten, stand er schon im Türrahmen. Es war der Kaplan, der bleich und zitternd vor ihnen stand. Hinter ihm lärmten und zankten im Hof die Kinder.

»Verzeiht, Eminenz«, brachte er stammelnd hervor, »verzeiht, Mutter Oberin, aber es ist etwas Schreckliches geschehen. Es ist furchtbar, es ist als habe der Teufel, Gott verzeih mir...«

»Fasse dich«, schnitt della Guarde ihm wütend das Wort ab, »was bringt dich dazu, uns zu stören?«

»Einer der jungen Meßdiener. Es ist grauenhaft. Es ist, er hat, nun, er hat nach der Messe wohl heimlich den Meßkelch noch einmal nachgefüllt und sich einen ordentlichen Schluck des verbliebenen Weines gegönnt. Ich und die anderen Meßdiener waren bereits in der Sakristei, um die Gewänder abzulegen, als wir plötzlich ein polterndes Geräusch und einen entsetzlichen Schrei vernahmen. Wir stürzten zum Altar, und da lag er. Sich windend, Schaum vor dem Mund, es war, als koche er am ganzen Leib. Dampf stieg aus all seinen Körperöffnungen, sein Gesicht war maulbeerfarben, die Zunge hing ihm dick aus dem Mund. Er zuckte und versuchte zu schreien. Er ist tot, er ist tot.« Die Stimme des Kaplans überschlug sich nun, immer wieder schrie er: »Er ist tot!«, bis della Guarde zu ihm hintrat und ihm eine schallende Ohrfeige versetzte.

»Sei still, du benimmst dich selbst wie ein Besessener.«

Der Kaplan war nicht der letzte, der an diesem Tage den Verstand zu verlieren schien, und der gierige Meßdiener nicht der letzte, der sein Leben einbüßte. Ein schreckliches Sterben begann unter den Kindern des Heilig-Geist-Hospitals.

Gemäß dem Brauch des heiligen Franz von Assisi, der erstmals den Papst Honorius II. um Erlaubnis bat, zum Christfest Krippen in der Kirche aufstellen zu lassen, zur Freude der Kinder und zur Unterweisung der Einfältigen, wurden auch in der Ewigen Stadt die Kirchen geschmückt.

Jedes Viertel war darum bemüht, den presŹpio seines Gotteshauses besonders kostbar zu gestalten. Die Wiegen wurden kostbar verziert, hölzerne Ochsen aufgezäumt, die Jungfrau Maria in echten Samt gehüllt, das Christuskind mit Perlen und Edelsteinen behängt oder von den Armen mit getrockneten Blüten bedacht.

Märthe und Beatrice nahmen diesen Brauch zum Anlaß, um der seit einer Woche verwaisten Kirche von Santa Maria Maddalena ihren Besuch abzustatten. Beladen mit Blumen durchquerten sie den verlassenen Innenhof. Eine kränkelnde Pförtnerin hatte sie hineingelassen, ohne sie genau zu betrachten. Kaum jemand wagte in diesen Tagen noch einen Besuch der Klosterkirche. Allen saß ein abergläubischer Schreck in den Gliedern, die unheimlichsten Gerüchte machten die Runde. Das Kloster, hieß es, sei ein von Gott verlassener und verfluchter Ort.

Was Wunder, nachdem die Messe in den Mauern des Konvents in der vergangenen Woche beinahe fünfzig Kindern das Leben gekostet und noch immer ebenso viele auf das Krankenlager fesselte. Die kleinsten litten die gräßlichsten Qualen. Auch von den Bewohnern des Brückenviertels, die in der Kirche gewesen waren, lagen viele krank, ebenso wie zahlreiche

Schwestern des Klosters. Nur jene, die nicht an der Messe teilgenommen, sondern andere Pflichten versehen hatten, waren verschont geblieben.

Die Qualen der Sterbenden waren groß, sie verdursteten und erstickten, ihre Leiber waren am Ende entsetzlich entstellt, Mund und Rachen verfaulten ihnen binnen weniger Stunden, sie verloren alle Körperhaare. Sie zeigten alle Symptome der als Soldatenkrankheit bekannten Lustseuche, doch entwickelten sie sie in einer beängstigend kurzen Zeit und mit großer Heftigkeit.

Es bestand für die Bewohner des Brückenviertels kein Zweifel daran, daß der Teufel seine Hand im Spiel haben müsse, er war, wie man wußte, besonders erpicht auf die unschuldigsten Seelen, und in diesem Falle hatte er eine ganze Heerschar der Jüngsten zu sich geholt. Nicht der Name Falvinis wurde jetzt mit dem Leibhaftigen in Verbindung gebracht, sondern der della Guardes, der sich – dank Abstinenz beim Meßwein – guter Gesundheit erfreute. So wankelmütig, wie von Claudius angedroht, bewies sich die Gunst des Volkes.

Der *governatore di Roma* hatte die Verbrennung aller Opfer angeordnet. Einige erkrankte Bürger des Brückenviertels, die dieser Feuerbestattung entgehen wollten, schaufelten, sobald sie Anzeichen der Seuche an sich bemerkten, nach Sitte armer Leute heimlich ihr eigenes Grab und baten Freunde inständig, sie nach ihrem Tod darin zu beerdigen, bevor die Leichenträger kämen. Die Ärzte taten ihr möglichstes, um die Leiden der kranken Kinder zu lindern, doch kaum eines der üblichen Mittel, das Quecksilber oder die Rosmarinsalben, schlug an.

Märthe und Beatrice öffneten das Tor der verfluchten Kirche. Grabeskälte kam ihnen aus dem trüben Dunkel des Kirchenschiffs entgegen. Beide schlugen rasch das Kreuz, dann eilten sie zum Altar. Der Küster hatte sein Amt in den letzten Tagen arg vernachlässigt, nirgends waren neue Kerzen aufgesteckt oder immergrüne Zweige zum Zeichen der Ankunft des Herrn verteilt. Staub lag bereits über der Krippe. Es war ein trostloses Bild, und obwohl die mitgebrachten Blumen und das Zweigwerk nur ein Vorwand gewesen waren, begannen Märthe und Beatrice nun, den Altar damit zu schmücken.

»Das soll genügen«, sagte Märthe schließlich, »nun laß uns den Altarraum näher erforschen. Es muß ein Zeichen für Claudius' Wirken geben.«

»Es ist aber ein Frevel«, wandte Beatrice zum wiederholten Male ein.

»Ach, Unsinn. Den Frevel hat jemand anderer begangen, indem er so viele Menschen vergiftete. Claudius ist ein Teufel in Menschengestalt.«

Einer Katze gleich schlich Märthe nun hinter den Altar, betrachtete ihn genau, runzelte die Stirn. »Wie hat Claudius es nur getan«, murmelte sie, während Beatrice zögernd vor den Altarstufen verharrte. Die Stille ängstigte sie, und sie fröstelte unter der dumpfen Kälte, die von den Steinen ausging. Als ein Lichtstrahl durch ein Seitenfenster links von ihr brach, trat sie darauf zu, um sich in ihm zu wärmen, und erstaunt bemerkte sie die Kraft dieses Lichts, in dem funkelnde Staubkörner zu tanzen schienen.

»Herr, ich danke Dir für das Zeichen!« rief Märthe aus, und jäh wandte sich Beatrice zu ihr um. Starr blickte die Alte auf die Krippenfiguren rechts neben dem Altar, die von der Sonne in gleißendes Licht getaucht waren. Die hölzernen, rosenfarben lackierten Gesichter der Heiligen Familie glänzten, und Beatrice schien es, als lächele die Madonna ein wenig tiefer, als sie es zuvor getan hatte. Doch Märthe schien nicht das Lächeln zu erfreuen, ihre Augen waren auf die Hand der Mutter Gottes gerichtet. Die zeigte mit schlanken Fingern zum Altarraum. Hatte sie das zuvor auch getan? Beatrice war verwirrt.

»Es ist das Tabernakel«, sagte nun Märthe mit fester Stimme,

»aber natürlich. Claudius muß die Hostien oder den Wein vergiftet haben. Wir müssen nachschauen.«

»Märthe!« rief Beatrice entsetzt. »Das kannst du nicht tun!« Die Alte beachtete sie nicht. Das Tabernakel war nicht verschlossen, in der Aufregung um den Tod des Meßdieners war es vergessen worden. Märthe öffnete den Schrein, in dem der Meßkelch verwahrt wurde, ergriff das Gefäß und betrachtete es im dunklen Licht der Kirche. Beatrice stieg mit zögernden Schritten die drei Stufen zum Altar hinauf.

»Wie kommst du nur darauf, daß Claudius mit dem Sterben der Kinder etwas zu schaffen hat?« fragte Beatrice. »Er ist seit der Prozession verschwunden. Und warum sollte er plötzlich so wahllos und vor aller Welt Menschen, noch dazu unschuldige, arme Kinder, vergiften? Nein, ich glaube immer noch an einen Unglücksfall, an eine schreckliche Fügung.«

»Laß uns dort zu dem Fenster gehen, wo das Licht einfällt, ich sehe zu wenig«, sagte Märthe, die Einwände Beatrices nicht beachtend. Im blasser werdenden Sonnenlicht inspizierte sie den Kelch. Das Innere schimmerte matt, ein grauer Staub lag über dem Gold. Vorsichtig schnupperte Märthe an dem Becher. »Kein Zweifel, es riecht wie jene giftige Salbe, die Fresenius aus Claudius' Keller stahl. Es war also mein Bruder. Welches Teufelszeug verwendet er nur?«

Beatrice betrachtete den Becher gelangweilt. »Welche Aufklärung soll uns dieser Becher geben, Märthe? Stell ihn wieder dahin, wo er hingehört, und laß uns gehen.«

»Nein«, sagte Märthe entschieden, »ich muß den Becher genauer untersuchen, vielleicht entdecke ich doch noch, welches Gift mein Bruder verwandt hat. Verstehst du nicht, Beatrice? Es ist die einzige Möglichkeit, ein Gegengift zu finden und einige der Kinder vielleicht noch zu retten.«

»Aber mich hast du auch so geheilt, ohne Gegengift«, warf Beatrice ein.

»Die Dosis, die Claudius dir verabreichte, war bei weitem geringer, und ich fürchte, er hat diesmal noch eine andere, weit tödlichere Zutat beigemischt.«

»Dann erhöhe auch du die Dosis deiner Heilmittel. Was ist daran so schwer?« fragte die Wäscherin immer ungeduldiger. Ihr behagte der Aufenthalt im düsteren, menschenleeren Gotteshaus nicht, und auch die Entweihung des Meßkelches machte ihr angst.

»Wenn es leicht wäre«, sagte Märthe nun seufzend und ließ den Becher unter ihrem Rock verschwinden, »würde ich nicht in eine Kirche einbrechen und ein Heiligtum entweihen. Aber ich habe keine Mittel mehr gegen die Seuche. Mein letztes Guajakaholz ist verbraucht, und in ganz Rom ist keines mehr zu bekommen. Viele Handelswege sind durch die Kriegswirren unterbrochen, kaum ein Schiff schafft noch den Weg von Genua bis hierher. Ich fürchte das Schlimmste, Beatrice. Claudius' Waffe ist tödlicher als jedes Schwert.«

Rodiconda blickte sich zufrieden in den beiden Kammern der *Larga*, dem besseren Trakt des Gefängnisses, um, wo die zahlungskräftigen Häftlinge Quartier hatten. Es ging aufwärts, den secretae, den dunklen Einzelzellen im Keller, war sie entkommen. Die der Hexerei beklagte Wölfin schöpfte wieder Mut. Das Bett hier oben hatte zwar nur einen schäbigen Strohsack, aber immerhin, es war ein Bett. Die Schemel waren aus grobem Holz, und in den Mauerritzen lauerten Armeen von Kakerlaken. Noch vor wenigen Wochen hätte die Kurtisane herzhaft gelacht, wenn jemand behauptet hätte, sie würde solche Räume für einen Luxus halten, doch nach den Tagen im feuchten Kellerverlies im Tor di Nona empfand sie diese schäbigen Zimmer tatsächlich als bequem und behaglich.

Mit polternden Schritten und ohne vorheriges Klopfen trat der Wächter ein. Ein schmutziger, doch zur Freude der betuchten Gefangener, bestechlicher Kerl. Er spuckte aus und schaute die Kurtisane mit lüsternem Blick an.

Rodiconda erwiderte seinen Blick mit Abscheu.

»Spielst schon wieder die vornehme Dame, hä«, sagte der Wachmann und kratzte sich mit aufreizender Geste den Schritt. Die Wölfin hob stolz das Haupt und schwieg. »Einer hochmütigen Hure wie dir würde ich gern einmal den passenden Ritt bereiten. Als ob du etwas Besseres wärst, als unsereiner, pah.«

Wieder spuckte er aus. Die Wölfin behielt ihre starre Miene. Der schmutzige Wächter sog mit schmatzendem Geräusch an einem hohlen Backenzahn. Rodiconda fragte sich, was er von ihr wollte, doch tat ihm nicht den Gefallen, zu fragen. Nach einer endlosen Pause, die der Wachmann mit weiteren Schmatzlauten und kratzenden Gesten ausfüllte, brachte er schließlich vor, was er zu sagen hatte.

»Unten wartet dein Gönner. Ein Kirchenmann. Wer hätte das gedacht. Diese verfluchten Fotzenhüte haben alle zuviel Geld und zuviel Manneskraft unter ihrem Rock. Eine Priesterhure bist du also. Wie sind sie denn die Rockträger des Herrn?« Rodicondas Herz schlug schneller. Ihr Gönner! Ein Kirchenmann. Es mußte Falvini sein. Nur er konnte den Gefängnisherrn bestochen und ihr diese Kammern besorgt haben. Ihre anderen Gönner hatten sie gewiß längst verloren gegeben.

»Was ist, willst du den Kerl sehen?« fragte der Wachmann.

Rodiconda nickte.

»Kostet dich einen Scudo und eine Karaffe Wein. Außerdem will ich von dem Huhn, das du dir im Wirtshaus bestellt hast.« Wieder nickte Rodiconda nur. Der Kerl spuckte noch einmal aus und verließ die Kammern.

Aufgeregt strich sich Rodiconda durch ihr Haar und versuchte, es mit den Fingerspitzen zu reinigen und zu ordnen. Falvini mußte ihr einen Kamm, Rosenwasser, einen Spiegel und eine Salbe gegen die verfluchten Läuse besorgen. Sie wollte einige ihrer Kleider und eine Zofe. Ach was, korrigierte sich Rodiconda in ihren Plänen, diese Dinge brauche ich nicht mehr. Er wird mich freikaufen, den Prozeß abwenden, was sind für ihn 200 Scudi.

Auf dem Flur wurden Schritte laut, die Wölfin fuhr sich mit der Zunge über die rissigen Lippen, kniff sich kurz in die Wangen, um etwas Farbe hineinzutreiben. Dann drehte sie ihren Rücken zur Tür und tat, als sei sie mit der Ordnung ihres Gewandes beschäftigt. Falvini sollte nicht bemerken, wie sehnsüchtig sie ihn erwartete.

»Ich sehe, Ihr seid wohlauf, gute Freundin.« Die schnarrende Stimme in ihrem Rücken ließ sie herumfahren.

»Dreckskerl! Mörder!«

»Nun, nun, spricht man so mit seinem Gönner?« Der Dominikaner lächelte kalt.

»Du Hundskerl, Hurensohn.« Mit erhobenen Fäusten wollte die Kurtisane auf den Mann im weißen Habit losgehen, doch der Wächter ging dazwischen und umfaßte die wütende Frau mit seinen kräftigen Armen. Der üble Geruch des Kerls machte die Kurtisane noch zorniger.

»Sag ihm, er soll mich loslassen«, fauchte sie in Richtung des Dominikaners. Der verharrte eine Weile reglos, dann machte er dem Wächter ein Zeichen. Der Kerl lockerte langsam seine gewaltsame Umarmung und ließ die Kurtisane schließlich ganz los, jedoch nicht ohne vorher seine Pranken über ihre Brüste zu legen.

»Verschwinde«, wies ihn nun der Mönch an und steckte ihm beim Hinausgehen eine Münze zu.

»Euer ergebener Diener, werter Herr«, sagte der Wächter spöttisch, und zu Rodiconda gewandt fügte er hinzu: »Vergiß nicht, was du mir versprochen hast, sonst fordere ich einen anderen Lohn.« Er machte eine obszöne Geste und verschwand.

»Es dauert mich, dich in schlechter Gesellschaft zu finden«, bemerkte Claudius spöttisch, »du bist es gewiß nicht gewöhnt.«

»Was willst du von mir? Möchtest du noch einmal Hand an mich legen und dein Mordwerk beenden?« fragte Rodiconda.

»Du weißt, daß du Unsinn redest. Wollte ich deinen Tod, hätte ich wohl kaum für diese Vergünstigungen gezahlt.« Mit großartiger Armbewegung deutete Claudius in die Kammer.

»Ich wünsche dir ein Millenium im Fegefeuer, aber Dank schulde ich dir gewiß nicht, du Satan. Du wolltest mich im Tiber ersäufen wie eine Hündin.«

»Ich verstehe deine Wut, aber du solltest auch die meine nicht noch einmal unterschätzen. Als ich damals Hand an dich legte, wie du sagst, hattest du in äußerst eigenwilliger Weise Marietta angegriffen. Ich schätze es nicht, wenn man mutwillig meine Pläne durchkreuzt.«

»Du hattest versprochen, Marietta und Falvini zu vernichten. Nichts davon geschah. Ich habe für dich die Büßerin gespielt, um dem Gefängnis zu entgehen. Mit welchem Erfolg? Nun sitze ich seit Wochen hier und harre einer Anklage wegen Hexerei und Teufelszauber. Hätte ich dich nur nie getroffen, dir nie getraut. Es war der größte Fehler meines Lebens.«

»Es war die Folge deiner eigenmächtigen Einmischung. Doch lassen wir diese alten Geschichten. Ich bin gekommen, um dir zu helfen, also mäßige deine Wut.«

»Du, mir helfen?« Rodiconda wirbelte mit der Fußspitze das zertretene Bodenstroh auf. »Das hast du schon einmal versprochen. Mich interessieren deine Spiele mit della Guarde nicht mehr. Ich werde eine Botschaft an Falvini besorgen lassen. Dank dir habe ich nun das Geld dazu. Und er, das verspreche ich dir, ist ein wirklich gefährlicher Gegner. Was du dagegen treibst, sind lächerliche Puppensünden.«

Der Dominikaner griff sich einen Schemel, wischte mit seinem Umhang darüber und nahm Platz.

»Ich gebe dir recht. Falvini ist ein großer Mann. Wenn du eine Botschaft an ihn hast, so kannst du sie getrost mir mitgeben, ich werde sie ihm bestellen, ohne daß du mir die Hand dafür mit Gold salbst. Der Wächter scheint dich ja für jeden Gefallen tüchtig auszunehmen.«

»Du willst zu Falvini?« fragte Rodiconda sichtlich verwirrt und krallte ihre Nägel vor Aufregung in die Handballen.

»Ich war schon dort. In seinem Landhaus, beim Lago di Bracciano. Was für ein prachtvolles Anwesen. Die Fresken des Turmzimmers sind köstlich, die Statuen in den Weingärten von ebenso großem Wert wie die Anfang des Jahrhunderts entdeckte Laokoongruppe. Ich...«

»Spar dir die Beschreibung, ich glaube dir, daß du da warst. Was aber willst du von Falvini?«

»Das tut nichts zur Sache. Ich bin hier, weil ich etwas von dir will, und weil du diese kühlen, feuchten Räume besser bald verlassen solltest. Das Klima dieser Kammern, noch dazu im Winter, sind der Gesundheit gewiß nicht zuträglich. Auch deine Schönheit hat arg gelitten.«

Rodicondas Handballen begannen zu schmerzen, so tief hatte sie ihre Nägel hineingegraben. Mit aller Macht zwang sie sich zur Ruhe. Ja, sie wollte endlich heraus aus dem elenden Gefängnis, und ihr war jedes Mittel dazu recht, selbst wenn es von ihrem ärgsten Feind angeboten wurde.

»Schluß mit den müßigen Plaudereien, Mönch, was soll ich diesmal für dich tun?«

»Oh, nichts, was du nicht auch für dich selber tätest. Man wird dich in den nächsten Tagen, noch vor Jahresende, schätze ich, verhören wollen im casus des della Guarde.«

»O ja, und du wirst sicher dafür sorgen, daß es eine peinliche Befragung unter der Folter wird, nicht wahr? Nach allen Regeln der heiligen Inquisition! Dein Herr della Guarde soll ja ein Meister in der Kunst des Quälens und Tötens sein.

Man sagt, er läßt sein Werkzeug eigens von Spanien herüberkommen.«

»Du irrst, wenn du della Guarde meinen Herrn nennst. Er ist ein bedauernswerter, vom Teufel verführter Sünder, und mir gelang es rechtzeitig, mich aus seiner Macht zu befreien. Ich bin nun Gast bei den hiesigen Dominikanern. Sie sind so entsetzt wie ich, daß della Guarde ein Heuchler und Ketzer ist. Es ist ein Kreuz, doch der Teufel bemächtigt sich immer wieder der obersten Diener Gottes. Bedenke nur, beinahe hätte er auch dich in seine Gewalt gebracht. Dich, die große Büßerin Rodiconda, die Volksheldin.«

Lauernd betrachtete die Wölfin ihren Zellengast. »Warum hältst du dich mit solchen rätselhaften Reden auf. Sage mir, was du planst«, forderte sie schließlich mit angenommener Ruhe.

»Ich sehe, wir verstehen einander. Auch mir sind alle gezierten Reden im Grunde zuwider, doch Rom fordert solche Umgangsformen. Nun also. Ich will, daß du im Verhör von den Verführungskünsten della Guardes berichtest. Davon, daß im Kloster Maria Maddalena seltsame Dinge vor sich gingen und wie du selbst Zeugin einer Schwarzen Messe wurdest, die della Guarde hielt. Erzähle von Blutopfern und herausgerissenen Kinderherzen. Du kennst dich aus mit der Grausamkeit, es wird dir nicht schwerfallen.«

»Della Guarde ein Satanspriester! Eher wird man mir glauben, daß der Papst eine Frau ist.«

»Nun«, sagte der Mönch achselzuckend, »auch das soll es gegeben haben.«

»Man würde mich für irre erklären, für eine ganz abgefeimte Teufelsbuhlin, wenn ich Anklage gegen den ehrwürdigen Vater aller Reuerinnen hielte, gegen einen Mann, der wie kein anderer die Sünde bekämpfte.«

»Gegen einen Mann, auf den du einen Pfeil geschossen hast, weil du seine teuflischen Machenschaften beenden und seine Seele retten wolltest.«

»Ich habe was?« fragte Rodiconda vollends erstaunt. »Du weißt genau, daß der Pfeil nur danebenging, weil mich ein Zuschauer herabriß und zu Boden warf.«

»Ich habe dich immer für eine ungewöhnlich kluge Frau gehalten, aber wie mir scheint, hat die sieche Luft in diesem traurigen Gemäuer auch deinem Verstand geschadet. Dein Pfeil hat sein Ziel nicht verfehlt. Einer Anklage auf Hexerei begegnet man am besten mit der Denunziation des Anklägers. Nichts stiftet mehr Zweifel und Verwirrung.«

»Und nichts wäre lächerlicher als eine Anklage aus dem Mund einer Kurtisane gegen einen Kardinal.«

»Nicht, wenn der Kardinal – unter Zeugen – mit bösartiger Zauberei an die hundert Kinder, noch dazu in einem Gotteshaus, mit einem Schadenszauber vernichtet hat.«

Die Wölfin erstarrte, das Bild eines düsteren Gotteshauses stieg in ihr empor, das Schreien gequälter Menschen, della Guardes kahler Schädel, auf dem unter dem Kardinalshut hervor Teufelshörner wuchsen.

»Das ist zu phantastisch, was du da behauptest. Es muß eine Lüge sein.«

»Warum sollte ich dich mit einer Lüge behelligen?«

»Della Guarde ein Magicus? Ein Schwarzkünstler?«

»Genau das sollst du bezeugen.«

»Und wie sollte ich damit meinen Kopf aus der Schlinge ziehen? Ich, eine verfemte Hure?«

»Nein, keine Hure, sondern die Büßerin Rodiconda, eine Märtyrerin, eine Göttin der gerechten Rache. Mit Hilfe Falvinis, der ebenfalls zu Unrecht verfemt ist und auf das böswilligste verleumdet wurde, wird es mir gelingen, deinen Ruf wiederherzustellen. Das Volk liebt Märtyrerinnen.«

»Gewöhnlich erst nach deren Tod auf dem Scheiterhaufen«, erwiderte die Wölfin aufgebracht.

»Vertrau mir, du wirst nicht brennen.«

»Dir vertrauen?« Rodiconda warf den Kopf in den Nacken und lachte laut.

»Vergiß nicht, dir bleibt nur eine Wahl: die Freiheit und dieser Ort hier.«

3.

»Die Liebe... sie verträgt alles, sie glaubet alles, sie hoffet alles, sie duldet alles, sie blähet sich nicht.«

Korintherbrief, I. 13

Maltesta wartete hinter einer Säule des *cortile*. Die rechte Schulter gegen den kalten Stein gedrückt, spähte er immer wieder hinter der Säule hervor. Es war einer der kleineren Innenhöfe, die die verschiedenen Gebäudetrakte des Landgutes miteinander verbanden. Nur wenige Dienstleute passierten den Hof, der kalt und nackt bis auf einige Rankenpflanzen, die sich ins Mauerwerk krallten, dalag. Seit mehr als einer halben Stunde verharrte der Student geduldig auf seinem Posten. Der *cortile* lag auf dem Weg, den Marietta jeden Morgen zum Turmzimmer des Kardinals ging. Freilich stets in Begleitung eines Wächters oder des aufmerksamen Almansor, doch Giacomo vertraute auf Fresenius Listigkeit, um den Begleiter diesmal abzulenken.

Endlich hörte er Schritte. Er spähte kurz zu einer Flügeltür an der Stirnseite des Hofes hinüber, erkannte Marietta und den stummen Sarasin, und zog sich ganz in den Schatten der Säule zurück. Langsam zählte er bis zehn, nichts geschah. Was sollte er tun? Er brauchte das Zeichen, um hinter der Säule hervorzustürzen. Er schwankte noch, ob er auch so einfach auf das Paar zutreten könnte, als ein ohrenbetäubender Knall die Stille zerriß. Verfluchter Fresenius, es würde zu ihm passen, die Explosion ein wenig hinauszuzögern, um ihn ein wenig zu quälen.

Giacomo sprang nun hinter der Säule hervor, lief direkt auf die erschrockene Marietta zu und bemerkte zu seiner Freude, daß der Sarasin wie erwartet reagierte. Er gab dem Studenten ein Zeichen, bei Marietta zu bleiben, während er selbst loslief, um die Ursache der Explosion zu ergründen, die sich in einem der oberen Stockwerke im Gebäude hinter ihnen ereignet hatte. Kleine Rauchwolken drangen aus einem der Bogenfenster direkt unter dem Ziegeldach. Almansor deutete in Richtung des Wandelganges an der gegenüberliegenden Seite, und der Student nickte. Er hatte verstanden, hier sollte er mit Marietta warten, bis er zurückkehrte.

»Kommt«, sagte er zu der verängstigten Frau und bemühte sich um eine unbeteiligte Stimme. Marietta folgte ihm willig. Als sie im Schatten des Kreuzganges angelangt waren, setzte sie sich auf eine niedrige Steinmauer, die Gang und Hof trennte. Sie atmete aufgeregt.

»Beruhigt Euch, Marietta, es wird nichts weiter geschehen«, sagte Giacomo freundlich. Unwillkürlich streckte er seine Hand aus, um sie beruhigend auf die Schulter der Frau zu legen, er besann sich im letzten Moment und ging vor ihr in die Knie.

»Ich, ich fürchte mich so schrecklich«, brachte Marietta nun hervor, »Ihr müßt mich für eine Närrin halten, aber es ist so Furchtbares in meinem Leben geschehen in den letzten Monaten, daß ein Ereignis wie dieses mich zittern macht.«

»Es wird nicht mehr als die versehentliche Entladung eines Handrohres sein. Einer der *condottieri* war gewiß unvorsichtig. Ihr wißt, wie schnell ein Funken die Feuerwaffen losgehen läßt.« Die Erklärung war logisch und nicht ungewöhnlich. Regelmäßig mußten die verschiedenen Feuerbüchsen abgeschossen und mit neuem Pulver gefüllt werden, da altes, trockenes Pulver sich rasch entzündete und zu unliebsamen Überraschungen führte.

Marietta biß sich auf die Lippen und kämpfte gegen aufsteigende Tränen an.

»Ich weiß, daß ich töricht bin, aber ich fürchte um mein Leben, guter Mann. Ihr seid der Gelehrte, den der Kardinal aufgenommen hat, um seine antiken Schätze zu studieren, nicht wahr? Ich sah Euch manchmal in der Schreibstube neben dem Atelier des Malers. Ihr diktiertet einem Mönch…« Sie stockte, ein Zittern ging durch ihren schlanken Leib.

Giacomo löste die Bänder seines kurzen Paletots und legte den Umhang um die Schultern der Frau. »Euch friert, Ihr seid nicht gekleidet für den Aufenthalt im Freien, der Wind ist schon recht scharf, es riecht nach Frost.«

Marietta senkte die Augen, sie nahm die Worte als Vorwurf, denn sie trug ein tiefausgeschnittenes Mieder mit maurischer Stickerei, das der Kardinal ihr in der Nacht geschenkt hatte, mit der Bitte, sie möge es bei ihren morgendlichen Besuchen tragen. Ihr Busen war von dem extravaganten Kleidungsstück so hochgeschnürt, daß er einen »Balkon der Lust« bildete, wie die Kurtisanen zu sagen pflegten.

»Ich friere nicht,« sagte sie nun leise, bedeckte aber verschämt ihre Blößen, »es war die Erwähnung des Mönches, die mich erschreckte.«

»Fresenius!« rief Giacomo erstaunt. »Ihr braucht ihn nicht zu fürchten. Die Eisenklaue wirkt unheimlich, sein Gesicht ist das eines groben Kriegers, aber ich verspreche Euch, er will Euch nicht schaden.« Giacomo senkte die Stimme. »Im Gegenteil, er ist auf Euer Wohl bedacht. Wir sind hier, um Euch zu helfen.«

Marietta hob die Augen. Mißtrauen lag nun in ihrem Blick, doch Giacomo betrachtete nur hingerissen die winzigen Goldsprenkel, die das Grün ihrer Pupillen glitzern ließ.

»Ich meinte nicht Fresenius«, sagte sie, »es ist ein anderer Ordensbruder, den ich fürchte. Euren Kapuzenmönch kenne ich nicht und will ihn auch gar nicht kennenlernen.« Marietta stand abrupt auf und wandte sich ab.

»Ihr meintet den Dominikaner, Fra Claudius, nicht wahr?« Giacomo sagte es so sanft wie möglich, doch er sah, wie die Frau leicht zusammenzuckte.

Sie schwieg kurz, dann schaute sie ihn über ihre rechte Schulter hinweg an. »Woher kennt Ihr den Dominikaner?« fragte sie flüsternd.

»Fresenius kennt ihn schon lange. Er hat Schreckliches von den Verbrechen dieses Wunderlings erzählt. In Deutschland soll er in die widerlichsten Machenschaften verstrickt gewesen sein. Der Kapuziner behauptet, er könne Krankheiten säen. In Köln soll er einmal eine Pest verbreitet haben, bei der Hunderte von Menschen starben.«

Marietta erbleichte, schloß die Augen, wieder zitterte sie. Giacomo konnte nicht widerstehen, er legte sanft seine Hand auf ihre rechte Schulter, mit seinem Zeigefinger berührte er wie zufällig die Haut ihres Nackens. Sie war milchweiß und weich wie venezianische Seide. Er unterdrückte ein Seufzen.

Marietta beachtete es nicht, sie starrte gedankenverloren in den Innenhof, wo krächzend ein Rabe niederging.

»Ich sehe, Ihr wißt, wovon ich spreche, gute Frau. Der Mönch ist ein gefährlicher Giftmischer, er ist ein dunkler Geselle, der mit seinen Künsten nach Macht und Einfluß strebt.«

Jäh drehte die Kurtisane sich um. »Aber was will er von mir? Warum hat er mir mein Kind genommen, warum mich von meinem Geliebten und von meiner *famiglia* getrennt? Ich bin eine unbedeutende Frau, ich bin«, sie zögerte, leise fuhr sie fort, »das, was man in der verschönernden Sprache der Dichter eine Dienerin der Venus nennt.«

Giacomo zuckte kurz bei diesem Geständnis, er selbst dachte

schon lange nicht mehr von Marietta als einer Kurtisane. »Ich weiß, wer Ihr seid«, sagte er, »Fresenius und ich haben schon einmal versucht, Euch aus dem Kloster zu befreien. Doch Ihr wart krank und weigertet Euch, zu fliehen. Erinnert Ihr Euch nicht?«

Marietta schaute dem jungen Mann nun zum erstenmal voll ins Gesicht. Sie kniff kurz die Augen zusammen, doch sie erkannte ihn nicht. Dafür sah sie zum erstenmal, wie hübsch der eifrige Gelehrte war, wenngleich um seinen Mund ein trotziger Zug lag. Der trotzige Zug eines Edelmannes aus geldstolzer Familie und von edler Abkunft. Sie kannte diesen Zug von vielen ihrer ehemaligen Freier, und sie hielt ihn für ein deutliches Anzeichen seiner hochmütigen Abscheu gegenüber ihresgleichen.

»Ihr verwirrt mich«, sagte sie, »nein, ich erinnere mich nicht an Euch, ich erinnere mich nur an Beatrice. O Gott, Beatrice«, sagte sie nun, »was ist mit ihr geschehen?«

»Seid beruhigt, ihr geht es gut, obgleich auch sie von Krankheit gezeichnet war, nachdem sie dem Kloster entkam.«

»Krank?«

»Krank von dem Gift des Claudius'. Deshalb wollte ich mit Euch sprechen. Sagt mir, was der Dominikaner wollte. Ich sah ihn vor wenigen Tagen hier, er forderte, Falvini zu sehen.«

Marietta ergriff nun die Hand des Studenten, und diesmal war es er, der leise zitterte.

»Ihr habt den Mönch gesehen? Ihr wißt nicht, was für Aufregung mir seine Ankunft bereitete. Falvini schickte mich fort, als er kam.«

»Hat er Euch nicht gesagt, was er wollte? Rasch, erzählt es mir, wir müssen es wissen, wenn wir Euch retten wollen. Euch und Euren Sohn.«

In Mariettas Gesicht blitzte zum erstenmal etwas wie Freude auf. »Ihr wißt von meinem Kinde. Ihr wollt mir wirklich helfen? Mir und Scoferino?« Giacomo schluckte und nickte dann.

»Falvini sagte mir nichts Genaues. Er verriet nur soviel, als daß wir bald nach Rom zurückkehren würden. In der Nacht nach dem Besuch war er sehr aufgeregt, wie im Fieber. Er schien voll Zuversicht, was mich wunder nahm.« Sie dachte nach, dann sagte sie mit fester Stimme. »Ich bin mir sicher, daß er sich mit dem Dominikaner verbündet hat, deshalb erschrak ich so sehr bei dem Geräusch des Schusses oder der Explosion. Ich fürchtete, daß mein Tod nun beschlossene Sache sei.«

Giacomo drückte noch einmal die Hand Mariettas, die noch immer in der seinen lag.

»Nein, Ihr müßt Euch nicht fürchten. Ihr seid der Schlüssel, mit dem Claudius seinen Weg zum Kardinal fand. Er wird Euch nicht töten, er weiß, wie sehr Falvini Euch begehrt.«

Marietta biß sich auf die Lippen, sie schämte sich vor dem jungen Mann für ihren seltsamen Gönner, mehr als sie sich vor Scoferino geschämt hätte.

»Es ist nicht so, daß er mich auf die Art begehrt wie ein Mann gewöhnlich eine Frau zu begehren pflegt«, sagte sie mit gesenktem Blick und ärgerte sich zugleich, daß sie diese unnötige Erklärung gab. Wieder schrie im Hof der Rabe.

»Ihr liebt den Kardinal nicht, oder, Marietta?« fragte beinahe schüchtern der Student.

»Nein«, sagte sie erstaunt, »ich liebe ihn nicht. Ich liebe nur Scoferino. Und das von ganzem Herzen, glaubt mir. Ich liebe ihn wirklich.«

Giacomo ließ die Hand der Frau fahren, das Band zwischen ihnen war zerrissen. An der Stirnseite des Hofes öffnete sich nun die Holztür, Almansor erschien und blickte sich suchend um, als er Marietta und den Studenten entdeckte, eilte er auf sie zu.

»Wie, wie wollt Ihr mir helfen?« fragte nun aufgeregt Marietta. »Schnell, sagt mir, was ich tun muß!«

Giacomo starrte über ihren Kopf hinweg in den Hof. Plötzlich stutzte er. Sein Blick ruhte auf dem Raben, der nun auf dem Rand eines efeubewachsenen Brunnens hockte. Mit rupfenden Schnabelbewegungen putzte er sein Gefieder. Weißes Gefieder.

»Findet heraus, was der Dominikaner vorhat«, flüsterte Giacomo aufgeregt und ohne seinen Blick von dem Vogel zu wenden.

»Aber wann, wann könnt Ihr mich und Scoferino befreien?« flüsterte mit flehendem Ton Marietta.

Bevor Giacomo antworten konnte, war der Sarasin bei ihnen. Er neigte kurz das Haupt gegen den Studenten, dann griff er mit sanfter aber bestimmter Bewegung nach Mariettas rechtem Arm und zog sie fort. Über die Schulter warf die schöne Frau dem Studenten einen letzten, verzweifelten Blick zu. Wieder schrie der Rabe. In den Ohren Giacomos klang es wie ein Schmerzenslaut.

4.

»Mea culpa, mea culpa, mea maxima culpa.«

Confiteor der lateinischen Messe

Kardinal della Guarde hatte sich in sein Schlafzimmer zurückgezogen. Den Jahreswechsel gedachte er in aller Stille und in seinem Bett zu erleben. Weit fort von dem Gelärm auf den Gassen vor seinem Palast, wo seit Tagen *rumore* herrschte, weshalb er um den zusätzlichen Schutz durch die städtischen *sbirri* ersucht hatte.

Das Treiben der Leute vor seinem Haus ging weit über den üblichen Schabernack und den rohen Spott hinaus, mit dem manches Gelump die Kirchenmänner manchmal heimzusuchen pflegte. Della Guarde, der sich nun seine Pantoffeln überstreifte und in den samtenen Schlafmantel hüllte, waren die Gerüchte über sein angebliches satanisches Wirken in der Klosterkirche längst zu Ohren gekommen.

Sie betrübten ihn sehr, und er vermochte sich nicht zu erklären, warum der Herr sich eine derartige Prüfung für ihn ersonnen hatte. Vom *Governatore di Roma* hatte er zudem Mitteilung erhalten, daß Rodiconda, die ehemals unter seiner Obhut als Büßerin in verschiedenen Kirchen aufgetreten war, lächerliche Beschuldigungen gegen ihn vorgebracht hatte. Der Unschuldige, so dachte della Guarde voll aufrichtigem Schmerz, muß in dieser Welt immer wieder mit Haß und Mißgunst rechnen.

Im neuen Jahr würde er die Undankbarkeit der ehemaligen Kurtisane allgemein bekanntmachen und für ihre gerechte Bestrafung sorgen, doch dringlicher erschien es ihm, an seinen Anklagen gegen Falvini weiterzuarbeiten. Rodiconda war nichts als eine seiner Handlangerinnen, daran hatte der Spanier keine Zweifel. Schließlich war sie auf dessen lästerlichem Wagen mitgefahren, als heidnische Venus zudem, und sie hatte einen Pfeil auf ihn abgeschossen.

Der Gedanke an dieses Verbrechen besänftigte den erregten Kardinal. Nein, mit solch einem Angriff, einem solch öffentlichen Gewaltakt würde selbst ein Falvini nicht durchkommen. Schon gar nicht, wenn er, della Guarde, alle seine Beweise und Zeugenaussagen gegen den Sünder im Purpurgewand vorlegen würde. Der Papst selbst würde, wenn sich die politische Lage beruhigte, Falvini vor das höchste Kirchengericht zitieren und ihn gewiß der weltlichen Halsgerichtsbarkeit überstellen.

Befriedigt ergriff della Guarde eine schwere lederne Mappe, die sein Wappen – einen Salamander im Feuerkreis – trug, setzte sich in einen hohen, hölzernen Lehnstuhl und schlug sie auf. Im Licht der Wachskerzen studierte er noch einmal einige Pergamente, auf denen die Zeugenaussagen und Denunziationen gegen Falvini festgehalten waren. Draußen schlugen die Kirchenglocken die elfte Stunde. Gedämpft drang das Geläut in della Guardes Schlafgemach, das zum engen Innenhof hin lag.

Er schaute kurz auf und freute sich über die Stille in seiner Kammer. In den Straßen Roms trieb nun gewiß der Pöbel, allen kirchlichen Ermahnungen zum Trotz, seinen heidnischen Schabernack. Da wurden Dornbüsche entzündet, trockene Pinienzapfen in lodernde Feuer geworfen, wo sie krachend zerplatzten, abscheuliche Tänze von Maskierten aufgeführt, die Trommeln und Tamburine geschlagen. Und das alles, um die Geister und Teufel auszutreiben. Was ein Frevel, dachte della Guarde kopfschüttelnd. Die Kirche allein, so seine Überzeugung, hatte das Recht und das Wissen, den verschiedenen Höllenbewohnern zu Leibe zu rücken. Und ein gründlicher Exorzismus bedurfte größerer Kenntnisse und Studien als irgendein Lumpensack aus dem Volk der Abergläubigen besaß.

Ein grelles Pfeifen wie von einer Knochenpfeife ließ den dürren Kardinal hochschrecken. Hatte er eines seiner Fenster nicht geschlossen? Er legte die Akten beiseite, erhob sich und trat an die Fenster heran. Hier in seinem Schlafgemach gönnte er sich den Luxus von Glasscheiben. Er schob nacheinander die verblichenen Brokatportieren beiseite und kontrollierte die Hebelverschlüsse der Fenster. Keines war geöffnet, und doch wurde das Pfeifen immer lauter. Schließlich erkannte der Kardinal, daß es vom Flur her zu ihm drang.

Erregt griff er nach dem Kerzenleuchter und eilte zur Tür. Er legte sein rechtes Ohr an das Holz und lauschte. Neben dem Pfeifen nahm er nun noch andere, beunruhigende Geräusche wahr. Sein Schlafzimmer lag im zweiten Stock des Palastes, und obwohl es kein Prachtbau war, so hatten die Maurer doch festes schweres Gestein verwendet, was zur Ruhe des Gebäudes beitrug. Trotzdem, della Guarde glaubte nun recht deutlich das Klirren von Metall zu vernehmen, dazu einige Schreie, Trommelschläge und immer wieder das Pfeifen.

Zunächst verwirrten ihn diese rätselhaften Geräusche, doch schließlich meinte er, ihre Ursache zu erkennen. Unten, in seinem eigenen Hause, schienen Bewaffnete ein Handgemenge zu haben, untermalt von der Katzenmusik einiger Gassenlumpen. Della Guarde erschrak. Hatten die *sbirri* dem Ansturm des Volkes nicht standgehalten? Hatten seine Wachen ebenso versagt und seine schmiedeeisernen Gitter nachgegeben? Der Kardinal zitterte. Verfluchte Sparsamkeit! Warum war er nicht dem Rat einiger Amtsbrüder gefolgt und hatte die Tore verstärken lassen. In einer Nacht wie dieser geriet das Volk leicht außer Kontrolle, war nur schwer zu bändigen und die Miliz ließ den Pöbel toben, da es einfacher und bekömmlicher war, am nächsten Tag ein paar Tote zu bestatten, als in der Nacht gegen eine unberechenbare Horde anzukämpfen und dabei am Ende selbst in ein Messer zu rennen.

Della Guarde schaute sich um, als erwarte er plötzliche Hilfe von seinen Möbelstücken. Zu Recht verließ ihn der Mut. Waren seine Wachen einmal überrannt, so konnte er nicht auf weitere Hilfe hoffen. Er stellte den Kerzenleuchter auf den Boden, schob die weiten Ärmel seines Schlafmantels nach oben und verriegelte zunächst die Tür. Dann eilte er mit fliegendem Mantel zu einer schweren Truhe, die neben einem der Fenster stand. Keuchend bemühte er sich, sie zur Tür zu schieben. Die Angst verstärkte seine wenigen Kräfte, doch immer wieder rutschte er in seinen Pantoffeln auf den blanken Bodendielen aus. Schweiß rann ihm den Nacken herab, seine Oberarme schmerzten, er biß wütend die Zähne aufeinander und schob mit aller Kraft.

Er erreichte die Tür nicht mehr rechtzeitig. Nun waren die Geräusche eindeutig. »*Morte al diavolo!*« »Tötet den Kindermörder!« schrien und kreischten Betrunkene und weniger Betrunkene in den verschiedensten römischen Dialekten. Nun stand sie direkt vor seiner Schlafzimmertür, die tobende Bestie, vor der Claudius ihn gewarnt hatte – das Volk.

Della Guarde ließ die Truhe fahren und rannte zu seinem Bett. Er warf sich hinein, zitterte, faltete die Hände zum Gebet, klapperte mit den Zähnen, während die Tür in den Angeln erbebte. Mehrere Männer schienen sich dagegenzuwerfen. Kräftige Männer. Della Guarde bekreuzigte sich, dann zog er in aller Eile die Bettvorhänge zusammen, kroch unter die Decke und schwitzte Blut und Wasser. Er schloß die Augen, als er das Splittern vernahm und das Krachen der Türbolzen, die aus ihren Halterungen brachen. Er ahnte, daß es an der Zeit war, seinen Frieden mit Gott zu machen.

»Das Volk ist immer wankelmütig; man gewinnt oder verliert seine Gunst aufgrund eines nichtigen Vorfalls.« Warum schoß ihm, in diesem Augenblick höchster Not, ausgerechnet dieser Satz von Claudius durch den Kopf? Claudius! Della Guarde stöhnte auf, er wußte nun, wem er den Besuch des mordlustigen Pöbels zu verdanken hatte. Das Sterben wurde dadurch nicht leichter.

VIII.

1.

»L'arco sempre teso si spezza –
Der ständig gespannte Bogen bricht.«

Italienische Spruchweisheit

Am ersten Tage des Jahres 1527, das sich als eines der größten Unglücksjahre Roms erweisen sollte, verlas der Heilige Vater eine feierliche Vermahnung gegen den Seeadmiral Lannoy und die Anhänger Colonnas. Er forderte die Kriegstreiber bei Strafe der Exkommunikation auf, die Waffen niederzulegen. Doch die kampflustigen Angreifer beantworteten die päpstliche Vermahnung mit einem dreisten Ultimatum. Lannoy forderte inzwischen die Übergabe aller vatikanischen Häfen, zudem Parma und Piacenza. Der Heilige Vater war auf das äußerste erzürnt. Noch immer hoffte er auf die Hilfe Frankreichs, doch am 8. Januar wurden diese Hoffnungen endgültig zunichte gemacht. Zwar erschien nun bei Hofe der so lange erwartete Abgesandte von König Franz, aber ohne Soldaten und ohne Geld. Statt dessen überbrachte der Mann eine neue Forderung seines selbstsüchtigen Herrn. Franz verlangte die Überlassung Neapels. Klemens' Unzufriedenheit wuchs mit jedem Tag; sein Gesicht, so berichteten die Höflinge abgewiesenen

Bittstellern und Gesandten, war mürrischer denn je. Allein die Boten aus Klemens' Heimatstadt Florenz ließen sich von der schlechten Laune des obersten Hirten nicht abschrecken, sie bestanden auf einer Audienz und vermehrten mit ihren Berichten die Furcht des Papstes. Florenz, so warnten sie, sei in großer Gefahr durch die immer weiter vordringenden Truppen des Deutschen Frundsberg, der zudem Anstalten machte, sich mit den spanischen Besatzertruppen zu vereinen. Auf 22 000 Mann, darunter 14 000 deutsche Landsknechte, die als besonders roh galten, 5000 Spanier, 2000 Italiener verschiedener Provenienz und mindestens 800 leichte Reiter würde das Heer dann anschwellen. Hinzu kam zahlreiches Gesindel, das sich reiche Beute versprach.

»Der arme, von allen Seiten bestürmte Heilige Vater«, so notierte der Gesandte von Mantua in jenen schwarzen Tagen voll Mitleid, »gleicht einem von entgegengesetzten Winden auf hoher See hin- und hergeworfenen Schiffe.«

Zu allem Überfluß gärte es auch in Rom selbst, Gerüchte von einer Verschwörung verschiedener Kardinäle machten die Runde, doch den Spionen des Papstes gelang es nicht, die Hintermänner der Intrige auszumachen.

Vor dem Hintergrund solcher Wirrnisse geriet der Mord an dem bedauernswerten Kardinal della Guarde bald in Vergessenheit. Die *sbirri* hatten einige stadtbekannte Strolche und käufliche Meuchler verhaftet, ihnen einen kurzen Prozeß gemacht und sie am Fuße der Engelsbrücke gerichtet. Danach verzichtete man auf weitere Nachforschungen, um nicht weiteren Staub aufzuwirbeln.

Della Guarde hatte im Kollegium der Kardinäle keine Freunde besessen und zu wenig Geld, um sich Verbündete dauerhaft zu sichern. Sein reformerischer Eifer hatten seine Beliebtheit nicht eben gesteigert, und die unheimlichen Geschehnisse bei der Kindermesse ließen tatsächlich auf satanisches Wirken schließen.

Man tat ihm die letzte Ehre und bestattete seine sterbliche Hülle, die von schweren Brandwunden scheußlich entstellt war, unter einer schweren Steinplatte in einer der spanischen Wallfahrtskirchen vor den südlichen Mauern Roms. Es fand sich jedoch niemand, der bereit war, für die Steinmetzarbeiten zu zahlen, und so mußte della Guarde sich mit einer groben, namenlosen Platte begnügen, vor der niemand in stillem Gedenken verharrte oder gar ein Gebet sprach. Seine kargen Besitztümer fielen dem Vermögen des Vatikans anheim, sein Haus hatte in der Mordnacht der Pöbel geplündert, und all seine akribisch geführten Aktenstücke hatten zu einem veritablen Silvesterfeuer getaugt.

»Es ist zum Verzweifeln. Sie sterben uns unter den Händen weg, und wir haben kein Mittel mehr, ihnen zu helfen.« Mit bekümmertem Gesicht schaute der Prior des Siechenhauses San Giacomo degli Incurabili auf das schmerzverzerrte Antlitz eines kaum neunjährigen Knaben. Das Kind hatte soeben die Sterbesakramente empfangen, sein kleiner Körper bäumte sich mit letzter Kraft gegen den herannahenden Tod auf. Doch der hielt ihn bereits fest im Griff.

Märthe legte dem Kleinen noch einmal ein kaltes Tuch auf die graue Stirn und strich ihm mit dem Finger eine Salbe auf die Lippen.

»Was ist das?« fragte mißtrauisch der Prior.

»Etwas, das ihm den Tod erleichtert. Eine Paste aus Mohnsamen und einigen Kräutern.«

»Nennt mir lieber nicht die Namen der Kräuter, ich könnte sonst einen bösen Verdacht schöpfen«, warnte der Leiter des Hospizes und wandte sich ab. Das Elend der gequälten Kinder veranlaßte ihn zu soviel Großmut, er nahm jede Hilfe an, auch die einer häßlichen, alten Frau, die ihm mehr als zweifelhaft erschien. Doch den Kindern spendete sie Trost. Aufopferungsvoll hockte sie seit Tagen und Nächten neben den beinahe achtzig notdürftigen Lagern, reinigte und fütterte die Kranken und linderte mit geheimnisvollen Mitteln ihre Qualen.

Auch das Gesicht des Knabens entspannte sich jetzt ein wenig. Er schlug noch einmal die Augen auf, sein Blick war in die Ferne gerichtet. »Ich sehe Christus«, sagte er leise, dann starb er.

Märthe drückte ihm die Augen zu und bekreuzigte sich. Was für eine unschuldige Seele. Die Mohn- und Schierlingssalbe, die sie ihm auf den Mund und unter die Achselhöhlen gestrichen hatte, pflegte bei erregbaren Gemütern im allgemeinen wilde Halluzinationen hervorzurufen. Einige vermeinten unter der Einwirkung zu fliegen oder sich mit reitenden Wesen zu paaren. Gemeinhin wurde das Gemisch deshalb eine Hexensalbe genannt, doch Märthe – in diesem Punkte eine nüchterne Denkerin – wußte, daß es nicht viel mehr als ein Rausch war.

Unter Mühen erhob sie sich von dem Krankenlager und gab den Lungenbrüdern ein Zeichen, daß sie den Leichnam fortschaffen könnten.

»Schon der zweite heute«, brummte einer der vermummten Männer, die zum Schutz gegen die verpestete Luft Mundtücher trugen.

»Wenn's so weitergeht«, erwiderte sein Begleiter, »ist es in drei bis vier Wochen vorbei. Die sterben schneller als die Sommerfliegen.«

Märthe warf ihnen einen zornigen Blick zu. Einige Kinder begannen zu weinen.

»Es ist gut«, beruhigte Märthe sie, »achtet nicht auf das Geschwätz. Es gibt immer noch Hoffnung. Ich verspreche es Euch.« Müde strich sie sich über die Stirn. Was, wenn Fresenius und Giacomo ihr Ziel nicht rechtzeitig erreichten? Was, wenn die Schiffahrtswege zwischen Genua und Livorno längst unterbrochen waren? Der drohende Krieg gegen Rom kostete schon jetzt einige der Ärmsten das Leben.

2.

»Navigare necesse est, vivere non est necesse –
Schiffahrt ist notwendig, zu leben nicht.«
Oder: Seefahrt ist not.«

Plutarch

Der Wind stand ungewöhnlich, aber günstig. Ungestüm blähte er, von Sizilien kommend, die baumhohen, trapezförmigen Segel der Galeote und ließ die bunten, ellenlangen Wimpel an den Mastspitzen flattern. Der spitze, schmale Schnabel des wendigen Handelsschiffs tauchte in die rauhe See und wirbelte die salzige Gischt meterhoch auf. Tüchtig legten sich die Sklaven im untersten Schiffsraum zum monotonen Schlagen des Tamburins in die Ruder. Über eine Strecke von dreieinhalb Klafter Länge bogen sich unter dem Querbalken des Mitteldecks ihre nackten Rücken, mit hart gespannten Sehnen und gewölbtem Rückgrat, die Haut voller Narben, die Schädel glattgeschoren, glänzend wie Stahl. Sie waren an die Ruderbank gekettet – Pechvögel, Bastarde, Ketzer, Juden, Gottesleugner, Enterbte, Entehrte, Gedemütigte.

Voll Mitleid blickte Fresenius, der auf dem Oberdeck stand, in den Höllenschlund des Bootes hinab. Je nachdem wie der Wind über das Schiff fuhr, stieg aus dem untersten Schiffsraum der Geruch von Kot und Urin zu ihm hoch, dann wieder wehte eine Duftwolke nach Gewürzkörnern, Zimt und Moschus vom Heckaufbau her zu ihm herüber. Mit diesen Mitteln pflegten die mitreisenden Kaufleute ihre Handschuhe und Geldbeutel zu parfümieren, um sich vor dem Gestank der Ruderknechte zu schützen.

Sie standen und saßen während der Passage unter dem Brokathimmel der Deckkajüte, Karosse genannt. Ungeduldig pflegten sie über das Meer zu spähen, in der Furcht, ein Piratenschiff auszumachen.

»Mir scheint«, knurrte Fresenius, an seinen Nachbarn an der Reling gewandt, »dieses Schiff ist ein Abbild unserer Welt. Hier unten, im Gestank und Dreck sitzen diejenigen, die sie in Bewegung halten. Dort, unter einem künstlichen goldenen Himmel, stehen die feinen Herrschaften, die an ihrer Arbeit verdienen.«

Sein Begleiter, ein draller, kleiner Edelmann schüttelte unwillig den Kopf.

»Schweigt, Fresenius, solche Worte passen nicht zu einem braven, einfältigen Mönch. Ich weiß, Ihr seid ein Freund der Entrechteten, aber wir müssen dankbar sein, daß der Kapitän uns gegen so geringes Geld mitnimmt.«

Fresenius krauste spöttisch die Stirn. »Oh, er tut uns tatsächlich einen großen Gefallen. Der Mann war ja froh, daß er noch ein paar Männer an Bord bekam. Erinnere dich an die Kriegsgaleeren, die Karacken mit den schweren Kanonen im Hafen von Civitaveccia. Sie haben den Kapitän zur Großzügigkeit ermutigt. Er hielt dich für einen geschmeidigen, waffenfähigen Burschen, und obwohl ich alt bin, erkennt man leicht den ehemaligen Kämpfer in mir.«

Sein Begleiter kicherte munter, Fresenius warf ihm einen strafenden Blick zu. »Mäßige dich, dein Kichern verrät deine wahre Natur, es ist bei weitem zu hell für einen Mann.«

Beatrice biß sich auf die Lippen, dann erwiderte sie selbstbewußt: »Auch wenn ich unter diesen Hosen und dem Wams ein

Weib bin, kräftiger als diese sanft lebenden, feisten Kaufmänner dort drüben bin ich allemal. Ich trage leicht zwei Klafter Holz mehr als diese Krämerlinge.«

»Mir gefällt es trotzdem nicht, daß du eine so gefährliche Reise unternimmst. Mir wäre wohler, du wärst in Rom geblieben », erwiderte der Mönch und rieb sich die klamme, von der rauhen Seeluft blaugefrorene Linke.

Beatrices Blick wurde einen Moment lang ernst, dann sagte sie leise: »Mich dauerte der Anblick der sterbenden Kinder zu sehr. Ich wollte irgend etwas tun, um das Gefühl zu haben, ich könnte helfen. Keines meiner Geschwister überlebte sein zweites Jahr, und mit jedem Findelkind, das uns unter den Händen wegstarb, wuchs meine Ungeduld.«

»Ich verstehe dennoch nicht«, beharrte Fresenius aus Sorge um Beatrice, »daß Märthe dich geschickt hat. Hesekiel hätte gewiß die Botschaft alleine überbringen können, er hat schon ganz andere Wunder vollbracht.«

»Hesekiel ist fürwahr ein Wundertier, aber diese Botschaft hätte kaum auf einem Schnipsel Papier Platz gehabt. Also mußte ich mit, um Euch von der Lage in Rom, den kranken Kindern und dem Mord an della Guarde zu berichten. Außerdem mußte ich Euch das viele Geld bringen. Wie Ihr seht, bin ich also unverzichtbar.« Herausfordernd reckte Beatrice das Kinn vor.

Der Kapuziner beugte sich weiter über die Reling und starrte mürrisch auf die aufgewühlte See. Das Schiff rollte nun so heftig, daß Beatrice gegen seine linke Schulter geschleudert wurde. Der Mönch faßte die verkleidete Wäscherin fest beim Arm.

»Geh aufs Zwischendeck, dort ist es ruhiger«, sagte er befehlend.

»Aufs Zwischendeck? Ach nein, dazu macht mir der Wind viel zuviel Vergnügen. Nie hätte ich gedacht, daß ich Weibsperson jemals eine so weite Fahrt unternehmen würde, und Ihr wollt mich auf dem Zwischendeck einsperren? Nein danke. Hier oben ist die Luft viel frischer, unten neige ich vielmehr zum Weibisch-Sein, ich werde grün im Gesicht, und mir dreht sich der Magen.«

Beatrice entblößte lächelnd ihre weißen, kräftigen Zähne, und der Kapuziner kapitulierte vor ihrer Keckheit.

Er wünschte sich, daß sein Freund Giacomo mehr von der unverwüstlichen Lebensfreude und dem Ungestüm einer Beatrice hätte. Doch seit seinem Gespräch mit Marietta neigte der Student zu dumpfer Brüterei. Vergebens hatte Fresenius versucht, ihn zu der Reise nach Livorno zu bewegen, um ihn von seiner aussichtslosen Neigung zu kurieren. Doch Giacomo hatte stumm und grämlich abgelehnt.

»Glaubt Ihr, daß wir Erfolg haben werden?« fragte Beatrice den Kapuziner. Der Mönch seufzte.

»Ich hoffe es sehr. Einer der Kaufleute sagte mir gestern, daß das Guajakaholz zur Zeit wie Gold gehandelt wird. Nur wenige portugiesische Schiffe machen im Winter die Passage bis nach Genua und noch weniger Händler bringen es bis nach Livorno.«

Fresenius lehnte sich schwer gegen die Reling und betrachtete zweifelnd das vom Wind zerfurchte, bleigraue Wasser. »Ich hoffe nur, daß das Wetter weiter so günstig bleibt, sonst kommen wir zu spät, und das verfluchte Holz taugt nur noch zu einem Feuer.«

»Della Guarde ist also tot.« Falvini wiederholte zum zweitenmal die Worte, so als wolle er diese Feststellung damit zu einer endgültigen und unumstößlichen Tatsache machen. Die Hände auf dem Rücken gefaltet, durchmaß er mit entspannten Schritten sein Turmzimmer. Es war der erste Tag seit seiner Suspendierung, an dem er wieder den Purpur trug. Selbst den Kardinalshut mit den eingewebten Stirnlocken hatte er aufgesetzt, so als handele es sich um eine Krone. Der Dominikaner freute sich über diese Anzeichen wiedererwachender weltlicher Eitelkeit, denn Eitelkeiten machten Menschen verführbar.

Er ließ den Kardinal seine Freude eine Weile still genießen. Schließlich drehte Falvini sich um und fixierte den Dominikaner. »Ich gebe zu, daß ich dir einen solch raschen Erfolg nicht zugetraut hätte. Ein äußerst eleganter Mord, und wie angemessen. Du sagst, der Pöbel habe ihn verbrannt?«

»So berichtet man. Sie zerrten ihn in seinen eigenen Innenhof, schichteten einen Scheiterhaufen aus Küchenholz und seinen Kardinalsgewändern, banden ihn und warfen ihn einfach in die Flammen.«

»Was für ein würdiger Tod für einen Ketzerverfolger. Mich dauert nur, daß man vorher nicht die von ihm geliebten glühenden Eisen, die Zangen und Daumenschrauben angewendet hat.« Falvini lachte böse.

»Ich kann Eurer Eminenz versichern, daß das Volk über Foltermethoden verfügt, die zwar einer gewissen Verfeinerung entbehren, aber durchaus schmerzhaft sind. Es heißt, daß ein Schmied zugegen war, der es sich nicht nehmen ließ, dem Kindermörder jeden Finger einzeln zu brechen. Della Guarde starb unter ordentlichem Geschrei.«

Falvini streichelte zärtlich einen Jagdfalken, der auf einem Gestänge nahe dem Fenster saß. Das Tier hackte mit seinem verbundenen Schnabel nach seiner Hand.

»Nun, lieber Mönch, ich beginne mich zu langweilen. Das Landleben hat seine Schönheiten, doch nun, im Winter, ist es doch recht öde. Die gefrorenen Böden, die kahlen Waldungen, keine Jagd. Ein Mann wie ich haßt den Müßiggang.«

Der Dominikaner erhob sich aus seinem Sessel und verneigte sich kurz. »Und für einen Mann von Euren Fähigkeiten gibt es in Rom genug zu tun, gerade jetzt.«

Falvini drehte sich zu ihm um. »Was willst du damit sagen, gerade jetzt?«

»Nun, ein beinahe kopfloser Papst, ein Kardinalskollegium, das finstere Intrigen spinnt, Anarchie in den Straßen, Geldnot. Das Volk braucht einen Helden, der sich aufbäumt gegen diese Wirrnisse. Einen Führer und Helden.«

Falvini klatschte kurz in die Hände, Almansor erschien. »Bereite alles für unsere Abreise vor«, befahl Falvini knapp. Dann wandte er sich wieder dem Dominikaner zu.

»Das Volk soll nicht nur einen Helden, es soll einen Heiligen bekommen.«

Befriedigt fiel sein Blick auf einen Spiegel, befriedigt musterte sich der Kardinal, und befriedigt erkannte Claudius, daß Eitelkeit und Hochmut Falvinis noch größer waren, als er zu hoffen gewagt hatte.

Der Entschluß zur Umsiedlung in seinen römischen Palazzo veränderte die Stimmung des Kardinals entscheidend. Sein Gemüt war in den ersten Februarwochen umwölkt gewesen, die erzwungene Untätigkeit hatte zu innerer Unrast und einer gewissen Mürrischkeit geführt. In einem untertänigen Brief wandte er sich nun an den Heiligen Vater, dem er seine ganze aufrichtige Zuneigung und einiges Geld versprach, sollte dieser ihm die Rückkehr in die Ewige Stadt und die Bestätigung in allen seinen Ämtern gewähren. Falvini wußte, daß der Papst dem nicht würde widerstehen können. Seinem Schreiben, das er durch einen reitenden Boten auf pfeilschnellem Pferd besorgen ließ, fügte er außerdem einige handschriftliche Notizen della Guardes bei, in dem der Verstorbene sich als besonderer Schirmherr der Reuerinnen gepriesen und Andeutungen über weitreichende Pläne zur Säuberung Roms von aller Sünde und allen Kindern der Schande machte. Das, so hatte Claudius versichert, würde genügen, um Falvinis Namen reinzuwaschen und noch dunklere Schatten auf die Person della Guardes zu werfen.

Ein knapper Brief des Heiligen Vaters, in sichtlicher Eile von einem Sekretär zu Papier gebracht, bestätigte Claudius' Hoffnung. Falvini wurde nun offiziell in die Ewige Stadt zurückzitiert, und der Heilige Vater bedankte sich für die angebotene Hilfe, die er dringend benötigte und sehr begrüßte. Auch Falvinis Truppen, die eine Stärke von dreihundert Mann hatten, waren ihm willkommen.

In ganz Rom wurde in diesen Tagen fieberhaft gerüstet und die Bürgerschaft militärisch organisiert. Am 2. Februar des Jahres hatte der Rektor der römischen Universität die kriegslustigen Studenten gemustert, fünfzehnhundert Jünglinge, über die in der Chronik der Lehranstalt außerdem notiert wurde, sie seien schön und wohlbewaffnet. Am 4. Februar hatten Feuerzeichen auf den Höhen von Tivoli einen Sieg der päpstlichen Truppen gegen die Kaiserlichen im Süden verkündet. Am 7. Februar war der berühmte und gefeierte Schiffsführer und Soldat Andrea Doria in Rom eingetroffen. Von einem Waffenstillstand mit den Kaiserlichen wollte der Heilige Vater seither nichts mehr wissen.

Falvini erhielt in der Mitte des Monats die Verzeihung des Papstes, sein Hof war für die Reise gerüstet, die Köche und Hausdiener bereits vorausgeritten, um seinen Palazzo zu öffnen und die Beschädigungen durch etwaige Plünderungen zu beseitigen. Hochgestimmt durchstreifte der Kardinal die Gemächer seines Landgutes, befahl einem Pagen, dieses Möbelstück oder jene Truhe noch zum Transport fertig zu machen, und beschloß endlich, seiner Geliebten, die Scoferino als Modell saß, einen frühen Besuch abzustatten. Vor dem Atelier entdeckte er den Soldaten, den er an diesem Tage anstelle Almansors der Kurtisane beigesellt hatte.

»Was tust du hier vor der Tür?« fragte er den Mann mißtrauisch. »Du hast Befehl, nicht von der Seite der Frau zu weichen.«

Der Mann zuckte zusammen und wollte sofort zur Tür eilen, doch Falvini hielt ihn zurück. Leise schob er selbst den Riegel nach oben und drückte die Tür auf. Das Bild, das sich ihm bot, erzürnte ihn gewaltig. Blut schoß ihm ins Gesicht, seine Halsadern schwollen vor Zorn. Im flackernden Kerzenschein stand der Maler Scoferino mit Marietta beim Fenster, seine rechte Hand ruhte zärtlich in der ihren, beide schauten still zum Fenster hinaus. Es war die Haltung eines glücklichen jungen Paares, das sich seine Liebe längst gestanden hatte. Falvini räusperte sich, Scoferinos Hand entglitt der Mariettas. Beide drehten sich um, und Falvini sah den Maler erbleichen. Marietta senkte erschrocken den Blick. Doch die Miene des Kardinals war nun unbeweglich und kalt.

»Euer Eminenz«, brachte Scoferino mühsam hervor, »seid Ihr gekommen, um die Fortschritte am Porträt zu begutachten? Es ist so gut wie vollendet. Heute habe ich nur wenig daran gearbeitet, die frische Farbe würde gewiß Schaden nehmen beim Transport nach Rom.« Stumm ging Falvini auf die Leinwand zu, Marietta wich zur Seite, den Blick noch immer zu Boden gesenkt. Falvini betrachtete das Madonnenbild. Es war von zarter Schönheit, ein Meisterwerk. Er beschloß, den Maler so lange ungestraft arbeiten zu lassen, bis es tatsächlich fertiggestellt war, danach aber, so schwor sich Falvini, würde er die Hand einbüßen, mit der er Marietta berührt hatte. Der Kardinal würde den Künstler vernichten. Dieser Gedanke besänftigte seinen ersten Zorn, doch dann fiel sein Blick auf das Modell des Bildes.

Nein, sie war keine Madonna, sie war keine Heilige, sie war nichts als eine gewöhnliche, niedrige Hure, die seine Gunst mißbraucht und mit ihm ein Spiel getrieben hatte. Marietta, so beschloß er, sollte noch in dieser Nacht ihre Strafe empfangen. »Geh in deine Kammern«, befahl er ihr barsch. Die schöne Frau knickste, raffte ihren Rock und eilte an ihm vorbei zur Tür. Ängstlich blickte sie sich noch einmal um, doch Falvinis gestreckter Rücken verriet ihr nicht, was der Kardinal gesehen hatte und was nicht. Er schien wieder in das Gemälde versunken.

Nachdem Marietta das Atelier verlassen hatte, wandte sich der Purpurträger wieder an den Künstler. »Du hast diese Frau mit viel Liebe gemalt, nicht wahr?«

Scoferino zitterte leicht, dann faßte er sich und schaute dem Kardinal direkt ins Gesicht. »Ich danke Euch für das Lob, es bedeutet mir viel.«

»So?« fragte Falvini voll kaltem Spott und hob die Augenbrauen.

»Ja, Herr, Eure Hochherzigkeit als Förderer der Kunst ist wundervoll, doch noch wunderbarer ist Euer Kunstverstand. Nicht alle meine Auftraggeber hatten ein so großes Gespür für das schöne Handwerk.«

»Ich rate dir, dich künftig ganz auf dein Handwerk zu beschränken. Nur der wahrhaft leidenschaftliche Künstler bringt es zur Meisterschaft.« Der Unterton in Falvinis Stimme war drohend. Scoferino war sich nun sicher, daß der Kardinal genau gesehen hatte, daß seine Hand in der Mariettas gelegen hatte. Verfluchte Unbesonnenheit! Es war Marietta gewesen, die den Wächter hinausgebeten und dann zu ihm getreten war, um ihn zu umarmen und zu küssen. Scoferino bemerkte, wie ungelegen ihm der Zorn Falvinis war. Der Mann hatte ja recht. Er, Scoferino, konnte ihm aus vollstem Herzen zustimmen. Nur wer seine ganze Leidenschaft auf die Kunst richtete, konnte sich Hoffnung machen, ein Meister zu werden.

Scoferino drängte es, Falvini wieder ganz für sich einzunehmen. Lange hatte er auf einen Mäzen wie diesen gehofft. Ein Modell, selbst eine Marietta, war ersetzbar, ein Mäzen wie Falvini nicht.

Mit großem Eifer näherte er sich dem Kardinal, verneigte sich und begann mit flammenden Worten: »Es gibt niemanden, dem ich mehr Verehrung entgegenbringen könnte als Euch. Glaubt mir, Eminenz, meine Liebe zu Euch ist aufrichtig. Alles würde ich dafür opfern, um in Eurer Nähe sein und nur für Euch arbeiten zu dürfen. Wie sehr Ihr mir aus dem Herzen sprecht, wenn Ihr vom Künstler alle Aufmerksamkeit für sein Werk fordert.« Er griff nach der rechten Hand des Kardinals, neigte sein Haupt und küßte leidenschaftlich den Amtsring Falvinis. Dessen Mundwinkel zuckten vor Verachtung.

Was für ein kriecherischer Mensch war dieser Maler und einem solchen Narren hatte Marietta sich hingegeben. Seine Heilige war nichts als eine gewöhnliche Hure. Und genauso werde ich sie heute nacht behandeln, dachte Falvini, bevor er das Atelier verließ.

Nachdenklich betrachtete Giacomo den stolzen Mann durch den Türspalt seiner Schreibstube. Das zynische, dünne Lächeln des Kardinals erschien ihm unheilvoll, es war ein zutiefst grausames Lächeln.

3.

Die Flammen der Stockfackeln loderten heftig in der trüben Winterdämmerung. Von der aufgewühlten See her wehte eine kräftige Brise und fegte den Kai. Der inlandige Wind und tückische Fallböen hielten die dickbäuchigen, hohen Karacken der Tuch- und Metallhändler, die flämischen Fleuten mit den neumodischen lateinischen Segeln in Dreiecksform an geneigten Fockmasten, die schnittigen Galeoten der Malteser und die Karavellen der Portugiesen im Hafen von Livorno fest.

In den Tavernen längs des Hafenkais saßen untätig die Matrosen, die Galeerenvögte, Schiffspatrone und freien Ruderer und nutzten die erzwungene Ruhepause zu lärmenden Gelagen. Die Kaufleute und Versicherer blieben hingegen an Bord ihrer Schiffe, um ein Auge auf ihre wertvolle Fracht zu halten und Käufer zu empfangen, die sich trotz des stürmischen Wetters aus ihren Häusern wagten, um die ausgestellten Waren zu betrachten.

Unter diesen wenigen Kunden waren auch Fresenius und Beatrice. Doch die an Deck einer Fleute geöffneten Truhen mit Pelzwaren und Spiegeln, die ausgebreiteten Brokate, Damaste, Tafte, Samte und Korduane, reizten sie nicht. Achtlos gingen sie daran vorbei. Der venezianische Händler betrachtete die armseligen Kunden mißmutig. Der Mann in der Kutte gehörte eindeutig zu einem Bettlerorden, und der kleinere, recht dralle Kerl mit dem Milchgesicht neben ihm konnte nicht mehr als ein Pferdeknappe oder Page sein.

»Wenn Euch das Geld für solche Stoffe fehlt, warum seid Ihr dann an Bord gekommen? Ich kann keine Schaulustigen gebrauchen«, belferte der Venezianer schließlich den Kapuziner an, der mit seiner Eisenfaust gelangweilt ein Stück Barchent aus einer Truhe zog.

»Ihr irrt, werter Mann«, knurrte Fresenius zurück und hob sein Gesicht, »es fehlt uns keineswegs an Geld, aber wir suchen keine Tuchwaren, sondern Fracht aus der Neuen Welt. Habt ihr Guajakaholz unter Euren Schätzen? Wir wären bereit, einen guten Preis auf jedes Pfund davon zu zahlen.«

Der Venezianer horchte auf und schlug einen freundlicheren Ton an. »Guajakaholz? Ich habe tatsächlich eine Partie geladen. Ihr habt außerordentliches Glück.«

Fresenius zog unter seiner Kutte einen prallgefüllten Beutel hervor, mehr als hundert Scudi bot er dem Venezianer an. Der feilschte ein wenig herum, doch bald wurde man sich einig. Die unfreundliche Witterung taugte nicht zu langen Verhandlungen. Als das Geschäft gemacht war und die Fässer mit der Holzrinde durch Kreide mit Fresenius' Namen versehen waren, lud der Venezianer den Mönch und seinen Begleiter, der sich als schweigsamer Geselle erwies, in die Deckskajüte am Heck ein. »Bring von dem Malagener Wein. Nicht dem Zeug für die Gäste, sondern aus meinem Faß«, wies der Kaufmann großzügig einen seiner Schiffsknechte an. Dann bat er seine Gäste, neben einem Eisenbecken Platz zu neben, in dem einige Kohlen glühten. Der Mönch und Beatrice wärmten sich dankbar die Hände.

»Wann gedenkt Ihr auszulaufen und mit welchem Ziel?« fragte schließlich der Kapuziner.

Der Kaufmann zuckte die Achseln. »Ich kann es dir nicht sagen. Mein Schiffspatron hat bislang keine günstige Wetteränderung festgestellt. Es ist Winter, was will man erwarten. Im vergangenen Jahr lag ich beinahe drei Wochen bei Ostia, es stürmte so heftig wie jetzt.«

»Drei Wochen«, entfuhr es nun dem Edelmann entsetzt. Der Venezianer blickte den Jüngling mit dem flaumlosen Gesicht mißtrauisch an. Schnell ergriff Fresenius wieder das Wort. »Es ist so, daß wir das Holz auf dem schnellsten Wege nach Rom transportieren müssen, dort herrscht eine seltsame Epidemie. Viele Kinder sind erkrankt und bedürfen der Medizin.«

Der Venezianer schaute ihn verwundert an. »Guajakaholz? Ich denke, man braucht den Sud aus der Rinde nur gegen die Franzosenseuche. Was haben Kinder damit zu schaffen?«

Fresenius antwortete ausweichend und sprach von einer neuen Form der Seuche, die den Ärzten Rätsel aufgäbe.

»Dann reist Ihr also im Auftrage eines Hospizes?« fragte der Venezianer schließlich, und Fresenius nickte. Ganz unrecht hatte der Venezianer mit seiner Annahme schließlich nicht. Der Kaufmann nahm die Karaffe mit dem Malagener und schenkte drei Zinnbecher voll. Beatrice trank gierig, und Fresenius sah sie strafend an. Sie erwiderte seinen Blick unschuldig.

»Wißt Ihr von einem anderen Schiff, das mit Kurs auf den

Süden auslaufen will?« brachte der Kapuziner das Gespräch wieder auf die Reise.

»Nein, wohl kaum. Viele meiden den Weg auf Rom, sie fürchten, in eine mögliche Seeschlacht zwischen der kaiserlichen Flotte und der Andrea Dorias verwickelt zu werden. Man sagt, der Papst sei nun endlich zum Kampf entschlossen. Nur die Freibeuter und Piraten nehmen jetzt noch Kurs auf die Häfen des Vatikans. Wo Krieg ist, ist für sie immer Gewinn zu machen.«

Fresenius runzelte die Stirn. »Der Landweg würde mehr als drei Wochen dauern. Bei dieser Witterung vielleicht sogar mehr, die Wege werden hart gefroren oder sumpfig sein«, sagte er nachdenklich, »bei günstigem Wind könnten wir es mit dem Schiff hingegen in der Hälfte der Zeit bis auf Civitavecchia schaffen.«

»Es lohnt sich in jedem Falle zu warten«, erwiderte der Kaufmann. »Selbst wenn in zwei Wochen erst ein Schiff ausläuft, habt Ihr keine Zeit verloren.« Genüßlich nahm er einen Schluck vom Malagener.

Das Rollen von Kanonendonner unterbrach das Gespräch. Es kündigte die Ankunft eines neuen Schiffes an, und am Kai kam Bewegung unter die Müßigen. Sie eilten herbei, um das Schiff zu begutachten, das trotz schwerer See die Passage auf Livorno unternommen hatte. Auch Fresenius, Beatrice und der Venezianer gingen an Deck, um das einlaufende Schiff zu betrachten. Im Schein der Schiffslaternen erkannten sie die Umrisse einer wendigen Fleute, die unter portugiesischer Flagge segelte. Die Abendbrise blähte ihre Segel, ließ Wimpel und Banner knattern und drückte das Schiff mit großer Gewalt auf den Hafen zu.

Mit Erstaunen beobachteten die Seeleute, daß der Schiffspatron erst recht spät Befehl gab, die dreieckigen Segel zu streichen. Pfeilschnell schoß das Schiff in den Hafen hinein. Es mußte ein verwegener Kerl sein, der den Wind so lange nutzte, anstatt das Schiff gemächlich, aber bei weitem sicherer von Beibooten in den Hafen schleppen zu lassen.

»Das wagt nur der Ceci«, sagte der Venezianer mit widerwilliger Bewunderung, »was für ein halsbrecherisches Manöver.«

Nun wurde ein Drachenhaupt sichtbar, das über dem Schnabel des Schiffes angebracht war. Mit weitaufgerissenem Rachen schien das dämonische Tier alles vernichten zu wollen, was ihm in den Weg kam. »Mir würde ein solches Schiff nicht gefallen«, bemerkte der Kaufmann, »es läßt sich nicht mit Rudern einholen.«

»Dafür scheint es sehr wendig«, meinte Fresenius erfreut, »und der Steuermann scheint das Wetter nicht zu scheuen.«

Nun drang das Pfeifen des Schiffspatrons zu ihnen herüber. Die Tonfolge stand für verschiedene Manöver und wurde mit großer Pünktlichkeit ausgeführt. Beiboote wurden zu beiden Seiten der Fleute zu Wasser gelassen. Die Schiffsknechte sprangen hinein, steckten die Ruder auf, tauchten sie in das nachtschwarze Wasser und zogen scharf an. Unter dem Knirschen der Dollen näherte sich das Schiff an straff gespannten Tauen nun einer freien Stelle an der Hafenmauer. Eilfertig rannten einige Gassenjungen herbei, um die Taue aufzufangen, die vom Schiff bald darauf herübergeworfen wurden. Das Schiff kam nach einer geschickt ausgeführten halben Wende längsseits zum Kai zu liegen.

Mit Respekt hatten der Venezianer und Fresenius das Manöver von der Reling des Hauptdecks aus verfolgt.

»Kein Zweifel, es ist Ceci. Der verfluchte Hund«, bemerkte der Venezianer.

»Wer ist Ceci?« fragte der Kapuziner knapp.

»Einer der dreckigsten und erfolgreichsten Piraten unter der Sonne. Ein Türke, der den christlichen Glauben angenommen hat, Sohn eines Muselmanen und einer Malteserin, aber kein

Mann Gottes. Es gibt keinen anständigen Seefahrer, der ihn nicht gerne am Halbmast aufknüpfen würde. Er hat viele Schiffe von uns aufgerieben und reichlich Beute dabei gemacht. Er ist uns immer eine Nasenlänge voraus und scheut nicht einmal den Teufel.«

»Er wäre ein Mann, der Kurs auf Rom nehmen würde, egal wie der Wind steht?«

»Natürlich, wenn dort Beute lockt, kreuzt er noch gegen den härtesten Sturm an. Aber Ihr werdet Euch doch nicht allen Ernstes einem solchen Hurensohn anvertrauen? Wenn Ihr ihm Geld für die Passage bietet, dann wird er es nehmen und Euch auf offener See in einem Leinensack verschnürt über Bord werfen. Es wäre Wahnsinn, mit ihm zu reisen.«

Beatrice stieß einen unterdrückten Schreckenslaut aus, doch der Mönch beachtete sie nicht.

»Könntet Ihr mir ein wenig Pulver verkaufen, etwas gereinigten Schwefel und Harz?« fragte er nur.

Der Venezianer fand wieder zu seinem alten Mißtrauen zurück. »Pulver?« fragte er und musterte den Mönch mit zusammengekniffenen Augen. »Was will einer wie du mit Pulver? Du bist mir ein feiner Mönch, oder ist das eine neue Mode unter Piraten, im Ordenshabit einherzugehen?«

»Ich will Euch für alles gut bezahlen«, bemerkte Fresenius ungerührt und zog seinen zweiten Geldbeutel unter der Kutte hervor. Der Venezianer zögerte nicht länger und befahl seinen Schiffsknechten, unter Deck die gewünschten Waren abzupacken und neben den Guajakafässern an Land zu bringen.

»Ich wünsche euch viel Glück bei euren weiteren Unternehmungen«, sagte er zum Abschied, »ihr werdet es brauchen.«

Fresenius und Beatrice stiegen die Planke hinab und wanderten am Kai entlang zu der Fleute. Ihr Schatten fiel über die gekräuselten Wellen bis aufs fackelgesäumte Kai. Finstere Gestalten huschten über Deck, brachten Planken aus, hievten Truhen an Deck. Fresenius machte mindestens acht Geschütze aus und wunderte sich, daß ein so leichtes Schiff so viele Kanonen trug.

Die meisten Männer an Bord waren schmutzig und in grobe Wämse aus dicker, schmierigen Büffelhaut mit kleinen schmutzigen Halskrausen gehüllt. Sie trugen Schifferstiefel bis hinauf zu den Schenkeln, darunter dicke Wollhosen und auf den Köpfen statt Mützen eine Art Wollstrümpfe.

»Ich möchte dort lieber nicht an Bord gehen«, flüsterte Beatrice ängstlich, »schau nur, der dort oben auf der Brücke sieht aus wie der Leibhaftige.« Der Kapuziner betrachtete den mageren, erstaunlich jungen Burschen mit dem verschlagenen Gesicht. Seine dünnen Haare wurden vom Wind in alle Richtungen gezaust und unterstrichen sein wildes Aussehen. Das flackernde Licht einer Laterne warf scharfe Schatten auf seine dünne, lange Nase und seinen schmalen, grausamen Mund.

»Das, so nehme ich an«, sagte nun Fresenius, »ist Ceci. Und ich denke, er ist unsere letzte Hoffnung.«

»Wie meint Ihr das, Fresenius?« fragte erstaunt Beatrice. »Ihr wollt doch nicht tatsächlich an Bord eines solchen Schiffes gehen?«

IX.

1.

»Mancher Liebende wird blind gegenüber dem Gegenstand seiner Liebe.«

Platon, »Die Gesetze«

Der Kardinal besuchte Marietta zur üblichen Stunde, doch die Kurtisane bemerkte rasch, daß ihr Gönner wie von einem seltsamen Fieber befallen war. Alle Demut war von ihm abgefallen, kein Lächeln milderte die harten Linien um seinen grausamen Mund. Vor ihr stand wieder jener herrische, unberechenbare Mann, der sich seiner ganzen Machtfülle bewußt war und die Welt seinen Wünschen zu unterwerfen pflegte.

Marietta saß mit geöffnetem Hemd neben ihrem Bett, ihre Haut schimmerte weiß im Licht der Kerzen, um ihre Schultern lag ein weicher, weißer Fuchspelz, den Falvini ihr am Weihnachtstage geschenkt hatte. Doch trotz des wärmenden Fells fror die schöne Frau. Es war die Kälte des Kardinals, die sie zittern ließ. Er stand über sie gebeugt und betrachtete sie lustvoll. Marietta wollte das Hemd zusammenziehen, doch Falvini ergriff ihre Hand und bog sie nach unten. Dann fuhr er mit den Fingerspitzen über die zarte Haut zwischen ihren Brüsten. Er hockte sich vor Marietta hin und küßte ihre Blößen lange und leidenschaftlich. Die Kurtisane schloß die Augen und hoffte auf eine rasche Erledigung ihrer Pflichten als Amme für einen kranken, seltsamen Mann.

»Warum so spröde, Marietta? Du weißt, daß ich dir von Herzen zugetan bin, und gibst dich immer noch abweisend.« Falvini streifte mit seinen Händen das Hemd vollständig auseinander und zog auch den Pelz von den Schultern Mariettas.

»Ich bin nicht abweisend, Herr. Sagtet Ihr nicht selbst, Ihr wolltet niemals in unziemlicher Weise Hand an mich legen?« Mit sanfter Stimme wiederholte sie die Versprechung, die er ihr Nacht für Nacht gemacht hatte. Doch wieder erkannte sie mit einem Blick in seine Augen, daß eine Wandlung mit ihm vorgegangen war. Sie erkannte entsetzt, daß er entdeckt hatte, was zwischen ihr und Scoferino vorging.

Falvini war entschlossen, Marietta endlich zu besitzen wie eine gewöhnliche Frau. Er versprach sich davon auch die Heilung von jeder Schwäche des Gefühls, die sie ihm jemals aufgezwungen hatte.

»Was nennst du unziemlich, Marietta? Bedenke, wenn nicht ich dir meine Gunst erwiese, wären es weit schlechtere Kerle, die sich mit dir vergnügen würden. Habe ich dich je gedrängt, etwas gegen deinen Willen zu tun? Habe ich dir je Gewalt zugefügt? Habe ich je etwas gefordert?«

Marietta schüttelte langsam den Kopf. »Nein, und ich wünsche mir, daß ich Euch immer so achten kann, wie ich es bisher tat«, flüsterte sie schüchtern.

»Ich bin ein Mann, Marietta. Gott hat mich geschaffen wie jeden anderen auch. Dir hat er eine Schönheit verliehen, die...«

»Bitte, sprecht nicht so«, unterbrach ihn Marietta und versuchte, sich seinen Armen zu entwinden. Die Worte des Kardinals erinnerten sie an die Vorträge ihrer Kupplerin Veronica, an die schmeichelnden Einflüsterungen, mit der sie als kaum Fünfzehnjährige zum erstenmal zur Sünde verführt worden war.

Falvini stand auf, helle Wut blitzte in seinen Augen, er hatte die Schmeicheleien satt. Lange genug hatte ihn das reizvolle Spiel von Anbetung und verbotener Lust, sündigem Begehren und heiligem Verzicht amüsiert, befriedigt, ja ihm die Wonnen eines Liebenden beschert.

»Ich habe dich lange genug für einen Engel gehalten, bevor ich die Teufelin in dir erkannte. Zieh dich aus«, befahl er in barschem Ton.

Marietta erschrak, es gab nichts, was sie gegen diesen unmißverständlichen Befehl vorbringen konnte. Wie erstarrt saß sie in dem Stuhl neben ihrem Bett. »Ich bitte Euch, Kardinal, laßt mich. Ihr könnt jede Kurtisane Roms haben, die schönsten Frauen sind darunter. Sie sind jünger und kunstfertiger als ich. Bitte verlangt nicht mehr von mir als bislang. Ich, ich könnte es nicht ertragen.«

Falvini riß sie aus dem Stuhl hoch, wütend zerrte er an ihren Kleidern, streifte mit einem Ruck das weiße Hemd bis auf ihre Hüften hinab.

»Du könntest es nicht ertragen?« schrie er gereizt. »Du könntest mich, den Kardinal Falvini, nicht ertragen? Was ist denn an mir so Abstoßendes? Rieche ich schlecht? Bin ich mißgestaltet? Oder zahle ich etwa zu wenig Geld für deine Gunst?«

Er lachte höhnisch, zog Marietta mit Gewalt an sich, hob sie auf und warf sie auf das Bett. Doch Marietta überwand alle Schüchternheit und Angst. Sie wollte sich nicht noch mehr Leid zufügen lassen. Mit gellender Stimme schrie sie um Hilfe. Der Kardinal holte aus und versetzte ihr einen Hieb, der ihr wie ein Schlag mit dem Stock beinahe den linken Arm ausrenkte.

»Du wagst es, dich mir zu entziehen! Du öffnest deine Schenkel für einen armseligen Maler, noch dazu einen, der nur von meiner Gunst allein lebt, aber mir, willst du die scheue Unschuld spielen?«

Keuchend setzte Marietta mit letzter Kraft zur Gegenwehr an, doch schon warf sich der Kardinal über sie. Mit eisernem Griff drückte er ihre Schultern nach unten, Marietta verzog unter Schmerzen ihr Gesicht. Der Kardinal preßte hart die Lippen auf ihren Mund, biß hinein, bis warmes Blut hervorquoll. Marietta wimmerte leise und versuchte ihr Gesicht abzuwenden. Dem Kardinal schwollen die Adern auf der Stirn, ein Gefühl grenzenloser Lust überwältigte ihn.

Noch einmal schlug er zu und traf Mariettas linke Wange, die Narben darauf verfärbten sich, Blut sprang von ihren Lippen. Falvini fuhr gierig mit seiner Zunge darüber, dann lockerte er den Griff seiner Hände auf ihren Handgelenken und teilte seinen Schlafmantel, unter dem er nichts als ein bodenlages Hemd trug. Er schob es nach oben und wühlte auch Mariettas Röcke hoch. Noch einmal bäumte sich die Kurtisane auf und schrie.

Falvini drückte mit der Linken ihren Mund zu und faßte mit seiner Rechten roh nach ihrer Scham. Fest preßte Marietta ihre Schenkel zusammen, doch mit aller Gewalt riß Falvini sie auseinander und machte Anstalten, in sie einzudringen. Die Kurtisane biß mit letzter Kraft in seine Hand, die immer noch ihren blutenden Mund bedeckte. Er zog sie zurück, und noch einmal tat Marietta einen verzweifelten Schrei.

Wieder holte Falvini aus, um ihr eine Ohrfeige zu versetzen, doch dann traf ihn ein Schlag von hinten. Stöhnend sackte der halbnackte Kardinal über der erschöpften Marietta zusammen. Die Kurtisane starrte mit schreckgeweiteten Augen in das zornige Gesicht ihres Retters.

2.

»Verzeiht Herr, aber Ihr wart ein Narr, ein verblendeter Tor. Die Liebe taugt nichts für einen wahrhaft mächtigen Mann, sie lenkt ihn ab.«

»Spare dir deine dreisten Reden, Dominikaner. Hättest du mir früher enthüllt, wen ich mit diesem Scoferino in mein Haus aufnahm, so hätte ich Vorsorge getroffen, und die Hure wäre schnell entlarvt gewesen.« Falvini drückte seinem nach Art der Mauren mit Decke und reichverziertem Sattel geschmückten Pferd die Sporen in die Flanken und preschte wütend einen Hügel hinauf. Der Dominikaner, ein nur mäßiger Reiter, hatte Mühe, seinem Herrn zu folgen. Hinter ihnen rumpelte auf hartgefrorenen, unebenen Wegen der Karrentroß mit den Möbeln und Vorräten, die vom Landgut nach Rom geschafft wurden. Die Truppen Falvinis bildeten eine kleine Vor- und eine starke Nachhut.

Auf dem Gipfel des kleinen Hügels zügelte Falvini seinen Araber und wartete ungeduldig, bis Claudius auf seinem Maultier zu ihm aufschloß. Keuchend, erhitzt und ärgerlich erreichte der Dominikaner schließlich seinen Herrn.

»Ich will, daß die Kurtisane aufgespürt wird. Sorge dafür, daß man sie findet!«

»Sie und ihr Begleiter werden nicht weit kommen. Bedenkt, sie sind allein unterwegs, sie haben kaum Vorräte. Sie haben nur eine Nacht und einen halben Morgen Vorsprung, vielleicht finden wir sie noch auf dem Weg nach Rom.«

Der Kardinal lachte hart. »Ich würde sie am liebsten selber suchen, den Kerl mit meiner eigenen Hand abkehlen und ihm genau die Behandlung zuteil werden lassen, die Abelard von den Verwandten seiner Heloise erhielt.«

»Mäßigt Euch, Euer Eminenz«, versuchte der Dominikaner

ihn zu beruhigen und wischte sich seine trotz der Kälte schweißnasse Stirn mit einem Tuch. »Es warten in Rom dringlichere Aufgaben auf Euch. Eine Verschwörung des Orsini, ein Komplott gegen den Papst ist aufgedeckt, einige Eurer wichtigsten und mächtigsten Gegner sind verhaftet, nun ist der Weg frei für Euch. Der Papst wird Euch blind vertrauen. Das sind die Freuden, die Euch erwarten. Das und die Möglichkeit, Eure Macht beinahe grenzenlos zu erweitern.«

Der Kardinal trieb sein Pferd in einen leichten Trab. Seufzend zückte Claudius seine Reitgerte und schlug sie gegen die Flanke seines Maultieres. Er haßte die Beschwerlichkeiten einer solchen Reise, und noch mehr haßte er die Übellaunigkeit des närrischen Kardinals. Es war an der Zeit, ihn wieder mit Rodiconda zu versöhnen. Marietta hatte ihre Schuldigkeit getan, und es war Claudius in ihrem Falle tatsächlich gleichgültig, ob sie und ihr Retter mit dem Leben davonkamen. Er hatte kein Interesse mehr daran, sich um die seltsam verschlungenen Gelüste und den heiligen Wahn des Kardinals zu kümmern.

Der Mann brauchte seinen klaren Verstand, um sich geschickt nach allen Seiten hin beliebt zu machen. Es war an der Zeit für Falvini, sich beim Papst so weit wie nötig einzuschmeicheln, um wieder all seine Würden zu erlangen und sich gleichzeitig um eine geheime Annäherung an die Spanier zu bemühen. Noch war unklar, welche Seite am Ende den Sieg davontragen und Rom beherrschen würde. Doch Falvini – und damit er selber, Claudius, – sollte am Ende zu den Siegern gehören. Was hatte eine kleine, nun nutzlose Milchhure noch mit solchen Geschäften zu schaffen?

Claudius trieb sein Maultier zu schnellerer Gangart an und schaffte es unter großen Mühen, in Rufweite des Kardinals zu gelangen.

»Ein Wort noch, über unsere Geschäfte«, schrie er gegen den Wind an, der vom Meer bis hier in die Campagna für winterliche Kälte sorgte und auf seinem langen Weg kaum an Schärfe verloren hatte.

»Wenn du mir Marietta nicht findest«, schrie der Kardinal über seine Schulter hinweg zurück, »dann bist du aus meinen Diensten entlassen, hörst du. Gib mir ein weiteres Beispiel für dein Können, eher will ich aus deinem Munde über Politik nichts mehr hören. Du langweilst mich.«

In wütendem Galopp entfernte sich Falvini, und Claudius erkannte seufzend, daß Marietta, *la madénna*, in Wahrheit einer jener Teufel war, die er selbst gerufen und die sich nun scheint's unauflöslich mit seinem Schicksal verbunden hatten.

»Ich hätte sie töten sollen, als noch Zeit dafür war«, stieß er wütend hervor. »Sie, Scoferino und diesen verrückten Studenten.«

Er zügelte sein Maultier, es verfiel in langsamen Schritt. Claudius befand, daß er den Rest der ungemütlichen Reise ebensogut auf der bequemeren Bank eines Karrens hinter sich bringen konnte. Er brauchte Zeit, um die neue Lage zu überdenken.

3.

Das Segelschiff erreichte in weniger als vier Tagen, und obwohl es hart gegen den Wind kreuzte, die Meerenge zwischen Piombino und Elba. Ceci war genau das, als was der venezianische Kaufmann ihn beschrieben hatte: ein verwegener Pirat, der bei der Jagd nach Beute keine Fährnisse scheute und auch dem Wetter trotzte, und, egal wie schwer das Wasser gegen das Blatt des Steuers drückte, seine gewagten Wenden und Halsen fuhr. Sein Schiff, die »Vendetta«, erwies sich als technisches Wunder, und Fresenius, wiewohl kein Kenner der Schiffsbaukunst, ahnte, daß diese neue Bauweise zu einer Revolution der Technik führen würde. Giacomo, so dachte er, hätte es als Beweis für das neue, herrlich heraufdämmernde Zeitalter gehalten, in dem der Mensch sich über die Natur erheben würde.

Fresenius und Beatrice hatten sich seit Auslaufen des Schiffes darum bemüht, sich nicht im Gesichtskreis Cecis aufzuhalten, und hofften, daß ihn das gebotene Fährgeld von annähernd 50 Scudi und die Aussicht auf Gewinne vor der belagerten römischen Küste davon abhalten würden, einen Angriff gegen sie zu unternehmen.

Des Nachts hielten Beatrice und Fresenius, die im mittschiffs gelegenen Laderaum unter freiem Himmel ihren Platz zugewiesen bekommen hatten, abwechselnd Wache und horchten bei jeder ungewöhnlichen Bewegung auf. Neben ihnen schnarchten grunzend die Matrosen, und Beatrice wagte es nur, sich wispernd mit Fresenius zu verständigen, um ihre wahre Natur nicht zu verraten.

Sie hatten sich eben unter Deck zurückgezogen, während draußen das winterliche Grau der Dämmerung langsam in Dunkelheit überging.

»Ich übernehme die erste Wache«, raunte Fresenius ihr zu. »Schlaf du nur. Gegen Mitternacht ist es am ruhigsten, dann kannst du mich für zwei Stunden ablösen.«

Beatrice nickte und breitete ein Wolltuch auf den Planken aus. Sie waren rot gestrichen, und der Grund dafür ließ sie immer noch erschauern. »Die Farbe soll verhindern«, so hatte der ehemalige Söldnerführer Fresenius ihr erklärt, »daß im Falle einer Seeschlacht die Blutspritzer und Blutlachen der Verletzten die Lebenden zu Feiglingen machen.«

Der Kapuziner reichte der Wäscherin ein Bündel aus Tauen, die er mit einem Tuch umwickelt hatte, und sie legte es dankbar unter ihrem Kopf zurecht. Doch kaum hatte sie die Augen geschlossen, wurde von ferne ein Grollen laut. Beatrice schreckte hoch und bemerkte, daß auch Fresenius aufgesprungen war. In die Schar der Matrosen rings um sie herum kam Bewegung, Gemurmel wurde laut. »Bleib hier und verhalte dich ruhig«, befahl Fresenius und stürmte wie die anderen zur Treppe, die zum Oberdeck führte. Beatrice, über deren Beine nun andere Männer hinwegsprangen und stolperten, besann sich hingegen nicht lange und eilte wie die anderen an Deck.

Das Geräusch hatte keinen getäuscht.

In dem dunklen Grau vor ihnen blitzte ein Feuer auf, verlosch, flackerte wieder auf, verlosch. Das Grollen wurde stärker. Kein Zweifel, Geschützdonner. Nun sahen sie auch die Flammen aus den Mündungen der Geschütze aufblitzen, in die die »Vendetta« direkt hineinzusegeln schien. Das angreifende Schiff hatte seine Position geschickt an der engsten Stelle zwischen den beiden Küsten gewählt und sich wahrscheinlich zunächst hinter einer Landzunge verborgen gehalten, bis es im Schutz der dichter werdenden Dunkelheit und des Dunstes hervorgeschossen war.

Vom Mastkorb wurde nun in großer Hektik die geschätzte Geschützzahl herabgerufen. Die Kanoniere der »Vendetta« eilten zu ihren eigenen Geschützen, reinigten sie so schnell sie konnten und machten die ersten Ladungen bereit, doch zunächst mußte das Schiff längsseits zum Angreifer gebracht werden. Ceci ließ die Fock fieren und das Hauptsegel klarmachen zur halben Wende. Die »Vendetta« schoß kurz in den Wind. Mit bedrohlichem, wütenden Tosen brachte er das Hauptsegel zum Knattern, die Banner am Ende der Rute lagen gestreckt im Wind.

Die »Vendetta« krängte bedenklich, Gischt schoß in hohen Fontänen über Deck. Beatrice klammerte sich mit aller Kraft an die Reling und schnappte verzweifelt nach Luft, als ein großer Brecher sie mit einem Schwung eiskalten Salzwassers übergoß.

Das Wasser rings um die »Vendetta« wurde nun von einigen Eisengeschossen aufgepeitscht und schäumte, als würde es kochen.

An Bord bereiteten die Kanoniere mit großer Hektik alles auf den Gegenangriff vor. Die »Vendetta« lag nun an Backbord längsseits zu dem Angreifer, den der Mann im Mastkorb als Karacke mit mindestens zwölf Geschützen beschrieb. Doch Ceci schwieg nur und starrte aufmerksam nach vorn. Die Männer an den Geschützen standen mit hart gespannten Nacken da, die brennenden Wergbündel in der Rechten, bereit, die eigenen Kanonen zu zünden.

Aus dem rundlichen Bauch des Angreifers stieg dicker Rauch empor. Die Karacke schien nun in ihren eigenen Pulverdampf zu feuern, der schwer zwischen ihr und der »Vendetta« lag und von den Schiffslaternen gespenstisch beleuchtet wurde. Die Schiffe waren einander jetzt so nahe, daß man auf der »Vendetta« das Pfeifen des Galeerenvogts hören konnte, der den Ruderern mit den verschiedenen Tonfolgen Anweisungen gab.

Die Kanonade dauerte an. Fragend blickten sich die Kanoniere zu Ceci um, der brüllte: »Wartet noch, sie haben bald ihr erstes Pulver verschossen. Wenn sie die Rohre reinigen, feuern wir die erste Salve.« Der Kapuziner begriff die kluge List, doch Beatrice, die sich zu ihm vorgearbeitet hatte, vernahm nur mit angstverzerrtem Gesicht wie die Kanonenkugeln, es waren die kleineren Zweipfünder, wie Hammerschläge auf Deck einschlugen.

»Der Mann bringt uns um!« rief sie verzweifelt.

Fresenius schoß ihr einen wütenden Blick zu, denn Beatrice hatte mit der hohen, unverkennbaren Stimme eines Weibes gesprochen. Plötzlich ein Krachen, splitterndes Holz, und etwas flog so schnell durch die Dunkelheit, daß das Auge kaum folgen konnte. Eine der letzten Kugeln der ersten Salve hatte mittschiffs eingeschlagen, zwei Bänke getroffen und drei Männer zerrissen. Ihre zuckenden zerfetzten Leiber lagen in riesigen Blutlachen. Beatrice schrie noch einmal entsetzt auf, dann sank sie in Ohnmacht.

Fresenius ließ sie zu Boden gleiten, griff sich ein Tau und band sie an einen Pfosten der Reling, dann eilte er hinab ins Mitteldeck und half den Matrosen, die Toten zu bergen, nach oben zu schleifen und über Bord zu werfen. Er handelte mechanisch, der Situation gehorchend, so wie er es als Söldnerführer gewohnt gewesen war.

Ungerührt gab Ceci derweil den Befehl, die erste Salve abzufeuern. Von der Karacke kam keine Gegenwehr, dort mußten die Kanoniere fieberhaft mit dem Reinigen der heißgeschossenen Rohre und dem Laden beschäftigt sein.

Fresenius rannte nun mit einem Fäßchen in seinen blutverschmierten Armen zum Kapitän. Der wollte ihn roh beiseite stoßen, doch der Kapuziner wich aus. »Patron«, sagte er keuchend, »ich habe hier eine Pulvermischung für Euch, die eine so große Sprengkraft hat, daß sie auch einen Zehnpfünder sicher ins Ziel bringt.«

»Mönch«, schrie wütend der Pirat, »verschwinde, oder du grüßt mir noch heute die Fische!«

Doch der Kapuziner ließ sich nicht einschüchtern. »Ihr habt nichts mehr zu verlieren, laßt mich das Pulver verteilen, bevor die Karacke nachgeladen hat.« Ceci erkannte nun, daß die Schüsse der »Vendetta« zu kurz griffen. Die Möglichkeit zur Flucht bestand nicht mehr. Mit einer kurzen Kopfbewegung gab er Fresenius Zeichen, sein Pulver an die Kanoniere zu geben.

Eilig ging Fresenius ans Werk. Das Pulver wurde eingefüllt, die Rohre wurden geladen, die Lunten frisch aufgezogen, dann entzündet. Mit mächtigem, ohrenbetäubenden Donner entluden sich die Geschütze und rollten danach weit aufs Deck zurück. Die Explosionen waren so ungewöhnlich mächtig, daß die Kanoniere mit einem Schlage taub waren und es für eine Weile blieben. Doch das befähigte sie, um so schneller eine weitere Salve parat zu machen. Und Fresenius' Berechnung erwies sich als richtig. Drei von zwölf gefeuerten Kugeln schlugen nun direkt in das feindliche Schiff, an dessen Deck ein Feuer ausbrach. Entsetzliche Schreie drangen über das Wasser. Die Signaltöne des Galeerenvogtes kamen schrill und stoßweise.

»Sie drehen ab, sie drehen ab«, brüllte triumphierend der Mann im Mastkorb, und ein Johlen ging durch die Mannschaft der »Vendetta.«

»Ihnen nach«, brüllte nun Ceci und fügte einen deftigen Fluch bei. Die Matrosen bereiteten die Wende vor, und bald schoß die »Vendetta« wieder in den Wind. Pfeilschnell setzte das Schiff der fliehenden Karacke nach, und in den vom Rauch entzündeten Augen der Kanoniere blitzte Mordlust auf.

Fresenius drängte sich nun wieder zu Ceci vor, der neben dem Steuermann stand. »Laßt die Segel streichen«, sagte der Kapuziner kalt.

Ceci schaute ihn an, als sei er ein Narr. »*Imbecille, vai all'inferno*«, belferte er.

Fresenius hob nun drohend seine eiserne Faust. »Mann, ich sage dir, laß sie fahren. Ich will nicht für den Tod der Galeerensklaven verantwortlich sein. Willst du sie ersäufen?«

Ceci lachte hart und böse. »Du bist mir ein feiner Mönch. Schießt wie der Teufel und verlangst nachher Barmherzigkeit. So geht das Geschäft nicht. Sie wollten mich kaltmachen, nun mache ich sie kalt. Wen kümmern die Galeerenruderer? Morgen sitzt du vielleicht selbst auf der Bank.«

»Mich kümmern sie. Außerdem weißt du nicht, wie stark die Karacke wirklich beschädigt ist, besser wir segeln rasch an ihr vorbei in ruhigere Gewässer. Ein zweiter Angriff wäre ein zu großes Wagnis.«

Ceci spuckte verächtlich aus. »Du scheinst mir ein feiger Hund. Ängstigt dich das bißchen Feuerwerk?«

Fresenius blickte Ceci fest in die Augen, dann zog er unter seiner Kutte eine kleine, aus dünnem Stahl geschmiedete Kugel hervor. Eine Lunte ragte daraus hervor. Der Kapuziner riß mit seiner rechten Klaue eine der Schiffsfackeln aus einem Eisenring. »Ich fürchte das Feuerwerk nicht, aber wenn du jetzt nicht abdrehst, schwöre ich dir, dein eigenes Schiff in die Luft zu jagen. Dann können wir die Fische gemeinsam grüßen.«

Der Steuermann zuckte zurück.

»Bist du wahnsinnig!« brüllte Ceci. »Wir haben an die fünfhundert Pfund Pulver geladen – fünfhundertfünfzig, um genau zu sein, denn auch ich habe meine Vorräte. Und die sind von ungewöhnlicher Sprengkraft, wie du weißt«, sagte Fresenius ungerührt und näherte die lodernde Fackel der Lunte. »Du hast die Wahl«, sagte er knapp, »Tod oder Leben.«

»*Capitano*, du wirst es nicht glauben, der Kerl hier an der Reling ist eine Frau«, erscholl plötzlich die verblüffte Stimme eines Matrosen.

Erschrocken fuhr Fresenius herum. Ceci nutzte seine Chance, trat dem Mönch sein Geschoß aus der Hand und überwältigte ihn nach einem kurzen, verbissenen Ringkampf. »Du hast starke Arme und noch stärkere Nerven.« Ceci lachte rauh und preßte die Schultern des besiegten Mönches mit seinen Knien auf die Planken, dann zückte er seinen Dolch. »Tod oder Leben, waren das deine Worte?«

X.

1.

»Wie ein Gelächter, Fastnachtsspiel sind wir allzumal vor Gott.«

Sebastian Franck, 1531

Das Frühjahr kam so plötzlich, wie der vergangene Winter über die Ebene der Campagna hereingebrochen war. Anfang März schlugen die ersten Weiden längs des Tibers aus, die Zwergtaucher bereiteten sich auf ihren Zug gen Norden vor, und das Knabenkraut zeigte frische grüne Spitzen.

Marietta hielt ihr Gesicht in die Sonne, die jetzt gegen Mittag schon einige Wärme verstrahlte und den Fluß zum Glitzern brachte. Die Kurtisane schloß die Augen und genoß den kurzen Moment des Friedens. Um sie herum stimmten die Sperlinge ein munteres Zwitschern an, ein Stockentenpaar paddelte gemächlich durch das Wasser, hinter ihr grasten die beiden Maultiere.

»Hier, ich habe einer Bauersfrau ein paar Trockenbeeren und etwas Wintergerste abgeschwatzt, du hast sicher Hunger.«

Marietta schlug die Augen auf und lächelte. »Du siehst, wir verdanken unser glückliches Entkommen und die Güte der Menschen nicht nur meinem Aussehen, wie du immer behauptest«, neckte sie den Mann, der neben ihr in das kurze Gras sank, »auch du besitzt einen unwiderstehlichen Charme, *caro mio.*«

»*Caro mio*?« fragte ebenso neckisch der Mann zurück. Marietta errötete kurz, sie hatte das Kosewort unbewußt benutzt. Der junge Mann legte ihr ein Häufchen Beeren in die Hand.

»Du teilst schon wieder zu deinen Ungunsten aus«, empörte sich Marietta, »nimm dir mehr, ich bin wieder ganz bei Kräften, du mußt mich nicht länger wie eine Kranke behandeln.«

»Nicht wie eine Kranke, aber wie eine zarte Frau«, erwiderte ihr Begleiter stolz.

Marietta lachte. »Ihr Männer. Ich werde nie schlau aus Euch. Wie aufrichtig ist denn Eure Verehrung für das schwache Geschlecht? Die einen schauen ungerührt zu, wie ein Weib sich zu Tode schuftet, die anderen behaupten, wir wären nicht geeignet, einen Schritt ohne ihre Hilfe zu tun. Die einen sehen in uns die Saat des Verderbens, wieder andere die Lichtgestalten der Hoffnung.«

Giacomo schaute mit gerunzelter Stirn auf die lachende Frau. »Du hast beides erfahren, nicht wahr? Verachtung und Anbetung. Dem einen warst du Madonna und dem anderen nur eine schäbige *puttana.*«

Marietta setzte sich auf. »Ja, und Falvini hegte gleich beide Gefühle für mich, und dieser Widerstreit machte ihn zur Bestie. Dieser unheilige Mann, ich wäre tot, wenn du nicht…«

Der Student legte sanft seine Hand auf den Mund Mariettas. »Sprich nicht wieder davon. Es treibt mir die Schamesröte ins Gesicht, wenn du von mir als deinem rettenden Engel sprichst.«

»Aber genau so bist du mir erschienen.«

»Das war nicht immer so, nicht wahr?«

Marietta lachte auf: »Willst du mich schon wieder nach meinen Gefühlen befragen? Erkläre mir lieber deine eigenen. Du kamst nach Rom, um mich zu vernichten, war es nicht so?

Mich, die Kurtisane, die sich mit gemeiner Hinterlist deines Freundes Scoferino bemächtigt zu haben schien. Oh, wie mußt du mich verachtet und gehaßt haben.«

Verlegen rupfte Giacomo an dem Gras herum. »Sprich nicht mehr davon. Ich kannte dich damals nicht, ich hielt dich für…«

»Für eine Hure, sag es nur. Nun und, ich bin es.«

»Du warst es, oder nein, du warst es nie, nicht wirklich, nicht mit dem Herzen. Märthe nennt dich eine Erwählte. Ich selbst…«

Marietta lachte herzlicher als zuvor. »Du erinnerst mich an deinen Freund, an den Schwärmer Scoferino. Glaubst du im Ernst, daß man im Herzen eine Hure sein kann?«

»Rodiconda scheint eine solche zu sein.«

Marietta wandte den Kopf ab und blickte über den Fluß.

»Schmerzt dich die Erinnerung an sie, und das, was sie Scoferino anzutun versuchte, noch immer so sehr?« Die Frage kam lauernd, und Marietta wußte warum.

Sie wandte ihren Kopf dem Studenten zu und blickte ihn lange und ernst an. Seine Augen verrieten Eifer und Wärme, im Sonnenlicht glänzten seine schwarzen Lokken wie die blauschimmernden Schwingen eines Raben. Alle Anspannung fiel in diesem Moment von Marietta ab, die bangen Ängste, die sie auf ihrem Fluchtweg durch die Campagna begleitet hatten, und die stete Furcht, von Häschern des Kardinals entdeckt zu werden.

»Giacomo«, sagte die Kurtisane leise, »ich bin dir nicht nur dankbar für das, was du getan hast. Hätte ich nicht so viele Sorgen um mein Kind, um meine *famiglia*, von der ich immer noch nicht weiß, was aus ihr wurde, glaube mir, ich würde dir meine Zuneigung so zeigen, wie du es dir wünschst.« Beide schwiegen eine Weile.

»Ach, zum Teufel!« rief Marietta plötzlich, richtete sich heftig auf und schlang beide Arme um den Nacken des Studenten. Dann zog sie den Kopf des verdutzten Mannes zu sich herab und küßte ihn auf den Mund. Es dauerte eine Weile, bis der sich von seinem Staunen erholte und den Kuß mit heftiger Zärtlichkeit erwiderte. Voll Leidenschaft schlang er die Arme um die Kurtisane.

Marietta löste sich schließlich aus der Umarmung, strich sich die Haare aus dem Gesicht und ordnete ihre zerlumpten Kleider so umständlich, als handele es sich um eine feine Seidenrobe.

Giacomo betrachtete sie zärtlich.

»Wir sind ein schönes Paar, fürwahr«, sagte Marietta betont spöttisch und um den Studenten von feurigen Bekenntnissen seiner Zuneigung abzuhalten. »Beim Karneval hätten wir schön als Lumpen gehen können oder als Schweinetreiber. Wie soll es nun weitergehen? Wir können nicht ewig als Bettler durch die Lande ziehen.«

Der Student seufzte, als er erkannte, daß Marietta ihr zärtliches Geplänkel nicht fortsetzen wollte. Auch er schaute nun an sich herab, betrachtete sein durchlöchertes Wams, die staubbedeckten Beinkleider und griff nach seinem schmal gewordenen Geldbeutel, der an seinem Gürtel baumelte.

»Zwei Scudi, das sind meine letzten Reichtümer«, sagte er knapp. »Wir müssen zurück nach Rom. Ich muß Nachricht an meine Familie senden, dann haben wir in weniger als zwei Wochen genug Geld, um uns ein Haus zu mieten und…«

»Und?« fragte Marietta. »Du malst ein Paradies, das es nicht gibt. An wen sollen wir uns in Rom wenden, wo unterschlüpfen? Die Spione des Kardinals bewachen gewiß jedes Haus, in dem ich Freunde hatte, meine Kammern an der Händlergasse sind längst verloren. Es gibt niemanden, der uns helfen wird. Die *sbirri* werden uns aufgreifen.«

Giacomo schüttelte den Kopf. »Du irrst. Es gibt Freunde.«

»Deinen Kapuziner? Der ist mit Beatrice auf große Fahrt gegangen, weiß der Himmel, wo sie sich nun befinden. Ich bete zu Gott, in Sicherheit.«

»Nein«, sagte Giacomo, »ich rede von Märthe. Sie ist gewiß noch in Rom, Sie wird uns helfen.«

Marietta verzog den Mund. »Eine Kräuterhexe mit einem Wunderraben. Verzeih mir, Giacomo, aber das Weib ist mir unheimlich.«

Giacomo lachte kurz auf. »Sie wäre dir noch unheimlicher, wenn du sie von Angesicht kennen würdest.« Er schnitt eine häßliche Grimasse und kroch durch das Gras auf Marietta zu. Die schrie lachend auf und wollte aufspringen, doch Giacomo warf sich über sie und bedeckte ihr Gesicht mit weiteren Küssen.

»Hör auf, hör auf«, rief Marietta lachend und atemlos, »laß uns ernsthaft bleiben, sonst liegen wir noch heute abend hier im Gras.«

»Was für ein reizvoller Gedanke«, bemerkte Giacomo und beugte sich wieder hinab, um Marietta zu küssen, doch die rollte sich nun beiseite.

»Nun gut, du hast gewonnen, laß uns zu dieser Märthe gehen. Vielleicht hast du recht. Sie muß eine gute Seele sein, nach allem, was sie für…« Marietta unterbrach sich selbst, doch Giacomo hatte verstanden. Seine Stirn umwölkte sich, seine Augen verloren allen übermütigen Glanz.

»Nach allem, was sie für Scoferino getan hat, wolltest du sagen, nicht wahr?« Er stand wütend auf und drehte der Kurtisane den Rücken zu.

»Bitte, Giacomo«, sagte Marietta sanft, »nimm es nicht übel. Ich habe ihn geliebt. Er ist der Vater meines Kindes, du mußt mich verstehen.«

»Mein Geld langt hin, um uns auf einer Barke einzuschiffen. Laß uns losziehen, weiter flußabwärts werden wir einen Landungssteg finden. Komm.«

Der Student drehte sich nicht mehr um, sondern ging zu den Maultieren. Marietta blickte ihm traurig hinterher.

2.

Ist das die vollständige Liste?« fragte Falvini, seinen Blick von dem Schriftstück hebend. Der Dominikaner nickte und verschränkte seine Hände in den Ärmeln seines Habits. Falvini las murmelnd noch einmal eine Reihe von Namen durch und zog die Augenbrauen zusammen. Dann legte er das Papier auf einen Tisch neben seinem Sessel, legte den Kopf zurück und streifte seine Pantoffeln ab.

Almansor, der wartend an der Tür des *studiėlos* gestanden hatte, verstand die Geste und näherte sich mit einer goldenen Schale, die er auf dem Boden vor dem Sessel niederstellte. Der Kardinal streckte, ohne einen Blick an den knieenden Sarasin zu verschwenden, seinen rechten Fuß vor. Almansor ergriff ihn sanft und drückte ihn in das erwärmte Wasser, auf dem einige getrocknete Rosenblüten schwammen.

Er tauchte ein Tuch in das Wasser und wusch den Fuß seines Herrn mit fast zärtlicher Hingabe.

Der Kardinal schwieg eine Weile, und der Dominikaner wartete gespannt.

»Nun«, sagte endlich der Purpurträger, »ich werde sogleich beginnen. Wartet Atoli vor der Tür?« Claudius bejahte.

»Almansor, geh und rufe ihn herein und reiche mir den Dolch dort von der Truhe.«

Der Mohr erhob sich, verneigte sich kurz, reichte seinem Herrn, der mit seinen Zehen das Wasser aufwühlte und wohlig grunzte, den Dolch und verschwand, um den Leibarzt des Kardinals hereinzurufen.

Der Mann erschien, und Claudius bemerkte, daß er sich in einem bemitleidenswerten Zustand befand. Kein Wunder, denn er hatte zu den ersten gehört, die Falvini auf Befragung della Guardes hin verleumdet hatten.

Unter tiefen Verbeugungen näherte sich der bleiche Medicus dem Purpurträger. Der behielt seine träge Position bei und betrachtete den Arzt durch die halbgeschlossenen Lider.

»Euer Eminenz, es freut mich, Euch bei so guter Gesundheit zu sehen. Es scheint, der Aufenthalt auf dem Lande war Euch recht zuträglich, wenn ich mir erlauben darf, das zu sagen«, schwätzte Atoli mit lauter Stimme, so als wolle er die bedrohliche Stille vertreiben.

Der Kardinal schob sich langsam im Sessel hoch und fixierte nun den vor Angst schlotternden Mann. »Ihr irrt«, sagte er schließlich scharf, »das Land ist mir bei weitem weniger zuträglich als die Luft Roms. Auch wenn es Leute gibt, die mich lieber vor den Toren der Stadt sehen.«

Atoli zuckte zusammen und verneigte sich mehrmals. »Aber gewiß, gewiß, und ich versichere Euch, daß wir alle, ich meine, alle, die Eure Eminenz kennen und lieben, hocherfreut sind, Euch wieder hier zu wissen. Die politische Lage ist unruhig, der Heilige Vater von allen Seiten bedroht. Er muß glücklich sein, einen seiner vortrefflichsten Kardinäle wieder um sich zu wissen.«

Falvini grinste über die dick aufgetragenen Schmeicheleien. »Ihr seid Arzt, Atoli, es macht Euch gewiß nichts aus, mir die Füße zu trocknen und die Pantoffeln überzustreifen. Ihr wißt, daß ich zu Verkühlungen neige, und mein Wohlbefinden liegt Euch sicher am Herzen.«

»Ja, ja, aber natürlich«, beeilte sich der Arzt zu sagen, kniete sich vor den Kardinal hin und befolgte mit zitternden Händen den Befehl.

»Mir scheint, Ihr selbst seid nicht ganz wohl, Eure Gesichtsfarbe ist kränklich, sie erinnert an das Grün der lästigen Sommerfliegen.« Atoli errötete nun.

»Almansor«, zitierte der Kardinal seinen Sarasin herbei, »gieße dem guten Mann einen Becher von meinem Wein ein. Er muß etwas trinken, um sich zu stärken.«

»Oh, nein, bitte nicht, ich danke, aber das ist wirklich zu gütig«, versuchte Atoli abzuwehren, sein Gesicht war nun grau vor Furcht, und Claudius konnte ein Grinsen nicht unterdrücken.

»Aber mein liebster Atoli, ich bestehe darauf. Trinkt. Es ist mein bester Hauswein, direkt von meinem Landgut. Ich weiß, daß Ihr selbst seine besonderen Eigenschaften anderen gegenüber gepriesen habt.«

Almansor drückte dem Arzt den Becher in die Hand und betrachtete ihn mit undurchdringlicher Miene.

»Mir, mir wäre etwas Wasser lieber, Herr«, bemühte sich Atoli noch einmal, das dargereichte Getränk abzulehnen.

»Wasser, so so. Ich erinnere mich, daß der gute della Guarde – Gott habe ihn selig – in meinem Hause auch nur nach Brunnenwasser verlangte. Er hat etwas verpaßt. Ja, er hat eine großartige Erfahrung verpaßt. Trinkt!«

Almansor trat näher an den Mann heran und warf ihm einen bohrenden Blick zu. Atoli schloß die Augen und führte den Becher mit Todesverachtung an seine Lippen. Seine Nasenspitze bebte, sein Körper drohte zusammenzusacken, doch er trank. Er trank einen winzigen Schluck und stieß den Becher dann gegen Almansors Brust.

»Nun?« fragte Falvini mit betonter Freundlichkeit.

»Ausgezeichnet, wirklich, ich trank selten einen köstlicheren Wein.«

»Das kann nicht stimmen, Ihr nahmt ja kaum mehr davon, als einen Sperlingsschnabel füllen könnte. Bringt mir den Becher, ich will selber kosten, ob der Wein sauer ist.«

Atoli ging zum Sessel des Kardinals. Den Becher hielt er weit von sich gestreckt, so als könnten allein die Ausdünstungen des Getränks ihn vergiften. Falvini schnellte vor und ergriff den Becher, den sein Leibarzt vor Schreck beinahe fallen ließ. Mit einem Zug leerte der Purpurträger den Becher, wischte sich mit dem Ärmel seiner Amtsrobe den Mund und stieß einen befriedigten Laut aus.

»Nein, Atoli, der Wein ist nicht verdorben. Er ist von erlesenem Aroma und sehr erfrischend.«

Der Leibarzt atmete auf. Er hoffte, daß der Kardinal sein Spiel mit ihm nun beenden würde, und tatsächlich kam der hohe Würdenträger mit ausgebreiteten Armen und einem beinahe herzlichen Lächeln auf ihn zu.

»Atoli, laßt mich Euch begrüßen, so wie es Euch gebührt.«

Und dann tat der Kardinal etwas Außergewöhnliches, etwas, das Atoli noch nie erlebt hatte. Und nie wieder erleben sollte. Falvini legte beide Arme um ihn, der Leibarzt nahm den stechenden Geruch seines Parfüms war, der scharfe Geruch von Sandelholz stieg ihm in die Nase, und dann spürte er plötzlich einen jähen, bohrenden Schmerz in seinem Rücken. Er schnappte nach Luft, taumelte und griff mit seiner rechten Hand in seinen Rücken. Er ertastete den Dolch sofort. Mit einem jämmerlichen Schmerzenslaut torkelte er rückwärts in den Raum. Sein Blick fiel auf den Kardinal, dessen Lächeln nun von diabolischer Gemeinheit war. Atoli fiel auf die Knie, stützte sich mit der Linken auf den Boden und bemühte sich vergeblich, mit der Rechten das Messer aus seinem Rücken zu reißen.

»Du irrtest, als du behauptet hast, ich sei ein heimtückischer Giftmörder«, sagte Falvini kalt. »Ich bin ein Mann, der seine Verleumder hinterrücks erdolcht. Und nun verrecke.«

Es war der Dominikaner, der nach dem Sterbenden trat, so daß er schwer auf den Boden fiel und mit einem Röcheln seinen letzten Atemzug tat.

»Schaff ihn fort«, wies Falvini den Sarasin an. Der kam mit einer Decke, hüllte den Leichnam ein und winkte einen anderen Pagen herbei. Mit großem Geschick packten sie den toten Arzt und trugen ihn aus dem Zimmer.

»Du hattest recht, Dominikaner. Die Rache ist ein Gericht, das man kalt genießen sollte. Ich fühle mich in der Tat erfrischt. Morgen werde ich mich mit dem feisten della Forsa befassen, cr soll einen hübschen Totentanz erleben. Und nun verschwinde, schicke mir Rodiconda. Mir steht der Sinn nach einem hübschen Ritt.«

Claudius verneingte sich zeremoniell und wollte sich zufrieden entfernen, doch der Kardinal rief ihn noch einmal zurück.

»Noch eins. Auch wenn mich diese hübsche Sache bei Laune hält, so muß ich dich doch an Marietta erinnern. Es sind nun bald drei Wochen, daß wir wieder in der Stadt sind. Schaff sie mir endlich herbei oder…« Er hob den blutigen Dolch vom Boden auf, den Almansor aus der Wunde gerissen hatte, und ließ ihn spielerisch durch die Luft fahren.

Der Dominikaner reckte das Kinn und verschwand. Noch immer war also Falvini nicht vom Fieber der Liebe kuriert. Im Gegenteil, es schien ihn heftiger befallen zu haben als zuvor. Seinen ganzen kalten Haß richtete er nur auf die Vernichtung derer, die ihn verraten hatten.

3.

Ich werde den Säugling zu mir nehmen«, sagte Märthe und hob das kleine Bündel vorsichtig aus der groben Wiege. Der Prior des Seuchenhospizes der Unheilbaren nickte traurig. »Dieses Kind scheint das einzige, für das es noch Hoffnung gibt. Es ist, als habe Gott es erwählt.«

»Ja«, antwortete Märthe, »und doch rechne ich nun beinahe täglich mit der Rückkunft meiner guten Freunde. Wenn sie mir das Guajakaholz bringen, so hoffe ich, diese bedauernswerten Geschöpfe noch kurieren zu können.«

Der Prior blickte seufzend auf die neunzehn ausgemergelten Kinder, die an den Wänden des Krankensaals aufgereiht lagen. Viele befanden sich jedoch schon in einem Zustand, der dem Tode näher war als dem Leben.

»Sorgt dafür, ehrenwerter Prior, daß der Saal regelmäßig gelüftet wird. Die warme Luft wird ihnen gut tun.«

Der Prior warf der Alten wieder einmal seinen zweifelnden Blick zu. Das Geschwätz über frische Luft und mehr Reinlichkeit ließ ihn immer wieder an den Fähigkeiten der Frau zweifeln. Schließlich wußte ein jeder, daß jede Pestilenz sich durch die Luft verbreitete, und es daher ratsam war, die Fenster und Türen eines Krankensaales so fest wie möglich zu verschließen und gelegentlich reinigende Wacholderfeuer zu entzünden, um die pestilenzischen Winde zu reinigen.

»Versprecht es mir«, bat Märthe noch einmal eindringlich, »die stickige Luft raubt den Ärmsten ihre letzten Kräfte.«

Der Prior nickte zögernd. Märthe verabschiedete sich und trug den Säugling, eng an ihre Brust gedrückt, aus dem Saal. Draußen vor den Toren des Hospizes zog sie sich den Schleier tief in die Stirn. Der Märzwind blies frisch und kräftig und trieb ihr die Gassengerüche in die Nase.

»Dieser elende Schmutz«, fluchte sie leise, und das Kind in ihren Armen begann zu wimmern. Mit sanfter Stimme beruhigte sie den Knaben. Dann machte sie sich eilig davon. Dieses Kind, das zwar die Symptome der Seuche zeigte, schien aber kräftiger als alle anderen, und sie hoffte, durch seine genaue Beobachtung herauszufinden, was ihn so widerstandsfähig machte.

Die Sonne stand tief über dem Tiber, als Märthe ihr bescheidenes Häuschen im Brückenviertel erreichte. Sie drückte die unverriegelte Tür auf und entdeckte überrascht, daß in der Küche ein Feuer brannte und auch die Öllampen entzündet worden waren. Über einem Holzbock hingen einige feuchte Kleider und eine Kutte des Kapuziners.

»Fresenius!« rief die Alte erfreut aus, legte das schlafende Kind vorsichtig in einen hohen Lehnstuhl und eilte zu der kleinen Schlafkammer. Und richtig, auf dem schmalen Bettgestell aus Pinienholz lag der schlafende Mönch. Märthe erschrak darüber, wie bleich und erschöpft der Kapuziner aussah. Seine Wangen waren so stark eingefallen, daß sie sich nach innen wölbten, seine linke Hand, die auf der Decke lag, war aufgesprungen und blutig. Märthe zögerte nicht lange, schloß leise die Tür und machte sich daran eine stärkende Mahlzeit vorzubereiten. Dem Säugling, der nun leise greinend erwachte, steckte sie zärtlich ein Stück süßes Baumharz in den Mund, an dem das Kind friedlich nuckelte.

»Hast du dir jetzt auch noch ein Kind aufgehalst?« ertönte eine kecke Stimme von der Tür her.

»Beatrice«, sagte Märthe lächelnd, eilte auf das Mädchen zu, das einen Trog mit nasser Wäsche gegen ihre Hüfte stemmte, und küßte sie fest auf beide Wangen.

»Ja, bedien dich nur«, sagte die Wäscherin fröhlich, »du hättest uns um ein Haar für immer verloren.« Sie stellte den Wäschekorb ab und umarmte Märthe mit großer Herzlichkeit. »Sei froh, daß du jetzt erst kommst, vor wenigen Stunden hättest du die beiden stinkenden Menschen in armseligen Lumpen wohl kaum erkannt und dich tüchtig erschreckt.«

»Mein liebes Kind, setze dich, ruh aus, ich werde dir sofort etwas zu essen geben.« Beatrice ließ sich willig zu dem Lehnstuhl ziehen und blickte neugierig auf den Säugling, den Märthe nun auf den Arm nahm, um ihn zu einem Korb zu tragen.

»Nein, nein, laß nur, ich nehme ihn gerne auf meinen Schoß«, sagte Beatrice und nahm Märthe das kleine Bündel ab. »Es ist schön und angenehm, etwas so Unschuldiges in den Armen zu halten, nach allem, was wir erlebt haben.«

Märthe hantierte nun mit Kesseln und Töpfen.

»Manchmal ist dein Mangel an Neugier ärgerlich«, bemerkte die Wäscherin mit neckendem Unterton.

»Manchmal ist eine Schale Essen wichtiger als jede Neuigkeit«, antwortete Märthe und blickte bekümmert zu der Kammertür.

»Ja«, seufzte Beatrice, »er sieht schrecklich aus, nicht wahr? Aber ich denke, er wird sich erholen. Er ist der tapferste Mensch, dem ich je begegnet bin, Märthe. Und der zäheste Mönch, den ich mir denken kann.«

Die Alte nickte. Beatrice wiegte sanft das Kind in ihren Armen.

»Stell dir nur vor, wir haben unsere Rückreise von Livorno auf einem Piratenschiff gemacht. Auf der Höhe von Elba griff uns plötzlich eine Karacke an. Ich schwöre es dir, Märthe, damit war meine Liebe zur christlichen Seefahrt endgültig am Ende.«

Mit geröteten Wangen berichtete Beatrice weiter von dem Angriff. Märthe unterbrach sie erst, als sie von dem Kampf zwischen Ceci und Fresenius und der Niederlage des Kapuziners erzählte.

»Mein Gott, es ist tatsächlich ein Wunder, daß ich euch beide lebend wiedersehe«, sagte sie erschrocken und vergaß für kurze Zeit ihre Kessel. Sie hockte sich neben den Lehnstuhl und streichelte Beatrices Arm.

»Das Wunder hat den Namen Ceci. Stell dir vor: Er ließ das Messer niedersausen, ich schloß die Augen und war fest überzeugt, daß das unser Ende war. Doch nichts geschah, kein Schmerzensschrei, nichts. Ich öffnete die Augen wieder und sah zu meinem Erstaunen, daß der Pirat das Messer neben dem Kapuziner in die Planken gejagt hatte. Dann griff er Fresenius bei der Linken und zog ihn auf die Füße. Dabei lachte er, so als habe er einen äußerst guten Scherz gemacht.«

Märthe runzelte nachdenklich die Stirn: »Er hat euch verschont? Warum?«

»Weil er Fresenius sein eigenes Leben verdanke, so sagte er. Gaunerehre, nehme ich an. Und weil er mehr von dem Pulver des Kapuziners wollte. Die beiden wurden handelseinig. Im Gegenzug nahm uns der Mann noch bis auf die Höhe von Civitavecchia mit. Aber glaube mir, eine Vergnügungsfahrt war es nicht. Fresenius tat kein Auge zu, aus Furcht, der Ceci könnte es sich anders überlegen oder seine Mannschaft könne Appetit auf das Frauenzimmer in Männerhosen entwickeln.«

»Deshalb also sieht er so müde aus.«

Beatrice nickte und zog das Tuch des Kindes auseinander, um zu prüfen, ob es neu gewickelt werden müsse. »Ja, deshalb, und weil er uns ein ordentliches Stück übers Meer rudern mußte. Uns und unsere Fracht.«

»Ihr habt das Guajakaholz also tatsächlich bekommen?« rief Märthe erfreut. Doch Beatrice antwortete nicht. Mit weitaufgerissenen Augen starrte sie auf den nackten Säugling.

»Märthe, du neunmalkluge Frau, du Zauberin!«

Verwirrt blickte die Alte abwechselnd vom Kind zu der Frau. »Was ist dir, Beatrice?«

»Du hast Prospero, den Sohn Mariettas gefunden! Ich erkenne ihn sicher, sieh hier, das Muttermal auf seinem rechten Schenkel. Es hat die Form eines kleinen Apfels, Marietta hat es mir genau beschrieben, als sie mich bat, nach dem Kind Ausschau zu halten.«

Aufgeregt schob Märthe das Tuch beiseite und betrachtete das Mal, das die Größe einer kleinen Kupfermünze hatte. »Bist du dir ganz sicher?«

Beatrice nickte heftig. »Vollkommen sicher. Jetzt ist es an der Zeit, Marietta endlich aus den Händen des Falvini zu befreien. Oh, Märthe, was für ein unvorstellbares Glück wir haben.«

»Prrüh«, kam es als Antwort von einem Deckenbalken. Hesekiel war aus einem kurzen Schlummer erwacht und stach nun nieder zu den beiden Frauen. Lachend kraulte Märthe ihm das weiße Gefieder.

Rodiconda hatte Falvini zu einer Kutschfahrt in einen seiner Gärten am Tiberufer überredet. Kaum hatten sie die letzten Häuser hinter sich gelassen, stand sie in der rumpelnden Karosse auf und schlug den Kutschenhimmel zurück. »Ah, ich wußte es«, rief sie fröhlich, »die Luft ist hier draußen bereits köstlich.«

»Sie ist kalt und feucht«, erwiderte mürrisch der Kardinal, »der Winter ist noch lange nicht vorbei. Zieh die Plane wieder über die Stangen, es liegt mir nicht daran, bei einer Spazierfahrt mit einer Hure gesehen zu werden.«

»Hure?« fragte Rodiconda und spielte die Beleidigte. »Euer Eminenz, wie könnt Ihr die Büßerin Rodiconda, den Liebling des Volkes, eine Hure schimpfen! Das arme, verfolgte Opfer des Teufels della Guarde. Ich, eine Hure?«

Falvini bemerkte, daß der Rücken seines Kutschers sich versteifte. Dem Mann waren die losen Reden der Wölfin sichtlich zuwider. »Beherrsche dich«, zischte Falvini, »wir sind nicht allein!«

Ungestüm schlang Rodiconda ihre Arme um den Nacken des Kardinals und drängte sich auf seinen Schoß. Die Kutsche rumpelte durch ein Schlagloch und warf Rodiconda gegen die Seitenwand der Kutsche. »Bleib, wo du bist«, sagte der Kardinal noch einmal drohend, »und halte dein Schandmaul bis wir beim Pavillon angelangt sind.«

»Und allein sein werden«, gab Rodiconda frech zurück und legte ihre rechte Hand auf einen Schenkel des Kardinals, der sich unter seinem Amtsgewand abzeichnete. »Dann werde ich Eure Laune schon aufbessern.« Ihre Finger glitten langsam über die Innenseite seines Beines nach oben.

»Mir steht nicht der Sinn nach deinen Diensten, Hure. Egal welche Vorstellungen der Dominikaner in dir geweckt haben mag.«

Rodiconda lachte wieder. »Ihr habt meine Dienste dringend gebraucht, als Ihr verbannt wart. Meine Aussage vor dem Gericht hat Euch einige Unanehmlichkeiten erspart. Und Ihr werdet mich auch jetzt wieder brauchen, denn ich kenne einen Weg, um Marietta aufzuspüren.«

Der Kardinal richtete sich jäh auf und klammerte sich an eine Seitenwand der schwankenden Kutsche. »Wie willst du das bewerkstelligen? Meine Spione haben nicht die geringste Spur von der Frau und dem dreisten Studenten entdeckt. Willst du behaupten, du weißt mehr als die besten meiner Männer?«

»Nichts geht über die List einer beleidigten Frau, Falvini. Ihr solltet es wissen.«

Der Kadinal schwieg, und die Wölfin folgte seinem Beispiel, bis sie den Pavillon, der zwischen einer kleinen Gruppe eben erblühender Birn- und Apfelbäume lag, erreichten.

Der Kutscher sprang vom Bock und bot Falvini seine Hand. Er kümmerte sich nicht darum, wie die Kurtisane das Gefährt verließ. Sie zuckte die Achseln und sprang mit einem Satz hinab, ohne sich um ihre hinaufrutschenden Röcke zu scheren.

Falvini befahl dem Kutscher, den Wagen vor den Garten zu fahren und zu warten.

Dann stieg er wortlos die Stufen zu einem aus Zedernholz gebauten Lusthaus hinauf, das von einer weinberankten Pergola überdacht war. Die Ranken waren noch kahl, die Bänke im Inneren vom Schmutz der winterlichen Regenfälle noch nicht befreit, und der Kardinal drehte sich unwillig zu Rodiconda um, die ihm gefolgt war.

»Was für eine hervorragende Idee, mich hierher zu entführen, um mich all diesem Dreck und dieser Kühle auszusetzen.«

»Dieser Pavillon hat den Vorteil, das sich keiner nähern kann, ohne daß wir ihn bemerken.«

Falvini hob spöttisch seine linke Augenbraue. »So geheimnisvoll ist das, was du mir anzuvertrauen hast? Ich hoffe nicht, daß du ernsthaft mit einer Erneuerung unserer fleischlichen Beziehungen rechnest, in einer Umgebung wie dieser.«

Rodiconda hob ihre Röcke, die von schwerer dunkler Seide waren, und wischte mit einem ihrer Unterröcke über die Bänke, dann nahm sie Platz. Der Kardinal blieb, gegen eine hölzerne Säule gelehnt, stehen und blickte mißgelaunt zu einem Nymphäum hinüber, einem efeuumrankten Prunkbrunnen, dessen Nischen er mit antiken Mosaiksteinen hatte verzieren lassen. Daneben stand der gleißend weiße Torso einer römischen Gottheit, die er selbst bei Grabungen auf dem Grundstück entdeckt hatte, und um den man ihn allgemein beneidete. Michelangelo selbst hatte ihn bestaunt und ihn ein vollendetes Werk genannt.

Doch an diesem Tage hatte Falvini keine Freude an den Köstlichkeiten seines Gartens.

»Ihr sucht einen Weg, Eure untreue Milchhure wiederzufinden, und ich weiß, wie es Euch gelingen kann«, fing die Wölfin nun das Gespräch an. »Ich selbst habe diesen Weg einmal erfolgreich gewählt. Nun ja, recht erfolgreich.« Der Kardinal starrte weiter in den Garten.

»Ich weiß, daß Ihr Scoferino, den jungen Maler, in einem Eurer Keller gefangen haltet. Schaut mich nicht so an, es war nicht schwer, es herauszufinden. Dienstboten sind geschwätzig, gegen Geld sogar doppelt gesprächig als ohnehin.«

»Was geht dich Scoferino an?«

»O nichts. Er interessiert mich nicht. Doch ich rate Euch, Eure Rache an ihm noch zu verschieben.«

»Soll ich ihn laufenlassen, in der Hoffnung, daß er zu seiner Geliebten findet? Dafür ist er nicht gewitzt genug. Er weiß nicht, wo sie ist, selbst unter harter Folter brachte er nicht mehr hervor als Gejammer und Geschrei. Und glaube mir, als ich drohte, ihm die Finger seiner rechten Hand zu brechen, war er bereit alles zu gestehen, was er wußte. Seine Kunst geht ihm über alles. Mit Wonne hätte er in diesem Moment seine Geliebte verraten. Aber er wußte leider nichts. Ich erfuhr lediglich, daß der verfluchte Student Giacomo sein Freund ist.«

Rodiconda lächelte. »Umso besser. Dann wird er genau wie Marietta, alles für seine Rettung tun wollen, und Ihr könnt sie beide abstrafen. Sorgt dafür, daß Scoferino einer Todsünde oder eines kapitalen Verbrechens angeklagt wird, das dürfte Euch als Herrn der *sbirri* nicht schwerfallen, und dann laßt seine öffentliche Hinrichtung überall in Rom verkünden. Ihr könnt sicher sein, daß zu diesem Spektakel seine Hure erscheint. Sie ist verrückt genug, diesen Taugenichts zu lieben.«

Der Kardinal hatte sich nun zu der Frau umgedreht und betrachtete sie nachdenklich. »So leicht, wie du dir das denkst, ist es nicht. Ich könnte ihn nur an die Halsgerichtsbarkeit überstellen lassen, doch die haben eigene Gerichtshoheit und der Prozeß könnte sich hinziehen.«

Die Wölfin beugte sich vor und sah den Kardinal beschwörend an. »Habt Ihr nicht eine lange Liste von Verrätern, deren Leben Ihr noch zu beenden trachtet? Überredet Scoferino, einen der Morde zu begehen, und sorgt dafür, daß er dabei von verläßlichen Zeugen beobachtet wird. Von einigen Eurer *sbirri*, vielleicht ihrem *bargello* selbst, dann dürfte es einen kurzen Prozeß geben.«

Der Kardinal ging in Gedanken versunken im Pavillon auf und ab. »Ich gebe zu, der Plan klingt vernünftig. Doch was, wenn Scoferino sich weigert, einen Mord für mich zu begehen?«

»Dazu ist er nicht der Kerl. Versprecht ihm seine Freiheit, und er wird alles dafür tun. Er ist ein verächtlicher Feigling. Ich kenne ihn. Ihm fehlt es an Mannesstolz, genau wie es Marietta an Verstand fehlt.«

Falvini setzte sich nun neben Rodiconda, die mit ihrer Rechten sanft seinen Nacken berührte. Doch der Kardinal entzog sich ihren Liebkosungen. »Spar dir das für die Nächte, bei Tage reizt du mich nicht.«

Die Wölfin warf den Kopf nach hinten und strich sich durch die Locken. »Ich werde dafür sorgen, daß Ihr die Teufelin vergeßt, das verspreche ich Euch, Falvini. Ich habe genug für Euch geopfert, sogar meinen Haß gegen Euch überwunden, und ich weiß, daß wir zueinander gehören.« Sie beugte sich wieder vor und liebkoste seinen Nacken nun mit ihrer Zunge.

Der Kardinal rückte von ihr ab. »Ihr werdet es eines Tages ebenfalls erkennen, wir sind von einer Art, Falvini, Gott hat uns füreinander bestimmt.«

»Nimm nicht den Namen des Herrn in deinen schmutzigen Mund! Dich hat Satan selbst auf Erden gesandt.«

Rodiconda sprang zornig auf und stellte sich vor den Kardinal hin. »Ihr seid verblendet, und Ihr bemerkt es nicht. Marietta ist die Teufelin, die Eure Seele umfangen hält, sie hat sich Eurer bemächtigt. All Euer Unglück der letzten Monate hat sie bewirkt, sie hat Euch behext mit ihrem faden Engelsgesicht. Begreift es endlich. SIE wird Euch vernichten.«

Erregt erhob sich nun auch der Kardinal, drängte Rodiconda roh zur Seite und floh aus dem Pavillon.

Die Augen der Wölfin verengten sich zu schmalen Schlitzen. »Ihr seid besessen, Falvini!« schrie sie dem Mann hinterher, dessen rote Rockschöße nun zwischen den Bäumen verschwanden.

XI.

1.

»Periculum in mora – Gefahr liegt im Zögern.«

Livius, römischer Historiker (59 v. Chr. – 17 n. Chr.)

In der Nacht vom 15. auf den 16. März entschloß sich der nur in seiner Wankelmütigkeit beständige Papst, einen Waffenstillstand mit den Kaiserlichen anzustreben, und zitierte, den französischen Parteigängern zum Trotz, den spanischen Flottenführer Lannoy nach Rom, um einen Vertrag auszuhandeln.

Eine Hiobsbotschaft nach der anderen hatte den Heiligen Vater zuvor ereilt und dazu bewogen, den Weg des geringsten Widerstandes zu wählen. Zunächst hatte ihn die Verschwörung gegen ihn und acht seiner treuesten Kardinäle arg bekümmert. Napoleone Orsini, der Komtur von Farsa, hatte sich von den Colonnesen zu einer gemeinen Intrige hinreißen lassen. Man hatte diesem unruhigen Mann aus einem der mächtigsten Herrschergeschlechter im mittleren Italien kaiserlichen Sold und die Tochter des Vespasiano Colonna versprochen, die eine Mitgift von 30 000 Dukaten erhalten sollte. Dafür versprach Napoleone, den von einem Colonna befehligten Truppen Karls V. den Durchzug durch sein Herrschaftsgebiet zu gestatten und ihnen durch seine Anhänger die Stadttore von Rom öffnen zu lassen.

Auch Napoleone selbst wollte seine Truppen zusammenziehen und bei dem Angriff bis auf die Leo-Stadt vordringen, den Papst und die Kardinäle erschlagen und erstechen. Ein heimtückischer Anschlag, da der Heilige Vater dem Komtur in außerordentlicher Weise zugetan war und ihn gewiß ohne zu Zögern in seinem Palast empfangen hätte. Im letzten Augenblick war der Plan verraten, Napoleone verhaftet und in die Engelsburg verbracht worden, wo er nach einigem Sträuben ein Geständnis ablegte. Der Papst war gewarnt – man liebte ihn nicht mehr mit der gebotenen Ehrfurcht und Einfalt.

Es war nicht der letzte Schlag gegen den Apostolischen Stuhl. Zu Beginn des Märzmonats mußte Klemens VII. endgültig zur Kenntnis nehmen, daß der Franzosenkönig, auf den er all seine Hoffnung gegründet hatte, keines seiner glänzenden Versprechen halten würde. Er schickte lediglich eine magere Truppe und die – angesichts der notwendigen Ausgaben im Falle eines Krieges – lächerliche Summe von 9000 Dukaten. Auch die anderen Bündnispartner gegen die Spanier, Venedig etwa, leisteten nur unbedeutende Hilfe. Infolgedessen mangelte es den päpstlichen Truppen nicht bloß an Sold, sondern am Notwendigsten: an Nahrung. Scharenweise desertierten daher die halbverhungerten Soldaten, plünderten oder schlossen sich feindlichen Truppenverbänden an, die besser versorgt waren.

So schwer es Klemens VII. fiel, er sah seine einzige Chance in einer sofortigen Waffenruhe.

Die Kaiserlichen forderten dafür eine Zahlung von 60 000 Dukaten, die Restitution des Kardinals Pompeo Colonna und eine Bürgschaft, daß auch die anderen Ligamitglieder sich an den Waffenstillstand halten würden. Klemens willigte ein und unterschrieb eine entsprechende Depesche. Am 25. März wollte der Papst Lannoy in Rom empfangen, ihm sogar eine Wohnung im Vatikan anweisen und ihn mit großem Respekt behandeln.

Vergeblich warnten alle Gegner des Kaisers den Kirchenführer, daß die ganze Waffenruhe mit Sicherheit ein Trick sei, um den Papst von seinen Verbündeten zu trennen. Doch der Unfehlbare beantwortete alle Vorhaltungen barsch mit »Quod scripsi, scripsi« – obwohl er selbst bekannt dafür war, das geschriebene Wort nicht immer für bindend zu halten.

In einem geheimen Konsistorium rechtfertigte er seinen Beschluß gegenüber den Kardinälen am Morgen des 17. März unter Hinweis auf die Erschöpfung aller seiner Hilfsmittel.

Und dann beging er, auf die Loyalität Lannoys vertrauend, seinen letzten und größten Fehler: Er zog seine eigene Flotte unter Führung Andrea Dorias von den Südküsten zurück. Ja, er entließ sogar, um Kosten zu sparen, seine sämtlichen Truppen bis auf hundert leichte Reiter und zweihundert Fußsoldaten der schwarzen Banden. Sie waren, neben den Bürgern selbst und einigen Privatarmeen reicher Familien und Kardinäle, Roms letztes Aufgebot gegen mögliche Eindringlinge.

»Das besiegelt sein Schicksal«, stellte Claudius befriedigt fest, nachdem der Kardinal ihm, nach dem Konsistorium vom 17. März, die Beschlüsse des Papstes mitgeteilt hatte. »Klemens ist besiegt und vernichtet.«

Falvini teilte die Begeisterung des Mönches nicht. Vor dem Spiegel seines *studièlos* stehend, betrachtete er das Gesicht des Mönches, das in dem Glas hinter seinem eigenen Kopf zu sehen war. Ohne sich umzudrehen, bemerkte er: »Ich halte es zwar für eine große Narrheit und für einen verhängnisvollen Irrtum, die Truppen zu entlassen, doch wieso bist du dir so sicher, daß die Kaiserlichen die Waffenruhe brechen werden? Die Colonna haben alle ihre Reichtümer zurückerhalten, regieren in Neapel, warum sollten sie das nun noch einmal aufs Spiel setzen?«

Claudius rieb sich seine dürren Hände. »Die Gefahr droht nicht so sehr vom Süden, Euer Eminenz, sie kommt vom Norden. Dort lagern bei Bologna Frundsbergs Landsknechte und einige Rotten Spanier. Sie sind wohl kaum herübergezogen, um sich mit einem so mageren Waffenstillstand abspeisen zu lassen. Ich kenne die deutschen Landsknechte, es sind die gierigsten Gesellen. Sie sind allesamt Lutheraner und hassen den Papst noch weit mehr als jeder gutkatholische Spanier. Außerdem haben sie über vier Monate Armut, Hunger und Frost hinter sich, haben im Sumpf kampiert, sind durch Schlamm gewatet, haben aber noch keinen Pfennig Beute gemacht. Nein, sie werden sich von einem Zug auf das nun beinahe schutzlose Rom nicht abhalten lassen.«

Falvini glättete mit den Fingern seiner rechten Hand die Furchen, die um seinen Mund lagen. »So schutzlos nun wieder nicht«, sagte er, »wenn diese Landsknechte, wie du sagst, halb verhungert und erschöpft sind, werden sie sich den Sturm noch überlegen.«

»Wie jeder Römer neigt auch Ihr, Herr, verzeiht daß ich so offen bin, zu einer unseligen Überheblichkeit.«

»Rom ist seit dem 11. Jahrhundert nicht mehr gestürmt und geplündert worden, Kerl, das sollte auch dir zu denken geben. Wenn es so einfach wäre, diese Stadt zu nehmen, glaubst du, ich hätte nicht selbst – und lange vor diesem Grobian Colonna – einen Angriff gemacht?«

Claudius hob beschwichtigend die Hände. »Gewiß nicht, und eben diese Klugheit schätze ich an Euch. Erst jetzt ist der Zeitpunkt gekommen. Die Colonna haben den Vatikan nur halb bezwungen, Ihr werdet als ein Verbündeter Spaniens den Rest besorgen. Ich rate Euch, Kontakt mit den spanientreuen Parteien aufzunehmen.«

»Was soll ich ihnen denn bieten außer meinen Truppen?«

»Eine wichtige, wunderbare Nachricht. Teilt ihnen mit, daß in Bälde die Soldaten Roms und viele wehrfähige Männer durch eine tückische Seuche geschwächt sein werden. Eine Krankheit ist eine bei weitem wirksamere Waffe als jedes noch so scharf geschliffene Eisen.«

Falvini wirbelte herum. »Was planst du, Teufel?«

»Je weniger Ihr darüber wißt, desto weniger Schuld ladet Ihr auf Euch. Gebt mir freie Hand und den lächerlichen Betrag von vierhundert Scudi, den Rest will ich schon besorgen. In wenigen Monaten ist es mit der Herrlichkeit unseres bedauernswerten Papstes vorbei.«

»Du sollst das Geld haben, aber ich werde mit meiner Botschaft an die Spanier noch warten. Ich pflege nichts anzukündigen, von dem ich nicht weiß, daß es auch wirklich stattfindet. Zeige mir den ersten siechenden Soldaten, und ich werde handeln. Bis dahin habe ich anderes zu tun.«

Claudius konnte seinen Ärger nur schlecht verbergen. »Ihr meint die Entdeckung Mariettas? Bei Gott, es ist eine Kleinigkeit, wenn ich erst die Zeit dazu habe. Vergeßt die Hure bis dahin.«

Falvini trat nun auf den Dominikaner zu, streckte seine Hand aus und legte sie fest um Claudius' Kehle. »Du wirst mir ein wenig zu vorwitzig, Mönch. Erteile mir keine Befehle, es könnte dir bitter bekommen.« Mit Kraft drückte Falvini nun zu, und Blut stieg in das Gesicht des Dominikaners, der keuchte und versuchte, nach Luft zu schnappen.

»Exzellenz, bitte«, preßte er mühsam hervor, doch der Griff des Kardinals lockerte sich erst, als der Mönch einer Ohnmacht nahe war.

Der Dominikaner torkelte rückwärts in den Raum und griff nach seiner Kehle. Er rang nach Atem und hustete.

Der Kardinal wandte sich wieder dem Spiegel zu und ordnete zärtlich seine künstlichen Locken.

»Ein Falvini vergißt keine Beleidigung, weder die einer Hure, noch die eines armseligen Mönches. Ich hoffe, du hast mich verstanden. Jetzt geh!«

2.

Tiefe Dunkelheit lag in der schmalen Gasse vor Märthes Haus. Die Öllampen in der Küche waren längst erloschen, das Atmen der Schlafenden war das einzige Geräusch, das im Hause zu hören war. Dicht gedrängt lagen auf dem mit Stroh bedeckten Boden, Beatrice, Märthe, Giacomo und Marietta, die schützend ihren Arm um ihren geliebten Sohn schlang. Sie lächelte im Schlaf und bot ein Bild vollkommenen Glücks.

Jäh wurde der friedliche Schlaf von einem harten Klopfen unterbrochen. »Macht auf, o Himmel, bitte öffnet mir!« schrie eine heisere und verzweifelte Stimme. Es war Giacomo, der als erster hochschreckte. Er erkannte die Stimme sofort. Eilig schlug er seine Decke zur Seite und rannte zur Tür, schob den Riegel hoch und öffnete. Im Hintergrund regten sich nun auch die anderen. Märthe steckte einen Holzspan in die glimmende Herdasche, entzündete zwei Öllichter und kam zur Tür.

»Scoferino!« rief sie überrascht aus. Giacomo zog den schweratmenden Mann in den Raum und verriegelte hinter ihm rasch die Tür. Das Hemd des Malers war von Blut durchtränkt, er wankte zu einem Schemel und fiel darauf. Im gleichen Moment war Marietta bei ihm, sie kniete neben ihm nieder und schluchzte entsetzt auf, als sie das feuchte Blut auf seinem Hemd berührte.

»O Gott, was ist mit dir geschehen? Was hat man dir getan?«

Scoferino schlug die Hände vors Gesicht und rang nach Atem. Stoßweise brachte er schließlich seine Geschichte hervor. »Es, es ist nichts geschehen. Ich bin nicht verletzt, aber, o Gott, ich habe einen Mann getötet. Ich habe einen Unschuldigen ermordet. Er ist tot, er ist tot.«

Wimmernd lehnte er seinen Kopf nun gegen Mariettas Schulter, die tröstend einen Arm um ihn legte. »Beruhige dich, beruhige dich doch,« flüsterte sie zärtlich, »beruhige dich und erzähle dann, was geschehen ist, *caro mio.*«

Giacomo, der sich während der ganzen Szene im Dunkeln bei der Tür verborgen gehalten hatte, zuckte bei diesen Worten zusammen, so als habe er einen Schwerthieb empfangen. Stumm und reglos verharrte er auf seinem Platz und kämpfte die Gefühle nieder, die ihm das Herz vergifteten.

Beatrice brachte dem jammernden Mann nun einen Becher Wein, richtete ihn auf und befahl mit barscher Stimme: »Trink, dann geht es dir besser.«

Gierig griff Scoferino nach dem Wein und stürzte ihn in einem Zug herunter.

Danach atmete er ruhiger und faßte sich. »Der Kardinal versprach mir die Freiheit, wenn ich einen seiner ärgsten Feinde, der zudem ein Opfer des Teufels sei und mit della Guarde im Bunde stand, vernichten würde.«

Marietta öffnete entsetzt den Mund. »Das hat er verlangt? Von dir?«

Giacomos Mundwinkel zuckten schmerzlich, wie weit ging die Liebe dieser Frau zu seinem jämmerlichen Freunde nur? Sah sie nicht, wie gering es um seine Tugendhaftigkeit, seinen Mut, sein Ehrgefühl bestellt war? Märthe war nun bei ihm und drückte Giacomos Hand. Er bemerkte es kaum, spürte nicht den gutgemeinten Trost und die Ermutigung.

»Ich traf den Mann an der vom Kardinal bezeichneten Stelle. Er trug einen Degen, doch ich war geschickt in einem Hauseingang verborgen. Er passierte den Torbogen, ich sprang heraus und stach zu. O Gott, ich habe ihn wirklich getötet.« Wieder vergrub Scoferino sein Haupt in den Händen und begann zu weinen.

Giacomo wandte sich angewidert ab. So sah er nicht, daß auch Mariettas Gesicht nun nur noch Entsetzen widerspiegelte und jede Spur von Mitleid oder Zärtlichkeit verdrängte.

»Doch das schlimmste«, jammerte nun Scoferino weiter, »ist, daß es eine Falle war. Kaum war der Mann niedergesunken, als am Ende der Gasse bereits die *sbirri* auftauchten und ein wildes Geschrei erhoben. Wäre ihnen nicht ein Trupp von Zechern in die Quere gekommen, sie hätten mich gefaßt. Ich konnte ihnen eben entkommen.«

Beatrice stellte sich nun empört vor ihn hin. »Willst du damit etwa sagen, daß du die Stockknechte direkt auf die Spur zu diesem Haus gebracht hast? Bist du von Sinnen? Was, wenn Marietta entdeckt wird? Der Kardinal Falvini läßt sie überall suchen, du elender Idiot, was...«

Das Geräusch klirrender Degen und polternde Schritte ließ alle hochschrecken. Beatrices Befürchtungen erwiesen sich als wahr. »Scoferino!« rief verzweifelt Marietta.

In diesem Moment riß Giacomo den Riegel der Tür nach oben und lief auf die Gasse hinaus. Mit leisem Knirschen schloß sich dic Tür hinter ihm. Mit lauter Stimme begrüßte er bald darauf die herannahenden *sbirri*: »Ihr seid gekommen, um mich zu verhaften. Ich stelle mich euch. Ich trage keine Waffen. Ich habe den Mann getötet.«

Starr vor Entsetzten lauschte Marietta den Worten Giacomos, die deutlich zu ihnen drangen. Beatrice legte der Kurtisane eine Hand auf den Mund, bevor diese einen Schrei ausstoßen konnte. Mit kaltem Haß betrachtete die Wäscherin über den Kopf Mariettas hinweg den Maler, der sein Gesicht nur noch tiefer in seine Hände vergrub. Das Blut des Toten tropfte von seinem Hemd auf den Boden und hinterließ im Stroh dunkle Flecken.

3.

Die ersten Gerüchte um einen Waffenstillstand zwischen dem Kirchenstaat und der spanischen Krone erreichten die Söldner des General Frundsberg und die Spanier unter ihrem Heerführer, dem Connetable von Bourbon, um den 8. März. Die Söldner lagerten nahe San Giovanni, unweit von Bologna. Heftige Regenfälle im Februar hatten die Gegend fast in einen Sumpf verwandelt. In feuchten Kleidern, viele ohne Schuhwerk, die bunten Wämse längst zerrissen, müde, hungrig und ohne Aussicht auf Löhnung, erfuhren die Landsknechte und Reiter von dem Frieden, der für sie, die kaiserlichen Kämpfer, eine Niederlage bedeutete: keine Beute, keinen Siegespreis.

Zuerst meuterten die Spanier. Ihr Kaiser schuldete ihnen bereits acht Monate Sold, und nun sollten sie wie armselige Bettler und Lumpen aus Italien verstoßen werden, wo die reichsten Städte und die unglaublichsten Kaufmannsschätze warteten.

Wütend stürzten sie zu dem prachtvollen Zelt ihres Führers Bourbon und forderten mit entsetzlichem Gebrüll vollständige und sofortige Entlohnung. Der Connetable mußte sich in einen Stall flüchten und verbergen, einer seiner Edelleute wurde erschlagen, das Zelt des Heerführers geplündert.

Auch die Deutschen wurden von dem Taumel angesteckt und forderten nun mit Macht und Geschrei: »Geld! Geld!« Mehr als das erste Laufgeld hatten auch sie bislang nicht erhalten, und das war längst verbraucht. Die Landsknechte weigerten sich, ohne Entlohnung nun auch nur einen Schritt weiterzuziehen. Die »Gemüte der Knechte entzündeten sich«, notierte bekümmert ein des Schreibens kundiger Begleiter des alten, kränkelnden Frundsberg, »und bald brannte es in ihren Herzen wie Feuer, und wollten die Obristen und Hauptleute totschlagen.«

Der Dominikaner Claudius hatte vom fernen Rom her die

Lage richtig eingeschätzt: Die Söldner hungerten so sehr nach Beute, daß sie auch ohne Anlaß in eine Schlacht gezogen wären, um zu plündern und zu brandschatzen.

Am 16. März versammelte Frundsberg, der sein gesamtes Vermögen für den Feldzug im Namen des deutschen Kaisers verpfändet hatte, sein Kriegsvolk und hielt eine »ernstliche Anrede, die einen Stein gerührt hätte.« Doch die Worte des Mannes, der ein Menschenalter lang die wildesten Gesellen zu bändigen und zu lenken verstanden hatte, fruchteten diesmal nichts. Die Soldaten ließen sich nicht beschwichtigen, die verwilderten Söldner kehrten sogar die Spieße gegen ihre Obristen. Ein Anblick, der den Riesen Frundsberg fällte: Lautlos brach der beleibte Heerführer über einer Trommel zusammen, von Schmerz und Zorn überwältigt: Der Schlag hatte ihn getroffen.

Im Vatikanspalast nahm man die Kunde seines unerwarteten Geschicks als Gottesgericht, da Frundsberg sich vermessen hatte, sein Schwert gegen die geheiligte Person des Papstes zu richten. Doch diejenigen die nun hofften, die Landsknechte würden – ihres Führers beraubt – auseinanderlaufen, sollten sich bitter täuschen. Die Truppen wollten nur so rasch als möglich weiterziehen in Gegenden, die noch nicht ausgesaugt waren und Unterhalt und Beute versprachen. Der Connetable von Bourbon hatte seinen Kopf aus der Schlinge gezogen, indem er jedem Söldner einen Dukaten gegeben und ihm schrankenlose Plünderung, »das Gesetz Mohammeds«, versprochen hatte. Also empfingen sie den Sendboten des Papstes, der am 20. März auf das Heer traf, den Waffenstillstand zu verkünden und sie mit der lächerlichen Summe von 30000 Dukaten zu befrieden, »wie die wütenden Löwen.« Mit Glück gelang es dem Friedensboten, sein Leben zu retten. Der Connetable von Bourbon hatte alle Gewalt über die wilden Horden verloren. Der Not gehorchend gab er Marschbefehl auf Rom. Man zog an Bologna vorüber, mied auch Florenz, da der Apennin noch mit Schnee bedeckt und von feindlichen Soldaten gut besetzt war. Am 30. März näherte sich das Heer langsam der Alten Aemilischen Straße. Sengend und plündernd, einem Heuschreckenschwarm gleich, zog es unaufhaltsam weiter gegen die Romagna.

Der Waffenstillstand war gebrochen noch bevor er in Kraft treten konnte. In höchster Not raffte der Heilige Vater noch einmal 60 000 Dukaten zusammen und ließ sie durch einen Unterhändler den kaiserlichen Truppen anbieten. Noch bevor er eine Antwort auf sein Anerbieten erhielt, setzte er aus Gründen der Sparsamkeit die Entlassung seiner Soldaten fort. Selbst die schwarzen Banden mußten gehen, die Schiffe der päpstlichen Flotte zogen sich von der Küste zurück.

»Die Unbesonnenheit und Fahrlässigkeit ist doch zu groß«, notierte einer von Klemens Beratern verzweifelt. »Noch vor Ausführung des Waffenstillstandes hat der Papst sich fast völlig entwaffnet. Jedermann staunt über ein solches Verfahren; ohne Zweifel hat dies so der Wille Gottes angeordnet, um die Kirche und ihren Lenker zu verderben.«

In Rom machte sich eine unheilvolle Stimmung breit, wie sie großen Katastrophen vorauszugehen pflegt. Alte Prophezeiungen von einem vernichtenden Strafgericht über den Sitz der Kirchenregierung und gegen die sündige Kurie und die Hybris des Heiligen Vaters lebten wieder auf. Bußprediger zogen schreiend und vom Unglück predigend durch die Gassen der Ewigen Stadt. Ein Blitz, der zu dieser Zeit, es war Anfang April, in eine Kirche einschlug, und die verschiedenen Wechselspiele des Wetters wurden allesamt als Zeichen des heraufdämmernden Untergangs verstanden. Zu allem Überfluß aber flammte nun unter den wenigen Soldaten und Verteidigern des Papstes eine Seuche auf, die die letzten waffenfähigen Männer elend niederstreckte. Furcht regierte Rom, und Claudius sah seine Stunde nun gekommen.

»Meldet mich beim Kardinal, rasch!« Ungeduldig beobachtete der Dominikaner den obersten Wachsoldaten Falvinis, der sich mit ärgerlicher Langsamkeit über den Innenhof zum Hauptgebäude des Palazzo bewegte. Ein schwerer Regen prasselte auf das Steinpflaster nieder, peitschte die Blüten von den Rhododendren und verwüstete auch die ersten Blütenkaskaden der Bougainvillea, die über die Balustraden der Wandelgänge herabrieselten. Claudius zog fröstelnd sein Skapulier enger um seine Schultern und suchte Schutz im Säulengang des Hofes.

Mägde eilten auf klappernden Holzschuhen über den Hof, ein Küchenknecht bemühte sich, eine eben gefangene Gans zu bändigen, die zu ahnen schien, daß ihr in den Küchengewölben des Kellers das Ende drohte. Das Tier entkam durch heftiges Flügelschlagen den Armen des Knaben und flatterte unter großem Geschrei direkt auf den Mönch zu. Der hob abwehrend die Arme und trat nach dem zischenden Vogel, der zurückschnappte und den Mönch empfindlich in seinen rechten Arm zwickte. Mit bösem Geschnatter und erstaunlich flink watschelte das Tier sodann durch die Kolonnaden. Die Wachsoldaten am schmiedeeisernen Tor verfolgten die Szene mit lautem, rauhen Lachen und sparten nicht an Beleidigungen für den Dominikaner. Der dürre, bleiche Mann warf ihnen böse Blicke zu und wollte sie eben wegen ihrer Unbotmäßigkeit anherrschen, als er den obersten Wachmann langsam über den Hof zurückkehren sah.

Der Dominikaner schlug die Kapuze seines Skapuliers über seinen sauber geschorenen Schädel und eilte ihm durch den heftig prasselnden Regen entgegen.

Der Soldat machte keine Anstalten, ihm schneller entgegenzukommen, und Claudius schwor sich, auch diesen Kerlen einmal seine besondere Behandlung zuteil werden zu lassen.

Endlich traf er auf den Mann, der jedoch seinen Weg fortsetzte, um aus dem Regen zu kommen.

»Nun?« fragte Claudius gereizt, während er gezwungen war, neben dem baumlangen Mann herzulaufen.

»Er ist nicht da.«

»Was soll das heißen? Ich habe dringende Geschäfte mit ihm, wichtige Nachrichten, er sagte, er würde mich am heutigen Morgen empfangen.«

»Ich sagte, er ist nicht da«, wiederholte der Soldat knapp und bar jeder Höflichkeit.

»Kerl«, schrie nun der Mönch, »mach mich nicht rasend! Sag mir, wohin er gegangen ist.«

Doch der Wachmann zuckte nur mit den Achseln und setzte seinen Weg fort. Claudius sandte ihm einen Fluch hinterher, dann eilte er, die Anweisungen des Hausherrn mißachtend, auf das Hauptgebäude zu und war durch die Tür, bevor ihn einer der Wächter aufhalten konnte. Claudius stürmte die Marmortreppe in den ersten Stock hinauf, drängte zwei Pagen beiseite, die ihm in der Loggia den Weg verstellen wollten, eilte in den inneren Gang und riß die Tür zum *studiólo*, der Bibliothek Falvinis, auf.

Überrascht sprang Rodiconda vom Boden auf, der Dominikaner erkannte sofort die ertappte Spionin, die eben noch in einer Truhe zwischen einigen Papieren gewühlt hatte. Mit einem kleinen Grinsen schloß er die Tür hinter sich.

»Was du da tust, wird Seiner Eminenz wohl kaum gefallen«, sagte er und trat an die Truhe heran.

Rodiconda ordnete ihre Röcke, strich sich über das Haar, das in einem feinen, aus Goldfäden gewebten Netz steckte und lächelte verächtlich zurück.

»Wo ist der Kardinal?« fragte der Mönch nun die Kurtisane. Die drehte sich mit einem eleganten Schwung ihrer Hüften um, so daß die Röcke aus schwerer Rohseide raschelten, und warf sich in Falvinis Sessel.

»Er macht einen Besuch«, sagte sie mit gelangweilter Miene.

»Wo, zum Teufel ist er?« fragte noch einmal der Dominikaner.

»Genau dort. Beim Teufel, würde ich sagen, oder zumindest in der Vorhölle. Ich kann es beurteilen, ich war ja selbst dort.«

Der Mönch zog ärgerlich die Kapuze von seinem Kopf. »Du meinst, er ist schon wieder im Gefängnis bei diesem elenden Giacomo? Verflucht sei dieser ganze Liebeshändel.«

Rodiconda lachte bitter auf. »Siehst du nun, was du angerichtet hast, du kluger Mönch? Du hättest Marietta töten sollen, genau wie ich es von Anfang an wollte. Solange sie lebt, wird sie den Kardinal beherrschen. Der Gedanke an seine Milchhure hat seinen Verstand getrübt. Dort in der Kiste«, sie deutete auf die eisenbeschlagene Truhe, »fand ich ein, zwei Briefe, die er schrieb und wohl nicht absandte. Es sind Zeugnisse einer Besessenheit, die an Wahnsinn grenzt.«

Claudius eilte zu der Kiste und zog einen Brief hervor. Er überflog die ersten Zeilen und seufzte.

»Nicht wahr, es sind erschreckende Briefe«, sagte Rodiconda, »vor allem seine Ausführungen über ihre beseligende Aura. Und dann der Teil, in dem er von dem Gefühl eigener Heiligkeit schwärmt, das ihn durchdringt, wenn er an sie denkt, seine Madonna der Schmerzen. Rührend.«

Der Dominikaner schleuderte den Brief angewidert in die Truhe und verschloß sie mit einem dumpfen Knall, so als könne er auf diese Weise die unwillkommenen Gefühle des Purpurträgers bändigen.

»Du siehst«, sagte die Kurtisane, »du hast dich verrechnet. Der Mann ist nicht mehr bei Sinnen. Und wenn ich ihn noch sooft in meinem Bett empfange, er gibt seine fatale Neigung zu der Hure nicht auf.«

»Er will sie entdecken, um sie zu vernichten. Er weiß selbst, daß dieser Kampf in seiner Seele ihm nicht guttut.«

»Ich wünschte von Herzen, es wäre, wie du sagst«, bemerkte Rodiconda, und ihre Stimme war spröde von Spott, »doch dieser Kerl, dieser Giacomo, erweist sich als störrisch. Falvini hat nun erreicht, daß auf ihn die Folter angewendet wird, doch selbst die peinliche Befragung löst dem Kerl nicht die Zunge. Er ist verstockt und will nichts über den Aufenthalt Mariettas wissen.«

Die Tür zum *studiólo* wurde jäh aufgerissen. In Reitstiefeln und weltlichem Gewand betrat der erzürnte Hausherr sein liebstes Gemach, Almansor folgte ihm auf dem Fuße. Regen tropfte von den schweren Umhängen der beiden Männer herab, ihre Gesichter glänzten von Nässe.

»Was tut ihr hier? Rodiconda, verschwinde, ich wünsche nicht, dich bei Tage in diesem Zimmer zu sehen.«

Die Kurtisane erhob sich betont langsam und schlich einer Katze gleich am Purpurträger vorbei zur Tür. Hinter seinem Rücken drehte sie sich noch einmal um und legte ihre Hand an die Stirn und deutete dann auf Falvini. Der Dominikaner, dem die Geste galt, verstand. La Luparella machte ein Zeichen, das soviel bedeutete, wie, der Kerl sei verwirrt und unzurechnungsfähig. Doch Claudius sorgte sich viel mehr darum, welche Konsequenzen die Kurtisane daraus ziehen würde.

Der Kardinal warf sich nun in seinen Sessel, bedeutete seinem Sarasin, ihm die Stiefel abzustreifen, und wandte sich dann mit einem gereizten »Nun?« an den Dominikaner.

»Ich bin gekommen, um Euch von weiteren Erkrankungen zu berichten. Die Streitkräfte des Kapitols kämpfen zur Zeit gegen die sich ausbreitende Mal Franciosa an und sind so geschwächt, daß sie die Wachen an den östlichen Stadttoren kaum noch ablösen können. Es ist an der Zeit, daß Ihr endlich Boten an die heranziehenden kaiserlichen Truppen sendet. Ich rate auch, Kontakt mit Lannoy aufzunehmen, und ihn von Eurer großen Treue zur Krone Mitteilung zu machen. Die Zeit ist reif, Euer Eminenz.«

Der Kardinal griff lässig zu einer Schale mit Oliven, die

neben ihm auf einem geschmiedeten Tischchen stand und aß schweigend.

»Euer Eminenz, ich muß Euch drängen, die Truppen sind bereits…«

»Ich habe dir schon einmal gesagt«, unterbrach ihn kalt der Kirchenfürst, »daß ich von dir keine Befehle entgegennehme.«

Der Dominikaner unterdrückte seinen Zorn. »Verzeiht, wenn ich Euren Zorn erregt habe«, bat er bemüht unterwürfig. »Ich hoffe natürlich, daß die Spione der Kaiserlichen längst Meldung von der Seuche gemacht haben. Aber wäre es nicht eben darum ratsam, den eigenen Namen nun ins Spiel zu bringen? Vielleicht zu erfahren, von welcher Seite die Truppen Rom zu nehmen gedenken, und ihnen entsprechende Hilfe an eben dieser Stelle anzubieten? Es ist ein leichtes für mich, eben die Soldaten zu schwächen, die ihnen entgegentreten könnten.«

Falvini kaute und spuckte einen dunkelbraunen Kern in seine gewölbte Rechte. »So? Es ist dir ein leichtes? Nun, dann habe ich andere Nachrichten für dich. Es scheint eine heilkundige Frau zu geben, für die es beinahe ebenso leicht ist, deine kranken Soldaten zu kurieren. Beim Ritt vom Gefängnis Tor di Nona hierher entschloß ich mich, der Kaserne der Kapitolsoldaten einen Besuch abzustatten. Ich wollte deine Kranken einmal in Augenschein nehmen. Stell dir meine Überraschung – und natürlich meine aufrichtig bekundete Freude – vor, als man mir mitteilte, von den neunzig Erkrankten, seien bereits einundzwanzig wieder vollständig genesen, und die Mehrzahl befände sich auf dem Wege der Besserung. Ganze zwei Tote sind zu beklagen. Und leicht zu ersetzen. Du bist ein Scharlartan, Mönch, ein Jahrmarktszauberer. Ziehe mit deinem Trick über die Ostermärkte, vielleicht bringen sie dir einige Karlini.«

Claudius war erbleicht, sprachlos stand er vor dem Kardinal, der mit befriedigtem Grinsen eine weitere Olive in den Mund steckte und herzhaft kaute.

»Das kann nicht sein«, brachte der Mann im weißen Habit schließlich stammelnd hervor.

»Es ist aber so. Oder willst du meinem Zeugnis widersprechen?«

Der Dominikaner runzelte die Stirn, so daß eine steile Falte zwischen seine Augen trat. Angestrengt dachte er nach, er schien in Gedanken weit weg von Falvini, von der Bibliothek.

»Eine heilkundige Frau?« sagte er schließlich mehr zu sich selbst als zu dem Mann im Sessel. »Nein, das ist nicht möglich. Und doch. Nur sie könnte...«

»Was fällt dir ein«, herrschte ihn Falvini an, »dich in meiner Gegenwart so zu vergessen oder besser, in dieser Form *meine* Gegenwart zu vergessen!«

Der Dominikaner faßte sich und riß sich aus seinen Gedanken. »Verzeiht, Eminenz, verzeiht. Wenn ich Euch noch eine Frage stellen darf?«

Falvini nickte mit gut gespielter Langeweile.

»Habt Ihr die Frau gesehen?«

»Nein, aber ich habe sie mir beschreiben lassen. Es muß eine rechte Hexe sein, häßlich wie ein Galsterweib, doch der Kommandeur konnte sie nicht genug preisen und berichtete außerdem, diese Frau habe sogar einige der bedauernswerten Findelkinder gerettet, die della Guarde mit zauberischen Mitteln vergiftete.«

Aufgeregt starrte der Mönch nun den Kardinal an. Zornesröte trat in sein Gesicht, tödlicher Haß lag in seinem Blick. Dann stieß er wütend hervor. »Es ist Märthe.«

Der Kardinal richtete sich überrascht auf. »Zum Teufel mit dir, Mönch. Du kennst sie?«

Ein Klopfen ertönte. Almansor öffnete die Tür, und ein Page erschien. Er verneigte sich gegen den Kardinal. »Herr, am Tor ist eine Frau, die Euch sprechen will.«

»Es ist vollkommen verrückt, es ist unmöglich, eine Torheit, Wahnsinn!« Beatrice zerhackte mit großer Wut Rindenstücke des Guajakaholzes, füllte sie in eine Steinschale und zerrieb sie in einem Mörser mit einer Heftigkeit, die Ausdruck ihrer Gefühle war.

»Es bleibt mir keine andere Wahl«, sagte der Kapuziner mit müder Stimme. »Ich würde es mir nie verzeihen, einen wie Giacomo im Stich gelassen zu haben. Er ist mehr Wert als ein ganzes Dutzend Scoferinos.« Er warf einen wütenden Blick auf die Tür der Schlafkammer, in der der Maler sich verborgen hielt und sich die Zeit zu vertreiben pflegte, indem er mit Holzkohlestücken kleine Porträts Prosperos skizzierte. Marietta weigerte sich seit der Verhaftung Giacomos mit unmißverständlicher Kälte, dem Künstler als Modell zu sitzen, und brachte ihm gegenüber kaum mehr als einen Gruß über die Lippen. Sie war wie jeden Morgen in den dunklen Hinterhof des Hauses gegangen, um sich ein wenig zu erfrischen. Denn genau wie Scoferino durfte auch sie das Haus nicht verlassen, überall mußte man die Spione Falvinis vermuten.

Märthe hatte sich auf den Weg zur Kaserne am Kapitolshügel gemacht, wo sie die Kranken pflegte.

Beatrice blies sich nun eine Haarsträhne aus der schweißnassen Stirn und bearbeitete weiter die Rinde. Hartnäckig hielt sie auch an ihren Vorhaltungen gegen den Befreiungsplan des Mönches fest.

»Fresenius, schau dich an, du bist noch nicht wieder bei Kräften, und wie mir scheint, auch nicht bei Sinnen. Ein Angriff auf Tor di Nona. Selbst wenn du ein Wunderpulver mischen kannst, die Basaltmauern wirst du damit nicht niederreißen können. Das Gebäude ist mehrfach umfriedet, die Gänge gleichen einem verwirrenden Labyrinth und werden schärfer bewacht als der Papst selbst. Giacomo liegt in einem der Kellerverliese. Er wird angekettet sein. Dein Plan ist blanker Wahnsinn. Ich werde es nicht zulassen, daß du den Schergen wie ein närrischer Bußprediger direkt ins offene Messer läufst. Du bist ein störrischer, alter Esel.«

Fresenius mußte über den Eifer des Mädchens lächeln. »Du verschwendest eine Menge Gedanken an einen alten Mönch, wie ich es bin. Vergiß nicht, daß ich mein Schicksal ganz dem Allmächtigen anvertraut habe und immer auf seinen Ratschluß vertraue.«

Beatrice füllte das Rindenmehl in kleine Leinenbeutel, dann setzte sie mit Wucht die Steinschale wieder ab, so daß der schwere Tisch darunter erbebte.

»Unsinn. Das ist gotteslästerlich, den Namen des Herrn mit deiner Pulverzauberei in Verbindung zu bringen.«

»Aber hat er uns nicht damals auf dem Schiff des Ceci in wundersamer Weise beigestanden? Die Kugeln direkt auf unsere Angreifer gelenkt?« fragte der Kapuziner und entriß Beatrice ein Salbentöpfchen, das sie eben öffnen wollte. »Beatrice, deine Gedanken sind abgelenkt. Dies ist die falsche Salbe. Du mußt von dem Quecksilber nehmen, oder du verdirbst die Medizin. Und vergiß nicht den Schierling.«

Vor sich hin schimpfend, berichtigte Beatrice ihren Fehler. Der Kapuziner nahm die Leinensäckchen und hängte sie in einen Kessel mit kochendem Wasser, der über der Feuerstelle hing.

»Märthe ist eine wirklich erstaunliche Frau«, sagte Fresenius nun, »und eine der tapfersten, die ich kenne.« Er schwieg, dann setzte er hinzu. »Neben dir.«

Jäh drehte sich Beatrice zu ihm um. »Was soll mir dieses Lob wieder bedeuten? Und das von dir, der mich auf der Reise nach Livorno am liebsten über Bord zu den Fischen geworfen hätte, nur weil ich keck genug war, dich zu begleiten. Eine Weibsperson in Männerhosen,« bemerkte sie mit mißtrauischem Blick auf den Mann in der braunen Kutte. Der schwieg und drückte die Leinenbeutel tiefer ins Wasser.

»Oh«, sagte Beatrice plötzlich nach einigem Nachdenken. Sie näherte sich mit gespielt drohender Gebärde dem Kapuziner, »sag mir nicht, daß du mir eine Rolle bei deinem Feuerzauber zugedacht hast. Ich soll doch nicht bei diesem Abenteuer für Sinnenlose und Toren mitmachen?«

Empört hielt sie kurz inne, dann stahl sich ein spitzbübisches Lächeln in ihr Gesicht, »Du weißt mich zu nehmen, Mönch. Also, was soll ich tun?«

Bevor der Kapuziner antworten konnte, riß Scoferino die Tür seiner Kammer auf. »Sie ist verschwunden, fort!« schrie er in den Raum.

Der Mönch und Beatrice drehten sich zu ihm um. Auf ihren Gesichtern spiegelte sich Entsetzen.

XII.

1.

»Tausend Feinde außerhalb des Hauses sind besser als einer drinnen.«

Arabisches Sprichwort

Marietta!« Der Kardinal war aufgesprungen und zur Tür geeilt. Vor ihm stand, das Gesicht zum Boden gesenkt, die schöne Kurtisane. Sie trug ein einfaches Kleid nach Art der Handwerkersfrauen, mit dunkelrotem, quergeschnürten Mieder und einfachen Leinenröcken, darüber einen schwarzen Umhang, der feucht vom Regenwasser schwer herabhing. Der Kardinal machte Almansor ein Zeichen, und der nahm der reglosen Frau den Umhang von den Schultern. Sie schien es kaum zu bemerken und verharrte nahe bei der Tür.

»Auf ein Wort, Kardinal«, kam aus der Tiefe des Raumes die schnarrende Stimme des Dominikaners. Eine Stimme, die Marietta zusammenfahren ließ. Unwillkürlich wich sie einige Schritte zurück, doch Almansor verstellte ihr den Weg, und der Kardinal ergriff ihre Hand und zog sie in die Bibliothek und zu einem Kamin, in dem ein prächtiges Feuer prasselte.

»Du mußt dich hinsetzen, komm«, drängte der Purpurträger und zog seinen eigenen Sessel vor das Feuer. Claudius beobachtete es mit wachsendem Ärger. Wo blieb der tödliche Haß dieses Mannes, wo sein entschlossener Zorn? Noch einmal räusperte sich Claudius, doch unwirsch befahl ihm Falvini zu gehen.

»Denkt an Eure Boten an die Truppen«, versuchte der Dominikaner den von der Liebe Besessenen, denn das schien Falvini in diesem Momente zu sein, noch einmal an das Dringlichste zu erinnern. Der Purpurträger aber beachtete ihn nicht mehr, sondern hatte sich neben Marietta hingekniet, die stumm ins Feuer starrte.

Claudius verließ das *studiólo,* und Almansor nahm vor der Tür seinen Wachposten ein. Der Dominikaner betrachtete ihn mürrisch, dann ging er langsam den Gang hinab und auf die Treppe zu. Auf den obersten Stufen hockten müßig die beiden Pagen und ließen einige Spielsteine kullern. So beschäftigt, bemerkten sie den weißen Schatten nicht, der sich lautlos näherte. Claudius warf noch einmal einen Blick zu Almansor am düsteren Ende des Ganges, dann wandte er sich lautlos der Treppe zu, die in den zweiten Stock des Palazzo führte, und stieg sie hinauf. Mit verschlagenem Blick schaute er sich dort um. Der Gang lag verlassen. Claudius erkannte die doppelflüglige Tür, die zu den Schlafgemächern Falvinis führte.

Ein Zischen ließ ihn herumfahren. Auf der schmalen Treppe, die zu den Dachkammern führte, entdeckte er Rodiconda. Sie winkte ihn mit der Hand zu sich heran. »Komm«, flüsterte sie, »oben in meinem Schlafzimmer sind wir ungestört.« Der Dominikaner nickte und folgte der Frau. Sie war seine beste Verbündete im Kampf gegen die elende Milchhure, die Falvinis Sinne verwirrte. Wenn es ihm gelungen war, aus Rodiconda eine überzeugende Büßerin zu machen, so sollte es ihm auch gelingen, Marietta in eine Teufelsschwester zu verwandeln.

Der Kardinal hatte Mariettas rechte Hand ergriffen, sie war kalt und feucht vom Regen. Leise rieb er sie und drückte flüchtige Küsse auf den Handrücken. Die Kurtisane ließ es geschehen. Mit tonloser Stimme sagte sie schließlich. »Ich bin zu Euch zurückgekommen, Euer Eminenz, um mich Euch ganz auszuliefern. Tut mit mir, was immer ihr wollt, ich werde mich nicht länger sträuben.«

Der Kardinal streckte nun eine Hand aus und fuhr Marietta zärtlich über ihre Wangen, tastete mit dem Zeigefinger zart nach den letzten Spuren der Narben und fuhr beinahe entzückt darüber.

»Du bist also doch noch gekommen«, murmelte er heiser, »du bist aus freiem Willen zu mir gekommen. Ich wußte, daß du eines Tages deine wahre Bestimmung erkennen würdest.« Er näherte sein Gesicht dem ihren. Marietta blickte ihm ängstlich in die beinahe schwarzen Augen, in denen Lust und Gier aufblitzten. Jedes Anzeichen von Widerwillen meidend, drückte sie dem Mann ihren schönen weichen Mund auf die Lippen. Der Kirchenfürst zitterte leicht, dann schlang er seine Arme um die Frau und zog sie aus dem Sessel ungestüm zu sich herab auf den kalten Boden. Sie ließ es geschehen. Er beugte sich über sie und ließ seine Hände wollüstig über ihre Brüste fahren. Dann krallten sich die Finger seiner Rechten in den Ausschnitt ihres Mieders, und mit einem Ruck riß er es herunter. Marietta schrie kurz auf, denn der harte, rauhe Stoff und der rohe Griff des Kardinals bereiteten ihr Schmerzen.

Falvini achtete nicht darauf, sondern schob ihr Hemd nach unten, legte ihren Busen frei und fuhr mit der Zunge über die weiße, kühle Haut.

Marietta schloß gequält die Augen, eine steile Falte bildete sich über ihrer Nasenwurzel, doch sie schwieg weiter. Plötzlich hielt der Kardinal inne, richtete sich auf und entblößte die Kurtisane bis hinab zu ihrem Bauchnabel. »Du hast wieder gestillt«, sagte er, und seine Stimme schwankte zwischen Zorn und Überraschung, »du hast wieder ein Kind gestillt. Sag mir welches?«

Marietta öffnete die Augen und erschrak über das verzerrte Gesicht Falvinis. Sie wollte sich aufrichten, doch der Kardinal drückte sie zu Boden.

»Es war mein eigener Sohn, Herr, nur mein eigener Sohn. Begreift doch, ich habe ihn und alle, die ich liebe verlassen, um bei Euch zu sein. Ist das nicht genug Beweis für meine, meine...« Sie brachte das Wort Liebe nicht über die Lippen. Verzweifelt starrte sie zu ihm hoch und schließlich stieß sie flüsternd das Wort »Zuneigung« hervor.

»Zuneigung, sagst du? Das scheint mir ein wenig dürftig. Habe ich nicht mehr verdient? Bin ich nicht der, der in dir das Heiligste erkannt hat? Der um den Funken von Göttlichkeit weiß, der sich in dir verbirgt?« Immer schneller sprach der Kardinal nun, seine Stimme drohte sich zu überschlagen, und seine Worte wurden immer undeutlicher. Marietta entsetzte sich über den offenbaren Wahnsinn des Mannes, der seine Hand immer fester gegen ihre Kehle preßte.

»Ich weiß um deine Bestimmung, Marietta. Du bist mir von Gott gesandt, um mich zu prüfen. Du bist meine Versuchung, die größte, die mir je auferlegt wurde. Der Herr will meine Stärke prüfen. Nur wenn du mich liebst, kann ich erlöst werden. Wenn du nicht um mich bist, spüre ich Nadelstiche unter meiner Haut. Ein Getümmel wie von Gewürm in den Eingeweiden. Spürst du es nicht? Du bist auserwählt, mich zu befreien, mich zu meiner wahren Bestimmung zu führen. Wir müssen gemeinsam diese Dämonen besiegen.«

Marietta wand sich unter dem harten Druck seiner Hand, die ihr die Luft zu nehmen drohte. »Bitte, Herr«, flehte sie mit schreckgeweiteten Augen, »bitte, hört auf.« Ihr Atem kam nun röchelnd. Der Blick Falvinis schien durch sie hindurch zu sehen, doch der Griff an ihrer Kehle lockerte sich nun. Langsam klärten sich die Züge des Mannes, er blinzelte kurz, dann schien er die Frau am Boden wieder wahrzunehmen.

»Warum bist du gekommen?« fragte er nun mit ruhiger Stimme.

»Weil Ihr es zu wünschen scheint, weil Ihr nach mir begehrt«, antwortete Marietta und schob sanft Falvinis Hand zur Seite. Tief atmete sie ein, stützte sich auf ihren Ellbogen ab und schaute Falvini fest in die Augen. Vorsichtig und mit schmeichelnder Stimme redete sie nun auf ihn ein.

»Ich verstehe den Sinn Eurer Worte nicht, denn ich bin nur ein einfaches Frauenzimmer und Ihr seid ein Mann der Kirche. Ein studierter Mann, ein ernsthafter Theologus, und wenn ihr nach meiner Liebe verlangt, um erlöst zu werden, so will ich versuchen Euch zu lieben.«

Sie schluckte. Der Kardinal betrachtete sie mit gerunzelter Stirn, so als versuche er unter Mühen, den Sinn ihrer Worte zu begreifen. Erinnert er sich nicht mehr an seine irren Reden? fragte sich Marietta verwirrt und beeilte sich, das Thema zu wechseln.

»Kardinal Falvini, ich komme als Bittstellerin zu Euch. Ich bin bereit, Euch alles zu geben, was Ihr von mir verlangt. Nur eine Bitte habe ich, eine einzige Bitte. Befehlt die Entlassung des Studenten Giacomo. Er ist unschuldig. Ich habe ihn zu meiner Flucht damals überredet, ich habe ihn verführt, gegen Euch die Hand zu erheben. Ihr sagtet eben, Eure Seele sei von Dämonen behaust. Vielleicht habt Ihr unrecht, Kardinal. Vielleicht bin ich es, deren Seele ein Sitz des Bösen ist. Unterzieht mich einem wie auch immer gearteten Exorzismus, tötet mich, wenn Ihr mich für gefährlich haltet, aber bitte, laßt den Studenten frei. Er ist ein anständiger Mann und von so reinem Herzen, wie es ein aufrechter Christ nur zu sein vermag.«

Von ihrer langen Rede erschöpft, schloß Marietta wieder die Augen. Doch ihr Atem ging nun ruhig, sie hatte ihr Anliegen vorgebracht, aller Hoffnung auf eigenes Glück entsagt. Doch wenn sie gehofft hatte, einen Falvini mit einem solch offenkundigen Liebesbeweis und einem Selbstopfer für einen anderen Mann zu rühren, so wurde diese Hoffnung bitter enttäuscht.

Der Kardinal, nun wieder Herr seiner Sinne, lachte hart auf. »Das also ist der Grund für dein Kommen. Ein Opfergang. Wie süß, wie vollkommen edel und wie vollkommen unsinnig. Natürlich werde ich Giacomo nicht freilassen. Er hat mich verletzt mit der Absicht, mich zu töten. Wer die Hand in dieser Weise gegen einen Kirchenmann erhebt, darf nicht auf Gnade hoffen, schon gar nicht auf meine.«

Marietta setzte sich auf, der Kardinal hockte neben ihr. Sie faltete flehend ihre Hände. »Bitte, Kardinal, bitte laßt ihn gehen. Er kann Euch nichts bedeuten, er hat in einem Anfall von Wahnsinn gehandelt, er wird nie wieder versuchen, Euch zu verletzen. Wenn Ihr Eure Anklage fallen laßt, wenn ihr ein Wort für ihn einlegt, kann er gehen, wohin er will. Wenn Ihr das tut, werde ich nichts mehr für mich verlangen. Ich habe Scoferino verlassen, mein Kind, meine Freunde, was soll ich Euch noch geben?«

»Nichts, was ich mir nicht ohnehin von dir jederzeit nehmen kann, wenn mir der Sinn danach steht.« Der Kardinal erhob sich und rief nach Almansor.

»Verfluchte Närrin«, schimpfte Fresenius und war in seiner Wut nahe daran, den Kessel mit dem Guajakasud umzuwerfen. Beatrice war nicht minder erbost, Scoferino stand ratlos im Raum. »Wohin, glaubst du, Mönch, ist sie gegangen?« fragte er schließlich.

Der Kapuziner warf ihm einen grimmigen Blick zu. »Sie ist gegangen, um sich einer Bestie vor die Füße zu werfen.«

»Sie ist bei Falvini«, ergänzte die hellsichtige Beatrice, »sie opfert sich, um deinen Fehler und dein unsinniges Verbrechen zu sühnen.«

Der Maler hob erstaunt die Brauen. »Du meinst, sie bittet für mich, bei Falvini?«

Ärgerlich drehte sich die Wäscherin nun ganz zu ihm herum. Verächtlich betrachtete sie ihn. »Wann endlich wirst du begreifen, daß nicht alle Welt nur mit deinem Schicksal befaßt ist? Zu welchen Ideen du dich immer nur versteigst. Sie bittet nicht für dich. Deine Haut ist ohnehin gerettet, du bist billig genug davongekommen. Sie bittet für deinen Freund Giacomo, der – weiß der Himmel warum – sein Leben für deines gegeben hat.«

Scoferino sank auf einen Schemel. Die Wäscherin sah mit Befriedigung, daß er endlich seine eigene Niedertracht zu fühlen schien. Doch Beatrice irrte.

»Sie, sie hat mich und Prospero verlassen?« fragte der Künstler und schien fassungslos. »Jetzt, nachdem alles sich zum Guten zu wenden schien?«

Beatrice ballte empört ihre Hände zu Fäusten, der Kapuziner legte sanft eine Hand auf ihre bebenden Schultern. »Laß nur«, murmelte er, »der Kerl ist es nicht wert. Aber ich denke, wir müssen unseren Feuerzauber so bald als möglich veranstalten. Falvini ist kein Mann der Barmherzigkeit und mit Marietta in seiner Gewalt, könnte er Giacomo einiges abpressen. Zum Beispiel den Verrat unseres Verstecks. Wir müssen ihn freischlagen, bevor Falvini und sein teuflischer Berater uns alle vernichten.«

»Du meinst Claudius?« fragte Beatrice.

»Ja, Claudius. Ihn dürfen wir vor allem nicht unterschätzen, denn für ihn zählt ein Menschenleben noch weit weniger als für den liebestollen Kardinal.«

2.

»Rom, tue Buße! Man wird mit dir wie mit Sodom und Gomorrha verfahren. Der Papst hat die Mutter Gottes geraubt, um seine Hure oder vielmehr seine Freundin zu schmücken.«

Schmährede des Bußpredigers Bartolomeo Carosi,
genannt Brandano, Rom, April 1527

Trotz der vom Papst gesandten Gelder, den 60 000 Dukaten, mit denen er die deutschen Landsknechte und die kaiserlichen Spanier unter Bourbon vom Zug auf den Vatikan abhalten wollte, setzte das Heer seinen Marsch fort. Unter größten Mühen und beschwert durch starke Regengüsse wurde schließlich der Apennin überquert. Die acht Feldschlangen, unverzichtbare Geschütze beim Ansturm auf die Aurelianische Mauer, wurden an Seilen über die steilen Anhöhen geschleift. Halbverhungert erreichten die Truppen schließlich San Maria in Bagno an der Südseite der Gebirgskette. Ihr Führer Bourbon ließ dem Heiligen Vater nun noch einmal eine Geldforderung übermitteln, denn er hatte von dem erbarmungswürdigen Zustand der römischen Verteidiger Kenntnis erlangt. 240 000 Golddukaten verlangte er für die Schonung Roms und drohte zugleich, Klemens' Vaterstadt Florenz anzugreifen, sollte der Papst der Forderung nicht unverzüglich nachkommen. Teile seiner nach Beute lechzenden und hungrigen Truppen streiften auch bereits bis ins Arnotal. Ihnen schlossen sich immer mehr Glücksritter, Vagabunden und gierige Abenteurer an.

»240 000 Dukaten«, so sollte jedoch die Antwort des Papstes lauten, »eine solche Summe aufzubringen, ist ebenso unmöglich wie den Himmel und die Erde zu vereinigen.« Die Antwort

Bourbons war eine dreiste Erhöhung seiner Forderungen auf 300 000 Dukaten.

Klemens, der bisher fast wie absichtlich die Augen geschlossen hatte, um die Gefahr nicht zu sehen, erkannte endlich, daß ein Sturm auf Rom kaum noch abzuwenden war. Endlich beschloß er, die Ewige Stadt in Verteidigungszustand zu setzen, bat die Verbündeten der Liga noch einmal dringlich um Unterstützung, warb eine neue Reiterei an und forderte freiwillige finanzielle Hilfe von den wohlhabenden Bürgern Roms, deren Schätze noch immer unermeßlich waren. Vergebens. Geiz und Verblendung der hochmütigen Patrizier waren so hoch, daß selbst der reichste Mann der Stadt, Domenico Massimi, nicht mehr als 100 Scudi zu leihen sich erbot!

Rom rüstete sich am 17. April nicht so sehr für eine Schlacht, sondern für die Osterfeiertage. Die Kopfreliquien der Apostelführer wurden in San Giovanni in Laterano unter großem Zeremoniell aus ihrem Schrein geholt und sorgsam von behandschuhten Bischöfen geweiht.

Kardinal Falvini ließ in seiner Titelkirche das neue Bild einer köstlichen Madonna enthüllen. Die Mandorla – jener mandelförmige Heiligenschein, der der Mutter Gottes und Jesu Christu allein vorbehalten ist – umrahmte ein Antlitz voll Milde und Güte. So schön war die Frau, daß die Gläubigen sofort begannen, vor ihrem Bilde Kerzen zu entzünden, Blumen davor hinzulegen und Fürbitte zu leisten.

In den Gassen boten Flagellanten reichen Sündern ihre Dienste für die Karfreitagsprozession an, zeigten die mit Eisenstiften durchflochtenen Peitschen vor und überboten sich gegenseitig in der Ausmalung der Wunden, die sie sich – gegen Geld – zuzufügen gedachten.

Sie fanden reichlich Auftraggeber, die für einige Karlini mehr sogar Kreuzträger mit echten Dornenkronen anwerben konnten, die gar bereit waren, sich am Ende der Prozession wie ehedem der Sohn des Herrn mit echten Nägeln ans Kreuz schlagen zu lassen. Mit grausamer Lust prüften ihre Kunden die stählernen Tischlernägel, die die käuflichen Büßer sich durchs Fleisch treiben lassen wollten.

Lämmer wurden zur Schlachtung von den Wiesen des römischen Volkes am Monte Testuccio herabgetrieben und mit Blumenkränzen geschmückt, bevor sie unter das Beil kamen. Der Heilige Vater selbst arbeitete mit Eifer und anerkennenswerter Inbrunst an der Bulle In coena Domini, die er am darauffolgenden Tag, dem 18. April und Gründonnerstag des Jahres 1527, den Gläubigen zu verlesen gedachte.

Aufgeregt schnatterten die kapitolinischen Gänse, die vom Volke noch immer als heilige Tiere verehrt wurden, obwohl keiner sich recht der Wurzeln dieser antiken Tradition entsinnen konnte, als Märthe und einer der Befehlshaber der Kaserne ihr Gatter am Fuße des Hügels passierten. Vorwitzige Knaben neckten die feist gemästeten Vögel mit kleinen Ruten und bewarfen sie mit Schlamm, bis einige Wachsoldaten sie unter Knüffen und Tritten verscheuchten.

Lächelnd beobachtete Märthe, wie die Knaben sich in sicherer Distanz noch einmal zu den Soldaten umdrehten, ihnen die Zunge oder ihre entblößten Hinterteile zeigten. Der Commandante schüttelte den Kopf.

»Sie haben sich einige Frechheiten angewöhnt, während meine Männer zu krank waren, um sie zu züchtigen«, sagte er streng, doch seine Begleiterin erkannte den deutlichen Ton der Erleichterung, der in seiner Stimme mitschwang.

»Seid beruhigt«, sagte sie, »bald werden Eure Männer wieder stark genug sein, um ihren Dienst wieder aufzunehmen.«

»Dein Wort in Gottes Ohr, doch wenn die Nachrichten über das Heer des Bourbon stimmen, dann hätten wir es bald mit einem hungrigen Heuschreckenschwarm zu tun, der ungestümer und grausamer ist als die schwarzen Banden«, bemerkte der Commandante.

Sie schlenderten weiter und näherten sich der Piazza Venetia, wo rege Bautätigkeit von den Bemühungen zeugte, die Baulücken zwischen antiken Ruinen und verfallenen Mauerresten zu schließen. Berge von gelbem Travertin und verschiedenfarbigem Tuffgestein waren aufgeschichtet, die Säulen einiger imposanter Tempel wurden abgetragen, um an anderer Stelle den Kolonnaden eines modernen Palazzo einverleibt zu werden. Mächtige Holzkräne ragten in den dick bewölkten Himmel empor, das Hämmern von Schmieden verriet die Emsigkeit, mit der man die wenigen trockenen Stunden des Tages nutzte, um voranzukommen.

Der Commandante hatte Märthe von den Truppenbewegungen des Connetablen von Bourbon das berichtet, was er wußte und was von dem römischen Senat zu ihm drang. Ernst betrachtete sie den Soldaten.

»Ihr scheint fürwahr sehr besorgt. Doch wenn die Stadttore gut besetzt sind, haben es die Angreifer mit einer beinahe unüberwindlichen Befestigung zu tun, sagt man. Ausgemergelt und verhungert, wie die Landsknechte sind, werden sie sich einen Angriff zweimal überlegen. Schließlich haben sie auch einen Sturm auf Florenz bislang vermieden, wie Ihr sagt.«

Der Soldat seufzte. »Die Florentiner sind bei weitem besser gerüstet. Machiavelli, der ein sehr verständiges Buch über die ›arte della guerra‹ verfaßt hat, soll Großes bei der Überwachung und dem Ausbau der Verteidigungswälle geleistet haben. Ich wünschte, der Heilige Vater würde mit eben solch großer Umsicht den Sitz der Kirche schützen, wie er sich um die Verteidigung seiner Vaterstadt bemüht.«

»Sorgt Euch nicht zu sehr«, begann Märthe besänftigend, doch dann stutzte sie plötzlich, griff Halt suchend, den Arm des erstaunten Commandante und schnappte kurz nach Luft.

»Was ist dir, Frau?« fragte der Soldat barsch, die Berührung dieses wundersamen Weibes war ihm, trotz all der von ihr geleisteten Hilfe, noch immer unangenehm.

Märthe faßte sich, dann sagte sie, mit Blick auf eine weiße Gestalt, die sich ihnen näherte: »Es ist nichts, verzeiht. Laßt mich nun alleine weitergehen. Ich danke für die Begleitung.« Sie wollte davoneilen, doch dann besann sie sich für einen Moment. »Eins noch. Falls ich in den nächsten Tagen nicht zu Euch kommen kann, dann achtet darauf, daß die Siechen ihren Trank bekommen und verbietet ihnen auch weiterhin jeden noch so oberflächlichen Umgang mit den *puttane* Eures Viertels. Ihr wißt, sie verbreiten die Seuche. Schon ein Kuß kann tödlich sein.«

»Ja, aber warum kannst du nicht mehr...«, rief verblüfft der Commandante, doch Märthe war bereits im Gassengewimmel an der Westseite der Piazza verschwunden. »Flink wie eine Katze und verrückt wie von der Tarantel gestochen«, murmelte der Soldat kopfschüttelnd. Dann sah er, daß ein Mann im weißen Habit der Dominikaner mit fliegendem Skapulier nicht minder eilig den Weg in die Gassen einschlug. Der Mönch aus dem Inquisitionsorden schien das Kräuterweib zu verfolgen. »Also doch eine Hexe«, sagte sinnierend der Soldat und machte kehrt, um so rasch als möglich in die Kaserne zurückzukehren. Mit Teufelszauber und peinlichen Befragungen wollte er nichts zu schaffen haben.

Atemlos erreichte Märthe bei Einbruch der Dämmerung ihr Haus im Brückenviertel. Ängstlich blickte sie sich noch einmal nach allen Seiten um, sah jedoch nichts außer den Eseln, die mit schweren Fässern und Säcken bepackt durch die Gasse getrieben wurden, und den Wäscherinnen, die lachend und schwatzend vom Tiber zurückkehrten, um sich auf den morgigen Feiertag vorzubereiten, ihre Häuser und Kammern auszufegen und mit jungen, frischen Weidenzweigen zu schmücken.

Erleichtert drückte Märthe die niedrige Tür zu ihrer Behausung auf. Der herbe Geruch des Guajakasuds empfing sie, doch beim Küchentisch entdeckte sie nur Scoferino, der mit wenig Hingabe seinen Sohn in den Armen wiegte.

Märthe schloß die Tür hinter sich und legte ihren Schal ab. Der Maler blickte nicht auf.

»Wo sind Fresenius und Beatrice?« fragte die Alte aufgeregt.

»Im Hof, sie präparieren die Pulverfässer.« Endlich wandte sich Scoferino um. »Denk nur, Märthe, Marietta hat uns verlassen.«

»Was?«

»Fresenius glaubt, sie ist zum Kardinal gegangen, um Giacomos Freilassung zu erwirken. Warum sollte sie das tun? Ich bin verzweifelt. Was soll nun aus Prospero werden, was aus mir? Sie ist ein undankbares Geschöpf, nicht wahr? Ich meine, nach allem, was du für sie getan hast, sie hätte…«

Märthe achtete nicht weiter auf den jammernden Mann, sondern ging durch die kleine Schlafkammer in den winzigen Hof, der von halbhohen Mauern umringt war, in deren Schutz Märthe die verschiedensten Kräuter zog. Beatrice und Fresenius hatten einige Fässer geöffnet, und der Kapuziner mischte mit Hilfe der Wäscherin Pulver und Schwefel in einem Trog.

»Ich bringe schlechte Nachrichten«, sagte Märthe ohne zu zögern. Der Mönch blickte alarmiert auf.

»Claudius hat mich entdeckt. Er muß erfahren haben, daß die von ihm vergifteten Soldaten dank meiner Pflege gesund werden, und hat mir dort aufgelauert.«

Beatrice schaute sie angstvoll an. »Hat er dich angesprochen?«

Märthe schüttelte den Kopf. »Nein, ich bin ihm entkommen. Er folgte mir zwar im Gassengewirr bis auf die *Lungara*, aber dann konnte ich mich in einem Porticus verbergen, und er lief einfach an mir vorbei. Nein, ich bin mir sicher, daß ich ihn abgeschüttelt habe.«

»Dann ist er nun also gewarnt«, sagte der Kapuziner und wandte sich wieder dem Trog zu.

»Fresenius«, sagte Märthe, »du kannst deinen Plan nicht ausführen, es ist zu gefährlich. Wenn Claudius uns entdeckt – und glaube mir, er wird die Spur hierher finden –, dann sind wir alle verloren. Es ist hohe Zeit zu fliehen. Der Kommandeur der Kaserne glaubt nicht, daß Rom dem Sturm der Landsknechte standhalten kann.«

»Fliehen!«, rief der Mönch erstaunt aus. »Das klingt nicht nach dir Märthe. Warum läßt dich deine Zuversicht so plötzlich im Stich?«

»Weil mich böse Ahnungen plagen. Siehst du nicht die unheilvollen Zeichen?«

»Unheilvolle Zeichen? Nein. Es ist dein Bruder, der dich ängstigt. Warum nur hast du ihn nicht damals zu Köln schon vernichtet, als Gott dir die Mittel und die Möglichkeit dazu gab!«

»Er ist mein Bruder, Fresenius, ich konnte ihn nicht töten, *basta, finito*, quäle mich nicht länger damit.«

»Ach, ja«, erwiderte nun aufs äußerste gereizt der Kapuziner, »er ist dir gegenüber nicht von solch zärtlicher Rücksichtnahme. Bedenke, er wollte dich auf den Scheiterhaufen bringen. Was nur, was läßt dich vor diesem Kerl so zittern, was verbindet dich mit einem Hundesohn wie diesem?«

»Ich kann es dir nicht sagen!« rief Märthe völlig verzweifelt aus.

Beatrices Blick wechselte verwundert zwischen den beiden aufgeregten alten Menschen hin und her. Sie verstand den wütenden Dialog nicht, da Märthe und Fresenius in deutscher Zunge sprachen.

Bedrohlich klangen diese harten, kehligen Laute, diese zischenden, heiseren Stimmen. »*Scusi*«, meldete sie sich zaghaft zu Wort und wiederholte, als das nichts half, das Wort in doppelter Lautstärke. Märthe sah sie an, schien sich zu beruhigen, ja, dankbar für die Unterbrechung, und fuhr nun in italienischer Sprache fort.

»Ich versuche diesem störrischen Mönch zu erklären, daß es an der Zeit ist, diese Stadt zu verlassen. Wir können hier nichts mehr tun. Wo immer ich auftauchen und die Seuche bekämpfen würde, wird mir mein Bruder auflauern. Es gibt nichts mehr für uns zu tun, außer in eine andere, weniger bedrohte Stadt weiterzuziehen und wenigstens unser eigenes Leben zu retten.«

»Fort von Rom«, rief Beatrice und starrte die Alte entgeistert an. »Eher sterbe ich.«

Märthe seufzte. »Wie ich sehe, ist dein Schädel noch bei weitem dicker als der dieses alten Mönches. Nun gut, ich habe Euch gewarnt.«

Der Kapuziner schnaubte nur verächtlich und war bereits wieder in seine Arbeit am Trog vertieft.

»Wann wollt ihr euer Spektakel also beginnen?« fragte Märthe tonlos und voll Resignation.

»Noch heute abend werde ich mich verhaften lassen«, teilte Beatrice ihr mit und warf mit kecker Geste den Kopf zurück.

»Du weißt nicht, auf was du dich einläßt. Das Gefängnis ist etwas anderes als der Klosterkeller. Von dort wirst du nicht so leicht entkommen. Und du, Fresenius, mache wenigstens Scoferino zu deinem Bundesgenossen.«

Der Kapuziner schwieg.

»Diesen Feigling? Nein, danke«, erwiderte an seiner Stelle Beatrice und spuckte zum Zeichen ihrer vollkommenen Verachtung aus.

»Dann werde ich mitkommen, auch wenn es ein Wahnsinn ist«, sagte Märthe und drehte sich um, ohne die Proteste des Kapuziners zu beachten.

In den Nächten vor den hohen kirchlichen Feiertagen war es den Kurtisanen und Huren verboten, Umgang mit ihren Kunden zu pflegen. Die meisten Dienerinnen der Venus hielten sich an dieses Gebot, denn eine Mißachtung zog bei Entdeckung empfindliche Geldbußen nach sich oder die öffentliche Züchtigung.

Beatrice, in ein freizügiges, schamloses Gewand gekleidet und ohne Schleier auf dem Haupt, spazierte nun frech in den Gassen um das Gefängnis einher. Das letzte Licht des Frühlingstages drang nur fahl in die Häuserschluchten, wo Lumpensammler, Krüppel, Zwerge und einiges Bettlervolk müßig vor den Eingängen kauerte, darauf hoffend, am Tage vor dem Fest noch etwas Brot oder eine Schale Suppe von den mildtätig und festlich gestimmten Bewohnern zu ergattern.

Vor dem Haus eines Barbiers stimmte Beatrice nach Art einer *puttana* ein Gassenlied an, das eindeutige Lockangebote enthielt. Die Lumpensammler spendeten Beifall und lachten grölend. Die Frau des Barbiers öffnete hingegen die Läden eines Fensters im oberen Stockwerk, erhob ein böses Geschrei und goß schließlich den Inhalt eines Nachttopfes in die Straße. Beatrice sprang rasch zur Seite, doch einer der Bettler bekam den warmen, stinkenden Regenguß ab. Wütend rappelte er sich hoch und schüttelte seine Faust gegen Beatrice, ein ordentlicher Tumult entstand, in den sich nun auch die Stimmen einer Bäckersfrau, des Barbiers und der Trödler mischte.

Es dauerte, wie vorhergesehen, nicht lange, bis einer der trägen *sbirri*, die sich im Tor di Nona bei einem Würfelspiel mit den Wächtern ausruhten, seinen Weg in die Gasse fand, um die Ursache des *rumore* zu erforschen.

Schnell war ihm der Fall von den aufgeregten Weibern vorgetragen, schnell waren Beatrice die Handfesseln angelegt, und mit scheint's demütiger, beschämter Miene wurde die dreiste *puttana* abgeführt.

»Hast du Geld«, raunte der *sbirri* seiner drallen Gefangenen zu, während sie einen Spießrutenlauf durch die Gasse antraten.

»*No, signore*«, antwortete die Wäscherin.

Der *sbirro* kaute geräuschvoll auf einem Stück gewürzter Schweineschwarte herum, endlich spuckte er sie aus. »Keinen halben Scudo?« versuchte er es noch einmal, »ich bin kein Unmensch. Wenn du einen halben Scudo hast, ließe ich mich dazu bewegen, dich am Ende der Gasse loszubinden. Du willst gewiß morgen die Ansprache des Papstes hören oder die Messe in der Kirche deines Viertels.«

Beatrice biß sich auf die Lippen und schwieg, obwohl sie dem Kerl gerne einige Frechheiten an den Kopf geworfen hätte.

»Du scheinst mir ein verstocktes Ding«, brummte nun der Ordnungshüter und schüttelte ihren rechten Arm, »also, hast du Geld?«

»Nein«, blaffte ihn Beatrice so heftig an, daß der Mann erschrak.

»Dumm bist du also auch noch. Treibst dein Geschäft direkt beim Gefängnis und bist zu blöde, um auch nur einen Freier aufzutun«, sagte er verächtlich. »Nun, wenn du kein Geld hast, können wir dir nur ein Verlies im Keller bieten. Eine Kammer im Larga verlangt Kostgeld, das weißt du doch, Hure?«

Beatrice schnaubte verächtlich, und der Kerl schien einzusehen, daß sie tatsächlich nicht einmal einen Bajocco bei sich trug. Er blieb kurz stehen, als sie das Ende der Gasse erreichten, und das Geschrei in ihren Rücken verstummte. Verstohlen blickte er sich noch einmal um, dann betrachtete er Beatrice genauer.

»Du bist recht hübsch«, murmelte er und ließ seinen Blick über ihren Ausschnitt gleiten, »wir könnten uns auf eine andere Zahlweise verständigen, wenn du dich etwas weniger widerspenstig zeigst. Viele deiner Schwestern haben mir schon recht hübsche Gefälligkeiten erwiesen.«

Der stinkende Atem des Kerls streifte Beatrices nackten Hals. Sie spuckte ihm direkt ins Gesicht und traf seine Wange. »Eher würde ich einen räudigen Köter küssen«, stieß sie hervor und mußte sich bei diesem Fluch nicht einmal sonderlich verstellen. Der *sbirro* zerrte sie nun grob an ihrem Arm fort von der Gasse, sie stolperte, doch er achtete nicht darauf. Ohne ein weiteres Wort an sie zu richten, schleppte er sie bis vor das Gefängnistor. Dort verkündete er den Wachen die Festnahme einer *puttana.* Das Gittertor wurde entriegelt und geöffnet, Beatrice und der *sbirro* verschwanden im dunklen Torbogen.

Auf der anderen Straßenseite beobachtete im Schatten eines Baumes ein Mönch die Verhaftung. »Gott schütze dich, mein Kind«, sagte er leise, dann wandte er sich ab und eilte davon.

3.

»Eco, eco, azarak – ad te unum et trinum Luzifer et tibi virginem.«

Satanische Beschwörungsformel

Rodiconda hatte die Anweisungen des Dominikaners genau befolgt. Mit höhnischem Blick betrachtete sie nun den Schlafmantel des Kardinals, hob ihn mit behandschuhten Fingern gegen das Licht einer Kerze und näherte, vorsichtig schnuppernd, ihre Nase einem der Ärmel. Sie nickte befriedigt. Die seltsame Tinktur war getrocknet, dem Stoff entströmte kein verdächtiger Geruch. Sie blickte aus dem Fenster ihres Dachgemachs und sah, daß die letzte Dämmerung der Nacht gewichen war. Zeit, zu handeln.

Leise schlich sie die Treppe zum zweiten Stockwerk hinab. Die Lichter waren bereits aufgesteckt, der Wandelgang hell von Kerzen. Falvini liebte die Verschwendung. Mehrere Pfund Wachs kostete ihn der Luxus, sein Haus bis in den letzten Winkel zu erleuchten, auch wenn er gerade nicht genutzt wurde.

Rodiconda kannte die Gewohnheiten ihres ehemaligen Geliebten genau. Zu dieser Stunde pflegte er sich in seinem Speisezimmer aufzuhalten. Leise drangen die Geräusche der Tafelnden zu ihr herauf. Sie spähte nach allen Seiten und erkannte, daß auf der oberen Stufe der Treppe ein Page nachlässig seinen Dienst versah, er spielte mit einer Katze, die sich maunzend vor ihn hinwarf und nach Liebkosungen gierte.

Die Wölfin mußte nicht lange warten, bis dem Knaben das zärtliche Spiel mit dem Tier zu langweilig wurde. Er begann die Katze am Schwanz zu ziehen und sie auf andere Weise grob zu necken. Schließlich fauchte das Tier ärgerlich, ließ eine Pfote vorschießen und grub ihre Krallen direkt in die Hand des Buben. Der schrie verärgert auf und setzte dem flüchtigen Tier hinterher. Rodiconda nutzte den Moment und eilte flink zum Schlafzimmer des Kardinals. Hier legte sie seinen Schlafmantel über einen Lehnstuhl, dann schaute sie sich kurz um. Sie zögerte. Dann faßte sie einen Entschluß, den der Dominikaner gewiß nicht gebilligt hätte: Die Wölfin zwängte sich hinter das Bett, das von einem prächtigen Himmel überdacht war, und verbarg sich in den Falten des schweren Brokats. Eingehüllt vom schweren Duft grauen Moschus', der teuer wie Gold gehandelt wurde und als probates Aroma gegen pestilenzische Lüfte galt, bereitete sie sich auf eine lange Nacht vor. Sie schmiegte kurz ihre Wange gegen den Stoff. »Du wirst das Bett bald wieder mit mir teilen, Falvini«, flüsterte sie, und Triumph lag in ihrer Stimme, »denn diese Nacht wird dich von deiner Hexe kurieren.«

Der scharfe Geruch menschlicher Exkremente nahm Beatrice beinahe den Atem. Widerwillig warf sie ein Blick auf das völlig verschmutzte Bodenstroh und lehnte sich gegen das feuchte, kalte Mauerwerk aus riesigen Basaltquadern. Vom Gang her leuchtete das trübe Licht einer Wandfackel in ihre vergitterte Zelle.

Darunter hockte auf einem Schemel träge ein Wächter, der sich mit einer kleinen Schleuder und der Jagd auf vorwitzige Ratten die Zeit vertrieb. Belästigte ihn das Stöhnen und Jammern aus einigen Zellen gar zu arg, schoß er seine kleinen Kiesel auch in die Zellen und kleine spitze Schreie verrieten, daß er auch beim Schuß auf Menschen treffsicher war. Es war einer jener rohen, stumpfsinnigen Gesellen, die gemeinhin den Dienst in den unteren Kellerverliesen taten, selbst ein Getretener, der gegen das Leid der Häftlinge gänzlich gefühllos war und ärgerlich darüber, daß von solchem Gelump keine noch so geringe Bestechung zu erwarten war. Schwach drang nun das Abendgeläut einer nahegelegenen Kirche herüber, die Stundenglocke ertönte neunmal.

Beatrice schloß kurz die Augen, dann atmete sie, obwohl angewidert vom Gestank, tief durch, um sich zu beruhigen. Sie schob den Ausschnitt ihres ohnehin schon freizügigen Gewandes noch tiefer herab, dann trat sie mit wiegenden Schritten auf das Gitter zu, das sie vom Gang und dem Wächter trennte, während sie ein aufreizendes Lied vor sich hin summte.

Der Wächter blickte auf. Seine Augen waren vom häufigen Dienst in der Dunkelheit und dem rußigen Licht der Pechfackeln rot und entzündet. Er kniff sie zusammen und musterte die Frau voll Verachtung. »Was soll das, Hure. Zurück an die Mauer, oder ich lege dir die Fesseln wieder an, Drecksweib.« Kichern drang aus der Nachbarzelle.

Beatrice riß ihre Augen auf und starrte den Mann voll gespieltem Entsetzen an. »Oh, guter Mann«, sagte sie schmeichelnd, »warum so grob. Ich hatte gedacht, einer wie Ihr weiß ein wenig weibliche Gesellschaft vielleicht zu schätzen. Steht Euch der Sinn nicht nach einem kleinen Schwätzchen?« Sie wiegte sich in den Hüften und warf ihm ein strahlendes Lächeln zu. Der Wächter erhob sich, nahm die Fackel aus der Halterung und trat damit auf die Zelle Beatrices zu. Nebenan johlte einer der Gefangenen. Der Wächter stieß mit der Fackel nach ihm und der Kerl verstummte.

Jetzt leuchtete der Wachmann die Zelle Beatrices aus. Sie spürte die Hitze der Flammen auf ihrem Gesicht, zuckte aber nicht zurück, sondern vertiefte ihr Lächeln in der Hoffnung, es möge nicht spöttisch wirken. Der Wachmann schien beeindruckt. »Es muß ein schrecklich schwerer, einsamer Dienst sein, den Ihr hier tut«, flüsterte die Wäscherin und trat sehr nah an das Gitter heran, ihre runden Schultern schimmerten hell im Fackelschein.

»Der *sbirro,* der dich verhaftet hat, sagte, du seist ein sprödes, verstocktes Weibsbild«, bemerkte er und sah Beatrice lauernd an.

Sie ließ ihre Augen aufleuchten. »Und das glaubt Ihr? Eine wie ich, spröde, verstockt?« Sie lachte keck. »Nicht, wenn ich einem begegne, der mir gefällt. Einem wie Ihr.«

Der Wächter schien gefallen an dem Geplänkel zu finden, denn er machte keine Anstalten zu seinem Schemel zurückzukehren.

»Ich gefalle dir also?«

»O ja, sehr, Ihr seid ein schön gewachsener Mann, keiner von diesen jungen Gecken und Laffen, mit denen unsereins sooft zu tun hat, Ihr versteht?« Beatrice wußte von den Gesprächen mit Marietta, wie sehr die Männer es liebten, gerade von einer Hure solche Komplimente zu empfangen. »Sie sind naiv wie die Kinder«, hatte Marietta seufzend erklärt, »verstehst du, sie sehen sich im Wettstreit mit allen anderen ihres Geschlechts und glauben, daß das Lob ihrer Männlichkeit aus dem Mund einer Hure die verläßlichste Auszeichung ist.«

Die Wäscherin beobachtete nun die Wirkung ihrer Worte, und tatsächlich schien der Kerl geschmeichelt. Fast verlegen kratzte er seinen fast kahlen Schädel.

»Nun, was bin ich denn für einer?« fragte der Wächter und trat noch näher an das Gitter, die Hand mit der Fackel glitt langsam herab, die Augen des Mannes ruhten gierig auf Beatrices bloßen Schultern. »Kommt näher, und ich will es Euch ins Ohr flüstern, die anderen sollen es nicht hören.«

Der Mann drängte sich eng an das Gitter, die Eisenstäbe preßten sich in seinen Leib. Er war so gefesselt von dem Anblick des hübschen Mädchens, daß er nicht bemerkte, wie sie etwas aus einer Rocktasche hervorzog. Er drückte sein Gesicht nah gegen das Gitter, Beatrice lächelte ihm lockend zu. Gleichzeitig streckte sie ihre fest geschlossene Hand durch das Gestänge der Zelle, öffnete sie und warf eine Mischung aus Schwefelspan, Harzen und etwas Pulverstaub in die Flammen. Dann sprang sie zurück in ihre Zelle, kroch in die tiefste Ecke, warf sich dort auf den Boden und bedeckte ihren Kopf mit beiden Armen und drückte sich gemäß Fresenius' Anweisung ein Tuch vor den Mund.

Sprühend und zischend verbrannte der Schwefel, zündete das Pulver. Ein Knall, Funkenregen, üble, grüngelbliche Schwaden stiegen auf. Sie nahmen dem erschrockenen Wächter den Atem. Er ließ die Fackel fahren, taumelte und griff sich nach der Kehle. Eingehüllt von dicken, ätzenden Schwaden sank er nieder, röchelte und kämpfte gegen das Beißen und Brennen, das ihm den Atem abschnürte. Seine Glieder zuckten, er war wie blind und lahm, so als habe sich der Teufel seines Leibes bemächtigt. Es war ihm, als drängten sich Scharen von Aerien, jene tückischen luftfressenden Dämonen in seiner Kehle zusammen. Mit dem Pesthauch der Hölle verschlossen sie seine Luftröhre. Wie ein sterbender Fisch schnappte er nach Luft, bis ihm die Sinne schwanden und er ohnmächtig und mit schlaffen Gliedern den Kampf aufgab.

In den Kellerzellen wurde nun Geschrei und Gejammer laut. Beatrice handelte rasch. Das Tuch fest um den Mund gebunden und die sich lichtenden Rauchschwaden meidend, kroch sie zum Gitter. Sie angelte zunächst nach der Fackel, die bereits einige Strohhalme auf dem Steinboden entflammte, zog sie zu sich heran und schob sie durch die Stäbe, so daß sie keinen weiteren Schaden anrichten konnte. Dann kramte sie aus ihrer Tasche einen gehärteten Block Pulver hervor, legte ihn unter die Angeln der Zellentür und hielt die Flamme daran. Wieder sprang sie zurück, suchte Schutz an der Wand und schloß die Augen. Dennoch nahm sie die blendende Helle der kurzen Explosion wahr, der Knall war kurz und dumpf, sie hörte das Knirschen von Eisen, die Angeln waren abgesprengt. Hustend kämpfte sie sich durch den Qualm, riß an der Tür, die auch nachgab, und sprang in den Gang. Dann flüchtete sie zunächst aus dem Luftzug, der den Rauch nach links trieb und die entsetzten Gefangenen zu immer lauterem Geschrei veranlaßte. Der Wäscherin blieb nicht viel Zeit, schon merkte sie die ersten Anzeichen von Benommenheit, ihr Kopf begann zu schmerzen, doch sie biß die Zähne zusammen, lief auf den immer noch bewußtlosen Wächter zu, trat das brennende Stroh aus, beugte sich über ihn und riß ihm den Bund mit den Schlüsseln vom Gürtel.

Dann wandte sie sich wieder nach rechts, rannte an einigen Zellen vorbei, suchte sich einen Platz unter einem der vergitterten Mauerlöcher und atmete ruhig und tief ein. Von der entgegengesetzten Seite des Ganges vernahm sie nun die ersten polternden Schritte der Wächter des oberen Traktes. Beatrice biß sich auf die Lippen, ihr Herz schlug nun wild, sie spürte es bis zu ihrem Hals herauf, trocken und hart kam ihr Atem. Sie schickte ein Stoßgebet zum Himmel. Was hielt Fresenius davon ab, endlich in Aktion zu treten? Nur wenige Augenblicke noch, und sie würde entdeckt und verloren sein. Beatrice schlug zitternd ein Kreuz.

Die Schönheit der Szene überraschte Rodiconda. Noch nie hatte sie den Kardinal in fleischlicher Vereinigung mit einer anderen Frau gesehen. Vom Kopf des Bettes aus blickte sie durch einen Spalt auf das unordentliche weiße Bett herab und betrachtete das Paar, daß voneinander ganz durchdrungen war und sich in immer wilderen Bewegungen ineinander verschlang.

Das waren nicht mehr ein Mann und eine Frau, sondern das war ein wildes Tier, eine doppelköpfige Schimäre mit zwei Rücken und zahllosen Gliedern. Marietta gebärdete sich ungezügelt, mit halbgeschlossenen Augen lag sie da und empfing das beherrschende Fleisch. Die Tinktur tat ihre Wirkung, entfacht von der Hitze der Leiber. Doch so heftig die Vereinigung der beiden auch war, Rodiconda bemerkte, daß sie sich in einem Rausch befanden, der sie beide weit voneinander entfernte.

Die Kurtisane Marietta, so erkannte La Luparella an derem wirren Geflüster, träumte davon, in den Armen eines anderen zu liegen und gab sich, benommen von Claudius Flugsalbe, die die Liebkosungen des Kardinals auf ihre Haut übertragen hatte, leidenschaftlich einem phantasierten Liebhaber hin, dessen Name, so schien es Rodiconda, nicht der Scoferinos war.

Falvini hingegen, der durch das Tragen seines vergifteten Schlafrockes auf bloßer Haut noch weit berauschter und entrückter schien, bemerkte es nicht und vermeinte in seinen Armen die Madonna selbst zu halten. Doch seine Annäherung an die heiligste aller Frauen war ein ganz und gar unheiliger Akt, dessen vollkommene Zügellosigkeit sogar die Wölfin erschütterte.

Bei Gott, der Dominikaner hatte recht gehabt, als er behauptete, die Besessenheit in jedem Menschen hervorrufen zu können mit einer Salbe, die im finsteren, barbarischen Norden die der Hexerei beschuldigten Frauen bei ihren heimlichen Zusammenkünften zu benutzen pflegten. Nie zuvor war Rodiconda Zeugin einer solchen orgiastischen Vereinigung gewesen, und wäre ihre Furcht vor den Folgen nicht stärker gewesen als ihre Neugier, sie hätte die Tinktur gerne selbst einmal ausprobiert. Es hieß, man müsse sie nur auf die Leisten und Lenden streichen, und schon würde man der größten, sinnlichen Genüsse teilhaftig. Sie beugte sich weiter vor, um das Paar zu betrachten.

Ein leiser Schrei riß sie aus ihren Betrachtungen. Rasch zog sie den Kopf hinter den Bettvorhang zurück und hielt den Atem an.

Mit schwerer Zunge versuchte Marietta zu sprechen. Der Kardinal wälzte sich widerwillig zur Seite und glaubte zu schweben, dabei schwankte er nur gewaltig. Eine Flammenkrone schien das Haupt der Frau zu umstrahlen, die neben ihm lag, und er hatte keinen Zweifel, daß es sich um eine Gloriole handelte.

»Hinter dem Bett steht Luzifer«, brachte mühsam und stotternd Marietta hervor und begann heftig zu schluchzen. Der Name des Leibhaftigen ließ nun auch den Kardinal erzittern. Die von der Droge bis auf das feinste verschärften Sinne nahmen jeden Eindruck, jedes noch so zarte Bild der Phantasie auf und steigerten es zu einer bedrohlichen, eindringlichen Halluzination von überwältigender Kraft. Auch der Kardinal sah sich plötzlich von Teufeln umgeben, das Gesicht der Madonna verwandelte sich in eine dämonische, von tiefen Furchen durchzogene Fratze.

Blut schien aus ihren Augen zu springen, und er glaubte in ihren verengten Pupillen kleine Schwefelflammen zu erkennen, die gewöhnlich ein Zeichen dafür waren, daß der Teufel eine Person in Besitz genommen hatte. Falvini schrie auf, als würde er vom gespaltenen Schweif des Satans gepeitscht. Die Dämonen waren transmigriert, übergesprungen auf den Leib seiner *madėnna di latte,* und doch, und doch! Auch er fühlte sich nach wie vor besessen und keineswegs erlöst.

4.

»Kein Regen ohne Wolken – kein Unheil ohne Vorboten.«

Alte Spruchweisheit

Eine seltsam unheilvolle Stimmung lag über der Stadt. Die grauenhaftesten Gerüchte rankten sich bereits um die Heimsuchung im Gefängnis Tor di Nona in der vergangenen Nacht. Dabei war es sowohl in den Kellern als auch rings um das bewehrte Gebäude zu höllischen Feuern und Explosionen gekommen. Begleitet von diesen Flammenspektakeln, die, so erzählten die Bewohner der umliegenden Gassen, infernalisch gestunken und vielfarbig geschimmert hatten, seien mindestens zehn Dämonen in das Gefängnis eingefahren, hätten die Wächter verwirrt und benommen gemacht, für ein heilloses Durcheinander gesorgt und schließlich zwei Gefangene, eine Hure und einen Mörder, mit sich genommen. Hernach seien sie wohl direkt wieder in die Hölle gefahren. Ja, einer der Zeugen behauptete sogar, er habe gleich neben der Stelle gestanden, an der sich die Erde aufgetan und die ganze höllische Brut geschluckt hätte.

Die Bußprediger, die seit Wochen die Stadt überschwemmten, die seltsamen Heiligen, die lange schon den drohenden Untergang verkündeten, nahmen die Geschichten begierig in ihr Repertoire aus phantastischen Prophezeiungen auf und trugen die Kunde vom Satansbesuch in der Festung von Gasse zu Gasse.

Als Klemens VII. nach der Verlesung der Bulle In coena Domini zehntausend Andächtigen den feierlichen Segen zum Gründonnerstag erteilte, kam es dank dieser unseligen Gerüchte zu einem erschreckenden Zwischenfall. Ein Mann, der sich einem Wahnsinnigen gleich gebärdete, erklomm fast nackt die vor der Peterskirche stehende Bildsäule des Apostel Paulus und rief dem Papst zu: »Sodomitischer Bastard, wegen deiner Sünden wird Rom zerstört werden. Die Teufel umflattern uns bereits wie die Raben. Bekenne und bekehre dich. Wenn du mir nicht glauben willst: in vierzehn Tagen wirst du sehen.« Der Unglücksbote mit dem Namen Brandano, der aus Petrojo im Sienesischen stammte, gehörte zu den bekanntesten Vertretern seiner seltsamen Zunft.

Ehrfürchtig lauschte die Mehrzahl der Versammelten der flammenden Ansprache des wilden Kerls, dessen rote Haare wirr auf seine Schultern herabhingen und der vom Fasten so abgemagert war, daß ihm die Augen tief in den Höhlen lagen. Als er von der Säule herabstieg, ergriff er ein Kreuz und einen Totenschädel, die er am Fuße des Standbildes zurückgelassen hatte, und zog auf die Engelsbrücke zu. Die Gläubigen wichen zur Seite und ließen ihn passieren. Einigen galt er als Narr, doch nicht wenigen als Heiliger. Die Soldaten des Papstes zögerten, ihn festzunehmen, und Brandano verschwand unter weiteren Schmähreden in der Menge.

Ein *bargello* stand derweil, noch immer schlotternd und mit rußgeschwärztem Gesicht, vor der mit Samt überspannten Liege, auf der ein äußerst ermatteter Falvini sich von dem nächtlichen Fieberwahn erholte. Ein mit Kampfer getränktes Leintuch lag auf seiner hohen Stirn, ein rasender Kopfschmerz rannte gewaltig wie der Schlag eines Schmiedehammers von innen gegen seine Schädeldecke an. Nur mit Mühe begriff er die Worte des Mannes, der ihm Meldung von dem nächtlichen Angriff auf das Gefängnis machte.

»Riesige Löcher wurden in die Außenmauern geschossen, so als hätten uns die Feldschlangen einer Armee unter Beschuß genommen, und doch haben die Wächter keine Geschütze entdeckt. Es war, als sausten einem die Kugeln in einem Hagel um die Ohren. Querbalken lösten sich und flogen bis hoch in den Himmel, es war entsetzlich und…«

Der Kardinal griff nach dem Tuch auf seiner Stirn und drückte es fester darauf. Das Brennen des Kampfers und die darauf folgende Abkühlung verschafften ihm eine kurze Linderung seiner Schmerzen. Almansor eilte heran, um das Tuch frisch zu tränken. Mit schwerer Zunge stellte der Kardinal nun einige Fragen an den *bargello*, doch der konnte seinem oberen Dienstherren keine genauere Aufklärung über die Ursachen der verwirrenden Explosionen geben.

»Wie viele wurden getötet? Wie viele verletzt?« fragte schließlich der Kardinal und ließ sich von Almansor etwas Wasser einflößen. Seine Zunge war geschwollen und schien seltsam verlängert, wie die eines Erhängten.

»Das ist ein weiteres Mirakel, Euer Eminenz, getötet wurde trotz der Wucht der Detonationen niemand, wiewohl am Ende unser gesamtes Pulvermagazin mit einem großen Bersten in die Luft ging, doch zu unserem Glück waren die Vorräte noch feucht von den letzten Regenfällen und richteten keinen allzu großen Schaden an. Freilich sind an die vierzig Männer verletzt, und beinahe alle klagen über stechende Schmerzen in Lunge und Hals. Es war ein pestilenzisches Feuer, das umging. Viele vermeinten den üblen Geruch von Schwefel wahrzunehmen, weshalb nicht wenige glauben, daß der – verzeiht, Eminenz – der Leibhaftige selbst den Angriff getan hat. Die eminenten Qualifikatoren des Heiligen Offiziums haben die Verwüstungen bereits begutachten lassen und streben eine genaue Untersuchung an. Auch sie scheinen eine List des Bösen nicht auszuschließen.«

Der Kardinal verzog das Gesicht und der *bargello* vermutete, daß ihn die Erwähnung des Satans in seinem Hause schmerzte, und verneigte sich entschuldigend.

»Es ist gut«, sagte der Purpurträger schließlich, »du kannst gehen. Wenn ich wieder bei Kräften bin, werde ich mich selbst um die Behandlung des Falles kümmern.« Erschöpft sank er in die Kissen zurück, und Almansor begann mit geschickten Fingern, seine Schläfen zu massieren. Doch die Bilder von der eigenen Begegnung mit dem Teufel wollten nicht schwinden.

An der Tür stieß der Soldat auf einen vogelgesichtigen Mönch, der in großer Eile zu sein schien. Als er den *bargello* erkannte, stutzte er kurz, warf einen kurzen Blick auf das Lager Falvinis und zog den Kommandeur der *sbirri* in den Gang. »Auf ein Wort«, sagte er, und der Mann in Rüstung folgte ihm verwundert.

»Ich habe eben erst von der erschrecklichen Verwüstung des Gefängnisses gehört. Sagt mir, sind dabei irgendwelche Gefangenen entkommen?«

Der Soldat musterte ihn mißtrauisch. »Ich bin nicht gewillt, Euch Auskunft zu geben«, blaffte er, alle vorher gezeigte Demut ablegend.

»Du stehst einem Vertreter der heiligen Inquisition gegenüber«, gab Claudius mit gleicher Schärfe zurück, »und in diesem Falle scheint es mir nur richtig, daß du mich genau informierst. Du siehst, mein Herr ist nicht wohl«, Claudius deutete mit dem Kopf gegen die Tür zur Bibliothek, »es würde ihm jedoch nicht gefallen, wenn du dich mir gegenüber so trotzig zeigst.«

Mißmutig antwortete der *bargello* nun: »Eine Dirne und ein Mörder sind während des Tumults verschwunden. Um sie ist es nicht schade, ob der Scharfrichter oder der Teufel sie selbst holt, was soll's.«

Damit wandte er sich ab und stieg die Marmortreppe hinab, wobei seine Sporen leise gegen die Stufen klirrten.

Nachdenklich verfolgte Claudius den Mann mit seinen Blicken. »Fresenius ist also auch hier«, brummte er schließlich. »Ein Teufel, daß ich nicht lache.«

Mit diesen Worten wandte er sich zur Tür und trat ohne zu klopfen in das Zimmer. Dem Kardinal fehlte an diesem Morgen gewiß die Kraft, um ihn dieser Nachlässigkeit wegen zu zeihen.

Giacomo lachte herzhaft, und Beatrice hielt sich die Seiten. Beide konnten nicht oft genug schildern, wie verdutzt sie gewesen waren, als ein Teufel in brauner Kutte und mit dämonischer Fratze durch das Kellergewölbe zu ihnen gedrungen sei und dabei einige Wächter so außerordentlich erschreckte, daß sie sich selbst zu den Gefangenen in die Zellen sperrten.

»Hört auf, hört auf«, der Kapuziner hob abwehrend die Hände, »die Idee mit den Masken und der Bemalung stammte von Märthe. Ihr gebührt euer Lob, obwohl ich mich noch heute unwohl fühle bei dem Gedanken, mich als Leibhaftiger kostümiert zu haben.«

Märthe stand beim Kamin und fegte die Asche mit einigen Reisern zusammen. »Es war nicht der erste Mummenschanz, den wir beide veranstaltet haben«, sagte sie nun und richtete sich auf, »erinnere dich an unsere ganze Armee von Teufeln, mit der wir über das Richtfeld bei Köln gezogen sind.«

Der Kapuziner nickte. »Ja, das war ein Spuk, wie ihn die Domstadt nie zuvor gesehen hatte. Die Geister schlugen Pferdegerippe, als seien es Lauten, und hielten tote Katzen als Drehorgeln vor ihren Bäuchen. Es war schaurig anzusehen inmitten all der vielfarbigen Dämpfe und Rauchschwaden, die von den Scheiterhaufen aufstiegen.«

Beatrice erschauerte. »Hört auf, es klingt zu grauenhaft. Mir reichte Euer Schauspiel in der gestrigen Nacht. Ich wette, daß man sich in ganz Rom schon die unsinnigsten Dinge davon erzählt. Selbst von Hesekiel.« Sie kraulte dem Raben, der träge auf ihrer Schulter hockte, das Brustgefieder. »Was für eine Idee, von ihm aus den Lüften noch Pulversäckchen herabfallen zu lassen. Er ist das wundersamste Tier, das ich je gesehen hab, er übertrifft jeden Tanzbären und all die afrikanischen Katzen und Krokodile, die die Gaukler auf der Piazza Navona auszustellen pflegen.«

»Aber er ist bei weitem harmloser«, protestierte nun der Student Giacomo.

»Die Wachmänner auf den Mauerwällen würden dir gewiß nicht zustimmen, sie hielten ihn für einen Luftgeist, der sich zu ihrem Leidwesen materialisierte«, bemerkte Märthe. »Der Aberglaube macht die Menschen töricht und schwach.«

Beatrice runzelte die Stirn, diese allgemeine Verdammung aller teuflischen Wirkkräfte ging ihr zu weit.

Sie begann einen Disput über das Wesen des Bösen und beharrte standhaft darauf, daß es tatsächlich gefährliche Zeichen gäbe, und nannte Beispiele von unheimlichen Begegnungen, die sie selbst schon gehabt habe.

Der Maler Scoferino saß während der ganzen munteren Feier abseits bei einem Fenster und starrte hinaus. Jetzt, als es für einen Moment ruhiger wurde, betrachtete er die Gruppe beim Tisch und richtete schließlich das Wort an Fresenius, der schweigend eine Schale mit Gerstenbrei verzehrte.

»Kapuziner, wenn Ihr so mächtig seid, wie behauptet, dann dürfte es Euch auch nicht schwerfallen, Marietta zu befreien. Ich habe lange nachgedacht und Euren Widerwillen gegen meine Person durchaus bemerkt, aber wenn Ihr mich nun zu diesem Angriff braucht, werde ich Euch beistehen.«

Seine Stimme zitterte ein wenig bei diesen Worten, und

Beatrice konnte sich ein verächtliches Schnauben nicht verkneifen.

»Wir können nicht so schnell einen zweiten Angriff machen. Ich habe den größten Teil meines Pulvers verschossen«, sagte der Mönch nachdenklich.

»Schon gar nicht, wenn Claudius unser Gegner ist, er kennt unsere Finten und Listen, er wird den Kardinal darüber unterrichten«, warnte Märthe. »Die Zeit ist noch nicht reif, doch ich habe das sichere Gefühl, das unsere Stunde bald kommen wird.«

»Hattest du wieder ein düsteres Traumgesicht?« fragte der Mönch mit leicht neckendem Unterton.

Die Alte schüttelte den Kopf. »Nein, aber mich beginnen die Nachrichten über den Heranmarsch der deutschen Landsknechte genauso zu beunruhigen wie viele andere Bürger dieser Stadt auch. Spürst du nicht, wie unheilvoll die Stimmung ist?«

Der Kapuziner nickte langsam, und es schien, als senke sich eben diese Stimmung nun über die ganze Gruppe.

Der Student Maltesta war schon länger in dumpfes Brüten verfallen. Die Erwähnung Mariettas durch Scoferino quälte ihn. Und noch mehr schmerzte ihn sein Entschluß, überhaupt mit der geliebten Frau nach Rom zurück gekehrt zu sein. Was, wenn sie einfach vorbeigeritten wären? Hätte Marietta dann jemals wieder einen Gedanken an seinen treulosen Freund, den Maler, verschwendet?

5.

»Die Menschen sind so sehr vom Eindrucke des Augenblickes abhängig, daß einer, der sie täuschen will, stets einen findet, der sich täuschen läßt.«

Niccolo Machiavelli

Verursachte das Zeichen des Kreuzes oder die Erwähnung des Namen Gottes bei Euch seelische Erschütterungen? Spürtet Ihr eine innere Kraft, die Euch einmal wie eine Feder in den Himmel trug, um Euch im nächsten Moment zur Erde hinabzuziehen?« Claudius stellte die inquisitorischen Fragen mit unbewegter, kalter Miene.

Der Kardinal hatte sich auf seiner Liege aufgerichtet und verzog mißmutig den Mund. »Nun ja«, begann er, und Claudius stellte sogleich die nächste Frage.

»Habt Ihr in der Nacht ein Brennen, eine Hitze in Euren Gliedern und Organen verspürt, und habt Ihr am Morgen schwarzen Auswurf gespuckt?« Der Purpurträger warf dem Dominikaner einen alarmierten Blick zu und schwieg.

Claudius schaute ihn fest an.

»Und leidet Ihr jetzt unter Nadelstichen in Eurem Hirn?«

»Nein, keine Nadelstiche«, gab Falvini erleichtert an.

»Es ist mehr wie der Schmerz von Hammerschlägen, nicht wahr?« kam es sanft vom Mönch.

Falvini sank tiefer in die Kissen. Zum erstenmal seit ihrer Bekanntschaft entdeckte Claudius Anzeichen von Furcht auf dem Gesicht des grausamen Mannes. Seine ohnehin geschwächte Seele hatte auf die Eindrücke der letzten Nacht also empfänglich reagiert. Claudius wagte nun den Angriff.

»Herr, verzeiht mir, wenn ich nun ganz offen sprechen muß.«

»Was ist es?« fragte der Kardinal mit leicht bebender Stimme. »Mein Magenleiden? Eine schwarze Leber, verbrauchte Leibessäfte? Beim heiligen Damian, sag es mir.«

»Es gibt keinen Zweifel, Eminenz, ihr seid besessen. Vollständig besessen. Der schwarze Auswurf und die Hammerschläge in Eurem Kopf sind ein deutliches Zeichen. Satan wohnt in Eurer Seele und will Euch vernichten. Ich fürchtete etwas Ähnliches schon länger. Ihr seid empfänglich für das Böse.«

Der Purpurträger bäumte sich trotz seiner höllischen Schmerzen auf, bemühte sich, den Schwindel in seinem Kopf niederzukämpfen, und protestierte. »Es ist unmöglich. Warum sollte ein Teufel in mich fahren?«

»Weil Ihr ein Mann der Kirche seid. Satan sucht immer die Nähe zu Priestern, Bischöfen und Kardinälen. Sie zu verderben, ist ihm die höchste Lust.«

»Aber wie das? Sind wir nicht am besten geschützt durch unseren ständigen Umgang mit den Symbolen Christi, die er allesamt scheut, weil sie ihn vernichten? Gehen wir nicht ständig in Gotteshäusern aus und ein, in die er uns nicht zu folgen vermag? Trage ich nicht beinahe ständig das Kreuz auf meinen Gewändern? Wie sollte ich in die Nähe eines Dämons geraten sein? Die Sache mit dem Gefängnis, nun gut, das möchte ich glatt für ein Teufelswerk halten, aber da hatte der Versucher es mit einer Schar verlorener Seelen zu tun.«

Claudius legte noch mehr Kälte in seine Miene, seine Stimme war spröde. »Ihr irrt, Euer Eminenz. Ihr selbst habt Euch das Böse ins Haus geholt. Erinnert Euch, begannen nicht alle Eure Schwächen bei der ersten Begegnung mit jener Milchhure, die Ihr Euch zur Amme nahmt? Habt Ihr sie nicht auch in fleischlicher Umarmung empfangen, unbekleidet, ohne das schützende Kreuz? Habt Ihr nicht selbst vor ihrem Bildnis gebetet und dabei wunderliche Stimmungen durchlebt? Ihr selbst habt Marietta einmal Eure größte Versuchung genannt. Sie hat das Verderben über Euch und Euer Haus gebracht.«

Falvini erschrak nun tatsächlich. Die Diagnose des Dominikaners machte Sinn, er erinnerte sich tatsächlich an keine Schwachheiten seines Mutes und keine Verwirrung seiner Sinne, bevor er Marietta begegnet war. War es die Kurtisane gewesen, die ihm all dies angetan hatte? War sie nicht von Gott, sondern Luzifer gesandt?

»Was, was rätst du mir?«

»Ich rate zu einem außerordentlichen Exorzismus, denn ich muß Euch von einer weiteren höchst bedauerlichen Tatsache Mitteilung machen.«

»Was ist das?«

»Nun, Ihr selbst habt bereits die Vermutung geäußert, daß der Feuerspuk im Gefängnis ein Werk des Teufels ist. Ich kann es nicht leugnen, alles spricht dafür. Denn bei dem Spektakel ist ein Mann befreit worden, der schon einmal nach Eurem Leben trachtete.«

»Giacomo?« rief Falvini zornig.

Claudius nickte. »Kein Zweifel. Er ist ein Werkzeug des Bösen und will Euch endgültig vernichten.«

Matt sank der Kardinal auf seine Kissen zurück. »Ich stimme dem Exorzismus zu.«

»Ihr wißt, was Euch erwartet?« Der Kardinal nickte.

»Nun«, sagte der Mönch, »die ersten Mainächte scheinen mir günstig. Die Lüfte sind in dieser Zeit voll vom Geschwirr der flüchtigen Höllenbrut. Leicht lockt man dann die Dämonen hervor, die ein Reigen mit ihresgleichen lockt. Allerdings trachten sie danach, auch ihre Opfer mit ins Verderben zu ziehen.«

Falvini stöhnte kurz auf, denn noch immer kreiste das Gift in seinen Adern und ließ ihn bei den erwähnten Bildern erschauern. Dennoch ermannte er sich und erklärte: »Ich scheue die Gefahr nicht.«

»Nun, dann werde ich alles vorbereiten.«

»Was soll so lange mit Marietta geschehen?«

»Sprecht mit ihr, meidet ihre Gegenwart nicht, vereint Euch weiter in fleischlicher Lust mit ihr. Sie, oder besser der Böse, soll keinen Verdacht schöpfen. Aber erhebt nicht Eure Hand gegen die Frau. Wolltet Ihr sie vernichten, so führe der Dämon direkt aus ihrem Leib ganz in den Euren. Noch eins, Kardinal ...«

Der Mann auf der Liege schaute ihn mit verschleierten Augen an. »Ich nehme mir eine große Freiheit mit meinen Worten, aber laßt mich in Eurem Namen nun endlich die Boten zum kaiserlichen Heere schicken. Es ist bereits auf der Römerstraße unterwegs, und ich möchte nicht, daß Eure Besessenheit, Euch von Euren dringlichsten Geschäften abhält. Habe ich Eure Zustimmung?«

Wieder nickte der Kardinal, und Claudius beendete mit einem zufriedenen Lächeln von sich aus die Konsultation. Endlich, endlich war der Purpurträger in seiner Hand! Es war ein schweres Stück Arbeit gewesen. Ein nicht minder schweres lag noch vor ihm.

Am 3. Mai traf in Rom Kunde ein, Bourbon und das deutsch-spanische Heer stünden bereits diesseits von Viterbo. Selbst Klemens VII. sah nun ein, daß die Verteidigung der Stadt jetzt das oberste Gebot war. Von allen Seiten riet man ihm, einige Kardinalshüte zu verkaufen, um genügend Geld für zusätzliche Soldaten zusammenzubekommen. Und endlich tat der Papst auch diesen, ihm widerwärtigen Schritt, mit dem seine Vorgänger sorglos die Kassen des Vatikans zu füllen gepflegt hatten, so daß die Zahl der Kardinäle während mancher Pontifikate auf 300 Männer ging.

Sechs Männer, reiche Kaufmannssöhne und der französische Kanzler darunter, hatten schon lange um einen roten Hut gebeten und hohe Summen dafür geboten. Die Kardinalswürde war, dank der einträglichen Pfründen und Ämter, die die Apostolisch römisch-katholische Kirche in aller Welt zu vergeben hatte, immer ein einträgliches Geschäft. Die Summe, die der Erwerb des Hutes kostete, war schnell wieder eingetrieben. Rasch ließ der Heilige Vater die Ernennungsurkunden verfassen, setzte unwillig seine Signatur und sein Siegel darunter und hoffte, daß die Ernannten rasch die dafür fälligen Zahlungen leisten würden.

Danach ritt er persönlich auf einem weißen Maulesel und angetan mit weißem Chorhemd, Übergewand und Schal durch die Stadt, um den Bewohnern Mut zu machen. Erfrischt kehrte er von dem Ritt zurück, denn die Römer schienen zur Verteidigung äußerst entschlossen. Die obersten Führer der Miliz versicherten ihm zuversichtlich, daß die neu angeworbenen 4000 Mann – zumeist kriegsunerfahrene Stallknechte und Handwerker – zur Verteidigung der ansonsten gut befestigten Stadt ausreichen würden. Somit wurde auf die Hinzuziehung weiterer Büchsenschützen verzichtet.

Am 4. Mai verhängte der Heilige Vater über Bourbon die große Exkommunikation. Er war zufrieden und voller Hoffnung, obwohl er vom Vatikan aus den Heranzug des feindlichen Heeres über die Neronischen Wiesen bereits verfolgen konnte. Der mantuanische Gesandte berichtete noch am 5. Mai: »Der Papst hat allerbesten Mut.«

Auf dem gegenüberliegenden Ufer des Tibers, in der Stadt Rom also, teilte man seine Zuversicht nicht mehr. Am 4. Mai brach dort eine regelrechte Panik aus, viele vermeinten, den Feind bereits innerhalb der Mauern gesehen zu haben. Trotz des Verbotes ergriffen viele die Flucht.

Das kaiserliche Heer war indes um die Leo-Stadt herum bis zum Monte Gianicolo gezogen und lagerte in den Weinbergen direkt hinter der Peterskirche. Vom Notwendigsten entblößt nach einem Zug durch öde, unfruchtbare Landschaft und durch gewaltige Regengüsse, betrachteten die Landsknechte nun voller Gier die vor ihnen liegende Stadt: der Siegespreis für alle ihre unerhörten Mühen. An diesem Abend versank die Sonne zum letzten Mal über der ganzen, so modernen Herrlichkeit des Roms der Renaissance, wie jene glanzvolle und schreckliche, heitere und herbe Epoche später genannt werden sollte.

6.

Das tonnenförmige Kellergewölbe war fensterlos, und die Wände waren mit schwarzem Tuch ausgeschlagen. Dumpf drangen der Geruch von feuchtem Eichenholz und die flüchtigen Ausdünstungen des Weines aus dem benachbarten Faßkeller herüber. Leise flackerten die Kerzen, die dutzendfach auf kleinen Piedestalen längs der Mauer aufgestellt waren. Claudius inspizierte noch einmal alle Gerätschaften –, das Kruzifix, die Eisendornen, das Gefäß mit dem Weihwasser, die Schale mit den Weihrauchkörnern und die Wergbündel. Am Ende des Raumes war ein hoher Sessel aufgestellt, dessen Rückenlehne das Wappen des Kardinals zierte, davor war ein langer Tisch aufgebockt. Mit beiden Händen überprüfte der Mönch dessen Standfestigkeit und nickte zufrieden.

»Was soll das werden, eine Schwarze Messe, Mönch?« Die Stimme drang direkt an sein Ohr. Claudius wirbelte herum. »Was, bei allen Teufeln der Hölle, machst du hier?«

Rodiconda lächelte und entblößte dabei alle ihre Zähne. »Ich will sehen, ob deine Vorkehrungen gelungen sind. Ist dies der Tisch, auf dem Marietta sterben soll?«

Claudius sah die Frau zornig an. »Was suchst du hier? Es würde uns beiden nur zu Schaden gereichen, wenn man uns im vertrauten Gespräch miteinander entdeckte. Verschwinde in deine Kammern.«

La Luparella machte keine Anstalten zu gehen, sondern postierte sich nun hinter dem hohen Lehnstuhl. »Hab keine Bange, die Wachmänner des Kardinals sind in höchste Alarmbereitschaft versetzt, in der ganzen Stadt läuten die Glocken seit Stunden *a stormo.* Sie haben genug damit zu tun, den Palazzo zu bewachen und beachten mein Treiben nicht weiter.«

»Du aber störst meine Zeremonie, ich möchte dich nicht dabei haben.«

»Ja, ich kann mir denken, daß du deine magischen Praktiken lieber ohne hellwache Zeugen anwendest. Sie könnten leicht den Betrug bemerken, nicht wahr? Leichter als ein vollends berauschter Mann, der einem Delirium nahe scheint, und eine naive Hure.«

Der Mönch griff nach einem der Eisendornen und ließ ihn in seiner Handfläche auf und abrollen. »Es schmerzt mich nicht, daß du meine Künste so geringschätzt, aber bedenke, sie führen zum Ziel. Also verschwinde!«

Die Wölfin richtete sich auf. »Nein, denn ich befürchte, daß du es nicht ernst meinst mit deinem Versprechen, Marietta zu töten. Ich war dein Werkzeug, um Falvini zu schwächen, ich habe gesehen, was deine Tinktur bewirkt und könnte mich entschließen, davon zu erzählen.« Seufzend gab Claudius schließlich nach und wies die Frau an, sich in eine dunkle Nische zu kauern, die nur schwer einsehbar war.

»Wann ist es soweit?« fragte Rodiconda.

»Dann, wenn die Glocken von der Kirche der Heiligen Maria von Gebet und Tod in der Via Giulia den zwölften und letzten Schlag getan haben.«

»Mitternacht also. Man sagt, daß Satan dann besonders dreist und vorwitzig ist, nicht wahr?« fragte die Kurtisane spöttisch.

»Ich würde dir raten, deinen Übermut zu zügeln, mit dem

Namen des Bösen treibt man keine Scherze. Gott hat mit dieser Welt nicht viel zu schaffen, aber Luzifer sind wir alle untertan. Wie alle Wesen dieser Welt unterstehen wir seiner Macht.«

Bevor Rodiconda etwas erwidern konnte, vernahmen beide leise Schritte vom Kellergang her. Die Wölfin zog sich in den Schatten der Nische zurück, Claudius bezog seinen Posten beim Eingang und legte sein häßliches Vogelgesicht in tiefernste Falten.

Almansor und ein weiterer Sarasin erschienen nun mit einem leichten Tragsessel, in dem der Kardinal erschöpft wie ein Greis kauerte. Der giftdurchtränkte Schlafrock umhüllte ihn und versorgte seinen Körper weiterhin mit den flüchtigen Essenzen der Salbe, die durch die Wärme seines Leibes immer wieder ihre berauschende Wirkung entfalteten. Zwei Pagen folgten dem Sessel. Zwischen ihnen ging Marietta, die verängstigte Blicke nach allen Seiten warf. Seit jener denkwürdigen Nacht im Bette des Kardinals hatte man sie in einem Schlafgemach gefangen gehalten, sie zuvorkommend bedient, aber jeden Wortwechsel mit ihr gemieden. In einigen Nächten hatte der Kardinal sie besucht, doch sich zögernd gezeigt, sie kaum noch berührt.

Sie konnte sich die Geschehnisse in jener Nacht des Rausches noch immer nicht recht erklären, fragte sich, ob das wirre Geschwätz Falvinis über einen Dämon in seiner Seele vielleicht doch der Wahrheit entspräche und rechnete nun mit einem letzten Anschlag auf ihr Leben.

Der Zustand Falvinis freilich schien wieder einmal bedauerlich. Die Mundwinkel zeichneten sich scharf und dunkel vom Rest seines bleichen Gesichtes ab, seine Augen flackerten unruhig, und als Marietta Gelegenheit hatte, ihn anzuschauen, meinte sie, dem Wahnsinn selbst ins Antlitz zu starren. Doch es war seltsamerweise der Purpurträger, der bei ihrem Anblick zurückgeschreckt war und mit schwacher Geste ein Kreuz geschlagen hatte.

Als die kleine Gruppe den Eingang zu dem schwarzen Kellergewölbe erreichte, trat Claudius vor. Marietta schrie bei seinem Anblick auf. Der Dominkaner verneigte sich gegen den Kardinal und sagte scharf: »Ihr seht, Euer Eminenz, der Satan haust in ihr und weiß bereits, daß seine Stunde gekommen ist. Er zeigt sich widerspenstig und verschreckt.«

Falvinis Augen verengten sich zu Schlitzen. Claudius erkannte, daß der Kardinal, obwohl benommen, noch immer nicht die ganze Schärfe seines mißtrauischen Verstandes verloren hatte, und beeilte sich, mit dem Zeremoniell zu beginnen.

»Mitternacht vorbei?« fragte er in Richtung Almansors, der nickte. »Dann laßt uns anfangen, ich spüre bereits die Anwesenheit der Cherubinen.«

Die Pagen spähten unruhig umher, während sie Marietta in den Keller schleppten. Die Frau war so starr vor Entsetzen, daß sie keinen Widerstand leistete. Der Kardinal nahm, gestützt von seinem Sarasin, in dem Lehnstuhl Platz. Marietta wurde auf Geheiß des Mönches auf den Tisch gebunden. Erst jetzt leistete die Frau schwachen Widerstand, wand sich unter den Händen der Pagen, die sie darum nur um so fester banden und dann rasch verschwanden.

Claudius besprengte sie mit Weihwasser und einer alkoholischen Flüssigkeit, warf einige Körner Weihrauch in ein Kohlebecken, schlug mehrfach das Kreuz und rief den Allmächtigen um Hilfe an.

»Si te obsecro cum virga virtutis. Im Namen des Vaters, des Sohnes und des Heiligen Geistes, bei Abraham, Isaak, bei allen Aposteln und Märtyrern, Satan entweiche und fahre ein in die Höllen, denen du entstiegen bist. Im Namen des Herrn, ich bezwinge dich.«

Marietta starrte mit schreckgeweiteten Augen in das Gesicht des Mönches. »Du bist der Teufel, du selbst«, spie sie ihm in ihrer Verzweiflung entgegen.

Ungerührt fuhr Claudius fort: »Das erste Weib hat uns um das Paradies betrogen, und auch dieses Weib trägt das Verderben in sich. Doch gelobt sei Jesus Christus. Herr lösche alle Sünden aus, Satan weiche.«

»Falvini, helft mir, helft mir!« schrie Marietta verzweifelt und zerrte an den Stricken, die ihre ausgestreckten Arme und Beine an die Beine des Tisches fesselten.

Der Kardinal zuckte zusammen. War es die Verzweiflung der Frau, die ihn anrührte, oder nahm er ihre Gegenwehr als Zeichen ihrer Besessenheit? Rodiconda wußte von ihrem dunklen Platz in der Nische nicht zu unterscheiden, ob Mitleid oder Entsetzen den Purpurträger zusammenfahren ließen. Der Dominikaner füllte nun ein Schwenkgefäß mit Weihrauch und ließ es über dem Körper Mariettas kreisen. Der schwere, schwüle Geruch des Räucherwerks nahm ihr fast den Atem, sie hustete.

Claudius drehte sich triumphierend zu dem Kardinal um: »Hört Ihr das, der Satan in ihr gerät in Bedrängnis. Er versucht, ihre Kehle zu verschließen, um nicht aus ihr herausfahren zu müssen. Mir scheint, es ist ein besonders schwerer casus von Besessenheit, freiwillig wird der Teufel nicht ihrem Halse entfahren, und ich denke auch mit den Körperwinden oder den Exkrementen wird der Widerwärtige, wiewohl es der für ihn übliche Abgang ist, nicht aus dieser Person verschwinden.«

Falvini runzelte zweifelnd die Stirn. Ihn ärgerte die pompöse Einfalt des Teufelsaustreibers, die dürre Kasuistik seines Vortrags.

Der Dominikaner begann wieder mit seinen Beschwörungen: »Möge der Duft von Myrrhe und Weihrauch dir all deine Kräfte rauben, Luzifer, und möge Gott uns beschützen vor den gierigen Drachen und dem giftigen Gewürm der Hölle, vor Luzifers Gehilfen und den Malefizien und ihn für immer verjagen, weit fort von diesem Haus.«

Eine Stichflamme schoß nun aus dem Kohlebecken empor.

Hitze machte sich breit. Claudius bemerkte es mit Erleichterung. »Satan ist anwesend«, murmelte der Mönch, »spürt Ihr seine giftigen Dämpfe?« Falvini war überrascht, der beißende Geruch des Schwefels war unverkennbar. Claudius lächelte still in sich hinein.

»Was nun?« fragte endlich Falvini und streifte zum Ärger des Dominikaners den Schlafmantel ab. Die Wirkung der steigenden Hitze aus dem Kohlebecken hatte er nicht berechnet.

»Er geht nicht fort«, beeilte Claudius sich zu versichern, »er pustet uns alle an mit dem Pesthauch der Hölle. Die Gefahr ist groß, die Luft schwirrt nur so vor höllischem Getier. Es ist wie ich mir dachte. Ich werde zu stärkeren Mitteln greifen müssen. Es heißt, daß wenn der Satan nicht zu den Öffnungen des Körpers hinausfährt, man ihm einen Weg direkt aus der Brust des Opfers bahnen muß.«

Marietta stieß einen spitzen Schrei aus. »Er will mich töten, Falvini, er will mich töten, begreift Ihr nicht? Ich bitte Euch, helft mir! Helft mir doch. Er ist ein Mörder und Scharlartan. Er ist kein Mann des rechten Glaubens, haltet ihn auf!«

Der Purpurträger richtete sich auf. »Mönch«, sagte er drohend und verbissen gegen seine Benommenheit und Schwäche ankämpfend, »was hast du vor?«

»Bringt die Spitzen der Eisendornen zum Glühen«, erwiderte Claudius kalt, »macht rasch, bevor die Morgendämmerung heranbricht und Satan sich wieder ganz in der Frau hier verkriecht.«

»Die Zeit ist gekommen«, sagte Märthe mit klarer, ruhiger Stimme in die Dunkelheit hinein. Fresenius erwachte sofort und entzündete eine Fackel. Die alte Frau stand mitten im Küchenraum. Hesekiel thronte auf ihrer rechten Schulter. Nie hatte sie einer Zaunreiterin ähnlicher gesehen, schoß es dem Kapuziner durch den Kopf. Ihr Blick war in die Ferne gerichtet, sie schien nicht bei sich. Fresenius rüttelte den Studenten und Scoferino wach. Beatrice schlief mit Prospero in der Kammer zum Hof.

Giacomo sprang sofort auf die Beine. »Was ist mit ihr?« fragte er verwirrt und starrte Märthe an. »Sie schaut aus wie ein Galsterweib, das sich zu Walpurgis aufmacht, scheußlich, genau wie in Euren deutschen Nachtmähren.«

»Still«, knurrte der Kapuziner, »sie hat ein Traumgesicht. Ich sagte dir, sie ist keine gewöhnliche Frau. Ihre Visionen sind von Gott gewirkt, vertraue mir. Sie wird uns bald mitteilen, was sie sieht.«

»Und ist der Tod in unsere Paläste eingedrungen, um die Kinder zu würgen in den Gassen. Wir haben viel gesündigt und uns wird nicht vergeben. Vor den Altären des Petersdom wird das Blut fließen. Leichen türmen sich in den Straßen, das Gemetzel wird fürchterlich sein. Es ist an der Zeit. Sie werden alles niederstechen, was sich ihnen in den Weg stellt, und sengend von Haus zu Haus ziehen…«

Plötzlich brach Märthe ab, ein kurzes Zucken ging durch ihren Körper, ihre Augen schlossen sich langsam, sie atmete tief und gleichmäßig.

»Sie ist nichts weiter als eine närrische Schlafwandlerin«, stellte Scoferino mürrisch fest und wollte sich wieder in seine Decke einrollen. Doch in diesem Moment öffnete Märthe wieder die Augen.

»Noch vor Morgengrauen werden die Kaiserlichen die Stadt erstürmen«, sagte sie und blickte den Kapuziner fest an, »ich habe es genau gesehen. Nur wenige Stunden noch, und die Stadt wird sich in eine Hölle verwandeln. Wir müssen fliehen, wenn wir alle leben wollen.«

Der Mönch schüttelte unwillig seinen Kopf. »Ich sagte dir schon einmal, ich gehe nicht, bevor Marietta befreit und dein Bruder endlich vernichtet ist. Sein Wirken muß endlich ein Ende haben.«

Märthe schaute den Mönch traurig an. »Ich weiß wohl, daß du ihn nicht fürchtest, aber es wäre unser Tod, wenn wir ihm begegneten. Ich sah es deutlich, eine tote Frau lag bereits zu seinen Füßen.«

»Marietta?« rief der Student entsetzt und lief in aller Hast zu seiner Reisetruhe, in der er seine Beinschienen, seinen Brustpanzer und seinen Degen verwahrte.

»Ich weiß nicht, ob es Marietta war, aber ich weiß, daß es unser Verderben wäre, wenn wir uns auch nur in die Nähe des Palazzo Falvini begäben. Ich sah noch mehr Tote in der Nähe dieses Kardinals mit den blutigen Händen. Sie hatten keine Gesichter, aber ich spürte einen Schmerz, als ich auf ihre Leiber hinabsah. Satan war anwesend. Wir müssen fort, bevor es zu spät ist. Morgen schon gehört die Stadt den Soldaten.«

»Sie redet irre«, mischte sich erbost Scoferino ein, »Rom als Beute fremder Mächte, das ist aberwitzig, niemand kann diese Stadt so einfach einnehmen. Ich glaube kein Wort von diesem Geschwätz. Du redest mit dem Witz eines Waschweibes, Frau.«

Zornig wandte sich der Student an seinen Freund. »Hüte deine Zunge, Scoferino. Weißt du nicht, was du Märthe verdankst? Du bist mir ein rechter Maulheld, der lieber mit Pinseln hantiert, als ein Schwert zur Hand zu nehmen.«

Scoferino erhob sich und trat drohend an Giacomo heran. »Ich wußte, daß dein Zorn mich eines Tages treffen würde, du hast ihn lange bezähmt. Ich spüre euer aller Verachtung, aber ihr versteht mich nicht. Noch vor wenigen Wochen habe ich selbst dem Tod ins Gesicht geblickt. Und ich sage dir, er hat eine häßliche Fratze. Nein, Giacomo, ich bin nicht wie du. Ich will leben, ich bin berufen, Gott hat mir eine Begabung geschenkt, die mehr zählt als jeder Krieg und jedes nutzlose Gefecht.«

»Und mehr als das Leben Mariettas?« Giacomo versetzte Scoferino einen so wütenden Hieb gegen die Brust, daß der nach Luft ringend zu Boden sank.

»Frag doch die Alte, die du eben noch verteidigt hast«, brachte der undankbare Künstler hervor, »sie selbst sagt, daß wir Marietta nicht retten können. In diesem Punkt gebe ich Märthe recht. Sie ist gewiß längst tot.«

Wieder wollte Giacomo auf den Mann eindreschen, doch diesmal ging der Kapuziner dazwischen und zog mit seiner eisernen Kralle den zornigen jungen Gelehrten nach hinten. »Laß ihn«, sagte er, »spare dir deinen Kampfeszorn für die Soldaten Falvinis.«

»Fresenius«, erhob Märthe warnend ihre Stimme, »es ist ein Wahnsinn, was du vorhast. Wir können einen solchen Angriff nicht wagen. Du hast kaum Pulver, und selbst wenn, der Dominikaner würde sich durch deine Feuerspektakel kaum verwirren lassen. Und was sollen zwei Männer mit Schwertern gegen die Wachen und Soldaten des Palastes ausrichten?«

»Ein Mann, Freundin, nur einer, denn ich halte mich nach wie vor an mein Gelübde, keine solche Waffe mehr zur Hand zu nehmen.«

»Um so närrischer ist dein Wunsch, einen Angriff zu führen.«

»Ich werde ihn nicht führen, die deutschen Landsknechte werden das für uns tun. Eine ganze Armee wird uns den Weg in das Haus des Kardinals freischlagen. Vertraue mir.«

7.

Hier, das Stigmata. Seht, ein deutliches Hexenmal, ich wußte es!« triumphierend wies Claudius mit seinen dürren Fingern auf ein apfelförmiges braunes Muttermal auf einem der nackten Schenkel Mariettas. Er hatte die Frau betäubt und fast vollständig entblößt, auf ihre Brüste ein Kreuz von roter Farbe gemalt.

Ärgerlich erhob sich Falvini, dessen Verstand sich nun allmählich wieder klärte, und betrachtete das apfelförmige braune Mal. »Nun, und? Solche Male haben viele Frauen. Es überzeugt mich nicht. Sudelköche und Lästermäuler haben Freude an solch dürren Argumenten, doch mir genügen sie nicht, um den Tod dieser Frau zu beschließen.«

»Nun«, sagte Claudius und zog Mariettas Röcke wieder herunter. »Euch mögen sie nicht überzeugen, aber wie steht es mit dem Rest des heiligen Kardinalkollegiums? Die Graffiti an den Wänden Eures Palazzo sind längst noch nicht verblaßt. ›Diavolo incarnato‹, Ihr erinnert Euch? Ich muß Meldung machen, dazu bin ich verpflichtet.«

Falvini trat drohend auf den Mönch zu. »Du willst mich erpressen? Wie dreist du bist und wie dumm. Wer garantiert dir dein Leben?«

»Der Orden der Dominikaner. Die Fratres in Rom wissen sehr wohl, wo ich mich in dieser Nacht aufhalte, und sie wären gewiß verstört, wenn ich ebenso wie ihr ehemaliger, hochansehnlicher Ordensbruder della Guarde einen gewaltsamen Tod fände.«

Der Kardinal drehte sich um und schwieg eine Weile. »Ich verlange einen ordentlichen Exorzismus, mehr nicht, Fra Claudius. Befreie diese Frau vom Dämon, und niemand kann sie hernach der Hexerei anklagen.«

»Was Ihr verlangt, ist gefährlich. Diese Frau ist so vom Teufel besessen, daß sie mich selbst in die Hölle hinabziehen könnte. Schnell fährt einem der Satan unter die Röcke, wenn man sich mit ihm anlegt.«

»Ich biete dir Mitra und Krummstab«, sagte der Kardinal, ohne sich umzudrehen, »das ist ein hoher Lohn, der höchste, den sich ein unbedeutender Mönch wie du nur wünschen kann. Ich weiß längst, daß du nach solchen Ehren trachtest.«

Der Dominikaner rieb sich verstohlen die Hände, sein Exorzismus verlief erfolgreicher, als er zu hoffen gewagt hatte. »Nun«, hob er aufgeregt an, doch dann riß ein Schrei ihn herum.

Wie eine Besessene war La Luparella aus der Nische hervorgestürzt, mit bloßen Händen und scheint's unempfindlich gegen den brennenden Schmerz, hatte sie einen der glühenden Eisendornen aus dem Kohlebecken gerissen.

»Du hast versprochen sie zu töten!« schrie sie rasend vor Wut und ließ den Dorn auf die Brust der bewußtlosen Frau herabsausen.

XIII.

»Dies irae, dies illa, solvet saeculum in favilla – Tag der Rache, Tag der Tränen, wird die Welt in Asche kehren.«

Totenmesse des Franziskaners
Thomas von Celano (1190-1260)

»Im Jahre des Herrn, 1527, den 6. Mai, haben wir Rom im Sturm genommen, ob sechstausend Mann, leicht mehr, darin zu Tod geschlagen, in allen Kirchen und ob der Erd genommen, was wir gefunden, ein guten Teil der Stadt abgebrannt und seltsam hausgehalten.«

Lebenserinnerungen des protestantischen
deutschen Kriegshelden Schertlin von Burtenbach

Schwerer, dichter Nebel bedeckte am Morgen des 6. Mai, Montag nach Misericordias, die sumpfigen Niederungen des Tibers. Noch immer läutete die Glocke des Kapitols *a stormo*, kampfbereit standen die Verteidiger Roms auf den Wällen. Umhüllt vom Nebelmeer, versuchten sie jedoch vergebens zu erspähen, was sich im Lager der Feinde tat. Allein das Tönen der Signalhörner, wildes Geschrei und kriegerisches Getöse verrieten, daß das kaiserliche Heer den Angriff vorbereitete.

Ein Verwandter des abtrünnigen Kardinals Colonna war es, der schließlich mit seiner Reiterei und einigen Fußsoldaten gegen die Milvische Brücke vordrang. Deutsche Landsknechte wagten den Angriff bei San Pancrazio Trastevere. Doch beide Ausfälle sollten sich als Scheinmanöver entpuppen. Der Hauptsturm richtete sich von Süden her erfolgreich gegen die Porta Torrione und die Porta San Spirito. Hier, an der schwächsten Stelle der Befestigungen, stürmten mit der Wut der Verzweiflung Spanier und Deutsche, ohne Geschütz, nur mit Handrohren, Spießen und eilig aus Gartenpfählen gezimmerten Leitern die Mauern. Die Verteidiger feuerten aufs Geratewohl in den Nebel und wehrten den ersten, tollkühnen Ansturm ab. Doch dann stellte sich der verwegene Connetable von Bourbon selbst an die Spitze seiner Soldaten, überwand mit seinen Leuten einen Mauerteil und drang unter wildem Geschrei bis auf die Gärten der Villa Cesi vor. Erst hier streckte den Heerführer eine Kugel nieder, zerfetzte ihm Bauch und Brust. Sterbend sank er nieder. »Bedeckt mich mit meinem Mantel«, bat er seine Männer. Entsetzt vom raschen Fall ihres obersten Befehlshabers entschlossen die Kaiserlichen sich zu einer Gefechtspause, doch dann peitschten ihre Rachegelüste sie weiter vorwärts, und der sich verdichtende Nebel begünstigte ihren Sturm.

Die Geschütze der Engelsburg vermochten nichts gegen die unsichtbare Gefahr auszurichten, und so drangen gegen sechs Uhr am Morgen immer mehr Spanier und Deutsche über einige schlecht instandgehaltene Teile der Stadtmauer in den Borgo bis auf Sankt Peter vor.

Ein erbitterter Straßenkampf tobte nun zwischen der Schweizergarde des Papstes, die sich bei einem unweit des Campo Santo Teutonico aufgestellten Obelisken postiert hatte, und den Eindringlingen. Blutüberströmt und in zerfetzter Kriegstracht leisteten sie verzweifelten Widerstand. Auch der päpstliche Goldschmied Passeri focht gegen die Angreifer und starb einen Heldentod, nachdem er eine Fahne der Feinde erobert hatte. Doch alle Mühen waren umsonst, bald hallte der ganze Borgo wieder vom Siegesgeschrei der Kaiserlichen, die nun ohne Widerstand vorwärtsstürmten.

Einige mutige Edelleute vom anderen Tiberufer, also aus dem eigentlichen Rom, beobachteten die zügellose Miliz und einige Troßknechte, die bereits gegen das Plünderungsverbot verstießen.

Aufgeregt preschten einige der Spitzel auf schweißnassen Pferden schließlich über die Brücken zurück auf das andere Tiberufer. Mit gellenden Schreien ritten sie durch die Gassen und Straßen und berichteten gehetzt und atemlos von den Greueltaten der Kaiserlichen.

So erfuhren auch Fresenius und Giacomo, die sich unweit des Ponte Sisto postiert hatten und darauf warteten, daß der Nebel sich hob, von dem Vorgehen der Angreifer.

»Sie machen alles nieder, ohne Rücksicht auf Alter und Geschlecht. Sogar die Kranken im Spital von Santa Spirito und die Waisen haben sie abgekehlt. Es ist das Inferno, das Inferno«, berichtete ihnen mit bleichem, verzerrten Gesicht einer der Spione, dann gab er seinem Pferd die Sporen, um Freunde und Verwandte zur Verteidigung aufzurufen.

»Man hätte die Brücken abbrechen müssen«, sagte Fresenius mit düsterer Miene.

»Sie werden sich vielleicht bald zerstreuen und mit der Plünderung beginnen. Ein führerloser Haufen ist keine allzu große Gefahr«, meinte Giacomo.

Doch der Kapuziner schüttelte den Kopf. »Ich glaube nicht, daß die Bannführer es zulassen, sie wissen, daß eine Auflösung der Truppen sie verwundbar macht. Sie werden alle Lasttiere im Borgo abschlachten lassen, um ein rasches Fortschaffen der Beute zu verhindern, und die ersten Plünderer aufknüpfen. Nein, Giacomo, Märthe hat es richtig gesehen, diese Soldaten werden sich nicht zufriedengeben, bis sie Rom vollständig erobert haben.«

Der Student umklammerte fest seinen Degen. »Du fürchtest also einen Angriff auf uns?«

»Ich hoffe darauf, so eigenartig es klingen mag«, sagte der Mönch, »denn es ist unsere einzige Chance, Claudius zu vernichten und Marietta zu befreien.«

»Ich hasse den Gedanken an eine Horde Barbaren, die sich über Rom ergießt und alles vernichtet.«

Der Mönch schaute seinen Begleiter von der Seite her an. »Dich drängt es, die Stadt zu verteidigen? Du sollst deinen Teil am Kampf noch haben, aber ich warne dich, diese Schlacht ist für die Römer schon so gut wie verloren.«

»Du sprichst wie ein Feigling.«

»So?« fragte der Kapuziner nicht ohne Spott. »Dann begleite den Feigling jetzt auf das andere Ufer, wir müssen uns die Tracht zweier Landsknechte besorgen.« Damit wandte er sich ab, stieg die Böschung hinab und strebte direkt auf den Ponte Sisto zu, dessen Umrisse sich schwach im Nebel abzeichneten.

Der hartgeschliffene Langdolch des Sarasins hatte sie unter dem linken Schulterblatt getroffen, ihr Herz durchbohrt und war direkt unter ihrer linken Brust aus ihrem Leib getreten. Rodiconda fiel ohne zu schreien vornüber, der Eisendorn war ihrer Hand entglitten und klirrend zu Boden gegangen. Der dumpfe Fall der Frau endete in einem dürren Knacken, mit dem die Klinge zerbrach, als sie auf dem Ziegelboden des Kellers aufprallte. Der Schaft des Dolches ragte aus ihrem Rumpf. Langsam breitete sich unter ihrem Leib eine Blutlache aus und sickerte in die Ritzen zwischen den Fliesen. Falvini betrachtete die Leiche seiner einstigen Geliebten mit Genugtuung.

»Da hast du deine Teufelin, Mönch«, sagte er schließlich. »Ich denke, dieses Blutopfer sollte Satan endgültig vertreiben.«

Der Dominikaner war entsetzt an das andere Ende des Tisches zurückgewichen, doch er sammelte sich rasch.

»Damit, Euer Eminenz, könntet Ihr sogar recht haben. Es ist durchaus möglich, daß der Leibhaftige auf Rodiconda transmigriert und Marietta erlöst ist. Schafft sie in ihr Schlafgemach.«

»Du erteilst schon wieder Befehle in meinem Haus, Dominikaner«, herrschte der Kardinal ihn an.

»Verzeiht«, murmelte der Mönch, »verzeiht, aber es ist Euch doch sicher daran gelegen, daß Marietta bald wieder erwacht, und dabei bin ich unentbehrlich. Glaubt mir, hoher Herr, die Gefahr ist noch nicht gebannt.«

Wie um ihm recht zu geben, drang nun ein Wachmann Falvinis in den Keller. Keuchend vor Aufregung stieß er hervor: »Eminenz, sie haben es gewagt, die deutschen Truppen stürmen Rom!«

Während des Angriffs auf den Borgo betete Papst Klemens in seiner Kapelle. Das stärker werdende Kampfgeschrei überzeugte ihn schließlich davon, daß seine Rettung allein in der Flucht lag. Die Prälaten drängten zur Eile, und tatsächlich blieb dem Obersten Hirten nicht viel mehr Zeit, als das Hersagen von drei Vaterunser dauert, um sich durch den überdeckten Gang zur Engelsburg zu flüchten. Als er und einige andere Höflinge die offene Holzbrücke erreichten, die direkt in die Festung führte, pfiffen ihnen bereits die Kugeln der Angreifer durch den Nebel entgegen. Einer der Prälaten bedeckte das weiße Gewand des Heiligen Vaters mit seinem tiefroten Mantel, damit Klemens kein allzu leichtes Ziel für seine Feinde bot. Sicher erreichten sie die uneinnehmbare Burg. Durch ein kleines Fenster sah der Papst ein wirres Knäuel aus Flüchtenden und Angreifern, die wütend auf sie einhieben.

Einer seiner Kardinäle, der wie andere Bürger des Borgo in den Schutz der Burg flüchten wollte, wurde überritten und von einer Hellebarde durchbohrt. Andere Verzweifelte stürzten, von spanischen Reitern verfolgt, in den Graben, mancher wurde mit einem Korb in die rettende Burg hinaufgezogen. Doch endlich gab der Kastellan Anweisung, die Zugbrücke hochzuziehen. Beinahe 3000 Menschen drängten sich nun in dem labyrinthischen Gemäuer. Soldaten, Höflinge und Handwerker brachten die Geschütze in Stellung. Mehrere Landsknechte drängten gegen das Tor des Kastells, wurden aber am Aufgang der Brücke von Kugeln der Burgsoldaten niedergestreckt. Rasch erkannten die kaiserlichen Truppen, daß sie gegen die Geschütze und das trutzige Mauerwerk nicht viel ausrichten konnten. Jetzt war Eile geboten, bevor sich die Römer auf der anderen Seite des Flusss von ihrem Schrecken erholten, die Brücken abbrachen und einen Gegenangriff unternehmen würden. Mit Mühe hielten die Bannführer und Truppenkommandeure die plünderungssüchtigen Soldaten zusammen, versprachen ihnen noch reichere Beute in den Palazzi der Stadt und ließen sie gegen den Ponte Sisto vorrücken.

Märthe, Beatrice und Scoferino hatten sich schwer beladen in den Strom der Flüchtigen eingereiht. Unter Geschrei und Flüchen bahnten sich Handwerker, Kaufleute, Weiber und Kinder ihren Weg gen Osten, weg von den herannahenden Truppen. Auf Ochsenkarren und in Tragekiepen schleppten sie den wertvollsten Teil ihrer Habe mit sich. Die meisten besaßen ohnehin nicht viel mehr, als auf einen Karren zu laden war.

Die reichen Bürger hingegen verschanzten sich in ihren Palästen, vertrauten auf die rasch zusammengestellten Truppen aus wagemutigen jungen Edelleuten und ihre Wachmannschaften. Bettler, Vagabunden und Straßenräuber zogen in Gegenrichtung fröhlich den Kaiserlichen entgegen, in der Hoffnung, bei dem zu erwartenden Plünderungszug als Nachhut selbst etwas zu ergattern oder sich wenigstens kostenlos den Wanst vollzuschlagen. Mehr als ihr Leben hatten sie ohnehin nicht zu verlieren.

Die Wäscherin trug auf dem Rücken einen schweren Leinensack, dazu den schlafenden Prospero eng an ihre Brust gedrückt. Auch Märthe ging gebeugt von zwei schweren Taschen, die sie keinem ihrer Begleiter hatte anvertrauen wollen. Der Maler trieb einen Packesel vor sich her und hatte mehrere Handrohre geschultert. Hesekiel flatterte aufgeregt krächzend voran. Sie nahmen den Weg nach San Clemente.

»Glaubst du, was Giacomo von der wundersamen Kirche erzählt?« fragte Beatrice und schob mit der rechten Hand ächzend das Bündel höher auf ihre Schulter. Märthe nickte. »Er ist wohl vertraut mit den Geheimnissen dieser Stadt, er hat die Antike genau studiert. Ich zweifle nicht daran, daß wir die Unterkirche finden.«

»Das mag sein, aber denkst du, es stimmt, daß von dort Gänge und Galerien bis unter die Stadtmauer führen?«

Scoferino wandte sich jetzt zu den Frauen um. »Du kannst dich auf das verlassen, was Giacomo sagt, er mag in manchen Dingen ein Narr sein, aber was er von den Labyrinthen der Stadt sagte, stimmt. Obwohl ich noch immer keinen Sinn in solch einer hastigen Flucht sehe.«

Beatrice hielt einen Moment inne, streckte den schmerzenden Rücken. »Ach ja«, sagte sie schließlich gereizt, »wenn du den Angriff nicht fürchtest, warum stellst du dich dann nicht den Feinden, so wie es die Studenten der Universität und andere junge Edelleute tun?«

»Sollten die Angreifer wirklich so gefährlich sein, dann bin ich an eurer Seite, um euch zu beschützen.«

Beatrice blinzelte verächtlich. »Danke, auf deinen Schutz kann ich verzichten. Am liebsten würde ich mich selbst in die Schlacht stürzen oder wenigsten Fresenius und Giacomo beistehen.«

»Geht weiter«, forderte Märthe sie auf, »wir haben keine Zeit zu verlieren.«

Falvini stand in voller Rüstung und stolzer Haltung vor dem Kamin seiner Bibliothek. Bereit, die Feinde als seine Verbündeten zu empfangen. Von Zeit zu Zeit machte einer seiner Wächter den Weg zu ihm herauf und berichtete ihm von dem weiteren Vordringen der kaiserlichen Armee in die Stadt.

»Die Hölle ist nichts im Vergleich zu dem Anblick,« sagte einer von ihnen grimmig. »Seit den frühen Abendstunden dringen Gruppen von Landsknechten in die Häuser ein. Ein Diener des Capezzi, der den Mördern entkam, berichtete mir von entsetzlichen Foltern. Man legt den Leuten Feuer unter die Fußsohlen. Die Pikeniere spießen die Menschen der Länge nach auf, pfählen die Weiber, nachdem sie ihnen Schande angetan haben, und werfen ihre Kinder aus den Fenstern. In der Via della Farina sollen sich bereits die Leichen türmen. Die Vandalen, Goten und Türken sind übertroffen, heißt es. Von Süden her ziehen die ersten Rotten jetzt gegen unsere Straße und wenden sich gegen die kleineren Paläste. Eminenz, ich fürchte das Schlimmste, wenn niemand ihnen Einhalt gebietet, und sie sich zu einer Belagerung entschließen.«

Der Kardinal reckte sein Haupt und lächelte. »Sei unbesorgt, Mann. Sie werden dieses Haus verschonen.«

»Euer Vertrauen in meine Leute in allen Ehren«, bemerkte der Wachmann mit einer Verbeugung, »aber meine Männer werden bereits unruhig.«

»Sag ihnen, sie sollen den ersten hohen Bannführer, der halbwegs anständig und belesen erscheint, den sie vor dem Haus ausmachen, einlassen. Wählt nach Möglichkeit einen Spanier. Sie halten es mehr mit dem katholischen Glauben als diese rohen deutschen Lutheraner.«

»Ihr wollt den Kaiserlichen die Tore zu Eurem Palast öffnen?« rief der Soldat aus und starrte ihn entgeistert an. »Alle Eure Nachbarn geben ein Vermögen aus, um noch Schutztruppen unter den Eindringlingen anzuheuern, und Ihr wollt die

Rotten einlassen? Sie werden uns alle niedermetzeln und reiche Beute machen.«

»Ich schwöre, sie werden es nicht tun.« Falvini griff hinter sich und zog eine Schriftrolle hervor, von der schwere Siegel herabbaumelten. Mit Verwunderung erkannte der Soldat das Zeichen des fernen Kaisers und das des Connetablen von Bourbon. »Dies«, so sagte Falvini, »ist unser Freibrief. Ich habe ihn teuer genug erkauft. Was in den Straßen hier geschieht, geschieht auch in meinem Namen. Warum wohl sonst habe ich am heutigen Morgen einen Teil meiner *cavalleria* zum Tor Santa Spirito gesandt? Ich wollte sie nicht in eine unnütze Schlacht schicken. Sie hatten Befehl, den Truppen beim Gang über die Mauer zu helfen und den Päpstlichen in den Rücken zu fallen. Es ist an der Zeit, daß die Stadt von allen heuchlerischen Prälaten und unwürdigen Kirchenfürsten befreit wird. Der Papst ist verloren. Die Kaufleute werden von ihrem Hochmut kuriert.«

»Verzeiht, Eminenz, daß ich Euch unterbreche. Ihr haltet es mit den Abtrünnigen, mit den Glaubensfeinden?«

»Unsinn«, belferte unwirsch der Kardinal, »was sollen mir diese Glaubensstreitigkeiten. Am Ende wird unsere heilige Mutter Kirche obsiegen, doch sie wird unter neuer Führung stehen, und ich bin auf der Seite der neuen Herren und werde Eure Treue angemessen belohnen. Genug davon, du kennst nun meine Befehle. Und solltest du Angst haben, sie zu befolgen, so laß den Dominikaner das Schriftstück aushändigen. Er hat die Sache ausgehandelt und ist ein kaltblütiger Mann.«

Der Sacco di Roma – die Plünderung Roms – war nun in vollem Gange. Die Soldaten der verschiedenen Nationen, Spanier, Deutsche und einige Italiener, die gegen die eigenen Landsleute kämpften, die vielen Abenteurer, Glücksritter, Troßknechte und ihre Spießgesellen unterschieden sich nicht in der unbarmherzigen Grausamkeit ihres Vorgehens. Doch die Spanier bewiesen besondere Schlauheit, indem sie sich nur den reichsten Kaufmannshäusern zuwandten und nach ihren verfeinerten, der Inquisition abgeschauten Methoden die Hausherren folterten und erst töteten, nachdem sie ihnen hohes Lösegeld abgenommen hatten. Einige ließen sie binden und an Fahnenmaste vor die Häuser hängen, dort sollten sie Hunger, Wind und Wetter ausgesetzt sein, bis Verwandte sich zur Zahlung weiterer Lösegelder bereit fänden.

Mit rohem Vandalismus und weniger geschickt im Geldeintreiben verfuhren die deutschen Landsknechte. Trunkene Prasser und verschwenderische Spieler, die, weil in der Mehrzahl Lutheraner, vor allem mit schrecklichstem Hohn und unvorstellbarer Gemeinheit gegen alle Mitglieder des geistlichen Standes vorgingen. Einige brüsteten sich damit, nach Rom gekommen zu sein, um alle Pfaffen zu ermorden. Und sie handelten danach. Patriarchen, Erzbischöfe, Protonotare, Äbte wurden ausgeraubt, mißhandelt, getötet. Mit Kruzifixen wurden gottgeweihte Jungfrauen auf das gräßlichste geschändet, ihre Schöße mit Blut und dem Samen der Sünde besudelt. Wie die Tiere befriedigten die Soldaten ihre Lust an den Nonnen, zerrten sie hernach durch die Straßen, verkauften sie an die *ruffiani* und Bordelle oder boten sie auf den Märkten gegen zwei Scudi feil.

Auch vor ehrwürdigsten Priestergreisen machte man nicht halt. Der neunzigjährige Bischof von Terracina wurde wie ein Tier, ein Büschel Stroh auf dem Kopf, öffentlich zum Verkauf ausgestellt. Anderen Geistlichen wurden Ohren und Nasen abgeschnitten.

Schrecklich waren die Verwüstungen und Sakrilegien im Vatikan. Die schmutzigen Landsknechte hüllten sich in die kostbarsten Altargewänder, brachen die Edelsteine aus Meßkelchen und flochten sie sich in ihre Bärte. Mit pulvergeschwärzten Gesichtern zogen die wilden Gesellen durch die heiligsten

Gemächer. Die Kirchen, sogar die Sixtinische Kapelle, wurden zu Pferdeställen.

Der bayerische Hauptmann Wilhelm von Sandizell verkleidete sich gar als Papst, ließ sich von anderen Kriegsknechten die Füße küssen und erteilte den Segen. Unter Trommelschlägen und Pfeifen zog seine Rotte bis zur Engelsburg, wo sie Luther zum Papst ausriefen und schworen, sie wollten dem wahrhaftigen Papst ein Stück aus dem Leib fressen, da er Gottes Wort verhindert habe.

Alle Kirchen wurden geplündert, selbst die Peterskirche wurde entweiht. Die Ungläubigen hätten nicht schändlicher handeln können. Man plünderte die Gräber, darunter das von Papst Julius II., das Haupt des heiligen Andreas wurde am Boden zerschmettert, das Schweißtuch der Veronica geraubt und noch in der Nacht in römischen Wirtshäusern feilgeboten. Die heilige Lanzenspitze steckte ein deutscher Soldat auf seine Pike und zog damit spottend durch den Borgo. Selbst die Kapelle Sancta Sanctorum, der heiligste Ort der Welt, wurde nicht verschont, der römisch-apostolisch-katholische Glaube in seinen Grundfesten erschüttert. Nie mehr sollte er sich in der Alten Welt zu all seiner bezwingenden Pracht und Herrlichkeit, seiner universellen Verbindlichkeit aufschwingen können.

Niemand hatte mit einer solchen mutwilligen Entweihung und Entblößung des Heiligsten gerechnet. Niemand, der sich einen aufrechten Christen nannte, konnte die Ungeheuerlichkeit des Geschehens begreifen. Fresenius, der einst für die Sache der lutheranischen Bauern von Deutschland und eine aufrichtige Reform des Glaubens gestritten hatte, ging es nicht anders.

Abscheu zeichnete sich deutlich auf seinem Gesicht ab, als er in der geschlitzten Tracht eines deutschen Landsknechtsführers den Ponte Sant' Angelo überquerte. Der Student und der Kapuziner waren nach langem Ritt und einigen Scharmützeln am jenseitigen Tiberufer auf das äußerste erschöpft, doch die von ihnen beobachteten Frevel und Verbrechen ließen ihren Kampfgeist und ihre Entschlossenheit nicht erlahmen.

Unter der Brücke ertönten die Schreie von Flüchtenden, die sich auf die Tiberbarken gerettet hatten und nun erkannten, wie hoffnungslos die Kähne überfüllt waren. Viele drohten zu ertrinken. Einige stürzten sich in ihrer Verzweiflung direkt in den Strom, da einige Soldaten sie nun mit einem Pfeilregen jagten.

»He da, ihr«, rief dem verkleideten Kapuziner inmitten des Tumultes ein angetrunkener Landsknecht zu, der sich mit seiner Gesellschaft einen Weg durch das Gedränge auf der Brücke bahnte. Er hatte sich den purpurfarbenen Mantel eines Prälaten über den Brustpanzer gebunden und schien übermütig vergnügt. »Was reitet ihr auf die Stadt, im Vatikan ist es bei weitem lustiger. Wir wollen einen Tanz mit dem Papst machen. Wir stürmen die Engelsburg, nun kommt schon.«

Giacomo schwieg, er verstand kein Wort von dem, was der Barbar aus dem Norden herüberschrie. Fresenius antwortete knapp, und Giacomo wunderte sich erneut über den barschen Ton seines Begleiters. Keine Frage, der Kapuziner war der Sprache der Soldateska mächtig, und seine Worte waren nicht freundlich. Der angetrunkene Soldat wandte sich ab und rannte mit einigen Spießgesellen weiter über die Brücke, dem Vatikan zu.

»Was wollte er?« fragte nun Giacomo leise, um sich nicht als Italiener zu entlarven, immerhin trug auch er deutsche Kleider.

»Er wollte einen Tanz mit dem Papst«, erwiderte grimmig der Kapuziner.

»Und das erzürnt dich so, daß dir die Stirn anschwillt? Hast du nicht selbst einmal gemeinsame Sache mit den Gegnern des Heiligen Vaters gemacht? Was ist mit deinen Erzählungen über den großen Aufruhr der deutschen Bauern?«

Energisch schüttelte Fresenius den Kopf. »Sie hatten nichts gemein mit solch einer Höllenbrut. Das waren Verzweifelte, die um Gottes Gerechtigkeit auf Erden kämpften. Nein, Giacomo, was hier geschieht ist gottlos, und ich hätte nicht übel Lust, meine eigenen Landsleute niederzudreschen, wenn ich die Soldaten dafür hätte.«

»Warum hast du nicht diesen Kerl und seine Bande auf den Palast Falvinis angesetzt? Sie schienen entschlossen genug.«

»Sie waren zu tumb und zu betrunken. Ich hoffe, wir finden auf der anderen Seite einen stärkeren, mutigeren Trupp, der noch nach großer Beute hungert und die Gefahr nicht scheut.«

Giacomo seufzte. »Ich denke, es wird schwer. Sie haben es so leicht beim Plündern, daß sie einen wohlbewehrten Palast, wie den Falvinis, noch eine Weile schonen. Der Hunger ist da eine bessere Waffe als jedes Eisen, zwei, drei Wochen der Belagerung sollten genügen. Warum sich in Gefahr begeben, wenn man andernorts ohne Mühen sein Ziel erreicht, werden sie sich sagen.«

Ehrfurchtsvoll ließ Märthe den Blick durch die dreischiffige Basilika von San Clemente schweifen, betrachtete die Mosaike, Fresken und polychromen Marmorplatten der Oberkirche, während Beatrice und Scoferino sich nach Plänen Giacomos auf die Suche nach dem von ihm bezeichneten verdeckten Eingang zur Unterkirche machten. Das Gotteshaus war verwaist, die zuständige Geistlichkeit hatte sich nach ersten Nachrichten über die Greuel gegen ihren Stand vor die Stadtmauern geflüchtet, und auch die Gläubigen setzten kein Vertrauen mehr auf den Schutz der Kirche und die Unantastbarkeit geweihten Bodens.

Märthe betete leise. »Herr, ich weiß, Du hast meinen Tod beschlossen, aber erbarme Dich der anderen. Herr, ich bitte Dich, die schwere Prüfung nicht...«

»Hier muß es sein!« rief Beatrice, und ihre Stimme hallte hohl durch das Gotteshaus. Mit einem schabenden, schleifenden Geräusch schoben sie und der Maler unter beträchtlicher

Anstrengung eine Steinplatte zur Seite. Nach anfänglichem Widerstand glitt sie schließlich sanft über den glatten Marmor des Bodens zur Seite.

Beatrice legte sich auf den Bauch und spähte in das dunkle Loch hinab. »Ich höre das Rauschen von Wasser«, sagte sie erfreut, »es muß sein, wie Giacomo sagt, dort unten fließt ein Fluß.«

Scoferino stand neben ihr und starrte ebenfalls in die Finsternis. »Nur wie sollen wir da hinunterkommen?« fragte er.

»Ganz einfach«, gab Beatrice zurück, »mit einem Seil.«

»Hast du eines dabei, *signorina sputasentenza*«, blaffte der Künstler sie an.

»Ich bin nicht neunmalklug, wie du meinst, und habe auch kein Seil, aber alles, was wir brauchen, ist ein Messer. Besser, du brauchst es, um den Glockenstrang zu zerteilen. Aber klettere hoch bis in die Spitze des Turms, wir brauchen ein ordentliches Stück, das wir dort an der Säule befestigen können. Mach schon, *stupido.*«

Widerwillig gehorchte der Künstler dem klugen Rat der Wäscherin. Beatrice drehte sich zu Märthe um, die den kleinen Prospero auf ihren Armen wiegte und in einer der Kirchenbänke saß. Hesekiel thronte reglos auf dem Rand der Bank und glich einer steinernen Groteske.

Die Wäscherin schlenderte zu Märthe hinüber und setzte sich neben sie in die Bank.

»Glaubst du, daß Fresenius und Giacomo bald zu uns stoßen werden?«

»Ich weiß es nicht«, antwortete die Alte mit tonloser Stimme.

»Aber du hattest die Vision. Du hast etwas gesehen, Märthe, ich weiß es. Was hast du gesehen? Sag es mir. Und wer war die tote Frau?«

Traurig schaute die Alte das Mädchen an. »Ich weiß es wirklich nicht, aber ich sah, daß von drei Menschen, die gegen den

Palazzo Falvini stürmten, nur einer überlebte. Es war ein undeutliches Bild. Doch zwei von unserer Gruppe bezahlten den Versuch, Marietta zu retten, mit dem Leben.«

»Drei?« fragte Beatrice überrascht, dann begriff sie plötzlich. »Deshalb wolltest du nicht, daß ich mitging. Du wolltest der Vorsehung einen Streich spielen, verhindern, daß ich in mein Verderben renne. Aber was, wenn nun Fresenius und Giacomo getötet werden?«

Märthe starrte nach vorne zum Altar. »Einer wird gewiß überleben, ich verspreche es dir, mein Kind. Ich...«

Jetzt erschien am Eingang zum Glockenturm Scoferino, über der Schulter trug er den schweren Glockenstrang und schleifte ihn wie den riesigen Schweif eines Drachen hinter sich her.

»Hilf ihm«, wies Märthe Beatrice an. Die Wäscherin und der Künstler hatten ihr Werk rasch vollendet, bald baumelte das Seil in die Finsternis hinunter. Märthe warf eine Fackel herab, und im Schein der Flammen erkannten sie den unebenen Steinboden der Unterkirche. Sie mußte um Jahrhunderte älter sein, als die Basilika darüber. Zunächst ließ sich Scoferino an dem Strang hinunter. Die beiden Frauen warfen ihm die Säcke zu, in denen Geld, Vorräte, Kerzen, Messer und Kleidung verstaut waren. »Nun geh du,« befahl Märthe Beatrice, die den Säugling Prospero in einem festen Tuch vor ihrem Bauch trug.

Die Wäscherin gehorchte, ergriff das Seil und schwang sich mit langsamer Bewegung über den Rand der Öffnung. Mit vorsichtigen Handgriffen arbeitete sie sich hinab, wo Scoferino sie mit ausgebreiteten Armen erwartete. Beatrice warf einen Blick nach oben und erkannte Märthes bleiches Gesicht. »Ich bin unten, es ist ganz leicht, komm.«

Märthe griff nach dem Seil, Beatrice gab es frei. Doch dann bemerkte sie, daß die Alte es mit einem kräftigen Ruck einzog.

»Märthe, was tust du?« schrie Beatrice. Gellend drang die Stimme nach oben.

»Ich tue, wozu ich berufen bin. Es ist der Wille des Herrn. Ich ziehe in eine verlorene Schlacht.«

»Was?« schrie wütend die Wäscherin. »Was?« Doch die alte Frau gab keine Antwort mehr.

»Verflucht, laß mich mit dir gehen!« schrie Beatrice. »Laß mich mit dir gehen.« Mit dumpfen Krachen schlug über ihnen die schwere Tür zum Portal zu.

»Wie die Ratten sitzen wir in der Falle, diese verfluchte Hexe«, zischte Scoferino.

Wütend wandte Beatrice sich um. »Du magst dich wie eine Ratte fühlen. Ich nicht. Ich finde einen Ausweg.«

Marietta öffnete unter Mühen die Augenlider, die schwer wie Blei schienen. Verschwommen erkannte sie flackerndes Kerzenlicht zu ihrer Rechten. Mit den Händen ertastete sie die Strukturen einer Brokatdecke unter sich und seufzte erleichtert auf. Sie befand sich wieder in ihrem Schlafgemach, der höllische Spuk, von dem sie nicht wußte, ob sie ihn erlebt oder nur geträumt hatte, war vorbei. Ihr Blick klärte sich nun, ihre Glieder schmerzten, sie stemmte sich gegen die Kissen und schob sich in dem Bett nach oben.

Am Fußende des Lagers stand der Dominikaner.

»Teufel, ich habe dich also nicht geträumt«, zischte die Kurtisane.

Claudius lächelte. »Ist nicht das ganze Leben nur ein Traum?« bemerkte er.

»Was willst du hier von mir. Dem Kardinal wird es nicht gefallen.«

»Der Kardinal ist beschäftigt, er bereitet sich auf den Empfang der siegreichen Armee des Kaisers vor.«

»Ein Angriff?« rief Marietta erstaunt. »Du phantasierst. Die Truppen wurden gewiß längst zurückgeschlagen. Es ist ruhig und friedlich.«

»Nur hier. Bedenke, dein Zimmer liegt im zweiten *cortile.* Dieser Innenhof ist weit von der Straße entfernt, und die dicken Mauern dämpfen das Schlachtgetöse. Aber ich gebe dir mein Wort, in diesem Augenblick stirbt Rom. Ein neues Rom wird an seine Stelle treten.«

Marietta zog zitternd die Knie an. »Was sollte ich auf das Wort eines Halunken und Mörders geben? Eines falschen Mönches, der keine List scheut, um mich zu verderben? Eine Satansschwester hast du mich genannt, eine Hure des Bocksfüßigen.«

Claudius umfaßte einen Pfosten des Bettes und beugte sich nach vorn. »Das ist nun vorbei. Der Exorzismus war erfolgreich, und du darfst für den stolzen Falvini wieder die Madonna spielen. Ja, ich wünsche es sogar.«

»Was hast du vor, elender Mönch?«

»Nichts, nichts. Aber ich schwöre dir, ich hätte dich töten können, doch der Kardinal ist unbeirrt in seiner Leidenschaft für dich. Von dir geht fürwahr ein seltener Zauber aus. Der Mann fürchtet nicht einmal den Teufel, wenn es um dich geht. Und nur deshalb lebst du noch, während die Nemesis die Wölfin verschlungen hat.«

Marietta kroch weiter in die Kissen zurück. »Was redest du?«

»Rodiconda, deine Erzrivalin und Todfeindin, liegt in ihrem eigenen Blut unten im Keller.« Marietta erschauerte.

»Du ängstigst dich? Habe keine Bange, dich werde ich am Leben lassen, ich lege mich nicht mit dem Schicksal an, das dir eine besondere Rolle zugedacht zu haben scheint. Du kannst mir noch nützliche Dienste erweisen.«

»Warum«, spie Marietta ihm nun voll Abscheu entgegen, »sollte ich das noch tun. Du hast nichts in der Hand, was mich zu einer Gefälligkeit bewegen könnte. Was macht dich so sicher, daß ich meinen Zauber, wie du es nennst, Gottloser, nicht bei Falvini einsetze, um *dich* zu vernichten.«

»La Luparella, die Neugierige, Gott habe sie selig, hat mir von deiner Liebesnacht mit Falvini berichtet und davon, daß du, brennend vor Leidenschaft, den Namen eines anderen seufztest. Gianni, wenn ich mich nicht irre, oder war es Giacomo?«

»Giacomo?« entfuhr es Marietta. »Oh, mein Gott, was ist mit ihm? Was weißt du? Wie steht es um ihn?«

Der Dominikaner richtete sich auf. »Er ist aus dem Gefängnis entkommen. Ich habe ihm die Flucht ermöglicht«, log er.

»Er lebt, behauptest du?«

Der Dominikaner nickte. »Er lebt, ganz gewiß. Und ich werde ihn herbeischaffen, wenn du mir versprichst, dich weiter für mich beim Kardinal zu verwenden.«

Marietta warf dem Mann in der weißen Kutte einen scharfen Blick zu. »Was soll ich tun?«

»Nun, stelle sicher, daß Falvini meine Ernennung zum Bischof, die er mir heute nacht versprach, auch bewirkt. Gelingt es dir, so bist du frei, dahin zu gehen, wo dein Liebster ist.«

»Wohin?«

Der Mönch drehte sich um und verließ das Schlafzimmer. Marietta hörte das Geräusch eines Schlüssels, der zweimal im Schloß gedreht wurde. Sie war und blieb die Gefangene des Kardinals und seines teuflischen Adlatus'.

Gegen den Strom der Flüchtenden zwängte sich Märthe diesmal durch die Gassen nahe San Clemente. Alles schien nun auf der Flucht. Ob Kutschenmaler oder Wasserträger, Kaufmann oder Kloakenreiniger, die meisten hatten begriffen, das sich der Schlachtruf der Kaiserlichen »*libertą, imperio, popolo*« in sein grausamstes Gegenteil verkehrt hatte. Niemand von den mörderischen Söldnern kämpfte für die Freiheit des Volkes, sie alle waren von Tod und Plünderung bedroht. Je näher Märthe an das Viertel jenseits der Via Giulia kam, um so unverkennbarer wurden die Anzeichen unvorstellbaren Grauens.

Überall herrschte Geschrei, Waffengetöse, Geheul von Weibern, Brandgeruch lag in der Luft, Flammen knisterten, krachend stürzten Dächer ein. Märthe wählte ihren Weg geschickt, mied die größeren Straßen, auf denen Rotten von Söldnern die Fenster zerschlugen, Tore aufbrachen und sich wahllos Menschen aus den Reihen der Fliehenden packten, um sie niederzuhauen und dann ihre Säcke und Kisten zu inspizieren. Die handtuchschmalen, stockfinsteren Gänge zwischen Palästen und Häusern boten den besten Schutz. Eingehüllt von den feuchten Ausdünstungen der Gassen, durch die die Kloake der Häuser floß, suchte die Alte ihren Weg auf die Via Giulia. Doch die Schreie der Gequälten und Sterbenden drangen auch hier zu ihr vor.

»Gott, warum hast Du diesen Ort verlassen?« murmelte sie und eilte mit gerafften Röcken durch die Finsternis, die angefüllt war von den Geräuschen der Hölle. Erst im letzten Moment bemerkte sie den betrunkenen Landsknecht, der schwankend vor einer Hausmauer stand und sein Wasser abschlug. Auch er entdeckte nun die Alte.

»Häßliche Katze, versuchst zu entkommen?« schrie er höhnisch und riß sein Schwert hoch, das neben ihm an der Wand lehnte. Obwohl unsicher auf den Beinen, packte er beherzt den Zweihänder, schwang ihn in die Luft und wollte ihn niedersausen lassen, um die Frau in Stücke zu hauen. Schon meinte Märthe den Luftzug zu verspüren, mit dem das Eisen die Luft zerteilte. Sollte ihr Weg schon hier enden?

Doch dann hörte sie über all das Gelärme aus den benachbarten Straßen hinweg den knatternden Flügelschlag, mit dem der Rabe Hesekiel auf den Angreifer niederstach. Er landete mitten im Gesicht des Söldners, vergrub seine Krallen in dessen schreckgeweiteten Augen und hieb mit dem Schnabel auf ihn ein. Mit ersticktem Schrei ging der Landsknecht zu Boden. Märthe entriß ihm das Schwert und rammte es ihm in den Leib, so daß das Gedärm hervorquoll. Der Sterbende hatte nicht einmal mehr die Kraft, einen Schmerzenslaut hervorzubringen.

Doch hinter Märthe näherten sich nun Schritte. Sie vernahm ein deutliches Keuchen, zog mit einem Ruck das blutige Schwert aus dem Rumpf des Mannes, entschlossen, in die Finsternis hineinzudreschen.

Fresenius hatte den richtigen Mann gefunden. Es war kein anderer als Ceci. Sein Haupt war unter dem spanischen Eisenhelm eines hochrangigen *commandante* verborgen, das Gesicht von Blutspritzern und Pulver verfärbt, doch der Kapuziner erkannte Ceci sofort an seinem gellenden Geschrei, mit dem er seine Matrosen durch die Via Giulia trieb.

»He da, Ceci« rief er ihn auf italienisch an, und der Pirat stutzte kurz, hielt inne und schaute zu dem Reiter empor. Dann brach er in wildes Lachen aus.

»Der Pulvermönch!« rief er schließlich. »Was machst du hier? Noch dazu in Landsknechttracht.«

»Das gleiche könnte ich dich fragen«, knurrte Fresenius und stieg von seinem zitternden Pferd ab, das scheute und unruhig war, verschreckt von den knisternden, brennenden Balken, die ringsumher auf das Pflaster niedergingen, und verängstigt vom Klirren der Waffen und gelegentlichen Schüssen.

»Nun?« fragte der Kapuziner als er dem Pirat Auge in Auge gegenüberstand.

»Nichts nun. Ich bin immer dort, wo gute, leichte Beute lockt. Die Geschäfte liefen schlecht auf See, doch dein Rat, mich gegen den Vatikan zu werfen, war klug genug. Also entschloß ich mich, mit meinen Männern den Landgang zu wagen. Wir kommen freilich etwas spät, die Kaiserlichen haben uns zwar den Weg gebahnt, aber sie plündern so gründlich, daß wir bislang nur schäbige Reste auflesen konnten. Ist es dir besser ergangen?« Wieder musterte der Seemann die Uniform des Kapuziners und schloß seine Rede mit einem spöttischen: »Mönch.«

Fresenius gab keine langen Erklärungen. »Nein, mir geht es genauso wie dir, bislang fand ich nichts von Bedeutung. Aber mein Freund«, er wies auf Giacomo, der im Hintergrund die Pferde zu beruhigen suchte, »mein Freund und ich wissen ein Haus, in dem unermeßliche Reichtümer auf einen warten, der verwegen genug ist, den Angriff zu wagen.«

Ceci grinste: »Und einen, der ein Pulver besitzt, um die Eisengitter zu sprengen, habe ich recht? Was ist, Kapuziner, mit deinen Feuerzaubereien ist es doch ein leichtes, einen ganzen Palazzo in die Luft zu jagen.«

»Mir fehlt es an Leuten.«

Ceci holte aus und hieb seine Pranke dem Mönch aufs rechte Schulterblatt. »*Che fortuna.* Du bist ein gemachter Mann, Fresenius. Eben hast du deinen Verbündeten getroffen. Kann mir schon denken, daß *dir* keine Landsknechte folgen. Sie kennen dich schließlich nicht, oder?«

Auf offener Straße und inmitten des Geschreis wurde das Bündnis geschlossen. Ceci rief seine gut vierzig Männer zusammen, ließ sie aus den Häusern zerren, in denen sie Reibereien mit verschiedenen anderen Plünderern austrugen, und gab ihnen Befehl, gegen den Palazzo Falvini zu ziehen.

»Das ist Wahnsinn«, meuterte einer der Matrosen, »nicht einmal die schmutzigen Spanier wagen schon jetzt einen Angriff auf solch einen Palast.«

Ceci versetzte ihm eine harte Ohrfeige, der Kerl schwieg und der Trupp setzte sich in Bewegung.

»Du bist mir eine schöne Prophetin«, sagte unbändig lachend und wie von Sinnen nach dem vorangegangenen Schrecken Beatrice. »Beinahe hättest du mich zu der toten Frau deiner Vision gemacht. Dabei war ich deine Rettung in letzter Sekunde.«

Märthe stand noch immer fassungslos neben der Leiche des Söldners und streichelte Hesekiel, dessen Gefieder von Blut verklebt war. »Beatrice, wie hast du den Weg aus der Unterkirche geschafft, wie bist du mir hinterher? Es ist ein Wunder, ich begreife es nicht.«

»Oh«, sagte die Wäscherin und bemühte sich, nicht auf den Leichnam zu starren, dessen Anblick sie aller Selbstsicherheit beraubt hätte, »es war kein allzu großes Wunder. Dein Rabe ist ein gelehriges Tier, und ihm schien es ebensowenig wie mir zu gefallen, allein in dem Loch zu hocken. Er flog hinauf und schob mit seinem Schnabel das Seil wieder über den Rand. Nicht einmal drei Glockenschläge nach dir war ich oben und durch das Tor. Wäre Hesekiel allerdings nicht vorangeflogen, ich glaube kaum, daß ich deinen Hakenschlägen durch die Gassen hätte folgen können.«

Märthe starrte beklommen auf den Soldaten herab. »Er wollte meinen Tod, das ist sicher. Ich danke dir Beatrice, aber nun geh, bring dich wieder in Sicherheit.«

»Niemals«, begehrte die Wäscherin auf, »ich denke nicht daran, zu diesem wimmernden Scoferino, diesem *fifone*, zurückzukehren. Ich bleibe bei dir. Ich fürchte den Tod nicht.«

Märthe seufzte. »Bist du sicher? Dann hilf mir, wir streifen dem Kerl seine Uniform vom Leib.«

Beatrice erbleichte. »Märthe, willst du meine Entschlossenheit prüfen?«

»Nein, ich will dich in sicherer Verkleidung wissen, wenn du mich begleitest.«

Mit widerwillig verzogenem Mund betrachtete Beatrice den Toten. »Aber sein Brustpanzer ist beinahe zerschlagen, die Beinkleider sind in Fetzen und ganz voller Blut.«

»Und du glaubst, daß die plündernden Banden dort in den Straßen anders aussehen? Nein Beatrice, ich nehme dich nur mit, wenn du diese Uniform anziehst.«

Die Wäscherin begriff. »Du willst dem Schicksal wieder ein Schnippchen schlagen, nicht wahr? In Männerkleidern bin ich nur halb ein Weib und werde vielleicht verschont vom Gevatter Tod, so denkst du doch?«

Märthe schwieg und bückte sich zu dem Toten hinab. Mit festem Griff löste sie seinen Eisenhut.

»Nimm«, befahl sie, und die Wäscherin schob ihr Haar zusammen, stopfte es unter den Helm, der vom Todesschweiß naß war, und drückte ihn in ihre Stirn.

Betend kauerte der Maler in der Apsis der Unterkirche. Tränen strömten über sein Gesicht, ergriffen starrte er zu einem mittelalterlichen Fresko empor. An die vierhundert Jahre mußte es alt sein, die Farben schimmerten blaß im flackernden Schein der Fackel. Hier war das Rauschen des unterirdischen Flußes deutlich zu vernehmen. Scoferino hatte den Abstieg zu einer weiteren Kirche entdeckt, einer heidnischen Kirche. Schon hatte er sich mit seinem Sohn auf den Weg nach unten machen wollen, um zu fliehen, doch nun lag der Säugling auf seinem Schoß, das Bündel mit den Vorräten hatte er achtlos fallen lassen.

Mit gebanntem Blick schaute er nach oben, in das lächelnde Antlitz einer Madonna. »Marietta«, flüsterte er, »Marietta, es ist ein Wunder, du *bist* eine Heilige. Eine Wiedergängerin.« Noch immer lächelte das Bildnis. Schluchzend und flehend erhob der Maler seine Hände. »Sprich zu mir. Verzeihe mir, ich habe mich an dir versündigt.« Seine Augen waren von Tränen verschleiert. »Bitte, heilige Frau, *madonna immaculata*, verzeihe mir, gib mir ein Zeichen.« Da floß Blut aus den gemalten Augen der Frau, helles rotes Blut. In einem kleinen Rinnsaal bahnte es sich seinen Weg nach unten und brachte die verblaßten Farben ihres Gewandes zum Leuchten. Scoferino vergrub sein Gesicht in den Händen. Sein Sohn erwachte und begann ein jämmerliches Geschrei.

Falvini thronte im ersten weitläufigen *cortile* seines Palazzo auf jenem reichverzierten Marmorsessel, auf dem er bei seinen Festen den Apoll oder eine andere Gottheit darstellte. Neben ihm standen in stolzer Pose, den Hütern eines Tempelgottes gleich, seine vier Sarasine. Über ihre seidenen Gewänder waren goldene Brustpanzer geschnallt. Sie sahen aus wie Figuren eines phantastischen heidnischen Theaterspiels. Mit unbeweglichen Mienen horchten sie auf das grausame Lärmen, das der Wind von der Straße her zu ihnen trug.

»Eminenz, Eminenz«, schrie nun einer der Wächter, der durch den tiefen Torbogen vom Portal her zu ihnen in den Hof eilte. »Vor dem Tor hat sich frech ein Trupp spanischer Söldner versammelt. Ihr *Commandante* begehrt Einlaß.«

Falvini warf kurz sein Haupt nach hinten, als wolle er die Stellung der Gestirne prüfen, doch noch immer lag eine dichte Wolkendecke über dem nächtlichen Rom.

Falvini beugte sein Haupt herab. »Nun gut. Dann hole den Mönch und laß ihn sein Werk vollenden. Mach schon. Ich habe die Untätigkeit satt.« Der Soldat salutierte kurz, beeindruckt von der kalten Ruhe des Kardinals, und eilte zum Treppenaufgang des ersten Gebäudes. Doch er hatte nur wenige Stufen erstürmt, als er in der Loggia über sich den Mann im weißen Gewand entdeckte.

»Es ist gut«, rief der Mönch ihm zu, »ich bin bereit.« Majestätisch schritt er auf seinen Ledersandalen die Stufen hinab, passierte den Soldaten und den Mann auf dem Thron, neigte kurz seinen kahlen Schädel und machte den Weg über den weitläufigen Hof mit den gemessenen Schritten eines hohen Würdenträgers, der ein Hochamt zu feiern hat.

Im Bogengang entrollte er das Pergament mit den kaiserlichen Siegeln und trug es wie eine geheiligte Marmortafel vor sich her. Die Wachsoldaten des Kardinals standen mit steifen Rücken auf ihren Posten längs des Ganges und in den Nischen neben dem Portal. Ihre Nackenmuskeln waren hart gespannt wie ihre Büchsen, Schweiß rann ihnen in die Halskrausen über ihren Rüstungen.

Beide Eisengitter vor dem Portal waren herabgelassen, die schwere Holztür davor fest verriegelt, nur durch das vergitterte Seitenfenster einer Mauernische direkt neben der Holztür hatte man Blick auf die Straße, das dort herrschende Inferno und die Söldnerschar, die nach Einlaß verlangte. Claudius spähte kurz nach draußen und erkannte an den Farben der Helmfedern, daß der Truppführer ein Spanier und hochrangiger Soldat sein mußte.

Mit scharfer Stimme hielt er den Mann zur Ruhe an und erklärte ihm, er habe einen Freibrief des Edlen von Bourbon, der sogar mit dem kaiserlichen Siegel versehen sei. Dann berichtete er von den Hilfeleistungen des hochansehnlichen Kardinals Falvini beim Sturm gegen Rom und versprach Soldaten und Geldmittel für die erfolgreiche Fortsetzung der Plünderung.

Auf der anderen Seite des Tores schwieg man kurz. »Gebt mir das Schreiben«, verlangte der Spanier knapp und mit gedämpfter Stimme, er sprach einen seltsamen Dialekt. Claudius rollte es zusammen und schob es durch das Rautengitter. Der Mann auf der anderen Seite packte zu. Sein Gesicht verschwand. Claudius wartete geduldig.

Ceci war durch die Reihen seiner Männer hindurchgeschlüpft und präsentierte das verwunderliche Schriftstück nun Fresenius. Der krauste die Stirn, reichte es an Giacomo weiter, der den Inhalt bestätigte. »*Truffatore*«, stieß er wütend hervor, »Falvini ha un punto piĚ del diavolo.«

Ceci grinste. »Der Kardinal ein Verräter, vielleicht, aber schlauer als der Teufel? Nein, nur ein Narr von himmlischer Einfalt. Uns die Tore zu öffnen! Wenn ich gewußt hätte, wie leicht dieser Angriff wird, hätte ich keinen Pakt mit Euch geschlossen. Nicht eine Unze Pulver müssen wir verschwenden.

Bei Gott, was für ein Idiot muß dieser Kardinal sein. Nicht einmal die echten Kaisertruppen hätten sich auf einen solchen Handel eingelassen. Was gilt noch Bourbons Wort? Der tapfere Connetable hat längst den Teufel zur Nacht begrüßt.«

Fresenius betrachtete den Piraten lauernd, er war ein unberechenbarer Geselle. »Ich warne dich, Ceci. Treib keine Spiele mit uns, wir gehen alle rein. Zügele auch deinen Übermut, im Palazzo warten an die hundert gut bewaffnete Soldaten auf euch, ich denke, du kannst meines Pulvers nicht entbehren.«

Ceci antwortete mit einem weiteren Piratengrinsen. »Spar dir deinen Zorn für das Gefecht, falscher Mönch, ich kann bei dem Kampf jede Hand brauchen. Und was für einer wäre ich, wenn ich versuchen wollte, einen Betrüger zu betrügen.«

»Ein dummer Hund«, versetzte Giacomo und zog seinen Degen, »und ein toter Hund.« Ceci lachte kopfschüttelnd, so daß seine Helmfedern tanzten, und drängte sich zurück zum Torfenster.

Wenig später verriet ein hartes metallisches Klirren und das Knirschen einer Winde, daß die Eisengitter nach oben gezogen wurden. Polternd wurden endlich die Riegel des Holztores hochgewuchtet und die Torflügel nach innen aufgeschlagen. Ceci verneigte sich knapp und spielte erstaunlich gewandt den spanischen Edelmann. Seine wilde Rotte spähte in den Torgang und bemerkte die Soldaten, die ihre Büchsen im Anschlag hatten oder ihre Hellebarden stramm nach vorn richteten.

»Ich wünsche, Euren hochverehrten Kardinal, seine Eminenz Falvini, zu sprechen, um meinen Dank abzustatten«, sagte Ceci brav und in stockendem Italienisch, so als sei er der Sprache nur halbwegs mächtig.

Claudius ließ sich täuschen und bedeutete mit einem kurzen Kopfnicken, daß der Weg frei sei. Die falschen Söldner betraten mit schweren Schritten den Gang, hielten die Häupter gesenkt, bis sie den Innenhof erreichten. Mit triumphierendem Lächeln beobachtete Claudius den friedlichen Einzug des Trupps. Die Wachmänner des Kardinals entspannten sich kurz. Der Dominikaner blickte den letzten Söldnern ins Gesicht. Plötzlich stutzte er, riß eine Wandfackel aus der Halterung und leuchtete einem Jüngling in deutscher Landsknechttracht ins Gesicht. »Verrat«, schrie der Dominikaner, als er Giacomo erkannte, und drängelte sich durch den Gang zum Innenhof. »Verrat! Chiudeste la porta, idiėtis, sĚbito, chiudeste la porta!«

Doch sein Verzweiflungsschrei diente Cecis Trupp nur als Angriffssignal. Kaum waren Fresenius und Giacomo an den verwirrten Wächtern vorbei in den Innenhof gestürmt, eröffneten sie das Feuer in den Gang. Die Überraschung stand ihnen nur kurz zur Seite. Rasch hatten sich die Söldner des Kardinals gefangen und erwiderten beherzt das Feuer der falschen Spanier. Die Kugeln ihrer Arkebusen kreuzten pfeifend und sausend die der Piraten.

Falvini hatte sich von seinem Thron am anderen Ende des Hofes erhoben und schrie nach den Männern, die die Galerien der oberen Stockwerke besetzt hielten. Die stürmten sogleich an die Brüstung, Bogenschützen ließen einen Pfeilregen in den Innenhof niedergehen, über die Treppe rannten Schwertkämpfer in den Innenhof hinab und fielen Cecis Männern in den Rücken. Es waren die besten Kämpfer, die für Geld zu haben waren.

»Kapuziner!« rief befehlend Ceci, der mit maßloser Wut auf einen Mann des Kardinals einhieb. »Wir sind eingekesselt, zünde endlich dein Pulver.«

Eine Kugel flog zischend an Giacomos Haupt vorbei, der sich neben ihm mit gezücktem Degen bückte, dann aufsprang und seine Waffe mit einem baumlangen Kerl kreuzen mußte. Hart fuhr ihm das Eisenschwert des Mannes auf die Terz seines Degens, sein Arm wurde mit Wucht herabgerissen, doch Giacomo erwies sich als der bessere Tänzer und wich mit federnden Schritten aus, um Kraft für den Gegenhieb zu sammeln.

Fresenius eilte, wie ein Hase Haken um die Kämpfer schlagend und von Pfeilen umsaust, auf den Wandelgang zu. Er riß einen Beutel von seinem Gürtel, schaute sich rasch um, riß eine Laterne herab, in der eine schwere Kerze flackerte, packte sie und zerrte mit seinem Mund eine Lunte aus dem Sack hervor und hielt sie in die Kerze. Sprühende Sterne sorgten für einen knisternden Funkenregen. Kurz zögerte der Kapuziner, dann warf er den Sack mit heftigem Schwung direkt in den Torbogen.

Die Explosion war gewaltig, und der Druck, den sie verursachte, schleuderte sogar einige Männer Cecis zu Boden. Doch schnell rappelten sie sich hoch und wandten sich, von der Gefahr aus dem Torraum befreit, den von hinten herbeistürmenden Gegnern zu. Die Büchsenschützen auf der Galerie hatten nun ihre erste Salve verschossen und beeilten sich, ihre Arkebusen neu zu beladen. Diese Feuerpause nutzte Ceci und machte mit einigen seiner Gesellen einen Ausfall in Richtung Treppe.

Doch hier trat ihnen nun der Kardinal, umgeben von seinen Sarasinen, entgegen. Cecis Männer erschraken kurz beim Anblick der stummen, schwarzen Riesen, die ohne gellendes Geschrei und Fluchen ihre Lanzen mit solcher Wucht warfen, daß sie zwei Männer durchbohrten und sofort töteten. Ceci aber kannte keine Furcht. Mit gestrecktem Schwert rannte er gegen die Leibwächter des Purpurträgers an. Sein Schwert prallte zunächst am Brustpanzer Almansors ab, der riß seinen Langdolch vom Gürtel, stürmte dem Schwertkämpfer todesmutig entgegen und fiel ihm direkt in die hart geschliffene Klinge. Almansor starb so lautlos wie seine traurigen Brüder. Falvinis Stirn war schmerzumwölkt, als Cecis Männer ihn schließlich überwältigten und banden. Der Pirat blickte sich mit triumphalem Lächeln um. Einige Soldaten Falvinis, die die Gefangenennahme ihres Herrn bemerkten, ließen bereits die Schwerter sinken.

Ceci stürmte mit unverminderter Kraft die Treppen zur Galerie hinauf und verteilte tödliche Hiebe nach allen Seiten.

»Er muß mit dem Teufel im Bunde sein«, knurrte der Mönch, während er aus dem Schutz des Bogenganges auf Giacomo zustürzte, der den Zweikampf mit dem Riesen für sich entschieden hatte. Mit schmerzverzerrtem Gesicht lag der Mann am Boden und erwartete den erlösenden Todesstoß. Giacomo schloß kurz die Augen, dann wollte er zustoßen, um den Mann von allen Schmerzen zu befreien. Er hob seinen Degen und blickte auf den Verlierer des Zweikampfes hinab.

Ein Mann Cecis hatte die Blutarbeit jedoch bereits erledigt, im Vorübergehen hatte er mit harter Klinge den Kopf des Riesen vom Rumpf getrennt. Mit scheußlichem Gejohle riß er das Haupt des Kriegers nun in die Luft und schleuderte es in den Himmel, wo es sich wie ein blutiger Ball drehte.

Angewidert wandte Giacomo sich ab. Der Kampf wogte noch auf beiden Seiten, doch Cecis Männer schienen ihn auch ohne seine Hilfe für sich entscheiden zu können. Vom unbewachten Tor her drangen nun weitere Plünderer durch die abziehenden Rauch- und Pulverschwaden in den Hof.

Der Kapuziner griff den bleichen Giacomo beim Arm. »Komm«, befahl er, wieder den Ton des kaltblütigen Kriegers annehmend, »wir müssen den Dominikaner suchen. Der feige Bastard ist verschwunden. Er wird uns den Weg zu Marietta weisen.«

Sie stiegen über Leichen und Verwundete hinweg und machten sich auf den Weg zu der immer noch umkämpften Treppe. Giacomo stürmte mit gezücktem Degen und neu erwachter Kampfkraft voran. Der Kapuziner, immer noch seinem seltsam zweischneidigen Gelübde gehorchend, folgte ihm ohne Schwert.

Ein zäher Mann des Kardinals erwies sich auf der Treppe als geschickter Gegner, eben hatte er einen von Cecis Gesellen über das Geländer hinabgestoßen, schon wandte er sich dem vermeintlichen Landsknechtführer zu, der weder in der Linken noch in seiner Eisenklaue Degen, Schwert oder Dolch trug.

Dem Wachmann war es gleichgültig. Begriffe der Ehre zählten nichts bei einem heimtückischen Überfall wie diesem, und er stürzte sich auf Fresenius, der den ersten Hieb mit seiner Eisenfaust abfing. Der zweite, weit schärfere ging auf seinem Brustpanzer nieder und raubte ihm die Luft, seine Lunge schien sich unter der Wucht des Schlages zusammenzuziehen, als endlich ein rettender Hieb ihn aus der Todesnot befreite. Fresenius atmete keuchend und faßte sich an die Kehle, dann richtete er sich auf, »Ich danke dir, Gia… *Beatrice*!«

»Siehst du nun, Kapuziner, wie tödlich eine Waffe auch in der Hand eines Weibes sein kann?«

Der Mönch stellte keine Fragen, da im Hof der Kampf erneut und heftig aufflammte. Die Männer Cecis wehrten nun auch jene Landsknechte ab, die gekommen waren, um ihnen die Beute streitig zu machen. Sie wollten so viele wie möglich in den Tod schicken, um ihren Anteil so groß wie möglich zu halten.

Giacomo hatte einen völlig verängstigten Pagen unter einer Bank im oberen Stockwerk hervorgezerrt. Er weinte und klagte, doch Giacomo schüttelte ihn erbarmungslos. »Sag mir, wo der Mann im weißen Habit hin ist. Der Mönch mit dem Geiergesicht. Los, sag schon!

Bibbernd und schlotternd öffnete der Knabe den Mund, doch seine Furcht verschloß ihm die Kehle.

»*Giacomo*«, schrie wütend Beatrice.

Der zornige Gelehrte drehte sich verblüfft um und erkannte in dem blutverschmierten Landsknecht hinter sich die Wäscherin. »Du hier?«

»Ich hier«, gab Beatrice zurück, den Ton des verdatterten Mannes nachahmend, »ja, ich hier, und nun laß das Kind los.« Sie zog den Knaben von Giacomo fort und ließ ihn unter die Bank zurückkriechen.

»Komm, du Held«, befahl sie nun ohne Umschweife dem Edelmann, »dort durch den Gang müssen wir. Der Kapuziner ist schon vorausgelaufen, Hesekiel hat ihm den Weg gewiesen.« Beide stürzten nun davon durch den Gang, der auf die Galerie des zweiten, kleineren *cortile* zuführte. Bis hierher hatten sich bislang nur wenige Kämpfer verirrt, denn das bescheidenere hintere Gebäude mit seinen Dienstbotentrakten versprach geringere Schätze als das Haupthaus.

Mit fliegenden Schritten eilten Beatrice und Giacomo auf die Zimmer an der Stirnseite der oberen Galerie zu, stießen einige Türen auf und blickten in die verängstigten Gesichter von Höflingen und Mägden, die sich in Panik hierher geflüchtet hatten.

»Besser, ihr macht Euch auf den Weg in die Keller«, schrie Giacomo ihnen noch geistesgegenwärtig zu, und die Blicke der Entsetzten folgten erstaunt dem wilden Landsknecht, der in ihrer Zunge sprach und sie verschonte.

Es war Beatrice, die das Schlafzimmer Mariettas entdeckte. Die Tür stand offen, und noch bevor sie hineinblicken konnte, hörte sie die milde, schöne Stimme von Märthe, die besänftigend auf jemanden einzusprechen schien.

»Marietta«, rief Beatrice erfreut aus, und Giacomo stürzte an ihr vorbei in das Zimmer. Doch es war nicht Marietta, mit der Märthe so freundlich sprach. Es war der Dominikaner, der mit wutverzerrtem Gesicht beim Fenster stand. Mit seinem linken Arm hielt er Marietta von hinten eng umschlungen, mit der rechten ein Messer gegen die Kehle der Frau gerichtet. Märthe stand wenige Schritte von ihm entfernt.

Der Kapuziner umklammerte mit seiner Eisenklaue einen Pfosten des Bettes, er bebte vor Zorn und warf dem Dominikaner vernichtende Blicke zu.

Giacomo wollte auf das Paar beim Fenster zustürzen, doch Fresenius hielt ihn mit eisernem Griff zurück.

»Bruder«, kam es nun wieder sanft von Märthe, »ich bitte dich, laß die Frau gehen, du weißt, sie gehört zu den Erwählten. Ihr Tod wäre ein Verbrechen, daß du nie sühnen könntest, nicht bis in alle Ewigkeit. Ich bin gekommen, um mich an ihrer Stelle in deine Hand zu geben.«

»Spar dir dein Geschwätz, Märthe. Du weißt, was ich von deinen Reden über die Erwählten und von Gott Gesandten halte.«

Als Märthe einen Schritt auf ihn zu machte, drückte er die Klinge fester in Mariettas Hals und ritzte ihre Haut, so daß Blut hervorsickerte. Marietta stöhnte und Giacomo riß seinen Degen hoch.

Prosperos Geschrei erfüllte das Mithräum der heidnischen Kirche. Sein Vater hatte ihn hierhergetragen, ihn in warme Tücher gehüllt. Unentschlossen blickte er zu der Kirche, die sich über ihm befand. Das Rauschen des Flusses versprach den Weg in die Freiheit. Scoferino blickte immer wieder zwischen dem schreienden Säugling und der steinernen Treppe, die nach oben führte, hin und her.

»Was soll ich tun? Was soll ich nur tun? Ich habe nicht die Kraft, dem Zeichen zu folgen.«

Er kniete vor einem steinernen Sarkophag nieder und faltete die Hände. »Herr, verzeih mir. Ich habe nicht das Herz eines Löwen. Verlangst Du wirklich dieses Opfer? Habe ich recht verstanden? Willst Du das Blut des Knaben?« Schaudernd entdeckte er die tiefroten, fast bräunlichen Verfärbungen im Stein des Kultaltars. Er wandte seinen Blick wieder seinem Sohn zu, dann erhob er sich und ging zögernd auf das Bündel zu. Er hob es auf und lächelte Prospero in sein rotes, nasses Gesichtchen. »Ich muß es tun«, flüsterte er so sanft, daß der Knabe sich beruhigte. Sein Schluchzen verstummte, er lächelte seinem Vater ins Gesicht. Der legte ihn auf den Steinaltar und blickte sich suchend um.

»Einen Schritt weiter, und die Frau ist tot«, warnte kalt der Mönch. Giacomo hielt im Lauf inne und ließ schließlich den Degen sinken. Märthe machte ihm hinter ihrem Rücken ein beschwichtigendes Zeichen.

»Du bist ohnehin verloren, Claudius«, knurrte nun Fresenius, »und wir alle sind des Todes, wenn wir uns nicht bald aus diesem Palazzo verabschieden.«

»Wie«, sagte spöttisch der Mönch, »sind diese falschen Spanier nicht deine Freunde?«

Der Kapuziner schüttelte langsam sein Haupt. »Männer wie diese haben keine Freunde. Ebensowenig wie du.«

Märthe ergriff das Wort. »Gib die Frau frei, und wir werden dich sicher nach draußen geleiten. Überlege es dir. Du, Bruder, hast mir schon einmal einen Pakt angeboten. Bedenke, wie stark wir sein können, wenn wir uns verbünden. Du kennst meine Kräfte.«

Der Dominikaner schien zu überlegen. »Wie weiß ich, daß ich dir trauen kann, Märthe?«

»Habe ich nicht schon einmal dein Leben verschont, obwohl ich dich hätte töten können?«

Der Dominikaner verzog seinen dürren Mund zu einem bösen Lächeln. »Das hast du getan, Schwester, oder soll ich Mutter sagen? Schließlich bist du beides.«

Märthe erbleichte. Der Kapuziner umklammerte den Pfosten des Bettes, Giacomo und Beatrice wollten nicht glauben, was sie hörten. »Das also«, stieß schließlich Fresenius mühsam hervor, »war dein Geheimnis, Märthe. Das!«

Die alte Frau warf ihm einen kummervollen Blick zu. Es war Claudius, der als erster sprach. »Siehst du nun, verblendeter Mönch, mit was für einer Sünderin du es zu tun hast? Sie hat die schmählichste Blutschande begangen, sie ist verdorbener als jede Sünderin, die man sich denken kann, denn sie hat meinen eigenen Vater verführt.«

»Das habe ich nicht getan«, schrie Märthe, »ich habe es nicht getan!« Mit einem wilden Satz war sie nun bei ihrem Bruder, ihrem Sohn. Ihre Hände rissen ihm das Messer aus der Hand, und Marietta konnte sich aus dem Griff des Dominikaners befreien. Giacomo stürzte zu ihr und riß sie in seine Arme. Märthe stand mit erhobenem Dolch vor ihrem Bruder. Der wich zurück bis zu der Brüstung des Fensters. Märthe folgte ihm.

»Schwester, du kannst mich nicht töten. Ich bin Fleisch von deinem Fleisch, wir sind miteinander verbunden, mehr als es andere Menschen sind«, sagte er beschwörend. »Du tötest dich selbst, wenn du mich tötest.«

Regungslos beobachtete der Kapuziner das Paar. Die Wahrheit entsetzte ihn, er wollte sprechen, doch etwas hielt ihn zurück. War es Ekel? Abscheu? Zorn?

Beatrice faßte sich als erste. Sie rannte nun auf Märthe zu, um ihr den Mord am Bruder zu ersparen. »Gib mir das Messer, ich steche zu!« schrie sie. In diesem Moment stürzte Märthe sich auf ihren Bruder, doch der riß sie herum und versuchte, in wildem Gemenge ihr das Messer zu entreißen. Märthe aber hielt es fest umklammert und jagte es schließlich mit beherztem Stoß in ihre eigene Brust.

Jäh schrie Fresenius auf. Sterbend lag Märthe in den Armen ihres Bruders, der ins Taumeln geriet und rückwärts in das Fenster fiel. Mit einem Schrei verlor er den Halt, klammerte sich verzweifelt an die alte Frau. Gemeinsam stürzten sie in den schmalen Lichthof hinab, der mehrere Klafter tief unter dem Zimmer lag. Sie streiften im Fall eine brennenden Fackel die wie ein Feuerschweif ihnen hinterher fiel und schließlich die zerschmetterten Leiber auf dem harten Pflaster des Schachtes beleuchtete. »Nein!« Beatrice schrie gellend auf. Jetzt war Fresenius an ihrer Seite, während Giacomo die zitternde Marietta fest in seinen Armen hielt und verhinderte, daß sie einen Blick in den Abgrund tat.

»Ich muß hinab«, sagte Fresenius, schwang sich über die Brüstung und suchte mit den Füßen Halt auf einigen Mauervorsprüngen. Beatrice packte seinen Arm. »Tu es nicht, es ist auch dein Tod«, sagte sie hart. »Du kannst ihr nicht mehr helfen.«

Der Kapuziner befreite seinen Arm und machte sich weiter an den waghalsigen Abstieg. Eisenkrampen waren sein einziger Halt, hervorspringende Wasserspeier boten ihm Tritt.

Auf dem Gang zum Schlafzimmer ertönte nun das Lärmen der Plünderer.

»Wir müssen hier heraus«, sagte Giacomo, »wir müssen endlich hier weg.«

»Ich lasse den Kapuziner nicht hier«, entgegnete Beatrice, »geh, geh und nimm Marietta mit dir. Ihr habt einen furchtbaren Weg vor Euch.«

»Nein«, sagte nun die Kurtisane, »wir können nicht gehen. Der Kapuziner braucht unsere Hilfe.« Sanft löste sie sich aus den Armen Giacomos. »Beatrice hilf mir, wir können ein Seil knoten aus den Laken und Kordeln. Wir müssen ihn und Märthe hochziehen.«

Die Frauen rissen die Laken vom Bett und zerrten die Kordeln des Bettvorhanges herab. Fluchend half ihnen Giacomo, bis ihn der Schrei eines Plünderers herumriß.

»Was macht ihr für seltsame Beute? Bettvorhänge! Oder ist Gold in die Kissen genäht?« Es war Ceci, der nun ins Zimmer stürmte.

»Wo ist der Feuerteufel?« fragte er.

Giacomo wies mit dem Kopf zum Fenster. Ceci stürmte vor, nicht ohne einen begehrlichen Blick auf Marietta zu werfen. Dann schaute er kurz in den Hof und erkannte einen dunklen Schatten, der sich über zwei Tote beugte.

»Was zum Teufel, will er da unten?« fragte Ceci.

»Er ist hinabgestiegen, um eine tote Frau zu bergen«, antwortete Giacomo, während Beatrice und Marietta Laken zerrissen und verknoteten.

»Eine Leiche?« Ceci lachte laut auf. »Im Hof kann er sich Dutzende von Leichen holen, wenn ihm der Sinn danach steht. Ist er irre?«

Beatrice drängte den Piraten ohne Anzeichen von Furcht zur Seite. »Zum Teufel, Kerl« blaffte der unwirsch, dann erkannte er Beatrice. »Du wieder. Corpo del diavolo, du bist ein verrücktes Weibsbild!«

»Fluche hier nicht rum, hilf uns lieber. Da unten ist der Kapuziner, ich denke, du schuldest ihm deine Hilfe ein zweites Mal.« Ceci zögerte, warf einen weiteren begehrlichen Blick auf Marietta.

»Was ist mein Lohn?«

»Nichts als der Dank des Himmels. Mach schon«, erwiderte ärgerlich die Wäscherin in der blutigen Landsknechttracht.

Der Pirat grinste, dann prüfte er mit kräftigem Rucken den Strang. »Ihr habt kräftige Hände. Aber geht jetzt beiseite. Komm, Kerl«, wandte er sich an Giacomo, »laß uns den verfluchten Kapuziner an die Angel nehmen.«

Es war Märthes blutiger, zerschmetterter Leib, den sie zuerst heraufzogen. Schlaff wie eine Puppe hing sie an dem Strang, dessen Ende kreuzweise um ihre Brust und ihre Hüften gebunden war. Die kaltblütige Beatrice schluchzte entsetzt auf, als sie mit Hilfe Mariettas den Leichnam der Frau aus den Fesseln befreite.

»Sie hat es so gewollt«, flüsterte tonlos Marietta und streichelte sanft das Haupt Märthes. »Wir hätten es nicht verhindern können.«

»Oh, Marietta«, gab Beatrice zurück und schaute sie unter einem Tränenschleier verzweifelt an, »wie kannst du so grausam sein im Angesicht einer Toten.«

Die Kurtisane hob langsam ihre Augen. Fest schaute sie der

Wäscherin ins Gesicht. Nichts war zu hören als das Keuchen der Männer, die nun den Kapuziner über die Brüstung des Fensters in den Raum zogen.

»Sie ist nicht tot. Nicht wirklich.«

Fresenius, der eben mit seinen Füßen den Boden des Schlafzimmers berührt hatte, fuhr herum. »Märthe!«

Ihn schwindelte, er sank in die Knie. »Marietta, du sprichst mit ihrer Stimme. Was ist das?«

»Ein gottverfluchter Unsinn. Was soll das Spektakel«, blaffte Ceci, »ihr seid ein Haufen irrer Narren und Idioten!«

Marietta warf ihm einen Blick zu, der ihn zum Schweigen brachte.

Dann sagte sie mit ihrer eigenen Stimme. »Mönch, es ist ein Wunder, das ich selbst nicht begreife, aber ich spüre, daß Märthe noch unter uns ist. Bemerkst du den Duft?«

Fresenius nickte. »Die Nazarenerrose. Das Duftwunder begleitete sie, als sie mir zum erstenmal erschien.«

»Du spürst es also auch«, sagte Marietta sanft. »Wir sind Zeugen eines Wunders.«

»Herr im Himmel«, rief Beatrice nun, »Marietta, die Narbe auf deiner Wange, ich glaube fast, es ist, ja, es ist ein Rose.« Sie streckte ihre Hand danach aus und berührte sie sanft.

»Ich bemerke nichts«, brummte Ceci nur. Die anderen schwiegen und blickten auf die tote Frau. »Sie hatte eine Vision«, sagte Beatrice leise, »sie sah eine tote Frau. Sie konnte das Gesicht nicht erkennen. Es war ihr eigenes.«

»Oder meines«, warf Marietta sanft ein, »sie wußte es nicht. Eine von uns beiden mußte sterben, das war alles, was sie gesehen hat.«

Der Kapuziner stöhnte auf. »Sie mußte also zwischen ihrem eigenen oder deinem Tod wählen?« Marietta schüttelte wieder leise das Haupt. »Ich sagte dir, sie ist nicht tot. Ein Teil von ihr ist nun in mir.«

»Sie nannte dich eine Erwählte. Meinst du das?«

Marietta blickte still in das Gesicht der Toten. »Vielleicht bin ich auch eine Verfluchte«, sagte sie schließlich und hob den Kopf. »Die Gabe zu sehen ist eine schwere Bürde.«

Der Kapuziner nickte. »Ebenso hat sie selbst es immer empfunden.«

Er schob seine Arme unter den Leib der Frau und hob sie auf. »Wir müssen sie begraben.«

»In San Clemente, sie hat es sich so gewählt«, sagte Marietta.

»Woher weißt du von der Kirche, Marietta?« fragte verblüfft Giacomo.

»Ich sagte dir«, meinte lächelnd die Kurtisane, »sie ist nun ein Teil von mir. Ich spüre ihre Gegenwart. Ihre Wünsche sind Teil meiner Seele.«

Ceci, der lustlos einige Truhen des Gemachs geöffnet und durchwühlt hatte, wandte sich nun den anderen wieder zu. »Laß endlich das Geschwätz, Fresenius, laß uns endlich das Haus durchkämmen, es muß noch mehr Geld verborgen sein. Das *studiolo* des hohen Herrn war ein hübscher Vorgeschmack. Er muß noch mehr besitzen.«

Der Kapuziner hob stolz den Kopf. »Ich will nichts von der Beute, Ceci. Gib mir nur fünf deiner Männer zum Geleit. Wir müssen nach San Clemente.«

Ceci kratzte sich den Schädel. »Das ist viel verlangt. Ich muß den Männern einen hohen Lohn versprechen, um sie von hier wegzubewegen.«

»Gib ihnen unseren Anteil«, bemerkte Giacomo knapp.

Ceci grinste wieder. »Der gehört ohnehin mir. Ich wäre schön blöd, ihn zu teilen. Aber gut, vielleicht tue ich damit wirklich dem Allmächtigen einen Gefallen. Obwohl«, er warf einen halb lüsternen, halb ärgerlichen Blick auf Marietta, »ich die dort gewiß nicht für so heilig halte wie ihr.«

Marietta schenkte ihm ein sanftes Lächeln. Was Märthe mit ihrer Stimme zu bewirken gewußt hatte, bewirkte sie mit diesem Lächeln.

Der erste Innenhof bot ein Bild der Verwüstung. Die Plünderer hatten Möbel in den *cortile* geworfen, der Marmorthron Falvinis war zerschlagen, zwischen den Leichen lagen zerfetzte Stoffe und zerrissene Pergamente. Still passierten sie den Hof. Am Ende des Wandelganges entdeckten sie einen gekreuzigten Mann.

Es war der Kardinal, den man auf das gewaltige Kruzifix seiner Hauskapelle gebunden hatte. Seine Augen standen offen, die Augäpfel quollen daraus hervor, seine Zunge hing ihm aus dem Mund, verlängert wie die eines Erhängten.

Ceci spuckte vor ihm aus. »Der Hund ist uns am Knebel erstickt. Aber ich denke, es ist kein Verlust, für so einen hätte kaum einer Lösegeld gezahlt.«

Marietta schaute den Mann, der vermessen genug gewesen war, auf seine Apotheose zu hoffen, auf seine Vergöttlichung nach dem Tod, mitleidig an.

»Er hat seinen gerechten Lohn empfangen«, sagte der Kapuziner, »das ist mehr, als die meisten in einer Zeit wie dieser von sich behaupten können.«

Die Straßen waren noch immer nicht menschenleer, doch der Großteil der Plünderer war nun so betrunken und erschöpft, daß der Weg nach San Clemente weniger gefahrvoll war als erwartet. Der Morgen des nächsten Tages dämmerte, es versprach ein strahlender Frühlingstag zu werden. Still und ohne Glockenschlag empfing die Kirche die Flüchtlinge. Mit grobem Gruß verabschiedeten sich die Leute Cecis.

Fresenius trug den Leichnam Märthes vor den Altar der Hauptkirche, dort legte er ihn nieder und sprach ein Gebet. Giacomo, Beatrice und Marietta folgten seinem Beispiel.

»Wo?« fragte schließlich der Kapuziner voll Demut Marietta, »sollen wir sie begraben?« Marietta wies zu der Stelle, wo der Weg zur Unterkirche lag. »Dort unten.«

Erstaunt erkannte Beatrice, daß die Kurtisane auch diesmal hellsichtig den Ort gefunden hatte, nach dem sie so lange gesucht hatten. Sie warf einen schmerzvollen Blick auf Märthe.

»Prospero und Scoferino warten dort auf uns«, sagte die Wäscherin schließlich und machte sich auf den Weg zum verborgenen Eingang. Plötzlich drehte sie sich um. »Marietta«, rief sie, »Märthe hat sich geirrt, sie glaubte, daß nur einer, entweder Giacomo oder Fresenius, lebend aus dem Palazzo zurückkehren könnte.«

Marietta schwieg, dann sagte sie: »Märthe kann sich nicht geirrt haben.«

Giacomo drängte sie nun alle, sich schnell an den Abstieg zu machen, bevor auch die Plünderer den Weg zur Basilika fanden.

Beatrice ließ sich ohne zu zögern als erste am Seil hinab, dann ließ man Märthes Körper in die Unterkirche. Sanft fing die Wäscherin sie in ihren Armen auf, band sie los. Giacomo folgte, um Mariettas Weg von unten her abzusichern. Als die beiden ersten die Unterkirche erreicht hatten, wandte die Kurtisane sich zu dem Mönch.

»Du wirst uns nicht folgen, nicht wahr, Fra Fresenius?«

»Woher weißt du?« fragte erstaunt der Kapuziner.

»Nicht ich, Märthe wußte es. Hat sie dich nicht oft genug verspottet als einen, der verlorene Schlachten liebt?«

Der Kapuziner lächelte traurig. »Ich gehe Märthes Weg. Der Tod wird mir als Freund willkommen sein.«

Marietta legte ihm die Hand auf die Schulter. »Lebe wohl, guter Freund. Wir sehen uns wieder«, sagte sie, und Fresenius erschauderte. Wieder hatte die Kurtisane mit der Stimme Märthes gesprochen.

Sie ergriff nun das Seil, warf einen letzten Blick zum Kapuziner und schwang sich hinab. Sie ließ sich Zeit für den Weg nach unten und dem Mönch Zeit, die Kirche zu verlassen.

»Was ist«, begrüßte unten die aufgeregte Beatrice Marietta. »Wo bleibt der Kapuziner?«

»Er ist fort.«

»Verflucht, dieses Maultier«, schimpfte Beatrice und wollte das Seil ergreifen, um nach oben zu klettern.

Sanft hielt Marietta sie zurück. »Diesmal nicht, Beatrice. Du kannst es nicht verhindern.«

»Du meinst, er wird nun die Vision Märthes berichtigen? Er stürzt sich in den Tod? *Pazzo*! *Mattoide*. Ich werde es nicht zulassen.«

Der leise, aber deutliche Schrei eines Säuglings unterbrach sie.

»Prospero«, rief erfreut Marietta und eilte zu der Apsis, von der eine weitere Treppe zum Fluß und in die Heidenkirche hinabführte.

Giacomo zögerte kurz, Beatrice griff sich eine Fackel und leuchtete Marietta den Weg. Die Kurtisane raffte die Röcke und sprang die Stufen hinunter.

»Dort unten ist auch Scoferino, nicht wahr?« wandte er sich fragend an die Wäscherin. Die nickte grimmig und immer noch erzürnt. Dann fiel ihr Blick auf die verblaßten Fresken über der geheimen Treppe.

»Sieh nur«, entfuhr es ihr, »sieh nur, die Frau dort oben.«

Giacomo warf einen Blick auf die Wand und erstarrte. »Bei allen Heiligen, sie hat das Gesicht, das Gesicht...«

»Märthes«, beendete Beatrice den Satz. »Was kann es bedeuten?«

»Es bedeutet, daß sie in dieser Kirche begraben werden muß«, sagte Giacomo und schaute sich suchend um. »Dort, in einer der Mauernischen.«

Beatrice warf einen Blick auf die kastenförmigen Höhlen, die in den Stein getrieben waren. In einigen lagen Skelette, in anderen nur noch die Schädel und wenige Gebeine längst Verstorbener. »Laß uns Marietta fragen«, entschied sie schließlich.

»Geh allein«, sagte Giacomo knapp, »ich würde den Anblick Scoferinos in ihren Armen nicht ertragen.«

Beatrice wollte etwas sagen, doch dann besann sie sich und schwieg. Sie stieg die Stufen hinab und schwor sich, daß das Begräbnis Märthes die letzte Pflicht war, die sie von der Verfolgung des Kapuziners noch abhalten sollte. »Dann«, murmelte sie, »werde ich den Idioten schon noch finden.«

Sie erreichte die letzte Stufe. Das Rauschen des Flusses erfüllte das Mithräum.

Ihr Blick fiel auf den steinernen Altar. Davor kniete Marietta im Gebet, ihr Kind strampelnd vor sich auf dem Boden. Auf dem Altar lag, so als schliefe er, Scoferino. Erst nach einer Weile entdeckte Beatrice den Dolch in seinem Bauch.

»Marietta! Du hast?«

Die schöne Frau drehte sich zu ihr um. »Er hat es selbst getan. Er ist der andere Tote, den Märthe sah. Ich wußte es.«

Beatrice näherte sich zögernd dem Altar. »Er hat sich selbst gerichtet? Nie hätte ich ihm so eine Tat zugetraut. Nie.«

»Es gehört Mut dazu, nicht wahr?« sagte sanft Marietta.

»Es ist eine Todsünde!«

»Eine geringere Sünde, als den eigenen Sohn zu töten. Gott hat es nicht zugelassen.«

Beatrice schaute verwirrt auf den Toten. »Heißt das, daß Fresenius leben wird?«

Marietta seufzte. »Sein Schicksal liegt in der Hand Gottes. So wie unser aller Schicksal.« Die Wäscherin schluckte, dann nickte sie.

»Wo ist Giacomo?« fragte nun Marietta und küßte lächelnd ihren Sohn.

»Er ist oben. Er will nicht hier herunterkommen, er fürchtet, dich in inniger Umarmung mit Scoferino zu finden.«

»Was für ein Narr.«

»Ja, aber«, stotterte Beatrice, »selbst, wenn der Maler nun tot ist, wie kann eine Frau wie du, eine Frau mit den Gaben einer Heiligen, noch einen Mann begehren?«

»Beatrice, du bist eine noch größere Närrin als der große Gelehrte Maltesta selbst.«

Epilog

In Rom, der Hauptstadt der Christenheit, wird keine Glocke geläutet, keine Kirche geöffnet, keine Messe gelesen, es gibt weder Sonntag noch Festtag. Die reichen Läden der Kaufleute dienen als Pferdeställe; die herrlichen Paläste sind verwüstet, viele Häuser verbrannt, die Türen der anderen zerbrochen und fortgeschleppt, die Straßen in Misthaufen verwandelt. Der Gestank der Leichen ist entsetzlich; Menschen und Tiere haben gleiches Begräbnis; in den Kirchen habe ich von Hunden zerfressene Leichen gesehen. Auf den Plätzen stehen die Tische gedrängt, auf denen um große Haufen Dukaten gewürfelt wird. Gotteslästerungen erfüllen die Luft, so daß die Guten, wenn es welche gibt, wünschen taub zu sein. Ich weiß nicht, mit was anderem ich das vergleichen soll als mit der Zerstörung Jerusalems. Ich glaube nicht, daß ich Gleiches sehen würde, wenn ich zweihundert Jahre lebte. Jetzt erkenne ich die Gerechtigkeit Gottes, der nicht vergißt, wenn er auch spät kommt. In Rom wurden alle Sünden ganz offen geübt, Sodomie, Simonie, Idolatrie, Heuchelei, Betrug. – So können wir wohl glauben, daß der sacco nicht durch Zufall gekommen ist, sondern durch göttliches Urteil.«

Bericht eines spanischen Höflings, Rom, im Juni 1527

Volle acht Tage dauerte das uneingeschränkte Plündern, Morden und Brandschatzen. Niemand war da, um den Söldnern, die im Namen des Kaisers die übelsten Verbrechen begingen, Einhalt zu gebieten. Sogar vor spanischen Parteigängern in Rom machten sie nicht halt. Vom Gesandten Portugals, der Kaiser Karl V. nahestand wie ein Freund, verlangte man Lösegeld und plünderte ihm die Residenz. Der deutsche Prokurator des Kaisers, Georg Sauermann, wurde so vollständig ausgeraubt und bestohlen, daß er bettelnd umherziehen mußte, ehe er vom Hunger ausgezehrt, auf der Straße niedersank und starb.

Als Kardinal Pompeo Colonna, dessen Truppen ihren Anteil an all den Greueln hatten, am 10. Mai, vier Tage nach dem Angriff, in Rom eintraf, bemerkte selbst dieser grausame Kriegsmann, daß die Bilder der Verwüstung einen Stein zum Weinen bringen könnten.

Er und einige wenige anständige Männer unter den Befehlshabern bemühten sich, die Not einiger Flüchtlinge zu lindern und besonders arge Mordbuben zu bestrafen. Doch der mörderische Kriegspöbel war unregierbar. Ebenso wie die armseligen Hütten der Wasserträger, die stolzen Kaufmannspaläste und die Residenzen der Kardinäle, ging am Ende die Villa des Papstes auf dem Monte Mario in Flammen auf.

Nachdem die erste Gier gestillt und die größte Beute gemacht war, verlustierten sich die Söldner, umgeben von den von Hunden angenagten Leichen, bei Wein und Spiel. Am Ponte Sisto, im Borgo, auf dem Campo dei Fiori wurden die Beutestücke feilgeboten. Troßweiber boten Säcke voll von kostbarsten Samt- und Seidenkleidern an, kramten Perlen, Ringe, Edelsteine hervor und suchten sie in Geld zu verwandeln.

Brandano, jener wirre Prophet des Untergangs, der dem Papst sein Schicksal vorhergesagt hatte, wanderte wieder durch die Straßen. Diesmal las er den Soldaten die Leviten und prophezeite, daß »sie das Pfaffen- und Kriegsgut wieder ausspein würden und an ihrer Gier ersticken.«

Er sollte recht behalten. Die schwüle Hitze des herannahenden Sommers verwandelte Rom in eine »stinkende Mördergrube.« Pestilenzische Gerüche stiegen in den Straßen auf, die notdürftig verscharrten Leichen verwesten und brachten den Schwarzen Tod über das sumpfige Rom. »Es sterben viel Knecht hie an Pest«, notierte am 11. Juni der deutsche Landsknecht Kaspar Schwegler, »trinken auch heftig, werden unsinnig und sterben gleich, es hat stark Wein hie.«

Allein 2000 Deutsche erlagen bis zum 22. Juni der Pest. Wie Fliegen stürzten die Leute auf der Straße nieder. An manchen Tagen zählte man 700 Todesfälle. Neben der Seuche raffte der Hunger die Menschen dahin. So knapp waren die Lebensmittel, daß ein einziges Ei einen Julier, ein Laib Brot einen ganzen Goldscudo kostete. Um ein Huhn oder ein Malter Weizen konnte es zu blutigen Reibereien zwischen Spaniern und Deutschen kommen, die die Taschen voll Gold, aber kein Bissen zu essen hatten.

Kein Stadttor war in dieser Zeit besetzt, die Mauern waren unbewacht, und doch griffen die Verbündeten des Papstes, die mit 15000 Mann bei Viterbo lagen, nicht an, um Seine Heiligkeit und die Ewige Stadt zu befreien. Sie wandten sich gen Norden oder Osten und beschlossen, die Gelegenheit zu nutzen, um andere Städte des Kirchenstaates unter ihre Macht zu drücken.

Einen ganzen schrecklichen Sommer lang war Rom der Willkür der Soldateska ausgeliefert, der Papst ein Gefangener in seiner eigenen Burg. Vergeblich versuchten einige letzte Getreue, sich durch unterirdische Gänge zu dem Schirmherrn der Kirche durchzuschlagen und ihn zu befreien.

Am Ende blieb dem Papst nichts, als einen Frieden mit dem Kaiser zu machen, dessen Bürokraten bereits offen darüber nachdachten, den »Heiligen Stuhl so niedrig als möglich zu halten oder ganz abzuschaffen.« Zusätzlich zu dem bereits erlittenen Schaden mußte der Papst nun ein Lösegeld von 400000 Dukaten aufbringen. Sein Goldschmied Cellini entkleidete die letzten Insignien päpstlicher Macht aller Edelsteine, schmolz heilige Meßgefäße ein, um alles als Lösegeld anzubieten.

Doch dieser Verlust war gering im Vergleich zu dem, was mehr als 15000 Römer verloren hatten: ihr Leben.

2000 Leichen, so hieß es, habe man allein in den Tiber geworfen, im Borgo wurden 9800 beerdigt. Hinzu kamen später die Opfer von Hunger und Pest.

Am 8. Dezember floh der Papst, als Kaufmann verkleidet, nach Orvieto, jener Stadt im Norden die, drei Tagesritte von Rom entfernt, uneinnehmbar auf einem Felsen liegt. Er fürchtete einen Angriff der letzten kaiserlichen Söldner ebenso sehr wie einen Anschlag der Römer selbst. In einem baufälligen Bischofspalast versteckte er sich vor der Welt, während sein Heimatland in den letzten Zuckungen zu liegen schien. Überall kämpften nun Spanier, Deutsche, Italiener um das eine oder andere Herrschaftsgebiet. Der Frieden war auf Jahre dahin.

Im Februar 1530 krönte Klemens VII. schließlich Karl in Bologna zum Kaiser, so wie es der Monarch von Anfang an gefordert hatte.

Als Gegenleistung lieh Karl ihm Truppen, um die in seiner Heimatstadt wiedererstandene Republik Florenz zu vernichten und dort einen Medici als Herzog einzusetzen.

Es war der letzte Papst, der einen Kaiser krönte, und der letzte Medici, der Florenz regierte.

Klemens hatte überlebt, die katholische Kirche als allein seligmachende nicht. Luthers Ruf gewann an Macht, ein Riß ging durch die Christenheit und durch die Welt. Doch am Ende ging alles seinen gewohnten Gang – für die, die die Macht besaßen.

»Cane non mangia cane –
Ein Hund frißt keinen Hund.«

Papst Klemens gelang es, kurz vor dem Ende seiner Tage seine entfernte Nichte Katharina de'Medici mit Heinrich, dem Sohn König Franz' von Frankreich, zu vermählen und seinen Neffen Alessandro mit einer natürlichen Tochter Kaiser Karls V.

So schied der Mann, der Rom in ein Inferno lenkte, recht zufrieden aus seinem Leben.

Am 25. September 1534 begann eine dreiwöchige Sedisvakanz, die die Römer nicht mit Trauer um den Verschiedenen verschwendeten, sondern mit Wetten darüber, wie begabt oder verderbt wohl der künftige Statthalter Petri sein würde.

Band 12685

Catherine Merriman

Machtspiele

Nach der schmerzhaften Trennung von ihrem Freund schließt sich Barbara einer Gruppe unternehmungslustiger junger Leute an. Als Außenseiterin in der Clique spürt sie bald, daß zwischen dem unsicheren 20jährigen Bill und dem älteren herrschsüchtigen Len ein kompliziertes Herr-und-Diener-Spiel abläuft. Die besonnene Barbara will sich zunächst nicht einmischen, sieht sich jedoch zum Handeln gezwungen, als die Situation für Billy gefährlich wird. Sehr bald begreift sie, daß die Ursachen für Billys krankhaftes Verhalten in seiner Kindheit liegen...